Michael R. Baier

1000bar

Von Michael R. Baier erschienene Romane

CORUUM Volume 1

CORUUM Volume 2

CORUUM Volume 3

2013: 1000bar

Michael R. Baier

1000bar

1. Auflage: September 2013

Deutsche Erstveröffentlichung

Druck bei TZ-Verlag & Print GmbH
Umschlaggestaltung von Alexander Ihle
Printed in Germany
ISBN 978-3-00-041245-5

Besuchen Sie WWW.1000-BAR.DE

Für Laurine und Anna ...

1
Reydar Steen – Salomon Inseln

01. August

Die östlichen Ausläufer der Salomon-Inseln begannen im dunkelroten Licht der pazifischen Abendsonne zu flimmern. Der *White Eagle* befand sich nach der risikoreichen Durchquerung der Inselkette auf nördlichem Kurs und machte unter automatischer Steuerung des Navigationssystems zehn Knoten Fahrt.

Reydar Steen befand sich auf dem Backbord-Ausleger des über die Zweimeterwellen gleitenden Hochsee-Trimarans, klopfte und hämmerte seit zehn Minuten mit einem schweren Gummihammer an der hydraulischen Führung der Wassertragfläche herum, die, im Sechzig-Grad-Winkel zum Mast des Hauptrumpfes geneigt, oben aus dem Schwimmer ragte, mit ihrem oberen Ende noch über seinen Kopf reichend. Der fünfundvierzigjährige Norweger war nahe davor, seine Facon zu verlieren. Erschöpft ließ er den mit einer Leine gesicherten Drei-Kilo-Hammer an seiner Hüfte herunterbaumeln, schob das Sonnenvisier seines roten Schutzhelmes nach oben und wischte sich mit den Fingerspitzen den Schweiß aus den müden, blauen Augen.

Erneut ergriff er die Fernbedienung, die mit einem kurzen Band an einer Öse seines Überlebensanzuges hing, drückte einen Knopf auf einem Feld von Schaltern und Tastern. Elektrisches Summen ertönte, die nach unten schräg zulaufende Wassertragfläche bewegte sich ein paar Zentimeter in den Schwimmer hinein und kam anstandslos wieder heraus. Er atmete erleichtert auf, registrierte den Wechsel der dazugehörigen Anzeige von orangeblinkend in ein kontinuierliches Grün und ließ die Fernbedienung wieder los.

Fahre niemals durch die Salomon-Inseln – das ist totes Gebiet, flach und von unsichtbaren Felsen verseucht… hatte er das Briefing seines technischen Teams vom Morgen noch in den Ohren. *Nun – er hatte hier keine drei Wünsche frei – und es war auch keine liebe Fee zu sehen*, dachte er bei sich. Die aktuelle Windrichtung am Morgen hatte ihm keine echte Wahl gelassen. 200 nautische Meilen Umweg auf Gegenwindkurs wären eine teure Alternative gewesen. Fast hätte er es nun bereut - aber die Grundberührung vor einer halben Stunde war zum Glück kein Fels gewesen - vielleicht ein großer Fisch oder ein kleinerer Wal, der jetzt über massive Rückenschmerzen klagte - sonst hätte die ausgefahrene Wassertragfläche anders ausgesehen.

Reydar löste seinen Sicherungskarabiner, piekte ihn in der Reling der V-förmigen, flügelgleich gebogenen Strebe ein, welche den zwölf Meter langen Ausleger mit dem 28 Meter langen und sechs Meter breiten Carbon-Hauptrumpf der Rennyacht verband und eilte, gedanklich schon die nächsten Punkte durchgehend, in geübten Schritten über den rutschfesten Belag auf den achterlichen Backbord-Steuerstand zurück. *Es wäre so viel besser gewesen, wenn diese Inseln einfach nicht dagewesen wären!*

Prüfend sah er in die mit der Dämmerung erneut heranziehenden Gewitterwolken, welche ihm seit seinem Start vor sechs Tagen in Auckland in jeder Nacht eine verlässliche Weltuntergangsstimmung bereitet hatten. Wenn er Glück hatte, könnte er vielleicht drei bis vier Stunden die Wassertragflächen nutzen, um Strecke zu machen, bevor diese Gewitterwolken ihn einholen, die Wellen auf über vier Meter aufschieben und damit die Rückkehr in den normalen Fahrbetrieb des *White Eagles* erzwingen würden. Trotzdem wäre das nur ein Vorgeplänkel im Vergleich zu dem massiven Tiefdruckgebiet, welches sich 2000 Kilometer weiter nördlich zusammenbraute.

Mit wenigen Handgriffen gab er die Befehle über die wasserdichte Tastatur des Steuerstandes an den Steuer- und Navigationscomputer, die sie ihrerseits in das komplexe Netzwerk aus Stellmotoren und Winschen weitergaben, um den Trimaran auf Kurs zu bringen. Durch die Abkürzung konnte er jetzt wenigstens einen Raumschotskurs fahren, der in den nächsten

Stunden neben dem Abreiten der größeren Wellen nur geringe Steuerkorrekturen erfordern würde.

Ein schrilles, aber kraftvolles Pfeifen der Elektro-Winschen, die das mit Sonnenkollektormodulen besetzte Kevlar-Großsegel jetzt vollständig aus dem 36 Meter hohen Mast zogen, es durchsetzten und leicht auffierten, sowie das peitschende Geräusch der automatisch auf die Steuerbordseite ausrollenden Genua3 gingen einem deutlichen Beschleunigungsruck des *White Eagles* nur wenige Sekunden voraus. Die jetzt vollständig gesetzte Segelfläche von mehr als sechshundert Quadratmetern riss den weißen Trimaran auf dem neuen Kurs förmlich nach vorn, Reydar las zufrieden die Geschwindigkeit von neunzehn Knoten ab, schob das getönte Helmvisier ganz hoch, zog dafür das polarisierte Nachtsicht-Visier herunter und schloss den wasserdichten Klettkragen seines Wetteranzugs bis zur Nase, um sich trotz der 28 Grad warmen Luft vor dem Fahrtwind und der salzigen Gischt zu schützen.

Das Rennen der vergangenen Wochen von Argentinien um Cap Horn nach Auckland hatte ihm die Narben von zwei üblen Furunkeln an Kinn und Wange eingetragen, die sich durch permanente Nässe, Salz und intensive Sonneneinstrahlung zuvor auf der Haut gebildet hatten. Begünstigt durch mangelnde Hygiene - wie sollte er auch, wenn er auf dem *White Eagle* den Skipper, Navigator, Watch-Captain, Helmsman, Bowman und Trimmer in Personalunion verkörperte - wenn auch mit intensiver Unterstützung durch Computerintelligenz und brutaler Kraft in Form von diversen Servomotoren die jegliche Segelstellungsaufgaben auf Knopfdruck für ihn erledigten.

Drei Meter unter ihm und zu seiner linken Seite rauschte die weiße Gischt des Pazifiks, nur durch eine halbrunde Aluminium-Balustrade und große Sicherheitsnetze von ihm getrennt.

Reydar sah zu, wie sich die schwarzen Speichen des mannshohen Carbon-Steuerrads vor ihm, sowie eines Zweiten, keine zehn Meter entfernt auf der Steuerbordseite, synchron wie von Geisterhand zu bewegen begannen, kontrollierte die Anzeigen für Wellenhöhe, Drift, Windrichtung und Kompass, lehnte sich an die schulterhohe, dick gepolsterte Rückenlehne und gab dem Steuercomputer den Befehl, in die Gleitfahrt überzugehen.

Langsam begannen sich die Wassertragflächen durch die Ausleger nach unten zu schieben. Der Auftriebseffekt wurde merkbar, sobald sie sich zwei Meter unter Wasser befanden. Die auf die Tragflächen wirkenden Kräfte drückten über die Ausleger auf durch Hydraulikmotoren verstärkte Dämpfer am Hauptrumpf und begannen den vierzehn Tonnen schweren Bootskörper des Trimarans langsam bis auf eine Höhe von vier Metern über die Wasseroberfläche zu heben, kippten dabei selbst zwanzig Grad nach außen und veränderten den Winkel der voll ausgefahrenen Tragflächen um denselben Betrag.

Die Fahrgeräusche der Gischt veränderten sich.

Das laute, durch die Wellen verursachte Pflügen und Schlagen des Rumpfes unter ihm sowie die breite Heckwelle lösten sich auf. An ihre Stelle traten das scharfe Zischen der Außentragflächen begleitet von einem unterschwelligen Dröhnen der zentralen Tragfläche unter dem Hauptrumpf, die zugleich als Ruder und schwenkbarer Ballastkiel diente. Das rhythmische Winseln der aktiven Hydraulik-Stoßdämpfer in den Verbindungsgelenken der Ausleger zum Hauptrumpf, welche die Lage des Trimarans unter den aktuellen Wind- und Wellenbedingungen ständig optimierten, würde von nun an die Hintergrundmusik bestimmen.

Ein erneuter Kontrollblick auf das jetzt sieben Meter unter ihm dahin rauschende Meer und die Instrumente verleitete Reydar zu einem befriedigten Nicken. Die das Wasser berührende Fläche des Rumpfes hatte sich auf unter zehn Quadratmeter reduziert. Im direkten Kontakt zum Wasser standen nur noch die voll eingetauchten Auslegertragflächen sowie die zentrale Tragfläche. Die Geschwindigkeit hatte sich erneut mehr als verdoppelt – der *White Eagle* flog mit knapp 47 Knoten seinem nächsten Wegpunkt auf dem Leg[1] nach Sanya, China entgegen.

Zwei Stunden später hatte Reydar unter Deck eine ganze Stunde am Stück geschlafen, etwas gegessen, seinen Körper mit feuchten Tüchern abgerubbelt und eine Extraschicht isolierender Unterkleidung für die vor ihm liegende Nacht und das sich verschlechternde Wetter angelegt. Er hockte auf dem Navigationsplatz vor einer Reihe von drei an der Backbordseite der Bordwand angebrachten Monitoren unter einem zwei Meter breiten Aufkleber mit den großformatigen Buchstaben seines Firmenlogos *Nordisk SJOG* und las aufmerksam die neuesten Daten der Rennleitung. Der Bericht der Rennleitung traf auf die Sekunde genau alle drei Stunden zeitgleich bei den Rennteilnehmern ein und verriet die gegenseitigen Positionen sowie die erzielten relativen Streckengewinne oder Verluste. Das aktuelle Leg besaß eine Orthodrome[2] von 5500 nautischen Meilen, was ungefähr 10200 km entsprach. Natürlich konnte er mit einer Segelyacht dieser Ideallinie nicht immer folgen – es gab schließlich den Wind. Geplant waren fünfzehn Tage, was einen Stundenschnitt von 28 Stundenkilometern oder fünfzehn Knoten bedeutete. Momentan lag er siebzehn Stunden hinter diesem Plan. Die Flautenzellen nördlich von Neuseeland hatten ihren Preis gehabt – der *White Eagle* konnte lange Zeit nicht abheben, war damit beschäftigt, im Zickzackkurs die schlimmsten Stellen zu umfahren – musste den Konkurrenten ziehen lassen. Als es dann besser wurde, war er nach zehn Stunden in eine eintausend Kilometer durchmessende Zone mit sich abrupt drehenden Winden mit Böe-Geschwindigkeiten um die fünfzig Knoten und harten kurzen Wellen geraten, die nur ein konventionelles Segeln erlaubt hatte – eine tagelange Tortur, bestehend aus einer unendlichen Abfolge ruppiger Stöße für Mensch und Material, die ihn

[1] Leg: Etappe

[2] Orthodrome: Die kürzeste Verbindung zweier Punkte auf einer Kugeloberfläche

zermürbt hatten wie kein anderer Abschnitt aus dem bisherigen Rennverlauf, da es ihm unmöglich gewesen war, länger als dreißig Minuten zusammenhängend zu schlafen.

Er wischte sich mit dem Handrücken über die kahle Stelle im Bart, welche die frische Narbe des Furunkel am Kinn hinterlassen hatte, lockerte den inneren Kragen seiner Wetterjacke und blickte konzentriert auf die übermittelten Wettkampfdaten.

Es war so frustrierend!

Aus Reydars Sicht war dies nicht ein Leg über 5500 nautische Meilen, sondern eine nicht enden wollende Abfolge von Drei-Stunden-Mini-Legs: von Bericht zu Bericht. Er hatte in der letzten Berichtsperiode sechzig Meilen auf die *Faster than Light* verloren. Der Tracker auf dem rechten Bildschirm zeigte ihm nüchtern, das er dieses Mini-Leg wie auch siebzehn andere in der Flautenphase und danach, abgegeben hatte – im Moment lag er siebenhundert nautische Meilen hinter der Stealth-Yacht, die bereits den Äquator überquert hatte und jetzt den ersten nördlichen Breitengrad kreuzte.

Natürlich würde er sich davon nicht demotivieren lassen – *schließlich ging es um das Lösen einer komplexen Aufgabe* und die Umgebungsfaktoren waren so unberechenbar, wie es schlimmer nicht kommen konnte. Alles blieb möglich in den Weiten des Pazifiks. Er konnte froh sein, dieses Rennen fahren zu dürfen. Ein Lächeln huschte über sein Gesicht. *Er war schließlich freiwillig hier* – in etwa so wie sein Vorbild aus der Jugend, Roald Amundsen, der 1911 die Herausforderung auf dem Weg zum Südpol suchte. Nur mit dem Unterschied, dass die Notfallmaßnahmen auf dem *White Eagle* real waren – im schlimmsten Fall besaß Reydar die unsinkbare Rettungskapsel, die, aquadynamisch optimiert, nahezu unsichtbar in die achterliche Steuerbordseite integriert war – während für Amundsen von vornherein fest stand, das er nur im Erfolgsfall sein Leben behalten durfte – die Natur war zu seiner Zeit noch nicht durch technologische Überlegenheit auszutricksen gewesen.

Wie für jeden Norweger, so war Amundsen auch für Reydar seit seiner Jugend ein Begriff. Er fühlte sich ihm sogar in besonderer Weise verbunden - bezogen auf die Gründlichkeit der Vorbereitung von Expeditionen, was Planung, Qualität der Ausrüstung und vor allem ihre Instandhaltung anging - und Amundsen in ihrer logischen Konsequenz die Rückkehr aus dem Eis erlaubt hatte - im Gegensatz zu seinem damaligen britischen Konkurrenten Scott, dem das auf tragische Weise nicht vergönnt gewesen war. Aus dieser Verbundenheit heraus hatte Reydar den Namen des Trimarans gewählt: den Spitznamen Amundsens, abgeleitet aus der ausgeprägten Hakennase des Entdeckers in Verbindung mit seinen häufigen Erkundungsflügen über das Eis.

Was er nicht ausreichend bei der Vorbereitung bedacht hatte, waren die Auswirkungen der Einsamkeit und des permanenten Schlafmangels auf seine Psyche und Physis. Gegen die Einsamkeit gab es ein paar Möglichkeiten. Er konnte jederzeit über Funk mit der Rennleitung oder seinem technischen Team sprechen, er machte brav jeden Tag eine Stunde Videoaufzeichnungen für die PR-Gruppe der Sponsoren, die das Material im öffentlichen Match-Race-Bericht verarbeitete, um die mediale Aufmerksamkeit zu bedienen. Er hätte sogar die Familie anrufen können, sofern es da jemanden gegeben hätte - gab es aber nicht.

Er war lieber allein.

Das stimmte nicht ganz, wie er sich selbst oft zur Rechtfertigung ergänzte. Es hatte vor langer Zeit jemanden gegeben - *Rebecca* - und seitdem gab es *Sophie*.

Der Mangel an echtem Tiefschlaf war ein ganz anderes Problem. Es gab zwar eine Reihe kleiner Helferlein, die sich auch alle an Bord des Medizinschranks neben dem kardanisch aufgehängtem Waschbecken befanden, sie schoben den finalen Kollaps aber nur hinaus und er musste sie für Notfälle aufheben, in denen er wach bleiben und keine Entscheidungen dem Navigationscomputer überlassen durfte.

Reydar sah durch den Niedergang nach draußen in die Dunkelheit. Im Licht der LED-Decksbeleuchtung glänzte die nasse, weiße Kuppel des *inmarsat* Radardoms, dahinter nur das Wippen der langen Antennen und das wilde Flattern der kleinen norwegischen Flagge. Er lauschte auf die in den vergangenen Wochen vertraut gewordenen Fahrgeräusche, auf das Summen der Stage und Wanten und das hier im Bootsinneren alles dominierende Winseln der hydraulischen Stoßdämpfer, fühlte nach Unstimmigkeiten im schnellen Dahingleiten der Wassertragflächen - *Nichts*.

Die Instrumente berichteten einen mittlerweile auf fünfunddreißig Knoten angewachsenen Wind aus süd-südwestlicher Richtung, die Wellenhöhe lag bei zwei Meter fünfzig. Die Durchschnittsgeschwindigkeit der letzten Stunde war mit 48 Knoten endlich einmal wieder akzeptabel.

Er gestattete sich ein zufriedenes Brummen, *dieses Leg würde aller Voraussicht nach an den White Eagle gehen,* sah auf die Uhr - neunzig Minuten bis zum nächsten Bericht - stellte seinen Wecker auf siebzig Minuten, legte sich in die Koje, ohne irgendetwas auszuziehen, hakte das Sicherungsnetz ein und war Sekunden später eingeschlafen.

Beim ersten Piepen des elektronischen Weckers öffnete er hellwach die Augen - als hätte Reydar sie erst vor einem Moment geschlossen, lauschte sofort wieder auf Fahrtgeräusche. Der Wind hatte weiter zugenommen, das registrierte sein Unterbewusstsein allein durch eine minimale Veränderung der von den Stagen und Wanten ausgehenden Vibrationen, die sich auf den Bootskörper übertrugen.

Er befreite sich aus der Koje, rutschte auf den fest im Boden verschraubten Stuhl am Navigationstisch. Noch fünfzehn Minuten bis zum nächsten Bericht. Der Computer hatte den *White Eagle* während seines kurzen Nickerchens sechsundfünfzig nautische Meilen auf einem 315-Grad-Kurs vorangetrieben. Die Wellenhöhe hatte ebenfalls zugenommen. Noch war es ungefährlich, den Trimaran im Gleitzustand zu fahren, allerdings signalisierten die Zugsensoren an den Wanten und Stagen in den Böenspitzen bereits eine Belastung des Vorsegels nahe des oberen Grenzbereiches.

Er musste das Material schonen!

Mit einem Tastendruck initiierte er den Wechsel der Genua3 durch die Fock1, die rund einhundert Quadratmeter weniger Segelfläche besaß und in einer Batterie von eingerollten Vorsegeln auf ihren Einsatz wartete. Wenige Sekunden später bemerkte Reydar an den Anzeigen den Verlust von vier Knoten Fahrt, nachdem die Elektro-Winschen die Genua durch die Fock ersetzt und die Zugbelastung sich wieder in den Normalbereich zurückverlagert hatte.

Ganz in sich versunken aß der Norweger die angetrockneten Reste eines Multivitaminmüslis, knabberte anschließend an einer halben Tafel Schokolade, leerte dazu eine Dose eines lauwarmen isotonischen Getränks und blickte ungeduldig auf den Bildschirm.

Endlich!

Die Computeruhr zeigte 23:00:00 Uhr lokaler Zeit. Die E-Mail mit dem neuen Bericht war eingetroffen. Reydar blinzelte die bereits zurückkehrende Müdigkeit für einen Moment lang weg, scrollte zur entscheidenden Stelle der E-Mail.

Der relative Streckenverlust auf seinen Konkurrenten hatte sich in der letzten Berichtsperiode auf 120 nautische Meilen ausgeweitet! Enttäuscht stöhnte er auf. *Das konnte doch nicht sein! – Oh, da war ein negatives Vorzeichen – hatte er in der Aufregung wohl übersehen!*

Er unterdrückte den plötzlichen Impuls zur Freude, strich sich beunruhigt die schulterlangen, durch das Salzwasser verklebten, gelb-blonden Haare zurück, kniff die Augen zusammen.

Der White Eagle war in den letzten drei Stunden 120 nautische Meilen näher an die Faster than Light herangekommen – da konnte was nicht stimmen! Akshay musste ein sehr ernstes Problem haben!

Akshay Prakash – 1500 km nordwestlich von Reydar

Am selben Tag

Der Hindu raufte sich genervt die strubbeligen, schwarzen Haare.

»*Durai – mach, dass dieses Scheißboot wieder fährt!*« schrie er in das kleine Headset und sah wutentbrannt auf die 2000 PS liefernde Turbine, die seit zwei Stunden nach einer Notabschaltung still vor sich hin dämmerte.

»*Akshay!*«, hörte er die beruhigende Stimme seines Bruders. »*Ich habe dir gesagt, was passiert, wenn du in dem warmen Wasser des Pazifiks zu lange zu schnell fährst. Ich habe dir die Markierung auf die Hebel geklebt – oder nicht? Was ist passiert, hast du sie abgerissen?*«

Akshay Prakash machte ein paar taumelnde, ziellose Schritte im Kreis herum, bemerkte, dass das seine Wut nicht verrauchen ließ, riss das Headset vom Kopf und schleuderte es gegen die Turbinenverkleidung.

»Durai!« sagte er, »*Durai!*«

Als er bemerkte, dass sein Bruder ihn nicht mehr hören konnte, platzte der Knoten endlich in ihm. Kopfschüttelnd über sich selbst und seinen Ausbruch hob er das Headset auf, überprüfte, ob es Schaden genommen hatte, und befestigte es wieder hinter seinem rechten Ohr.

»Entschuldige. Die Einsamkeit tut mir nicht gut, Durai. Also, was können wir tun?«

»*Wir?*« kam die belustigte Antwort seines Bruders. »*Ich bin gerade in* Shinoli, *ungefähr 9500 Kilometer von dir entfernt. Hali und das Team sind mit der Ausrüstung auf dem Weg von Auckland nach Sanya, und Freida und ich werden auch gleich packen, um den Flug morgen früh zu nehmen und eine grandiose Willkommensparty zu organisieren. Du must das Schiff da schon ganz allein hinbringen, denn du fährst ja seit acht Wochen das Rennen gegen Reydar – oder?*«

Akshay hatte die Krise überwunden. Er lachte laut in den großen Maschinenraum der *Faster than Light* hinein.

»Auf die Party freue ich mich«, prustete er, stützte sich an die geöffnete Turbinenverkleidung und hieb freundschaftlich mit der Faust auf den Eispanzer an den Treibstoffleitungen darunter. »Also – was kann *ich* tun?« fragte er konzentriert.

»Dir ist klar, wie es dazu gekommen ist, Akshay?«

»Du sagst, ich bin zu schnell gefahren…« antwortete er ausweichend.

»Das ist normalerweise kein Problem – nur wenn das Wasser, durch das du fährst, bereits über 25 Grad warm ist«, begann Durai die Erklärung, *»entsteht ein Stau am Wärmetauscher, der länger braucht um der Kühlflüssigkeit die Wärme zu entziehen, da das Temperaturgefälle zum Meerwasser nicht mehr so groß ist –«*

»Aber …«

»Jetzt pass *auf!«*, ermahnte ihn sein Bruder. *»Das war im kalten Wasser des Südmeeres kein Problem, jetzt im Pazifik ist es eins. Das System kühlt nicht nur, sondern heizt auch die Treibstoffleitungen und die Einspritzdüsen des Kerosins in der Turbine –* warum?« er machte eine Pause, in der Akshay sich auf die Lippen biss, um keine dumme Bemerkung zu machen, »richtig! – *um ein Einfrieren der Leitungen zu verhindern, das durch die entstehende Kälte beim Übergang vom flüssigen Treibstoff in die Gasform in den Vorhöfen der Brennkammern droht. Beide Systeme sind gekoppelt. Das heißt, auch die Heizkreisläufe verlangsamen sich, wenn die Kühlkreisläufe die Wärme nicht schnell genug loswerden. Wenn dann noch einer am Steuer ist, der die blinkenden Anzeigen und lauten Sirenen ignoriert und nur die Hebel auf den Tisch legt, während Chiggy Wiggy über die Brücke dröhnt, beginnen diese beiden Fehler sich aufzuschaukeln, bis entweder die Leitungen zu sind oder das Triebwerk explodiert – du hattest vor zwei Stunden also Glück, großer Bruder, kann man sagen!«*

Akshay klopfte verlegen auf die oberschenkeldicken Eisklötze an den Leitungen. »Und jetzt?«

»Die Düsen werden so lange nicht funktionieren, bis das Eis komplett abgetaut ist – das wird wenigstens einen Tag dauern. Fahr mit dem Dieselaggregat, erhöhe die Leistung der Antriebspods, öffne beide Schotts zwischen den Maschinenräumen und erzeuge so viel Wärme wie möglich«, kam die unverzügliche Antwort. *»Wenn*

du einen Föhn mitgenommen hast, würde das auch helfen«, lachte Durai über das Headset.

»*Du hast noch eine halbe Stunde bis zum nächsten Report, dieses und die folgenden Legs kannst du sowieso abschreiben. Ich lasse von hier noch einmal die komplette Ferndiagnose durchlaufen. Mach, was ich dir geraten habe, und iss dann was. Danach ruf bitte Freida an, sie hat Neuigkeiten.*«

Akshay lies die Schultern sinken. So hatte er sich dieses Rennen nicht vorgestellt - das Schiff sollte viel selbständiger sein.

Wenigstens führte er noch! Er ging zum ersten der beiden eineinhalb Meter hohen Schotts, entriegelte es an dem zentralen Rad und klappte es weit zur Seite, bis er es mit einem rot lackierten Haken blockieren konnte, neben dem ein Schild in Signalfarbe an der Wand angebracht war, auf dem *Sicherheitsschott! Nur im Hafen arretieren!* stand.

Geht jetzt nicht, dachte er und wiederholte die Prozedur am Backbordschott, bevor er den angrenzenden Maschinenraum betrat, in dem ein bulliges, fünf Meter langes und zwei Meter hohes MAN Common-Rail-Dieselaggregat zur Stromerzeugung vor sich hin lief. Die Geräuschkulisse hatte sich bereits beim Öffnen des ersten Schotts merklich erhöht. Jetzt, wo er unmittelbar neben der Maschine stand, spürte er trotz der massiven Schalldämpfung die kraftvollen Obertöne der Turbolader.

Er wandte sich dem Steuerpult zu, sah, dass das Aggregat gerade eine Leistung von fünfhundert Kilowatt erzeugte, mit denen es das gesamte Schiff mit Energie versorgte, sowie den Strom für die beiden Antriebspods bereitstellte, welche im Moment für die lächerlichen acht Knoten Fahrt der *Faster than Light* verantwortlich waren.

»Hmm«, Akshay sah sich um, *viel wärmer als im Turbinenraum war es hier auch nicht.*

Er entdeckte die für die Wärmeableitung verantwortlichen Lüfter, suchte ein paar Minuten mit verkniffenem Mund nach dem Steuerungsmenu und regelte sie dann soweit hinunter, wie das System es erlaubte, blickte auf die feine goldene Uhr an seinem Handgelenk, erinnerte sich an die Worte seines Bruders und verließ den Maschinenraum eilig Richtung Brücke.

Hier oben spürte er die Neigung des Schiffes zwischen den Wellen viel stärker als unten in den Maschinenräumen. In der, die gesamte Breite von zehn Metern der *Faster than Light* einnehmenden, Frontscheibe aus zehn Zentimeter dickem Polycarbonat spiegelten sich die unzähligen Leuchtschalter und Bildschirme des futuristisch designten Cockpits in Edelholz und dunkler Lederoptik. Hinter der schrägen, vier Meter hohen Scheibe war es finster. Kein Licht von Mond oder Gestirnen durchdrang die dicke Wolkenschicht der pazifischen Nacht.

Akshay ließ sich in den bequemen Pilotensessel fallen, schleuderte die teuren Seidenpuschen von seinen nackten Füssen und genoss einen Augenblick das weiche Gefühl des hochflorigen Teppichbodens. Auf dem Radar war er im Umkreis von einhundert nautischen Meilen allein, der Autopilot hatte neben den blinkenden Störmitteilungen des Wasserdüsenantriebs keine weiteren Meldungen gemacht, der nächste Bericht war noch nicht da.

Betroffen sah er die von Durai aufgeklebte, neongelbe Markierung neben den schwarzverchromten Fahrtreglern, die er unbewusst ignoriert hatte. Er erhob sich, ging an die Regler, pulte die Aufkleber mit seinen manikürten Fingernägeln ab, steckte sie unter einem leichten Anflug von Verlegenheit in die Hosentasche und holte sich aus einem in der Holzfront eingebauten Kühlschrank voller indischer Lassifläschchen eines mit der Aufschrift *Mango*.

Wie konnte der Norweger nur so asketisch sein, dachte er mitfühlend wie jedesmal, wenn er sich ein Gericht in der opulent ausgestatteten Bordküche zubereitet hatte oder sich aus seinem nicht enden wollenden Vorrat an diversen nichtalkoholischen Getränken und Snacks bediente und an die karge Ausstattung des *White Eagles* dachte. Der Charakter des Nordländers war so verschieden von seinem wie die Schiffe, mit denen sie zu dieser verrückten Wettfahrt angetreten waren, oder wie die Unternehmen, die sie führten. Trotz oder gerade aufgrund ihrer unterschiedlichen Lebensarten hatte er sich mit dem klaren Norweger auf Anhieb gut verstanden.

Kopfschüttelnd setzte er sich auf die Lederarmlehne des Pilotensessels, nippte an dem gegorenen Milchgetränk und dachte mit Vergnügen an ihr erstes Aufeinandertreffen vor vier Jahren am Rande einer internationalen Konferenz über die Zukunft des Bergbaus in Entwicklungsländern, in Chile zurück.

Akshay war auf der Suche nach internationalen Partnern für seine Global Ressources Group, GRG, gewesen, nachdem er eine Reihe von schlechten Erfahrungen mit japanischen Unternehmen gemacht hatte - sonst eigentlich immer die erste Adresse, wenn es um Themen ging, in denen das ungeliebte China voranschritt. Doch das hatte nicht funktioniert - die Japaner waren zu versessen darauf, eigene Lösungen zu finden und waren nicht bereit gewesen, gleichberechtigt im Team zu spielen.

Schließlich hatten seine Analysten eine kleine, skandinavische Unternehmensgruppe mit einem Gesamtumsatz von drei Milliarden US-Dollar identifiziert, mit dem für einen Asiaten unaussprechlichen Namen *Nordisk Sjeldne Jordarter Gjenvinning*, geführt von einem Norweger - Reydar Steen. Nordisk SJOG war ein Exot auf dem Kongress gewesen - ein Recyclingspezialist ohne eine einzige eigene Mine, aber mit einer hohen Expertise im Bereich der Edelmetall-Rückgewinnung und einem ausgezeichnetem Kontaktnetzwerk in Europa - *eine saubere Firma* im Kreis der Umweltzerstörer!

Lustigerweise hatte Akshay hinterher herausgefunden, dass das Interesse gegenseitig bestand - auch Reydar hatte nach einem Partner im asiatischen Raum gesucht, der nicht zu groß für ein Joint-Venture und gleichzeitig bereit war, dem hohen Umweltcodex von Nordisk SJOG zuzustimmen, um selbst Zugriff auf die wertvollen Rohstoffe zu bekommen.

Blieb der kulturelle Unterschied - und der war sehr lehrreich. Er hatte einen neuen Begriff gelernt, *Power Distance*[3], und die Bedeutung am eigenen Leib erfahren.

Reydar war auf dem Kongress direkt auf ihn zugegangen, um einen Termin mit dem Chef von GRG zu vereinbaren - nicht ahnend, dass er diesem gerade gegenüberstand. In der traditionellen Denkart der Inder hatte er - Akshay, ebenso unwissend - Reydar damit als einen einfachen Mitarbeiter von Nordisk SJOG begriffen, der auf den unteren Ebenen der Organisation handeln musste, denn für einen hierarchiegläubigen Inder war es undenkbar, dass der leitende Manager sich selbst um einen Termin kümmert - und ihn kurzangebunden an einen seiner eigenen niederen Mitarbeiter verwiesen.

Die Auflösung des Missverständnisses folgte schließlich am letzten Tag der Konferenz kurz vor der Abreise - so lange hatte es im Stab von Akshay unter Einhaltung der geforderten Genehmigungsprozesse gedauert, das Treffen zu organisieren.

Für ihn war es ein Weckruf mit überwältigender Wirkung gewesen, zu erkennen, dass der höchste Manager - in diesem Fall sogar der Eigentümer eines in der Größe vergleichbaren Unternehmens - jede Arbeit selbst ausführen konnte, ohne in seinem Mitarbeiterkreis an Gesicht zu verlieren, dies dort sogar als selbstverständlich hingenommen wurde.

Das Telefon auf der Steuerbordseite der Brücke klingelte und riss ihn aus der Erinnerung. Akshay sprang auf, stellte die fast leere Lassiflasche auf ein freies Stück poliertes Edelholz neben den Fahrtreglern des Wasserdüsenantriebs und eilte auf die andere Seite. Er blickte auf die Nummer der angezeigten Verbindung des vollkommen integrierten Kommunikationssystems, tippte den vierstelligen Code seines Headsets über einen Touchscreen ein und nahm das Gespräch entgegen.

»Namasté, *großer Bruder*«, begrüßte ihn die samtene Stimme seiner Schwester.

---

[3] Power Distance: Abstand durch Macht; beschreibt den Grad der Trennung zwischen Menschen eines Kulturkreises, initiiert durch Autorität, Einfluss und Prestige

»*Namasté*, Freida!«

»*Ich habe gehört, du hast das Schiff kaputt gemacht*«, spottete sie leise in ihrer speziellen Art. »*Ich habe gestern noch mal die Rechnung gesehen – weißt du, wie teuer das war?*«

»Es ist nicht kaputt, Freida«, antwortete er gepresst und spürte, wie seine Wut langsam zurückkam.

»*Du willst es wahrscheinlich nicht hören, Bruder, aber für das Spielzeug hätte die GRG ein weiteres technisches Institut spenden* und *einhundert Landschulen dauerhaft finanzieren können!*«

»*Freida!* Wer hat denn das Geld verdient? Geht es der Familie etwa nicht gut? Finanziere ich nicht die Ausbildung aller unserer Cousins und Cousinen? Kümmere ich mich nicht gut genug um sie? Wann darf ich mal etwas für mich machen?«

Akshay spürte, dass sie ihn nur ärgern wollte. Natürlich wusste seine Schwester das alles so gut wie er, trotzdem war es ihm unmöglich, die Anspielungen einfach zu ignorieren denn – wie immer – hatte sie ein Körnchen Wahrheit versteckt. Zwei Millionen US-Dollar pro Meter waren für die Sonderanfertigung einer Stealth-Yacht aus einer italienischen Werft eigentlich nichts Außergewöhnliches – sofern sie dann auch funktionierte. Im Fall der *Faster than Light* verteilte sich der Anschaffungspreis zudem noch wie bei einem Linienflugzeug: fünfzig Prozent auf den Antrieb, fünfzig Prozent auf den Rest. *Und die ersten fünfzig Prozent lieferten im Moment keine Rendite!*

Er konzentrierte sich einen Moment lang, federte eine Rollbewegung des Schiffes in den höher werden Wellen mit den Füßen ab und wählte mit Bedacht ein weiteres Lassi – *Zitrone* aus dem Kühlschrank, während am anderen Ende der Leitung die Geräusche von fallendem Regen Freidas Lachen untermalten.

»Also sag schon, was du wissen musst«, meldete sich Akshay leise vor sich hin schimpfend, mit den Knöpfen für die Flutlichter des Vorschiffs spielend, wobei er an die andere Lassiflasche geriet, sie umkippte und den Rest des Milchgetränks über die Fahrtregler verteilte.

»*China Energized hat sich mit einem neuen Angebot gemeldet. Sie bieten für unser neu entdecktes Lanthan- und Neodym-Vorkom-*

men in Pradesh nun vier Milliarden US-Dollar – in Form einer Beteiligung an der Fördergesellschaft über zehn Jahre. Ich habe bereits ausrichten lassen, dass wir uns sehr geehrt fühlen und darüber nachdenken werden – aber das hat sie in den letzten Monaten auch nicht davon abgehalten, weitere Angebote zu machen.«

»Wir sind nicht interessiert, Freida - warum sagst du es ihnen nicht deutlicher - es sind *Chinesen!* Wir versuchen seit Jahren im Markt gegen sie zu bestehen, wir werden sie nicht ins Unternehmen holen!«

»Das weiß ich, Bruder. Aber vielleicht erfahren wir durch sie etwas über ihre Pläne. Ich habe gehört, dass CE in Asien mit Amerikanern kooperiert – und dass diese kupa-manduka dringend an die Rohstoffe kommen müssen, brauche ich dir nicht zu sagen – außerdem haben sie sehr viel Geld….«

Akshay dachte nach, wischte die klebrigen Finger an der schwarzen Jeans ab und streckte sich gähnend.

»Da hast du es! Willst du dann die Amis bei uns reinholen? - Was ist mit der First Bank?«, wechselte er das Thema, »haben sie ihre Schwierigkeiten im Griff? Ich fühle mich unwohl, wenn unsere Hausbank in den Schlagzeilen steht.«

»Offiziell schon – wir haben ein entsprechendes, vertrauliches Schreiben erhalten. Wenn du in sechs Wochen von deinem Ausflug zurück bist, sollten wir mal mit Anil sprechen.«

Auf einem Monitor erschien die Meldung, dass eine E-Mail eingetroffen sei. Akshay tippte auf den Schirm und öffnete den Anhang.

»Bist du noch da?«

»Ich habe in den letzten Stunden einhundertzwanzig Meilen verloren - wegen dieses *Scheiß-Antriebs!«* schimpfte er laut vor sich hin.

»Na, dann wünsche ich dir eine gute Nacht, großer Bruder und mach nicht noch mehr kaputt, dann können wir es vielleicht am Ende noch verkaufen.«

»Gute Nacht«, antwortete er tief in Gedanken - aber Freida hatte das Gespräch bereits beendet.

Akshay ging zum Drucker, entnahm die acht Seiten des Rennberichts aus dem Ausgabefach und wandte sich dem

Wetterrechner zu. Er befand sich nur noch wenig entfernt vom südlichen Rand eines massiven Tiefdruckgebietes, dessen Kern sich sechshundert nautische Meilen nördlich im Uhrzeigersinn eindrehte und ihm die direkte Linie zum nächsten Pflicht-Wegpunkt, *Guam*, versperrte. Der vorgeschlagene Kurs wich dem südwestlich ziehenden Sturm weit auf östlichem Kurs aus, mehr als achthundert nautische Meilen in Richtung der Atolle von Mikronesien.

»Nein, nein«, sagte er leise. Schob den Cursor nach Westen, in die Philippinische See, sah wie sich die Windstärke dort auf über sechzig Knoten, die Wellenhöhe auf über fünf Meter im Mittel erhöhte. Der prognostizierte Kurs von Reydar bei seiner durchschnittlichen Geschwindigkeit der letzten drei Stunden würde ihn in achtzehn Stunden zu ihm führen. Würde er dem vorgeschlagenen Kurs nach Osten folgen, könnte der *White Eagle* sogar vorbeiziehen - sofern Reydar diesen Kurs steuern konnte - da war er sich jetzt nicht sicher - aber abschrecken lassen würde sich der kernige Norweger nur von schlechtem Wetter sicher nicht.

Nein - diese Chance durfte er Reydar nicht gewähren. Sollte die Faster than Light doch mal zeigen, was sie aushielt.

Akshay programmierte einen Kurs westlich um das Sturmzentrum herum, setzte die Geschwindigkeit auf zwölf Knoten hoch - dem Limit unter Antrieb durch die Steuerungspods - und verließ die Brücke in Richtung der Eignersuite im Vorschiff. Sein Magen hatte sich schon länger gemeldet und er würde sich ein delikates Curry zubereiten, um es unter der transparenten Polycarbonatabdeckung, die er extra für dieses Rennen über dem zwanzig Meter langen Sonnendeck hatte anbringen lassen, einzunehmen. Es gab da bestimmt noch ein paar schöne Filme mit seiner Lieblingsschauspielerin Aishwarya Rai Bachchan, die er erst fünf oder zehnmal gesehen hatte.

2
US-Earths - Bangalore, Indien

Am selben Tag

Eine Reihe kleiner Schweißperlen hatte sich am glänzend schwarzen Haaransatz Narayana Lamdas über seiner hohen Stirn gebildet. Es war nicht sonderlich warm an diesem Märzmorgen in Bangalore, schon gar nicht in diesem exquisit klimatisierten Büro auf der Vorstandetage von New India Metal.

Davis Zitter schätze die Temperatur auf ungefähr 21 Grad. Er war einer der leitenden Agenten von Field/2, einer kleinen, aber sehr wichtigen Abteilung des amerikanischen Rohstoffkonzerns US-Earths und saß seit zehn Minuten dem 35 Jahre alten Inder - er korrigierte sich gedanklich: dem Brahmanen - am gläsernen Besprechungstisch gegenüber. Ein zwanzigseitiger Kaufvertrag lag in zwei Kopien, ordentlich gebunden und geprägt, zwischen ihnen auf der Glasplatte. Lamda trug ein blaues Seidenhemd unter dem hellgrauen Sakko mit geöffnetem oberstem Knopf und ohne Krawatte - die hier übliche Mode für erfolgreiche Manager - und schwitzte. Sein unruhiger Blick huschte über das Unterschriftsfeld auf der letzten Seite des aufgeschlagenen, oberen Dokuments.

Zitter spürte die überwältigende Ablehnung des Mannes gegenüber dem Vertrag, gegenüber seiner Person - spürte, wie dessen Geist hektisch arbeitete, um eine Fluchtmöglichkeit vor dem unausweichlichen Verkauf der Mehrheitsanteile des Familienunternehmens zu finden. Eine Schweißperle löste sich vom Haaransatz, kullerte die Stirn bis zu den schwarzen Brauen hinunter, versiegte für den Moment.

»Ich kann das nicht!«

Narayana Lamda erhob sich erregt, trat hinter seinen Ledersessel und presste die Hände kurz vor dem Gesicht zusammen, errang einen Teil seiner Fassung zurück und drückte die Finger dann fest auf die Lehne.

»Mein Vater hat dieses Unternehmen aufgebaut, es gehörte immer uns - alle meine Verwandten arbeiten hier, meine Vettern aus dem Dorf, die Nachbarn. Ich kann es nicht weggeben! Es widerspräche meiner innersten hinduistischen Überzeugung nach einer gerechten Gesellschaft.«

Zitter blickte unberührt an ihm vorbei aus dem Fenster des Hochhauses, sah in der Ferne die Wolkenkratzer des Software Technology Parks, des weltgrößten Ballungsgebietes an Informatikdienstleistungen - eine gute Nachbarschaft für das neue Tochterunternehmen von US-Earths.

Er richtete seine grünen Augen auf Lamda, legte etwas Mitgefühl hinein und machte eine sehr deutliche Geste an den Brahmanen gerichtet, wieder Platz zu nehmen.

Milde sagte er: »Sie müssen das Unternehmen nicht verlassen, Mr. Lamda. Sie können weiter ihre Verwandten und Nachbarn beschäftigen. Mir ist bewusst, dass Sie als Hindu - noch dazu als Angehöriger der obersten Kaste - im Besonderen dazu verpflichtet sind, und glauben Sie mir, Mr. Lamda, ich bin begeistert von der Art der Nächstenliebe und Fürsorge, die in diesem Land herrscht. Nach außen hin muss sich nichts ändern.«

»*Aber Sie werden über mich bestimmen!*«, brach es aus Lamda heraus. Mit einer hilflos wirkenden Bewegung wischte er sich die Schweißperlen von der Stirn, hasserfüllt beobachtete er den blonden Amerikaner, im tadellos zugeknöpften schwarzen Einreiher, strahlend weißem Hemd und roter Krawatte, wie er mit geradem Rücken am Tisch saß, vor nicht einmal 15 Minuten sein Büro betreten hatte und nun sein Leben zerstörte.

»Nicht ich, Mr. Lamda. Das werden Fachleute sein - Fachleute, wie Sie selbst einer sind. Mit ausgezeichnetem Studium in Harvard und von anderen Elite-Universitäten. Sie werden das Unternehmen voranbringen -«, Zitter beglückwünschte sich im Stillen zu dieser Doppeldeutigkeit seiner Aussage, »Sie sollten nicht zögern, Mr. Lamda«, er ließ ein paar Sekunden verstreichen, um sicherzustellen, dass seine nächsten

Worte Gehör finden würden, »ich halte die Alternative für Sie für *nicht* akzeptabel.«

Lamda registrierte die leichte Betonung, drehte den Sessel zur Seite, lies sich mutlos hineinfallen, griff nach dem aufgeschlagenen Dokument, sah es an, ohne es zu lesen, und warf es mit einer ruckartigen Bewegung trotzig zurück auf den Tisch in Zitters Richtung.

»*Nein* - ich werde Ihnen keine weiteren Anteile verkaufen!«

Sofern er eine Reaktion des Amerikaners provozieren wollte, wurde er von diesem enttäuscht.

»Mr. Lamda - ich bitte Sie.« Zitter beschloss einen Gang höher zu schalten - er musste seinen Flug erreichen, was bei dem Verkehr in indischen Großstädten immer ein ausgemachtes Risiko war - und griff in seine Aktenmappe. Den schmalen Umschlag, den er förmlich herauszog, legte er wie ein Testament vor sich auf den Tisch, öffnete den braunen Deckel und entnahm ein einzelnes Blatt Papier, das er bündig mit der beschriebenen Seite nach unten auf dem Umschlag ablegte

»Erlauben Sie mir, die Fakten noch einmal zu rekapitulieren.« Ohne auf eine Antwort des Brahmanen zu warten oder auf das Blatt zu sehen, fuhr er fort. »US-Earths hat vor drei Jahren einen 15-prozentigen Anteil von ihrem Vater an New India Metal erworben. In der vergangenen Zeit waren wir ein verlässlicher Partner und haben vier sehr potente Investoren für die Expansion Ihres Unternehmens gewonnen, welche Ihnen erhebliche Summen - es sind im Moment ziemlich genau 3,9 Milliarden US-Dollar - zur Verfügung gestellt haben und die durch US-Earths vertreten werden. Zusätzlich haben Sie offene Kredite bei der First Bank of India im Volumen von noch einmal 2,5 Milliarden US-Dollar, die Texas Funds auf unsere Vermittlung hin verbürgt hat - *hören Sie mir zu, Mr. Lamda?*«

Zitter beugte sich leicht vor, legte eine Hand auf das Blatt. »Die First Bank of India benötigte im vergangenen Monat massive Hilfe - können Sie sich vorstellen, wer der Bank geholfen hat, Mr. Lamda?

Lamdas Blick flackerte. »Das können Sie nicht tun«, stieß er mit heiserer Stimme hervor. Der Schweiß brannte in seinen Augen, er schluckte, brachte seine Stimme wieder unter Kontrolle. »Ich werde andere Geldgeber finden, Sie bekommen die Darlehen zurück!«

Der Amerikaner schüttelte den Kopf. »Zu Ihrer Information, Mr. Lamda: Texas Funds ist *unsere* Hausbank. Wir besitzen davon 51 Prozent und wir bevorzugen den Gegenwert unserer Investitionen *immer* in Aktien.«

Er machte eine Pause, betrachtete die im dezenten Licht eines Downlights in Szene gesetzte vierköpfige, goldene Statue des Brahma-Gottes auf einer geschwungenen Anrichte in der Mitte des Raumes zwischen den zwei deckenhohen Fenstern. Wenn er sich richtig erinnerte, war Brahma derjenige der drei Hauptgötter, der für die Erhaltung zuständig war - nun, das war immer noch möglich.

»Sie werden keine Geldgeber finden, Mr. Lamda. Wenn wir der Öffentlichkeit andeuten, dass wir das gesamte durch uns vertretene Kapital abziehen wollten und die Bürgschaften gekündigt würden - ist New India Metal zahlungsunfähig.«

Zitter schob die beiden Vertragskopien langsam zurück über den Tisch. »US-Earths kontrolliert mit den genannten Positionen bereits weit über die Hälfte Ihres Unternehmens.« Seine Stimme war sachlich - Mitleid in diesem Job unangebracht. »Wir können Sie in der nächsten Aktionärsversammlung in aller Öffentlichkeit auf die Straße setzen und ihre Verwandtschaft und Nachbarn auch, wenn Sie uns nicht ihre zwanzig Prozent verkaufen. Sie wären immer noch reich, aber ohne Ansehen.« Er deutete auf die Statue. »Sie würden ihre Varna-Kaste nicht verlieren - aber in ihrer Jati-Kaste so ziemlich nach unten rutschen - ist es nicht so, Mr. Lamda?«

Lamda konnte sich nur unter größter Aufbietung seiner Erziehung disziplinieren. Er war gefangen - aber er konnte nicht verhindern, dass seine Anspannung sich Bahn brach und ihm *matachod!* entfuhr.

Zitter lächelte unbeteiligt. »Ich nehme das als Einverständnis, Mr. Lamda, und befürworte Ihre Einstellung als Vorstand für besondere Aufgaben.« Er tippte auf die Verträge und zwinkerte ihm zu. »Ihr Salär ist recht eindrucksvoll und für die ersten fünf Jahre garantiert.«

US-Earths – Chongqing, China

Am selben Tag

John Turrel legte den altmodischen Hörer des Autotelefons mit breitem Grinsen zurück in die Mittelarmlehne. Er wollte sich nicht an diese kleinen Fummeldinger von Smartphones gewöhnen, die durch den bloßen Hautkontakt mit seiner Wange während des Telefonierens alle möglichen Funktionen auslösten.

Fredric Vaughn nahm den Gefühlsausbruch des ihm im Fond gegenübersitzenden Vice Presidents von US-Earths, seines Bosses, aufmerksam zur Kenntnis. »Hatte Mr. Zitter Erfolg?«

Turrel nickte und konnte sich die letzten Spuren des hartnäckigen Grinsens nicht aus dem Gesicht entfernen. »Er hat angedeutet, wir hätten über Texas Funds die First Bank of India übernommen und damit gedroht, die Kredite von New India Metal zu kündigen.«

»Aber das haben wir nicht. Die First Bank wäre viel zu groß und die Investoren waren zufrieden mit der Rendite!« Vaughn schüttelte fassungslos über so viel Gerissenheit den Kopf. »Es wird schwer für Lamda ein Versteck vor der Wut seiner Familie zu finden, wenn der Bluff rauskommt.«

»Das wird zumindest etwas dauern, Davis hat ihn für fünf Jahre ruhiggestellt.«

Die kleine Analoguhr im Fahrzeughimmel zeigte 10:45 Uhr. »Rufen Sie bei unseren Freunden an, Fred. Wir kommen jetzt vorbei«, er blickte durch die getönten Seitenscheiben auf den stockenden Verkehr der achtspurigen Hauptstraße der im

Süden Chinas gelegenen 5-Millionen-Metropole Chongqing, der an ihrem auf dem Parkplatz des Hilton geparkten Lexus vergleichbar träge wie die trüben Wassermassen des Yangtze vorbeifloss, der sich hinter dem Hotel durch den tristen Großstadt-Dschungel wand. Er verzog die Mundwinkel. »Sagen wir, in zwei Stunden.«

Als sie den Fahrstuhl im 87. Stock des China Energized Buildings verließen, wurden sie von nicht weniger als drei Assistenten des Direktors Wang Lao erwartet. Turrel zollte dem gerissenen Chinesen im Stillen Respekt. Seine *Assistenten* waren mit Sicherheit hohe Vertreter der örtlichen Triaden, verbargen sich jedoch geschickt hinter dem Äußeren erfolgreicher Universitätsabsolventen in dunklen, korrekt geschnittenen Anzügen wenn auch mit den obligatorischen Sonnenbrillen.

Der ehemalige CIA Special Agent benötigte keinen zweiten Blick um ihre Banden-Zugehörigkeit an den spezifischen Tätowierungen ihrer Hände zu erkennen.

»Haben wir die Geschenke, Fred?«, fragte er beiläufig, während sie gemessenen Schrittes durch einen langen, mit abgelaufenen Teppichen belegten Flur geführt wurden und er sich geflissentlich einige der zahllosen Portraits chinesischer Lokalpolitiker ansah, bevor sie in einen fensterlosen Besprechungsraum gelangten, in dem sie vier weitere Chinesen erwarteten.

Turrels Historie in der CIA hier in Südostasien reichte weit zurück. Er war mehr als zehn Jahre lang von Singapur aus tätig gewesen, bevor er als Sektions-Chef die Leitung des Hongkong-Büros übernommen hatte. Seine Tätigkeit als Manager der Marktentwicklungsabteilung von US-Earths, einer Interessengemeinschaft nordamerikanischer und kanadischer Bergbaugesellschaften, hatte er zu Beginn der Aufbauphase vor einigen Jahren angetreten – auf Wunsch seines damaligen Vorgesetzten, Miles Shoemaker, heute einer der jüngsten Direktoren der Firma.

John Turrel ging auf den Ältesten der Chinesen zu, verbeugte sich leicht in der Hüfte und vermied den direkten Augenkontakt, der hier unhöflich wirken würde.

»Ich freue mich sehr, Sie zu sehen, Mr. Wang, und bedanke mich für die freundliche Aufmerksamkeit bei unserer Ankunft im Hotel«, sagte er leise, belustigt an die Flasche besten Maotais und die daran klebende Telefonnummer des Luxus-Callgirls denkend.

Wang bekleidete - wie viele der einflussreichen Chinesen - einen Doppelposten in Partei- und Wirtschaft. Mit dem Vorsitz bei China Energized verdiente er Geld, welches er für westliche Güter und Einfluss benötigte. Mit dem Posten des stellvertretenden Parteichefs der KP in Chongqing - inklusive weitreichender Verbindungen nach Peking und zu den lokalen Provinzlingen - sicherte er beide ab.

Der Chinese erwiderte die Verbeugung nachlässig.

»Ich freue mich, wenn es Ihnen gefallen hat, Mr. Turrel. Darf ich Ihnen Cai Ing-Wen vorstellen, meinen Assistenten«, sagte er mit der Hand auf den neben ihm stehenden Chinesen deutend, der - wie Turrel wusste - obwohl erst in den hohen Vierzigern, bereits vollkommen ergraut war.

Mr. Cai verbeugte sich und reichte Turrel mit beiden Händen seine Visitenkarte, die der aufmerksam entgegennahm, bevor er die Geste erwiderte. Vaughn sowie die beiden Assistenten von Wang und Cai wurden nicht vorgestellt, wie auch den beiden rot-gelb verpackten Gastgeschenken Turrels - einen Colt New Agent mit Gravur sowie ausreichend Munition, den Vaughn kurzfristig noch im Büro hatte besorgen können - und die er nun am anderen Ende des Konferenztisches genau auf der Tischmitte platzierte, keinerlei Beachtung geschenkt wurde.

Wang stand bei China Energized dem neuntgrößten Bergbaukonzern der Volksrepublik vor, vollkommen unbedeutend zwar für die Großen der Welt wie Rio Tinto, Vale, Anglo American oder BHP Billiton. Was ihn für Turrel und US-Earths aber weitaus interessanter als die Giganten machte, war die Tatsache, dass das Unternehmen mit Minen an der Grenze zur Inneren Mongolei auf 35 Prozent der chinesischen Jahresfördermenge an Seltenen-Erden-Metallen saß und damit mehr von diesen kritischen Substanzen förderte als die genannten Multis und der Rest der Welt zusammen. Dass der Betrieb dieser Minen absolut illegal war, sie die Umwelt mit ihren Abbaumethoden rücksichtslos vergifteten und die Arbeiter unter unwürdigen Bedingungen geknechtet wurden, spielte in seiner Betrachtung nur eine untergeordnete Rolle. Nahezu achtzig Prozent des chinesischen Bergbaus funktionierte schließlich auf diese Art.

Zudem waren sie bereits heute bitterlich von diesen Rohstoffen abhängig - und diese Abhängigkeit würde in der Zukunft sehr schnell steigen. Das ausgerechnet China auf mehr als 97 Prozent der Weltfördermenge saß, machte die Angelegenheit nicht angenehmer.

Das stimmte seit dem Morgen nicht mehr so ganz, dachte er belustigt. New India Metal hatte vor einem halben Jahr ein bedeutendes Vorkommen entdeckt und sich die Rechte darauf eintragen lassen. Das Volumen des Claims wurde auf mindestens eine Million Tonnen geschätzt, was der zehnfachen aktuell auf der Welt geförderten Jahresmenge entsprach. Diese Neuigkeit würde er vorläufig für sich behalten. Turrel zog es vor, seinen Geschäftspartnern stets in einer Form des Understatements zu begegnen. Falls es erforderlich sein sollte, zu einem späteren Zeitpunkt mehr Gewicht in die Waagschale zu werfen, wollte er nicht mit leeren Händen dastehen.

Sie setzten sich am linken Tischende auf gegenüberliegende Plätze, einer von Wangs Assistenten positionierte sich hinter Wang und Cai, er würde für den komplizierteren Teil des Gesprächs als Dolmetscher fungieren. Vaughn rückte seinen Sessel ein wenig vom Tisch ab und schob ihn schräg hinter den von Turrel, bevor er sich setzte und aus seinem Aktenkoffer eine Mappe zog, der er zwei Schriftstücke entnahm und an Turrel weiterreichte, der sie vor sich auf die Mahagonitischplatte neben die erhaltene Visitenkarte schob und auf die Gesprächseröffnung durch den Gastgeber wartete.

»Mr. Turrel, ich bin erfreut über die pünktliche Zahlung der vereinbarten Rate. Darf ich davon ausgehen, das das Arrangement unserer Unternehmen damit auf eine vertragliche Basis gestellt wird?«

Turrel lächelte in sich hinein. Trotz seiner langen Erfahrung war er immer wieder über die Anpassungsfähigkeit der Chinesen erstaunt - besonders wenn es um Themen ging, die substantiellen, wirtschaftlichen Erfolg versprachen. Innerhalb kürzester Zeit waren sie bereit, sich ohne Bedenken von alten Traditionen zu trennen und westliche Gepflogenheiten zu assimilieren - wie das soeben durch Mr. Wang demonstrierte Stellen einer direkten Frage, die nur eine Beantwortung mit Ja oder Nein erlaubte - im klassischen China eine grobe Form der Unhöflichkeit. Er registrierte die wachsende Gier seiner Gesprächspartner und war sich des daraus erwachsenden Konfliktpotentials in nicht allzu ferner Zukunft durchaus bewusst.

»Das ist der Grund meines Besuches, Mr. Wang. Ich möchte noch einmal betonen, wie wichtig US-Earths diese Zusammenarbeit ist und unterstreichen, dass wir zu deutlichen Investitionen bereit sind, um die Kooperation unserer Unternehmen langfristig zu sichern und zu stärken.«

Das war gelinde gesagt eine Untertreibung, wusste Turrel. Seitdem die Preise für eine Tonne Seltener-Erden-Metalle im vergangenen Jahr die 100.000-Dollar-Marke gekippt hatten, als Folge einer regelmäßig über dem Angebot liegenden Welt-Nachfrage der vergangenen Jahre, waren diese Metalle durch ihre Bedeutung für die Spitzentechnologie der Vereinigten Staaten besonders im Rüstungssektor in ihrer Positionierung unter den strategischen Reserven weit nach oben gerückt - erstmal in die Nähe des Rohöls. Diese Veränderung war in der Sicherheitspolitik nicht folgenlos geblieben. Sie mussten dieser Abhängigkeit entfliehen und dazu waren enorme Mittel unterschiedlichster Natur bereitgestellt worden - er und US-Earths bildeten nur eine Form davon.

Turrel blickte in Wangs selbstzufriedenes Lächeln. Dieser war offensichtlich erfreut über die gute Nachricht.

»*Allerdings*«, Turrel betonte dieses Wort, »ist es für uns wichtig, dass die Sicherheit in den Minen verbessert wird, um China Energized und China in diesem Punkt aus dem politischen Fokus der Weltöffentlichkeit zu bewegen. Fortschreitende Berichte über Minenunglücke mit vielen Toten und rücksichtsloser Zerstörung der Umwelt führen dazu, die Medien gegen die Form des Abbaus einzunehmen und irritieren unsere Geldgeber. Das könnte unserer jungen Zusammenarbeit Schaden zufügen.«

Er wählte bewusst den Konjunktiv, um sein Gegenüber nicht zu beschuldigen - die Arbeitsbedingungen waren in der Tat das größte Problem - nicht der Menschen wegen, sondern wegen der andauernden, schlechten Publicity.

Das Gesicht des ehemaligen Funktionärs wurde ernst und seine Stimme leise und gepresst, als er abgehackt zu dem Dolmetscher sprach ohne ihn dabei anzusehen.

»Mr. Wang versichert«, sagte dieser, «dass die erforderlichen Maßnahmen ergriffen würden, um die Nachrichten in Zukunft zu verhindern.« Er beugte sich vor, um die nächsten Sätze von Wang aufzunehmen.

»Mr. Wang beklagt die Freizügigkeit, mit der in den letzten Monaten Reisegenehmigungen für westliche Journalisten durch die Zentralregierung erteilt wurden. Er versichert, dass er auf die regionalen Parteikader und das Militär einwirken wird, diese Genehmigungen für die Abbauregionen zukünftig einzuschränken. Dies würde jedoch weitere Mittel beanspruchen, da es sich um hohe Persönlichkeiten der Partei handelt.«

Turrel war vollkommen klar, wie Wang das regeln würde. Er musste das Rohrleitungssystem des Megalopolis Chongqing mit Geld fluten. Angefangen bei den Parteisekretären, Polizeichefs, Vizechefs hinunter bis zu den lokalen Bonzen und Funktionären wollte jeder bedient werden. Damit am unteren Ende des Systems noch etwas ankam, musste der Druck am oberen Ende entsprechend hoch sein.

Ihm war auch klar, dass Wang sein Leben riskierte, sollte das auffliegen. In letzter Zeit gingen moderne Pekinger Politiker verstärkt gegen Korruption vor. Gebildete Lenker, die eher der Meinung waren, das Land sollte innehalten und überlegen wie der gebackene Wohlstandkuchen gerecht zu verteilen sei, bevor man immer neue Anstrengungen unternahm, einen noch größeren Kuchen zu backen der die sozialen Ungerechtigkeiten weiter verstärkte.

Wang würde in seiner Gier nicht viele Gedanken an die Gefahren verschwenden, er fühlte sich durch sein Netzwerk abgesichert. Das war Turrel im Moment ganz recht so, er hatte beim Dienst Jahre lang Erfahrung darin sammeln können, solche Netzwerke für sich zu nutzen und bei Gelegenheit zu manipulieren.

»Mr. Wang, sobald wir die ersten Lieferungen erhalten haben, stellen weitere Mittel kein Problem dar«, antwortete er, nickte Vaughn unmerklich zu, der sich erhob, die Verträge vor ihm aufnahm, um den Tisch herumging und sie dem Dolmetscher gab, der sie wiederum mit gesenktem Kopf an Wang und Cai weiterreichte.

»Das sind Finanzierungszusagen für die geplanten Übernahmen ihrer direkten Wettbewerber auf dem chinesischen Markt. Sie werden durch von uns kontrollierte Banken in Südamerika garantiert. Unsere lokalen Wirtschaftsberater sind informiert und bereit, die entsprechenden Kursbewegungen in Hongkong auszulösen, sobald wir eine Übereinkunft geschlossen haben. Mit diesen Transaktionen würde China Energized auf den fünften Platz der Förderunternehmen ihres Landes vorrücken.«

Wang führte ein kurzes energisches Gespräch mit seinem Stellvertreter. Turrel verstand nicht jedes Wort, aber genug, um sicherzugehen, dass sie sich nur um Posten stritten und nicht um wesentliche Themen.

»Mr. Turrel«, sagte Wang schließlich mit besorgtem Gesichtsausdruck und legte sein Dokument vor sich ab, »es gibt noch ein anderes Thema, dass ich kurz ansprechen möchte.«

Turrel entließ ihn nicht aus seinem Blick.

»Es gibt Berichte über die Versuche europäischer Konzerne und Politiker, in gewissen Regionen Einfluss zu nehmen – verstärkt in Myanmar und Bangladesch aber auch von Bord moderner Bohrschiffe inmitten des Pazifiks. Sollten diese Aktionen Erfolg haben und eine Förderung der dort vermuteten Vorkommen beginnen, wäre unsere Marktposition bedroht. Sind Sie in der Lage unsere Kooperation vor solchen Zwischenfällen zu schützen?«

Turrel sah den Chinesen weiterhin direkt an, der sich unter dem Blick unbehaglich zu fühlen begann.

»Gehen Sie davon aus, Mr. Wang, dass US-Earths über die erforderliche Aufmerksamkeit relevanter Regierungsstellen und über die Mittel verfügt, unsere *gemeinsamen* Interessen nachhaltig durchzusetzen«, sagte er mit gleichgültigem Ton.

Das hatte er heute ja bereits schon einmal getan.

Wangs Gesichtsausdruck heiterte sich auf, »– im Rahmen der jeweiligen nationalen Gesetzgebung natürlich«, fügte er deswegen mit einem leichten Lächeln hinzu.

3

Sophie deBruck - auf dem Weg zur Aurora Oceani

Am selben Tag

Blau, nichts als endloses Blau!

Die endlose Ödnis des Pazifiks, fein reliefiert von abreißenden Gischtfahnen heller, drei Meter hoher Wellenkämme unter einem bleigrau schimmernden Himmel, füllte ihr Gesichtsfeld zwischen den langen Wimpern ihrer halb geöffneten Augen. Das nur gedämpft in die Kabine des Eurocopters NH90 NFH[4] reichende Wummern der Rotorblätter hatte Sophie De Bruck nach über drei Stunden Flugzeit seit ihrer Zwischenlandung in Davao City auf den Philippinen erneut in einen leichten Dämmerschlaf versetzt. Zunehmender Seitenwind von zuletzt knapp über fünfzig Knoten zwang den Piloten zu einer schrägen Trimmlage des Transporthubschraubers, die ihr ein richtiges Einschlafen verwehrte. Die schwere Maschine flog mit allerlei Ausrüstung für den Forschungskreuzer *Aurora Oceani* auf südwestlichem Kurs Richtung Palau, im Umkreis von 1500 Kilometern ohne Aussicht auf Land mit Ausnahme einiger unbewohnter mikronesischer Inseln.

Die niederländische Meeresbiologin arbeitete als Missionsleiterin für die EURECO[5], einer europäischen Organisation zur Erforschung der Weltmeere mit Sitz in Genf, die auch die Planung und den Bau des modernsten wissenschaftlichen Expeditionsschiffes für die Forschungscluster ihrer Partneruniversitäten und deren Institute finanziert hatte.

Ihr Dämmern endete abrupt - der Hubschrauber war ein paar Meter durchgesackt, die Verschlüsse der Spanngurte der Materialbehälter vor ihr im Laderaum knackten selbstgefällig.

---

[4] NFH: **N**ato **F**rigate **H**elicopter

[5] EURECO: **Eu**ropean **Re**search **C**luster for the **O**ceanic Environment

»Ich weiß – es ist langweilig, Dottore.« Der schwarzgelockte, italienische Copilot grinste Sophie vom linken Konturensitz des Cockpits unter seiner Fliegersonnenbrille aus an. *Camperoni* stand auf seinem Overall und *OR9* ergänzte den NATO Rangcode. »Soll ich den Bordservice rüberschicken?«

Durch die neue Fly-By-Wire-Ausrüstung der Maschine war er weitestgehend zum Nichtstun verurteilt. Der norwegische Pilot Torge Feldtström, zugleich Leiter der Einsatztaucher der *Aurora Oceani*, steuerte den schweren Hubschrauber vom rechten Sitz mittels eines Joysticks in seiner linken Hand, folgte dem über ein Heads-Up-Display in die Bugscheiben eingespiegelten Kurs, einer endlosen Reihe ineinander geschachtelter, grell orange leuchtender Rechtecke, mühelos.

»Den habe ich ausgeladen – inklusive Salatbüffet«, erwiderte Sophie müde lächelnd, sich in der hohen Kabine streckend – soweit die Gurte das zuließen. »Erinnert ihr Jungs euch noch an eure weinerliche Tour vor dem Start, das Gesamtgewicht betreffend?«

»Wenn der Wind noch weiter zunimmt und nur ein wenig dreht, kannst du schon mal anfangen, zu überlegen, welche Behälter wir zuerst abwerfen, um Sprit zu sparen. Die Kiste hier hat einen Luftwiderstand, der eine Schrankwand wie einen Supersportwagen aussehen lässt«, mischte sich Torge ein.

Sie schmunzelte über die Bemerkung, verrenkte sich ein wenig, um zwischen den beiden Piloten hindurch auf die grafische Kursanzeige in der geteilten Frontscheibe unterhalb des Kurskorridors zu sehen. Der Leitstrahl ihres geplanten Flugkurses endete auf dem 135. Längengrad, ungefähr in der Mitte zwischen Palau und Guam, kurz vor einem blinkenden Icon – ihrem Ziel, der *Aurora Oceani*.

»Wie viel fehlt uns im Moment, Torge?«

Mit dem Zeigefinger der linken Hand wies er auf das Icon, ohne den Joystick loszulassen, drückte mit der Rechten ein paar Funktionstasten einer kleinen Tastatur.

»Im Moment gut 70 Seemeilen. Die *Aurora* kann uns nicht entgegenkommen, sie haben bereits mit dem Verlegen der

Tsunamibojen begonnen. Wir fliegen noch 3 Stunden bei einer spritoptimierten Geschwindigkeit von 300 Stundenkilometern. Das Tiefdruckgebiet nördlich von Guam saugt Luft an, die uns im Moment ziemlich beschleunigt. Der Seitenwind kostet allerdings fast genauso viel durch die extreme Trimmung. Wenn es nicht schlimmer wird, kommen wir gerade hin.«

Er drehte sich zu der jungen Frau, sah durch sein verspiegeltes Helmvisier in ihr von langen blonden Locken umrahmtes Gesicht und nickte in Richtung ihrer Ladung. »Im Ernst: In einer Stunde musst du da vielleicht eine Entscheidung treffen. Umkehren ist nicht mehr möglich, der point of no return war vor einer halben Stunde!«

Sie nahm nachdenklich ihre Stiefel von den Titanträgern der Transportsicherung, welche die zusammengewürfelten Kisten in allen Größen und Formaten am Verrutschen hinderte, zog ihren Rucksack unter dem Konturensitz hervor und entnahm ihm einen Tablet-Computer, der sich durch den Kontakt mit ihrer Haut einschaltete. Wetterkarten erschienen in einer Kugelprojektionsdarstellung für den Pazifik. Ein feines Gitternetz strukturierte die Oberfläche in Längen- und Breitengrade, jede Zelle wiederum in variable Unterzellen unterteilt, die mit winzigen farbigen Windfähnchen versehen waren, durch ihre Farbe die Windgeschwindigkeit und durch ihre Größe den aus Windgeschwindigkeit und vorherrschender Meeresströmung resultierenden Vortrieb anzeigten. Das Display fror für ein paar Sekunden ein, während über die Richtfunkleitung vom Eurocopter zur *Aurora Oceani* die Daten aktualisiert wurden.

Das massive Tiefdruckgebiet nördlich von Guam hatte sich in seinem Kern von Gelb nach Orange verfärbt, was einer Geschwindigkeitsverdopplung entsprach. In der letzten Stunde war es fast 100 Kilometer weiter heran gezogen und gewann über dem warmen Wasser zusätzlich an Kraft. Mit der Fingerspitze zog sie den Vorhersageschieber am oberen Bildschirmrand in die Zukunft. Die Windfähnchen flitzten über den Bildschirm und veränderten ihre Farben. Dann zoomte sie auf einen Bereich in der Mitte zwischen Palau und Guam, nur wenige Kilometer vom Forschungskreuzer entfernt.

Zweieinhalb Kilometer unter der Meeresoberfläche waren dort vor einigen Monaten von einem amerikanischen Forschungs-U-Boot auf einem seichten Absatz direkt am Rand zum Marianengraben zwei junge Seamounts entdeckt worden. Die *Aurora Oceani* würde Kurs auf die Position der unterseeischen Vulkane nehmen, sobald die letzten Tsunamibojen verlegt worden waren, um diese Vulkane weiter zu untersuchen. Das war Sophies größtes und wichtigstes Projekt. Zudem hatte sie gemeinsam mit ihrem Vater, ihren Jugendfreund Floyd Nyne überzeugen können, sie mit seinem U-Boot auf dieser Mission zu unterstützen. Die Qualität der geplanten Untersuchungen des Meeresbodens würde dadurch erheblich verstärkt werden, das bemannte Mini-U-Boot war den klassischen, ferngesteuerten ROVs[6] der *Aurora Oceani* in Puncto Geschwindigkeit und Unabhängigkeit weit überlegen.

Ihr Projekt hatte eine lange Liste anderer Vorhaben mit geringerer Priorität - sehr zum Verdruss der beteiligten Wissenschaftler - auf wenigstens ein halbes Jahr nach hinten geschoben. Grund hierfür war die besondere Lage der neuen Vulkane am Rand eines Tiefseegrabens im Bereich des Pazifischen Feuerrings. Diese Zone am nördlichen Ende der Pazifischen Platte gehörte zu den tektonisch aktivsten Gebieten der Erde und unterlag bereits einer ständigen Beobachtung. Die nahezu abgeschlossene Operation der Verlegung neuester Tsunamibojen war ein weiterer Mosaikstein zur Vervollständigung der Datensammlung in dieser Region.

Politiker der pazifischen Anrainerstaaten befürchteten eine Katastrophe. Theoretisch bestand die Gefahr, dass die Magmakanäle der jungen Vulkane wie Sprenglöcher im umgebenden Felsen wirken könnten, sollte ihr Abstand zu den nahezu lotrechten Wänden des Tiefseegrabens zu gering sein.

---

[6] ROV: Remote Operating Vehicle

Hervorgerufen durch eine heftige Magmaeruption zeitglich mit einem der in dieser Gegend häufig auftretenden Seebeben, könnte der stark ansteigende Druck in den Magmakanälen Teile der durch das Seebeben instabil gewordenen Wände des Tiefseegrabens sprengen und zum Abrutschen bringen. Es gab unterschiedliche Szenarien über die Dimension der Auswirkungen - im Wesentlichen eine ungünstige Kombination zweier direkter Folgen.

Zum einen würde durch den großflächigen Kontakt der aus den Bruchstellen austretenden flüssigen Lava mit Meerwasser eine riesige durch den Wasserdruck zuerst komprimierte Dampfwolke entstehen. Zum anderen bedeutete der Absturz von Millionen Tonnen abgesprengten Gesteins in eine bis zu acht Kilometer in die Tiefe reichende Schlucht des Meeresbodens (der sich an dieser Stelle bereits zwei bis drei Kilometer unterhalb der Wasseroberfläche befand) eine plötzliche Verdrängung des Tiefenwassers, welches sich mit großer Geschwindigkeit zu den Seiten und nach oben bewegen würde.

Die Szenarien unterschieden sich lediglich im Grad der Zerstörung - aber es herrschte Konsens über die Form der direkten Folgen. Die großen Mengen aus der Tiefe emporquellenden Wassers in Verbindung mit den ebenfalls aufsteigenden komprimierten Dampfwolken, welche sich im geringer werdenden Druck der flacheren Wasserschichten ausdehnen würden, hätten ein gemeinsames Resultat.

Die zwei bis drei Kilometer dicke Wasserschicht über dem Grabenbruch würde sich zu einem gewaltigen Berg anheben, eine enorme Flutwelle erzeugen und ringförmig in der Pazifikregion große Schäden anrichten.

Für Sophie blieb es vorerst ein Szenario. Zu viele *Wenns* und Variablen waren nur grob bestimmbar, solange sie nicht mit der Erkundung vor Ort begonnen hatten.

Die aktuelle Vorhersagegenauigkeit der Wetterdaten über das Tiefdruckgebiet verlor sich nach drei Tagen. Mindestens so lange hätte die Mannschaft der *Aurora Oceani* Zeit, die Verlegeaktivitäten der Tsunami-Treibbojen abzuschließen und ein Unterwasserhabitat als Basisstation für die Analyseaktivitäten an den Vulkanen am Rand des Marianengrabens abzusenken. Dann blieb ihnen nur an Bord des Forschungskreuzers abzuwarten, bis die begleitenden Stürme wieder abflauen und eine Fortsetzung der Arbeiten erlauben würden.

Mit plötzlichen Sorgenfalten auf der Stirn öffnete sie den Internetbrowser, klickte auf einen Link und kam auf die Seite des ARRs[7]. Sie öffnete die Rubrik *Nachrichten*, klickte auf *Tracker* und wartete, bis sich die Kursdaten auf einem virtuellen Globus aktualisiert hatten.

Mit zusammengekniffenen Lippen sah sie auf die Positionen der beiden Schiffe. Ihr Vater lag ungefähr 500 nautische Meilen hinter seinem indischen Geschäftspartner zurück. *Das wird dir nicht gefallen, Paps,* dachte sie lächelnd.

Die prognostizierten Kurslinien der beiden führten auf westlicher Seite um den herankommenden Sturm herum. Sie würden Glück brauchen, da ohne Schäden durchzukommen. Entschlossen schaltete Sophie den Tablet-Computer aus, *möglicherweise kommst du ja bei uns vorbei*, verstaute ihn in ihrem Rucksack und kam dabei dicht an das Bild eines bleichen Rinderschädels heran, der auf blutrotem Hintergrund auf der Stirnseite der größten Transportverpackung im Laderaum des NH90 ruhte.

Die Buchstaben *W:O:A*[8] prangten in großen Lettern unter dem Logo. Ihr Lächeln wurde breiter. Die Transportkisten gehörten Floyd - oder wie alle ihn nannten Flynn - und enthielten Teile für die U-Boote. Das Logo war Ausdruck von Flynns gelebter Rocker-Kultur.

Am Ende ihrer gemeinsamen High-School-Zeit in New York hatte er endlich das Geld für eine gebrauchte Harley gehabt, die er dann in wochenlanger Nachtarbeit in der Werkstatt eines Freundes zu einer echten Kopie des Dennis Hopper Choppers aus *Easy Rider* umgebaut hatte. In den Folgejahren litt ihre Beziehung unter den weit entfernten Universitätsstan-

---

[7] Akshay – Reydar - Race

[8] W:O:A: Wacken Open Air

dorten. Während Sophie Ozeanographie in Boston studierte, hatte es Flynn zum MIT gezogen, wo er zügig sein Diplom in Physik und Biochemie machte und dann weiter nach Kalifornien zum Caltech[9] zog, um über eine von ihm entwickelte Werkstoffkombination zu promovieren.

Dennoch hatte Sophie stets E-Mails mit Fotos von Flynn und seinem Chopper vor den Bühnen der größten Rockkonzerte weltweit bekommen. Die letzten Jahre nur noch von einem: *W:O:A*.

Alle Kisten mit diesem Logo enthielten somit Bauteile für Flynns U-Boot. Sie grübelte – *eigentlich sollte das Boot doch längst fertig sein…*

»Sieht so aus, als könnten wir das ganze Gepäck mitbringen, Sophie, der Seitenwind hat nachgelassen«, meldete sich Torge aus den Cockpit. »Ich werde trotzdem weiter runtergehen, um Treibstoff für unsere Reserve zu gewinnen. Wenn wir dicht über den Wellenkämmen fliegen, bekommen wir etwas Bodeneffekt – aber der Flug wird rauer.«

Sophie bemerkte, wie der schwere Hubschrauber knapp über der Wasseroberfläche seine Trimmlage neutralisierte, als der Wind deutlich nachließ, dafür begann er zu schralen und kam die nächsten zwei Stunden in Böen aus wechselnden Richtungen. Sie überflogen mehrere Herden von Buckelwalen, die unbeeindruckt von den über sie hereinbrechenden Wellenbergen an der Oberfläche ausruhten.

Die untergehende Sonne nahm dem Tag seine letzte Helligkeit, die Welt um sie herum versank in blau-grauem Dunst, während der NH90 für den Endanflug wieder an Höhe gewann. Dann tauchte endlich die eindrucksvolle Silhouette der *Aurora Oceani* vor ihnen auf.

Die Rolls-Royce-Turbomeca-Triebwerke heulten auf, als der Eurocopter seine Geschwindigkeit drosselte und den Anflugvektor mit der Position des Forschungskreuzers koordinierte, der seinerseits leicht in den Wind drehte, um die Deck-

---

[9] Caltech: California Institute of Technology

schwankungen für die Landephase auf ein Minimum zu reduzieren.

Sophie starrte fasziniert auf das Lichtermeer des näherkommenden Schiffs. Mit seinen 200 Meter Länge und 25000 Tonnen Verdrängung, dem 70 Meter hohen, zentralen Bohrturm, der sich innerhalb einer stromlinienförmigen Verkleidung gemeinsam mit den Schornsteinen der Dieselturbinen, der Überdeck-Operationszentrale, dem Aufenthaltsraum mit dem besten Ausblick des Schiffes, sowie dem Tower verbarg, machte es einen imposanten Eindruck.

Torge positionierte den Hubschrauber etwas vor dem Schiff und trieb dann gemächlich darauf zu. Als der Leitstrahl im Cockpit noch 100 Meter Entfernung anzeigte, flammten starke Flutlichter oberhalb der Brückennocks auf und tauchten das Vorschiff in taghelles Licht.

»*Was zum…!*«, entfuhr es ihm, als direkt hinter dem Schanzkleid der *Aurora Oceani* ein großer, schäbiger 40-Fuß-Standardcontainer auftauchte, der ihnen einen geraden Anflug auf die Landeplattform verwehrte.

Torge fluchte mit zusammengebissenen Zähnen vor sich hin und musste seine Geschicklichkeit unter Beweis stellen, den Landeplatz zu treffen, ohne mit dem ausgefahrenen Fahrwerk den Container zu streifen oder den Hauptrotor am Wellenbrecher des Vorschiffs zu zerstören.

Eine jähe Böe ergriff den Hubschrauber, das plötzliche laute Schnattern der Kollisionskontrolle dröhnte in Sophies Ohren, Torge riss am Joystick und zog den NH90 unter lautem Aufheulen der Turbinen nach rechts oben, legte die schwere Maschine in einen weiten Kreis und setzte unverzüglich erneut zum Anflug an. Lauthals beschwerte er sich über Funk über den Schwachkopf, der den Container dort abgestellt hatte.

»Der Sprit reicht noch für drei Minuten«, bellte Torge. »Mach deine Gurte los, Sophie, und sei bereit, abzuspringen, sobald wir über dem Deck sind! Wir haben keinen weiteren Versuch.«

Die Schiebetür neben ihr öffnete sich surrend, dreißig Grad feuchtwarmer Wind peitschte hinein und das Dröhnen des Rotors hämmerte ungedämpft auf sie ein. Sophie blickte in die jenseits der Türöffnung liegende Schwärze unterhalb des Schanzkleids der *Aurora Oceani,* auf nur sporadisch im Licht der Landescheinwerfer aufleuchtende, weiße Wellenkämme.

In Kriechgeschwindigkeit näherte sich der Hubschrauber erneut dem rostigen Container, der wie ein Fremdkörper auf dem sonst im makellosen weiß erleuchtendem Vordeck stand. Sophie krallte ihre Fingernägel in ihre Gurte, hörte die schrillen Alarmsignale aus dem Cockpit, dachte nicht einmal kurz daran, die relative Sicherheit des NH90 zu verlassen.

»Ich muss schräg rein, sonst verlieren wir den Heckrotor!« Torge drehte den Hubschrauber um 90 Grad, richtete ihn quer zum Schiff aus, steuerte waagerecht, nur wenige Zentimeter Raum lassend, über den Container und setzte dann die verbleibenden vier Meter nahezu senkrecht auf die Plattform auf. Sophie wurde tief in ihren Sitz gepresst.

Als sie nach ein paar Sekunden ihren Schock überwunden hatte, umgab sie nur das Rauschen des im Leerlauf auslaufenden Rotors, vermengt mit dem warmen Seewind und verblassendem Piepen ersterbender Warnsignale. Jegliches Turbinengeräusch fehlte. Sie sah ins Cockpit, sah, wie der Norweger seinen Helm abnahm und wütend in den Fußraum schleuderte.

Camperoni stieß die Luft durch spitze Lippen aus und deutete auf ein Feld des Heads-Up-Displays, über einem Meer aus blinkenden Knöpfen.

Der Wert der verbleibenden Treibstoffmenge betrug Null.

Richard Meissner – Brücke der Aurora Oceani

Am selben Tag

Richard Meissner war der Kapitän der *Aurora Oceani*. Mit seiner hochgewachsenen Erscheinung, der kräftigen Nase, dem hellgrauen, kurzen Haar und den eisblauen Augen in der tadellosen weißen Marineuniform war er die Blaupause des Klischees eines deutschen Handelsschiffkapitäns – wie seine Mannschaft scherzhaft über ihn unkte.

Es war nicht einmal sehr übertrieben. Er hatte den größten Teil seines Lebens als Kapitän der deutschen Handelsflotte auf allen Weltmeeren verbracht – ohne Zwischenfälle. Das, und seine ehrenamtliche Mitarbeit bei der Ausbildung von Kapitänen der Forschungsflotte der Eureco, hatte ihm den Befehl über die *Aurora Oceani* beschert – den größten und modernsten Forschungskreuzer, der je in Europa gebaut worden war. Er hatte das Schiff bereits vor drei Jahren in der Bauphase übernommen und kannte es so gut wie die Ingenieure, die es in Kiel entwickelt hatten.

Im Moment war ihm nicht zum Scherzen zumute. Kontrolliert und – wie er hoffte – von der Brückenbesatzung unbemerkt fuhr er seinen Adrenalinspiegel wieder auf ein normales Maß herunter. Dieser Norweger war wirklich ein ausgezeichneter Pilot. Der Moment des lähmenden Entsetzens vorüber. Die fünf Brückenoffiziere befanden sich bereits wieder im Routinebetrieb und steuerten ruhig und besonnen die Sicherung des soeben gelandeten Hubschraubers, der sich ungefähr zwanzig Meter unter und fünfzig vor ihm auf dem taghell erleuchteten Vorschiff befand. Meissner atmete ruhig durch. Das war kitzlig gewesen und hätte sich in seinem ersten Bericht über das neue Projekt an die Einsatzzentrale der Eureco nicht gut gemacht. Es gab da einen feinen Unterschied zwischen dem erfolgreichen Absenken eines Unterwasserhabitats und dem Versenken eines von zwei neuen Transporthubschraubern mit missionskritischer Ausrüstung.

»Ich denke, da ist jetzt einer ziemlich sauer auf Sie, von Strauss«, sagte er zu dem in Bermudashorts, Hawaiihemd und Flip-Flops gekleideten MAD-Agenten, der die ganze Szenerie regungslos und ohne ein Wort zu verlieren neben ihm stehend mitbetrachtet hatte.

»Er hat es gut hingekriegt, Kapitän, nur das zählt. Ich revanchiere mich bei Bedarf«, antwortete der hagere Mann in den Dreißigern lächelnd, strich sich über seinen schmalen Kinnbart und machte die Andeutung eines misslungenen militärischen Grußes. Dann nahm er die Sonnenbrille aus seinen ungekämmten blonden Haaren, setzte sie auf und schlappte unter den missbilligenden Blicken der übrigen Offiziere von der Brücke.

Meissner schüttelte den Kopf. Zum Glück war er nur für das Schiff verantwortlich - nicht für die Wissenschaftler der Eureco oder deren Ausrüstung. Dieser Rotgar von Strauss lag irgendwo dazwischen, war auf den Philippinen mit seinen zwei Standardcontainern an Bord gekommen - nach einem kurzen Memo der Koordinierungsstelle der Bundesmarine mit Referenzen aus dem Innenministerium - verantwortlich für die Sicherheit von Schiff und Besatzung in Extremsituationen, wie zum Beispiel der Abwehr etwaiger Piratenangriffe auf der vor ihnen liegenden Route über die Dauer des Projektes. Meissner hatte solche Memos schon drei, vier Mal im Laufe der Jahre erhalten und sich stets nach ihnen gerichtet - nie hatte es hinterher Scherereien gegeben, obwohl ihm einzelne Details dieser Aktionen manchmal nah am Rande der Legalität erschienen waren. Diesmal klang es wie ein angenehmer Job für von Strauss, angesichts der Tatsache, dass sie in einer Gegend unterwegs waren, in der es außer einem amerikanischen Marinestützpunkt und der Inselwelt von Palau im Umkreis von zweitausend Kilometern kein Festland gab und somit wohl auch nur wenige Piraten.

Floyd Nyne – Atrium der Aurora Oceani

Am selben Tag

Was für ein *verdammtes* Glück. Betty war unverletzt.

Die Crasheinrichtung des Hubschraubers hatte den Inhalt der größten Transportkiste sicher geschützt.

Gefühlvoll strich er über die volle Rundung ihres schwarzen Tanks mit dem handlackierten *Black-Betty*-Schriftzug, die schwarzverchromten Vergaser des BMW 8-Zylinders der M3 E-93-Baureihe, der 420 PS blanken Horrors auf der 17-Zoll-Hinterradwalze entfachte, wenn er mit ausgeschalteter ASR und gezogener Vorderradbremse einen schwarzen Ring aus Feuer und Rauch um das Custombike aus der Schmiede des legendären Los-Angeles-Bike-Papstes (L.A.-BikePope) zog. Flynn hatte Pope mit einem neuartigen Carbon-Keramik-Sandwichmaterial bestechen müssen, das es ihm mit seiner enormen Wärmeleitfähigkeit erlaubte, die Leitungen der Verbrennungsabgase direkt unter Tank und Sitz zu verlegen und so ein extrem gestrecktes Design ermöglichte. Das hatte ihm keinen Rabatt eingebracht, lediglich einen der vorderen Plätze auf der Produktionsliste. Am Ende hatte Betty ihn einhundertfünfundsiebzig Riesen gekostet – *zusätzlich* zu dem fabrikneuen BMW M3-Treibsatz, der Flynn und das Bike auf theoretische 200+ Meilen pro Stunde beschleunigte, sofern er je des Lebens überdrüssig werden sollte.

Er legte das weiße Baumwolltuch, mit dem er die letzten Fingerabdrücke vom Hochglanzlack wegpoliert hatte, über einen der eher pro forma vorhandenen Rückspiegel im Format zwei mal zehn Zentimeter, zog sich sein Band um die langen roten Haare fester und erhob sich erleichtert.

Das war noch einmal gut gegangen!

Aus einer Kiste auf einem der überall an den Wänden stehenden Aluminiumtische hinter ihm nahm er sich eine Dose Flensburger Pilsener, öffnete sie und leerte den Inhalt in einem Zug. Dann zerknitterte er das dünne Blech mit seiner linken Hand und warf sie zielsicher auf einen Haufen weiterer leerer

Dosen unter einem anderen Tisch. Bedächtig steckte er die vier individuellen, schweren Silberringe wieder an die Hand, die er wie vor jedem dem Polieren des Motorrades abgenommen hatte.

»Ist ja fast wie in deiner alten Bude, Flynn. Ich sehe, du hast es dir bereits gemütlich gemacht?«

Er erkannte Sophie sofort an ihrer Stimme und drehte sich erfreut um. »Das Bier der Deutschen hier an Bord ist super, Soap. Erinnert mich an den Stoff, den sie in Wacken ausschenken«, sagte er und legte einen Arm zur Begrüßung um sie.

Sophie drückte ihm einen Kuss auf einen Teil der Wange, der nicht wie der Rest des Gesichtes von rotem Bart zugewachsen war und der an den Kinnseiten in kleine Zöpfe auslief. Sie deute auf das Motorrad und lachte. »Du hast eine *Neue*?«

Er führte sie einen Schritt näher an das Custombike und sagte in einem andächtigen Ton: »Tja – die Zeit war gekommen – ich habe es so lange hinausgezögert wie es ging – aber am Ende war sie zu alt.« Er grinste neckend. »Ist meine Betty nicht wunderschön? Ihr wart so nett, sie mitzubringen!«

Sophie löste sich aus seiner Umarmung und trat einen Schritt zurück. Ihr Lachen war verschwunden. Fassungslos betrachtete sie das über zweieinhalb Meter lange, schwarz funkelnde Ungetüm, erinnerte sich an die große Kiste mit dem Wackenlogo.

»Dieses Riesending war an Bord des Hubschraubers?« Ihr empörter Unterton klang für Flynn nicht wirklich überzeugend, für den Mann in Sophies Begleitung dagegen schon.

»Mal ganz langsam, Mister. Sie haben den Missionshubschrauber inklusive Besatzung 3000 Kilometer weit fliegen lassen, um einen privaten Gegenstand hier aufs Schiff zu bringen?«

Flynn betrachtete den großen, blonden Norweger, der, wie er wusste, sowohl Reservepilot als auch der Leiter von Sophies Einsatztaucherteam war, mit zusammengekniffenen Augen und beschloss erst einmal höflich zu sein. Solange der Bursche glaubte, er hätte nur das Bike als privaten Gegenstand hierher geflogen, war schließlich alles in Ordnung.

»Na und? Ich hatte viel mehr als 3000 Kilometer zurückzulegen, um an Bord dieses Schiffes zu kommen, und ihr musstet ohnehin Teile hierherfliegen.«

Der Pilot schien keineswegs zufrieden mit seiner Antwort. »Das heißt, ich habe meinen Arsch riskiert, um ein *Motorrad* an einen Ort mitten im Pazifik zu bringen mit nichts als Wasser um uns rum?«

»Bleib cool, Mann, *nicht nur.*« Flynn deutete auf einen anderen Teil des Vorbereitungsraumes auf der Backbordseite des Schiffes. Vier seiner Assistenten waren seit Stunden damit beschäftigt, die neu gelieferten Komponenten in zwei dunkle, walähnliche Unterwasserfahrzeuge einzubauen.

»Es waren auch ein paar wirklich wichtige Teile für die beiden Babys da drüben dabei.«

»Tatsächlich, aber die halbe Tonne Gewicht von diesem Ding hat uns echt in die Bredouille gebracht, das kann ich Ihnen mal kurz erläutern, Floyd.«

Flynn zuckte mit den Schultern und setzte ein unschuldiges Gesicht auf. »Niemand konnte mir sagen, wie lange der Einsatz dauert oder wohin genau die Reise geht. Das Bike ist ein Teil von mir. Ich fühle mich unfertig, wenn ich es länger nicht in meiner Nähe habe.«

»Wohin die Reise geht, Floyd? Das kann ich Ihnen sagen. Schwimmt das Ding vielleicht?« Der Norweger trat an Flynn vorbei auf das Motorrad zu. »Ich meine, es ist auf einem Schiff. Alles, was hier drauf ist, sollte im eigenen Interesse schwimmen können – oder zumindest tauchen.«

Er wendete mit grimmigem Gesichtsausdruck, ging zielgerichtet auf eine Schaltfläche in der Mitte der größten Wand des Raumes zu und drückte auf einen roten Knopf innerhalb einer gelb markierten Umrandung. Die wasserdichte und druckfeste Wand begann sich unter lautem Hupen in Sektionen zu teilen, übereinander zu schieben und gab den Blick auf ein zentrales, durch körperhohe Metallzäune gesichertes, acht mal acht Meter großes Loch im Schiffsboden frei, das von einem gut zehn Meter breiten, schwarz-gelb gestreiften Feld umgeben war.

»Ich denke, ich probiers gleich mal aus – der Moon-Pool ist ein guter Ort dazu.«

Flynn sah kurz zu Sophie hinüber, bemerkte ihre wachsende Unruhe und traf seine Entscheidung. Mit ein paar schnellen Schritten stand er am Tisch mit dem Bierkasten, bückte sich darunter und versperrte dann dem Norweger mit auf dem Rücken verschränkten Händen den Weg, als der sich dem Motorrad nähern wollte.

»Jetzt beruhig dich, Mann, bevor ich richtig sauer werde«, sagte er betont leise. »Und leg deine Griffel gar nicht erst an die Lady.«

Der Pilot überragte Flynn um einen halben Kopf und sah ihn von oben an. »*Sonst?*«

»*Es reicht, Jungs!*« Sophie verdrehte die Augen und winkte Flynns Assistenten weg, die neugierig nähergekommen waren. »Ihr habt euch jetzt gegenseitig bewiesen, dass ihr echt harte Kerle seid und euch nicht so schnell einschüchtern lasst. Können wir jetzt weitermachen? Es gibt Neuigkeiten aus der Unterwasserabteilung.«

Flynn hielt den Blickkontakt zu dem Norweger noch ein paar Sekunden, trat dann einen Schritt zurück, holte langsam seine Hände hinter dem Rücken hervor, schleuderte die Flasche, die er darin gehalten hatte, am Hals in die Luft und fing sie so auf, dass das schwarz-goldene Label zum Norweger wies. »Sieh mal, Sophie, wozu der Typ mich fast gebracht hätte«, sagte er grinsend, warf Torge den schottischen MacAllons Whiskey zu, der ihn gerade noch zu fassen bekam.

»Die wird geteilt – klar? Dann sind wir quitt!«

Sophie sah ihn misstrauisch an.

»War die…?«

Flynn zuckte die Schultern. »Kann ich mich nicht mehr dran erinnern – was meinst du mit Neuigkeiten aus der Unterwasserabteilung – etwa vulkanische Aktivität?«, fragte er lächelnd.

Sie ließ sich dankbar auf den Themenwechsel ein und schüttelte verneinend den Kopf. Flynn fiel mit einem Mal auf, wie müde sie war. Sophie sah immer noch ein wenig mitgenommen von der dramatischen Landung aus. Ihre lockigen blonden Haare wirkten hastig zu einem unordentlichen Pferdeschwanz zusammengebunden, Ränder unter den blaugrauen Augen mit ein wenig verwischten Resten des Lidschattens vom Vortag waren unübersehbar. In Jeans und dunkelblauem Rollkragenpullover hatte sie sich erschöpft an eine Tischkante gelehnt.

»Ein Erdbeben, Stärke 2 - nichts Besonderes an sich, gibt es hier fünfmal in der Woche. Tief unter dem Marianengraben. Mitten in der Nacht«, gab sie die Kurzzusammenfassung und sah auf das orangefarbene Ziffernblatt ihrer Suunto Taucheruhr, »vor ungefähr acht Stunden.« Sophie nickte in die Richtung des Schotts, durch das sie den Vorbereitungsraum betreten hatte. »Ich wollte dich eigentlich abholen - wir haben zwei der neuen ROVs über dem Graben in tausend und zweitausend Metern Tiefe zum Kartographieren. Etwas ist ziemlich untypisch diesmal. Vom tieferen ROV bekommen wir seit einer Stunde stark veränderte Strömungsdaten. Tiefenwasser wird aus dem Graben nach oben gedrückt. Wir wissen nicht, was der Grund dafür ist. Das Beben war jedenfalls definitiv zu schwach, um als alleinige Ursache dafür zu gelten.«

Die Unterwasserabteilung der *Aurora Oceani* war Teil des wissenschaftlichen Operationszentrums. Dieses befand sich zwischen der Brücke und dem Bohrturm des Schiffes, erstreckte sich über sechs Decks und war vergleichbar mit einem mittelgroßen Institut auf einem modernen Universitätscampus. Die in der Eureco zusammengeschlossenen Fakultäten der Universität Kiel mit dem Institut für Ozeanographie, der Universität von Messina (UNIME) mit den Instituten für Biologie und Mariner Ökologie sowie der Universität von Bergen (UiB) mit dem Norwegischen Zentrum für Geo-Biologie belegten eigene Etagen und teilten sich die Labore und Sensorräume mit den hochwertigen Einrichtungen, sowie die speziellen Überwasser- und Unterwassertechnologien an Bord.

Sophie und Flynn betraten die Unterwasserabteilung durch ein seitliches Schott im oberen des über zwei Decks reichenden Raumes, der in großen Teilen von rötlichem Dämmerlicht erfüllt war. Nur an den diversen Arbeitsplätzen schimmerten vergleichbar den biolumineszenten Leuchtkörpern von Tiefseefischen punktförmige, weiße LED-Lampen. Durch die Positionierung der Abteilung nur wenig oberhalb der Wasserlinie der *Aurora Oceani* verfügte sie über keinerlei Fenster. Zu ihrer Rechten dominierten sechs große Displays von je drei Metern Bildschirmdiagonale in zwei Reihen die Richtung mittschiffs gelegene Wand und zeigten unterschiedliche Missionsdaten der Unterwasser-Rover. Davor saßen in Arbeitsgruppen gegliedert die wissenschaftlichen Mitarbeiter in ihre Kontrollaufgaben vertieft. Auf einer horizontal zwischen den Displays angebrachten Reihe von Analoguhren waren die relevanten Zeitzonen ablesbar. In der ostpazifischen Zeitzone, in der sich die *Aurora Oceani* gerade aufhielt, war es fünf Minuten nach zehn Uhr morgens.

Bei ihrem Eintreten war ein junger dunkelhäutiger Mann in T-Shirt und Shorts aufgesprungen, hatte sie am unteren Ende der Metalltreppe erwartet und Flynn aufgeregt ein Diagramm in die Hand gedrückt.

»Wade – ich habe dich schon gesucht«, grummelte Flynn tadelnd zur Begrüßung zu seinem Doktoranden und sah beiläufig auf das Blatt. »Ist der *Blue Marlin* schon so weit hergerichtet, dass du hier Computerspiele machen kannst?«

Der Amerikaner grinste breit und zeigte blendend weiße Zähne. »Freue mich auch, dich zu sehen, Prof.« Er nickte Sophie respektvoll zu. »Doktor.«

Dann deutete er in Richtung eines der großen Bildschirme an der Hauptwand. »Die Leute hier machen unseren Job, Prof. Der obere Rand des Grabens ist schon kartographiert. Die ROVs sind ziemlich schnell, nur ihre Reichweite ist durch die Länge der Kabel zur Datenübertragung begrenzt.«

Flynn und Sophie folgten mit ihren Blicken der von ihm gewiesenen Richtung. Wie eine tiefe, mit einer rauen Axt geschlagene Kerbe in einem Stück morschen Holzes zog sich der Marianengraben durch den Grund des Pazifiks. Die Fächersonare der Unterwassersonden hatten einen detaillierten, acht Kilometer breiten Ausschnitt des enger werdenden Abgrundes bis zu einer Tiefe von drei bis vier Kilometern geliefert. Auf dem Meeresboden in zwei Kilometern Tiefe und knapp drei Kilometer vom erst schwach, dann immer steiler abfallenden Grabenrand entfernt waren die Kegel der unterseeischen Vulkane gut zu erkennen.

Das benachbarte Display zeigte farbige Strömungspfeile im gleichen Kartenausschnitt. Der Graben wirkte hier wie ein Damm und leitete das Oberflächenwasser an den Stellen, wo die Tiefenströmung aus dem Graben hervortrat, zu beiden Seiten in eine weite entgegengesetzte, kreisförmige Bewegung ab.

»Hey Wade, Sophie, Professor.« Marcello Rampi, einer der leitenden Wissenschaftler, winkte sie heran.

»Das ist sehr sonderbar. Das kalte Tiefenwasser kommt sehr schnell nach oben.« Er hatte einen anderen Ausdruck der Strömungsentwicklung in der Hand und deutete darauf. »Es sammelt sich in einer Tiefe von zweieinhalb Kilometern in einer großen Blase. Durch seinen geringen Salzgehalt erzeugt es eine Reflexionsschicht für die Fächersonare der ROVs. Die alten Profildaten vom oberen Grabenrand müssen nicht mehr stimmen, Professor Floyd.«

»Dazu kommt, dass die Strömung mittlerweile zu stark für ROV2 ist«, fügte Wade hinzu und machte ein erfreutes Gesicht, womit er Sophie irritierte.

Flynn, der den besonderen Humor seines Doktoranden aus New Orleans zur Genüge kannte, wusste, was jetzt folgte.

»Selbst bei voller Propellerleistung wird es *leider abgetrieben*. Ich denke, das ist das Stichwort für eine Testfahrt des *Blue Marlins*, Prof?«

Flynn und Wade waren zurück im Vorbereitungsraum des vorderen Moon-Pools, in dem seit ihrem Verlassen vor ein paar Stunden an die zwanzig Techniker und Assistenten das erste U-Boot für die Probefahrt vorbereiteten. Sophie hatte beschlossen, sich um die Arbeiten des Habitats zu kümmern, dessen Komponenten vom achterlichen Moon-Pool aus abgesenkt werden würde.

Hier vorn war bereits die Abdeckung des Moon-Pools, ein massives Stahlschott, auf die gegenüberliegende Seite gefahren worden und hatte den Blick auf einen Streifen der unteren Arbeitsplattform freigegeben, die einige Meter tief im Schacht direkt über dem leise schwappenden Pazifikwasser hing. Ein hüfthohes Geländer umgab die quadratische Öffnung im doppelten Schiffsboden - zusätzlich war sie noch durch ein Kunststoffnetz gesichert.

Die Moon-Pools garantierten perfekte Bedingungen für das Aussetzen und Bergen von Unterseeausrüstung - unabhängig von den gegenwärtigen Wetterbedingungen wie Sturm, Seegang oder Niederschlag. Die *Aurora Oceani* verfügte über zwei dieser konstruktiv den Doppelrumpf durchschneidenden, quadratischen Löcher, von denen das bugseitige hauptsächlich für den Einsatz von Unterwasserfahrzeugen vorgesehen war.

Auf dieser Mission stand es Flynn und seinem Team vom CalTech zur Verfügung. Der achterliche Moon-Pool war primär für submarine Bohraktivitäten geeignet, befand er sich doch zentral unterhalb des Bohrturmes. Im Moment diente er als Ausweichstation für die ROVs und das Unterwasserhabitat.

Flynn ging an seinen Aluminiumschreibtisch, wischte ein paar Papiere mit Messergebnissen zur Seite, bis er seine Tastatur fand, startete eine Playlist von einem Notebook, drehte den Lautstärkeregler des externen Verstärkers voll auf und nahm die letzte Bierdose aus der Kiste. Er begegnete Wade mit einem vorwurfsvollen Blick, die leere Kiste betreffend, den dieser nickend akzeptierte. Als die kompakten Aktivlautsprecher die Halle mit kristallklarem Heavy Metal Sound der

Gruppe *Saxon* füllten, lockerte Flynn gutgelaunt die kräftigen Schultern und gönnte sich einen zufriedenen Moment.

Der *Blue Marlin* befand sich mit seiner Transporteinrichtung bereits in Position am Rand des Moon-Pools. Auf den ersten Blick sah es aus, als planten sie, ein Buckelwaljunges zurück ins Wasser zu bringen, dem vorher der *Wacken* Rinderschädel auf blutrotem Quadrat mit der Unterschrift *W:O:A* auf die Flanken tätowiert worden war.

Das U-Boot war sieben Meter lang, verfügte über einen nahezu kreisförmigen Querschnitt, der an seiner dicksten Stelle im vorderen Drittel des Bootes zwei Meter betrug. Seine Form im Ruhezustand war stromlinienförmig. Ausgehend von einer mit Bohrungen übersäten, kopfgroßen Spitze mit schnell ansteigendem Radius bis zum maximalen Querschnitt, folgte dahinter ein langsam abfallendes Profil, welches sich leicht abschnürte um dann in einer gewaltigen, horizontalen Fluke mit ausgefransten Rändern auszulaufen. Die Ähnlichkeit zu einem Wal wurde durch das Fehlen jeglicher die Aquadynamik störender Antriebs- oder Steuerungseinrichtungen betont.

Flynn strich mit seiner Hand zufrieden über das Material der zwanzig Zentimeter dicken, dunkelblauen Außenhaut aus SMC[10]. Auch wenn sie glatt aussah, bildete er sich ein, die Mikroschuppen der obersten Schicht des Sandwichkomposit-Materials fühlen zu können.

»Habt ihr die neuen Treibstoffpumpen getestet, die der Hubschrauber gebracht hat?«, fragte er Wade über die dröhnenden Bässe von *Hammer of the Gods* hinweg.

Der nickte nur, zeigte zur Verdeutlichung mit dem Daumen der linken Hand nach oben.

Leicht schwang sich Flynn auf das Transportgestell, verschüttete etwas Bier und zog mit zwei Fingern die Fernbedienung des *Blue Marlins* aus der Brusttasche seiner Jeansweste.

---

[10] SMC: **S**hape **M**emory **C**arbon: Speziallegierung, welche durch gezielte Stromimpulse die Form verändert.

Über einen kleinen Touchscreen gab er den Code für die Öffnung des Einstiegs ein.

An der Stelle, wo bei einem echten Buckelwal die kleine Stummel-Rückenfinne gewesen wäre, hatte sich die Haut blitzartig auf der Länge von einem Meter wie nach einen gewaltigen Hieb mit einem unsichtbaren Skalpell auseinandergezogen. Sein Blick ruhte jetzt im Innern des U-Boots auf dem hinteren, halbkugelförmigen Ende des keramischen Druckkörpers, in dessen Mitte sich eine runde, fensterlose Einstiegsluke öffnete und wie in Zeitlupe hydraulisch gebremst nach unten klappte. Flynn setzte einen Fuß auf die Luke und wollte ganz hinuntersteigen, als schlagartig die Musik verstummte.

Mit zusammengezogenen Augenbrauen suchte er Wade, um den Frevler zur Rede zu stellen, entdeckte stattdessen den Ersten Offizier der *Aurora Oceani*, Wolf Schmidt, in blütenweißer Uniform, der mit gereiztem Blick und in Begleitung eines hageren Mannes in Hawaiihemd und Flip-Flops auf das Transportgestell des *Blue Marlin*s und ihn zukam.

»*Professor Floyd!* Ich erwarte auch von den wissenschaftlichen Besatzungsmitgliedern auf diesem Schiff ein Mindestmaß an Beachtung der Sicherheitsvorschriften. Diese – «, Schmidt überlegte kurz, ob der Begriff auf den Lärm zutreffen könnte, »*Musik* – ist zu laut. Oder können *Sie* noch Lautsprecherdurchsagen verstehen, wenn diese 80 Dezibel ihnen bereits auf den Ohren liegen?«

Flynn entgegnete nichts. Er bedeutete Wade mit der Bierdose in seiner linken Hand, die Musik wieder anzustellen, was den in einen kurzen Gewissenskonflikt brachte, den Flynn dadurch positiv auflöste, dass er seinen Kopf etwas schräg hielt, ihn intensiv anstarrte und die Handbewegung langsamer wiederholte was Schmidt unbeabsichtigt die Gelegenheit verschaffte, die vier schweren Silberringe daran intensiv betrachten zu können.

Wade überlegte einen Moment, wie weit er seine Kompetenzen dehnen sollte, entschied sich für einen Kompromiss, indem er die Musik wieder einschaltete und die Lautstärke eigenmächtig auf die Hälfte herunter regelte, was den Zorn des Ersten Offiziers in Verblüffung verwandelte. Der Mann in seiner Begleitung grinste breit und schüttelte belustigt den Kopf.

»Kapitän Meissner möchte wissen, an welcher Stelle der Rettungshubschrauber auf Sie warten soll und *wann*, Professor«, sagte Schmidt mühsam kontrolliert und warf Wade einen eisigen Blick zu, den dieser ignorierte.

Flynn sah sich nach einer seiner Studentinnen um.

»Ivy, gib ihnen die Kursdaten mit hoch. Ich denke 100 nautische Meilen Entfernung werden reichen, ich komme dann auf eine zurückgelegte Strecke von ungefähr 240 – für die Testfahrt ausreichend, wie vorhin besprochen, was meinst du?«

Die zierliche Ivy kam heraus, nickte, nahm einen Ausdruck entgegen, den Wade ihr reichte, und streckte ihn dem Ersten Offizier entgegen, der die Kurskarte kurz studierte.

Die gegenwärtige Position der *Aurora Oceani* in der Nähe des 135. Längengrads war als Ausgangspunkt markiert. Der auf dem Ausdruck dargestellte Kurs für die Testfahrt würde Flynn in einer weiten Schleife in südwestlicher Richtung vom Schiff fortführen und über den Marianengraben in südöstlicher zurück leiten. Der Meeresboden lag nirgendwo weniger als zwei Kilometer entfernt unter der Meeresoberfläche.

»1500 Meter Tiefe sollten für die Probefahrt o. k. sein, Mr. Schmidt«, erklärte Ivy. »Da unten besteht kein Risiko, mit jagenden Walen zusammenzustoßen, die tauchen selten tiefer als einen Kilometer.«

Flynn amüsierte sich, während er das Gesicht des Ersten Offiziers betrachtete. Der Mann war gut, nach wenigen Sekunden hatte er den offensichtlichen Fehler erkannt.

»Warten Sie, Professor. Ihre Parameter hier unterstellen, dass das U-Boot für den Rundkurs weniger als eine Stunde benötigt, wobei auch Stillstandzeiten für die Systemüberprüfung enthalten sind. Wenn ich die abziehe, bedeutet das, dass Sie eine Geschwindigkeit von über 500 Stundenkilometer erreichen wollen – *unter Wasser?*« Er drehte sich zu seinem

Begleiter um, der ganz in Gedanken zum gerade laufenden Song *Call To Arms* wippte und den fragenden Blick nicht wahrnahm.

»Herr von Strauss?«

Der Angesprochene nahm Haltung an, wobei Flynn nicht klar war, ob er nicht nur schauspielerte.

»Das geht nur mit Superkavitationsantrieb und mir ist nicht bekannt, das so etwas zuverlässig und *steuerbar* funktioniert«, antwortete der ohne zu zögern, wobei er den *Blue Marlin* kritisch betrachtete, die Sonnenbrille aus seinen Haaren nahm und aufsetzte, als handele es sich um ein Röntgengerät, mit dem er durch die Außenhaut des U-Boots hindurchzusehen vermochte.

Das ist ja ein lustiger Vogel, dachte Flynn und sah den Sonderling an. »Dann empfehle ich Ihnen, die Vorstellung nicht zu verpassen, Mister«, sagte er leichthin, stieg hinab in die U-Boot-Hülle, zwängte sich durch die Öffnung der Druckzelle und legte sich bäuchlings auf den Pilotenschlitten.

Die Druckzelle im Innern des *Blue Marlin*s war drei Meter lang, aber nur einen hoch. Mit den Händen entriegelte Flynn die Bremse des Schlittens und schob sich auf der Monoschiene langsam nach vorn, über Reihen von radial angebrachten Bedienelementen hinweg, die er auf diese Art perfekt im Blick hatte, bis der Schlitten in der vordersten Stellung einrastete und Flynn über seinem Cockpit zu liegen kam. Seine Stirn ruhte auf einer gepolsterten Unterlage unter der sich ein dreieckiger Ausschnitt für Augen, Nase und Mund befand.

Flynn blickte zentral auf einen konkaven LED-Schirm von 90 Zentimetern Bilddiagonale, der an der Innenseite der Feuchtigkeitsisolierung der Druckzelle unter ihm verklebt war.

Er klemmte die Bierdose in eine federnde Halterung, wobei er sicher war, dass es die einzige je in einem U-Boot eingebaute Sicherungsbefestigung für Bierdosen war, betätigte den Schalter zum Schließen der Einstiegsluke und danach den Hauptschalter zum Aktivieren aller Systeme. Auf dem Schirm erschienen zwei Fenster, die den Bildschirmschoner mit dem rot-schwarzen Wacken-Logo durch laufende Statusmeldungen der unterschiedlichen Bordsysteme und ein dreidimensionales Gittermodell des Vorbereitungsraumes und des Moon-Pools ersetzten. Alle in direkter Linie vom *Blue Marlin* aus sichtbaren Gegenstände sowie angenäherte ellipsoide Körper der Menschen im Raum waren in unterschiedlichen Farben - ihre jeweilige Dichte repräsentierend - dargestellt.

Ein unangenehmes, schrilles Summen, an der Grenze des Hörbaren, kam über die Lautsprecher im Cockpit herein. Er betätigte einen speziellen Taster in einem großen Feld von Bedienelementen unter seiner rechten Hand, schaltete das Fächersonar ab und aktivierte die Kamerasysteme. Das Bild im zentralen Fenster verwandelte sich in eine 360-Grad-Panoramadarstellung der Umgebung des *Blue Marlins* und wirkte durch die konkave Krümmung der Bildschirmoberfläche beinahe plastisch.

»*Das hat unsere beiden Besucher gerade umgehauen, Prof*«, hörte er Wades Stimme belustigt über den Lautsprecher.

Flynn hatte nichts anderes erwartet. Mit dem Druck auf den Haupttaster des Normalbetriebs hatte er einen komplexen Sammelbefehl an das Steuerzentrum der SMC-Außenhaut gesendet. Dieser experimentelle Verbundwerkstoff war das Ergebnis seiner jahrelangen Forschungen in der Werkstoffkunde und hatte dieses Boot überhaupt erst möglich gemacht.

Es handelte sich um ein Sandwichmaterial auf Basis einer formgebenden Gedächtnis-Carbon-Metall-Legierung. Mehrere Millionen Lagen von Atomen mit unterschiedlichen Eigenschaften wiederholten sich in bestimmten Anordnungen und bildeten in Summe die zwanzig Zentimeter dicke Außenhaut. Einzelne dieser Lagen waren elektrisch leitend und übertrugen die ausgelösten Schaltimpulse, die dazu führten, dass benachbarte Lagen sich in die eine oder andere Richtung verschoben. Damit dehnten oder verkürzten sich Teile dieser künstlichen Haut, vergleichbar mit angespannten oder entspannten Muskelfasern. Die Besonderheit war, das sich die Atome prinzipiell an ihre ursprünglichen Nachbarn in dem dreidimensionalen Gitter, in das sie eingebunden waren, erinnern konnten und somit – bei entsprechendem Stromimpuls – stets in diese Ausgangssituation zurückkehren würden.

Der von Flynn gegebene Befehl hatte den *Blue Marlin* in eine optimale Strömungsform für den normalen Schwimmbetrieb verwandelt. Für Schmidt und von Strauss hatte sich innerhalb eines Lidschlages die Öffnung auf dem Rücken des *Blue Marlin*s geschlossen und es waren unzählige Linien von kleinen Flimmerflossen entstanden, welche das U-Boot von der Bugspitze bis zur Fluke überzogen. Vierzig winzige Öffnungen für die Kameraobjektive wirkten wie Seepocken auf dem künstlichen Wal.

Flynn sah, wie Schmidt staunend um das U-Boot herumging, während der hagere Typ nachdenklich Wade beobachtete.

»Lass uns loslegen, Wade«, sagte Flynn und startete die Prüfroutinen.

»O. k., Prof. Gib den Tauchern zehn Minuten Vorsprung, wir hängen dich hier oben schon einmal ein. Bitte fahre die Verschlüsse aus.«

Ein Bestätigungspiepen des Navigationscomputers signalisierte Flynn, dass Ivy die Kursdaten hochgeladen hatte, die sogleich auf dem Bildschirm erschienen. Sein Kurs würde ihn auf dem Rückweg über die Tiefenwasserblase im oberen Bereich des Grabens hinweg führen.

»Das Wetter ist o. k., Professor. Windgeschwindigkeit liegt bei 29 Knoten aus Nord-Nord-Ost, Durchschnittswellenhöhen um die vier Meter – interessiert Sie die Wassertemperatur?« meldete sie sich über den Lautsprecher.

Flynn lachte. »In 1500 Meter Tiefe? Kann ich dir sagen, Ivy: ungefähr 2 Grad – überall in allen Meeren. Bitte informiere Sophie und Schmidt, dass der Hubschrauber losfliegen kann. In einer dreiviertel Stunde bin ich am Wendepunkt der vereinbarten Route.«

Die digitale Anzeige im oberen Rand des Bildschirms zeigte 02:15 Uhr nach Mittag lokaler Zeit. Er spürte das leichte Schwanken des U-Bootes in den Gurten, als es aus dem Transportsystem gehoben, langsam die hellgrauen Schachtwände des Moon-Pools bis zur Wasseroberfläche hinabgelassen wurde, die dem Prinzip der kommunizierenden Röhren folgend, genau der Höhe der äußeren Wasserlinie der *Aurora Oceani* entsprach.

Drei Sicherheitstaucher in schwarz-gelben Neoprenanzügen begleiteten den *Blue Marlin* beim 13 Meter langen Abstieg zur Rumpfunterseite des Forschungskreuzers und hielten ihn von den Wänden frei. Es wurde langsam hell um ihn herum, als der *Blue Marlin* das offene Wasser unterhalb der *Aurora Oceani* erreichte und in den Leuchtbereich der Gasdrucklampen geriet, welche den Schiffsrumpf um die kielseitige Öffnung des Moon-Pools markierten.

Per Knopfdruck löste Flynn das U-Boot von seiner Haltevorrichtung und aktivierte die Lagesteuerung, sowie die Infraschall-Kommunikation.

»Noch zehn Meter Sicherheitsabstand, Jungs, tiefer müsst ihr nicht mitkommen – Danke!«

Einer der Taucher sah in ein Kameraobjektiv und machte das O.-k.-Zeichen, indem er aus Daumen und Zeigefinger ein *O* formte und dabei die anderen Finger ausstreckte.

Ein leises Sirren in unregelmäßigen Abständen und Tonlagen machte Flynn auf drei mächtige Voith Turbo-Propellergondeln aufmerksam, deren nächste in zwanzig Metern Entfernung als dunkler Schemen Richtung Bug unter dem Rumpf der *Aurora Oceani* zu erkennen war und zusammen mit einer identischen Anordnung in Heckrichtung dafür sorgte, dass der Forschungskreuzer seine gegenwärtige Position unabhängig von Seegang, Drift oder Windverhältnissen halten würde.

Die Tiefenanzeige erreichte die Marke von 25 Metern.

»Gut Jungs – das reicht. Kontrolliert bitte noch, ob die Außenhaut sich vollständig über den Ösen geschlossen hat.«

Die schwarzgelben Taucher bewegten sich zur Oberseite des U-Bootes, führten eine Sichtkontrolle durch und gaben erneut das Zeichen, dass alles in Ordnung sei. Dann entfernten sie sich nach oben in Richtung Rumpfunterseite der *Aurora*

Oceani, um die weiteren Startvorbereitungen aus größerer Entfernung zu beobachten.

Der Lagecomputer neutralisierte den Auftrieb des *Blue Marlins,* justierte den Schwerpunkt in zentraler Lage und meldete einen grünen Status auf den LED-Bildschirm unter Flynn.

»Wade, bist du da?«

»*Klar, Prof – wir haben mitgehört. Alle Systeme laufen störungsfrei. Von uns aus kann es losgehen. Wade over!*«

»Floyd over!«, antwortete er mechanisch.

Im zentralen Bereich des Schirmes blinkten auf einer Seekarte der Pazifikregion mit dem eingezeichneten Kurs drei Blips. Der für den *Blue Marlin,* deckungsgleich mit dem der *Aurora Oceani* und einem Dritten für den Hubschrauber, der bereits die Hälfte der Strecke zum entferntesten Punkt seiner Route zurückgelegt hatte.

Die vor Flynn liegende Gesamtdistanz betrug 450 Kilometer oder 243 nautische Meilen. Er startete den Antrieb auf niedrigster Stufe und wartete darauf, dass die in die Außenhaut integrierten Felder der keramischen Wasserstoff- und Sauerstoffmembranen ihre Betriebstemperatur erreichten. Sie entzogen dem Umgebungswasser jeweils Wasser- oder Sauerstoff und wandelten ihn innerhalb des U-Boots in elektrische Energie zum Betrieb der Systeme und für den Normalantrieb um. Sauerstoff wurde zusätzlich für seine Atemluft abgezweigt, sowie aus beidem sein Trinkwasservorrat konstant gehalten. Der Wirkungsgrad der Membranen war so effektiv, dass er lediglich ein Drittel der Oberfläche des *Blue Marlins* benötigte, um ausreichend Volumen beider Gase zu entnehmen.

Langsam begann die Fluke des *Blue Marlin*s auf und ab zu schlagen, setzte in einer weichen, fließenden Abfolge von Bewegungen die Kraft von eintausend PS in konstanten Vortrieb um und steuerte das U-Boot mithilfe der winzigen Flimmerflossen in einer weiten Abwärtsspirale auf die programmierte Tiefe von 1500 Metern.

Flynn überflog die Anzeigen des Druckregelsystems. Er hatte es für den *Blue Marlin* einfach halten können und sich auf zwei Komponenten beschränkt. Für präzise Steueraufgaben unter Wasser waren die Flimmerflossen hervorragend geeignet und übernahmen die Rolle der klassischen Tiefenruder von herkömmlichen U-Booten. Sie erzeugten durch ihre wellenartigen Bewegungen einen genau dosierbaren Vortrieb in die gewünschte Richtung und erlaubten Flynn das U-Boot dreidimensional unter Wasser mit hoher Präzision zu manövrieren. Für den Druckausgleich bei größeren Tiefenunterschieden hatte der *Blue Marlin* mehrere Regelzellencluster, die zwischen der SMC-Soft-Shell und dem keramischen Druckkörper eingearbeitet waren und für die neutrale Ausregelung sorgten. Sie wurden ebenfalls mit Luft aus den Membranen versorgt und benötigten somit keine eigenen Vorratstanks.

Die Helligkeit der gelieferten Bilder verlor rasch an Intensität, alle Farben außer Violett waren bei einhundert Tiefenmetern verschwunden. Bei Erreichen des Epipelagials[11] wechselte der Bordcomputer automatisch zurück auf das 360-Grad-Fächersonar, die Seepocken verschwanden von der Außenhaut.

Im Umkreis von drei Kilometern war das Wasser nahezu leer - zumindest was Fische betraf, die länger als einen Meter waren - und nur um die musste er sich bei einer Kollision Sorgen machen. In knapp zwei Kilometern Entfernung Richtung Südosten begann der Meeresboden steil in den Marianengraben abzufallen. Am Randbereich der Auflösung des Sonars erkannte er eine spiegelnde Fläche an der Grabenoberseite - das war die Grenze der Wasserschichten, welche den Beginn des aufsteigenden Tiefenwassers markierte.

»Hallo Prof! Auf unserer Seite sieht alles o. k. aus. Du hast gleich die vorgegebene Tiefe erreicht. Wenn du auf den Superkavitationsantrieb wechselst, können wir nicht mehr reden – also, wir drücken dir

---

[11] Epipelagial: Wassertiefe von 200 Metern

schon mal die Daumen – pass auf, dass du dich nicht in den Boden rammst! Wade over!«

»Da wird die Automatik rechtzeitig abschalten – hoffe ich!«, entgegnete er nebenbei, während er über die Touchscreenfunktion des Bildschirms das Verzeichnis mit seinen Musikdateien auswählte und ein Album von *Motörhead* startete.

Der *Blue Marlin* verfügte über einen hybriden Antrieb. Der Elektroantrieb des SMC erlaubte die kurzzeitige Beschleunigung bis auf 180 Stundenkilometer, welche eine physikalische Geschwindigkeitsbarriere für Unterwasserfahrzeuge darstellte. Bei dieser Geschwindigkeit war der Druckunterschied zwischen Bug und Heck des U-Boots groß genug, um Wassermoleküle dem bernoullischen Gesetz folgend in den dampfförmigen Zustand zu überführen. Dieser Kavitationszustand war nicht stabil und nach kurzer Zeit im veränderten Druck kollabierten die Gasbläschen unter erheblicher Kraftentfaltung, welche das Boot schwer beschädigen konnte, geschah das unkontrolliert.

Der *Blue Marlin* war in der Lage, die entstehende Gasblase durch Öffnungen in seiner Bugspitze mit einströmendem Sauerstoff zu vergrößern und zu stabilisieren bis sie den gesamten Bootskörper umgab. Bei Veränderungen der Rumpfform passte sich die Gasblase automatisch an und ermöglichte somit eine effektive Steuerung.

Diese Superkavitation verlagerte die Reibungsgrenze von der Schiffsaußenhaut auf die Grenzschicht der umgebenden Gasblase zum Meerwasser. Innerhalb des Gases galten jetzt die physikalischen Eigenschaften eines Fluges durch die Luft – und die damit verbundenen möglichen Geschwindigkeiten. Floyd kannte die Versuchsergebnisse der russischen Wissenschaftler zu diesem Thema im Detail und wusste, dass sie von der theoretischen Erreichbarkeit einer Geschwindigkeit von mehreren Tausend Kilometern pro Stunde überzeugt waren. Nun, er war vorerst mit 600 Stundenkilometern zufrieden – mehr gaben die Vorratstanks für Wasserstoff und Sauerstoff und die Auslegung des Raketentriebwerks nicht her. Die

Kehrseite der Medaille war, das die keramischen Membranen während des Superkavitationsbetriebs ebenfalls vom umgebenden Wasser getrennt waren und somit keinen Brennstoffnachschub liefern konnten. Der Vorrat reichte für 20 Minuten Fahrt oder ungefähr 170 nautische Meilen Reichweite, danach musste das Raketentriebwerk abschalten und abkühlen - denn die Blase isolierte auch hervorragend und heizte den kleinen Innenraum des Druckkörpers stark auf.

Das Donnern von *Ace of Spades* füllte den kleinen Raum der Druckzelle und rief in Flynn die Erinnerung an lange Arbeitsnächte im Labor wach, in denen er am Simulator unzählige Abstimmungen von Antrieb und Steuerbarkeit durchgespielt hatte. An den Morgen danach hatte seine Stimme nicht viel anders als die von Lemmy, dem Sänger von *Motörhead,* geklungen - und er hatte wahrscheinlich auch nicht besser ausgesehen.

Der *Blue Marlin* folgte dem vorgegebenen Kurs des Navigationscomputers seit fünf Minuten und erhöhte in 1300 Metern Tiefe langsam die Geschwindigkeit, bis er bei Erreichen der 1500-Meter-Marke exakt 178 Stundenkilometer schnell war. Die zuletzt intensiven Vibrationen des durch den Rumpf verdrängten Wassers wurden durch ein lautes, explosives Geräusch beim Aufbau der Gasblase ersetzt, das sogar kurzzeitig die Musik übertönte, und ging dann in ein nahezu schwereloses Dahingleiten über.

Das Raketentriebwerk zu seinen Füßen, welches den Sauerstoff- und Wasserstoffvorrat verbrannte, fügte sich geschmeidig in den Rhythmus ein und drückte den *Blue Marlin* mit gegenwärtig 450 Stundenkilometern auf seinem Kurs nach vorn. Flynn leerte den letzten Rest aus der Bierdose, führte ein paar leichte Steuerbewegungen aus und jagte das Boot in höchstem Glücksgefühl mit langsam zunehmender Geschwindigkeit in einer langgestreckten, horizontalen Spirale durch die lichtlosen Tiefen des Pazifiks.

Sophie – Unterwasser-Operationszentrale

Am selben Tag

Alle jubelten.

Flynn hatte sich soeben aus dem *Blue Marlin* gemeldet. Er hatte die Superkavitationsfahrt nach exakt zwanzig Minuten abgebrochen, war 193 Kilometer entfernt fast senkrecht unter dem Hubschrauber aufgetaucht. Die Anzeige eines der Hauptschirme dokumentierte einen Geschwindigkeitsdurchschnitt von 580 Stundenkilometern. Jetzt prüfte der *»verrückte Rocker«*, wie einige der wissenschaftlichen Mitarbeiter ihn bewundernd hinter vorgehaltener Hand bezeichneten, für eine halbe Stunde alle Systeme des U-Boots, tankte Sauerstoff und Wasserstoff aus dem umgebenden Meerwasser auf. Danach würde er den Test auf der Gegenstrecke wiederholen.

»Das ist einfach unglaublich, Dottore.« Marcello Rampi, 44, Leiter des Instituts für Marine Ökologie der Universität von Messina, hatte seine feine silberne Brille zum Putzen abgenommen und war neben Sophie getreten. Mit einem Bügel deutete er auf die Überwachungsschirme an der Stirnseite der Unterwasserabteilung. »Noch nie ist ein bemanntes U-Boot so schnell gefahren. Wissen Sie, was das bedeutet, Sophia?«

Sie lächelte über seine italienische Aussprache ihres Namens. »Wir müssen uns ab jetzt vor Industriespionage in Acht nehmen?«

Der smarte Italiener erwiderte das Lächeln, setzte mit einer präzisen Bewegung die Brille wieder auf und strich sich über die glänzenden, schwarzgrau melierten Haare.

»Das auch – aber es ist *endlich* in einer akzeptablen Zeitspanne möglich, relevante Gebiete in den Tiefen des Mesopelagials[12] und womöglich auch des Bathypelagials[13] nach

[12] Tiefen bis 1000 Meter

bisher unbekannten Fischen zu durchsuchen. Diese Boote sind Gold wert.«

»Das sind sie sicher, Marcello. Sie eröffnen uns einen neuen Horizont direkt vor unserer Tür«, antwortete sie. »Wir müssen nicht zum Mond fliegen, um Neues zu entdecken. Die Ozeane sind voll davon und warten nur darauf, dass wir sie erkunden –«

Laute Rufe aus der Richtung der ROV-Operatoren lenkten Sophie ab. Rampi sah überrascht auf einen der unteren Schirme, auf denen die Tiefenwasserblase fortlaufend vermessen wurde. Sie hatte sich seit der letzten Aktualisierung der Daten ruckartig ein gutes Stück weiter nach oben bewegt, ragte jetzt fast dreihundert Meter über den Grabenrand hinweg und begann sich mit den Ausläufern der *Kuroshio-Strömung* wie eine unterseeische Rauchfahne nach Nordosten über den Meeresboden auszubreiten. Vergleichbar einem schillernden Öltropfen im Wasser, reflektierte die Tiefenwasserblase durch ihren unterschiedlichen Salzgehalt und die niedrigere Temperatur weiterhin die Sonarwellen von ROV2. Nur an den Rändern franste die undurchdringliche Silhouette langsam aus, als sich das Tiefenwasser mit dem Umgebungswasser der Strömung zu vermischen begann.

»Die Hydrophone von ROV2 empfangen schwache Wellen im Infraschallbereich – womöglich ein weiteres Seebeben im Graben«, hörte sie einen der Wissenschaftler der Universität Bergen sagen, der angespannt durch unterschiedliche Diagrammanzeigen seines Notebooks blätterte.

»Können wir das ESMS[14] der *Aurora* darauf schalten?« fragte ein Anderer laut in den Raum hinein.

---

[13] Tiefen bis 4000 Meter

[14] ESMS: Environmental Sonar Mapping System; ein hochauflösendes 360 Grad Sonarsystem

»Reicht nicht so tief – aber es kann uns vielleicht ein größeres Gesamtbild liefern«, kam die unmittelbare Antwort. »Wird ausgerichtet, Bilder kommen in zwei Minuten.«

Nahezu zeitgleich ertönte ein gedämpfter, in die Länge gezogener Ping, als das im Rumpf der *Aurora Oceani* eingebaute Fächersonargerät damit begann, mehrere hundert Messstrahlen rhythmisch in die Tiefe zu senden.

Angespannte Stille überbrückte die Sekunden, bis die vom Meeresboden und der Wassergrenzschicht reflektierten Impulse vom Schiff empfangen wurden und per Computer sichtbar auf den Bildschirmen in der Unterwasserabteilung dargestellt wurden.

»Was ist das?« fragte die attraktive Studentin von Flynn leise.

Sophie überlegte, bis ihr der Name der jungen dunkelhaarigen Frau wieder einfiel, die unbemerkt zu ihr getreten war: Ivy.

»Das kann ich dir leider auch nicht sagen.«

Wie Myriaden kleinster von einem Tuch in die Luft gewirbelter Staubteilchen zeigte der Schirm plötzlich unzählige Echos an der Grenze zwischen den Wasserschichten.

»Ein Medusenschwarm?« fragte ein jüngerer Wissenschaftler zweifelnd.

»In dieser Größe?« kam die Antwort von einem anderen. »Wohl zu viel Schätzing gelesen?« Unsicheres Lachen flackerte vereinzelt in der Abteilung auf.

»Können die ROVs dichter ran?«

»ROV2 hat leere Akkus, ist gerade auf dem Rückweg, ROV1 überwacht die Absenkung des Habitats, zu weit weg.«

Die Aktualisierung der Bilder des Fächersonars der *Aurora Oceani* erfolgte jetzt regelmäßig im Abstand von zehn Sekunden. Sophie spürte, wie die anfängliche Aufregung sich legte, als nach ein paar Minuten deutlich wurde, dass die Sonarechos nicht weiter aufstiegen.

»Was immer das ist, es hat vielleicht Probleme mit dem wärmeren Wasser«, sagte Rampi in Gedanken versunken, fasziniert auf den Schirm starrend.

»Der Professor kommt zurück«, sagte Ivy und deutete auf die sich wieder bewegende Markierung des *Blue Marlins*, der in einem weiten Bogen wendete und auf den Forschungskreuzer jetzt aus nordwestlicher Richtung zuhielt. Die Spur des prognostizierten Kurses würde ihn zum Ende seiner Fahrt am Rand der Tiefenwasserblase über den Graben führen.

Flynn – An Bord des Blue Marlins

Am selben Tag

»Ich habe deinen Kurs etwas angepasst, Prof. Das Tiefenwasser ist weiter aufgestiegen, Du fährst auf 1200 Meter zurück. Wade over.«

»O. k.«, Flynn blickte auf die etwas veränderte Route für den Rückweg zum Schiff und wischte sich ein paar Schweißtropfen von der Stirn und der Nasenspitze. Ein dünner Feuchtigkeitsfilm hatte sich über alle Oberflächen gelegt. Die Temperatur in der Druckzelle war während der Herfahrt auf siebenunddreißig Grad gestiegen und er war sich gar nicht mal so sicher, ob das nur am Raketentriebwerk lag oder welchen Anteil er selbst in dieser gut isolierten Keramikdose daran hatte. Eine der nächsten Verbesserungen wäre jedenfalls eine Klimaanlage.

Die Anzeige für die Tanks meldete einen Füllstand von fünfundsiebzig Prozent, alle Systemtests waren ohne Probleme durchgelaufen. Er konnte mit dem U-Boot und seinem Team wirklich zufrieden sein.

»Der Hubschrauber kann umkehren, Wade – und stell' sicher, dass ein bisschen Bier da ist, wenn ich wiederkomme. Ich hätte noch was mitnehmen sollen.«

»Werde ich für sorgen, Prof – und auch für ein offizielles Empfangskomitee. Wade over.«

Flynn lies sich schwer auf die Liege fallen. *Oh Mann!*

»Und noch was, Wade: Spar dir bitte diese *Over*-Scheiße! Ich merk schon, wenn du nicht mehr da bist!«

»*Ah – o. k., Prof*«, kam die vorsichtige Bestätigung.

Der *Blue Marlin* bewegte sich zügig in fünfzehn Metern Tiefe, angetrieben von dem geschmeidigen Flossenschlag seiner mächtigen Fluke, gerade so weit unter der Oberfläche, dass die Dünung der mittlerweile fünf Meter hohen Wellen keine Auswirkung mehr auf das Boot hatte. Das Letzte, was er hier drin brauchte, war ein Anflug von Seekrankheit.

Der LED-Schirm lieferte ihm ein türkisfarbenes Bild des leeren Meeres um ihn herum. Flynn schätzte die Sichtweite in dieser Tiefe auf ungefähr fünfzig Meter. Mit einer Bildschirmberührung rief er die Navigationsansicht in den Vordergrund. Der vor ihm liegende Rückweg war gut vierzig Kilometer länger, da er eine weite Kurve um eine Meeresbodenerhöhung beschrieb, die bis achthundert Meter unter die Wasseroberfläche reichte.

Der Positionsblip der *Aurora Oceani* war wie zu erwarten keinen Meter von seiner vorherigen Position abgewichen, der Blip des Rettungshubschraubers bereits wieder fünfzig Kilometer vor ihm auf dem Weg zurück zum Forschungskreuzer.

Er drehte die Musiklautstärke höher, entschied sich gegen das Motörhead-Album und startete stattdessen ein Album von *The Bosshoss*.

Die Kameras fingen weiterhin nur leeren Ozean ein. Die mächtige Fluke erhöhte kontinuierlich das Tempo und trieb das U-Boot im Fünf-Grad-Winkel zurück in die Lichtlosigkeit der Tiefe.

Flynn probierte während des Abstiegs ein paar Rumpfkonfigurationen aus, welche unterschiedliche Strömungsprofile produzierten, um die Steuerbarkeit des *Blue Marlin* zu testen. Er kam immer wieder zu dem Ergebnis, dass es keiner wuchtigen Ruder oder Klappen bedurfte, sondern dass sich eine intelligent aufeinander abgestimmte Vielzahl kleiner Strömungsmanipulatoren wesentlich effektiver auf den erforderlichen Kraftaufwand und die resultierende Beweglichkeit auswirkten.

Eigentlich logisch, dachte er bei sich, *die Evolution hätte in den zurückliegenden Millionen von Jahren alle Modelle bereits entwickelt, wenn sie sich gegenüber dem Flossenschlag bewährt hätten.*

»Wade? Hat etwas länger gedauert, aber ich wollte noch ein paar der SMC-Muster durchtesten. Bin auf dem Weg.«

»*Ist o. k., Prof. Bier ist schon kalt gestellt, -* «, meldete sich sein Doktorand pflichtbewusst und Flynn grinste vor sich hin, als Wade am Ende stockte, um ja die Funkbestätigungsfloskel nicht zu gebrauchen.

Zehn Minuten hinter dem Zeitplan aktivierte er schließlich das Fächersonar und den Superkavitationsantrieb, stellte sich auf weitere fünfundzwanzig Minuten ereignislosen Dahingleitens ein, lauschte dem leisen Dröhnen des verbrennenden Sauerstoff/Wasserstoff-Gemischs zu seinen Füßen und den Klängen von *Don't Gimme That* von *The Bosshoss.*

Zwanzig Minuten später führte die Automatik bei einer Geschwindigkeit von 620 Stundenkilometern eine Notabschaltung des Superkavitationsantriebs durch, steuerte den *Blue Marlin* in eine enge Linkskurve, so dass der Schwung Flynn hart vom Schlitten riss und schmerzhaft gegen die installierten Geräte der rechten Rumpfwand schleuderte, während die unkontrollierte Implosion der Gasblase das U-Boot innerhalb von Sekunden auf äußerst ruppige Weise abbremste.

Die Lautsprecher knackten, die Musik verstummte.

»*Was ist los, Prof? Ich erhalte eine ganze Reihe von Fehlermeldungen des Steuercomputers, warum hast du gestoppt? Alles o. k.?*«, meldete sich Wade.

Flynn brauchte ein paar Sekunden, um sich stöhnend zu orientieren. Sein Kopf dröhnte und er fühlte, dass eine warme Flüssigkeit seinen Scheitel entlang sickerte. Außerdem brannten seine Rippen auf der Seite, wo er gegen eine Druckanzeige geflogen war - höllisch. Langsam suchte er mit Händen und Füßen Halt und zog sich vorsichtig auf den Schlitten zurück.

»*Prof? Melde dich!*« bohrte Wade, zunehmend besorgter klingend.

»Alles o. k. – ich hab's überlebt«, sagte er mit rauer Stimme. »Irgendetwas war wohl im Weg. Gib mir 'nen Moment, ich muss mich umsehen.«

Er legte seine Stirn vorsichtig auf das Polster der Liege und rief die Daten des Fächersonars auf dem LED-Schirm ab, welches die Route des *Blue Marlins* während der Fahrt überwacht hatte.

Dunkle Tropfen erschienen auf dem Bild. Er brauchte etwas, um seinen Kopf zu verbinden. Mit zusammengebissenen Zähnen griff er in seine Hosentasche und brachte ein großes zusammengeknülltes Taschentuch zum Vorschein, mit dem er zuerst das Blut vom Bildschirm wischte und das er sich anschließend mit seiner linken Hand fest auf den Kopf presste.

Die Lagesteuerung hatte den *Blue Marlin* mittlerweile neutral austariert. Er schwebte waagerecht in 1350 Meter Tiefe, am östlichen Rand der Tiefenwasserblase, vielleicht 200 Meter über ihr, das U-Boot hatte die Notbremsung besser überstanden als er.

Die Kursdaten verrieten ihm den Punkt des plötzlichen Richtungswechsels – es war dort nur nichts zu sehen. Die Strahlen des Fächersonars griffen ins Leere.

»Wade, ich vermute einen Fehler im Sonar. Es hat falsche Daten an den Kursrechner geliefert und der hat entschieden, lieber anzuhalten als eine Kollision zu riskieren. Ich komme mit Elektroantrieb zurück.«

»Puhh, hast uns allen einen ziemlichen Schrecken eingejagt, Prof! Wade o – Tschuldigung, Prof.«

Flynn wollte lachen, stöhnte stattdessen nur laut auf, als seine Rippen sich mit starken Schmerzen meldeten.

Ungeduldig wischte er sich seine Haare aus dem Gesicht, überprüfte gewissenhaft die Konfigurationsdaten der SMC-Soft-Shell und aktivierte den Normalbetrieb, nachdem er sich erneut vergewissert hatte, dass keine Schadenmeldungen vorlagen. Er versetzte den *Blue Marlin* in einer weiten Kurve in langsame Fahrt und navigierte einer inneren Neugierde nachgebend auf den Punkt zu, an dem die Steuerung die Superkavitationsfahrt unterbrochen hatte.

Nach wenigen hundert Metern zurückgelegter Strecke schlug erneut die Kollisionswarnung an, streifte schlagartig die verbliebende Benommenheit von Flynn ab und stoppte das U-Boot auf der Stelle.

Mit wenigen Steuerbefehlen seiner rechten Hand aktivierte er den Erkundungsbetrieb. Das Bild, welches die Kameras im ultravioletten Licht der nach vorn gerichteten Bordscheinwerfer zunehmend deutlich auf den Schirm unter ihn lieferten, ließ seinen Atem stocken.

»Kein Defekt des Fächersonars«, murmelte er vor sich hin, vergaß die blutende Kopfwunde und tippte eifrig mit beiden Händen auf dem Bildschirm einen Kurs ein, der den *Blue Marlin* waagerecht einen engen, horizontalen Kreis um das schwimmen ließ, was sich Flynns Verständnis von Physik offensichtlich widersetzte. Die Orientierung der Flimmerflossen auf der Außenhaut hatte sich in ein Rautenmuster verändert und schob das U-Boot langsam seitwärts um das Objekt herum, ohne es aus dem Aufnahmewinkel der Bugkameras zu verlieren.

Flynn blickte gebannt auf das, was dort unschuldig im Wasser schwebte.

»Flynn? Hier ist Sophie. Was ist los? Du hast wieder gestoppt. Gibt es Probleme?«

»Hey, Soap«, sagte er leise, noch weit weg seinen eigenen sich überschlagenen Gedanken nachhängend.

Nach einer Zeit konzentrierten Schweigens fuhr er fort: »Das würde ich ehrlich gesagt nicht als Problem bezeichnen in dem Sinn, den du wahrscheinlich grad im Kopf hast.« Er machte eine weitere Pause und suchte nach einer griffigen Erklärung. »Ich würde es eher als *Logik-Aufgabe* für fortgeschrittene Physik-Semester sehen.« Sein beringter Zeigefinger tippte auf den Schirm und startete die Übertragung der aktuellen Kamerabilder als Livestream auf die *Aurora Oceani.*

Sophie – Unterwasser-Operationszentrale

Am selben Tag

Auf dem oberen Hauptschirm erschien ein fluoreszierendes, medusenartiges Gebilde. Aufgeregte Gespräche unter den Anwesenden in der Unterwasserabteilung setzten unmittelbar ein.

Sophie sah ein treibendes, längliches Netz voller funkelnder Edelsteine, das an seiner Oberseite mit einem schmutzigen, dunklen Tuch bedeckt war, dessen ausgefranste Ränder weit an den Seiten hinunter hingen. Schwerelos verharrte es im pechschwarzen Wasser. Und es war nicht allein. Hunderte anderer dieser Gebilde – allerdings wesentlich kleiner, umgaben das zentrale Gebilde bis an die Sichtgrenze und waren für den kurzen Moment zu erkennen, in dem sie von den UV-Scheinwerfern des U-Boots angestrahlt wurden.

»*Das Ding zerstreut oder absorbiert die Sonarimpulse. Deshalb hat der Navigationscomputer die Superkavitationsfahrt so unerwartet abgebrochen. Ich konnte es erst auf zwanzig Meter Distanz erfassen*«, hörte sie Flynn über die Lautsprecher. »*Ich wechsele mal auf Tageslicht.*«

Das Bild veränderte sich dramatisch. Von dem Netz voller glitzernder Edelsteine blieb ein graubrauner, stark zerklüfteter Felsen, der lotrecht im Wasser trieb. Auf seiner nach oben gerichteten Seite befand sich eine anscheinend mehrere Meter dicke Sedimentschicht, welche von der Spitze zu den Rändern durch die Wasserbewegung ständig erodierte und Ströme feinster Teilchen wie winzige Kometenschweife zurück in die Tiefe rieseln ließ.

»*Hier die Aufgabe*«, sagte Flynn im Vorlesungston aus dem Lautsprecher, während der Felsen sich langsam auf dem Bild drehte, als das U-Boot einen weiten Kreis um ihn beschrieb.

»*Welche Eigenschaft ermöglicht es einem Felsen von der Größe eines New Yorker Linienbusses, mitten im Ozean zu treiben? Ich gebe noch eine Zusatzinformation: Wäre er aus Granit oder Marmor, hätte ein Würfel mit der Kantenlänge von einem Meter ein Gewicht von ungefähr sechs Tonnen. Einigen wir uns für diese Aufgabe auf ein Volumen des Felsens von 120 Kubikmetern.«*

Die plötzliche Stille im großen Raum war greifbar. Alle Anwesenden im Raum verfolgten gebannt die langsame Annäherung des U-Boots an den Felsen, wobei es vorsichtig an kleineren Gebilden vorbeinavigierte.

»Nun, es könnte sich um poröses, vulkanisches Gestein handeln, in das Gase eingeschlossen sind«, schlug sie vor, »oder hast du eine andere Idee?«

Das Bild verharrte dicht über der Felsenoberfläche. Sophie gab sich selbst die Antwort auf ihre Frage. Das Material war *nicht* vulkanisch. Es glich eher einer metallisch zerspanten Struktur, die in eng beieinander liegenden Bereichen sowohl messerscharfe Kanten aufwies als auch raue Bruchstellen zeigte. Vereinzelte Flächen ähnelten, sich in wirrer Anordnung durchbohrender, Zylinder unterschiedlichster Durchmesser, die an der Außenseite mit gewindeähnlichen Ringen versehen waren. Langsam trieb die Felsoberfläche über den Bildschirm, bis ein schartiger, höhlengleicher Bereich mit nahezu symmetrischem Umfang zu erkennen war.

»Tut mit leid, Soap – ich darf nicht helfen!« kam die belustigte Antwort von Flynn, ihren Kosenamen benutzend, obwohl alle im Raum zuhörten - auch wenn es im Moment wohl niemand wahrnahm.

Die Aufnahme veränderte sich ein wenig, als das U-Boot leicht den Winkel zur Öffnung der Vertiefung veränderte, um weiter hineinzuleuchten.

Alle Anwesenden im Raum sahen zeitglich die zwei dünnen, bleichen Tentakel hinter einer Ecke des Spalts hervorschnellen und schrien auf vor Schreck. Durch die geringe Distanz der Kamera und dem Vergrößerungseffekt des Wassers wirkte es, als würden die fahlweißen Tastarme direkt in die Unterwasserzentrale hinein greifen.

Flynns schmerzerfülltes Lachen, unterbrochen von einem unterdrückten Husten dröhnte aus den Lautsprechern.

»Da habt ihr euch erschreckt, was? Ist doch bestimmt nur ein kleiner, einsamer Krake.«

Sophie atmete langsam durch.

»Das ist ganz sicher *kein* Krake«, raunte Rampi ihr angespannt zu. »Die leben nur in bis maximal einhundert Metern Wassertiefe.«

Diese Bestätigung benötigte sie nicht mehr.

Die zwei dünnen Tastarme hatten sich langsam zurückgezogen. Stattdessen wischte ein hellgrauer, rotierender Körper blitzartig aus der Öffnung – viel größer als ein kleiner Krake – rammte das U-Boot und die Übertragung erlosch.

Für ein paar Sekunden drangen noch abgehackte Geräusche, untermalt von leisen Rockakkorden aus den Lautsprechern, dann versank die Unterwasserzentrale in einem tiefen, bangen Schweigen.

4
Sophie – Tsunamizentrum, Palau

02. August

Sie war sehr froh, dass das hier nur die kleine Einweihungsparty war. In sechs Wochen, bei der offiziellen Eröffnungsfeier des Tsunamizentrums für die Regionen des nördlichen Pazifiks und der Philippinischen See, wenn Politiker der Europäischen Union sowie Vertreter der übrigen Organisationen in Begleitung der üblichen Sollstärke an Medienpräsenz über Palau hereinbrachen, würden sie keine zehn Pferde hier halten.

So ein Rummel war sicher berechtigt, zumal für die Entwicklung des Warnsystems und für seinen Betrieb Unsummen an Finanzierungsgeldern vom europäischen Steuerzahler bereitgestellt worden waren – und die Lösung, deren Fertigstellung Sophie die letzten Wochen selbst mit hatte überwachen dürfen, technologisch sicher das Modernste war, was die westliche Welt im Moment leisten konnte – solange sie die Fischer davon überzeugen würden, die zehn Millionen Euro teuren Bojen nicht länger als Festmacher für ihre Kähne zu benutzen.

Die elektronische Karte, die eine ganze Wand des Überwachungsraums einnahm, zeigte die westliche Küstenlinie des nördlichen Pazifiks von Russland über Japan, China, Thailand, Indonesien, Neuguinea bis zum Norden Australiens und die östliche von Kanada über die Westküste der USA bis runter nach Mexiko.

Dennis Lutter, der deutsche Gesamtprojektleiter, war mit den lokalen Mitarbeitern in fachliche Themen vertieft, hatte sein Champagnerglas auf einem DIN-A1-Laserdrucker abgestellt, der gerade die dreidimensionale Projektion einer Statuskarte der Erdbeben der letzten 24 Stunden anfertigte.

Solche Feiern mochte Sophie – Kollegen und Teams unter sich. Keine Politiker, Sponsoren oder Medienleute, die eigentlich von nichts Ahnung hatten, sich aber extrem wichtig fühlten.

Das System war bereits voll aktiv. Auf der elektronischen Karte befanden sich die Marker von neunzehn Beben, davon vier Landbeben und 15 Seebeben in den letzten drei Tagen. Die Seebeben lagen ausnahmslos auf dem westlichen Arm des Pazifischen Feuerrings. Der Planet bebte ungefähr zehntausend Mal pro Jahr. Zehn Prozent davon entfielen allein auf diese Gegend. Drei Beben am Tag waren für die Leute hier vollkommen normal.

Neu waren Schnelligkeit und Genauigkeit, mit welcher die Daten erfasst und weitergeleitet wurden. Mit den zweiteiligen Hightech-Bojen der *Aurora Oceanis* erreichten die Signale nach spätestens dreißig Sekunden die Rechner der Zentrale. Die auf den Meeresgrund abgesenkten Sensoreinheiten registrierten die durch ein Beben ausgelösten Druckveränderungen, übermittelten sie mit Hilfe eines Infraschallsenders an die über ihnen auf dem Meer schwimmenden Bojen, die ihrerseits aktuelle Daten über Wellenhöhe, Wassertiefe und andere Messgrößen ergänzten und alles an einen Satelliten weiterleiteten. Nur Sekunden später trafen die Informationen aller Bojen im zentralen Rechner ein, der anhand vorliegender Referenzmuster ermittelte, ob es sich um ein normales Beben (horizontale Entspannung zwischen Eurasischer und Pazifischer Platte) oder eines mit potentieller Tsunamigefahr handelte (vertikale Entspannung der Platten).

Sie hatten sich am Morgen nach ihrer Ankunft zuerst für das Beben interessiert, welches die Kaltwasserblase aus dem Tiefseegraben emporgedrückt hatte und mit ihm die merkwürdigen Felsen.

Das primäre Beben hatte eine Stärke von 5,8 gehabt und eine Reihe von Nachbeben entlang einer kleineren Bruchkante der Eurasischen Platte ausgelöst. Es hatte mit einer Tiefe von nur vierzehn Kilometern unter dem Meeresgrund relativ flach gelegen und konnte daher durchaus als Entstehungsgrund der Kaltwasserblase gelten. Der Zentralrechner hatte sogar einen Tsunamialarm ausgelöst, der allerdings aufgrund der berechneten zusätzlichen Wellenhöhe von unter zehn Zentimetern von den Prüfungsmechanismen des Systems selbst wieder zurückgehalten worden war und nur auf den Informationsmonitoren der Wissenschaftler angezeigt wurde. Diese Schwellwerte würden in den nächsten Wochen ständig überprüft und am Modell verfeinert werden. Es gab nichts Schlimmeres für ein Warnsystem als Alarmmeldungen, ohne dass nicht anschließend wenigstens eine kleine Katastrophe mit zehn bis fünfzehn Opfern eintrat. Nach zwei bis drei solcher Fehlalarme würde niemand einen echten Alarm noch ernst nehmen.

Wovon die lokalen Mitarbeiter hier keine Ahnung hatten, dachte Sophie erleichtert, war das sonderbare Felsgestein, das mit hochgetragen worden war und vor allem nicht von seinem speziellen Bewohner, der die kostenlose Fahrstuhlfahrt aus einer Tiefe von zehn Kilometern an den Grabenrand genutzt und dem ganzen Team - allen voran natürlich Flynn - einen gehörigen Schrecken eingejagt hatte.

Sie lächelte bei dem Gedanken, wie ramponiert das U-Boot und Flynn ausgesehen hatten, nachdem er eine knappe Stunde nach dem Ausfall der Datenübertragung am Heck der Aurora aufgetaucht war und sie ihn mit einem der achterlichen Krane an Bord gehievt hatten. Zum Glück war er mit einer Rippenprellung und einem Schnitt an Kopf davongekommen und hatte seine gute Laune bereits wiedergefunden - schließlich hatte er den Riesenkraken, wie er ihn bezeichnete, durch eine ruckartige, extreme Beschleunigungsphase loswerden können. Ein Rippenbruch hätte den gesamten Zeitplan hinfällig werden lassen - auch die Schäden an der Außenhaut des *Blue Marlins* waren schnell zu reparieren - hatte zumindest Wade in seiner ersten Euphorie nach der Rettung seines Mentors verlauten lassen.

Marcello hingegen war einfach nur begeistert von der Begegnung mit dem Tiefseewesen. Er war überzeugt, dass es sich bei Flynns *Kraken* um ein Exemplar der Magnapinna handeln musste, nachdem er stundenlang die Videofragmente im Einzelbildmodus analysiert hatte. Das sei ein zehnarmiger

Tintenfisch, von dem so gut wie keine Aufnahmen oder Funde existierten, hatte er danach erklärt. Das bisherige Wissen beschränkt sich auf zufällige Aufnahmen von Unterwasserrobotern am Grund von Öl- oder Gasbohrlöchern zwischen drei und fünf Kilometern Tiefe.

Lutter, das jetzt leere Champagnerglas schwenkend, kam freudestrahlend auf sie zu.

»Fertig, Sophie«, sagte er zufrieden. »Ich kann ab jetzt Urlaub machen. Kapitän Meissner hat meinen Abschlussbericht gestern Abend erhalten, schickt ihn heute offiziell an Eureco.« Er drehte sich zu den lokalen Mitarbeitern im Raum. »Die Jungs hier brauchen nur noch ein bisschen Training mit den Programmen. Das werden die Assistenten übernehmen - dauert eine Woche.« Er suchte den Raum nach einer noch nicht geleerten Flasche Champagner ab, entdeckte eine in einer mit Eiswürfeln gefüllten Plastiktüte zwei Tische weiter.

»Wenn du willst, helfe ich beim Ausbau des Habitats.« Er nickte ihr zu und entfernte sich in Richtung der Flasche.

»Na, vielen Dank!«, raunte Torge ihr zu, der sich von seinem Beobachtungsposten an der hinteren Wand gelöst hatte und zu ihr trat. »Ist mir ein Rätsel, wie man mit so viel Promille so ein Projekt erfolgreich zu Ende bringen kann.«

»Er ist wirklich gut - und er hat familiäre Probleme - wie es heißt. Also sei nicht zu hart mit ihm«, antwortete sie, den deutschen Wissenschaftler im Blick, der nachdenklich sein Glas füllte.

»Lass uns verschwinden«, sagte Sophie, strich sich mit den Händen die langen Haare über den Schultern zurecht. »Ich habe noch nicht viel von der Insel gesehen, den Raum hier dagegen kenne ich schon ganz gut.«

Ihr Weg vom Tsunamizentrum zurück in den Hauptort Koror führte Sophie und Torge am malerisch in einer weichen Bucht gelegenen Yachthafen vorbei. Auf einer Seite lagen kleine weiße Segelboote und ein paar Motorboote vertäut, während vom gegenüberliegenden Ufer die mit amerikanischen und asiatischen Tauchtouristen voll beladenen Ausflugsboote von den Stegen der Tauchschulen zum zweiten Vormittagstauchgang ablegten.

Sophie blickte ihnen bedauernd nach.

»Die tun mir echt leid«, sagte sie und bleib stehen. »Das wird kein Spaß, wenn alle zeitgleich die beliebtesten Stellen an den Riffen ansteuern.«

Torge schirmte seine Augen mit der Hand ab und sah hinaus auf das glitzernde Wasser, dann nickte er mitfühlend.

»Null Sicht durch die aufsteigenden Blasenvorhänge von einhundert Atemreglern und aufgewirbelten Sand von zweihundert Flossen. Dafür dreihundert Dollar pro Tag - meinst du das?« Er grinste. »Wenn die wüssten, das wir lieber allein mit Buckelwalen tauchen gehen.«

Sophie lächelte schelmisch. »Ich dachte eher an die Fische, die mir leid tun - Riffbarsche zum Beispiel. Ich wette, die werden von der ersten Welle der Taucher derartig mit hartgekochten Eiern vollgestopft, dass sie sich für die nächsten zwei Tage nicht mehr blicken lassen.«

Der Norweger nickte zustimmend und verzog dabei den Mund. »Das ist sicher - und dann wundern sie sich, warum später ihr Fleisch nach Hühnchen schmeckt.« Er deutete in die Richtung einzelner größerer Masten, die hinter einem von alten Palmen bewachsenen Hügel in der Ferne zu sehen waren und zum Fischereihafen der Nachbarbucht gehörten. »Ich gehe zu den Fischern und besorge etwas fürs Abendessen - was weiter draußen gefangen wurde und sich artgerecht ernährt. Wir treffen uns dann um vier am Hubschrauber.«

Sophie folgte der gewundenen Straße einen weiteren Kilometer weiter, bis sie auf der linken Seite ein Café erreichte, das eine schöne Bucht überblickte und ihr bereits am Morgen auf der Herfahrt vom Flughafen aufgefallen war.

Sie setzte sich auf einer vor dem kleinen Haus liegenden Holzterrasse an einen freien Tisch im Teilschatten eines verblichenen Coca-Cola Sonnenschirms, der - wie das gesamte Café - schon bessere Tage gesehen hatte. Aus einem alten Radio dudelte leise Musik des lokalen Radiosenders. Die Temperatur betrug knapp unter dreißig Grad und Sophie war froh, dass wenigstens die Luftfeuchtigkeit jetzt in der Trockenzeit, mit nur um die zwanzig Regentage pro Monat, für einen Europäer noch verhältnismäßig gut zu ertragen war.

Der Filipino, der als Besitzer, Koch und Kellner für alles in diesem Café zuständig zu sein schien, kam flink herbei, nahm ihre Bestellung eines Fruchtsaftes auf und verschwand durch eine windschiefe Tür im Inneren des Häuschens.

Sophie schlüpfte aus ihren Sandalen, zog sich mit den Zehenspitzen einen zweiten wackeligen Holzstuhl heran, legte ihre Füße darauf und lehnte sich entspannt in der Sonne zurück.

»Stellen Sie einfach hin«, sagte sie mit geschlossenen Augen, als ein paar Minuten später ein Schatten auf sie fiel.

»Ich stehe bereits, ich wollt fragen, ob ich mich *setzen* darf«, antwortete eine fremde Stimme belustigt.

Sie blinzelte in ein lachendes Gesicht unter einem schwarzen Basecap mit braunem Wildlederschirm, die Augen hinter einer kleinen Sonnenbrille mit dunkelroten, eckigen Gläsern versteckt. Am Kinn des braungebrannten Gesichts haftete ein kleiner, korrekt gestutzter Ziegenbart.

Den hatte sie schon mal gesehen!

Sophie musste nicht lange überlegen. Der Typ in Hawaiihemd, Shorts und Flip-Flops war am Morgen mit ihr, Torge und ein paar anderen Wissenschaftlern gemeinsam im Hubschrauber von Bord der *Aurora Oceani* nach Palau aufgebrochen und ihr schon da wie ein Urlauber erschienen. Er hatte zwei Reihen hinter ihr gesessen und war ihr beim Aussteigen nur durch sein seliges Grinsen aufgefallen – genau das Gleiche, das er jetzt trug.

»Mein Name ist Rotgar von Strauss, nennen Sie mich Rot«, stellte er sich vor, nickte dem Filipino zu, der den Fruchtsaft gerade vor Sophie abstellte. »Ich nehme auch einen, danke«, zog vom Nachbartisch einen Stuhl heran und setzte sich ihr gegenüber, Sophie erwartungsvoll anblickend, bevor sie auch nur ein Wort herausgebracht hatte.

»*Entschuldigung?*«, entfuhr es ihr entrüstet.

»Von Strauss, Rotgar von Strauss, Doktor«, sagte er in einem Ton, als wäre er etwas enttäuscht über ihre Reaktion und nahm die Sonnenbrille ab. »Wir sind heute Morgen zusammen im Hubschrauber hergeflogen, erinnern Sie sich?«

Das wird ja immer besser!, dachte Sophie, setzte sich auf und sah ihn angriffslustig an.

»*Nein*, tue ich nicht. Helfen Sie mir bitte!«

Wenn jetzt er überrascht war, zeigte er es nicht. »Ich saß in der letzten Reihe. Sie sind Sophie de Bruck, die Leiterin des *Vulcano Projektes*, stimmts?«

»Ja, gut aufgepasst. Aber was machen *Sie* an Bord eines Forschungskreuzers? Die Eureco ist nicht dafür bekannt, Touristen durch die Gegend zu fahren oder zu fliegen.«

Er nippte an seinem Saft, den der Filipino vor ihm abgestellt hatte, ließ die Sonnenbrille an einem Bügel rotieren und überlegte, immer noch lächelnd, wie er das Gespräch retten konnte.

»O. k., ich sehe ein, wir hatten vielleicht einen etwas unglücklichen Start, Doc, aber – «.

"Mister«, unterbrach ihn Sophie und beugte sich etwas vor. Ihr manikürter Zeigefinger war nur wenige Zentimeter von seiner Nasenspitze entfernt. «Ich kann mir – *egal was* – im Zusammenhang mit Ihnen immer nur als *äußerst* unglücklich vorstellen!«

Sie genoss ein paar Sekunden lang die gelungene Kombination aus Sprachlosigkeit und verdutztem Ausdruck auf seinem Gesicht – er sah eigentlich nicht schlecht aus, sah man einmal vom seinem affektierten Gehabe mit der kindischen Sonnenbrille und seiner unterirdischen Anmache ab – leerte ihren Fruchtsaft, erhob sich und legte eine Zehndollarnote neben das Glas.

»Schönen Urlaub noch.«

Rotgar von Strauss - Palau

Fünf Sekunden später

Dann eben das nächste Mal! dachte er. *Was für eine harte Nuss.*

Kaum war sie um die Ecke des Cafés verschwunden, hatte er sein Grinsen und die gute Laune zurück.

Aber die sind es meistens wert – und sie kann ja nicht abhauen!

Mit zwei Fingern hob er das leere Glas, hielt es so gegen das Licht, dass ihr Lippenabdruck gut zu erkennen war und nippte mit geschlossenen Augen an der gleichen Stelle.

»Möchten Sie auch zahlen, Mister?«, fragte der kleine Filipino und nahm die Zehndollarnote vom Tisch.

Rot ignorierte ihn, leerte seinen Fruchtsaft in einem langen Zug, schob sein Glas so dicht wie möglich neben das von Sophie und sprang auf. »Sie hat mich eingeladen - sorry wegen des Trinkgeldes - aber so ist sie nun mal, hübsch aber manchmal ein wenig herb!«

Mit einer oft geübten Handbewegung setzte er die Sonnenbrille auf, grüßte den steinern dreinblickenden Café-Besitzer mit zwei Fingern am Rand der Basecap und machte sich auf den Weg zum Strand.

Der Sandstreifen war nahezu leer und perfekt aufgeräumt - so, wie es dem MAD-Agenten gefiel.

Ein paar amerikanische Familien mit Kleinkindern unter viel zu kleinen Sonnenschirmen und vereinzelte Pärchen, die etwas zwischen den Vormittags- und Mittagstauchgängen verschnauften, verloren sich in der kilometerweiten, weißen Sandlinie des Strandes, die sich wie ein breites Band um die zerfranste Außenlinie der großen Hauptinsel zog.

Rotgar schnippte die Flip-Flops von den Füßen, hob sie auf, vergrub die Zehen kurz im heißen Sand und ging in großen, schnellen Schritten hinunter an die Wasserlinie, wo die Temperatur an den Fußsohlen wieder halbwegs erträglich wurde.

Die Wissenschaftlerin wusste gar nicht, wie recht sie hatte, ihn als Urlauber zu bezeichnen, dachte er zufrieden. Dieser

Auftrag war eigentlich noch besser als Urlaub - er wurde voll bezahlt. Die Sensoreinheiten der Gottesanbeterinnen hatte er in der Nacht mit den Schiffssystemen der *Aurora Oceani* verbunden, eine zusätzliche Energieversorgung für die Geschütze würde im Laufe der folgenden Nacht eingerichtet werden. Damit waren die Waffensysteme einsatzbereit und er konnte sich entspannt seiner Recherche des *Kohortits* zuwenden - dass es tatsächlich Piraten in dieser Gegend geben sollte, mochte schon sein, dass die so verrückt waren, ein modernes Forschungsschiff anzugreifen, konnte er sich nicht vorstellen. Sollten sie es dennoch tun - nun ja, hoffentlich würde er dabei sein, wenn sie es versuchten und das System zu Leben erwachte.

Er war so in Gedanken vertieft, dass er beinahe über ein kleines, spielendes Mädchen gestolpert wäre, das in der flachen Brandungszone tief über seine Stein- und Muschelsammlung gebeugt saß.

Mit einem Ausfallschritt verhinderte er einen Zusammenstoß, konnte aber nicht vermeiden, in die Steinsammlung hineinzutreten, was dem Mädchen einen Schrei der Empörung entriss. Hastig bückte er sich, murmelte eine Entschuldigung, suchte die im Sand verteilten Steine und Muscheln zusammen, streckte den Arm, um sie dem Kind zurückzugeben, und stockte mitten in der Bewegung.

Was war das?

Solche Steine hatte er noch nie gesehen.

Intuitiv fühlte er sich an gewachsene Mineralien in Form von Zylindern oder regelmäßigen Vielecken erinnert, mit unterschiedlichen Durchmessern von unter einem Millimeter bis zu einem Zentimeter. An der Außenseite hatten sie gewindeähnliche Züge und einige waren hohl. In seiner Hand lagen einzelne Zylinder wie auch wirr ineinandersteckende Kombinationen unterschiedlichster Einzelstücke, die an den rauen Bruchkanten grell funkelten, wenn er sie im Sonnenlicht bewegte.

»Würden sie die Steine wohl meiner Tochter zurückgeben?«

Rotgar schüttelte den Inhalt seiner Hand vorsichtig in die ausgestreckten Hände des Mädchens, ohne den hinzugetretenen Vater zu beachten und fragte behutsam: »Die sind sehr schön, wo hast du die gefunden?«

»Hier – überall am Strand«, antwortete sie, mit beiden die Steine fest umklammernden Händen eine den ganzen Strand einschließende Bewegung machend.

Er hatte sich bereits suchend abgewandt, als die Kleine ihm noch nachrief: »Ich habe gestern schon welche gefunden. Die leuchten so bunt im Dunkeln und sie können sogar schwimmen!«

Diese Bemerkung versetzte ihm einen gedanklichen Hieb. Seine Gedanken überschlugen sich. *Schwimmende Steine! Leuchten?!*

Da war doch auf der Probefahrt der Beinahe-Zusammenstoß des U-Boots von diesem irren Rockerprofessor mit einem Feld in großer Tiefe treibender Felsen gewesen. Rot hatte auf der Brücke davon gehört und für ihn bestand kein Zweifel, dass das hier das gleiche Gestein sein mußte – nur kleiner. Aber – konnten diese Bruchstücke in der kurzen Zeit schon bis hierher gelangt sein? Er blieb stehen und sah angestrengt auf die glitzernde Dünung in die Bucht hinaus. Ein Lächeln breitete sich auf seinem Gesicht aus.

Na klar! Das würde die Blondine bestimmt interessieren, er brauchte nur einen eigenen Stein!

Rot drehte sich zu dem Mädchen um, das ihm aus der Entfernung immer noch hinterher sah, und zeigte mit fragendem Gesicht auf die Bucht hinaus.

Es nickte zur Antwort, bevor ihr Vater seinen Arm um sie legte und es energisch zurück unter den Sonnenschirm führte.

Überall hatte es gesagt. Er ließ die Flip-Flops in den Sand fallen, trat in die Brandung, zog den Schirm der Basecap so tief über die Sonnenbrille hinunter, wie es ging, und musterte die Wasseroberfläche konzentriert. Selbst im Schutz der Sonnenbrille musste er die Lider gegen die grellen Reflektionen zusammenkneifen. So stand er mehrere Minuten reglos bis zu den Oberschenkeln im siebenundzwanzig Grad warmen Wasser und suchte die Bucht systematisch mit den Augen ab.

Dann hatte er etwas entdeckt. Vielleicht dreißig Meter von ihm entfernt schien die Reflektion des Wassers in einem eng begrenzten Gebiet verändert. Mal intensiver funkelnd als das umgebende Wasser, mal schwächer bewegte sich ein kleiner Fleck sanft auf den Wellen.

Rotgar ging los, die Stelle nicht aus den Augen lassend, während das Wasser langsam höher stieg. Als er auf zehn Meter herangekommen war und es ihm bis zur Brust reichte, erkannte er, dass er sich von einem Ölfleck, der in allen Farben des Regenbogens im Sonnenlicht schillerte und die Wellenbewegung dämpfte, hatte täuschen lassen. Ärgerlich drehte er sich um, machte einen Schritt im weichen Grund zurück Richtung Strand und stieß sich hart das Schienbein unterhalb des Knies.

Vor Schmerz die Zähne zusammenbeißend, blickte er senkrecht nach unten, wo eine graue Masse über dem hellen Sand im Wasser trieb. Einen ersten Fluchtimpuls unterdrückend – denn eine Qualle konnte es ja nicht mehr sein – nahm er die Sonnenbrille und die Basecap ab, hielt sie mit der rechten Hand gestreckt nach oben, holte Luft und beugte sich mit dem Oberkörper und der Taille so tief nach unten, bis er mit den Fingerspitzen der linken Hand den Gegenstand fassen konnte.

Dann richtete er sich wieder auf und hätte beinahe das Gleichgewicht verloren, als der Gegenstand die Luft berührte. Er strich sich mit dem Handrücken das Wasser aus den Augen und Spitzbart, setzte Basecap und Sonnenbrille wieder auf, dachte zerknirscht an seine völlig durchnässte Brieftasche, die er in der Anspannung vollkommen vergessen hatte, und sah fasziniert auf seinen Fund.

Wie sonderbar!

Der Stein hatte in etwa die Größe einer deformierten Kokosnuss, besaß eine grau-weiße Grundfarbe und schien wie die kleineren Fragmente des Mädchens ebenso aus Bruchstücken sinnlos zusammengebackener, zum Teil hohler mineralischer Schraubgewinde jeglicher Größe zu bestehen. Ein sichtbarer Unterschied zu den Funden des Kindes war eine Art Hüllmaterial aus einer glatten, farblosen Substanz, in das ein gutes Drittel des Steins eingebettet war.

Bemerkenswerter als das äußere Erscheinungsbild des Steins war sein Gewicht – oder vielmehr dessen ständige Veränderung. Er balancierte den Stein ohne Probleme auf zwei Fingern und spürte lediglich das Gewicht eines Hühnereis. Wie sollte er sich daran derartig sein Schienbein stoßen können?

Rotgar führte seine Hand von links nach rechts und hätte den Stein beinahe fallen gelassen.

Wieso war er plötzlich so schwer geworden?

Mit gerunzelter Stirn stand er für einen Moment regungslos im Wasser, wiederholte nur mit dem Arm Seitwärts-, Auf- und Abwärtsbewegungen des Steins.

Dann hatte er es.

In Ruheposition wog der Stein in etwa so viel wie ein Ei. Bewegte er ihn, egal in welche Richtung, veränderte er sein Gewicht abrupt in das eines dicken Buches, forderte von Rotgar wesentlich mehr Kraft, ihn zu halten, so, als müsse er ein sich schnell drehendes Rad von seiner Laufrichtung abbringen. Führte er die Armbewegung dann gleichmäßig aus, verringerte sich scheinbar das Gewicht des Steins, solange die Bewegung unverändert andauerte, um erneut schlagartig zuzulegen, sobald Rotgar die Hand stoppte. Danach im Ruhezustand wurde der Stein wieder leicht. Ihm kam es vor, als würde er ein Objekt von der Größe einer Spielkarte durchs Wasser bewegen und dabei bei jeder Geschwindigkeits- oder Richtungsänderung den Widerstand eines großen Tabletts erfahren.

»Beschleunigung«, murmelte er vor sich hin, »bei der die Masse des beschleunigten Körpers nicht konstant bleibt?«

Er schüttelte den Kopf und rief sich Formeln aus einem Schwerpunktfach seines Informatik-Studiums zurück. Er hatte effektive Umlaufbahnen für Satelliten berechnet und optimiert, neue Algorithmen für ballistische Kurven von Raketen und intelligenter Munition entwickelt, bevor der MAD bei einem Mathematikwettbewerb auf ihn aufmerksam geworden war und Rot schon während des Studiums eingestellt hatte. Bei Raketen war es normal, dass die Masse im Flug kontinuierlich abnahm - sie verbrauchten ihren Treibstoff. Aber wohin verschwand die Masse des Steins während der gleichförmigen Bewegung und woher kam sie bei Änderungen der Beschleunigungswerte zurück?

So etwas war unmöglich!

Rot stierte die Windungen des Steins an, als würden sie ihm in wenigen Sekunden ihr Geheimnis verraten.

Was würden Newton und Einstein von diesem Fels halten? *Nicht viel,* gab er sich selbst die Antwort. *Wahrscheinlich würden sie ihn vergraben, die Stelle vergessen und nie wieder drüber reden.*

Er fröstelte kurz, zog sich das vor Nässe auf der Haut klebende Hawaii-Hemd vom Körper ab, ging zurück an den Strand, suchte seine Flip-Flops, winkte dem Mädchen zu, zeigte ihr aus der Ferne stolz grinsend den großen Stein und machte sich auf den Weg in den Ort.

In drei Stunden würde der Hubschrauber zum Schiff zurückkehren. Er beschloss die heiße Mittagszeit gemütlich in einer Bar am Fischereihafen von Koror bei frischem Fisch und ein paar eisgekühlten Bieren abzuhängen.

Nachdem er das Café von vorhin wieder passiert hatte, der Straße einen weiteren gewundenen Kilometer gefolgt war, erreichte er die Abzweigung zum Fischereihafen und gleich darauf mehrere, etwas höher gelegene Bars und Fischküchen, die den morgendlichen Fang für ein paar Dollar zubereiteten. Ein paar Tauchtouristen räumten gerade einen Tisch, den Rot großzügig für sich reservierte und so drehte, dass er einen ungestörten Blick auf die Kaianlagen mit den kleinen Trawlern hatte. Er zog sein Hemd aus, das auf dem zehnminütigen Weg hierher wieder halbwegs getrocknet war, wickelte den Stein hinein und legte ihn auf dem Stuhl neben sich ab, bei jeder Bewegung aufs neue irritiert durch das sich ständig verändernde Gewicht.

Im Hafen lagen ungefähr fünfzehn kleine Fischerboote, von denen die meisten zu dieser Tageszeit einsam und verlassen in der brennenden Mittagssonne auf dem seichten Wellen dümpelten. Nur auf einem von ihnen waren mehrere Fischer in aufgeregter Gesprächsatmosphäre versammelt, was Rot an den häufigen Gesten und lauteren Wortfetzen erkannte, die über die Wasserfläche zur Bar hochgetragen wurden.

»Was ist da los, Ma'am?« fragte er die ältere Amerikanerin, die an seinen Tisch kam, ihn kurz mit einem Lappen abwischte, von dem Rot nicht sagen konnte, ob der Tisch durch ihn wirklich sauberer wurde, und auf seine Bestellung wartete.

Sie wartet auf seine Bestellung, warf ihm dabei einen abschätzenden Blick zu, rückte ihre ergrauten, vollen Haare zurecht und schenkte ihm ein Lächeln.

»Ich bin Sally, Honey. Ein paar von den Jungs haben erzählt, das sie sich heute Morgen an irgendetwas ihre Netze zerrissen haben. Der Kahn wär fast gekentert. Was willst du haben, Dear, ich habe Blue und Yellow Damsel, Shrimps oder Lobster? Zu allem gibt's Fries.«

Rotgar bestellte den Goldenen Riffbarsch mit zwei Budweisern, die sofort von Sally gebracht wurden. Er leerte das Erste in einem Zug und nuckelte danach genüsslich am Zweiten, das Treiben auf dem Trawler aufmerksam beobachtend, solange er auf seinen Teil des einen Meter langen Fisches wartete, den eine Filipina auf einem selbstgebauten Grill neben der Bar für ihn und andere Gäste zubereitete.

Rotgar zählte acht Männer an Bord des etwa fünfzehn Meter langen Schiffes, die vor der Kajüte versammelt waren. Der Kapitän oder Eigner war leicht auszumachen, er redete am lautesten, gestikulierte am wildesten und zog mehrfach an einem der offensichtlich beschädigten Ausleger, mit denen die Netze zu Wasser gelassen wurden, um seinen Kollegen die Geschichte zu verdeutlichen.

Neue Bewegung entstand, als ein Polizeiwagen auf den Anleger zurollte und vor dem Trawler stoppte. Drei Männer stiegen aus, von denen zwei eine Tropen-Uniform trugen, während der Dritte mit kurzer Hose und offenem Hemd bekleidet war, gingen über die Holzbrücke an Bord und wurden von den Anwesenden sofort umringt. Die aufgeregten Gespräche begannen erneut.

Rotgar hätte nur zu gern gewusst, welche interessanten Details dort unten ausgetauscht wurden, aß den köstlichen Fisch, dessen Fleisch ihn ein wenig an Hühnchen erinnerte, und verfolgte das Geschehen weiterhin aufmerksam.

»Da es dich so interessiert, Honey«, sagte Sally, als sie den Teller abräumte und ihm das mittlerweile vierte Bud hinstellte, wobei sie sich galant mit einer Hand auf seiner Schulter abstützte, »das mit dem Netz ist wohl am Eingang der Fahrrinne durch das äußere Riff passiert – da sollte das Meer eigentlich schon über fünfzig Meter tief sein.«

Sie zwinkerte ihm zu, was Rot lieber in dem Sinne interpretierte wie: *Fischer! Was die schon erzählen, wenn der Tag lang ist.*

Es wurde Zeit zu gehen.

Er zog seine Brieftasche aus der Hose, faltete sie vorsichtig auf, nahm ein vom Salzwasser zusammengeklebtes Bündel Dollarnoten heraus, pulte einen Zwanzig-Dollar-Schein ab und breitete ihn sorgfältig auf dem sonnengewärmten Holztisch aus. Dann ergriff er sein Hemd mit dem Stein, stand auf, nahm die Bierdose und nickte Sally zum Abschied grüßend zu.

Rotgar kam den gewundenen Pfad zum Hafen hinunter, als sich die Gruppe auf dem Trawler ebenfalls in Bewegung zu setzen begann. Und zwar nicht einheitlich.

Sein Timing konnte nicht besser sein.

Die beiden Uniformierten trugen einen in einer Plane eingewickelten Gegenstand die Holzbrücke vom Schiff zum Anleger hinunter und stolperten dabei mehrfach, als seien sie schwer betrunken.

Rot blieb stehen, trank einen kleinen Schluck und ließ das Schiff nicht aus den Augen.

»Alles klar, Jungs. Ihr habt etwas in euren Netzen gefangen, was *kein* Fisch ist«, sagte er leise, während die beiden Polizisten den Gegenstand auf die Ladefläche des Pick-ups wuchteten, wobei sie beinahe erneut gestürzt wären, einstiegen und kopfschüttelnd in ein aufgeregtes Gespräch verwickelt wegfuhren. Die übrigen setzten ihre heftige Diskussion mit dem zurückgebliebenen Mann auf dem Anleger fort.

Rotgar sah dem Polizeiwagen nachdenklich hinterher, bis er außer Sicht geriet, dann packte er seinen Fund fester.

Seine Gedanken rasten. Wenn er hier der Rohform von Kohortit auf die Spur gekommen wäre, läge eine wohl rosige Zukunft vor ihm.

Er sah zur Sonne, schätze die verbleibende Zeit bis zum Rückflug ab und überlegte, wohin er gehen solle. Er entschied sich für den längeren Weg durch den Ortskern. Das würde ihm noch etwas Muße fürs Nachdenken lassen.

Global Resources Group, Indien

Am selben Tag

»Ja?« Der indische Telefonist lehnte sich konzentriert nach vorn über seinen kleinen Schreibtisch im abgedunkelten Raum und hielt eine Hand um das Mikrofon seines Headsets um die Umgebungsgeräusche der anderen Telefonisten abzuschirmend.

»*Hier ist Rodel*«, sagte die Stimme. »*Ich sollte anrufen, wenn besondere Sachen angetrieben werden.*«

»Wie ist der Code?«

Der Inder gab die erhaltene Zahlen- und Buchstabenkombination zur Identifikation des Anrufers in einen Computer ein. Dann sagte er: »Ja, das ist gut, dass du anrufst, Rodel. Was wurde denn gefunden?«

»*Es war wieder diese seltene Art Gestein, mal schwer, mal leicht, sehr sonderbar. Es geriet Fischern ins Netz*«, antwortete der Anrufer.

»Hast du eine Probe davon?«

»Ja, ich habe den ganzen Stein. Soll ich ihn schicken?«

»Nein! Lagere ihn an einem sicheren Ort. Es kommt Jemand, ihn abzuholen.« Der Telefonist blickte auf einen großen Flachbildschirm an der Wand. »Mit der Morgenmaschine. Er meldet sich bei dir.«

China Energized – irgendwo im Großraum von Bejing

Am selben Tag

Die Analystin der Aufklärungsabteilung für den Indischen Sektor des Kang-Sheng-Boards für Wettbewerbsanalyse, CI[15], des chinesischen Wirtschaftsministeriums überflog mit müden Augen die Textzeilen, die ihr seit zwei Stunden, dem Beginn ihrer Schicht, in endlosen Kolonnen am Bildschirm angezeigt wurden.

Noch eine halbe Stunde, dann hätte sie dreißig Minuten Pause, um sich zu entspannen, bevor dann weitere zweieinhalb Stunden vor den automatischen Computerniederschriften der abgefangenen Telefonate wichtiger indischer Unternehmen auf sie warten würden.

Sie riss sich erneut zusammen, ermahnte sich, wachsam zu sein. 99,9 Prozent der über Softwareprogramme abgehörten Gespräche, welche über bestimmte in den Telefonaten enthaltene Schlüsselbegriffe aufgefallen und protokolliert worden waren, erwiesen sich als unwichtig. Die Software konnte nicht ausreichend zwischen semantischen Feinheiten der verwendeten Sprachen unterscheiden und reagierte hauptsächlich auf das bloße Vorhandensein der Schlüsselbegriffe.

Es oblag ihr und ihren Kameradinnen, die Logik und Stichhaltigkeit der Textfetzen zu beurteilen. Eine erste Struktur war

---

[15] CI: Competitive Intelligence

durch die Organisation ihrer Abteilung umgesetzt worden. So war sie mit drei Kameradinnen ausschließlich für die Rohstoffbranche zuständig und erhielt auch nur Nachrichten ausgewählter Zielfirmen in Indien, die als potentielle Käufer eigener chinesischer Unternehmen in diesem Segment oder als starke Wettbewerber betrachtet wurden.

Sie verlangsamte den am Bildschirm vorbeiziehenden Nachrichtenstrom. Die Worte *selten*, ***Gestein*** und *sonderbar* waren in einem Text hervorgehoben, der vor neunzehn Minuten in einem Gespräch zwischen dem GRG Hauptquartier und einem Behördentelefon auf der Insel Palau in der Stadt Koror gefallen war. Das Wort *Gestein* war zusätzlich unterstrichen und fettgedruckt, was bedeutete, dass es sich um den Schlüsselbegriff handelte, der durch zwei Attribute ergänzt worden war und dadurch eine Aufwertung erfahren hatte. Die Bewertungssumme des Algorithmus war danach groß genug gewesen, den Schwellwert des Filters zu überschreiten und die Nachricht auf ihrem Schirm erscheinen zu lassen.

Die Analystin stoppte den Nachrichtenstrom und las das Protokoll des gesamten Gesprächs konzentriert zweimal. Dann lächelte sie zufrieden. Endlich hatte auch sie etwas gefunden. Sie wählte die Nachricht aus, öffnete ein Untermenu und leitete sie an eine automatische E-Mail-Adresse weiter. Dahinter konnte sich jedes chinesische Unternehmen verbergen, das Interesse an solchen Informationen bekundet hatte und seine Linientreue gegenüber der Partei kontinuierlich unter Beweis stellte.

Ein guter Tag für China, dachte sie, markierte die beiden am Gespräch beteiligten Nummern, so dass von jetzt an jedes Gespräch dieser Telefone automatisch zu ihr gelangen würde, und stürzte sich mit frischer Motivation auf die weiteren Nachrichten.

5
Flynn – An Bord des Black Marlins

03. August

Das Sonar zeigte eine weite Ödnis mit annähernd waagerechtem Boden in zwei Kilometern Tiefe. Keine sechshundert Meter Richtung Osten begann sich der Meeresboden wie eine abgerundete Tischkante im Radius von nur fünfzig Metern von einer Ebene in die lotrechte Wand des Tiefseegrabens zu neigen. Flynn markierte mit dem Trackball ein zehn mal fünfzehn Meter großes Rechteck der Ebene auf dem Hauptschirm des *Black Marlin* und sendete die Position nach oben in die Unterwasserzentrale der *Aurora Oceani.*

»Das ist passend, Leute. Ein halber Kilometer Sicherheitsabstand von Rand sollte genügen, oder? Sonst werden die Glasfaserkabel der ROVs ein wenig kurz.«

»O. k., Prof, die *Vesper Rubens* ist auf dem Weg, sag Bescheid, wenn du sie siehst«, antwortete Wade.

Sehen kann ich sie schon, dachte Flynn lächelnd und tippte auf den Sonar-Blip, der die horizontale Position des Unterwasserhabitats in 1400 Metern Entfernung markierte, wobei es von seinen Steuerungspods fünfzig Meter über dem Meeresboden gehalten wurde, um möglichen Unebenheiten auszuweichen.

Natürlich meinte Wade *physisches Sehen,* aber da hatte Flynn noch eine Viertelstunde Zeit. Die Extinktion des sichtbaren Lichts lag hier unten im zwei Grad kalten und sehr klaren Wasser bei nicht mehr als sechzig Metern, das galt auch für die zwanzigtausend-Lux-LED-Tageslicht-Brenner der *Vesper Rubens,* die mit dieser Beleuchtung an der Wasseroberfläche eine kleine Sonne simulieren konnte – und die sechzig Meter Sicht galten auch nur für Flynn, als außenstehendem Beobachter, auf den die Tiefseestation zukam.

Die Besatzung des Habitats hätte nur die halbe Sichtweite, denn das von den Scheinwerfern ausgesandte Licht würde im Wasser auf dem Hinweg und nach der Reflektion an einem Gegenstand auch auf dem Rückweg ständiger Absorption ausgesetzt sein. *Sehen* war für Menschen unter Wasser nur eine romantische Erinnerung aus verklärenden Fernseh-Dokumentationen, die natürlich nur nahe der Oberfläche und bei voller Farbenpracht gedreht wurden. Flynn war sich sehr schnell mit den Wissenschaftlern an Bord der *Aurora Oceani* einig geworden, dass das menschliche Auge unter Wasser ab einhundert Metern Tiefe ein fast überflüssiger Sinn war. *Gutes Wortspiel*, dachte er vergnügt bei sich.

Hier unten waren Ortungssysteme gefragt, die eine Orientierung im dreidimensionalen Raum ermöglichten, präzise und über große Entfernungen. In etwa so wie das Sonar der großen, tieftauchenden Wale, die ihre Augen beim Erreichen der Lichtlosigkeit des Epipelagials schlossen, um sich ganz auf ihren Ortungssinn zu konzentrieren, wenn sie in den Jagdmodus übergingen.

»Und dabei gute Musik hörten«, sagte er, schaltete die Boxen ein und ließ Freddie Mercurys *Killer* erklingen.

Ein schwaches Glühen in der allgegenwärtigen Schwärze des Meeres, oberhalb der Längsachse des von den Flimmerflossen in der Schwebe gehaltenen *Black Marlin*, eingefangen von dem Rundumkamerasystem des U-Bootes, lenkte Flynns Aufmerksamkeit auf den großen Bildschirm.

»Hallo, mein Freund! Fühlst dich ein bisschen einsam hier oben, was?« raunte er, mit dem Joystick das Boot so herumdrehend, dass die von seinen Biolumineszenz-Zellen markierte Silhouette des großen Tiefseetintenfisches genau vor ihm zu schweben kam.

Seit ihrem ersten Zusammentreffen vor zwei Tagen war dies das dritte Mal, dass die Magnapinna, wie sie von einem der leitenden Wissenschaftler an Bord genannt wurde, ihm einen kurzen Besuch abstattete. Die beiden ersten Male war es jeweils nur ein kurzer Termin gewesen und hatte mit dem Einschalten der Tageslichtscheinwerfer des U-Bootes geendet.

Flynn beschloss diesmal etwas anderes zu versuchen, obwohl er sich sicher war, dass es gerade die Positionslichter des U-Bootes waren, die den Tintenfisch, wie auch die raren anderen Bewohner dieser lichtlosen Region, magisch anlockten.

Es gab keinen Zweifel, dass es sich um denselben Tintenfisch handelte, den er im aus dem Tiefseegraben aufsteigenden Felsen aufgescheucht hatte. Beide hatten Blessuren aus dem ersten Aufeinandertreffen davongetragen. Flynn eine Naht am Kopf und eine geprellte Rippe durch das Notbremsmanöver, die Magnapinna einen Fangarm, der sich mit dem Sägezahnprofil seiner Saugnäpfe so fest in der schuppigen SMC-Soft-Shell des *Blue Marlins* verankert hatte, dass die Notbeschleunigung des U-Bootes ihn einfach abgerissen hatte. Und der *Blue Marlin* war anschließend hin gewesen. An Bord des Mutterschiffes hatte Flynn mit Wade, dem Team und anderen Wissenschaftlern fassungslos vor dem Bootskörper gestanden und die kleinen Krater betrachtet, welche die Saugnäpfe in die zwanzig Zentimeter dicke Außenhaut gerissen hatten. Wie sich kreuzende Spiralen waren die Spuren der Zerstörung über das gesamte U-Boot verteilt gewesen, hatten teilweise bis zur halben Materialstärke reichende Furchen hineingerissen, als hätte ein Fabelwesen ihm einige Schläge mit seiner magischen Peitsche verpasst.

Flynn strich sich durch den Bart und zwirbelte einen der beiden geflochtenen Zipfel zwischen Daumen und Zeigefinger. »Ich hoffe, es hat nicht zu sehr wehgetan, mein Alter, aber du verstehst sicher, dass ich in der Situation ein wenig überfordert war. Ich brauche immer etwas Zeit, bevor ich mich auf so innige Umarmungen einlasse.«

Die Ordnungsbestimmung des italienischen Wissenschaftlers hatte auf *Kalmar* in der Überordnung *zehnarmige Tintenfische* gelautet – mangels weiterer Unterscheidungsmöglichkeiten. Es gab so gut wie keine Erfahrung mit den Magnapinnae. Nun, dieser Kalmar hatte jedenfalls die neue Ordnung der *neunarmigen* Riesentintenfische begründet und verharrte schwerelos, weniger als zehn Meter entfernt vor der perforierten Kavitationsnase des U-Bootes.

Fasziniert betrachtete Flynn das hochauflösende Bild des fremdartigen Tieres, das die Außenkameras lieferten, entschied sich dafür, diesmal das ultraviolette Licht der Scheinwerfer zu intensivieren.

Die Magnapinna blieb – schien den Eindringling dabei so genau zu studieren, wie Flynn es im Gegenzug tat, tastete unentwegt mit den Spitzen ihrer langsam hin und her wogenden Fangarme den Meeresboden ab – wirbelte winzige Staubwölkchen auf – als wäre es ein Zeichen der Ungeduld, vergleichbar dem Mit-den-Fingerspitzen-auf-den-Tisch-Trommeln der Menschen. Flynn konzentrierte sich auf die hypnotischen Bewegungen der mehr als fünfzehn Meter langen psychedelischen Girlanden, die alle am oberen Ende eine Art Ellenbogen besaßen, an dem sie im nahezu rechten Winkel zum Körper der Magnapinna hin abknickten und diesen nach zwei Metern trafen. Flynn zählte zehn vollständige Oberarme, neun davon mit langen Fangarmen, von denen die zwei Tentakel wesentlich kräftiger ausgeführt waren als der Rest, sich aber nicht durch eine größere Länge unterschieden, wie sonst bei Kalmaren üblich. Der zehnte Fangarm war ungefähr drei Meter unterhalb des Ellenbogens abgerissen.

Er zog ein mitfühlendes Gesicht. »Armer Tentakelmann, du hast einen Untertentakel eingebüßt! O. k., das ist nicht mehr zu ändern – wie vertragen wir uns wieder?«

Flynn war mit den anderen an Bord zu dem Schluss gekommen, dass der Kalmar ihn in seinem U-Boot für einen kleinen Wal gehalten haben musste – *Futter also*. Der Angriff war somit einem Reflex gleichzusetzen gewesen. Interessant war für Flynn, nun zu beobachten, wie sich die Magnapinna weiter verhalten würde. Sah sie ihn nach wie vor als Beute oder war sie aus anderen Gründen interessiert? Der italienische Ozeanograph, Marcello Rampi, hatte gesagt, Tintenfische seien intelligent, vergleichbar mit Delphinen.

Die Magnapinna jedenfalls schien ihn im U-Boot zu fixieren. Die schwarze, X-förmige Pupille, umgeben von einer in allen Rottönen funkelnden Iris des ihm zugewandten starren Auges betrachtete ihn ungerührt. Ihre Augen (Flynn schätzte sie auf wenigstens vierzig Zentimeter Durchmesser) befanden sich in der Mitte des Körpers oberhalb des Ansatzpunktes ihrer Fangarme und unterhalb des Mantels, der wie ein drei Meter hoher Spitzhut die Weichteile des Kalmars schützte.

Während der menschliche Körper den bekannten Aufbau Kopf - Körper - Beine hat, folgt die Struktur der Kalmare eher der Reihenfolge Körper - Kopf - Beine und war der Grund für ihre alternative Bezeichnung als *Kopffüßer*.

Die Magnapinna verfügte als Besonderheit noch über zwei kleeblattähnliche Flossen, die von der Spitze des Mantels bis kurz über den unteren Rand reichten und ihr zur Fortbewegung dienten, indem sie sie wellenartig und in irrwitzigen Tempo um den Spitzhut wickelte, einmal linksherum, dann rechtsherum und so fort. Im Moment waren diese Flossen entspannt und schwebten nahezu vollständig ausgebreitet wie 2 zwei Quadratmeter große Riesenohren vor Flynn, der mittlerweile sprachlos das wellenförmige Farbspiel aus Hell- und Dunkelzonen auf der Kalmarhaut betrachtete, das durch die eigenen Biolumineszenzzellen der Magnapinna noch verstärkt wurde und silbernde Effekte erzeugte, die beinahe surreal wirkten.

»Wow!«, sagte er nach einer Weile, »was hast du denn geraucht? Du brauchst ganz sicher einen besonderen Namen.«

Flynn scrollte eine ganze Weile nachdenklich durch seine Musikdateien.

»Yeah!«

Sein Zeigefinger mit dem schweren Silberring, den eine erstarrte amerikanische Flagge zierte, ruhte über einer Playlist von Nirvana.

»Was hältst du davon, mein Freund? Ich taufe dich *Kurt*, nach einem intelligenten, extrem hell brennenden Typen. Hat super Musik gemacht, viel zu früh gestorben - ich bin nicht mal sicher, ob er sein Nirvana erreicht hat.«

Smells like Team Spirit erklang zur Feier im *Black Marlin*.

»Ah Prof, siehst du schon was von der Vesper Rubens*?«* meldete sich Wade von Bord der *Aurora Oceani*. *»Sie müsste gleich in Reichweite sein!«*

Flynn holte das Sonarbild in den Vordergrund. *»Oops.«*

Mit ein paar Klicks konfigurierte er die SMC-Haut um, verdeckte die UV-Strahler, aktivierte das Tageslicht und öffnete die Membranen für die beiden Greifarme des U-Bootes, die sich langsam nach vorn ausfuhren.

Als er das nächste Mal auf das Bildschirmausschnitt der Außenkameras blickte, sah er nur noch einen kleinen schmutzigen im Wasser schwebenden Klecks Sepia aus dem Tintenbeutel der Magnapinna, vor einen leeren, sandfarbenen Hintergrund.

»O. k., echtes Licht gefällt dir nicht, Kurt - geht mir auch so«, brummte er grinsend. »Wir sehen im Dunkeln einfach besser aus.«

Er regelte die Leistung der Lampen höher, drehte den *Black Marlin* zurück in Richtung des näherkommenden Habitats und fuhr ihm mit drei Knoten Geschwindigkeit entgegen.

Flynn war beeindruckt gewesen, als er die Pläne der *Vesper Rubens* an Bord der *Aurora Oceani* zum ersten Mal gesehen hatte. Er war Werkstoffspezialist, hatte neben seinem Fachgebiet sicher eine breite Bildung in Physik, aber fühlte sich unsicher, wenn er die Dimension dieses Tiefseeforschungslabors in Relation zu dem Druck betrachtete, der hier, in knapp 3000 Metern Tiefe, herrschte. Sicher - es war der gleiche Druck, der auch auf dem *Black Marlin* lastete - und wenn er das Problem durch einen klugen Materialmix für das U-Boot lösen konnte, war es auch im größeren Maßstab lösbar - aber gleich *so groß*? 300 bar Druck entsprachen dem 300-fachen des Luftdrucks auf der Erdoberfläche. Niemand spürte den Luftdruck, wenn er am Strand spazieren ging, dafür war der Mensch gemacht. Drei Tonnen Gewicht pro Quadratzentimeter Haut in dieser Tiefe dagegen bedeuteten den unmittelbaren Tod.

Die Einzelteile des Habitats waren an Bord des Forschungskreuzers zusammengebaut worden, zu sieben Meter durchmessenden und sechs Meter hohen Zylindern mit flachen druckverteilenden Kappen. Jeder dieser Zylinder besaß zwei Etagen, die durch ein rundes Loch in der Mitte miteinander verbunden waren. Diese Zylinder waren durch den Moon-Pool nacheinander ins Wasser unter das Schiff abgesenkt worden. Dort hatten die Einsatztaucher in der relativen Ruhe des Meeres innerhalb von zwei Tagen diese Zylinder zu einer dreistufigen Pyramide zusammengebaut, deren Basisstufe aus neun, mittlere Stufe aus vier und Spitze aus einem einzelnen Zylinder bestand. Dieses Gebilde, mit gut zwanzig Metern Höhe und ähnlicher Kantenlänge der unteren Stufe, kam jetzt langsam auf ihn zu.

Die Verbindung der Vesper Rubens mit dem Mutterschiff erfolgte durch Leitungen, die bereits am Vortag vom Heck der *Aurora Oceani* bis in eine Tiefe von zweieinhalb Kilometern hinabgelassen worden waren und jetzt die *Vesper Rubens* über ein elastisches, zehn Meter langes Endstück mit Energie, Daten und komprimierter Luft versorgten.

Über diese Leitungen erfolgte auch die ferngesteuerte Absenkung der Station aus der Unterwasser-Operationszentrale des Forschungskreuzers.

Als sie sich jetzt aus der Schwärze vor Flynn mit einer Vielzahl erst diffuser, unscheinbarer Lichtwürmchen, die jedoch rasend schnell an Intensität gewannen, näherte, achtete er vor allem darauf, den Sicherheitsabstand von dreißig Metern einzuhalten.

»Ich sehe sie, Wade. Ihr könnt anhalten«, sagte er ehrfurchtsvoll.

Die *Vesper Rubens* stoppte. Die Manövrierpods an den Ecken der Pyramidenbasis drehten frei um ihre Achsen, wirbelten Bodenschlamm auf und reduzierten die Sicht fast auf Null.

»Wir testen die Tragfähigkeit des Bodens«, hörte er eine unbekannte Stimme über den offenen Funkkanal. Nach einer längeren Pause folgte das Ergebnis: »Die Gewichtsproben sind zwanzig Zentimeter eingesunken, das entspricht einem Meter der Standbeine bei voller Belastung. Das sollte gehen.«

Einer der wenigen Vorteile des Drucks, dachte Flynn. Druck erzeugte einen enormen Auftrieb und reduzierte dadurch das Gewicht der Station. Trotzdem war das Habitat mit seinen zweihundert Tonnen Normalgewicht nicht gerade leicht. Würden die Beine vollends im Schlamm versinken und die Pyramidenbasis flächig aufsetzen, wäre die Klebekraft des Meeresbodens möglicherweise zu hoch, um die *Vesper Rubens* wieder zu lösen. Die Teleskopstandbeine der Station selbst verfügten zu diesem Zweck über Sollbruchstellen, sie waren leichter ersetzbar als das ganze Habitat.

Er bewegte den *Black Marlin* um die Station herum, bis er eine Stelle fand, an der die Sicht wieder besser wurde, näherte sich ihr von oben, achtete dabei darauf, der Versorgungsleitung nicht zu nah zu kommen, die im Moment nur leicht seitlich versetzt über der Station hing.

»So, *Vesper Rubens* steht«, meldete sich ein Crewmitglied des Habitats. »Tiefe 2876 Meter unter NN. Wassertemperatur zwei Grad. Wir übernehmen die Steuerung und richten uns dann mal ein.«

Rotgar – Unterwasser-Operationszentrale

Am selben Tag

Rotgar von Strauss öffnete die Tür mit der Aufschrift *Control Center 3 - Submerged Operations,* ohne anzuklopfen.

Niemand bemerkte ihn, als er mit vor Schmerz zusammengebissenen Zähnen langsam eintrat, sich schnell umsah und die Tür leise hinter sich schloss. Acht Personen waren anwesend, Sophie de Bruck stand in der Mitte des Raumes, kehrte ihm den Rücken zu und sprach in das Mikrofon eines Headsets.

Endlich hatte er das Objekt seiner Begierde gefunden. Rotgar lächelte trotz der Schmerzen in sich hinein.

Auf dem zentralen Wandschirm hinter der Holländerin war eine gruselige Unterwasserlandschaft mit viel Dunkel und einigen Lichtflecken zu erkennen. Sie schien in ein Gespräch vertieft.

»Flynn, wie sieht's aus deiner Perspektive aus?«, sagte sie.

»Soweit ich es beurteilen kann – gut«, erklang die Stimme des Amerikaners aus den Lautsprechern unter dem Bildschirm. »Ihr habt die Bilder. Ich schlage vor, ihr senkt die Versorgungsleitung so weit ab, bis sie auf dem Grund liegend seitlich die Sicherheitszone verlässt. Ich bleibe noch eine Stunde in der Nähe, bis der Schlamm sich gelegt hat. Dann seh' ich mir die Unterseite an und komme an der Versorgungsleitung hoch. Auf dem Weg kann ich auch die Stabilisatoren inspizieren.«

»Klingt gut - vielleicht findest du dabei noch so einen merkwürdigen Felsen - das ESMS hat wieder kleine unregelmäßige Echos aus dem Meeresbereich über dem Graben gemessen sowie einen leichten Anstieg der Kaltwasserzone. Vor einer Stunde gab es wohl ein klitzekleines Beben in zwölf Kilometern Tiefe. Vielleicht kommt was hochgetrieben. Die ersten Ergebnisse der paar Proben, die wir eingesammelt haben, sind echt interessant - aber wir könnten größere brauchen.«

»Ich seh', was sich tun lässt, Soap - bis später.«

Das Übertragungsbild auf dem Schirm wechselte und zeigte eine Konsole - wahrscheinlich aus der Unterwasserstation, vermutete Rotgar.

»*Wer ist hier Soap?*«, fragte er provokativ laut in den Raum. Die Anwesenden nahmen ihn jetzt zum ersten Mal wahr, drehten sich zu ihm und sahen ihn irritiert an.

Rotgar kannte neben Sophie nur noch den Assistenten Flynns - Wade - und ging vorsichtig und mit ernstem Blick auf die beiden zu, hielt dabei einen kleinen Behälter, den er mitgebracht hatte, mit den Händen fest vor der Brust.

Direkt vor Sophie blieb er stehen, die ihren Blick nur langsam von seinen dick mit Zinkcreme eingeschmierten, vom Strandspaziergang des Vortags sonnenverbrannten, nackten Füßen in den Flipflops löste und ihn angriffslustig ansah.

Nun, den Ausdruck kannte er schon. Wäre da nicht diesmal noch ein signifikanter Anteil nur mühsam unterdrückter Schadenfreude enthalten gewesen.

»Sind Sie Sophie de *Soap* Bruck?«, sagte er betont langsam und deutlich, kniff dabei seine Augen zusammen. »Sie sind auf der Suche nach Proben eines einzigartigen Materials?«

Als sie, anstatt zu antworten, nur ihren Blick intensivierte und der Assistent an ihrer Seite zu einem Schritt auf ihn ansetzte, klappte Rotgar blitzartig den Deckel des Behälters auf, gewährte Sophie einen einsekündigen Blick auf den Inhalt und verschloss ihn sofort wieder, als er an der schlagartigen Veränderung ihres Gesichtsausdrucks ablas, dass sie seinen Fund erkannt hatte.

Er stellte den Kunststoffbehälter vorsichtig auf einer Tischplatte außer Reichweite der beiden ab und trat davor, ein siegesgewisses Grinsen in seinem ebenfalls sonnenverbrannten Gesicht zur Schau stellend.

»Ich will verhandeln und schlage einen Deal vor«, raunte er ihr zu.

Sie aßen schweigend ihre Mittagssandwiches auf einem der oberen Zwischendecks der *Aurora Oceani*, zwanzig Meter über der Wasserlinie, saßen dabei auf Kunststoffstühlen, die Füße auf die Edelstahlseile der Reling gelegt, links und rechts in ein paar Metern Entfernung von zwei modernen, auf Schienen montierten, leuchtend orangefarbenen Freifallrettungsbooten eingerahmt. Mit dem Rücken zu den kleinen Fenstern der Wohnkabinen der Wissenschaftler, blickte Sophie abwechselnd auf das glitzernde Blau der seichten, drei Meter hohen Wellen unter in der Ferne anwachsenden Wolkentürmen, den merkwürdigen Stein in dem geöffneten Behältnis auf ihrem Schoß und die braun-lila verfärbte, in Ablösung befindliche Haut über dem rosigen Fleisch an den Füßen und Waden des MAD-Agenten.

»Sie sollten sich besser eincremen oder in der Mittagszeit im Schatten bleiben, Mister. Die Sonne hier zieht Ihnen sonst die Haut ab und versaut Ihren Urlaub völlig«, sagte sie mitleidlos, legte das Sandwich auf einem Oberschenkel ab und hob den Stein vorsichtig aus dem Behälter.

Rotgar zog den Schirm seiner Basecap noch tiefer ins Gesicht und sah Sophie durch die kleinen, dunkelroten Gläser seiner Sonnenbrille an. »Der Sonnenbrand wurde erst richtig schlimm, nachdem der Hubschrauber ohne mich abgeflogen ist und ich sechs Stunden auf den Nächsten warten musste. Können Sie etwas dazu sagen?«

Sie antworte nicht, drehte den Stein langsam und hochkonzentriert um seine Achsen. Natürlich hatte sie etwas dazu sagen können - aber warum. Die Lektion hatte dem aufgeblasenen Deutschen sicher nicht geschadet. Sie hatte Torge bewusst nicht davon abgehalten, ihn auf dem Flugplatz stehen zu lassen - obwohl von Strauss nur zehn Sekunden zu spät gewesen war. Genaugenommen hatte sie ihm auch noch durch eines der Fenster im Cockpit des Hubschraubers zugewinkt.

»Was ist ihnen der Stein wert?«, fragte Rod schließlich, als er sich damit abgefunden hatte, wohl keine Stellungnahme von ihr zu erhalten.

Die Holländerin setzte ihre Betrachtung unbeirrt fort. Ihre Hände zitterten leicht unter der sonderbaren Gewichtsveränderung des Objekts. Dann ließ sie ihn aus geringer Höhe zurück in den Behälter fallen, in dem er mit kristallenem Knirschen zur Ruhe kam, fing ihr Sandwich im letzten Moment auf und biss ab.

»Dieses Gespräch«, sagte sie entschieden, konzentriert vor sich hinkauend und lächelte dabei das erste Mal, als sie Rotgars nur schlecht verhohlene Enttäuschung bemerkte.

Er schluckte den letzten Bissen des Hühnchen-Sandwiches hinunter, leerte seine Wasserflasche und richtete sich vorsichtig auf.

»Sie sollten auf der Strecke von hier nach Palau suchen. Diese Felsen scheinen dorthin zu treiben, gestern haben Fischer ein wenigstens zwei Zentner schweres Stück in ihren Netzen gefangen und sehr wahrscheinlich haben sie es dabei von einem noch wesentlich größeren abgebrochen - das Boot wäre fast gekentert.«

Die Holländerin lachte auf.

»*Abgebrochen?*« Sie sah ihn an, Flynn erblickte sein Spiegelbild in den Gläsern ihrer schwarzen Sonnenbrille.

»In etwa so, wie ein Korallenstock abbricht, wenn ein Sporttaucher mit seinem Flossen darüber streicht?«

Er erwiderte nichts, spürte, dass ihre Frage eher rhetorischer Natur war und wartete gespannt.

»Wir haben ein paar Proben, welche die ROVs vor zwei Tagen mitgebracht haben, zusammen ungefähr ein halbes Kilo«, sagte sie. »Im Labor wurden damit klassische Materialtests durchgeführt – haben die Kollegen jedenfalls versucht. Sie sind bereits im Ansatz, beim Versuch, einen der kleineren Steine zu zermahlen, gescheitert.«

Sie machte eine Pause.

Rod atmete nicht, sah nicht in ihre Richtung, um ihr keinen Grund zu liefern, nicht weiterzusprechen. Schließlich rang sie sich dazu durch, ihm noch etwas mehr zu erzählen.

»Dieses Material hat trotz seiner scheinbaren Leichtigkeit eine enorme Dichte. Nichtdestruktive Untersuchungen – Spektroskopie und so weiter – ergaben Anhaltspunkte für eine Vielzahl von enthaltenen Einzelmaterialien, *sehr wertvollen Komponenten*«, sie betonte den letzten Teil, »die sehr fest zusammenhalten.« Sie deutete auf das Nugget in dem Behälter. »*Abbrechen* kann man da überhaupt nichts. «

Rotgar gab sich äußerlich unbeteiligt, während seine Gedanken auf Hochtouren liefen.

Wie weit sollte er die süße Holländerin in das Thema einweihen? Für ihn war es wichtig zu verstehen, woher dieses Kohortit kam. Dazu benötigte er Ausrüstung und weiteren submarinen Sachverstand. Auf beides hatte Sophie Zugriff.

»Langweile ich Sie?«

»*Was? – Nein! – Was* für Komponenten? Kann ich sie sehen?« Er versuchte seine Ungeduld vor ihr zu verbergen, bemerkte zu spät, wie er auf ihre sich unter ihrem T-Shirt abzeichnenden Brüste starrte, riss seinen Blick verlegen los.

»Vielleicht in ein paar Tagen, Mister Urlauber. Die Kollegen hatten noch nicht viel Zeit für detaillierte Untersuchungen. Sie müssen erst noch weiteres Gerät auspacken und in Betrieb nehmen. Das Schiff hat sogar einen Elektronenlaser an Bord, der erst noch getestet werden muss.« Sie klappte den Probenbehälter zu, nahm ihre Füße von der Reling und erhob sich – das Gespräch war beendet.

»Das würde ich nicht tun.«

Verdutzt blieb Sophie stehen, sah ihn mit hochgezogenen Brauen an.

Rotgar fiel beim hektischen Nachdenken die Doppeldeutigkeit seines letzten Satzes auf.

»Ich meine, die Proben mit einem Elektronenlaser zu untersuchen«, ergänzte er hastig.

Sie legte ihren Kopf schief und ließ ihn den intensiven Blick erneut spüren. »Und warum wäre das keine gute Idee? Wie sonst sollen die inneren Strukturen entschlüsselt werden?«

Rotgar deutete auf den Behälter. »Die Schwerkraftanomalie des Steins ist eindeutig. Sie haben selbst von dem Missverhältnis von Dichte zu Gewicht gesprochen. Sie wissen nicht, was passiert, wenn Sie das Material so hohen Energien, wie sie der Elektronenlaser induzieren würde, aussetzen«, er stockte.

Sophie stützte sich mit einer Hand an der Schiene des hinter ihr aufragenden Freifallrettungsbootes ab, hielt den Behälter mit der anderen dicht an den Körper gepresst. »Was wissen Sie über das Material, *Mister Neunmalklug*?«, fragte sie langgezogen, seinen Tonfall in der Operationszentrale auf das Genaueste nachahmend.

Er stand umständlich auf, tänzelte von einem Fuß auf den anderen, als die geschundene Haut sich schmerzhaft meldete. »Kann ich sehen, was im Labor bereits entdeckt wurde?«, stellte er die Gegenfrage, schob die Basecap etwas zurück, riskierte dabei ein winziges, verschmitztes Grinsen.

Flynn – an Bord des Black Marlins

Am selben Tag

Die Strömungsstabilisatoren der Versorgungsleitungen in zweitausend Metern Tiefe traten im Licht der Arbeitsscheinwerfer des *Black Marlins* vor ihm aus der Finsternis. Es handelte sich um vier an einem zentralen Metallring aufgehängte Manövrierpods von je einem Meter Durchmesser, die dafür sorgten, dass die nunmehr fast drei Kilometer lange Versorgungsleitung, die durch eine elastische Fassung in der Mitte des Ringes lief, an ihrer vorbestimmten Position blieb. Die starken Pazifikströmungen, die hier in unterschiedlichen Wassertiefen in teilweise entgegengesetzte Richtungen verliefen, würden die Leitungen ohne diese Stabilisatoren zusätzlich zu ihrem Eigengewicht beträchtlichen Zugbelastungen aussetzen und sie früher oder später vom Schiff oder dem Habitat abreißen.

Die Automatik funktionierte einwandfrei, dachte Flynn beruhigt, auf die grafische Darstellung der Versorgungsleitung blickend, die in einem Fünfundsiebzig-Grad-Winkel vom mächtigen Portalkran am Heck der *Aurora Oceani* bis zum Meeresboden in knapp drei Kilometern Tiefe verlief, alle dreihundert Meter von einem Paket Strömungsstabilisatoren umgeben, die vom Lagekontrollsystem anhand diverser Sensoren und ihrer Messwerte immer auf einer Linie innerhalb der Biegetoleranzen gehalten wurden.

Ein tiefes, langgezogenes Schnalzen ertönte aus den Lautsprechern, dimmte die Musik automatisch leiser.

Flynn wischte die Darstellung auf dem Bildschirm zur Seite und sah auf das Bildschirmfenster der Kameras. Kurt musste in der Nähe sein.

Er entdeckte ihn nicht visuell, auf dem Sonar jedoch war er klar zu identifizieren. Der Kalmar war ihm in der letzten Stunde ständig im Abstand von drei- bis fünfhundert Metern gefolgt und schien dabei keine Schwierigkeiten gehabt zu haben, in der vollkommenen Dunkelheit immer im gleichen Abstand von ihm zu bleiben.

Flynn bildete sich ein, zu verstehen, wie der Tintenfisch das anstellte. Er stoppte den Song von *Black Sabbath*, lauschte in die Stille.

Er musste nicht lange warten. Die bekannten, tiefen Klicklaute erklangen im Zweisekundenabstand, begannen sich dann in immer kürzeren Intervallen zu intensivieren, bis sie in einen einzigen, ansteigenden Ton übergingen, der unerwartet abbrach. Ein Kontrollblick auf das Bildschirmfenster des Fächersonars bestätigte, das Kurt jetzt weniger als zwanzig Meter hinter und über ihm war. Flynn nickte und wischte sich eine Haarsträhne aus den Augen.

»Wenn das kein Infraschall-Sonar ist, mein Freund, weiß ich's nicht. Jedenfalls funktioniert es gut.« Sehr gut sogar, wie er von der eigenen Übertragungstechnik von Bord der *Marlins* wusste. Die langen Frequenzen des tiefen Schalls wurden unter anderem von Walen benutzt, die sich damit über tausende von Kilometern Entfernung verständigen konnten. Aber von Tintenfischen? Sicher war er sich nicht. Das müsste der Italiener beantworten können.

Die Reichweite und Ausbreitungsgeschwindigkeit des tiefen Schalls unterlag - wie überall - Umgebungsfaktoren wie Wassertemperatur, Salzgehalt und so weiter. Aber hier, im *Nahbereich* von nur ein paar Kilometern Distanz, war es unschlagbar in Sachen Präzision. Die beiden Boote des Instituts wandelten Informationen in Infraschall-Signale um und sendeten sie an einen Empfänger, der sich im Moment an Bord der *Aurora Oceani* befand. Dort wurden sie zurück in digitale Informationsfragmente übersetzt: Text, Ton, Bilder - was an Datenmaterial eben anfiel.

Er reichte unter den Schlitten, tastete nach der Papp-Palette Bier, fand eine volle Dose und öffnete sie. Das Zischen der entweichenden Kohlensäure erklang im Chor mit einem deutlichen Klicken aus den Lautsprechern. Ein schwarz-rotes Riesenauge von Kurt blickte in eine Kamera und füllte das Bild. Zwei Greifarme betasteten behutsam die Kavitationsnase und lösten in Flynn ein gewisses Unbehagen aus. Seit ihrem ersten Aufeinandertreffen hatte der Tintenfisch das Boot nicht wieder berührt.

Die gegenwärtige Programmierung der SMC-Soft-Shell hatte die Bugsektion des *Black Marlins* bis auf das statische Skelett entblößt, um Platz für den Einsatz der Manipulatoren und der Lichtsysteme zur Untersuchung der Versorgungsleitung zu schaffen.

Die Kavitationsnase bildete den Bug des U-Boots und befand sich am Ende eines soliden Rohres von dreißig Zentimetern Durchmesser, aus einem Carbon-Komposit-Material bestehend, das auch als vorderer Befestigungspunkt für die SMC-Muskelfasern der Außenhaut diente.

Er nahm einen langen Schluck, wischte ein paar Tropfen vom Bildschirm, klemmte die Dose in die Halterung, bevor er sich wieder auf die Konturenliege legte und konzentriert die gezielten Tastbewegungen der Greifarme mit den dollargroßen Saugnäpfen beobachte.

Noch während Flynn überlegte, was er wohl machen würde, wenn Kurt sich entschließen sollte, erneut zu einer innigeren Umarmung anzusetzen, ging ein deutlicher Ruck durch den *Black Marlin*. Hektisch überprüfte er anhand der Kameras die Außenhaut des U-Bootes und hielt überrascht inne, als er erkannte, was Kurt vorhatte.

Der Tintenfisch schleppte ihn ab.

Zwei Greifarme hatten durch die offene Konstruktion der Bugsektion das zentrale Rohr hinter der Kavitationsnase umfasst und zogen Flynn im *Black Marlin* hinter sich her.

»Da brat' mir doch einer einen Storch«, murmelte er vor sich hin, als er sah, dass es Kurt immerhin noch auf neun Knoten Geschwindigkeit brachte, grinste breit und sah auf die Uhr des Bildschirms. »Hast noch mal deinen ganzen Mut zusammengenommen, was?«

Vierzehn Minuten später befand er sich auf dem Weg hinab in den Graben, knapp zwei nautische Meilen vom Startpunkt entfernt und vierhundertfünfzig Meter tiefer. Kurt wurde langsam müde. Flynn veränderte die Programmierung der SMC-Soft-Shell so, dass die Bugsektion weitestgehend geschlossen wurde, die Flimmerflossen jetzt quer zur Fahrtrichtung standen und dadurch den Strömungswiderstand des U-Bootes vervielfachten.

Die Schleppgeschwindigkeit verringerte sich sofort, fiel auf zwei Knoten. Flynn konnte sich vorstellen, wie sehr Kurt sich anstrengen musste, das U-Boot jetzt noch von der Stelle zu bekommen. Im Licht der LED-Scheinwerfer konnte er die eleganten Schwimmbewegungen der großen Mantelflossen sehr gut sehen, welche in absoluter Harmonie mit der jetzt zusätzlichen, rhythmischen Kontraktion des Mantels erfolgten, durch die der Tintenfisch zusätzlich Wasser wie durch eine Düse nach hinten ausstieß und die Geschwindigkeit wieder auf vier Knoten erhöhte.

»Hast deinen Turbo eingeschaltet, mein Lieber - aber das reicht nicht. Pass mal auf.«

Erneut veränderte er die Form der Außenhaut, orientierte die Flimmerflossen wieder in Längsrichtung, gab ihnen jedoch einen Impuls im Rückwärtsgang.

Im Kontrollbildschirm der Antriebsleistung rief er ein paar Basisparameter ab, unter anderem die ihm jetzt zur Verfügung stehende Gesamtfläche der Flimmerflossen, die den Bootskörper in endlosen, parallelen Reihen vom Bug bis zum Heck überzogen.

Die Vorwärtsbewegung kam langsam zum Erliegen, obwohl Kurts Mantelflossen wie wild um sich schlugen. Während Flynn die Leistung des *Black Marlins* kontinuierlich erhöhte, begann der nun seinerseits, den Tintenfisch hinter sich her zu ziehen.

Dann ließ Kurt los - Flynn hatte es erwartet und sich abgestützt - er hatte nur nicht an die halbvolle Bierdose gedacht. Der *Black Marlin* machte einen Satz, die Dose hüpfte aus der Halterung, traf auf den Bildschirm, bevor Flynn den Antrieb wieder abschalten konnte, und rollte eiernd hin und her, den Inhalt auf der Oberfläche des Displays verteilend.

Er fluchte vor sich hin, zog sich hektisch sein T-Shirt aus und wischte die Oberflächen wieder halbwegs trocken. Die Flüssigkeit irritierte die Sensoroberfläche und mit jeder Bewegung des T-Shirts verschob Flynn Bildschirmfenster und veränderte Einstellungen.

Als er es endlich bemerkte, bekam er den Mund nicht mehr zu.

»Beim heiligen Patron der Biker!«

Ohne hinzusehen, aktivierte er die Verbindung zur *Aurora Oceani*.

Sophie – Unterwasser-Operationszentrale

Am selben Tag

Der Deutsche verwirrte sie!

Nicht nur, dass er sie ständig aufs Neue überraschte, mit Fachwissen über die Nuggets, Spezialwissen über wissenschaftliche Untersuchungsmethoden, Physikkenntnissen – *wer war er? Wieso wusste er das und warum war er an Bord?*

Sie schüttelte den Kopf. Erst vor wenigen Minuten war sie ihn losgeworden, mit Wades Hilfe, der zu ihnen ins Labor gekommen war, um sie zurück in die Operationszentrale zu holen.

»Doktor?«

Wade sah sie fragend an. Hatte sie etwas verpasst?

»Siehst du das, Soap!?«, dröhnte Flynns Stimme aus dem Lautsprecher.

Sie blinzelte und blickte zum ersten Mal seit ihrer Rückkehr bewusst auf den Wandschirm.

Ein gigantischer, funkelnder Edelstein schwebte ihr und den anderen in der Operationszentrale entgegen. Er war auf den ersten Blick vergleichbar mit dem, der Flynn auf seiner Probefahrt abgebremst hatte. Vergleichbar vom Erscheinungsbild – ja – nicht, was die Größe betraf.

Sie sah auf den am Bildschirmrand eingeblendeten Maßstab der Übertragung. Der Fels ragte an den dunkler werdenden Rändern aus dem Sichtbereich der Kameras heraus – über dreißig Meter – in jede Richtung.

Flynn klang ziemlich vergnügt, als er sagte: »Bedankt euch bei Kurt für das Supernugget, er hat mich praktisch hierher geschleift. Bin noch nicht sicher, ob er jetzt hier wohnt und mich zu sich einladen wollte oder ob er Flipper imitiert und von Sandy dafür jetzt eine Belohnung erwartet.«

Sophie starrte sprachlos, wie alle anderen im Raum Versammelten, auf das Funkeln und Blitzen der sich bis an die Grenze der Kameraauflösung wiederholenden Anordnungen immer kleiner werdender, ineinandergreifender Zylinder. Stetig herabrieselnde Sedimentströme von der Oberseite des Nuggets verschleierten einen Großteil der Sicht, trotzdem waren dunkle Schatten zu erkennen, die unzweifelhaft Öffnungen von in den Felsen führenden Gängen darstellten.

Diese Magnapinnae sind der Wissenschaft nahezu unbekannt, erinnerte sie einen Vortrag von Marcello Rampi im kleinen Kreis vom Vortag. *Von ihren bekannteren, kleineren Artgenossen wie Kraken wissen wir, dass es sich um Einzelgänger handelt, die Höhlen in Riffen oder Felsnischen bewohnen. Dort lauern sie und kommen eigentlich nur hervor, wenn sie auf Beutejagd gehen. Über frei schwimmende Exemplare, auf Entdeckungstour sozusagen, wurde noch nie berichtet – über so große erst recht nicht.*

Sie presste die Lippen aufeinander und schluckte.

»Sei vorsichtig!« sagte sie leise.

China Energized – Flughafen von Palau

Am selben Tag

Der Airbus A320 der Korean Air, über einen Zwischenstopp in Seoul aus Shanghai kommend, landete nach einer Flugzeit von über dreizehn Stunden um 12:30 Uhr Ortszeit auf der einzigen Landebahn des Koror Airports und rollte an eines von drei Gates des kleinen einstöckigen Flughafengebäudes.

Unter den knapp 200 übermüdeten chinesischen Touristen, die sich zwanzig Minuten später um das einzige Gepäckband drängten, um nach ihren Koffern zu sehen, befanden sich zwei Passagiere, welche die Maschine als Letzte verließen und ihre Taschen am Ausgang der Flugzeugkabine diskret vom Kabinenpersonal ausgehändigt bekamen. Die beiden durchtrainierten Männer sahen nur der Form halber auf die Gepäckstücke, während sie schweigend auf einen Seitenausgang des klimatisierten Gebäudes zustrebten, dessen Tür sich bei ihrem Näherkommen wie von Geisterhand öffnete und sie unter Umgehung jeglicher Kontrollen in die lauen 32 Grad der mittäglichen Schwüle Palaus entließ.

Als nur eine Stunde später ein grün-lackierter Bombardier Learjet 60, nach einem Tankstopp in Kuala Lumpur aus Bangalore kommend, landete, befanden sich die beiden Chinesen bereits in Position.

Global Resources Group - Palau

Am selben Tag

»Nennen Sie mich Rodel.« Der Leiter der Polizei der Hauptinsel Palaus reichte dem schlanken, elegant in Lederschuhen, schwarzer Jeans und dunkelrotem Seidenhemd gekleideten Inder die Hand, der wortlos vor dem verrosteten Suzuki XL-7 mit der leuchtenden *Police*-Aufschrift stand und das Autowrack mit stoischer Mimik betrachtete.

»Das ist amerikanischer Standard«, sagte Rodel stolz und bleckte die vom Betelnusskauen rot gefärbten Zähne. Als der Gesichtsausdruck des Inders zunehmend Verwirrung ausdrückte, ergänzte er: »Lenkrad auf der *linken* Seite! Die meisten Fahrzeuge auf der Insel sind Gebrauchtimporte aus Australien – die haben es rechts! Der hier kommt von Guam!«

Der Inder nickte abwesend, nahm von einem Besatzungsmitglied des Learjets einen dunklen Aluminiumkoffer und eine Sonnenbrille entgegen, setzte sie auf und richtete den Blick seiner pechschwarzen Augen auf den Polizeichef.

»Ich bin Kirpal Jhingan. Das ist sehr interessant, Rodel. Können wir nun zu Ihrem Fund fahren?«

Das Polizeihauptquartier war ein Zweckbau aus der amerikanischen Besatzungszeit während des zweiten Weltkriegs, als der Pazifikkrieg zwischen den USA und Japan zu einigen schweren Schlachten vor der Küste Palaus geführt hatte. Die Auswirkungen reichten bis in die Gegenwart - Palau war pro forma zwar unabhängig und Mitglied der Vereinten Nationen geworden, stand nach Unterzeichnung eines Assoziierungsvertrages jedoch unter der Verwaltung und dem Schutz der Amerikaner, die das von ihrem regionalen Hauptstützpunkt auf Guam aus *mit* erledigten.

Kirpal blickte gleichgültig auf das rechtwinklige, aus grobem Beton errichtete, einstöckige Gebäude, das in dem Himmelblau der Nationalflagge Palaus gestrichen war, als Rodel ihn auf den Haupteingang zuführte.

»Hier entlang bitte!«, sagte Rodel im Inneren des Gebäudes, öffnete eine Tür am Ende des zentralen Büroraums, in dem drei Polizisten arbeiteten, und dirigierte den Inder durch einen kurzen Flur in einen garagenähnlichen Raum auf der Rückseite des Gebäudes.

»Dort liegt der Felsen.«

Kirpal trat in den Raum hinein, stellte den Koffer ab und sah sich um. Der Raum war gut sechzig Quadratmeter groß, entgegen dem Büroraum nicht klimatisiert und besaß an der ihnen gegenüber liegenden Seite zwei geschlossene, metallene Tore, die reichliche Spuren von Rost aufwiesen. Die rechte Wand war von zwei Reihen übereinandergestapelter Kartons verdeckt, die auch vor dem einzigen Fenster des Raumes keinen Halt gemacht und dem Sonnenlicht nur einen winzigen Schlitz über der obersten Kartonschicht gelassen hatten.

Er nahm seine Sonnenbrille ab, legte sie auf einen von zwei an der linken Wand zusammengeschobenen Tischen und zog langsam die verschlissene Plane vom Nugget, das darunter, auf einer alten Holzpalette liegend, zum Vorschein kam.

»Schließen Sie bitte die Tür, Rodel«, sagte er in einem unauffälligen Ton, der in Rodel jedoch das dringende Bedürfnis auslöste, dieser Anweisung unverzüglich nachzukommen.

»Wie viele Personen haben diesen Felsen angefasst?«

Rodel überlegte angestrengt. »Ich und Angelo. Die Fischer, die ihn gefunden haben, und zwei meiner Männer hier beim Abladen«, zählte er an den Fingern ab, »vielleicht zehn bis zwölf Leute.«

Kirpal blickte ihn ernst an. »Sie müssen zum Arzt und sich auf Vergiftungserscheinungen untersuchen lassen. Sagen Sie das auch den Fischern.« Er öffnete den Aluminiumkoffer, klappte den Deckel zurück und entnahm ihm ein Paar Silikonhandschuhe, das er sorgsam anzog, sowie ein weiteres Paar dickerer Schutzhandschuhe, die er darüberstülpte.

»Es handelt sich um ein uranhaltiges Gestein«, fuhr er langsam und deutlich fort, »das bei direktem Hautkontakt eine tückische Blutvergiftung auslösen kann, die sich erst Tage später zeigt. Dann ist es möglicherweise zu spät und das Gehirn bereits geschädigt.«

Befriedigt nahm er das wachsende Entsetzen in Rodels Augen wahr, als dieser sich die Auswirkungen vorzustellen begann.

»Die Wahrscheinlichkeit einer Infektion ist nicht sehr hoch, vielleicht fünfzig Prozent – aber Sie sollten vorsichtig sein.«

Rodel schluckte. »Ich werde das sofort veranlassen. Kann ich Sie hier allein lassen?«

»Sicher! Nur noch eine Frage – haben Sie von weiteren Funden dieser Art hier auf der Insel gehört?«

Rodel machte ein verzweifeltes Gesicht, als er angestrengt nachdachte, obwohl er nichts lieber getan hätte, als sofort den Raum zu verlassen. »Nicht auf der Insel. Weit draußen befindet sich ein europäisches Forschungsschiff, das das Tsunami-Warnsystem installiert hat. Angelo hat vom Flughafenpersonal gehört, einer der Hubschrauberpiloten des Schiffes hätte bei einem Versorgungsflug gestern erwähnt, dass sie einen ganzen Schwarm in großer Tiefe treibender Felsen geortet haben.«

»Wissen Sie den Namen des Schiffes?«

Rodel steckte sich ein neues Stück Betelnuss in den Mund, um Zeit zum Überlegen zu bekommen – auf Kirpal wirkte es eher, als verabreiche sich ein Süchtiger eine neue Dosis – und sagte dann: »Es ist ein merkwürdiger Name, ich kann es herausbekommen.«

»Gut, Rodel. Richten Sie bitte Ihren Kollegen aus, dass dieser Raum von nun an isoliert ist und ich ungestört sein möchte. Bringen Sie mir vorher noch ein Telefon.«

Nachdem Rodel ihm den Namen des Forschungsschiffes zugerufen, hastig ein Funktelefon auf einen der Tische gelegt und sich die Tür scheppernd hinter ihm geschlossen hatte, zog Kirpal sich lächelnd die beiden Arbeitshandschuhe wieder aus, legte sie auf den Boden und klappte den Koffer ganz auseinander. Er hockte sich davor und entnahm dem untersten Fach ein kleines Hochleistungsmikroskop, das er sorgsam aus einem gepolsterten Schutzbeutel wickelte, mit einem Stirnriemen verband und aufsetzte. Er schwenkte einen hochauflösenden Bildschirm von der Größe seiner Armbanduhr vor sein rechtes Auge, rückte einen alten Bürostuhl von einem der Arbeitstische ab und schob ihn scharrend über den Betonboden vor das Nugget. Dann setzte er sich darauf, schaltete den gebündelten Laser-Beleuchtungsstrahl des Mikroskops ein und nahm eine kleine Fernbedienung in die linke Hand, mit der er die Zeiss-Optiken des Mikroskops über eine Bluetooth-Schnittstelle bedienen konnte.

Es kostete ihn ein paar Sekunden höchster Konzentration, sich nur auf die Bilder zu fokussieren, die ihm der hochauflösende Bildschirm vor seinem rechten Auge zeigte. Die Informationen des linken Auges dienten nur dazu, den zu vergrößernden Bereich des Nuggets grob zu bestimmen.

Kirpal suchte mit dem linken Auge einen Ausschnitt, an dem zwei Zylinder gemeinsam der Wurzel eines größeren Zylinders zu entspringen schienen. Nach kurzer Zeit hatte er mehrere dieser Konfigurationen entdeckt und nahm die, die er am besten aus einer bequemen Sitzhaltung heraus erreichen konnte, näher ins Visier, indem er nun seinen Kopf mit der Optik so ruhig wie möglich hielt und dazu sein Kinn mit der rechten Hand stützte, während der Ellenbogen auf dem Knie auflag.

Mit der Fernbedienung veränderte er die Farbe und Intensität der Laser-Beleuchtung sowie den Vergrößerungsfaktor der Linsen. Er folgte den gewindeähnlichen Zügen des einen Zylinders bei zwanzigfacher Vergrößerung langsam in Richtung der gemeinsamen Wurzel und bemühte sich dabei, seinen Nacken nicht zu verkrampfen und gleichzeitig den richtigen Ausschnitt im Blick zu behalten.

Dann hatte er es! Fest presste er sein Kinn in die Hand, steigerte die Vergrößerung auf den Faktor 100 und ließ die Beleuchtung über eine besondere Taste der Fernbedienung über einen rotierenden Mikrospiegel wie ein Stroboskop zwischen zwei leicht veränderten Winkeln blitzschnell hin- und herspringen. Langsam begann der Schatten einzelner Zeichenfragmente vor seinem Auge zu entstehen, schwebend über einem diffusen, ultravioletten Hintergrund - unbekannte Zeichen. Er war sich nicht einmal sicher, ob es sich bei diesen Linienmustern wirklich um Schriftzeichen handelte oder vielleicht nur um eine willkürliche Anomalie der Natur. Auffällig war nur, dass diese Zeichen - wenn es welche waren - immer an der gleichen Stelle dieser Materialstrukturen zu finden waren.

Die Anspannung der letzten Minuten auf seinem Gesicht legte sich - *sie hatten Glück gehabt und endlich einen zweiten Fund gemacht.*

»*Freida.*«

»Hier ist Kirpal«, meldete er sich, das alte Funktelefon mit zwei Fingern haltend und darauf achtend, es nicht mit den Lippen oder dem Ohr zu berühren. »Der Fund ist positiv, Cousine. Es handelt sich um dieselbe Gesteinsformation - etwa 50 Kilo neutrales Gewicht - ein weiteres Bruchstück.«

»*Du hast keinerlei Zweifel?*«, erkundigte sie sich mit angespannter Stimme.

»Nein - es hat die gleiche Signatur im langwelligen Ultraviolett-Bereich wie der erste Fund. Ich habe es an drei Stellen überprüft.«

Die Frau am anderen Ende der Leitung schwieg, während sie überlegte.

»*Weist es die gleichen Schwerkraftschwankungen auf?*«

»Ich kann es nicht anheben, Freida - aber ich gehe davon aus«, sagte er.

»*Du weißt, was das bedeutet?*«

Kirpal antwortete nicht auf diese rhetorische Frage, ihm war natürlich die Bedeutung dieses Fundes bewusst.

»*Das bedeutet, unser erster Fund war kein Einzelstück, sondern nur ein unbedeutendes Fragment des Ganzen*«, fuhr sie im entschiedenen Ton fort, »*und es ist wahrscheinlich, dass es andere Funde gegeben hat.*«

Kirpal nickte. »Das ist sicher, zumal der Polizeichef behauptet, es gäbe einen ganzen Schwarm in großer Tiefe treibender Felsen, die von einem Forschungsschiff entdeckt worden seien. Ich denke, es ist nur eine Frage der Zeit, bis Teile davon hier angetrieben werden - oder bereits wurden. Ich versuche, sie zu bekommen.«

»*Wie willst du das anstellen? – Indem du die Medienversion vom uranhaltigen Gestein erzählst?*«

»Das habe ich bereits getan«, antwortete er amüsiert. »Die Behörden sind alarmiert und besorgt. Ich brauche jemanden, der es abtransportiert.«

»*Du hast noch die Maschine*«, schlug sie vor.

»In diesem Fall zu gefährlich, Freida - es ist zu groß. Die Schwerkraftanomalien von Gestein dieses Volumens könnten ein Flugzeug zum Absturz bringen. 50 Kilo neutrales Gewicht werden zu eineinhalb Tonnen bei ausreichender Beschleunigung - und das war nur unser Labordurchschnittswert. Ich brauche ein Schiff.«

»*Das kann dauern – ich spreche mit Durai.*«

»Das ist kein Problem, es gibt mir Zeit, die übrigen Funde zu lokalisieren. Versuche herauszufinden, was für ein Schiff das da draußen das ist. Der Name lautet *Aurora Oceani*.«

Kirpal beendete das Gespräch, warf das alte Funktelefon angewidert auf den Tisch, löste den Stirnriemen des Mikroskops, der einen roten Ring an seinem Kopf hinterließ, und legte es vorsichtig in den Koffer zurück.

Er sah auf seine schlichte goldene Armbanduhr. Sie zeigte Indian Standard Time, halb zwei am frühen Nachmittag. Er überlegte kurz die Zeitverschiebung zu Palau, sah zur Bestätigung auf das Display des Funktelefons. Es war hier früher Abend, kurz nach fünf Uhr. Er erhob sich, zog die Plane wieder über den Fels, rollte sich die Einmalhandschuhe von den Fingern und warf sie in seinen Koffer. Es würde noch einiges an Arbeit erfordern, die anderen Stücke zu bekommen.

China Energized – Polizeihauptquartier, Palau

Am selben Tag

Die beiden Männer hatten den Suzuki des Polizisten vom Flughafen bis hierher verfolgt. Dann war der Jüngere ausgestiegen, hatte auf der Gebäuderückseite Position bezogen, während der Ältere die Vorderseite des Polizeihauptquartiers aus dem Mietwagen von der gegenüberliegenden Straßenseite aus beobachtet hatte. Ihm war nicht entgangen, wie der Polizist nach ungefähr einer Viertelstunde in Begleitung eines zweiten, auf den er unablässig aufgeregt einredete, das Gebäude wieder verlassen hatte und eilig weggefahren war.

Er hatte es notiert, mehr war hier nicht zu tun. Sein Interesse galt dem Inder. Und der kam jetzt allein aus dem Gebäude heraus, ohne den Koffer, den er mit hineingenommen hatte, sah sich suchend um, streifte das Fahrzeug des Chinesen nur mit einem Blick und winkte das Taxi heran, das sich aus der Stadt kommend näherte und das er wohl bestellt hatte.

Der Ältere sah dem Wagen nach, bis er gewendet und zurück in Richtung Stadt außer Sicht geraten war, dann hob er seine rechte Hand an den Mund, betätigte die Sendetaste des Funkgeräts und sprach ein paar kurze Befehle hinein.

Der jüngere Chinese auf der Gebäuderückseite verließ seine Beobachtungsposition, eilte mit geschickten, fließenden Bewegungen in den langen Gebäudeschatten und griff sich im Vorübergehen einen alten Ziegelstein von einem Haufen Bauschutt, den er aus seinem Versteck bereits ausgesucht hatte. Aus dem Ärmel seiner Jacke ließ er eine fünfzig Zentimeter lange Metallstange in seine Hand rutschen und hockte sich an einer Seite des linken Tores hin. Eine halbe Minute kauerte er reglos und lauschte auf Geräusche aus dem Inneren des Gebäudes. Dann hebelte er mit geübten Bewegungen das Tor so weit auf, dass er sich darunter hindurch rollen konnte, und verschwand im Innern.

In der Garage sprang er auf, durchquerte mit wenigen katzengleichen Sprüngen den großen Raum und verharrte lautlos hinter der einzigen Tür, darauf wartend, ob jemand das Quietschen des angerosteten Tores in der Führungsschiene gehört hatte und nachsehen kommen würde.

In den Sekunden des Abwartens schweifte sein Blick aufmerksam durch die Garage, erfasste kurz jeden Gegenstand darin und blieb schließlich an dem geschlossenen Aluminiumkoffer hängen, den der Inder mitgebracht hatte.

Nachdem offensichtlich niemand sein Eindringen bemerkt hatte, trat er an die alte Holzpalette heran, auf der ein hellgrauer, nur halb von einer Plane bedeckter Felsen lagerte, zog sein Smartphone aus der Jackeninnentasche und machte mit der integrierten hochauflösenden Kamera ein Foto des Felsens mit der Plane, bevor er diese herunterzog.

Ohne lange den sonderbaren Stein zu betrachten, machte er in den nächsten Minuten an die fünfzig Aufnahmen und kurze Filme von allen Seiten des Felsens und in allen Vergrößerungsstufen, welche die Optik des Telefons zuließ, und startete die Übertragung der Bilder an eine E-Mail-Adresse in China. Zuletzt besah er sich den Koffer aus der Nähe. Als er den Fingerabdruckleser neben dem Schloss entdeckte, fotografierte er auch den, ohne den Koffer selbst jedoch anzurühren. Dann rief er das erste Bild wieder auf das Telefondisplay, arrangierte die Plane genauso über dem Fels, wie er sie vorgefunden hatte, verwischte grob seine Spuren im Staub des Fußbodens und verließ die Garage auf dem gleichen Weg, wie er nicht einmal eine Viertelstunde zuvor gekommen war.

Wang Lao - Chongqing, China

Am selben Tag

Wang Lao starrte auf die Niederschrift des Telefonats, als würden ihn die chinesischen Schriftzeichen sogleich anspringen und wie einen Papierdrachen in der Luft zerreißen.

Cai Ing-Wen saß ihm gegenüber und studierte auch das kleinste Detail seines Gesichtsausdrucks. Er suchte nach Anzeichen einer beginnenden Niederlage.

Wang lächelte. Diese Genugtuung würde er seinem Vize nicht gewähren. Er hatte zu lange um die Position des stellvertretenden Parteichefs von Chongqing gekämpft, um sie durch unüberlegtes Handeln zu gefährden. Die landesweiten Vorbereitungen für den nächsten Parteikongress liefen und er hatte vor, dort zum Parteichef seiner Provinz gewählt zu werden, um dann - in nicht allzu ferner Zukunft - zu einem der fünfundzwanzig Mitglieder des Politbüros aufzusteigen.

Zuerst jedoch beglückwünschte er sich selbst zu dem genialen Schachzug, zwei Mitglieder des Exekutivkomitees des Kang-Sheng-Boards durch eigene Fürsprache auf einflussreiche Posten der kommunistischen Partei gehoben zu haben. Aller Voraussicht nach würden sie jetzt als Delegierte für den Parteikongress aufgestellt werden und dort mit den Stimmen ihrer Netzwerke für ihn votieren. Gegenwärtig hatten sie sich dadurch revanchiert, dass sie China Energized auf einen oberen Platz der begünstigten Unternehmen des Kang-Sheng-Boards setzten. Wang stellte nicht für zwei Sekunden in Frage, welcher seiner beiden Posten der langfristig wichtigere für seine Karriere war. In dem Doppelhierarchiesystem Chinas war die politische Position der wirtschaftlichen immer überlegen, auch wenn ihm der Vorsitz bei CE zurzeit das Fünffache seines Parteigehalts einbrachte.

Bisher hatten die erhaltenen Informationen des Boards außer einigen Hinweisen über die Aktivitäten von Wettbewerbern nicht viel Nützliches enthalten. Sicher waren die Mitschnitte der Kommunikation hier und da brauchbar - so hatte er immerhin einen Cousin vor drei Wochen allein dadurch in das Organisationskomitee der Partei bringen können, dass er von den privaten Vorlieben des bisherigen Vorsitzenden dieses über Neubesetzungen von Posten in Provinz und Zentrale entscheidenden Gremiums erfahren hatte. Der ehrenwerte Herr zog es selbstverständlich vor, diese Informationen nicht öffentlich zu machen und hatte dem Tauschgeschäft bereitwillig zugestimmt.

Er blickte auf das Papier in seiner Hand und lächelte Cai demonstrativ an. Jetzt endlich könnte er etwas Brauchbares erhalten haben - auch wenn es auf dem ersten Blick vielmehr nach einer zukünftigen Bedrohung aussah. Die Amerikaner müssten ihm vielleicht noch einmal zu Diensten sein.

6

Sophie – Pazifik, Whalewatching

05. August

Ein paar Meter vor dem Bug des Madeira-RIBs[16] schien die Wasseroberfläche zu kochen. Aus einem ruhigen, unter bleigrauem Himmel dräuenden Pazifik gewann ein langsam aber stetig anschwellendes, jämmerliches Stöhnen an schauriger Intensität. Der Cockpit-Lautsprecher übertrug den vom Schiffshydrophon empfangenen, unterseeischen Gesang der Jäger. Die bis vor Sekunden noch spiegelglatte Meeresoberfläche geriet in Bewegung, immer stärkere Strömungen und Luftblasen wirbelten in großen Spiralen nach oben. Sophie wischte sich eine Strähne aus den Augen, ein intensives Glücksgefühl legte sich auf ihre feinen Gesichtszüge angesichts des bevorstehenden Schauspiels. Sie stützte sich nach hinten auf dem kleinen quadratischen Dach über dem Steuerstand des Speedbootes ab und richtete ihre ganze Aufmerksamkeit auf die aufsteigenden Luftblasen vor dem Boot. Wie auf das Signal eines fiktiven Händeklatschens kamen plötzlich hunderte von Heringen in höchster Lebensangst aus dem Wasser gesprungen, nur Sekunden vor den weit aufgerissenen Schlünden von neun Buckelwalen, die sich, wie aus dem Wasser aufsteigende Vulkankegel, mit geblähten Kinnfurchen meterweit über die Meeresoberfläche erhoben, an die hundert Heringe verschluckten (jeder!), ihre riesigen Mäuler schlossen, dabei Tonnen von Salzwasser durch ihre Barten pressend, an denen alles Essbare hängen blieb.

Das Speedboot, mit dem Sophie und ein paar Mitglieder ihres Teams für dieses Ereignis hierher gefahren waren, nachdem das Echolot der *Aurora Oceani* die außergewöhnlich großen Fischschwärme identifiziert hatte, schaukelte bedrohlich auf den plötzlichen Kreuzseen, die von den sie umgeben-

---

[16] RIB: rigid-inflatable boat

den, das Meer aufwühlenden, blauschwarzen Buckelwalen herrührten, die weiter den durch ihre Luftblasenfächer zusammengetriebenen Heringsschwarm verspeisten, lustvoll mit den über zwei Meter langen Brustflossen auf die Wasseroberfläche klatschten, ohne auch nur die geringste Notiz von Sophie und der Crew zu nehmen, triumphierend die verbrauchte Luft in großen Nebelwolken ausblasend und für den nächsten Tauchgang neuen Atem schöpfend.

»*Wow!*« schrie jemand begeistert auf, sich das Salzwasser aus den nassen Haaren schüttelnd. Sophie erkannte die Stimme von Flynns Assistenten, Wade, während sie sich fest an den Rand des Aluminiumdaches klammerte, um nicht von dem noch immer in den Wellen bockenden Boot abgeworfen zu werden. Um keinen Preis hätte sie diesen erhöhten Beobachtungsposten jetzt abgegeben.

»Passt auf, gleich tauchen sie«, rief sie tiefbeeindruckt von dem Naturschauspiel den anderen zu.

Einige Momente lang ruhten die Wale an der Oberfläche, bevor die ersten ihre Stummel-Rückenfinne zeigten, gefolgt von der markanten, horizontalen Fluke, als sie ihre stromlinienförmigen Körper erneut senkrecht in die Tiefe zum nächsten Beutezug bohrten.

Niemand sprach ein Wort, nur das Klicken der Wale, ihre Kommunikationsgesänge, drang aus dem Lautsprecher. Neun Augenpaare suchten minutenlang von Bord des RIBs die sich wieder beruhigende Wasseroberfläche nach verräterischen Bläschenspuren ab, neun Ohrenpaare lauschten dem erneut ansetzenden, gänsehauterzeugenden Brausen der aufsteigenden Buckelwale.

»*Da!*«

Auf der Backbordseite begann das Meer unmittelbar neben der Bordwand zu kochen, Heringe schossen erst vereinzelt, dann in Massen aus dem Wasser, landeten zappelnd im offenen Rumpf des Speedboots.

»*Weg hier!*« schrie Sophie im letzten Moment, aber Camperoni, der heute mal keinen der neuen Bordhubschrauber der *Aurora Oceani* flog, sondern nur zu gern das Steuer des

Speedbootes übernommen hatte, war zu dem gleichen Ergebnis gekommen und mit einem Aufkreischen der zwei 250 PS starken Außenborder setzte er das Boot dreißig Meter zur Seite, gerade rechtzeitig, damit alle an Bord zusehen konnten, wie an ihrer alten Position fünf weit geöffnete Schlünde aus dem Meer schossen.

Sophie rappelte sich vom Aluminiumboden auf, rieb sich die schmerzende Schulter, auf der sie gelandet war, nachdem das Boot die ruckartige Beschleunigung ausgeführt hatte.

»Aua!« sagte sie, Camperoni einen bösen Blick zuwerfend, der nur lächelnd mit den Schultern zuckte und ihr mit einer Hand aufhalf, während er die Gashebel der Motoren mit der anderen gefühlvoll bediente, um das Boot auf Distanz zu den 20-Tonnern zu halten.

Sie setzte sich auf einen Neoprensitz und sah sich die Gesichter ihrer Begleiter an. Es bedurfte keiner Worte, sie konnte die Verzauberung durch diese großen Säugetiere an ihren Augen ablesen - unablässig verfolgten sie die Wale, die erneut ausbliesen und sich auf den nächsten Tauchgang vorbereiteten.

»Die Kaltwasserblase hat enorm nährstoffreiches Wasser mit nach oben gebracht«, sagte Marcello Rampi, bückte sich unter den auf dem Boden festgeschraubten, dick gepolsterten Nachbarsitz und ergriff einen zappelnden Hering. Er wedelte damit vor Camperoni hin und her. »Das hat diese Heringsschwärme angelockt und die wiederum die Wale. Normalerweise finden sie hier nichts Essbares, sondern ziehen nur durch, auf ihrem Weg nach Alaska.« Er warf den Fisch mit einem Augenzwinkern zurück ins Meer. »Kleine Zwischenmahlzeit - sozusagen.«

»Dottore«, Camperoni sah Sophie an und deutete auf sein Headset. »Das ist die Aurora. Sie haben einen Anruf von einem Reydar Steen, wollen Sie das Gespräch hier führen?«

Erfreut horchte sie auf - schüttelte dann energisch den Kopf und warf einen langen bedauernden Blick auf die Fluken der letzten abtauchenden Wale.

»Nein, wir fahren zurück.«

Reydar – eine Stunde südwestlich von Pohnpei

Am selben Tag

Er klemmte sich im Überlebensanzug zwischen die leicht gekrümmte Steuerbordwand und die Aluminiumleiter des Niedergangs, stützte sich mit dem rechten Fuß auf einer Karbonstrebe ab, um einen Moment lang keine Konzentration für das Gleichgewichthalten auf dem Boden der schräg liegenden Kajüte aufbringen zu müssen, und nahm den Anruf von Sophie entgegen.

»*Hi Paps, schön, dass du dich mal gemeldet hast. Wo bist du?*«, drang ihre volle Stimme aus seinem Headset und ersetzte Reydars Wechselspiel von trüber Müdigkeit und großer Anspannung der letzten Tage schlagartig durch ein intensives Gefühl von Wohlbefinden.

»Gar nicht so weit weg«, antwortete er mit von der salzigen Meeresluft belegter Stimme. »Ich dachte, ich komme mal auf eine richtige Mahlzeit vorbei und sehe mir bei der Gelegenheit deinen Fund persönlich an.«

»*Das wäre wirklich schön, zumal ich dich dann sicher vor dem Tiefdruckgebiet wüsste, das sich genau auf deinem Kurs aufbaut.*«

»Ach Kleine, so schlimm wird das schon nicht werden, ich hatte in den letzten Wochen bereits ein paar dieser Stürme«, scherzte er lachend, wobei sich seine Augen zu Schlitzen zusammenzogen, während er durch die Kajüte hindurch ernst das Display des Wetterrechners studierte, welches die gegen den Uhrzeigersinn gedrehte Spirale des Hurrikans in voller Farbenpracht darstellte.

»Ich habe nur knapp zehn Minuten, Sophie, das Schiff verlangt meine Aufmerksamkeit. Erzähl mir bitte etwas mehr zu diesem Felsen, den ihr da aus dem Meer gefischt habt.«

»*Hmmm. Der ist wirklich sonderbar, Paps*«, begann sie zögernd. »*Sein Material hat eine ungeheure Härte, wir können es nicht zerkleinern. Das, was die Kollegen von außen analysieren können, deutet auf sehr wertvolle Elemente hin, so ziemlich alles, wofür du Abertausende von Monitoren, Handys, Brillengläsern und so weiter schreddern und recyceln lässt, liegt dort in unglaublicher Qualität und Konzentration vor*«, sprudelte es aus ihr heraus.

»*Wir haben sehr deutlich Lanthan, Neodym und Holmium identifiziert, zusammen mit ungefähr 40 Volumenanteilen – hoch rein. Der Rest setzt sich aus weiteren SE-Metallen und einigen unbekannten Elementen zusammen. Das Gesamtvolumen des größten Stücks, das wir heute Morgen geborgen haben, liegt bei 0,95 Kubikmetern. Du weißt am besten, was das wert ist, Paps.*«

Interessiert lauschte Reydar den Angaben. Gedanklich überschlug er die Menge von Altmaterialien, die in seinen Werken recycelt werden müssten, um auf so eine Menge zu kommen. Dann stutzte er.

»Fast einen Kubikmeter, sagst du? Wie habt ihr das aus dem Wasser geholt – das muss fast zehn Tonnen gewogen haben – ich meine, wieso *schwimmt* so etwas überhaupt?«

Er verstummte und folgte einigen Sekunden seinen eigenen Gedanken.

»*Es wird noch seltsamer, Paps*«, sagte Sophie leise und holte Reydars Aufmerksamkeit damit zurück.

»Was meinst du?«, fragte er.

»*Wir haben gestern einen gigantischen Felsen im Meer treibend entdeckt. Der hat mindestens das tausendfache Volumen. Wir können den nicht bergen – wir konnten ihn bisher nicht einmal bewegen!*«

Er nickte bestürzt. »Das ist unvorstellbar, Sophie. Ich würde das nicht an die große Glocke hängen. Woher kommt das Gestein?«

»*Es steigt aus dem pazifischen Grabenbruch auf. Die beste Hypothese ist momentan, dass unterseeische Vulkanausbrüche, Seebeben oder Kombinationen daraus dafür verantwortlich sind. Warum es aufsteigt und treibt*« – sie stockte – »*können wir nicht erklären. Das Material weist enorme Schwankungen in seiner Dichte auf – es stemmt sich sozusagen gegen eine Änderung der Bewegungsrichtung. Alle hier sind ziemlich ratlos.«*

Beide schwiegen einen Moment lang, in dem der Norweger sich auf die andere Seite des Niedergangs hangeln musste, als der Navigationscomputer dem *White Eagle* einen neuen Kurs verordnete, der Trimaran sich langsam auf den Backbordausleger neigte und das explosive Zischen der Elektro-Winschen zusammen mit dem lautstarken Winseln der hydraulischen Stabilisatoren ohnehin für eine halbe Minute jede Unterhaltung unmöglich machte.

»Hast du eine Idee, wie so etwas funktionieren kann, Paps? Mir will da nichts mehr einfallen. – Paps?«

Reydar biss die Zähne zusammen und strich seine verklebten blonden Haare weit in den Nacken zurück. *Er hatte* – aber wollte er wirklich daran glauben? Sophies Bemerkung, die Dichteschwankung betreffend, hatte eine alte Geschichte in seiner Erinnerung geweckt.

»Wie geht's denn deinem Freund, Flynn? Hat er Erfolg mit den U-Booten?«

Sophies Lachen klang unsicher. *»Das mit dem Freund ist gerade nicht so klar, Paps, aber die U-Boote funktionieren prima!«*

»Ich muss Schluss machen, Liebes. Ich werde über die Felsen nachdenken. Vielleicht fällt mir ja was ein. Pass auf dich auf – ich melde mich, wenn ich vorbeifahre!«, sagte er leichthin und beendete das Gespräch.

Eine ganze Minute lang blieb er regungslos an die Bordwand gelehnt und kramte in seinen Gedanken.

Schwimmendes Gestein – was eigentlich viel zu schwer ist, um zu schwimmen…

Reydar schüttelte ungläubig den Kopf. Er hatte davon gehört, wie andere aus der Rohstoffbranche auch – nicht viele – aber sicher ein paar Europäer. Sein Blick glitt zum Navigationscomputer, der die Position des *White Eagles* mit 5 Grad, 21 Minuten und 47 Sekunden nördlicher Breite sowie 156 Grad, 58 Minuten und 13 Sekunden östlicher Länge markierte, etwa 80 nautische Meilen in südwestlicher Richtung von der zu

Mikronesien gehörenden Mini-Insel Pohnpei entfernt, seit dem letzen Manöver vor vier Minuten auf nahezu nördlichem Kurs den stärkeren Ausläufern des Tiefdruckgebietes ausweichend, das im Zentrum, knapp 600 Meilen entfernt, Windgeschwindigkeiten an die 75 Knoten aufwies - zu viel - selbst für diesen Hochleistungstrimaran.

1998 hatte es einen Tsunami in dieser Region gegeben. Damals waren mehr als eintausend Menschen an der Nordküste von Papua-Neuguinea umgekommen und eine unbekannte Anzahl auf den mikronesischen Eilanden sowie auf Guam. Das Epizentrum des auslösenden unterseeischen Bebens hatte ziemlich genau in der Gegend des pazifischen Grabenbruchs gelegen, in der sich Sophie mit der *Aurora Oceani* gerade aufhielt. Das Unglück war von der Öffentlichkeit nicht besonders aufmerksam verfolgt worden, diese war noch ermüdet vom Katastrophenjahr davor, in dem 1997 der gesamte Pazifikraum von einer Serie tödlicher Hurrikans heimgesucht worden war, deren Bewältigung zum Zeitpunkt des Tsunamis noch andauerte.

Das änderte sich für einen kleinen Kreis von Spezialisten schlagartig, als an den Stränden von einigen mikronesischen Inseln der Region merkwürdige Felsen angeschwemmt wurden. An Bord eines deutschen Forschungsschiffes waren die ersten Felsen untersucht worden, recht schnell wurde danach die Information herausgegeben, dass das Material strahlend sei und es wurden von den Behörden alle Funde eingesammelt. Er erinnerte sich, dass sich über einen Zeitraum von zwei Monaten unterschwellige Gerüchte über die äußerst wertvolle Zusammensetzung dieser Felsen hielten. Dann begannen die Informationen zu versiegen, dem deutschen und britischen Geheimdienst wurde nachgesagt, das Material von den mikronesischen Behörden erworben, beseitigt und eine medienwirksame Geschichte über seltene Manganknollen lanciert zu haben.

Nun, Reydar wusste, dass diese schwimmenden Felsen ungefähr soviel mit Manganknollen zu tun hatten wie Erdbeeren mit echten Bären, aber für die Öffentlichkeit genügte es, um vom eigentlichen Thema abzulenken, der Eigenschaft dieses Gesteins, sein Gewicht zu verändern: dem *Dichte-Paradoxon*.

Er war sich ziemlich sicher, dass die Gesamtmenge der geborgenen Felsen 1998 nicht mehr als fünfzig Kilo gewesen war - kein Vergleich zu dem Kubikmeter, den Sophie angedeutet hatte.

Reydars Gesichtszüge verhärteten sich. Dieser neue Fund würde sehr schnell sehr große Aufmerksamkeit erregen - die Bedeutung dieses gigantischen, noch nicht geborgenen Felsens wollte er sich lieber gar nicht erst vorstellen. Jeder, der so etwas Großes bergen konnte, hätte einen Hauptgewinn gezogen - mindestens im Gegenwert einer chinesischen Jahresproduktion Seltener Erden.

Flynn - an Bord des Black Marlins

Am selben Tag

Niemand fühlte sich in diesem Moment weiter vom Gefühl eines Gewinners entfernt als Flynn im *Black Marlin*, obwohl das Supernugget nur zwei Bootslängen vor ihm, in 2800 Metern Tiefe, trieb.

Nur zu gern hätte er die durch den U-Boot-Körper dröhnenden, harten Gitarrenriffs von Bob Bradleys *Brown Rain* dazu genutzt, den Felsen in handliche Stücke zu zerblasen.

Die letzten zwei Stunden hatte er erfolglos versucht, den Mini-Berg, wir er ihn gedanklich nannte, irgendwie in Richtung *Vesper Rubens* zu manövrieren. Theoretisch hätte es funktionieren müssen. Wade hatte das Volumen des Nuggets anhand der Messdaten des *Black Marlins* an Bord des Forschungsschiffes berechnet. Der Wert von 35000 Kubikmetern war genau genug, um festzustellen, dass die Leistung des *Black Marlins* ausreichen würde, einen messbaren Effekt zu erzielen.

Soviel zur Theorie, dachte Flynn. Selbst in seiner gewohnten optimistischen Betrachtungsweise wäre es unverschämt gewesen, den Erfolg als marginal zu bezeichnen. Dieser Felsen hatte ihn einfach ignoriert.

Oben - gut zweieinhalb Kilometer weiter oben - befand sich der Nordäquatorialstrom. Der floss mit einem Meter in drei Sekunden bei einer Wassertemperatur von neunzehn Grad. Das Nugget bewegte sich weiterhin stoisch, bei zwei Grad Wassertemperatur in dieser Tiefe, mit einem Meter pro Minute nach Nordosten. Und das war exakt die Geschwindigkeit und Richtung des gesamten Wassers in dieser Tiefe. Bei diesem Tempo würde das Nugget fast zwei Tage brauchen, um dann in einer Entfernung von ungefähr siebenhundert Metern am Habitat vorbeizutreiben. Sollte er währenddessen aufsteigen, würde er vielleicht etwas früher da sein.

Er zwirbelte den linken Zopf seines Wikingerbartes, überlegte, regelte die Lautstärke der Musik etwas herunter und schaltete das Infraschallgerät ein. »Ivy, das bringt nichts. Es ist leichter, die Station zu verlegen, als das Nugget vom Kurs abzubringen. Ich komme zurück!«

»Einen Moment noch, bitte, Prof. Dr. Magnussen vom UiB möchte dich etwas fragen.«

Nach einem Rascheln, in dem Ivy ihr Headset im Unterwasser-Operationszentrale an den Projektleiter des UiB weiterreichte, erklang die weiche Stimme des Mannes.

»Professor Nyne! Ich habe noch eine Bitte.«

»Sicher, um was geht es, Boerre? Soll ich zum Abendbrot ein paar frische Tintenfischchen mitbringen?«, sagte er grinsend, und legte scherzhaft mit Zeigefinger und Daumen auf den aus der Dunkelheit aufgetauchten Kurt an, der langsam quer zum U-Boot über das Hauptdisplay schwamm.

»Wenn Sie damit Ihren Kumpel Kurt meinen, muss ich meine Meinung über Sie zum Thema Freundschaft noch mal überdenken, Professor«, antwortete der Norweger lachend. *»Ich habe mir die Echolotbilder des Nuggets angesehen und glaube, dass die Daten Lücken haben. Ich wollte Sie bitten, von einer bestimmten Stelle ein Echtfarbenfoto zu machen.«*

»Dann mal los. Welche Stelle meinen Sie, Boerre?«

Der Norweger dirigierte Flynn um den in völliger Schwärze treibenden, fast fünfzig Meter hohen Felsen herum, bis sich der *Black Marlin* unter einer Art Überhang befand, von der immer noch ein stetiger Strom feiner Sedimente rieselte und das Licht der Schweinwerfer zum größten Teil reflektierte.

»*In dem vor Ihnen liegenden Bereich scheinen Daten zu fehlen. Vielleicht liegt das an der Materialkomposition des Gesteins, das die Echolotsignale abgelenkt oder absorbiert hat. Können Sie da mal näher hinschauen?*«

Flynn rief die SMC-Konfiguration für den Einsatz der Manipulatoren ab und trieb dann gemächlich mit nach vorn gestreckten Greifern durch den Vorhang aus Sedimenten, als wolle er mit dem U-Boot einen in Zeitlupe geworfenen Ball fangen. Dr. Magnussen hatte ihn zum unteren Drittel des Nuggets, der an dieser Stelle gut dreißig Meter breit und siebenundzwanzig Meter dick war, geführt.

Die Echolotstrahlen waren in der Tat falsch gewesen. Sobald er den Sedimentstrom passiert hatte, erkannte Flynn eine Art Höhle, bei der zwei Wände fehlten. Sie hatte keinen Boden und die Eingangsseite, durch die er mit dem *Black Marlin* gerade hereingekommen war, fehlte ebenfalls.

Das war an und für sich kein Problem.

Flynn stoppte verdutzt den Vortrieb des U-Bootes und verharrte in drei Metern Entfernung vor der gegenüberliegenden Höhlenwand. Im Licht der LED-Strahler blickte er auf eine mehr oder weniger ebene, fahlgraue Fläche, die an ihrem oberen Ende sowie an den Seiten an ebenso plane Anschlussflächen stieß. Er schaltete die Bewegungsrichtung der Flimmerflossen um und steuerte das Boot langsam zurück, schwenkte die hochauflösende Kamera nach links und rechts und gewann immer mehr den Eindruck, sich weniger in einer Höhle, als vielmehr in einem Raum zu befinden. Auf der Messskala der Kamera konnte er ablesen, dass die vor ihm liegende Wand ungefähr elf Meter breit war. An ihrer rechten Kante reichte sie neun Meter, an der linken Kante sechs Meter hinab, bevor raue Bruchstellen sie zum offenen Boden hin beendeten.

Flynn atmete gepresst aus, als die Kamera den unteren abgebrochenen Rand der Wand in den Fokus bekam.

Das eigentliche Problem entstand, wenn er jetzt anfing, zu überlegen, warum in einem aus den Tiefen des Ozeans aufsteigenden Felsen ein quaderförmiger Hohlraum existierte, und warum sich darin eine perfekte rechteckige Öffnung von sechs Metern Breite in zentraler Position befand, die von einem dicken Wulst umgeben war, der Flynn fatal an ausgehärtete Dichtungsmasse erinnerte und die an der Bruchkante träge in ausgefransten Fäden im Wasser wogte.

Er musste sich zweimal räuspern und zum Sprechen ansetzen, bevor er etwas herausbekam. Dann sagte er: »Sie glauben *nicht*, was ich hier sehe, Boerre!«

Rotgar – im Anflug auf Palau

Am selben Tag

Das Wummern der Rotorblätter veränderte sich, als der Eurocopter für den Endanflug auf den Palau International Airport die Geschwindigkeit reduzierte.

Rotgar rieb sich die Augen, setzte die Sonnenbrille auf und sah aus dem Fenster in einen bleiern wirkenden Nachmittagshimmel ohne klare Trennlinie zwischen Wasser und Luft. Unter ihm lag die Brücke, welche die größte und hügeligste Insel Babelthuap mit der Hauptinsel Koror verband. Bald tauchte der kleine Fischerhafen auf, in dem er bei seinem ersten Besuch das Umladen des großen Nuggets beobachtet hatte.

»Sie könnten mich auch da unten absetzen, dann muss ich nicht so weit laufen«, schlug er dem Piloten halbherzig vor, wohl wissend, dass der Norweger am Steuerknüppel – der hier nur ein kleiner Joystick war – ihm den Wunsch aus reiner Boshaftigkeit abschlagen würde.

»Tut mir leid, Herr Geheimagent, keine Extrawünsche. Da unten darf ich nicht landen, um Touristen rauszusetzen«, bekam er die erwartete Antwort, wobei Rod das gleiche Grinsen unter dem verspiegelten Helmvisier des Piloten sehen konnte wie zwei Tage zuvor, als er ihn beim Rückflug hatte stehen lassen.

Diese unverschämt attraktive Holländerin hatte allen spöttisch erzählt, dass er für den MAD arbeitete – *nachdem* ihr Team heute Morgen ein großes Nugget in unmittelbarer Nähe des Schiffes geortet und mit einem der Schiffskrane hatte bergen können. Plötzlich war sein Fund unbedeutend geworden – *und er auch!*

Egal! Er hatte ohnehin beschlossen, dem Nugget der Fischer nachzugehen. Damit würde er eine eigene Quelle des Kohortits besitzen und seinen Zugang zu den Laboren legitimieren.

In der Nacht hatte er – mit kühlendem Quark auf der geschundenen Haut – das, was die Holländerin ihm gestern in einem Anflug von Vertrautheit im Labor an Ergebnissen gezeigt hatte, in seinen Unterlagen nachrecherchiert und war sich zu 99 Prozent sicher, das diese merkwürdigen Felsen Kohortit in Rohform repräsentierten. Früh am Morgen hatte er sich einen Plan zurechtgelegt und eine entsprechende Meldung an seine Vorgesetzen geschickt. Er würde den offiziellen Behördenweg einschlagen und das Gestein aufgrund des von ihm ausgehenden Gefährdungspotentials für die Bevölkerung beschlagnahmen, es erst einmal im Tsunamizentrum zwischenlagern und dann in aller Ruhe zum Schiff transportieren lassen – er war schon jetzt auf das dumme Gesicht des Norwegers gespannt. Um die erforderlichen Genehmigungen wurde sich bereits gekümmert.

»Zwei Stunden! Nicht zu spät kommen, Herr Geheimagent, dann fliegen wir wieder ab«, rief ihm der Norweger hinterher,

als Rod in der schwülen Hitze des Nachmittags bereits im langsamen Dauerlauf auf dem Weg zum Ausgang war.

Der langsame Heilungsprozess seines Sonnenbrandes machte ihn verrückt. Die Sneaker, die er jetzt anhatte, drückten auf die verbrannten Stellen und trieben ihm schon beim normalen Gehen die Tränen in die Augen.

Der Zollbeamte registrierte verwundert den weinenden Mann mit winziger, roter Sonnenbrille und lederner Basecap, der ihm einen Diplomatenausweis unter die Nase hielt und ohne sein Tempo zu verlangsamen, an ihm vorbeihumpelte.

»*Mist!*«, entfuhr es Rod, als er das Flughafengebäude verließ und ratlos auf der leeren Straße hoch und runter sah. Offensichtlich wurde kein Flug erwartet. Kein Taxi weit und breit! Was war das bloß für ein Kaff? Wie sollte er jetzt seinen Weg durch die Behördeninstanzen beginnen?

China Energized – Polizeihauptquartier, Palau

Am selben Tag

Die Anhängerkupplung des Trucks krachte durch das größere der beiden geschlossenen Tore auf der Rückseite des Polizeihauptquartiers. Scheppernd kam der altersschwache Dodge zum Stehen, die Hälfte seiner Ladefläche befand sich nun innerhalb des Lagerraums, in dem der Felsen lag, zum größten Teil durch das herausgerissene Tor bedeckt.

Der jüngere der beiden Chinesen sprang aus dem Fahrerhaus, zog eine schallgedämpfte QSZ-92 aus dem Hosenbund und gab aus der Nähe zwei schnelle Schüsse auf die Brust eines völlig überraschten Polizisten ab, der mit einem Karton in den Händen gerade den Raum betrat. Die Kugeln drangen durch den Karton und rissen den Mann von den Beinen.

Ohne zu zögern riss er die angelegte Tür zum Inneren des Gebäudes weit auf, ignorierte den röchelnden Polizisten in seiner schnell größer werdenden Blutlache und lauschte dicht an den Rahmen gepresst auf näherkommende Schritte. Niemand näherte sich, vereinzelte, ungedämpfte Schüsse drangen aus der Richtung des Großraumbüros an der Gebäudevorderseite zu ihm. Mit geschmeidigen Bewegungen durchquerte er den Korridor, erreichte die rückwärtige Tür des Dienstraumes und spähte durch den unteren Rand der Glasscheibe.

Zwei Uniformierte hatten in einem kleinen Büroraum Deckung gefunden und lieferten sich mit seinem Partner, der hinter einer Stützsäule hockte, ein wieder hitziger werdendes Gefecht. Er zählte die Leichen von drei Polizisten im vorderen Teil des großen Raumes, die beiden in dem abgetrennten Büro hatten Zeit gehabt zu reagieren.

Er erhob sich und ging seitlich vom Türrahmen in Angriffsposition. Mit einen kurzen, harten Drehkick sprengte er die Tür auf und folgte dem Holz- und Glasregen in einer Flugrolle in den Raum, kam auf linkem Fuß und rechtem Knie zum Halten, hatte nur einen winzigen Augenblick später die QSZ im Anschlag und beendete den Kampf mit vier kurzen in Doppelstößen abgegebenen Schüssen auf die beiden Gegner.

Den Laserpointer auf die Köpfe der Toten gerichtet, feuerte er ein weiteres Projektil in jeden Körper und folgte seinem Partner, der bereits zurück auf dem Weg in den Lagerraum war.

Rotgar – Landstraße zum Polizeihauptquartier

Im gleichen Augenblick

Er hatte das Gefühl, dass seine Zähne jeden Moment abbrechen würden, sollte er sie nur noch etwas fester zusammenbeißen. Vor seinem inneren Auge sah er das Blut aus den offenen Stellen seiner Füße in die Schuhe sickern. Es hatte tatsächlich kein Taxi in diesem Nest gegeben, das ihm auf den drei Kilometern Entfernung hierher begegnet war – und somit hatte er laufen, humpeln und zuletzt schlurfen müssen. Und die Zeit rann ihm davon. Eigentlich konnte er sich schon jetzt auf eine Nacht in einem ungemütlichen Hotelzimmer einstellen.

Rotgar blieb einem Moment lang stehen und entlastete vorsichtig den linken, schlimmeren Fuß.

Da vorn, noch ungefähr zweihundert Meter entfernt, stand ein einzelnes liebloses Gebäude, mit der Flagge von Palau auf dem Dach. Das musste das Polizeipräsidium sein, wollte man diesen hochtrabenden Begriff auf diese Hütte übertragen. Jedenfalls würde er dort Unterstützung erhalten!

Mehrere Fahrzeuge parkten davor, ein einzelner Mann überquerte im Laufschritt die Straße und verschwand im Eingang.

Einige Sekunden später vernahm er gedämpfte Schüsse.

Rod erstarrte.

Dass er sich verhört hatte, war nicht möglich. Das typische Peitschen eines die Schallmauer durchbrechenden Projektils war nichts anderem ähnlich. Dar einsetzende Adrenalinschub half ihm, den Schmerz in seinen Füßen zu unterdrücken, als er auf das Gebäude zulief und sich nach Deckung in der Umgebung umsah.

Weitere Schüsse folgten in einem traurigen Muster – unregelmäßig, die Abwehr eines Ungeübten – ungezielt und der Panik nahe. Die Angreifer mussten Profis sein, die Verteidiger waren bereits demoralisiert.

Weshalb? Was wollten solche Leute hier? Den Felsen etwa? – Seinen Felsen?

Er erreichte die vordere Ecke des Gebäudes. Die Schüsse hatten aufgehört – lähmende Stille bereitete sich auch, begann auch auf ihn überzugreifen. Rod wusste, dass er sich in Gefahr begab, wenn er jetzt nicht Halt machte. Seine Ausbildung hatte keinen Schwerpunkt im Nahkampf gehabt – er war eher kopflastig trainiert worden.

Während er noch abschätzte, wie mutig er sein durfte, näherte sich ein Fahrzeug aus der Gegenrichtung und hielt am

Bordstein vor dem Gebäude. Rod erkannte endlich ein Taxi, dem ein indisch oder pakistanisch aussehender Mann mit Sonnenbrille und in teurer Kleidung entstieg, in großen Schritten auf den Eingang zuging, während der alte Ford weiterfuhr.

Der Besucher hatte die linke Hand schon erhoben, um die Tür aufzustoßen, als er irgendetwas durch die Glasscheibe der Tür im Gebäudeinneren sah, was seinen Schritt stocken ließ und sein gesamtes Verhalten von einem zum anderen Moment veränderte.

Er ging blitzschnell in die Hocke, sah sich in alle Richtungen um und verschwand in Deckung hinter einem Schild, nachdem sein Blick Rod, der immer noch an der Gebäudeecke kauerte, gestreift hatte.

Rotgar zuckte zurück, überlegte fieberhaft. Wäre der Mann einfach in das Gebäude hineingegangen, hätte er ihn als Komplizen betrachtet - war er aber nicht, sondern der Ankömmling war vielmehr überrascht gewesen, von dem, was er durch die Glastür im Inneren gesehen hatte. Also gehörte er nicht zu demjenigen, den Rod aus der Entfernung das Gebäude hatte betreten sehen.

Wer war er dann? Nur ein Tourist?

Die Frage beantwortete er sich selbst. *Sicher nicht - bei den gezeigten Reflexen.*

Er beugte sich langsam zur vordereren Hausseite vor, um die Lage in Augenschein zu nehmen, und wurde im gleichen Augenblick förmlich aus der Hocke gerissen, als seine Nase die Hausecke erreichte. Sein Körper beschrieb einen engen Kreis durch die Luft und landete schmerzhaft auf dem Rücken, wobei seine Basecap davonsegelte, ihm eine kräftige Hand die Luft abschnürte und ihn gleichzeitig erneut hinter der Gebäudeecke in Deckung zog.

Sekundenlang rührte Rod keinen Muskel, betrachtete sein Spiegelbild in den Gläsern der Sonnenbrille des Mannes, der ihn mit seinem Gewicht zu Boden drückte, Rod seinerseits abschätzend aus zehn Zentimetern Entfernung beobachtete und keinen Zweifel daran ließ, dass er ihm augenblicklich den Kehlkopf brechen würde, sollte er an Gegenwehr denken.

Der Gedanke an einen langsamen Tod durch Ersticken drängte sich in den Vordergrund, als der Mann endlich seinen Griff lockerte und auf Englisch mit indischem Akzent flüsterte: »Wer sind Sie? *Wer ist da drin?*«

Langsam holte Rod tief Luft und wollte zu einer Antwort ansetzen, wurde jedoch brüsk unterbrochen, als an der Stelle, an der einen Augenblick zuvor noch der Kopf des Inders gewesen war, zwei Kugeln in den Beton des Gebäudes einschlugen und funkend als Querschläger über Rod hinwegspritzten.

Er versuchte mit dem Boden zu verschmelzen, hörte nur ein Rascheln, dann einen wütenden Aufschrei in einer Sprache, die er nicht verstand, gefolgt von ein paar kurzen Feuerstößen auf der Hinterseite des Gebäudes. Das Aufheulen eines bis an die Grenze strapazierten, großvolumigen Motors übertönte kurz alle anderen Geräusche und wurde schnell leiser, als sich das Fahrzeug entfernte.

Rod hob vorsichtig den Kopf, massierte seinen Hals, stand auf und ging langsam an die hintere Gebäudeecke, wo er vom Inder beinahe umgerannt wurde, der in hohem Tempo an ihm vorbei in die entgegengesetzte Richtung eilte.

Rotgar nahm all seinen Mut zusammen, beschloss sich einen eigenen Überblick zu verschaffen und machte einen Schritt zur Hinterseite des Gebäudes.

Diese war ähnlich langweilig wie die Front, sah man von den Garben der Einschüsse ab, welche die rechte Ecke zierten, an der er jetzt stand. Von zwei Garagentoren war eines herausgerissen, die frischen Reifenspuren im Erdreich davor erforderten nicht viel Fantasie, um sie mit den Geschehnissen der letzten Minuten in Zusammenhang zu bringen.

Langsam schritt er durch das an einer Seite herunterhängende Metalltor ins Innere. In einem mit Kartons gefüllten Raum ragten zwei Beine neben einer leeren Holzpalette unter einer staubigen Plane hervor. Rod unterdrückte den Impuls, nachzusehen, ob die Person noch am Leben war, die Größe der Blutlache um die Beine herum ließ daran deutliche Zweifel aufkommen.

Der Panik nahe wendete er den Blick ab, starrte die leere Palette an. Langsam klarten sich seine Gedanken auf, als der Schock der letzten Minuten zurückwich. Endlich verknüpfte sich sein Sehzentrum wieder mit dem Bereich des logischen Denkens – er kam wieder zu sich.

Neben der Holzpalette stand ein großer Aluminiumkoffer – verschlossen.

»Nein!«

Jemand hatte den Felsen hier untersucht. Dann war er gestohlen worden und jetzt befand er sich auf einem Truck, der ihn von ihm wegbrachte.

Der Inder! Wohin war er gerannt?

Rod rannte durch das geöffnete Tor.

»Hey!«

Die Antwort erfolgte diesmal in Form von quietschenden Reifen. Eines der vor dem Haus abgestellten Polizeifahrzeuge bog um das Gebäude, geriet beinahe ins Schleudern, als es den Asphaltbelag verließ und den Feldweg erreichte. Rod erkannte den Inder am Steuer, als der Wagen nur Meter an ihm vorbeiraste, der fern am Horizont wabernden Staubwolke der Mörder folgend.

Er brauchte einen eigenes Fahrzeug!

Kurz wog er ab, in dem Haus nach Schlüsseln für die anderen Polizeiwagen zu suchen – verzichtete aber darauf. Er wollte heute keine weiteren Leichen mehr sehen.

Er musste zur Straße, vielleicht kam ja gerade jemand vorbei. Diesmal wurde sein Flehen erfüllt.

Ein kleines Fahrzeug näherte sich aus der Richtung des Flughafens. Rod stellte sich in die Mitte der Fahrbahn und ruderte wild mit den Armen. Als der mit zwei älteren Männern besetzte Subaru quietschend vor ihm zum Stehen kam, humpelte er dicht an die linke Tür, öffnete sie mit einer schwungvollen Bewegung, ergriff den weißhaarigen Filipino, der wenigstens siebzig Jahre alt war, am Arm und zog ihn auf die Fahrbahn.

»Das tut mir sehr leid, aber ich benötige den Wagen«, sagte Rod mit möglichst offizieller Stimme, tippte sich wie zum Gruß an die Schläfe und stieg ein.

Irritiert blickte er zum Beifahrer, einem zweiten Filipino, der noch weit älter als der erste Mann sein musste. Die langen ergrauten Haare lagen ihm auf den Schultern, tiefbraune, faltige Hände umfassten das Lenkrad.

Langsam wurde Rod sein Denkfehler bewusst.

Ein Rechtslenker!

Entschlossen stieg er wieder aus, schlug die Tür zu, ignorierte stoisch den hämischen Blick des Oldtimers, den er zuerst aus dem Wagen geholt hatte, ging um das Fahrzeug herum, zerrte mit den Worten »das ist *wirklich* ein Notfall« den Fahrer heraus, nahm hinter dem Lenkrad Platz, stocherte mit der linken Hand den ersten Gang hinein, schlug das Lenkrad nach links ein und gab Gas.

Der Subaru beschleunigte heiser, holperte über einen Straßenabsatz, als Rod versuchte, in den zweiten Gang zu wechseln, verfehlte einen Betonpfosten nur knapp und beschleunigte anschließend träge weiter auf vierzig Meilen, während die beiden Filipinos im Rückspiegel langsam kleiner wurden.

Mit zusammengekniffenen Augen suchte er am Horizont nach irgendeinem Zeichen des Streifenwagens, der mittlerweile weit vor ihm sein musste. Der Feldweg führte auf den einzigen Berg der Insel, Mount Makelulu, mit über 200 Metern Höhe die Sensation auf der gesamten Inselgruppe, die sich sonst nur wenige Meter über Meeresniveau erhob.

Ein paar Minuten später hatte er die Schaltung leidlich im Griff und erreichte eine Weggabelung, an der er kurzentschlossen der Abzweigung in Richtung Hafen folgte. Wenn jemand den Felsen von der Insel bringen wollte, war ein Schiff die naheliegende Lösung.

Einen weiteren Kilometer balancierte er den Subaru auf den ausgefahrenen Spurrinnen, bis ihn der unbefestigte Weg in einen dichten Wald führte und Rod notgedrungen das Tempo verlangsamen musste. Im Schatten der Bäume hatte sich etwas Feuchtigkeit gehalten und den Boden aufgeweicht, was dem schmalfüßigen Subaru noch mehr Probleme bereitete, zumal die Rinnen jetzt tiefer wurden. Nach einer weichen Rechtskurve sah er den gesuchten Pick-up in gut einhundert Metern Entfernung vor sich in einer engen Linkskurve auf der Seite liegen.

Er rollte langsam darauf zu und erlaubte sich ein erstes Lächeln – *Natürlich!*

Rod stoppte den Wagen, wartete ein paar Sekunden, in denen er sich aufmerksam in alle Richtungen umsah, stieg aus und humpelte zu dem ramponierten Fahrzeug.

Die Schwerkraftanomalie des Felsens hatte in der sanften, zurückliegenden Kurve nur geringe Auswirkung gezeigt, aber wohl ausgereicht, um den Fahrer zum Gegenlenken zu zwingen, wie Rod aus dem aufgewühlten Boden hinter seinem Subaru schloss. Diese zweite, einer europäischen Serpentine ähnelnde Kurve hatte den Felsen aktiviert und den Pick-up vollends aus dem Gleichgewicht gebracht und zwar so ruckartig, dass dem Fahrer diesmal keine Möglichkeit zu einer Gegenreaktion geblieben war.

Er sah durch die geplatzte Windschutzscheibe ins Fahrerhaus – es war leer, mit einem großen Fleck auf dem Kunstleder der Sitzbank. Vorsichtig beugte er sich vor und tippte mit der Fingerspitze hinein, scheuchte ein paar Fliegen auf. Selbst in der einsetzenden Dämmerung konnte er erkennen, dass es Blut war. Nachdenklich nahm er die Sonnenbrille ab und schob sie sich in die unordentlichen Haare.

Wo waren sie hin? Rod konnte nicht sehr weit in den Wald hineinsehen. Wenn das ihr Versteck war, würde er sie zu Fuß nie einholen – nicht in seinem gegenwärtigen Zustand.

Sein Blick folgte dem Feldweg bis zum Kurvenausgang. Frische Reifenspuren deuteten darauf hin, dass der Inder zumindest der Meinung gewesen war, er würde die Verfolgung am besten mit dem Auto fortsetzen. Er vollendete seine Runde um den Pick-up und fand, keine zwei Meter von der aufgerissenen Seite der Ladefläche entfernt, den Felsen im dichten Unterholz liegend.

Ein frustrierter Seufzer bahnte sich seinen Weg.

»*Super!*«

Allein würde er den jedenfalls nicht wegbekommen. Verärgert über diese ganzen Umstände, schlug er gegen den Pickup, drehte sich um und lief zurück zum Subaru, startete und folgte dem Feldweg weiter, so schnell es die geringe Bodenfreiheit des Wagens und der Zustand des Weges erlaubten.

Vielleicht konnte er den Inder noch einholen - er würde versuchen, sich zu revanchieren. Schließlich hatte er ihm geholfen – und das galt Rod nicht wenig.

Fünf Minuten später erreichte er auf halben Weg zum Gipfel ein ärmliches Wohngebiet, das auf den unter ihm liegenden Hafen blickte. Die Dämmerung näherte sich zügig. Erste Lichter flackerten in den überwiegend aus Holz errichteten Behausungen auf, einige der Bewohner standen auf der Straße und sahen ihm neugierig entgegen.

Er verlangsamte sein Tempo, erreichte eine größere Menschenmenge, die sich an einer Kreuzung versammelt hatte, auf der er beim Näherkommen mittig den Polizeiwagen des Inders stehen sah. Rod stoppte, stieg aus und ging durch die sich vor ihm teilende Menge auf die weit geöffnete Fahrertür zu. Besorgt sah er auf die undurchsichtige Windschutzscheibe und das Heckfenster, die beide nach mehreren Treffern an der Stelle, wo sich bei normaler Sitzhaltung der Kopf des Fahrers befunden haben musste, dichte Spinnenmuster aufwiesen.

Von dem Inder war weit und breit nichts zu sehen. Rods Respekt vor dessen Reflexen stieg gewaltig.

Die Menschen aus der Menge sahen ihn auffordernd an und begannen zögerlich auf ihn einzureden. Einige wiesen auf einen hölzernen Verschlag, der den Angreifern wahrscheinlich als Deckung gedient hatte, andere in die Richtung einer kleinen Straße, die sich in engen Windungen hinunter zum Hafen zu schlängeln schien und die damit als Fluchtrichtung in Betracht kam.

Er nickte verstehend, sprang zurück in den Subaru, der nach mehreren Zündversuchen ruckelnd ansprang, und folgte dem sandigen Belag zwischen die heruntergekommenen

Häuser, misstrauisch durch die Windschutzscheibe am Wegrand stehende Autos, Müllcontainer und Büsche beobachtend.

Der Weg wurde nach zwei Kehren zunehmend steiler und einsamer, einhundert Meter weiter unten, die dazwischenliegende Abbruchkante des Hanges nur durch lose Steine markiert, glitzerten die Lichter des Hafens im Wasser. Rod dachte kurz daran, den Schalter für die Scheinwerfer zu suchen, verwarf die Idee jedoch und konzentrierte sich aufs Umfahren der größten Schlaglöcher, ohne über den Wegrand zu kippen.

Dann sah er sie.

Vielmehr das Mündungsfeuer - gefolgt von dem peitschenden Knall des Schusses.

Vor Schreck fuhr er in das einzige Hindernis auf dem abfallenden Weg - einen alten, verkrüppelten Pandanussbaum, der den Subaru ruckartig zum Stehen brachte und Rod gegen das Armaturenbrett schleuderte.

Der Motor erstarb.

Rod kam nach ein paar Sekunden wieder zu sich, stieß die Tür auf und taumelte auf die Straße.

»Mist, Mist, *Mist!*«, fluchte er vor sich hin, wischte mit der einen Hand Blut aus seinem rechten Auge und rieb sich mit der anderen die Schulter.

Dann erinnerte er sich an die Umstände, die ihn hierher geführt hatten, und er beeilte sich, in Deckung zu gehen, was in diesem Fall eine aus losem Felsbruch errichtete, hüfthohe Mauer war, die gut zwanzig Meter weiter die Straße hinunter stand und eine Art Hof zu einem verfallenen Haus begrenzte.

Eine halbe Minute lauschte er nach verdächtigen Geräuschen und versuchte seine Erinnerung an den Ort des Mündungsfeuers mit den geografischen Fakten, die aus seiner geduckten Haltung in der Dunkelheit noch erkennbar waren, in Deckung zu bringen.

Gerade hatte Rod entschieden, dass es sicher war, den Kopf zu heben, als er aus der Richtung unterhalb der Mauer ein Kratzen verbunden mit einem Ächzen vernahm. Das Kratzen erinnerte ihn sofort an feines Gestein zwischen Schuhsohle und Holzdielen und ließ ihn für weitere Sekunden regungslos verharren.

Nichts geschah, die Geräusche hatten nicht seine Anwesenheit zum Grund. Langsam krabbelte er die Mauer entlang zu ihrem linken Ende und sah vorsichtig herum.

Vor ihm lag eine Ecke des verfallenen Hauses, dazwischen Gras- und Erdflecken, durch die an vielen Stellen Fels im ersten Mondlicht schimmerte. Aus seinem Blickwinkel sah er hinter dem Haus den Anfang einer auf Pfählen stehenden Terrasse und dahinter einzelne Palmwipfel sowie in der Ferne das Schimmern des Pazifiks.

Vorsichtig ging er in die Hocke und schlich Richtung Terrasse. In seiner Vorstellung wäre das ein guter Platz gewesen, um jemandem weiter unten einen Hinterhalt zu stellen.

Rod verharrte an der hinteren Hausecke, hielt die Luft an und lauschte.

Wieder hörte er das Ächzen – sehr viel lauter diesmal. Der Mann musste verletzt sein. Das Rasseln angestrengten Atmens kam hinzu und ertönte jetzt konstant.

Vielleicht konnte er den überwältigen. Der Inder musste längst weiter unten im Gelände unterwegs sein. Damit würde er ihm den Rücken frei halten.

Er richtete sich langsam auf. – Das Atmen verstummte.

Der Mann hatte ihn gehört. Was jetzt?

Rod sah nach oben. Ein alter Dachbalken ragte über seinen Kopf. Er brauchte eine Ablenkung – *das könnte gehen.*

Er sprang nach oben, hängte sich an den Holzbalken und zog ihn mit aller Kraft nach unten. Knirschend bewegte sich das Kantholz auf dem Mauerkranz, lose Schindeln rutschten herab, zersprangen krachend auf der Terrasse, gefolgt von dem Balken selbst. Rod bückte sich, ergriff einen Stein und stürmte um die Ecke.

Keine gute Idee!, rief er gedanklich zu sich selbst, während er mit dem Arm weit ausholte und aufgeregt ein Ziel suchte.

Der Mann war dem Bombardement entkommen. Er stand halb aufgerichtet am hinteren rechten Terrassenende, presste sich eine Hand gegen den Unterleib, sah Rod entgegen und hielt eine Waffe auf ihn gerichtet.

Rod lief, ohne abzustoppen, auf den Chinesen zu, schleuderte den Stein in seine Richtung, sah, dass er ihn an der Schulter traf, hörte den Knall der Waffe und spürte zeitgleich den Luftzug des Projektils, das nur knapp seine Wange verfehlte. Dann hatte er ihn erreicht, rannte ihn um und gemeinsam durchbrachen sie die morsche Umzäunung, stürzten von der Terrasse, fielen durch die Äste eines weiteren Pandanussbaumes und landeten einige Meter weiter unten auf der Straße, wobei Rod mit großer Wucht auf dem Mann zu liegen kam.

Rod schüttelte den Kopf, um die Sterne in den Hintergrund zu drängen, und bemerkte, dass er sehr gut davongekommen war im Vergleich zu dem Chinesen, der ihn mit gebrochenem Blick anstarrte. Der Mann in den Dreißigern war tot. Rod war sich nicht sicher, ob es das zerschmetterte Rückgrat oder die Vorverletzungen waren, was dafür den Ausschlag gegeben hatte, aber es war ihm für den Moment auch egal. Er hatte überlebt.

Er setzte sich auf, ein Schmerzensschrei brach sich unwillkürlich Bahn, als er den rechten Fuß aufsetzte. Jetzt - nachdem das Adrenalin ein wenig verbraucht war, spürte er die Folgen des Sturzes. Die Haut seines rechten Unterschenkels hing in Fetzen und als er das sah, drohte eine Welle des Schmerzes ihn ohnmächtig werden zu lassen.

Er sackte auf den Boden, riss sich das Hawaii-Hemd vom Körper und wickelte es wie einen Flächenverband um die Wade, knotete dabei die Ärmel zusammen und registrierte - dem Schock bereits nahe - wie schnell es seine Farbe von hell zu dunkel wechselte.

Benommen griff er nach der Hand des Chinesen, fühlte vergeblich nach einem Puls, registrierte im Unterbewusstsein großflächige Tattoos auf dem Handrücken, die rauf bis zum Unterarm reichten, ignorierte die auch im Tod noch fest von den Fingern umklammerte Pistole und kam mühsam - das verletzte Bein soweit es ging schonend – wackelig auf die Füße.

Hilfesuchend blickte er sich um. Die Straße hatte die Ausläufer des Hafengebietes erreicht. Von vereinzelten, trüben Mastlampen illuminiert, um die Schwärme von Insekten tanzten, führte sie in einer ziemlich geraden Linie auf ein einzelnes quaderförmiges Gebäude zu, in dem alle Fenster erleuchtet waren.

Davor standen zwei Polizeiwagen mit blitzendem Blaulicht, vereinzelte Schatten näherten sich seiner Position – waren aber immer noch mehr als einhundert Meter entfernt.

Er taumelte los – das war zu schaffen!

»Hierher – ich bin hier!«, rief er so laut er konnte, erinnerte sich daran, dass man hier wohl kein Deutsch verstand und wiederholte den Ruf auf Englisch, hob eine Hand zum Winken und spürte einen harten Schlag in den Rücken, der ihn schwer auf die Straße fallen ließ – wobei Rod es schaffte, das verletzte Bein im Sturz nach oben zu drehen.

Ein Mann erschien in seinem Gesichtsfeld, eine Flut von verbissenen, hasserfüllten Worten, hart akzentuiert auf ihn loslassend und mit einem schmerzhaften Tritt in Rots Seite, die Luft aus ihm herauspressend.

Ihre Blicke trafen sich. Der Chinese sah ihn wütend an – sein Wortschwall versiegte, das Gefühl in seinem Gesicht wich zunehmender Teilnahmslosigkeit, er hob seinen rechten Arm, richtete eine Pistole mit Schalldämpfer auf ihn.

Rod schloss die Augen.

Deshalb sah er nicht, wie sich nur Millisekunden später die Stirnpartie des Chinesen, gefolgt vom Rest seines Gesichts, in rote Partikel auflöste, die wie ein feiner Sprühnebel auf ihn niedergingen.

Der Torso kippte nach vorn und begrub ihn unter sich. Rod schrak hoch, erkannte über der Schulter des Toten im Hintergrund die breitbeinig gehockte Silhouette eines Schützen, der die mit beiden Händen gehaltene Waffe beim Anblick der Wirkung seiner Treffer langsam sinken ließ, sich aufrichtete und achtsam auf ihn zukam.

Rod stemmte sich hoch, verwirrt, noch am Leben zu sein. Er wollte irgendetwas sagen, irgendetwas tun, die Leiche drückte ihn nieder. Das war alles ein bisschen viel gewesen, in der letzten Stunde.

»Der ist jetzt ungefährlich«, murmelte er schließlich mit dem Gewicht des Toten auf der Brust, wand sich mit letzter Kraft unter dem Körper hervor und blieb mit zitternden Knien erschöpft sitzen, starrte dumpf auf das Blut, das den provisorischen Verband an seinem Bein bereits in einen nassen Sumpf verwandelt hatte.

Schritte näherten sich, die Waffe des Chinesen wurde mit einem Fußtritt einige Meter weit weggeschleudert. Jemand blieb vor ihm stehen.

Rod hob den Blick.

Er sah in die zusammengekniffenen Augen eines ernsten Gesichts, eines amerikanischen Gesichts.

»Wen habe ich da gerade erschossen, Mister? Und warum war der so dermaßen angepisst?«

Kirpal – in der Nähe des Hafens von Palau

Im gleichen Augenblick

Kirpal ließ langsam den ausgestreckten Arm mit der chinesischen QSZ-92 sinken und zog sich lautlos in die Dunkelheit hinter einen Müllcontainer zurück. Dieser Mann hatte mehrmals im Angesicht höchster Gefahr echten Mut gezeigt, es hätte ihm leidgetan, wenn er umgekommen wäre – obwohl ihm völlig rätselhaft blieb, um wen es sich handelte oder welchen Antrieb er haben mochte, sich auf diese Verfolgung einzulassen, die ihn am Ende beinahe das Leben gekostet hatte.

So war es jedenfalls besser. Der Mann hatte überlebt und er seine Deckung behalten können. Kirpal besah sich die Pistole des toten Killers, desjenigen, der am Polizeihauptquartier zuerst auf ihn geschossen und den er mit seinem Wurfmesser getroffen hatte - nicht sofort tödlich, aber viel länger als nach dem Sturz von der Terrasse hätte er es auch so nicht gemacht.

Der Fremde hatte die Waffe unbeachtet in der Hand des Chinesen gelassen, ein deutliches Zeichen von Unerfahrenheit. Kirpal schüttelte den Kopf ob dieser Nachlässigkeit. Mit entschlossenen Handgriffen zerlegte er sie in ihre Einzelteile und warf diese nacheinander, auf seinem Weg zurück zum Wagen, ins Unterholz.

Er hatte vielleicht noch zehn Minuten, überlegte er, als er im gleichmäßigen Laufschritt das Haus passierte, von dem die beiden Männer gestürzt waren. Wenn er den Felsen irgendwie verstecken und sein Equipment noch aus der Garage holen wollte, bevor alles vor Offiziellen wimmelte, sollte er sich besser beeilen.

US-Earths - Micronesia Resort, Palau

06. August

»*Ja.*«

»Hier ist Fredric Vaughn, Sir. Guten Morgen.«

»*Hi Fred, schon auf? Ist doch erst 10:30 Uhr.*«

Der junge Field/2-Agent lächelte trocken und rückte sich den zweiten Stuhl zurecht, um seine Füße daraufzulegen. Eine leichte Brise kam vom Wasser her hoch zur Veranda seiner Suite im Palau Micronesia Resort, wo er seit seiner Ankunft am Vortag wohnte.

»*Sie hatten recht mit den Tattoos - das wussten Sie bereits, stimmt's?*«, fuhr John Turrel am anderen Ende der Leitung fort.

Vaughn justierte den In-Ear-Lautsprecher seines Headsets neu, bevor er antwortete.

»Ich hatte mir die Hände von den Burschen bei Wang sehr genau angesehen, Sir. Die Variation der Tattoos auf den Handrücken der beiden Toten von heute Morgen ist nur geringfügig. Der Li-Graph im Zentrum ist hier mit Yin kombiniert, im Sinne von *unterstützen*. Bei den Jungs von Wang in Chongquing lag die Betonung eher auf *Wohlstand schützen*. Letzte Zweifel beseitigten die vollflächigen Bilder auf ihren Armen und Rücken, die ich in der Pathologie machen konnte – die Graphen waren nahezu identisch.« Er machte eine Pause. »Der Schweinehund hat uns nichts gesagt, Sir!«

»*Nicht ein Wort*«, bestätigte Turrel säuerlich, »*nicht, dass ich besonders überrascht bin – aber meine Einschätzung war, dass er noch ein oder zwei Jahre braucht, um so viel Courage zu sammeln, dass es ausreicht, uns zu hintergehen.*«

Vaughn nahm einen Schluck Orangensaft, blinzelte in die Sonne und wartete darauf, dass Turrel seine nächste Frage stellen würde.

»*Was haben Sie über die Umstände der letzten Nacht herausgefunden, Fred? Was macht ein Deutscher Agent da unten?*«

»Es war nicht viel aus ihm herauszubekommen – er stand unter einem schweren Schock und wenn er redete, dann von einem Inder, dem er sein Leben schuldete.«

»*Ein Inder?*«

Vaughn zuckte mit den Schultern. »Keine Ahnung, wen er meint. Jedenfalls wurde einer der Chinesen mit einem Messer am Bauch erwischt – *mit einem ausbalancierten, hochprofessionellem Keramik-Messer* – sicher kein Spielzeug, ich habe es in der Nacht am Tatort gesehen!« Er schüttelte amüsiert den Kopf. »Bis jetzt haben wir noch keine echte Spur.«

»*Wissen wir, woher der Deutsche kommt?*«, kam Turrel auf seine ursprüngliche Frage zurück.

»Von dem Forschungsschiff, das Wang so aufregt«, antworte Vaughn, leerte den Orangensaft und schenkte sich aus einer Karaffe nach. »Er hat die Nacht hier im Krankenhaus verbracht, hatte ein paar üble Verletzungen am Bein. Heute Morgen hat ihn ein Hubschrauber des Schiffes abgeholt und zurück an Bord geflogen.«

»*Das heißt, Sie haben keinen Zugriff mehr auf ihn?*« In Turrels Stimme schwang nur eine Winzigkeit von Vorwurf mit, aber es reichte, damit Vaughn sich kerzengrade im Stuhl aufrichtete.

»Das heißt, Sir, ich habe einen Grund, an Bord des Schiffes zu gehen, um die Umstände der letzten Nacht mit ihm zu besprechen.«

Der Vice President von US-Earths wartete einen Moment, bevor er darauf einging.

»*Das ist sehr gut, Fred. Wir müssen verstehen, warum diese merkwürdigen Funde solch eine Aktivität auslösen. Vielleicht ist an der Aufregung unseres Freundes Wang doch etwas dran und dann sollte es uns auch interessieren.*«

»Ja, Sir.«

»*Sie können an Bord des Schiffes schlecht als Vertreter von US-Earths auftreten. Benutzen Sie ihren Agency-Ausweis und erklären Sie ihre Zuständigkeit als Vertreter der amerikanischen Behörden für den assoziierten Staat Palau. Wenn Sie eine Möglichkeit haben herauszufinden, woher Wang überhaupt von den Funden wusste, ist das hilfreich.*«

Vaughn nickte. »Ich werde pedantisch sein und es herausfinden, Sir – werden Sie mit Wang Kontakt aufnehmen?«

»*Das ist gut, seien Sie pedantisch. Ich werde Wang anrufen, ich will hören, wie er es aufnimmt, wenn ich ihm sagen muss, dass seine Leute leider nicht zurückkehren, und wie er mir dann erklärt, warum er vergaß, uns über ihre Ankunft zu unterrichten.*«

7
Meissner – Brücke der Aurora Oceani

Am selben Tag

Wolf Schmidt stand mit gerunzelter Stirn über das Wetterradar gebeugt. Die aktuellen Daten ließen für die nächsten 24 Stunden nichts Gutes für die *Aurora Oceani* und ihre Besatzung erwarten.

Das vor zwölf Stunden noch im Nord-Östlichen Pazifik ruhende Tiefdruckgebiet hatte seinen stationären Charakter mehr und mehr aufgegeben, sich zunehmend organisiert gezeigt und war vom NHC[17] zu einem tropischen Sturm heraufgestuft worden. Dazu hatte es den schönen Namen *Hermine* bekommen und sich darunter auf der Liste der diesjährigen pazifischen Tiefdruckgebiete verewigt.

»Ein Hurrikan Klasse 3, das hatten wir dieses Jahr noch nicht so oft, Wolf«, sagte Kapitän Meissner, drehte sich zurück zur Front der Polykarbonat-Fenster der Brücke und blickte mit klaren, blauen Augen in die dunkelgraue Wolkenwand, die seit dem Morgen den östlichen Horizont ersetzte und ständig dichter und dunkler wurde.

»Und diese Entwicklung in nur wenig mehr als fünf Stunden, Käpt'n«. Der Erste Offizier klopfte auf das Glasdisplay des großen Radargeräts. «*Hermine* hat noch Potential. Das NHC hat eine Warnung vor Stärke 4 nach *Saffir*[18] herausgegeben, mit erwarteten Geschwindigkeiten von über 230 Stundenkilometern.«

Meissner trat neben ihn, kontrollierte auf einer benachbarten, grafischen Multifunktionsanzeige die Ausrichtung des Forschungskreuzers zur Wellenrichtung und tippte dann auf den Schirm des Wetterradars, rief beschreibende Meldungen

---

[17] National Hurricane Center (USA)

[18] Saffir-Simpson-Hurrikan-Skala (SSHS)

der Meteorologen des Hurrikan-Centers auf. Schweigend las er für einen Moment.

»Das sollen sich unsere Wetterfrösche im Forschungsbereich mal ansehen und mir in einer Stunde eine Empfehlung für die Mission formulieren. Die zusätzlichen sechs bis sieben Meter Wellenhub machen mir keine Sorgen, die kommen nicht über das Schanzkleid hinweg aber der Winddruck der begleitenden Böen kann schon hässlicher werden. Fahr' vorsichtshalber alle noch nicht genutzten Positionierungspods aus und versetze sie in Bereitschaft.«

Schmidt nickte zustimmend. »Das wird uns eine Zeit lang helfen. Wenn die Prognose der Windscherungen hier zutrifft und die weiter abnehmen, bekommen wir in der Nacht möglicherweise ein Problem. Schlimmstenfalls müssen wir die Versorgungsleitung zum Habitat vorübergehend kappen.«

»*Kapitän!*« Der Funkoffizier hielt einen Hörer in der Hand. »Wir bekommen Besuch. Möchten Sie persönlich das Gespräch annehmen?«

»Wer ist es?« fragte Meissner, ging zu ihm, nahm den Hörer und deckte das Mikrofon ab.

»Eine Frau, über identifizierten Satellitenkanal aus Guam – US-Behörden, Kapitän.«

Mit ausdrucklosem Blick hielt er den Hörer ans Ohr.

»Meissner«, melde er sich, nickte dem Offizier dankend zu und konzentrierte sich ganz auf das, was er nun hörte.

Nach einer Minute legte er das Telefon in seine Halterung zurück und ging nachdenklich an die brückenumspannende Fensterfront, die sich über die gesamten 49 Meter Breite der *Aurora Oceani* erstreckte, ignorierte für ein paar Sekunden den fragenden Blick seines Ersten Offiziers.

»CIA, Wolf«, sagte er lauter als er gemusst hätte, die beiden trennten nur ein paar Schritte. »Die Dame war sehr verbindlich – aber höflich. Sie schicken Jemanden, der sich mit unserem Helden von Strauss von letzter Nacht unterhalten möchte.« Meissner spannte die Lippen an. »So wie es aussieht, konnte ich ihr den Wunsch, ihren Mann hier zu empfangen, nicht abschlagen. Sie hat ihm gerade so viel Sprit mitgegeben, dass er den Hinweg schafft.«

Rotgar – Krankenstation der Aurora Oceani

Am selben Tag

Rote Fleischbröckchen rieselten auf ihn herab. Unfähig, sich unter ihnen wegzubewegen, bildeten sie eine langsam dicker werdende, feuchtwarme Schicht auf seinem Kopf, Gesicht und Schultern. Er musste sich bereits ziemlich anstrengen um noch ausreichend Luft in die Lungen zu bekommen.

Warum konnte er sich nicht bewegen?

Der Zwang zu atmen nahm zu, er fühlte die rote, schwere Schicht dicker werden, sie würde in wenigen Augenblicken keinen Sauerstoff mehr durchlassen und ihn ersticken.

Sirenen ertönten im Hintergrund, kamen langsam näher, wurden lauter.

»*Hier bin ich!*«, krächzte Rot mit letzter Kraft, öffnete die Augen, sah einen weißen Nebel – aber das Klingeln war mit einem Mal ganz nahe.

Er versuchte sich aufzubäumen, endlich – ein Arm gehorchte. Er riss sich die Bettdecke vom Gesicht, spürte die frische Luft der Klimaanlage, atmete tief ein und realisierte, dass er geträumt hatte.

Langsam drehte er den Kopf, orientierte sich, erkannte ein Zimmer im Krankenrevier der *Aurora Oceani*, sah die Halogenlampe über dem Sideboard zu seiner Rechten, auf der sein inzwischen verstummtes Mobiltelefon lag.

Ruckartig setzte er sich auf, vergewisserte sich, dass er allein war und niemand Zeuge seines möglicherweise nicht ganz lautlosen Alptraums geworden war. Die Bettdecke hatte am oberen Saum einen großen, nassen Fleck – er hatte sich wohl zu sehr zugedeckt, die Decke in den Mund bekommen und die hatte zusammen mit den Erlebnissen des letzten Abends seinen Albtraum inspiriert.

Rot unterdrückte den kurzen Anflug eines Schamgefühls, spürte den zurückkehrenden, pochenden Schmerz in seinem rechten Knie und der Wade, erinnerte sich an Details seines Abenteuers.

Er schlug die Decke ganz zur Seite und sah auf einen strahlend weißen Verband, der Richtung Zehen in einem mit farblosen, ausgehärteten Gel überzogenen Fuß und Richtung Oberschenkel in einem schönen violetten Jodton endete.

Das Telefon klingelte erneut.

Ein Blick auf die Ländervorwahl des Anrufers genügte Rot um hastig den Anruf entgegennehmen.

»Von Strauss!« sagte er deutlich und begann in Gedanken zu zählen. Nach einer Pause von drei Sekunden ergänzte er »Rotgar«. Danach wartete er das leise elektronische Piepen des Sprachcomputers ab, der seine Stimme überprüfte und die Verbindung herstellte.

MAD – Oberst Mühlenschläger, Frankfurt, Deutschland

Am selben Tag

»Haben Sie es?«

»Nein - es gibt offensichtlich mehrere Interessenten, Herr Oberst. Ich bin froh, noch Ihre Stimme hören zu können.«

Die feinen, blonden Augenbrauen des MAD Direktors schossen in die Höhe, er richtete sich mit dem Telefon in der Hand etwas auf, was seinem Gegenüber, einem drahtigen, graumelierten Franzosen in Jeans und klassischem weißen Hemd mit bis zu den Ellenbogen umgeschlagenen Manschetten und geöffnetem, obersten Knopf nicht entging.

»Was ist passiert?« fragte er weiter, rückte sich den In-Ear Hörer zurecht und warf Thoma LaCompte, seinem Verbindungsmann zum DGSE[19], einen kurzen Blick zu.

»Chinesen? - Sind Sie da ganz sicher? Keine Kasachen, Mongolen oder Vietnamesen die so ähnlich aussehen - *echte Vertreter der Volksrepublik?*«

Mühlenschläger dämpfte seine Stimme, als er vereinzelte Blicke der anderen Gäste der Frankfurter In-Schankwirtschaft *Germania* bemerkte, die zu seinem Tisch hinübersahen und stocherte mit seiner Gabel in den Resten der Leberknödel mit grüner Soße auf dem Teller vor sich.

Er hörte von Strauss konzentriert zu. »Ein Inder hat die Chinesen gejagt, *Sie* haben dem Inder geholfen und wurden beinahe von einem der Chinesen erschossen?« Das plötzliche Grinsen auf Mühlenschlägers Gesicht konnte breiter nicht werden. LaCompte beobachte ihn gespannt.

»Ein Amerikaner hat Ihnen dann das Leben gerettet, indem er einen der Chinesen tötete? Und der Inder? - Und wer hat jetzt das Kohortit?«

Obwohl Thoma LaCompte nicht ein Wort des Anrufers hören konnte, konnte er die Erregtheit und Dramatik der Schilderung deutlich am zwischen Unglauben und Erstaunen wechselnden Gesichtsausdruck Mühlenschlägers ablesen.

»Ich denke, Sie haben genug Aufregung für die letzten Stunden gehabt, von Strauss. Ruhen Sie sich aus. Ich werde sehen, was ich über die Sache herausfinden kann. Versuchen Sie die Möglichkeiten des Schiffes zu nutzen um mehr über die Quelle dieses massiven Vorkommens zu erfahren. Mit der Ausrüstung, die sie dabei haben, wird wohl niemand das Schiff angreifen - *also bleiben Sie ab jetzt an Bord!*«

Er machte eine Pause, in der er dem Anrufer zuhörte.

»*Und* -«, unterbrauch er den Redeschwall vom entgegengesetzten Ende, »*von Strauss*, halten Sie den Kopf unten, falls wieder geschossen wird. Ich denke, wir sind uns einig, dass

---

[19] Direction Générale de la Sécurité Extérieure

Nahkampf ganz sicher nicht Ihre Lieblingsdisziplin ist, Junge! Alles Gute.«

Mühlenschläger beendete das Gespräch, nahm kopfschüttelnd den kleinen Kopfhörer ab und wickelte ihn sorgsam am Kabel um das Telefon. Wortlos legte er beides neben dem Teller ab, sah LaCompte an und brach dann ungeachtet der Blicke der anderen Gäste, in lautes Lachen aus.

Sophie - Krankenstation

Am selben Tag

Der Deutsche tat ihr leid. Er sah wirklich schwer mitgenommen aus und wenn es stimmte, dass er nur knapp dem Tod entkommen war - *wofür in der Welt hatte er sein Leben riskiert?*

Sophie fühlte, wie sie ein Voyeursgefühl überkam, als sie den mit Verbänden, kleinen Pflastern und entzündungshemmender Creme überzogenen Mann durch die Glasscheibe der Tür zum Krankenrevier beobachtete.

Er hatte offenbar üble Kratzer an einem Bein und im Gesicht erhalten, sein rechtes Ohrläppchen hatte eine überdimensionale Klammer bekommen und seine rechte Hand trug auf dem Handrücken zwei Braunülen, über die Infusionen in seinen Blutkreislauf sickerten und am Zeigefinder die weiße Kappe des elektronischen Pulsmessgerätes.

Impulsiv stieß sie die Schwingtür auf, betrat den Vorraum der Station, grüßte flüchtig die Krankenschwester hinter ihrem Pult, durchquerte ihn ohne das Tempo zu verlangsamen und öffnete leise die schwere, geräuschgedämpfte Glastür zum Raum des Deutschen.

Als sie eintrat, begegnete ihr sein völlig überraschter Blick, er hätte jeden erwartet - nur nicht sie - das wurde ganz schnell klar.

Eine halbe Minute musterten sie sich schweigend, abschätzend.

»Was ist ihrem Ohr passiert, Rot?« fragte sie dann in dem gleichgültigsten Ton, der ihr gelingen wollte und machte seine Überraschung perfekt.

»*Ohr?*« fragte er perplex, tastete mit der freien Hand zuerst nach seinem linken, unverletzten – dann mit Betroffenheit an die metallene Klammer des rechten Ohrs.

»*Oh, shit!*« entfuhr es ihm, sein Blick irrte umher auf der Suche nach einem Spiegel.

»Hier!«, sagte sie hilfsbereit und reichte ihm ihr Handy, mit aktivierter Foto-App, tippte auf *Spiegelbild* und wartete auf weitere Reaktionen.

»Danke«, sagte er tonlos, betrachtete sein Gesicht intensiv aus allen Winkeln auf dem Display des Mobiltelefons, strich sich eine mit getrocknetem Blut verschmierte Strähne aus der Stirn und befühlte die massive Klammer an seinem Ohr.

»Keine Ahnung, woher das kommt«, murmelte er mehr zu sich gewandt mit gerunzelter Stirn, dann stutzte er, sah sie mit künstlicher Echauffiertheit an und reichte ihr das Telefon zurück.

»Haben Sie mich eben beim Reinkommen *Rot* genannt, *Dr. Soap?*« Zwei Sekunden lang hielt er das Telefon fest, während sie versuchte, es ihm wegzunehmen.

Sophie musste lachen. »Ist mir wohl rausgerutscht, Mr. Urlauber.« Sie deutete auf das Ohr, über seine Pflaster und Verbände. »Also, wollen Sie mir nun erzählen, dass Sie nur zurück nach Palau geflogen sind um sich dieses ausgefallene Piercing verpassen zu lassen?« fragte sie mit hochgezogenen Brauen, »oder höre ich eine echte Geschichte?«

Er registrierte, dass sie ihn nur in Shorts und Verband sah, deckte sich hastig mit der Decke zu und machte ein beleidigtes Gesicht.

»Ich wurde nicht verprügelt, wenn Sie *das* denken – ich bin gestürzt! – Mindestens sechs Meter tief.«

Sophie setzte sich auf einen Besucherstuhl vor dem Sideboard, zeigte keine Reaktion und sah ihn schmunzelnd an.

»Ich wollte den großen Nugget sicherstellen, der gestern von einem Fischerboot geborgen wurde«, begann er, rückte sich das Kissen im Nacken zurecht und sah sie kritisch an – aber Sophie machte keine Anzeichen, Fragen zu stellen. Ihr Blick ruhte auf seinem Gesicht.

»Ich war nicht *schnell* genug. Ich konnte nicht so schnell gehen, wissen Sie – *meine Füße!*«

Sophie grinste breit, als er sie vorwurfsvoll ansah und auf eine Reaktion wartete – schwieg aber hartnäckig.

»Zwei Chinesen hatten ihn vor mir aufgespürt und waren dabei, ihn zu stehlen.«

»Warum ist der so wichtig, Herr von Strauss?«, fragte sie schließlich, richtete sich auf dem Stuhl auf. »Wir haben Kilotonnen davon im Meer geortet. Ist doch unwichtig, ob auf der Insel ein paar Brocken davon liegen.«

»*Rot*«, verbesserte er, kniff die Augen zusammen und wartete.

»*Rot!* – Ist doch unwichtig – oder?«

Jetzt grinste der Deutsche. »*Unwichtig?* – sicher nicht. Sie erinnern sich an das, was ich bei unserem letzten Rendez-Vous auf dem Deck sagte, Sophie?«

»Rendez-Vous*? Wo war ich da?*«

»Sie wollten Proben im Labor mit Röntgenstrahlen untersuchen. Ich sagte, das wäre keine gute Idee.«

»Ah, Ok – und warum nicht?«

Er blickte an die mit dunklem Holz getäfelte Decke. »Die Anomalien mit dem Gewicht kommen nicht von ungefähr. Auch, wenn es leicht zu sein *scheint*, ist das Material genauso schwer wie die Summe seiner Komponenten.«

»Das ist es doch immer! Es besteht zum größten Teil aus Seltenen Erden Metallen. Wir haben bis jetzt vierundzwanzig davon bestimmt – und danach müsste die Probe über einhundert Mal mehr auf die Waage bringen, als das aktuell der Fall ist.« Sie schob sich die Ärmel ihres dunkelblauen Pullovers hoch, entblößte dabei den bulligen *Suunto* Tauchcomputer den sie auch als Uhr trug – allerdings in Tauchermanier – mit der Anzeige am Unterarm – und sah den Deutschen direkt an.

»Was wissen Sie über das Material, Rot? Haben Sie so etwas schon mal gesehen? - Ich meine früher, an einem anderen Ort?«

Er setzte sich langsam auf, schob das Kissen zwischen Wand und Rücken, entdeckte ein gefülltes Wasserglas auf dem kleinen Rollschränkchen links neben seinem Bett, leerte es und nickte schließlich, das leere Glas in den Händen drehend.

»*Schon 24 Elemente?*« echote er lehrerhaft. »Dann fehlen Ihnen ja nur noch ein paar.« Er sah sie an.

»Es gab mehrere Funde - 1998. Nicht annähernd so viel wie hier. In Summe vielleicht 40 oder 50 Kilo. Natürlich wurden sie untersucht, sehr intensiv und - *sehr geheim.*«

Sophie schwieg, versuchte nicht zu atmen, um den vagen Redefluss nicht zu unterbrechen - doch er verriet nicht mehr, sondern wandte sich ihr zu.

»Sie haben eine wissenschaftliche Ausbildung, Sophie. Wenn das Ergebnis einer Aufgabe 10 ist und sie bereits zwei von drei Summanden haben, die addiert 19 ergeben, wie lautet dann der Dritte?«

Sie zuckte mit den Schultern. »Nun, Rot, bei uns in Holland braucht man dazu kein wissenschaftliches Studium. Das geht nach der 5. Klasse. Der dritte Summand ist -9.«

Er zog eine Grimasse, die misslang, als die verletzten Hautpartien im Gesicht zu schmerzen begannen. »*Natürlich!* - Und wenn die Probe einhundert Kilo auf die Waage bringt, das Gesamtgewicht der beiden ermittelten Substanzen hochgerechnet auf das Volumen des Nugget jedoch zehn Tonnen betragen müsste - wie schwer ist dann das dritte Element?«

Sie stockte.

Der Deutsche beobachtete Sophie gespannt und wartete auf eine Antwort.

»*Es gibt kein negatives Gewicht!*«, sie schüttelte energisch den Kopf, sah den blonden Strubbelkopf im Krankenbett am Ende aber etwas unsicher an.

Der nickte. »Stimmt, habe ich auch so gelernt, wobei wir eher von *ortsunabhängiger Masse* gesprochen haben – aber das ist philosophisch.«

Er drehte sich seitlich an die Bettkante und setzte vorsichtig die Füße auf den polierten Holzfußboden, sorgsam auf die Schläuche achtend, die aus seinem Handrücken zu den Infusionsflaschen über dem Bett führten.

»Also – wie lautet Ihre Erklärung, Sophie – wenn sie einen Felsen tragen, der zwei Tonnen wiegt, sie aber den Eindruck haben nur 20 Kilo zu heben – und es kein negatives Gewicht gibt – *was ist es dann?*«

Sie zuckte mit dem Schultern. »Das Labor hat noch keine Erklärung. Sie reden von Messfehlern, Logikfehlern, etwas, dass sie bisher übersehen habe.« Sie verstummte, sah in sein lächelndes Gesicht.

»*Sie* wissen es, Rot! Sagen Sie es mir!«

»Ich bekomme uneingeschränkten Zugang zum Labor und allen Erkenntnissen über die neuen Funde«, sprudelte es aus ihm hervor, »und«, mit einer Bewegung seiner linken Hand unterband er Sophies Einwand, »ich bekomme jeden Tag von *Ms. Dr. Soap* Besuch zur Visite – zweimal!«

»Übertreiben Sie es nicht – Rot«, prustete sie amüsiert los, schwieg dann plötzlich und kniff die Augen zusammen.

»Also gut«, ihr Zeigefinger deutete auf ihn. »Zumindest heute und morgen. Ich werde darauf achten, mit den starken russischen Krankenschwestern zu kommen, wenn sie Ihnen die Schocknachsorgezäpfchen verabreichen. Und jetzt machen Sie es nicht so spannend – reden Sie schon!«

Wenn ihn ihre schlagfertige Antwort überrascht hatte, zeigte der Deutsche es nicht. Er schien zu überlegen, was er sagen durfte.

»Es gibt eine Verbindung, eine Art Kompositmaterial wie es Ihr Freund – dieser amerikanische Rocker – für die Außenhaut seiner U-Boote entwickelt hat, nur unvergleichlich komplexer. Es besteht aus ungefähr vierhundert Einzelelementen.« Vorsichtig stellte er das Glas auf dem Sideboard ab.

»So hat es seinen Namen bekommen – *Kohortit* – nach der Römischen Infanterieeinheit mit vierhundert Soldaten. Die meisten Elemente sind bekannt – neu ist die Anordnung, in der sie vermutet werden und es scheint auch vierzehn oder fünfzehn unbekannte darunter zu geben.«

»*Die meisten, vermutet, scheint* – Rot, was genau *wissen* Sie?«

»Geduld, Sophie. Es gibt nicht viele Menschen, die überhaupt den Namen des Materials kennen, geschweige denn seine Eigenschaften.« Er nickte ihr zu. »Die Rechnung, die ich Ihnen erklärt habe, wurde 1998 auch sehr schnell aufgemacht. Man nahm sich viel Zeit, Messfehler auszuschließen, Laborhygiene zu optimieren und so weiter. Am Ende, nach fast zwei Jahren, als man mit nicht-destruktiven Untersuchungsmethoden nicht mehr weiter kam, blieben nur Logikfehler – und der Brut-Force Ansatz.«

Er wartete auf ihre Frage.

»*Brut-Force?*« tat Sophie ihm den Gefallen.

»Eine meiner Lieblingsmethoden aus der Informatik. Wenn Sie wissen, dass es eine Lösung geben muss, Ihnen aber die Zeit oder Geduld ausgeht, diese Lösung logisch zu erarbeiten, die Möglichkeiten aber endlich sind, dann bietet der Brut-Force-Ansatz die Mutter aller Option: Durch den Einsatz brutaler Parallelrechenarbeit probieren Sie einfach durch Zufall schneller auf die Lösung zu kommen, indem alle möglichen Kombinationen und Lösungswege durchsimuliert werden.«

Der Deutsche strahlte sie an.

»Aha.« Sophie war unbeeindruckt. »Und – haben Sie's rausgekriegt?«

Rot sah sie starr an. »Zum Teil. Für kurze Zeit glaubte man etwas entdeckt zu haben. Brut-Force, übersetzt auf das Kohortit, bedeutete, es auf jede erdenkliche Weise zu zerkleinern. Gleich zu Beginn der destruktiven Phase fand man heraus, dass die Substanz durchaus zermahlen oder gepalten werden konnte. Es entstand langsam ein Granulat und später ein Pulver zum Preis eines ungeheuren Materialverbrauchs an diamantbeschichteten Arbeitsgerät – doch selbst im kleinsten

Fragment befand sich das Kohortit in Gänze - und demonstrierte das Dichte-Paradoxon.

Dann trat bei weiteren Zerkleinerungsversuchen etwas auf, das alle erstaunte. Winzige Proben unter einem spitzen Kegel ließen sich nicht weiter verkleinern aber sie offenbarten eine andere Eigenschaft. Direkt nach dem *Hammerfall* - wenn das Edelstahlgewicht von zwei Tonnen auf die Probe hinabgesaust war, wobei der Querschnitt der Kontaktzelle auf dem Amboss nur vier Quadratmillimeter betrug, änderte sich das Gewicht der Probe. Für einen kurzen Augenblick, so ungefähr zehn Sekunden sagte man, entsprach es dem erwarteten Gewicht - danach war das Dichte-Paradoxon wieder intakt.

»Aber das ist ja enorm«, brach es aus Sophie hervor. Hat man eine Reihe entwickelt?«

Rot hob abwehrend die Hand mit den Schläuchen.

»Kommt jetzt - und ich nehme schon mal vorweg: es gab kein Happy-End!«

Angespannt zwang sie sich, sitzen zu bleiben.

»Die Versuchsreihe war einfach. Man erhöhte das Gewicht des Hammers und las die verlängerte Zeit des normalen Gewichts ab. Sehr schnell trat eine Exponentialkurve bezüglich der erforderlichen Kraft in den Vordergrund und verdeutlichte die Grenzen des technisch Machbaren.

Ungefähr 37 Sekunden«, beantwortete er Sophies fragenden Blick. »Bei einem Hammergewicht von 20 Tonnen. Zu dem Zeitpunkt entschloss man sich, auf einen Elektronenlaser umzusteigen.« Er stockte. So schnell die Begeisterung für dieses Thema erschienen war - so schnell war sie nun vorbei.

»Und - wie lange konnte man diesen Zeitraum dadurch ausdehnen?«

Er schüttelte den Kopf. »Gar nicht. Der erste Versuch endete in der Katastrophe. Offenbar wurden die Bindungskräfte zwischen den Teilchen neutralisiert.«

Sie stützte sich auf die Fensterbank. Die graue Wand des heranziehenden Hurrikans schien wieder einmal nähergekommen zu sein.

»Das meinten Sie mit der Warnung vor dem Röntgenlaser.«

Rot sah sie ernst an. »Genau! Der Beschuss mit den freien Elektronen hat offenbar eine Kettenreaktion unter den Elementen des Kohortits ausgelöst. Es gab in dem unterirdischen Komplex eine Explosion. Am Ende war es gelungen den Verband des Kohortits zu sprengen - im wörtlichen Sinn! Es blieb eine moleküldicke Schicht der zuvor entdeckten *bekannten* SE-Metalle auf den Fundamenten des Laborkomplexes und allen Oberflächen in einem Umkreis von 100 Metern darum. - Und das war's - aus nicht mehr als *fünfzig* Kilo Probenmaterial, wie gesagt.«

»Und die Wissenschaftler?«

Rot schnippte mit den Fingern der linken Hand. »Ich denke, die haben nicht einmal mehr mitbekommen, dass sie am Ende Erfolg hatten.«

Sophie fühlte sich mit einem Mal müde. Sie erhob sich, strich ein paar Strähnen aus dem Gesicht und betrachtete das näherkommende Tiefdruckgebiet, während sie das Gehörte innerlich noch einmal Revue passieren lies.

»Die Untersuchungen hier bewegen sich noch im Bereich der mechanischen Zerspanung - aber mit weit geringeren Kräften. Den Laser haben wir noch nicht in Betrieb bekommen. Das werden wir jetzt wohl auch besser lassen.«

»Jedenfalls, sofern Ihnen an diesem Schiff etwas liegt« bekam sie die trockene Antwort des Deutschen zur Bestätigung.

Mittlerweile war es nach zwanzig Uhr und das Meer verschmolz in der Dämmerung mit der Wolkenwand zu einem unheilvollen schmutzig-gelben Dunkelgrau. Vom Bug her näherte sich ein langsames, zweimotoriges Flugzeug mit überdimensionierten Propellern an den Tragflächenspitzen und aufgeblendeten Landescheinwerfern. Die Triebwerksgeräusche wurden von dem dicken Sicherheitsglas fast vollständig abgehalten. Das Flugzeug flog in nur wenig mehr als einhundert Metern Abstand an der Schiffsbrücke vorbei, verdrehte die Propeller plötzlich um neunzig Grad, bis sie wie die Rotoren eines Schwerlast-Hubschraubers nach oben zeigten und verschwand im Schwebeflug hinter dem zentralen Aufbau des Bohrturms, um möglicherweise auf dem heckseitigen Landeplatz niederzugehen. Die amerikanische Flagge auf dem Leitwerk war gut zu erkennen gewesen.

Ein Stockwerk tiefer beleuchteten Halogenstrahler die Einstiegsluken der Neo-Orangenen Freifall-Rettungsboote, unter denen Sophie vor zwei Tagen mit dem Deutschen das erste Mal über die Nuggets gesprochen hatte.

»Wir bekommen wohl schlechtes Wetter«, vernahm sie leichthin seine Stimme hinter sich.«

Erst jetzt bemerkte sie die dichten Regenschwaden, die im Licht der Scheinwerfer unter ihr wie bleistiftdicke, weiße Drähte wirkten und in dichten Bahnen über die Fensterscheiben liefen und erinnerte die Wettervorhersage.

»Ziemlich schlechtes Wetter«, bekräftigte sie und dachte voller Sorge an ihren Vater.

Reydar – Am Rand des Hurrikans Hermine

Am selben Tag

»*Vollwaschgang*, Magnus! Anders lässt sich das nicht in einem Wort zusammenfassen!«

Reydar hockte im Überlebensanzug auf dem Platz des Navigators, der leuchtendrote Helm hing an einem Haken neben dem Niedergang in seinem Rücken. Aufmerksam starrte er auf die dreidimensionale Darstellung von *Hermine* vor sich auf dem Plasmadisplay des Wetterradars.

Vor einer Stunde war er völlig entkräftet vom letzten Inspektionsgang auf Deck zurückgekommen und hatte beschlossen, dass das sein letzter für mindestens vierundzwanzig Stunden gewesen war.

Auf dem Schirm links vom Wetterradar sah er die mittlerweile im Schnitt auf über zwölf Meter angewachsenen Wellenberge des Mittleren Pazifiks anrollen, aufgenommen von den im Bugspriet eingebauten Spezialkameras. Die Navigationssoftware markierte die jeweiligen Wellenkämme und projizierte den optimalen Kurs des *White Eagles* mithilfe der Informationen einer weiteren Kamera auf der 32 Meter hohen Mastspitze, die über den nächsten Wellenkamm hinwegsehen konnte und bereits die folgenden Wellen erfasste.

»Du weißt, wie es ist, bei Tempo Hundert mit geöffnetem Visier im Regen Motorrad zu fahren - die Böen hier kommen auf über 150 Stundenkilometer. Das heißt, bei einer falschen Kopfhaltung reißt der Hurrikan dir das geschlossene Visier einfach vom Helm ab und bricht dir nebenbei das Genick gleich mit!«

Die Leitung zum technischen Team knisterte.

»Was willst Du machen, Reydar?«

»Ich kann nur abwettern und versuchen so lange es geht, am südlichen Rand der äußeren Eyewall herumzukommen bevor der Hurrikan mir den Weg abschneidet. Sollte das nicht funktionieren - was durchaus möglich ist, da ich keine einhundertsiebzig Stundenkilometer fahren kann«, Reydars Zeigefinger folgte einem imaginären Kurs und deutete auf einen sechshundert Kilometer durchmessenen Torus im Inneren der äußeren Schlechtwetterfront des Hurrikans, » - muss ich sie auf möglichst kurzem Weg durchqueren und die ruhige Zone hinter ihr und vor der inneren Eyewall von *Hermine* erreichen. In der Zone zeigt das Radar momentan nur laue neunzig Stundenkilometer.«

»Das sind immer noch elf Windstärken und die Wellenhöhe wird unverändert sein. Du kannst auch umkehren, Reydar.« Sein Assistent und Leiter des technischen Teams, Magnus Norreström, machte eine Pause.

»Das Chuuk-Atoll liegt nur vier Stunden östlich querab von deiner aktuellen Position. Akshai wird das von seinem Team gegenwärtig auch empfohlen, die Faster than Light *hat einen schweren Maschinenschaden. Ihr könntet zusammen am Strand unter Palmen*

sitzen und einen Fisch grillen und das Rennen nach dem Hurrikan wieder aufnehmen.«

Reydar wischte sich die nassen Haare in den Nacken zurück, verzog sein unrasiertes, von der Salzluft verklebtes Gesicht zu einem kurzen Grinsen, die rotunterlaufenen Augen brannten.

»Sandgestrahlte Palmen ohne Blätter sehen scheiße aus. Habt ihr schon seine Antwort?«

Er musste sich mit beiden Händen an den umlaufenden Handgriffen des Navigationstisches festhallten und mit den Füßen gegen den verschraubten Tischsockel pressen, als der *White Eagle* in spitzem Winkel über einen Wellenkamm kippte und im rasenden Tempo hinab ins nächste Wellental rauschte. Obwohl Reydar alle losen Gegenstände ständig sicherte, flogen zwei Getränkedosen nur knapp an seinem Kopf vorbei und knallten gegen ein Querschott, glücklicherweise ohne zu bersten. Dieses klebrige Zeug auf dem Boden hätte ihm zu der allgegenwärtigen Nässe gerade noch gefehlt. Geschickt sammelte er sie von Boden auf, als sie durch die nächste Schiffsbewegung in seine Richtung kullerten.

»Die kannst du dir denken. Der wird sich einfach weigern, das schlechte Wetter zur Kenntnis zu nehmen und weiter schlechte Bollywood-Filme sehen. – Was ist mit deiner Energieversorgung? – Die Telemetrie zeigt uns hier acht Stunden maximale Batterieleistung, danach über vierzehn Stunden abfallend, wenn du nicht mehr Module ausfahren kannst.«

Reydar blickte auf den rechten Schirm, der die Stati der Schiffstechnik darstellte und fand Magnus' Aussage bestätigt.

»Ich habe die Sturmfock 2 oben und das Groß mit fünfzehn Prozent ausgerollt. Der Computer empfiehlt mir eher noch mehr zu reffen. Durch die Tragflächen und den Rumpf hat der *Eagle* bereits 150 Quadratmeter Angriffsfläche, die ich nicht reduzieren kann – prinzipiell kann das Groß auch ganz rein – aber dann gibt es gar keine Aufladung durch die Module mehr und ich verliere Stabilität.«

»Ok, du sturer Hund, dann fahr halt weiter in den Schleudergang. Wir behalten dich im Auge – viel mehr können wir ohnehin nicht tun. Ich melde mich in einer Stunde wieder. Alles Gute, Boss!«

Reydar nickte stumm vor sich hin, klammerte sich automatisch an den Handgriffen fest, als der *White Eagle* über einen weiteren Wellenkamm kippte und ignorierte die kurz aufsteigende Übelkeit beim hinab donnern in das folgende Wellental.

Immerhin hatte er die Lücke zur *Faster than Light* fast geschlossen. Auf der Orthodrome lag Akshay zwar noch dreihundert nautische Meilen vor ihm, mit dem Hurrikan dazwischen war dieser Vorsprung allerdings nur als statistisch zu bezeichnen.

Der Norweger machte sich trotz seiner äußeren Ruhe keine Illusionen über das, was ihm und dem Trimaran bevorstand. Es würde die nächsten dreißig Stunden sehr hässlich werden, ohne viel Schlaf – als wenn das eine Neuigkeit wäre, mit an die Grenze der Materialbelastbarkeit gehenden Seen, eingesperrt unter Deck und vollkommen abhängig von der Leistung der installierten Computer und Servomotoren.

Der Navigationscomputer steuerte den *White Eagle* mittlerweile fast genau nach Westen, parallel zum unteren Rand der Eyewall mit ihren Gewitterfronten und Regenfeldern. Seine Geschwindigkeit betrug im Mittel vierunddreißig Knoten, damit würde er *Hermine* nicht entkommen können.

Er leerte die beiden Getränkedosen, die er auf dem Sitz eingeklemmt hatte bevor er sich vorsichtig erhob. Immer mit einer Hand und beiden Füße sicher abgestützt, hangelte er sich im bockenden Schiff in Richtung der Koje – vielleicht schaffte er eine halbe Stunde Schlaf.

Er stoppte in der Bewegung. Ein akutes Problem zeigte sich bereits jetzt. Seine Blase war zum bersten voll – aber ein Auskleiden und vollständiges Wiederanziehen des Überlebensanzuges mit all den Unterschichten in diesem tanzenden Schiff, wo er jederzeit mit einer Havarie rechnen musste, dauerte mindestens fünfzehn Minuten und kam daher – wie so oft – nicht in Frage. Nun gut, das war für Regattasegler unter Extrembedingungen nichts Neues, dafür gab es seit langem Patentlösungen.

Reydar machte kehrt, öffnete ein Schapp, entnahm einem aufgerissenen Karton einen speziell geformten Schlauch und steuerte in Richtung Dusche.

US-Earths – Anflug auf Aurora Oceani

Am selben Tag

»Festhalten, Sir, das wird ziemlich ruppig!« sagte der Co-Pilot über Bordfunk und riss Fredric Vaughn aus der Faszination, welche die Betrachtung des hell-erleuchteten Forschungsschiffes zu seiner linken trotz des erbärmlichen Übelkeitsgefühls in ihn ausgelöst hatte.

Wie eine Insel des Lichts inmitten einer grauschwarzen Hölle war die 200 Meter lange *Aurora Oceani* vor wenigen Minuten unter der HV-22A Osprey aufgetaucht und hatte ihn von der Vorstellung befreit, in diesem Unwetter sterben zu müssen.

Für diesen Tag hatte er das Gefühl, sein Schicksal ausreichend gefordert zu haben. Am Morgen nach seinem Telefonat mit Turrel hatte er sich auf den Weg zum Flughafen gemacht und war gegen Mittag in eine Militärmaschine zu einem holperigen Flug nach Guam gestiegen um dort auf der Anderson Air Force Base sofort in die Osprey umzusteigen, die ihn wieder den halben Weg zurück in den stärksten Hurrikan seines Lebens gebracht hatte.

Vaughn wurde aus den Gurten gezogen, als der Pilot vom Horizontalflug in den Schwebeflug überging, wobei die beiden überdimensionierten Propellergondeln um neunzig Grad nach oben kippten, das Flugzeug fast seine gesamte Geschwindigkeit verlor und sich gleichzeitig zum siebzig Meter hohen, zentralen Turm des Forschungsschiffes hin drehte.

Nur mit äußerster Überwindung gelang es ihm, sich nicht in den Innenraum zu übergeben.

Durch die Fenster der Kanzel sah Vaughn einen riesigen angestrahlten, Neon-orangenen Kran auf sie zukommen, der sich fast über die gesamte Schiffsbreite erstreckte und um den der Pilot, sorgfältig seitlich schwebend, herumkurvte um mit der Nase wiederum in Richtung des Schiffsbugs zeigend, zwei Etagen tiefer auf dem Hubschrauberdeck aufzusetzen.

Das Fahrwerk hatte gerade den Boden berührt, als Vaughn mit letzter Kraft die Kabinentür aufriss, auf das windgepeitschte, nasse Deck stürzte und sich die Seele aus dem Leib kotzte.

Wang Lao – auf seinem Landsitz, Provinz Chongqing

Am selben Tag

Wang Lao gestattete sich einen kurzen Moment der kontrollierten Wut.

Seine rechte Handkante traf den Boten unvorbereitet, überwand dessen Oberarmmuskulatur wie ein Beil und brach den Knochen, bevor der Mann registrierte, dass er angegriffen wurde. Wang kämpfte im Stil des Zuiquan[20], setzte zu einer Drehbewegung an, die dem Angegriffenen suggerierte, der Angreifer würde aus dem Gleichgewicht geraten, führte den nachfolgenden Tritt jedoch mit so großer Härte und Präzision auf das Brustbein des Boten, das diesem nur Zeit für einen erstickten Laut blieb, bevor er einige Meter durch die Luft flog, hart mit dem Hinterkopf gegen die Sandsteinmauer des Raumes schlug und bewusstlos auf dem Boden zusammensackte.

---

[20] Zuiquan: Stil des betrunkenen Boxers

Wang war bereits bei ihm, den Ellenbogen zum finalen Schlag erhoben, als er die bremsende Hand eines seiner Leibwächter auf der Schulter spürte.

»Er ist tot, Herr!«

Wang verharrte ein paar Sekunden unbeweglich, klärte seinen Blick und seinen Geist, sah auf das junge, im Angesicht des Todes angstverzerrte Gesicht in der hellroten Blutlache, erhob sich dann ruckartig und verbeugte sich vor seinem Opfer.

Er schloss für einen Moment die Augen, konzentrierte sich auf sein Qi, normalisierte seine Atmung und fokussierte sich auf die vor ihm liegenden Konsequenzen der vor ein paar Minuten erhaltenen Nachricht.

»Überreicht seinen Eltern ein Geschenk«, sagte er zu dem Leibwächter, strich sich das Revers seiner Anzugjacke glatt und verlies den Raum.

Wang durchquerte einen kleinen Steingarten seines villenähnlichen Privathauses im Umland von Chongqing, malerisch am seichten Hang über einer Biegung des Yangste gelegen, in direkter Nachbarschaft einer eintausend Jahre alten Dichtdach-Pagode aus der Liao-Dynastie, welche nur ihm und seiner Familie zugänglich war und nahm seine jüngste Tochter sanft in den Arm, die dort unter der Aufsicht zweier Kindermädchen spielte und auf ihn zugelaufen kam, als sie ihren Vater das erste Mal in dieser Woche erblickte.

Die Sonne versank farbenprächtig hinter den Hügeln des gegenüberliegenden Ufers in den braunen Schichten der schmutzigen Luft der nur zwanzig Kilometer entfernten Mega-Metropole, deren Abgase jedoch mehr als einhundert Kilometer ins Umland reichten und die einst glänzenden Pagodendächer mit einem matten Grau überzogen hatten.

Wangs Hände ruhten im nachtschwarzen Haar seiner Tochter und streichelten es liebevoll, während sie ihn eng umschlungen festhielt.

»Warum bist du nur so selten hier, Papa?« riss sie ihn mit ihrem leisen Stimmchen aus seinen Gedanken.

Er seufzte leise, lächelte und kniete sich vor ihr hin, so dass er auf gleiche Höhe zu dem kleinen Mädchen kam, das ihn aus dunklen Augen aufmerksam ansah.

»Es tut mir leid, Anisha, das ich dich nicht öfter sehe. Ich habe viel zu tun und die Aufgaben werden immer zahlreicher. Aber ich denke stets an dich!« Er küsste sie auf die Stirn. »Gute Nacht.« Dann erhob er sich und verlies den Steingarten auf der gegenüberliegenden Seite durch einen Nebeneingang zurück ins Haus.

Zwei seiner Leibwächter folgten ihm dicht auf über einen breiten, mit Exponaten der Pagode dekorierten Flur in ein großes, mit dunklem Holz getäfeltes und mit rustikalen Steinen gefliestes Büro, in dem leise des Programm der staatlichen Abendnachrichten auf einem, die halbe Wand füllenden, Flachbildfernseher lief.

Wang trat an ein hüfthohes Seitenschränkchen, schenkte sich Tee in eine wertvolle Porzellantasse und setzte sich auf ein breites Ledersofa, das in einer Gruppe mit zwei Sesseln um einen flachen Teakholztisch in einer Ecke des Büros stand.

Eine ordentlich geheftete Sammlung von Dokumenten lag in einem himmelblauen Ordner auf der polierten Tischplatte neben die einer seiner Leibwächter ein schmales Bambustablett mit mehreren Schälchen dampfender, fertig zubereiteter Reisgerichte abstellte, sowie silberne Essstäbchen und eine wohlriechende, leicht befeuchtete Serviette legte.

Wang strich mit einer Hand über seine Stirn, über die ergrauten Schläfen und versuchte die lähmende Müdigkeit wegzuwischen, die seit Monaten von ihm Besitz ergriffen hatte.

Er brauchte den Ordner nicht zu öffnen, um zu erfahren, was darin stand. Es waren nur die Details über den *Unfall* seiner Männer auf Palau sowie die Bewertung des entdeckten Gesteins, das sich nun *nicht* in seinem Besitz befand.

Er zeigte auf ein Schälchen mit Reis und Meeresfrüchten und ein Leibwächter beeilte sich, ihm von der gewählten Speise etwas in eine historische Essschale zu füllen, die in jedem Auktionshaus einen fünfstelligen Betrag in US-Dollar erzielt hätte.

Mechanisch ergriff er die Stäbchen, wischte sie an der Serviette ab und begann das Gericht in sich hinein zu schaufeln, leerte die Teetasse, die unverzüglich nachgefüllt wurde und betrachtete die Nachrichtensprecherin ohne sie wirklich zu sehen.

Seine Gedanken kreisten um die Informationen, die *nicht* in dem Ordner standen und die er auch *nicht* von John Turrel erhalten hatte. Es waren die Informationen, wegen der er den Boten getötet hatte. Informationen, die belegten, dass die Amerikaner ihn nicht uneingeschränkt unterstützen würden, um seinen Einfluss im Rohstoffgeschäft zu stärken und Informationen, die ihm demonstrierten, wie wenig sie ihm zutrauten, etwas dagegen zu tun.

Wang würde ihnen jetzt zeigen, dass er bereits über ausreichend Einfluss verfügte, um selbst handeln zu können – und zeitgleich betonen, dass er die arroganten Amerikaner als Beteiligte beim Tot seiner Männer und damit an der Sabotage gegen ihn selbst betrachtete. Turrel war Profi – er würde es verstehen und ihn danach umso bedingungsloser unterstützen, erst recht wenn Wang den Posten im Politbüro bekleiden würde.

Das erste Mal an diesem Tag verspürte Wang Lao ein Gefühl von geringer Erleichterung. Seine Entscheidung war richtig. Er lehnte sich zurück, das Zeichen für seine Leibwächter, die Speisen abzutragen und ihm Zigaretten zu bringen.

»*Gib mir eine Chinesische!*«, fauchte er, schlug verärgert das Tablett zur Seite, auf dem seine bevorzugte Marke – eine Amerikanische – gereicht wurde und brachte seinen Leibwächter in Verlegenheit. Hilfesuchend blickte der zu seinem Kollegen, der eine zerknitterte Schachtel *Sheng Li* aus dem Sakko fischte, sie vorsichtig mit den Fingern glättete und Wang reichte.

Der schüttelte sich eine auf die Hand, flippte sie in den Mundwinkel und wartete darauf, dass die Zigarette angezündet wurde. Dann tat er einen tiefen Zug, der ein Drittel der dürren Kippe verbrannte, schloss die Augen und durchdachte erneut seinen Plan.

Es würde wehtun *müssen* – sonst blieben die Aktionen ohne Wirkung. Niemand dürfte die Spuren zu ihm zurückverfolgen können und trotzdem müssten die Amerikaner die Nachricht deutlich verstehen.

Wang drückte den Zigarettenrest in einem Aschenbecher aus, der wie eine in vulgärer Pose auf dem Rücken liegende Frau geformt war und erhob sich. Die Augen seiner Leibwächter richteten sich auf ihn und warteten auf Befehle.

»Cai Ing-Wen soll den grünen Umschlag öffnen und die Anweisungen ausführen. Ich erwarte in zwei Stunden seine Bestätigung!« Er nickte selbstzufrieden. Cai würde er gleichzeitig zu den Amerikanern zurechtstutzen.

Flynn – an Bord des Black Marlin

Am selben Tag

Die Einsatztaucher zeigten ihm *o. k.* und begannen ihren langsamen Aufstieg in Richtung der Rumpfunterseite der *Aurora Oceani,* zurück zur Öffnung des bugseitigen Moon-Pools und ihrem dazwischenliegenden Dekompressions-Halt.

Flynn startete den Normalantrieb des *Black Marlins,* sobald der Bordcomputer ihm die vollständige Funktion der keramischen Membranen signalisierte, und bewegte sich mit langsamen Schlag der horizontalen Fluke in einhundert Metern Tiefe unter dem Rumpf in Richtung der Versorgungsleitung des Habitats, welche vom Heck des Forschungskreuzers bis hinab auf den Grund, knapp drei Kilometer unter ihm, reichte.

Die aktuelle Wellenhöhe von zehn bis fünfzehn Metern wurde oberhalb der Wasseroberfläche durch eine komplizierte, einer Kombination aus riesigem Stoßdämpfer und Windensystem ähnelnde Vorrichtung kompensiert, die, am Heckkran hängend, die Länge der Versorgungsleitung, von der Oberfläche bis zum ersten Paket der Manövrierpods in 300 Metern Tiefe, konstant hielt.

Die letzten Meldungen der Meteorologen sagten eine weitere Zunahme der Windgeschwindigkeit und damit verbunden auch der Wellenhöhe für die nächsten zwölf Stunden voraus. Bei 20 Metern Wellenhub endete die Toleranz des Dämpfers, die Besatzung würde kurz vor Erreichen dieses Wertes die Leitungen kappen, an eine aktive Schwebeboje mit eigenem Antrieb hängen und über Bord werfen.

Die Boje würde auf fünfzig Meter Tiefe unter den Wellentälern sinken, dort bleiben und damit der *Aurora Oceani*, befreit von der Pflicht, ihre Position zu halten, eine optimale Ausrichtung zum Seegang erlauben. Für *Vesper Rubens* bedeutete das kein Problem, die Station konnte bis zu einem Monat autark operieren – und die Echtdatenübertragung war in diesem Fall nachrangig.

Flynn strich sich das Haar nach hinten, legte die Stirn auf die gepolsterte Ablage und vergewisserte sich mit einem ironischen Grinsen, dass die breiten Anschnallgurte sicher auf seinen Schultern lagen. Seit seinem ersten Erlebnis mit den für das Radar nahezu unsichtbaren Nuggets und der Vollbremsung des *Blue Marlins,* die ihn unvorbereitet getroffen hatte, legte er einen gesteigerten Wert auf Selbstschutz.

Sein Grinsen vertiefte sich. So etwas wäre ihm noch vor ein paar Jahren egal gewesen – *no risk – no fun!*

Sorgfältig wischte er auf einem kleinen Bildschirm durch seine Playlists.

»Früher…«, dachte er laut. Bei *The Electric Light Orchestra* verharrte sein Finger.

»Das ist es!«

Und entgegen den gewohnten hohen Durchschnittswerten der *beats per minute* startete er seine Fahrt mit bester Laune zu *Turn to Stone* und schwelgte die Zeit bis zum Erreichen des ersten Stabilisatorpakets in 300 Metern Tiefe in Erinnerungen an gemeinsame Studienerlebnisse mit Soap.

Die vier Propeller, in ihrer quadratischen Anordnung um die senkrecht durch das gemeinsame Zentrum laufenden Versorgungsleitungen, arbeiteten normal - in dieser Tiefe war die See bereits völlig ruhig und unbeeindruckt von dem an der Oberfläche tobenden Hurrikan. Er tippte auf dem Bildschirm auf die Darstellung des nächsten Pakets in 600 Metern Tiefe und der Bordcomputer steuerte den *Black Marlin* in einer sanften Abwärtsspirale innerhalb von neunzig Sekunden dorthin. Unterwegs suchte er den Radarschirm nach der aktuellen Position des Supernuggets ab, das vor zwei Tagen aus dem Tiefseegraben aufgestiegen war. Nach dem erfolglosen Versuch, es zu bewegen, hatte Flynn ihm einen aktiven Sender angeheftet, damit es wenigstens leichter zu verfolgen war. Die Spekulationen um den quaderförmigen Ausschnitt, den er in ihm entdeckt hatte, schlugen hoch. Sein präferiertes Gerücht für eine Erklärung war, dass es sich bei dem Nugget um ein über Bord gegangenes Stück einer Beobachtungsplattform aus einer betonartigen Substanz handelte, welche seine Landsleute in den Fünfzigern und frühen Sechzigern hier in großen Stückzahlen über den Ozean transportiert hatten, um sie auf den mikronesischen Eilanden als Bunker für Messgeräte zu verwenden, mit denen die Auswirkungen der oberirdischen Atomtests beobachtet worden waren. Nicht wenige dieser vollständig vorgefertigten, hausgroßen Kisten waren bei hohem Wellengang und Sturm von den Besatzungen der Frachter der See geopfert worden, um ihr eigenes Überleben zu sichern.

Keine schlechte Erklärung, dachte Flynn bei sich, *ließ allerdings etwas Spielraum für den Grund, warum diese Bunker auf einmal schwimmen konnten.*

Das Nugget war im Laufe der letzten vierundzwanzig Stunden gut drei Kilometer mit der Strömung in Richtung der *Vesper Rubens* getragen worden und befand sich in 2600 Metern Tiefe im Moment zwei Kilometer unter Flynn und noch genauso weit östlich versetzt zur Station.

Das war sonderbar!

Flynn starrte auf die Kursprojektion des Felsens. Sie verlief im Großen und Ganzen mit der Strömung – aber eben nicht genau.

Er aktivierte die Infraschallverbindung. »Hey Ivy!«

»*Ich bin hier, Prof.*«

»Fällt dir was am Kurs des Felsens auf, den ich markiert habe?«

Seine Studentin schwieg ein paar Sekunden, in denen Flynn in Gedanken seinen Wikingerbart zwirbelte, die Musik etwas leiser stellte und ein paar Berechnungen anstellte.

»*Er ist etwas langsamer als die Strömung und dreht sich auf einem leichten Bogen aus ihr raus – ungefähr neun Grad nach Norden, Tiefe ist dagegen konstant geblieben*«, sagte sie. »*Sehr merkwürdig – für ein Objekt ohne Antrieb.*«

Flynn nickte gedankenverloren zu ihrer Aussage. »Ganz meine Meinung. Ich seh mir das gleich noch mal an, wenn ich die Versorgungsleitung abgetaucht bin und das Päckchen abgegeben habe. Wo ist Wade?«

»*Das wollen Sie nicht wissen, Prof. Wirklich nicht!*«

Er verzog das Gesicht. »Doch, will ich, Ivy! Was ist los?«

»*Wade gibt sein Abendessen wieder von sich, wie die meisten anderen auch. Das Schiff beginnt sich mit dem starken Seegang zu neigen, ganz langsam zwar, aber spürbar. Sophie sagt, in spätestens zwei oder drei Stunden werden sie die Leitung kappen müssen, damit die* Aurora *sich auf einen günstigeren Kurs legen kann.*«

»Na gut, dann will ich mich mal beeilen, damit ich euch noch wiederfinde. Ich glaube, ich *esse* jetzt erst mal was, hier unten ist es schön ruhig – bis später.«

Mittlerweile hatte das U-Boot das dritte Paket in neunhundert Metern Tiefe erreicht und sich auf dem Weg dorthin permanent innerhalb eines Riesenschwarms von Heringen befunden, die sich an dem Plankton sattfraßen, welches die Kaltwasserblase in Unmengen aus dem Graben nach oben geschwemmt hatte. Einzelne, größere Echos in der Nähe markierten Buckelwale, die den Heringsschwärmen folgten, um ihren Anteil am unerwarteten Überfluss einzufordern.

Die Wale bemerkten ihn in der vollkommenen Schwärze – das erkannte Flynn daran, wie sie ihren Kurs änderten, wenn er sich auf seiner spiralförmigen Bahn in die Tiefe näher als einhundert Meter näherte – hielten sich aber in respektvoller Distanz zum *Black Marlin*. Woran das lag, wusste Flynn nicht, er war im Moment aber erst einmal ganz froh darüber. Jedenfalls hielten sie wohl auch Kurt davon ab, ihm wieder Gesellschaft zu leisten.

Bei 1500 Metern war er wieder allein und das änderte sich bis zum Erreichen des Meeresbodens und der *Vesper Rubens* am Ende der Versorgungsleitung auch nicht wieder.

Na gut, Kurt, mein Kumpel, dann hast du wohl etwas Interessanteres entdeckt, als einem kleinen, elektrischen Kohlefaserfisch immer nur hinterherzuschwimmen.

»*Hallo Professor!*« Die Stimme war so deutlich, als stünde der Mann neben ihm. »*Schön, dass Sie vorbeischauen. Wir haben Schleuse 1 für Sie aufgemacht.*«

Flynn versuchte sich an den Namen des wissenschaftlichen Leiters der Tiefseestation zu erinnern.

»Ah, Doktor Ferraro, leider kann ich nicht reinkommen, aber ich gebe die Pasta von der Bordküche gern an der Rezeption ab«, entgegnete er jovial und steuerte einen großen Kreis am äußeren Rand der diffus aus dem Nichts auftauchenden Flutlichtblase der Station. Die LED-Lux-Brenner erzeugten die Helligkeit eines Sonnentages an der Oberfläche und hatten unzählige, lichthungrige Kreaturen der Tiefsee angelockt, durch die sich der *Black Marlin* langsam seinen Weg zu einem der Module in der 2. Ebene der Station bahnte, in dem sich das geöffnete Schott der Schleuse befand.

»Ich denke, Sie bekommen hier eine gute Show, wenn ich die Spezies mal so grob überfliege«, bemerkte er begeistert, den Blick über den Hauptbildschirm schweifend, auf dem die Kameras diverse Fische zeigten, die er noch nie gesehen hatte, und hin und wieder pfeilschnelle Geschöpfe, die offensichtlich versuchten, die grellen Lichter der Station anzugreifen.

»Wir sind auch zufrieden. Obwohl uns die gezeigte Aggressivität hier überrascht. Offensichtlich bringt zu viel Licht das Kräfteverhältnis durcheinander.«

»Sie sollten sich Sorgen um die Flutlichter machen, Doktor. Sie scheinen spezielle Typen extra scharf zu machen«, sagte er glucksend und bremste den *Black Marlin* mit den Flimmerflossen vor dem äußeren, kreisrunden, geöffneten Schott ab, das ihm erlaubte, mit den ausgefahrenen Greifarmen das druckfeste, kugelförmige Behältnis auf den rot leuchtenden Boden der Schleuse abzulegen.

»So – abgelegt! Viel Spaß dabei.«

»Vielen Dank, Professor, Sie hätten gerne mitessen können«, flachste der Italiener.

»Vielleicht beim nächsten Mal, wenn ihr Zeit hattet, die Schleuse etwas zu vergrößern – würde ungern hier aussteigen und rüberschwimmen – auch wenn es nur zehn Meter sind. Sagen Sie denen da oben, wie es geschmeckt hat!«

Kaum hatte er sich mit dem *Black Marlin* wieder in das freie Wasser zurückbewegt, schloss sich eine nach außen gewölbte Blende und verriegelte die Öffnung. Die Schleuse der *Vesper Rubens* würde jetzt gegen den Tiefendruck von gut dreihundert Kilogramm pro Quadratzentimeter das Wasser aus der Kammer pumpen.

Die Pasta war ein kleines Experiment. In der Bordküche der *Aurora Oceani* unter Oberflächendruck *al dente* gekocht, waren zwei gleiche Proben anschließend schockgefroren und auf minus 180 Grad abgekühlt worden. Eine der beiden Proben hatte er, umhüllt von der Druckkapsel, hierher in eine Tiefe von 3 Kilometern und einen Druck von 301 bar gebracht. Die andere war nach wie vor an Bord des Schiffes und würde zeitgleich geöffnet und auf die gleiche Art in der Mikrowelle erhitzt werden. Ziel der Wissenschaftler war es, herauszufinden, wie sich der menschliche Geschmackssinn – und davon abgeleitet vielleicht andere Sinne – bei einem Leben in vollständiger Isolation und unter diesen tödlichen Umgebungsfaktoren veränderte. Die Probanden beider Gruppen würden ihre Eindrücke in eine detaillierte Tabelle eintragen, die dann von den Durchführenden über die Dauer des Versuchs gesammelt und verglichen würde.

Mal ein netter Versuch, dachte Flynn, veränderte die Außenhaut des *Black Marlins* für die Fahrt unter Normalbetrieb und steuerte auf die aktuelle Position des Super-Nuggets zu.

»Ivy, die Leitung ist o. k., ich habe die Nudeln abgeliefert und sehe mir noch eben das Nugget an.«

»*O. k., Prof. Beeilen Sie sich lieber, das Wetter wird hier oben ein wenig extrem*«, antwortete die junge Frau und Flynn spürte deutlich erstes Unbehagen in ihrer Stimme.

»Wade soll dich unterstützen, mittlerweile sollte doch das Abendessen schon raus sein, oder?«

»*Er ist wieder hier, Prof, sieht aber nicht besonders aus.*«

»Na dann ist ja alles so wie immer. Gute Besserung und bis später – ich muss arbeiten!«

Mit einem Druck auf den Touchscreen stoppte er die Vorwärtsbewegung des U-Boots, regelte die Musik wieder etwas lauter, tastete mit der linken Hand unter der Liege nach der Palette mit den Bierdosen, zog eine hervor und löste die Anschnallgurte, um sich etwas aufzurichten. Konzentriert nippte er an dem Pils, ließ währenddessen das Diagnoseprogramm für den *Black Marlin* durchlaufen und nickte befriedigt, als er nach einer Minute einhundert Prozent Einsatzstatus aufblinken sah.

»Sehr schön«, sagte Flynn zu niemand Besonderem, klemmte die leere Dose in die Halterung, zog die Gurte straff und startete den *Black Marlin* in Richtung der Position des Nuggets.

Auf dem Sonarbildschirm entfernte sich der Marker der *Vesper Rubens* von der Position des *Black Marlins* in dem Maße, wie der Sender des Super-Nuggets näher kam. Er überquerte die Grenzline zwischen ebenem und in den Marianengraben abfallendem Meeresboden nur wenige Sekunden bevor er den Felsen erreichte.

Flynn schaltete die Tageslichtscheinwerfer ein und ließ den *Black Marlin* mit den Flimmerflossen seitwärts in einer langgezogenen Abwärtsspirale um den Felsen fahren, wobei er am oberen, immer noch dick mit Sedimenten bedeckten, Ende begann.

Nach drei Umkreisungen erreichte er die Höhe des Felsens, an dem der Sedimenthut endete und das nackte, von unregelmäßigen Öffnungen durchzogene Felsmaterial zum Vorschein kam.

Alles schien soweit unverändert, bis – *ja, was war das denn?*

Flynn stoppte das U-Boot, hielt es genau auf Position und staunte nicht schlecht über das, was die Kameras ihm zeigten.

»Kurt, alter Kumpel«, raunte er, als er die riesige Magnapinna an die Außenseite des Felsens geschmiegt sah. »Hier steckst du also. Hast dir einen Tag freigenommen und lässt es dir gutgehen?«

Wie durch einen feinen, grau-weißen Nebel schimmerten die riesigen rot-goldenen Augen ihn an und Flynn hatte nicht das erste Mal das Gefühl, dass dahinter eine gewisse Intelligenz ruhte, die sich gerade mit der Frage beschäftigte, was *er* hier machte.

Ein Tentakel schnellte auf ihn zu, stoppte nur wenige Zentimeter vor dem zentralen Anker der SMC-Fasern am Bug des *Black Marlins* und zog sich langsamer wieder zurück – so, als wolle er ihm sagen – *komm ruhig näher.*

Flynn starrte auf den Bildschirm, konzentrierte sich auf den anderen Tentakel und zoomte den betreffenden Bildausschnitt in einem Unterfenster heran. Fasziniert sah er eine Art weißliche Alge oder eine Art Schwamm, welche der Kalmar aus einer der Höhlen des Felsens zog und offensichtlich verspeiste, denn der Tentakel führte diese Substanz zu Kurts Papageienschnabel, der sich zentral zwischen den Ansatzpunkten aller Arme unterhalb des Kopfes befand.

»Kleine Zwischenmahlzeit – also isst du nicht nur Fisch, mein Freund. Das wird den Kollegen Rampi sehr interessieren.«

Flynn schnalzte zufrieden und kontrollierte, ob die automatische Datensicherung auch wirklich lief, fügte ein Lesezeichen hinzu, um die betreffende Stelle später leichter wiederfinden zu können, und hustete.

Der Hustenanfall überkam ihn so plötzlich und war so intensiv, dass er sich auf der Liege krümmte, hektisch auf die Öffnungstaste der Gurte hieb, um sich aufrichten zu können, und tief Luft holte, um den Reiz im Hals endgültig abhusten zu können.

Ein kalter Schweißfilm lag auf seiner Haut, als er zwei Minuten später den Anfall überwunden hatte und endlich das rot blinkende und von einem leisen Ping begleitete Störsignal wahrnahm.

»*Shit!*«, fluchte er, las die Nachricht, wischte die überlagernden Bildschirme mit weiteren Störmeldungen zur Seite und steuerte den *Black Marlin* mehrere Hundert Meter zurück vom Felsen, in freies Wasser, bevor er sich gestattete, das U-Boot wieder zu stoppen und die anderen Fehlermeldungen zu lesen.

Vierzig Prozent der keramischen Membranen in der SMC-Soft-Shell des *Black Marlins* waren ausgefallen.

»*Wieso?*«

Konzentriert startete er verschiedene Analyseprogramme und wartete auf die Ergebnisse. Währenddessen blätterte er durch die anderen Störmeldungen und unterdrückte einen neuerlichen Hustenreiz, indem er eine weitere Dose Bier öffnete und in einem Zug leerte.

Damit minderte er zwar den Hustenreiz, aber nicht die Schmerzen in der Lunge, die langsam aber stetig zunahmen.

»Ivy, ich komme rauf. Sag den Tauchern, ich bin in zehn Minuten unter Moon-Pool 1.«

»*Hey Prof. Hier ist Wade. Das geht im Moment nicht. Durch den schweren Wellengang sind die Pools versiegelt, wir hatten mehr als acht Meter Wasserbewegung im Schacht, da ist das Arbeiten für die Taucher lebensgefährlich. Du musst unten bleiben, bis sich das Wetter etwas gelegt hat.*«

Flynn räusperte sich und rieb sich den Brustkasten. Der Schmerz verwandelte sich in ein stetiges Brennen. So fühlte sich auch seine Haut an.

Er sah auf die Ergebnisse der Analyseprogramme. *Etwas hatte die Membranen verstopft – vielleicht diese schwebende Wolke bei Kurt, dieses Algen- oder Schwammzeug?*

Wenn es so klein war, dass es Zellwände durchwandern konnte – hätte er es bereits eingeatmet – war das der Grund für den Hustenreiz und die Schmerzen in der Lunge?

Ohne Zeit zu verlieren, riss er die Notfall-Sauerstoffmaske aus ihrer Nische, tat ein paar gierige Atemzüge, schnallte sie am Hinterkopf fest und startete die Reinigungsprozedur für die Membranen. Flynn startete den *Black Marlin* auf langsamer Geschwindigkeit, um frisches Wasser an die Außenhaut zu führen, während die keramischen Membranen rückwärts liefen und Pressluft aus dem Notvorrat die Druckzelle ausspülte und über die Membranen an das Wasser abgegeben wurde.

Nach vier Minuten endete die Prozedur, 95 Prozent der Membranen waren wieder intakt und das Brennen in Flynns Lunge bis auf das Maß einer dunklen Erinnerung abgeklungen.

Erschöpft verstaute er die Maske wieder, lud die Notvorräte aus dem jetzt normal funktionierenden Luftgewinnungsprozess, schnallte sich an und steuerte den *Black Marlin* in eine Tiefe von dreihundert Metern unter die *Aurora Oceani*.

»Hey Wade, ich wär hier unten eben fast krepiert – ich hoffe, du hast wenigstens ein kleines bisschen ein schlechtes Gewissen.«

»Prof? Wieso – was ist passiert?«

Flynn hätte beinahe losgelacht, als er die Betroffenheit in Wades Stimme hörte.

»Die Membranen hatten eine Fehlfunktion und haben etwas in die Bootsluft geholt, was im Wasser rumgetrieben ist. Ich habe den Druckkörper gespült, das Notsystem hat gut funktioniert. Die Membranen müssen wir dringend checken, falls ich jemals wieder raufkommen kann.«

»Das wird wohl noch etwas dauern. Ich sehe dich auf dem Sonar. Bleib einfach unter dem Schiff und schlaf etwas. Wir passen auf.«

8

Kirpal - Koror, Palau

07. August

»*Durai kommt*«, sagte die Stimme am anderen Ende der Leitung.

»*Namasté, Kirpal*«, erklang die Stimme seines Chefs aus dem Hörer des Telefons in der verödeten Lobby der kleinen Zwei-Sterne-Absteige in Koror, die sich Kirpal für den Moment ausgesucht hatte.

»Namasté, Durai«, erwiderte er die Begrüßung. »Es läuft leider nicht ganz so wie geplant.«

»*Von wo aus telefonierst du?*«

Der Inder sah sich abfällig in der dunklen und schmuddeligen Lobby um. »Unauffindbar auf meiner Seite - es ist sicher.«

»*Gut, was ist passiert?*«

»Die Chinesen sind auf uns aufmerksam geworden. Zwei von ihnen waren hier und haben mich verfolgt.«

Kirpal spürte, wie sich Durais Gedanken überschlugen und er versuchte, das soeben Erfahrene einzuordnen. Dann sagte er kühl:

»*Du rufst mich an, also bist du sie losgeworden. Wo sind sie jetzt?*«

»Sie sind tot - glückliche Umstände. Sie gehörten zur Mafia - aber ich bezweifele, dass sie im eigenen Auftrag unterwegs waren. Du musst herausfinden, woher sie überhaupt wussten, dass ich hier bin, und wer sie geschickt hat. Sie haben sich zielgerichtet für den Felsen interessiert.«

»*Das wird Freida nicht gefallen. Hast du ihn noch? Sie hält ihn für sehr wichtig.*«

»Der ist gut versteckt«, antwortete Kirpal mit einem kurzen Lächeln. »Ich brauche Verstärkung hier. Unser Kontakt wurde von den Chinesen getötet.«

»*Wir tun, was möglich ist. Reicht das Flugzeug nicht?*«

Kirpal lächelte kurz, als er an den umgestürzten Pick-up dachte. »*Das würde ich nicht versuchen wollen – ich brauche ein Schiff.*«

»*Das wird etwas dauern.*«

Kirpal schwieg einen Moment, ging in Gedanken seine Informationen durch.

»*Freida hat mir noch etwas gegeben, das wichtig für dich ist. Es geht um das Forschungsschiff, das du angefragt hast.*«

Kirpal machte eine scheuchende Bewegung mit dem Zeigefinger zu dem Hotelier, einem Filipino, der gerade mit einem Geschirrhandtuch in der Hand aus einem Nachbarraum in die Lobby trat, und sah ihn durch seine Sonnenbrille an. Nachdem der Mann hektisch verschwunden war, konzentrierte er sich wieder auf das Gespräch.

»*... ein europäisches Forschungsschiff der Eureco. Beteiligt ist neben anderen die Universität von Bergen und damit liegt das Ganze sozusagen im erweiterten Familienkreis.*«

Kirpal runzelte die Stirn. »Das verstehe ich nicht!«

Er hörte, wie sein Gesprächspartner am anderen Ende der Leitung tief Luft holte.

»*Dann hör gut zu: Reydar Steen ist der Chef eines Rohstoffrecycling-Konzerns in Norwegen. Er sitzt im wissenschaftlichen Beirat der Universität und ist einer der Hauptsponsoren der Eureco. Der von uns allen geliebte Akshay fährt gerade ein Rennen gegen ihn. Wir sind sozusagen Partner und damit hättest du vielleicht bereits das Schiff, wonach du fragst, ziemlich in der Nähe.*«

Akshay – Am Rande des Hurricans

Am selben Tag

Akshay fühlte seine *Doshas* in zunehmender Unordnung.

Das Schlingern der Mega-Yacht verursachte ihm jetzt seit einem Tag schlimmste Übelkeit. Das ging sogar so weit, dass er sein Lieblingscurry zum wiederholten Male nicht aufessen konnte.

Genervt tupfte er sich mit einer Seidenserviette den Mund, stopfte sie dann in den in bunten Farben bedruckten Styroporbehälter und warf diesen aus kurzer Distanz in Richtung des überquellenden Mülleimers der luxuriös eingerichteten Küche, verfehlte ihn dennoch, als das Schiff eine jähe Rollbewegung nach Backbord machte.

Klatschend landete der Inhalt auf dem dunklen Teppichboden, hockte dort für einen Moment und begann langsam in Richtung Mülleimer zurückzurutschen, als die Neigung der *Faster than Light* ständig zunahm.

Akshay stützte sich am Handlauf ab, der die gesamte Einrichtung integriert auf Hüfthöhe umgab, spürte sein Magenbrennen zunehmen und eilte so schnell es eben ging zur Brücke zurück.

Der Ausblick durch die schräge Polycarbonat-Fensterfront versetzte ihm einen gehörigen Schreck. Ein dichter Schneesturm tobte lautlos auf der anderen Seite der zehn Zentimeter dicken Scheiben. Das Schiff rollte langsam nach Steuerbord aus, der Autopilot versuchte den eingegebenen Kurs in den Kreuzseen einzuhalten, die von vorn und von Steuerbord über die *Faster than Light* hereinbrachen. Hurrikan-Böen rissen die Wellenkämme auseinander und schleuderten das Wasser in Form kleiner, schaumiger Tröpfchenfragmente in die Luft, so dass sie wie matschige Schneeflocken an allen Oberflächen hafteten.

Hali aus seinem technischen Team hatte ihm diese Wetterzone vor ein paar Stunden angekündigt und dabei zum wiederholten Mal betont, sie würden es alle für sicherer halten, das *Chuuk-Atoll* anzulaufen, um dort das Schlimmste abzuwarten.

Aber warum sollte er das tun? Der Norweger hatte auch noch nicht vor dem Sturm klein beigegeben, also würde auch er durchhalten. Akshay sah grimmig auf die Wasserschlieren, die in kurzen Abständen auf die Scheiben geschleudert wurden und den Schaum für wenige Sekunden wegwischten.

Obwohl es kurz vor Mittag war, herrschte um die Yacht herum nur trübes, graues Licht - unterbrochen von Phasen kurzer, grünlicher Dunkelheit, wenn der Bug sich durch die größeren Wellen bohrte und eine Wellenfront das Schiff in Gänze überflutete.

Vor einer Stunde war eines der beiden Radarsysteme ausgefallen, wahrscheinlich hatte eine Wasserwand den weißen Dom, der eigentlich den empfindlichen Radarsensor schützen sollte, eingedrückt oder gar abgerissen. Ansonsten hatte das stromlinienförmige Design der Yacht dem Wetter bisher gut standgehalten, sämtliche Öffnungen in der Außenhaut wie etwa für Ankerkojen, Festmacher oder Belüftungsluken waren fest verschlossen oder durch zum Heck weisende Strömungskappen vor eindringendem Wasser geschützt.

Etwas beängstigend ist es aber schon, dachte Akshay und gestand sich das erste Mal seit dem gestrigen Abend ein Gefühl deutlicher Unsicherheit ein, als er einen seiner Lieblingsfilme in der Mitte abbrechen musste, nachdem die Polycarbonatabdeckung des Sonnendecks ständig überflutet wurde und er sich darunter wie in einem Aquarium vorgekommen war.

Unablässig zogen die Wellenberge aus abwechselnden Richtungen gegen die Rennyacht heran. Er hatte den Wasserdüsenantrieb an Morgen nach einem Gespräch mit Durai auf niedriger Stufe wieder in Betrieb genommen, machte im Moment knapp zwanzig Knoten Fahrt gegen einen Sturm, der die Wellen mit einhundertvierzig Kilometer in der Stunde gegen ihn peitschte.

Er taumelte zum Navigationscomputer, hielt sich am mit dem Boden verschraubten Sessel fest, sah auf den letzten Rennbericht, der jetzt eine halbe Stunde alt war.

Befriedigt grunzte er. Reydar war wieder etwas zurückgefallen, nachdem er in den letzten eineinhalb Tagen auf einhundert nautische Meilen an ihn herangekommen war, befand sich nahezu querab und damit auf der Orthodrome nur dreißig Meilen weiter vom Zielpunkt entfernt als die *Faster than Light*.

Stumme Bewunderung für den Norweger stieg erneut in ihm auf, der sein Leben zwar einer modernen Technik, aber immer noch dem Wind als einzigem Antrieb anvertraute und vor allem auf jeglichen Komfort verzichtete – wie konnte er das tun?

Sollte er ihn vielleicht anrufen und fragen, wie es ihm bei diesem unsäglichen Wetter ging?

Reydar – vor der Eyewall des Hurrikans

Am selben Tag

Das schwache Tageslicht genügte den in das Großsegel eingewebten Sonnenkollektormodulen, die Grundspannung für die elektrische Versorgung der Bordsysteme wieder zu gewährleisten. Gegen fünf Uhr in der Früh, kurz vor der Morgendämmerung, war der Ladungsstand der Batterien unter die Zehn-Prozent-Sicherheitsmarke gesunken. Die verbleibenden einhundertachtzig Liter Diesel des Notstromaggregats würden noch für einen knappen Tag reichen, sollte der Sturm nicht nachlassen, um mehr Segelfläche und damit mehr Sonnenkollektorfläche auszurollen – aber das hatte er wirklich nur für den äußersten Notfall vorgesehen.

Reydar scrollte durch die digitalen Anzeigen des Bordstromsystems und fand neunzehn Stunden auf dem Betriebsstundenzähler des Aggregats. Die stammten noch von Cap Horn, dem zweiten Leg – nicht mal drei Wochen her – und schienen ihm doch bereits aus einem anderen Jahrhundert zu sein.

Das Dröhnen des Hurrikans hatte noch einmal zugenommen, das Gurgeln und Strömen des Wassers an der Rumpfaußenseite war mittlerweile zu einem konstanten Rauschen angewachsen, in einer Lautstärke, die selbst das Winseln der Elektro-Winschen und der hydraulischen Stoßdämpfer der Ausleger bei weitem übertönte. Alles in allem eine Akustik, wie sie vermutlich im Innern einer Konservendose herrscht, die im hohen Schleudergang einer Waschmaschine steckt.

So ein Hurrikan kann dir echt den Tag ruinieren, dachte der Norweger mit dem letzten Rest Galgenhumor, den er angesichts der aktuellen Wetterdaten und seines eigenen Erschöpfungszustands noch aufbringen konnte.

Jede Wolke hat gute und schlechte Seiten, war ein anderer Spruch, der ihm durch den Kopf schoss. *Sehr lustig – hier gibt es nur eine einzige Wolke, in Spiralform, von ungefähr eintausendsechshundert Kilometern Durchmesser und in extrem schlechter Stimmung.*

Hermine hatte den *White Eagle* eingeholt: Schneller als befürchtet und brutaler als von Reydar für möglich gehalten.

Es war Entscheidungszeit: In den Sturm rein, das Leben riskieren und eine Chance auf den Sieg bewahren oder nach Südosten abfallen, vor *Hermine* in ruhigere Gebiete ablaufen und damit sicher aus dem Rennen fahren.

Magnus und sein Team hatten bezüglich dieser Optionen eine klare Meinung – Sicherheit zuerst! Wenn Akshay den Hurrikan überstehen sollte – nun gut, dann hätte der Inder wohl gewonnen – aber sollte Reydar dabei umkommen – wem hätte es gedient?

Er steckte nachdenklich den Rest des Müsliriegels in den Mund, presste das Papier in eine an der Decke baumelnde Plastiktüte und lauschte auf die Geräusche des Bootes – konzentrierte sich darauf, etwas vom Material jenseits des Wassers und Sturmes zu hören.

Eine halbe Minute verharrte er mit geschlossenen Augen regungslos im Navigations-Sessel, dann hatte er seinen Entschluss gefasst.

Es gab eine dritte Option, oder besser gesagt eine *Option 2B,* die es ihm ermöglichte, weiterzufahren, ohne die Chancen auf einen Sieg vollends aus der Hand zu geben. Der *White Eagle* hielt, da war er sich sicher. Die aktuelle Trimmlage war zwar extrem, nur elf Prozent Segelfläche des Großsegels sowie fünfzig Prozent der kleinsten Sturmfock waren ausgefahren, trotzdem reichte das zusammen mit der Rumpffläche für siebenundzwanzig Knoten Fahrt.

Sein Finger rutschte über das feuchte Display des Navigationsschirms. In den letzten Stunden hatte sich aus dem äußeren Ring der Regenwolken von Hermine eine zweite Eyewall zu bilden begonnen. Wenn er es schaffte, diese zu durchfahren, würde er zwischen dieser und dem Zentrum des Hurrikans einen dreihundert Kilometer dicken Ring relativer Ruhe vorfinden.

Wobei relativ *relativ* war, wie er sich schmunzelnd eingestand. Die digitalen Fähnchen auf dem Satellitenbild wiesen in der angestrebten Zone immer noch Windgeschwindigkeiten von 90 Kilometer pro Stunde auf, zum Zentrum der inneren Eyewall auf fast 200 ansteigend - gegenüber den 160, die er hier momentan hatte, dennoch erstrebenswert.

Er setzte einen Wegpunkt auf dem Schirm und ließ den Navigationscomputer einen Kurs berechnen. Nur Sekunden später lag dieser vor.

»Du hättest den Südpol niemals erreicht, wenn du Angst vor schlechtem Wetter gehabt hättest, Roald«, sagte er leise und gab dem Computer den Befehl, die Kursänderung auszuführen.

Augenblicklich rollte der Trimaran nach Backbord, Reydar musste einen Ausfallschritt nach links gegen eine Spante machen, sonst wäre er aus dem Sessel gerutscht. Das explosive Zischen der automatischen Winschen dokumentierte das Überholen der Fock nach Steuerbord, während der *White Eagle* langsam mit dem Bug durch den Wind ging und eine vorsichtige Wende fuhr. Die Krängung des Bootes nahm ab und danach auf ein erträgliches Maß auf Steuerbord wieder zu, bis es durch den nächsten Wellenberg schoss.

Reydar kletterte vorsichtig den Niedergang ein paar Stufen hoch und schob den dreiteiligen Verschluss zur Plicht des Hauptrumpfes eine Handbreit auf, um etwas frische Luft zu bekommen.

Die Natur bot ihm ein unnachahmliches Schauspiel.

Hinter dem *White Eagle* kochte das Wasser. Grau-blaue Wellenberge zogen backbord wie steuerbord haushoch an ihm vorbei, nie endende Gischt- und Schaumstreifen an den Kämmen verlierend, die von den Böen des Hurrikans zerstäubt und in der schwülen Luft zu einem weißen Nebel verteilt wurden. Die Wellen kamen in gleichmäßigem Abstand. Reydar zählte bis acht, bevor der nächste Berg über den Bug des *White Eagles* hereinbrach, wie eine Wand über das Vorschiff lief, gegen den Mastfuß knallte, eine Serie von kleinen Erschütterungen durch die gesamte Bootsstruktur sendend. Dann schlugen die Wassermassen über den flachen Wellenbrecher des Niedergangs, tauchten die gesamte Plicht sowie den backbordseitigen Steuerstand metertief unter und rannen gurgelnd und dröhnend aus dem offenen Heck.

Reydar genoss den Augenblick.

Eine erneute Welle veränderte den Ton.

Das Hereinbrechen der Wellenfront über den Bug erschien härter, der Schlag des Wassers gegen den Mast lauter und das scharfe, durch Mark und Bein gehende Knallen eines zerreißenden Edelstahl-Stags, das unmittelbar tonnenschwere Kräfte freisetzt, signalisierte den Anfang eines ernsten Problems.

Reydar brauchte nicht das ohrenbetäubende, elektronische Fiepen des Fahrtcomputers, der durch die Meldung mehrerer Sensoren die plötzliche Ungleichverteilung von Winddruck auf den Mast registriert hatte und in ein automatisches Manöver einschwenkte, um zu wissen, dass er in diesem Moment das Rennen verloren hatte.

Der *White Eagle* drehte scharf nach Backbord, versuchte, den Bug in den Wind zu bringen, bevor der Mast abknickte – doch die Zeit reichte nicht. Schon wenige Millisekunden nach dem Verlust des Vorstags verdrehten sich die oberen zwanzig Meter des übertakelten Carbonmastes, splitterten und stürzten auf den Steuerbordausleger, das Großsegel elegant auf dem Sicherheitsnetz zwischen Hauptrumpf und Ausleger ablegend, während die aus Titan gefertigte Mastspitze mit den

Fallen sämtlicher Vorsegel sowie den Befestigungen des Rollgroßsegels das Netz durchschlug.

Reydar wusste, was jetzt passieren würde. Er sprang hinab in die Kajüte, hechtete an die Navigationskonsole, entriegelte und drückte den Notrufschalter.

»*Reydar, mein Freund*«, hörte er eine entfernte Stimme in großer Ruhe aus dem Lautsprecher. »*Ich dachte, ich erkundige mich mal, wie es meinem norwegischen Herausforderer geht.*«

Akshay - neunzig Seemeilen entfernt

Am selben Tag

Er hatte sich noch einen Vanilletee gekocht und dann beschlossen, eine Körperreinigungsprozedur unter erschwerten Bedingungen durchzuführen, bevor er sich eine halbe Stunde später (mit der zweiten Tasse) ausreichend gelöst fühlte, seinen Renngegner anzurufen.

»*Akshay!*« Die Stimme des Norwegers klang angespannt, aber kontrolliert. »*Das ist Gedankenübertragung. Mein Mast ist gebrochen, hast du meine Position? Du musst mir helfen!*«

Er war betroffen. »Reydar, hast du keinen neuen Mast?«

»*Nein! – das Boot wird wahrscheinlich sinken! Du musst hierher kommen. Das ist sehr ernst! Hast du meine Position?*«

Akshay runzelte die feinen schwarzen Augenbrauen, blickte hinüber auf den Navigationsmonitor, der ihrer beiden Kurse und Positionen darstellte und schätzte die Entfernung auf gut neunzig Seemeilen.

»Ja, die vom letzten Bericht. Ich hole mir die Aktuelle, aber es wird ungefähr drei bis vier Stunden dauern.«

»*Das weiß ich, so lange kann ich durchhalten.*«

Er fühlte sich beunruhigt. Sollte wirklich das Leben des Norwegers in Gefahr sein? »Gut, Reydar, ich werde kommen

– aber versuch das Schiff in der Zwischenzeit irgendwie zu reparieren.«

Reydar – im Hurrikan

Nur Sekunden später

Reydar blickte konsterniert auf das Telefon. Wäre seine Situation nicht so ernst gewesen, er hätte brüllen können über diese sprichwörtliche Gelassenheit des Inders.

Der *White Eagle* rollte schwer. Reydar musste sich ständig mit einer Hand und beiden Stiefeln fest abstützen. Er überflog die Anzeigen, um sich zu vergewissern, dass keine unmittelbare Gefahr bestand, griff seinen Helm vom Haken, setzte ihn auf, schob das Visier nach oben und schloss den Kinngurt. Dann ging er auf die Steuerbordseite der Kajüte, zog an einem roten Handgriff und klappte die Schutzverkleidung vom Einstieg der Rettungsboje herunter, die dadurch zu einer Leiter wurde. Mit etwas Kraft entriegelte er mit einem Handrad die Luke und öffnete auch diese. Von innen leuchte ihm ein beruhigendes Grün entgegen – aber noch war es nicht soweit – sein Team meldete sich endlich. Er schloss die Luke wieder.

»*Reydar – bist du in Sicherheit?*« Magnus kontrollierte seine Besorgnis nur mühsam. »*Wir haben den automatischen Notruf vor drei Minuten erhalten – und ihn an Akshays Team weitergeleitet. Er ist der Einzige im Fünfhundert-Meilen-Radius.*«

»Ich habe mit ihm gesprochen – er will kommen«, antwortete Reydar. »Das Vorstag ist gebrochen, der Mast an der Halterung über den unteren Wanten abgeknickt. Momentan hängt nicht zu viel Segelfläche im Wasser, trotzdem kann die Notmaschine das Schiff nicht ausreichend beschleunigen, um über die Wellen zu kommen. Der *White Eagle* wird auseinanderbrechen – wenn ich Glück habe, erst, nachdem Akshay hier war.«

»Wenn du sehr viel Glück hast. Wir sind dafür, dass du sofort in die Kapsel gehst. Wenn das Boot von den Wellen erst zertrümmert wird, kann es sein, dass die Kapsel eingeklemmt wird oder unter die Segel oder Takelage gerät, das darf auf keinen Fall passieren! – Hast du das verstanden?!«

Reydar nickte abwesend. Ihm fiel gerade etwas ein, das ein Plan werden konnte.

»Ich könnte das laufende Gut kappen, den Mast und die Segel versinken lassen und damit das Schiff wieder frei bekommen«, dachte er laut.

»Bist du verrückt? Du willst an Deck? Du wirst nicht mal eine Schot losbekommen, bevor dich das Wasser über Bord reißt!«

»Ich muss nicht unbedingt an Deck«, antwortet er ruhig. »Ich kann mit dem Notfallsystem die Stage und Wanten von hier unten aus wegsprengen. Vielleicht muss ich die eine oder andere Schot kappen – aber ich werde es versuchen und ich werde vorsichtig sein, Magnus, ich verspreche es«, sagte er und unterbrach die Verbindung, obwohl Magnus bereits laut zum Protest angesetzt hatte.

Erneut überprüfte er die Anzeigen, ignorierte den erneuten Anruf seines Teams. Der Hauptrumpf und die Ausleger waren intakt. Es drang kein Wasser ein, nur die Rollbewegung des Trimarans mangels Vortrieb begann ihn zu zermürben. Die Stoßdämpfer der Ausleger verbrauchten allerdings jetzt den letzten Batteriestrom. In spätestens zwei Stunden war Schluss, dann noch der Rest des Dieselaggregats, sofern er den Sprit nicht vorher für den Notantrieb verbraucht hätte.

Er konnte nicht steuern. Die im Wasser hängenden Segel- und Mastteile wirkten wie ein Schleppanker. Das würde er ändern müssen, wollte er irgendetwas retten.

Reydar klickte sich durch die Hilfemenus, bis er die Anzeige der Sprengvorrichtungen gefunden hatte. Der Mast wurde von elf Stagen gehalten, wovon das Wichtigste gerissen war. Die übrigen verteilten sich auf die Ausleger und auf achtern und griffen einmal zur Mastspitze und einmal auf den Zehn-

Meter-Ring. Er spielte den Ablauf in Gedanken mehrfach durch und bereits beim ersten Mal kam er zu dem Schluss, dass es nicht funktionieren würde.

Das Problem war die versunkene Mastspitze inmitten des Sicherheitsnetzes zwischen Hauptrumpf und Steuerbordausleger, die noch von vier Stagen und sechs Schoten gehalten wurde. Es wäre unmöglich, alles andere ebenfalls genau durch dieses Loch fallen zu lassen, damit es versinken konnte. Wenn er die Sprengvorrichtungen auslöste, würde der Rest des Mastes in Windrichtung fallen - also überallhin, nur nicht in das kleine Loch.

Frustriert hieb er auf den Tisch.

Er würde einen Blick nach draußen riskieren - nur um sicherzugehen, dass es keine Alternativen gab, die er übersehen hatte.

Reydar schritt zum Niedergang, öffnete ein längliches Schapp und entnahm ihm einen Lifebelt sowie ein Mini-Beil mit geschützter, gedrungener Klinge, das er an einer Schlaufe seines Überlebensanzuges befestigte. Dann öffnete er entschlossen den Niedergang, wurde unverzüglich von einer über das Heck hereinbrechenden Welle erwischt und zurück in die Kajüte geschleudert.

Als er sich wieder aufgerappelt hatte, stand das Wasser knöchelhoch in der Kajüte. Er wartete einen Moment, in dem der *White Eagle* einigermaßen horizontal lag, tat drei schnelle Schritte den Niedergang hoch und sprang ins Cockpit, pikte seinen Lifebelt am Sicherheitskäfig des steuerbordseitigen Steuerstandes ein und hatte gerade noch Zeit, Luft zu holen, bevor eine grünlichweiße Wasserwand ihm in den Rücken schlug.

Blasen, gurgelndes Wasser und dröhnende Gischt erfüllten ihn, drangen in den Helm und sickerten langsam wieder heraus, als der Trimaran sich wieder nach oben kämpfte.

Er riss das mannshohe Carbonsteuerrad herum, so weit es ging, erhöhte die Motorleistung auf Maximum und versuchte den Bug des *White Eagles* wieder in Richtung Wellen zu bekommen.

Es ging quälend langsam. Er hatte Zeit, zwischen zwei Wasserwänden, die noch über ihn hinüberbrausten, die Bruchstelle des Mastes zu betrachten. Traurig nahm er zur Kenntnis, dass er das Schiff unter diesen Bedingungen nicht würde retten können. Die Stahlwanten und Stage lagen über den gesamten Hauptrumpf verteilt, hatten sich verdreht und verschlungen. Was hätte Amundsen gemacht? Hätte er den Kampf fortgesetzt, wenn er erkannt hätte, dass es trotz bester Vorbereitung und bestem Material aussichtslos gewesen wäre?

Nein! Da war Reydar sich jetzt sicher. *Amudsen war Logiker. Er wäre umgekehrt, hätte seine Ausrüstung nochmals verbessert, die Vorbereitung nochmals intensiviert und es dann erneut versucht.*

Der Trimaran lag wieder etwas ruhiger, machte vier Knoten Fahrt. Die Wellen kamen aus 330 Grad, kippten das Boot nicht mehr so schlimm zur Seite, die Lenzpumpen hatten eine Chance, die Kajüte wieder halbwegs trocken zu bekommen.

Reydar beobachtete die Wellenkämme vor dem Bug. Sie tauchten aus dem Nichts auf, vielleicht zehn Meter vor dem Bugspriet in der gischterfüllten Luft zu erkennen, bevor sie über das Deck rollten und ihn nur Sekunden später gegen den Sicherheitskorb drückten, dass er sich wie eine Zitrone in der Presse fühlte.

Dennoch befand sich das Boot für einen kurzen Moment wieder in einer Art Gleichgewicht. Es drang kein Wasser ein und er machte Fahrt.

So kämpfte er eine halbe Stunde lang, bis er merkte, dass seine Kräfte zur Neige gingen. Das letzte Adrenalin war verbraucht, er spürte die blauen Flecken, welche die Wassermassen ihm zugefügt hatten.

Zeit zu gehen, dachte er traurig, einen letzten Blick zum Backbordausleger werfend - gerade in dem Moment, als ein gelber, großer, quaderförmiger Körper aus einem Wellenberg schoss und die V-förmige Strebe, die den Ausleger mit dem Hauptrumpf verband, knirschend abrasierte.

China Energized – An Bord eines strategischen Bombers

Am selben Tag

Der Pilot der *Xian H-6K* fluchte laut auf Kantonesisch, als das Rütteln der Fallwinde ihm die Sicht durch das ohnehin von Wasser geflutete Cockpitfenster nahezu unmöglich machte. Er hatte den strategischen Bomber der chinesischen Luftwaffe bei einer Geschwindigkeit von 850 Stundenkilometern bis an den Rand seiner Dienstgipfelhöhe in zwölftausend Meter Höhe steigen lassen, in der Hoffnung, die Ausläufer des Hurrikans überfliegen zu können, und sah sich jetzt desillusioniert. Selbst in dieser Höhe rissen die Böen die Kohlefasertragflächen dieses chinesischen Klons der russischen Tupolew Tu-16 und die an ihrem Ende sitzenden Winglets mehr als drei Meter über ihre Ruheposition und ließen den gesamten 36 Meter langen Rumpf unter dem nicht enden wollenden Aufprall der Böen erzittern. Ein verwackelter Blick auf die großen LCD-Displays des Wetterradars, das in der massigen Nase des Bombers untergebracht war, gab ihm die Gewissheit, dass er da die nächsten Stunden auch nicht mehr herauskommen würde.

Wen Housheng klammerte sich an die Armlehnen des Copilotensitzes und blickte aus traurigen Augen durch das geöffnete Visier zum schräg vor ihm sitzenden Piloten. Er stimmte innerlich dessen Kraftausdrücken aus vollstem Herzen zu. Wenn es auf der Welt je einen Ort gegeben haben mochte, wo er nicht sein wollte, dann war das genau hier. Die Vierpunktgurte verhinderten zwar, dass er aus dem Sitz geschleudert wurde, der Druckanzug tat ein Übriges, dafür zu sorgen, dass er sich nicht selbst k. o. schlug, doch hatte er versäumt, die Gurte, mit denen sein Helm an der hohen Rückenlehne fixiert werden konnte, vor dem Start von der Bodencrew justieren zu lassen. Mit seinen ein Meter sechzig war er offenbar kleiner als der Mann, der hier sonst saß, und so hämmerte sein Kopf seit dreißig Minuten unablässig im Helm gegen die Lehne, vergleichbar dem Klöppel einer großen Glocke zur fortgeschrittenen Stunde, einen bohrenden Schmerz erzeugend, während sein Magen ununterbrochen versuchte, die Speiseröhre emporzusteigen.

Hier gehörte er wirklich nicht hin! Sein Befehl lautete, dafür zu sorgen, dass die Fracht an den Piloten übergeben wurde. Houshengs Ansicht war, dass er diesen Auftrag mit dem Überwachen der erfolgreichen Montage der Waffenbehälter an den Untertragflächenpylonen erfüllt hatte, als die Maschine vor sechs Stunden, am frühen Vormittag, in Guangzhou zwischengelandet war. Doch die Anweisung Cais bei seinem Anruf war kurz und klar gewesen: *Genosse, überzeugen Sie sich vom Vollzug – persönlich!*

Seitdem hatte ihr Kurs sie über das Südchinesische Meer, in der Mitte zwischen Taiwan und den Philippinen hindurch, hinaus auf den Pazifik geführt, in den Teil, der Philippinensee genannt wurde und wo eigentlich ihr Tankflugzeug auf sie warten sollte. Das hatte, aus was für Gründen auch immer, nicht geklappt und der Pilot hatte nach einer halben Stunde unter Beachtung der strengen Funkstille, in der sie eine Warteschleife nach der anderen gezogen hatten, entschieden, die Mission fortzusetzen. Mehr als 2500 Kilometer in Richtung des heftigsten Hurrikans zu fliegen, der die Region in den letzten drei Jahren heimgesucht hatte. Der Treibstoff in den Tragflächen, dem zentralen Tank im umgerüsteten Bombenschacht und den Zusatztanks unter den gepfeilten Tragflächen reichte für gut 7000 Kilometer, sie würden nun auf dem Rückweg deutlich vor Erreichen der philippinischen Inselgruppen den Versorger treffen müssen – *sonst,* Housheng wischte den Gedanken beiseite.

Die *Xian H-6K* war das Modernste, was die chinesische Luftwaffe in ihren Hangars hatte – deshalb war es ihm merkwürdig erschienen, sie mit einem so alten Waffensystem wie der *AS-5 Kelt* zu bestücken. Das war eine betagte Cruise Missile der zweiten Generation, über acht Meter lang und fast vier

Tonnen schwer, ein Produkt des Kalten Krieges zwischen der damaligen Sowjetunion und den USA, äußerlich eine maßstabsgetreue Verkleinerung einer MIG, nur ohne Cockpit und Fahrwerk. An dem anderen Waffenpunkt unter der Backbordtragfläche befand sich das genaue Gegenteil, ein hochmoderner kompakter Sprint-Torpedo, mithilfe eines genauso modernen Flugadapters – der ihn wie eine Wurst in einem Hot-Dog-Brötchen mit Stummelflügeln wirken ließ – in eine zweite Cruise Missile verwandelt.

Housheng war sich nur im Unklaren über das Ziel der Mission. Prinzipiell musste es sich natürlich um ein Schiff handeln – alles andere ergab keinen Sinn – aber auf dem Radar war nur eine ungefähre Position zu erkennen, noch 500 Kilometer vom Bomber entfernt, 200 Kilometer bis zum Abwurf, 200 Kilometer *tiefer im Hurrikan*.

»Ich beginne jetzt mit dem Abstieg, das wird noch übler. Halten Sie sich bitte fest, Genosse!«, sagte der Pilot, drückte die Nase des Bombers mit Mühe in eine sanfte Abwärtsposition und versuchte den Kurs trotz der brutalen Böen im Mittel nicht zu verlieren.

Housheng war über das Manöver nicht überrascht. Die Behälter konnten erst ab einer Höhe unter 5000 Meter und einer Geschwindigkeit von weniger als 600 Stundenkilometern ohne Gefahr für das Flugzeug abgeworfen werden. Von der Aussicht her machte es keinen Unterschied, ob sie in zwölf oder fünf Kilometer Höhe flogen, die Wolken wurden eher noch dichter, in den Cockpitfenstern spiegelten sich lediglich die Lichter der Instrumente.

Eine Viertelstunde später startete der *Longshot*-Adapter mit dem Torpedo problemlos, entlastete die Xian von fünf Tonnen Gewicht, zog eine spiralförmige Feuerspur hinter sich her bis er nach wenigen Sekunden von den dichten Wolken verschluckt wurde und verursachte ein kurzes Aufatmen bei Housheng. Das währte jedoch nur sehr kurz. Die durch den Abwurf einer Waffe entstehende Asymmetrie der Außenlasten drängte den Piloten zu einer extremen Trimmung, welche die Maschine in eine dermaßen schiefe Roll-Lage zwang, dass

Housheng die Reste seines Mageninhaltes heftig in den Helm erbrach.

Der Pilot kämpfte mit der in den heftigen Böen bockenden Maschine - und je länger es dauerte, desto klarer wurde Housheng, das er auch um *ihr* Überleben kämpfte.

Endlos dehnte sich der Countdown bis zum Abwurf der Kelt. Der fliegende Torpedo sollte zehn Minuten Vorsprung bekommen, zehn Minuten, in denen die Cruise Missile durch die langsamere Geschwindigkeit des Flugzeugs auf Abstand gebracht wurde, bevor sie mit ihren Mach 1,2 die Verfolgung aufnehmen würde.

In diesen endlosen zehn Minuten hatte Wen Housheng viel Zeit darüber nachzudenken, ob es noch andere Orte geben könnte, die schrecklicher waren als der, an dem er sich gerade befand. Sein Kopf war von bohrenden Schmerzen erfüllt, seine Brust und Kehle brannten lichterloh von der Überproduktion an Magensäure.

Kurz vor der Ohnmacht dämmerte ihm ein Ort: *Natürlich! Dass ihm das nicht eher eingefallen war.*

Die Koordinaten dieses Ortes befanden sich in den Zielerfassungscomputern der Waffen, von denen die zweite in weniger als fünfzehn Sekunden die Tragfläche der *Xian H-6K* verlassen würde.

Flynn - seit 16 Stunden an Bord des Black Marlins

Am selben Tag

Es funktionierte.

Nach über sechzehn Stunden auf der Liege im U-Boot hatte er dringend mal eine Positionsveränderung gebraucht. Flynn hatte den *Black Marlin* senkrecht aufgerichtet, seine Gurte gelöst und sich auf die Einstiegsluke gestellt. Er konnte zwar kein Rad schlagen aber für ein paar vorsichtige Kniebeugen reichte es gerade, wenn er die Arme nicht ganz lang machte. Positiver Nebeneffekt war, dass alle leeren Bierdosen jetzt ordentlich am Ende der Druckkammer um seine Füße herum lagen. Sollte ihn jetzt der Schlag treffen und das Boot irgendwann später geborgen und geöffnet werden, hätten die Finder höchstwahrscheinlich den Eindruck, einen alten Wertstoffcontainer aus dem Meer gefischt zu haben. Er grinste – *das wär mal 'ne Schlagzeile!*

Was hingegen nicht so gut funktionierte, war die Klimaanlage. Obwohl Wade an Bord des Forschungsschiffes schon gute Arbeit an der Verbesserung der Luftentfeuchtung des *Black Marlins* geleistet hatte, war die Anlage mit der Wärmeproduktion von Flynn überfordert. Die Kniebeugen leisteten keinen positiven Beitrag zu dem Thema. Durch die lotrechte Ausrichtung des *Black Marlins* verband sich der feine Tröpfchenfilm, der alle Oberflächen überzog, zu größeren Tropfen, die Richtung Heck liefen. Flynn spürte, wie er langsam aber sicher feuchte Socken bekam. Da würden sie sich noch mal ernsthaft Gedanken machen müssen.

Seit dem Vorfall in der letzten Nacht, als die Membranen für kurze Zeit verstopften, litt er an einem, in unregelmäßigen Abständen wiederkehrenden, hartnäckigen Hustenreiz, den er auch durch kontinuierliches Leeren seines Biervorrats nicht dauerhaft verdrängen konnte. Außerdem bildete er sich ein, dass er leichtes Fieber bekommen hatte.

Na ja, egal – er rollte mit den Schultern, öffnete das Haarband, strich sich die Mähne zu einem halbwegs geordneten Pferdeschwanz zusammen und knotete das Band wieder darum – *oben würde er duschen und sich etwas ausruhen können, sollte der Hurrikan inzwischen etwas nachgelassen haben.*

Flynn trat an die Liege, tippte auf den Touchscreen, um den *Black Marlin* wieder in horizontale Fahrtposition zu bringen, und schlüpfte in die Gurte.

Zeit, Ivy nach dem aktuellen Stand des Wetters zu fragen.

»Kirk an *Enterprise*. Brücke – hört ihr mich?«

Nach einigen Sekunden erklang die Stimme seiner Studentin, die amüsiert vor sich hin kicherte. *»Hallo Prof, hier ist*

Uhura. Wollte auch gerade anrufen. Grüße von Scotty, aber er kann Sie immer noch nicht hochbeamen. Das Weltraumwetter ist einfach zu schlecht, er liegt selbst mit grünem Gesicht in seiner Koje.«

«Mist – dann verbinde mich eben mit Pinback von der *Dark Star.*"

»*Sorry, Prof, der ist schon lange tot.*«

»Gibt es überhaupt keine vernünftigen Leute mehr da oben?«

»*Oh doch – und die machen sich alle Gedanken, wie wir Sie wieder hochbekommen. Was macht der Husten?*«

Er zwang sich zu einem trüben Lächeln, »geht so, fast weg.«

»*Sehr schön. Ich habe eine interessante Entdeckung für Sie, vielmehr die Kollegen aus CC3. Unser bisheriges Lieblingsnugget – das Haus von Kurt – hat uns einiges verraten.*«

Flynn dachte kurz an diese weiße Masse, die Kurt dort aus Felsnischen gezogen hatte, und er fröstelte. »Bin ganz Ohr.«

»*Zuerst das Alter.*« Er hörte Ivy mit Papier rascheln. »*Das ist nicht ganz so einfach, es gibt wohl Widersprüche.*« Ihre Stimme wurde ernst und Flynn spürte ihre Verwirrung.

»Nenn mir die Fakten, Ivy – wie immer – zuerst die Fakten.«

»*Die C-12- und C-14-Analysen der Kohlenstoffisotope der Sedimentproben, die Sie mitgebracht haben, kommen auf ein Alter von mindestens 90000 Jahren. Die deutschen Wissenschaftler haben sich Einzeller aus den Proben vorgenommen*«, sie stockte, »*Foraminiferen – sollen wohl üblicherweise dafür genommen werden, beziehungsweise ihre fossilen Kalkhüllen in dem Schlamm auf der Oberseite des Nuggets.*«

Er nickte vor sich hin. »Klingt erst mal plausibel, die Schicht ist immerhin über zehn Meter dick, und das nach einem Aufstieg von acht Kilometern aus dem Tiefseegraben – möchte nicht wissen, wie dick sie im Urzustand war und wie lange es da unten gedauert hat, solch eine Mächtigkeit aufzubauen.«

»Plausibel ist das allein betrachtet wohl schon, Prof – aber wie kommt so eine alte Schicht auf diese Betonruine aus den Sechzigern?«

Flynn stutzte, kratzte sich an der Schläfe und brummte vor sich hin, während er den Fehler in der Logik suchte.

»Außerdem beschreibt das Nugget einen merkwürdigen Kurs. Als wir das beim letzten Mal erwähnten, hatten wir erst ein paar Messwerte, aber jetzt ist es deutlich«, redete Ivy unbeirrt weiter.

»Was?«, er rieb sich die Müdigkeit aus den Augen. »Kurs? – Wieso? – Ich denke, es folgt im Großen und Ganzen der Strömung?«

»Das war am Anfang wohl Zufall, die letzten Stunden hat es sich jedenfalls deutlich aus ihr herausgedreht. Im Moment befindet das Nugget sich in eineinhalb Kilometern Tiefe, nur noch 500 Meter von Vesper Rubens entfernt. Es wird auch nicht dichter rankommen, sondern seinen Kurs auf die Region von Palau fortsetzen und sich dort irgendwo in den pazifischen Sockel rammen.«

»Hmm – haben die eine Ahnung – wieso?«

»Sophie hatte einen Verdacht, der sich bestätigt hat. Das Nugget folgt exakt der Orientierung der Feldlinien des Erdmagnetfeldes, so wie es verschiedene Meeresmikroorganismen auch tun. Möglicherweise spielen sogar die Deklinationswinkel eine Rolle für die Tiefe, in der diese Bruchstücke treiben.«

Er wischte sich ein paar Schweißtropfen von den Augenbrauen. »Das kann einen Sinn ergeben, Ivy. So voller Metall, wie die Dinger sind, können sie wie gigantische Kompassnadeln wirken.«

»Und es erklärt, warum sie immer in der gleichen Region auftauchen.«

»Also sollten wir uns beeilen, wenn wir noch etwas aus dem Nugget erfahren wollen«, sagte er entschlossen und gab einen Kurs zur *Vesper Rubens* ein.

»Professor Rampi bittet Sie, zuerst einem neuen Echo nachzugehen. Die letzte Kaltwasserblase hat ein deutlich größeres Stück mit nach oben gebracht. Dies sind die Koordinaten. Er sagt, mindestens die zehnfache Größe.«

»Zehnfach?« Flynn lenkte das U-Boot in die neue Richtung, als der Positionsmarker im Navigationsfenster erschien.

»O. k., ich seh es mir an und leg mich danach aufs Ohr. Ivy, sag bitte Wade, er soll sich nicht so anstellen!«

Sie lachte leise. »*Hier geht es mittlerweile den meisten schlecht. Und der Hurrikan soll schlimmer werden. Das Abkopplungsmanöver der Versorgungsleitung hat wohl im ersten Versuch nicht geklappt, bleiben Sie lieber darunter weg. Bis später.*«

Sophie – Landedeck der Aurora Oceani

Am selben Tag

Hermine hatte Spaß, soviel war mal sicher, dachte Sophie, während sie im Steuerbordniedergang zum achterlichen Landedeck ihre Wetterjacke anzog, die Gummimanschetten der Ärmelöffnungen dichtzog und neugierig durch das Türglas auf das im Flutlicht der Toppscheinwerfer nass glitzernde Landedeck blickte.

»Sie müssen den Helm aufsetzen und das Sicherungsgeschirr anlegen, sonst kommen Sie nicht raus«, sagte der Matrose bestimmt, der die Tür bewachte, damit die Mitglieder der wissenschaftlichen Abteilungen nicht ungeschützt in den Hurrikan hinausrannten und womöglich über Bord geweht wurden. Er reichte ihr ein Geschirr nicht unähnlich dem eines Bergsteigers, half ihr beim Einsteigen und zog die Schulter- und Beingurte so fest an, dass Sophie nur mehr langsam Luft holen konnte.

»Ich wollte noch aufrecht gehen können«, sagte sie säuerlich, löste die Gurtspannung etwas, streckte sich und pikte die beiden Edelstahlkarabiner in die Bereitschaftsschlaufen. Dann nahm sie den leuchtend orangenen Schutzhelm mit hochgeschobenem, halbkugelförmigem Visier von dem Matrosen entgegen, der seinen bereits aufgesetzt hatte und Sophie auffordernd ansah.

Sie drückte den Helm über ihre Kapuze, zog den Kinnschutz und Kragen der Jacke so hoch es ging und schloss den Helmgurt.

Der Matrose begutachtete kritisch jeden ihrer Handgriffe und notierte dann Sophies Namen und die Uhrzeit in einem Wachbuch.

»Ziehen Sie die hier noch an.« Er reichte ihr ein Paar mit Gummipolstern in der Handfläche versehene fingerlose Handschuhe mit Klettverschluss. »Ich werde die Automatik Ihrer Schwimmweste deaktivieren. Es ist draußen zu viel Wasser in der Luft«, sagte er lächelnd, gab ihrem Visier einen Klaps, so dass es schmatzend schloss. »Die Böen da draußen haben in Spitzen hundertfünfzig Stundenkilometer. Ich werde Sie hinausbegleiten und Ihren Lifebelt einhaken. Den dürfen Sie erst wieder lösen, wenn Sie zurück sind, ist das klar?«

Sophie nickte und versuchte sich innerlich auf die Wucht des Hurrikans einzustellen, dessen Dröhnen gedämpft durch die Mehrfachverglasung der schweren Tür drang.

Der Matrose berührte einen Taster und die Sicherheitstür fuhr zur Seite.

Es funktionierte *nicht*. Die erste Böe brüllte die beiden an und drückte Sophie in die Türöffnung zurück, überzog ihr Visier mit einem Wasserfilm und durchnässte ihre Baumwollhose, bevor sie auch nur einen Schritt auf das Deck getan hatte.

Sie spürte von hinten zwei Hände auf ihren Schultern, die sie langsam aber unnachgiebig nach vorn schoben und neben die Tür hinter einen kleinen Vorsprung, der etwas Windschatten spendete, dirigierten. Der Matrose pikte die beiden Karabiner von Sophies Lifebelt in eine neongrüne mit Kunststoff umhüllte Edelstahl-Lifeline ein, welche quer über das Landedeck bis zur achterlichen Reling abgespannt war.

Sie konnte sehen, wie sich seine Lippen bewegten, verstand jedoch kein Wort mehr, da jede Silbe sofort vom Sturm weggerissen wurde. Dann gab er ihr mit dem Zeigefinger der rechten

Hand ein wegweisendes Zeichen an der Lifeline entlang und deutete abschließend auf die bedrohlich schwingenden Rotorblätter der amerikanischen Osprey, welche in zusammengefalteter Parkposition mit eingeschwenkter Tragfläche auf der Backbordseite des Landedecks vor dem geschlossenen Rolltor des Hangars stand, in dem sich die beiden Bordhubschrauber befanden.

Der Weg von gut dreißig Metern bis zur achterlichen Reling, flankiert von der Osprey auf der einen und einem weiteren schäbigen 40-Fuß-Standardcontainer auf der anderen Seite, raubte ihr fast die gesamte Kraft. Schritt für Schritt zog Sophie sich an der Lifeline entlang, die in ihren Händen wie eine bis kurz vorm Zerreißen gespannte Saite eines Musikinstruments vibrierte. Ohne die Handschuhe hätte sie keine Haut mehr an den Handtellern gehabt, bevor sie auch nur die Hälfte der Strecke überwunden hatte. Im letzten Teil der Strecke lieferte der Container wenigstens etwas Windschutz. Als sie schließlich die Reling, einen eineinhalb Meter hohen Edelstahlkranz, erreichte, pikte sie einen der beiden Karabiner ihres Lifebelts in eine Öse davon um und hielt sich zusätzlich mit beiden Händen fest.

Die Böen drückten ihren Kopf hin und her und zwangen Sophie, die Stirnpartie des Helms gegen die Reling zu pressen, damit sie auf diese Art in relativer Ruhe das Geschehen unter ihr am Heck der *Aurora Oceani* beobachten konnte.

Der erste Blick machte ihr deutlich, dass die Crew den letzten Zeitpunkt zum Umhängen der Versorgungsleitung der *Vesper Rubens* definitiv verpasst hatte.

Sie wollte mit eigenen Augen sehen, was sie bisher nur über die Monitore von CC3, der Unterwasser-Operationszentrale, beobachtet hatte. Ihre Position überblickte vom achterlichen Landedeck, das sich 15 Meter über der Wasserlinie befand, die gesamte Hecksektion des Forschungskreuzers, welche mit knapp vierzig Metern Breite und dreißig Metern Länge aus drei Teilen bestand, von denen das Mittlere bis auf Wasseroberflächenniveau abgesenkt war. Durch das Absenken waren ein künstlicher Minihafen und ein Zugang zu den unter dem Hangar befindlichen Liegeplätzen der Beiboote der Aurora entstanden, wo sich bis auf die Marlins auch das übrige schwimmfähige Material der wissenschaftlichen Abteilung befand.

Die massive vierbeinige Konstruktion des Heckkrans stützte sich mit je einem Beinpaar auf den äußeren Heckbereichen ab und trug in fünf Metern Höhe und zehn Meter hinter dem Heck die schwere Umlenkvorrichtung für die Versorgungsleitung der *Vesper Rubens*.

Kapitän Meissner hatte die *Aurora Oceani* mit dem Bug in die Wellen drehen lassen, um das Umhängemanöver überhaupt ermöglichen zu können. Der Schiffsrumpf mit seinen Aufbauten hatte den Arbeitern somit größtmögliche Ruhe vor den Böen und den mittlerweile mehr als rumpfhohen Brechern gegeben, die in beeindruckender Optik rechts und links am Heck vorbeiliefen und sich im Dunkel der Nacht irgendwo weit hinter dem Schiff wieder vereinigten.

Trotzdem hatte es nicht geklappt! dachte Sophie.

Die Schwebeboje von der Größe eines Oberklasse-SUVs trieb beschädigt am Anleger, gehalten durch mehrere zentimeterdicke Festmacher. Eine sichtbare Delle von einem Meter Durchmesser und weitergehende Risse im Oberflächenmaterial der Boje sowie eine entsprechende Beschädigung an der Grenzfläche der mittleren Hecksektion zur Steuerbordsektion in einigen Metern Höhe dokumentierten das Scheitern des Versuchs. Grund war die von der Wellenrichtung abweichende Windrichtung des Hurrikans, die zwischen 25 und 45 Grad nach Norden versetzt war. Das war nicht ungewöhnlich, da die Wassermassen eines Pazifiks, wenn sie erst einmal in Bewegung geraten sind, nicht sofort jeder Winddrehung folgen. Die Leitung der Bergungsmannschaft hatte das übersehen und war davon ausgegangen, dass die Drehbewegung der *Aurora* sie nun auch vollständig in den Windschatten ihrer Aufbauten bewegt hatte.

In der Folge war die Boje von den ersten Böen mit Schwung gegen die Sektionswand gedrückt worden, sobald sie den Windschatten des kleinen Hafens verlassen hatte, die Mitglieder des Bergungsteams, die mit Leinen versuchten, die Boje zu führen, waren einfach durch die Luft gewirbelt worden. Einer von ihnen hatte schwere Verletzungen davongetragen.

Sophie zählte jetzt sechs Gestalten in neongelben Überlebensanzügen, die mit der Sicherung der Boje beschäftigt waren und sich bemühten, sie zurück zu den Liegeplätzen zu bewegen, um der Hecksektion ein Schließen zu erlauben.

Auf der Höhe der Landeplattform, einige Meter hinter dem Heck, hing die schwere Umlenkvorrichtung mit den Stoßdämpfern unverändert an ihren Stahlseilen, schlug mitunter hart gegen die Begrenzungs-Ösen, welche ein Abrutschen der Versorgungsleitung aus der Halterung verhinderten.

Ihre Füße schmatzten in den Sneakern. Das Regenwasser lief ihr mittlerweile schon wieder aus den Schuhen heraus. Die Jeans klebte an den Beinen und trotzdem hatte Sophie das Gefühl, ihre Haut würde brennen. *Hermine* nahm weiter an Intensität zu.

Meissner würde in nicht allzu langer Zeit entscheiden müssen, die Boje zu opfern – sollte es zu gefährlich für die Bergungsmannschaft werden, weiter zu versuchen, sie ins Innere zu ziehen. Weiterhin würde er die Versorgungsleitung kappen lassen, damit die *Aurora Oceani* Fahrt aufnehmen konnte, um sich selbst zu stabilisieren. Trotz ihrer Masse, trotz der ausgefahrenen, vierzehn Meter langen Seitenflossen, die in Schiffsmitte auf jeder Seite wie gigantische Walflossen ins Wasser reichten, neigte sich das große Schiff mittlerweile deutlich merkbar in den haushohen Wellen. Ihre Verbindung zur Tiefseestation fesselte die *Aurora* an ihre Position – ohne eigene Geschwindigkeit war die Wirkung von Rudern, Stabilisatoren und Manövrierpods jedoch äußerst gering.

Sophie holte hinter dem Visier langsam Luft, die süß vom Regen schmeckte und warm war. Ein leises Knallen drang an ihre Ohren. Sie drehte ihren Kopf, sah an der Lifeline zurück, streifte den Container mit einem Blick und der blieb daran hängen, als ohne Vorwarnung grelles Licht aus den Fugen der Kantenstöße drang, gefolgt von einer ganzen Serie gedämpfter Explosionen.

Fast hätte Sophie den Halt verloren, als eine besonders starke Böe sie erwischte. Doch der Lifebelt verhinderte, dass sie ausrutschte. Eine Erschütterung des Landedecks ließ sie erneut einen Ausfallschritt machen und zu dem Container sehen, dessen Dach und Seitenwände mit lauten Donnern funkenschlagend auf den Boden klappten, Sophie nur um einem halben Meter verfehlend. Stroboskopartige Blitze hüllten das Landedeck in ein gespenstisches Licht.

Sie rappelte sich benommen auf, erkannte ein in die Höhe fahrendes Radargerät, dessen Sensor sich mit irrwitziger Geschwindigkeit drehte, flankiert von zwei gedrungenen Kanonenläufen, die sich in perfekter Harmonie auf ein imaginäres Ziel auf Backbord ausrichteten.

Hier sollte ich schleunigst weg!, drängte sich ein Gedanke auf. Sie blickte zurück über das Landedeck, der Matrose, der sie hinausbegleitet hatte, winkte sie mit deutlichen Bewegungen zu sich heran.

Sophie wurde von *Hermine* an die Reling gepresst. Sie pikte den zweiten Karabiner wieder in die Lifeline um und begann sich zurückzukämpfen.

Reydar – In Seenot

Am selben Tag

Der Container hatte ganze Arbeit geleistet. Vor Tagen, Wochen oder Monaten bei einem ähnlichen Sturm über Bord eines Frachters gegangen, nur halb beladen und damit zu leicht zum Sinken, war er von der Strömung knapp unter der Wasseroberfläche wie eine Seemine durch den Pazifik getragen worden.

Bis heute, wo sich sein Kurs mit dem des *White Eagles* kreuzte, die geplante Evakuierung des Trimarans in eine überstürzte verwandelte und dem stolzen Schiff einen Ausleger amputierte.

Sofort begann sich das Schiff nach Backbord zu neigen, so weit, bis das Gewicht des Steuerbordauslegers mit dem gebrochenen Mast und der Segel ausreichte, die Kippbewegung zu stoppen. Der zertrümmerte Ausleger hing noch an diversen Stagen und Wanten, trieb in einem fast senkrechten Winkel im Wasser und keilte den Container zwischen sich und dem Hauptrumpf ein.

Bei Reydar läuteten alle Alarmglocken Sturm.

Backbord – da befand sich die Rettungsboje.

Die war durch eine doppelte Außenhaut zwar besser geschützt als der normale Rumpf, würde jedoch einer Stahlecke nicht lange widerstehen, sollte eine Welle den *White Eagle* auf den Container schleudern.

Unter Aufbringung seines gesamten Willens nahm er eine Hand von den Aluminiumstäben des Fangkorbes, mit der er sich festgekrallt hatte, tastete nach dem Sicherungskarabiner und wartete einen Moment ab, in dem die letzte Welle rauschend und sprudelnd durch die Hecköffnung des Hauptrumpfes verschwand und ihm wenige Sekunden zum Luftholen ließ, bevor die nächste über den Bug hereinbrach.

Dann öffnete er den Verschluss, sprang hastig in den Niedergang, landete fast kopfüber im hüfthoch stehenden Wasser der Kajüte, rappelte sich auf versuchte die Luke der Boje zu erreichen.

Der *White Eagle* tanzte. Die Notmaschine lief immer noch auf voller Drehzahl, mit dem zerstörten Ausleger, dem halb versunkenen Container und der Takelage im Wasser war jedoch die Ruderwirkung nahe Null, der Autopilot zog das Schiff nach Steuerbord, genau in die falsche Richtung für die aus Backbord anrollenden Wellen.

Unter Deck war das Knirschen des Containers an der Außenhaut deutlich zu hören und es ging Reydar durch Mark und Bein.

Der *White Eagle* glitt seitwärts eine Zwölf-Meter-Welle hinauf, legte sich nach Steuerbord. Reydar handelte automatisch, er wusste, er hatte nur Sekunden.

Das gesamte Wasser in der Kajüte lief auf die Steuerbordseite, Karten, lose Gegenstände, alles, was herumgelegen hatte, in einem Schwall mitnehmend. Für einen kurzen Moment war die Einstiegsluke frei. Er suchte Halt auf dem Niedergang, drückte sich ab und erreichte das Handrad zur Entriegelung der Luke, klappte sie herunter und sprang in die Öffnung.

In dem Moment erreichte der *White Eagle* den Wellenkamm, kippte um fast 150 Grad nach Backbord, fiel ein paar Meter herunter, bis der Hauptrumpf dröhnend auf Ausleger und Container aufschlug und alles unter Wasser drückte.

Reydar wurde hart in die Boje geschleudert, das in die Kajüte eingedrungene Wasser schwappte durch die Luke. Er riss sich herum, langte aus dem Einstieg heraus, zog die Luke hoch und verriegelte sie fest. Dann zwang er sich zum Überlegen.

Das Geräusch des Motors erfüllte ohrenbetäubend den kleinen Raum der Rettungsboje. Er musste den Antrieb des *White Eagles* abschalten, damit die Schraube nicht die Boje beschädigen konnte. Er aktivierte das Steuersystem der Boje, unterbrach über einen Hardwareschalter die zentrale Energieversorgung des Schiffes. Dann, als die Motorgeräusche erstarben und das Gieren und Schwojen infolge des fehlenden Vortriebs fast unerträglich wurde, drückte er auf den Startknopf.

Als würden zeitgleich einhundert Airbags um ihn herum gezündet, hörte er eine brutale Serie von Explosionen, spürte eine hohe Beschleunigung nach unten. Sämtliche Rollbewegungen endeten schlagartig, alle Geräusche verstummten und wurden durch ein intensives Sprudeln ersetzt, das er nur dumpf durch das laute Pfeifen in seinen Ohren vernahm. Hektisch warf er sich auf die dick gepolsterte Bank, riss das Fangnetz aus seiner Halterung und spannte es um sich, so fest er konnte.

Die Abwärtsbewegung veränderte sich in eine Seitwärtsbeschleunigung, die Gasdüsen bewegten die Rettungsboje unter Wasser aus dem Gefahrenkreis eines möglicherweise sinkenden *White Eagles.*

Sein Blick wanderte durch die Dunkelheit über die rot leuchtenden Anzeigen zum einzigen Bullauge der Boje, in der Mitte der Einstiegsluke. Langsam wurde das schwarze Wasser grünlich. Die Beschleunigung ließ nach. In seltsamer Ruhe trieb die Boje in fünfzehn Meter Tiefe dahin. Sie war jetzt ungefähr dreihundert Meter vom Trimaran entfernt. Sie würde erst auftauchen, wenn Reydar die Befehle dazu gab, so lange war der Aufenthalt unterhalb der tobenden Wasseroberfläche weitaus materialschonender.

Er startete den Rettungssender, eine Miniboje, die aus einem kleinen Seitenbehälter an die Oberfläche schoss, mit einem Glasfaserkabel weiterhin mit der Rettungsboje verbunden blieb und die Welt darüber informierte, wo der glühendste Nacheiferer des norwegischen Staatshelden gerade sein aktuelles Scheitern demonstriert hatte.

Meissner - Brücke der Aurora Oceani

Am selben Tag

Die im achterlichen Teil der *Aurora Oceani* rund zwölf Meter über die Wasserlinie reichende Bordwand war im Bereich des Bohrturms auf beiden Seiten auf sechs Meter Höhe ausgeschnitten, um Arbeiten mit dem Bohrgestänge zu erleichtern, wenn es in Benutzung war. In diesem - fast fünfzig Meter langen - Sektor brachen die Wellenkronen seit einer halben Stunde von beiden Seiten über das Deck, stoben gegen das Schanzkleid der wieder höher gelegenen Hecksektion und strömten danach beidseitig über Bord zurück ins nächste Wellental.

Richard Meissner und sein Erster Offizier Wolf Schmidt sahen sich auf der hoch über dem Schiff gelegenen Brücke Live-Übertragungen der ferngesteuerten Kameras von unterschiedlichen Schiffsbereichen an, um die Wirkung der See auf die *Aurora Oceani* zu beurteilen. Wortlos klickte Wolf durch die Perspektiven. Auf einem zweiten Bildschirm blieb die Einstellung unablässig bei der Bergungsmannschaft auf dem Variodeck und übertrug die langsamen Fortschritte.

»Ich denke, die Männer haben noch für eine Viertelstunde Kraft, Käpt'n. Danach sollten wir es gut sein lassen und Boje und Leitung über Bord schicken – das ist nur Material. Für die Männer ist es zu gefährlich. Wir haben schon einen Verletzten.«

Meissner warf Wolf einen zustimmenden Blick zu.

»Die Wissenschaftler sind alle grün im Gesicht vor lauter ungewohntem Seegang und fühlen sich dem Tode nahe – aber solange sollten sie es noch aushalten können. Das ist ein gutes Landrattentraining«, sagte er mit trockenem Humor und wandte sich dem Bordtelefon zu, wählte die Nummer der Unterwasser-Operationszentrale.

»Hier ist Meissner. Informieren Sie *Vesper Rubens* und bereiten Sie sich darauf vor, die Station abzukoppeln. Nein – nicht mit der Schwebeboje – die ist hin, das wissen Sie ja. Mit dem Notfallprogramm. Die Steuerungspods werden mit der Leitung auf den Meeresboden absinken. Wir können sie später wieder anschließen und starten. Nein – ich weiß nicht, was die Leitung kostet – aber ich weiß, was dieses Schiff gekostet hat, Doktor, und die Besatzung kann da unten lange aushalten. In circa 30 Minuten geht es los. Gut, danke!«

Wolf stand vor dem Wetterradar. »Hundertachtzig – und zunehmend, Käpt'n.« Er griff zu seinem Becher mit nur noch lauwarmen Kaffee. »Wir haben keine Wahl, wir müssen – «, er stockte inmitten des Satzes und sah irritiert auf einen Koffercomputer ein paar Meter entfernt, der unvermittelt ein die gesamte Brücke durchdringendes Signal ausstieß.

»*Was zum* – «, Meissner unterbrach sich selbst. »Das ist von Strauss' Material. *Holen Sie ihn!*«

Der Erste Offizier hatte ihn nicht gehört, in seinen Ohren dröhnte das aufdringliche Alarmsignal. Wolf stand nachdenklich vor dem olivgrünen Aluminiumkasten im Format eines großen Reisekoffers, schaute auf eine rot blinkende Anzeige, die auf dem Deckel unter einem Streifen Sicherheitsglas eingelassen war, und riss diesen kurzentschlossen hoch. Das Signal verstummte, nicht ohne bei allen Anwesenden auf der Brücke ein sekundenlanges Phantom-Echo zu hinterlassen.

Noch während er versuchte, sich zwischen zwei quadratischen Touchscreens, einem zentralen Schlüssel, einer Tastatur und mehreren prominent in Szene gesetzten militärischen Schutzschaltern zu orientieren, lief über den linken Bildschirm eine kurze Bootsequenz, endete mit einem roten Blitzen und zeigte unter einer zentralen Nachricht einen von 4 Minuten und 46 Sekunden ablaufenden Countdown. Wolf tippte schnell auf drei Tasten.

»Wolf! – Was machen Sie?«

Meissner trat neben seinem Ersten Offizier und las die Nachricht drei Mal, starrte dann konzentriert auf die Menupunkte des rechten Bildschirms:

1: Rechenkerne MANTIS BFZ A, B		*Aktiviert*
2: NBS RAM Radar Sensor A, B		*Aktiviert*
3: Aktivieren	AHEAD (CODE FO)	
4: Aktivieren	GDF 020 A, B (CODE FO)	
5: FlaSys		*Aktiviert*

Wolf hatte alle Komponenten gestartet, die ohne speziellen Sicherheitscode in Betrieb zu nehmen waren – hoffentlich war das kein Fehler gewesen. Meissner nahm unbewusst seine Mütze ab, kratze sich am schlohweißen Haar und setzte sie wieder auf. Nur seiner über vierzigjährigen Erfahrung und hart trainierten Selbstkontrolle geschuldet, traf er keinerlei Schlussfolgerungen, versuchte keine Analyse, fluchte nicht weiter und verschwendete auch sonst keine Zeit.

»*Holen Sie von Strauss hierher – jetzt!* Und wenn Sie ihn auf ihren Schultern hertragen.«

Doch der Befehl war unnötig. Wolf Schmidt war bereits zum gleichen Schluss gekommen und er rannte sehr schnell. Die Tür zum Niedergang fiel leise hinter ihm ins Schloss.

Rotgar - Krankenstation

Am selben Tag

Sein Schlaf war unruhig. Eigentlich war er auch nicht müde gewesen - nach über 24 Stunden im Bett fühlte Rot sich grundsätzlich ausgeruht - aber dann war er nach dem guten Abendessen und den zwei Flaschen Bier doch eingenickt, etwas schmollend darüber, dass Doc Soap ihm aus dienstlichen Gründen die abendliche Visite gestrichen hatte.

Das schrille Fiepen seiner Armbanduhr holte ihn jedoch unvermittelt zurück. Er brauchte ein paar Sekunden, um den Ton einordnen zu können, las verstört die codierte Nachricht auf dem Ziffernblatt, doch dann griff endlich die militärische Routine und er sprang aus dem Bett, stöhnte laut auf, als das verletzte Bein zu stark belastet wurde, sah entgeistert auf die Schläuche, die aus seinem Handrücken kamen, biss die Zähne zusammen und riss die beiden Braunülen heraus.

Er zog im Vorbeigehen ein Tuch vom Waschbeckenschrank, wickelte es um die blutende Rechte und humpelte los. Vier Minuten - das war nur der Kopplung des Feuerleitradars der *Mantis* an die Schiffssysteme der *Aurora Oceani* zu verdanken - *seiner Idee!* Sonst hätte die Vorwarnzeit maximal eine Minute betragen. Er fühlte ein wenig Stolz in sich aufwallen, rannte den Flur vor der Krankenstation so schnell entlang, wie der Schmerz es zuließ, bog ab Richtung Treppenhaus und machte sich an den mühsamen Aufstieg.

Irgendwo auf dem achten Deck, wo die Quartiere endeten und der Bereich der Schiffsführung begann, rannte ihn jemand um.

»Von Strauss, da sind Sie ja, los kommen Sie, ich helfe Ihnen.«

Wolf Schmidt, der Erste Offizier, riss ihn vom Boden hoch, schlang einen Arm unter Rotgars Schulter hindurch und schleifte ihn die Treppen hoch zur Brücke.

Zwei weitere diensthabende Offiziere halfen die letzten Meter durch die Tür und trugen ihn gemeinsam vor den Feuerleitrechner der *Mantis*.

»Was bedeutet das, von Strauss? Wer greift uns da an?«

Er ignorierte die Fragen des Kapitäns, scrollte durch die Statusmeldungen des Systems und machte sich ein Bild.

»Zwei Flugobjekte, zwei neununddreißig, dreiundsechzig Kilometer Entfernung«, murmelte Rot, tippte seine Codes in den Rechner, legte den Schlüsselschalter um, startete einige Bahnprognosen und wartete auf die Antwort der Rechenkerne.

»400 Meter pro Sekunde«, sagte er, richtete sich etwas auf und atmete tief durch. Dann sah er aufmerksam in die Runde. Alle Diensthabenden der Brücke waren um ihn versammelt.

Meissner starrte ihn mit offenem Mund an.

»Seit wann haben *Piraten* Zugriff auf Cruise Missiles?« fragte Rot rhetorisch und sah ihn an.

»*Was?*«

»Die ballistische Kurve, Käpt'n. Hoher Anflug, bis sie entdeckt wird. Dann geht sie im Sturzflug runter auf Baumwipfelhöhe - oder hier eher Wellenkammhöhe, bis zehn Kilometer vor dem Ziel, dann wieder rauf auf drei, vier Kilometer Höhe und senkrecht auf das Ziel runter - *Bumm!*«

»Warum tun Sie nichts dagegen, von Strauss, *schießen Sie sie ab!*«

Rot tippte mit dem Zeigefinger auf den linken Touchscreen, der zwei Anflugkurven und Bahninformationen anzeigte.

»Zu weit weg, die Zerlegerladungen der *Mantis* wirken bis maximal 20 Kilometer Entfernung. Also haben wir noch achtundzwanzig Sekunden Zeit.«

Der rechte Monitor zeigte ein Bild ausgehend vom vorderen Landedeck. Gischt wirbelte über das Kameraobjektiv, als die Wellenkämme den Schiffsrumpf trafen, am vorderen Wellenbrecher des Schanzkleids zerstoben und wie große Schneeflocken durch den Hurrikan wirbelten.

Mit einem Tastendruck sprang Rot zum hinteren Landedeck. »Ist das einer der Bordhubschrauber?« fragte er irritiert, als der zweite Rechenkern ihm einen um 180 Grad eingeschränkten Feuerbereich meldete.

»Nein, das ist eine amerikanische Osprey, kam am späten Abend«, sagte Schmidt.

Rot grinste vor sich hin. »Also nicht Ihre Kostenstelle, Kapitän? Sie steht nämlich zwischen den Revolverkanonen 3 und 4 und dem Ziel.«

»Gibt es keine Alternativen? Was ist mit dem Container da unten?« Meissner zeigte aus der Fensterfront der Brücke auf die bugseitige *Mantis*.

Rot schüttelte den Kopf. »Nur, wenn ich durch die Brücke schießen darf.«

Die Entfernung auf dem linken Touchscreen fiel unter 20 Kilometer. Rot bildete sich ein, das Röhren der 30-Millimeter-Kanonen durch den Hurrikan und die dicken Fenster zu hören. Jedenfalls sahen alle die Leuchtspuren der AHEAD-Munition, die mit einer Mündungsgeschwindigkeit von mehr als einem Kilometer pro Sekunde die Rohre der achterlichen *Mantis* verließen und sich auf das Nähere der beiden Flugobjekte stürzten.

Ein Signal verschwand.

»Sie haben eine getroffen, von Strauss, *sie ist weg!*« rief Schmidt.

»Nein, sie ist von allein ins Meer gestürzt, *Mantis* hatte die andere im Visier und in die Wellenkämme geschossen.«

Mit wahnsinniger Geschwindigkeit tippte Rot Programmcode in den Rechner, während die Kamera des achterlichen Geschützpaares Bilder der traurigen Reste des in den Sturmböen lohenden amerikanischen Senkrechtstarters übertrug.

Mit einem letzten Tastendruck startete er den neuen Code. Sofort ruckten alle vier Rohre des *Mantis-Systems* nach schräg oben, visierten wie Vierlinge ein unsichtbares Ziel hoch in den

Wolken an. Nur Millisekunden später änderte die vom Radar verfolgte Cruise Missile im Endanflug ihren Kurs, stieg nahezu senkrecht in die Höhe, um sich für den Todesstoß auf den Forschungskreuzer optimal zu positionieren.

Wie Klauen einer Geisterhand streckten sich gleichzeitig vier Bahnen Leuchtmunition in den regenverschleierten Himmel über der Mitte der *Aurora Oceani*. Diesmal vernahmen alle auf der Brücke deutlich das heisere Röhren der vorderen *Mantis*.

Scharfumrissene Nachrichtensequenzen erschienen auf dem Bildschirm, protokollierten im Detail den Abwehrkampf des Waffensystems.

»*Scheiße, scheiße, scheiße*«, murmelte Rot leise vor sich hin, strich sich fahrig durch die roten Haare, fummelte am Kinnbart, hämmerte unaufhörlich auf den Feuerknopf. Eine weitere Anzeige erschien, blinkend den zur Neige gehenden Munitionsvorrat beklagend, bei einer Kadenz von über eintausend Schuss pro Minute und Rohr.

»*Sie haben sie erwischt, Mann!*« schrie jemand in Rots Ohr.

Doch Rot wusste es besser.

Er fühlte tiefe Ruhe in sich. Er hatte alles versucht. Seine Hand schmerzte höllisch, das Handtuch hatte dunkelrote Flecken.

»Nicht ganz«, antwortete er tonlos. »Es ist eine alte Rakete. Die Zerlegerladungen haben alles zerstört, was irgendwie eine Explosion auslösen könnte. Aber die AHEAD-Munition ist wirkungslos gegen den Massekopf.«

Er nickte schwach.

»Der kann uns vielleicht treffen.«

Sein Finger folgte den Bahndaten des Projektils, die dem Bildoverlay der Geschützkamera hinzugefügt wurden. Mehr oder weniger deutlich aus den dichten Wolken von *Hermine* kommend, raste ein glühender Meteorit auf die *Aurora Oceani* zu.

Wolf und Kapitän Meissner starrten mit offenem Mund auf die Anzeigen.

»Hoffen wir das Beste, noch zehn Sekunden«, sagte Rot.

Sophie – Auf dem Flugdeck

Am selben Tag

Das infernalische Dröhnen der Geschütze war verstummt. Jedenfalls konnte sie es nicht mehr hören – vielleicht war aber auch das andere infernalische Fauchen des Hurrikans nur stärker geworden.

Sie rollte sich auf die Seite, etwas stach in ihren Arm, gelbe Flammen, angefacht von den Sturmböen, zuckten aus den ausgebrannten und zerschmetterten Resten des amerikanischen Senkrechtrechtstarters, im Sekundentakt zu dichten Qualmwolken mutierend, wenn starke Regenböen sie zu ersticken drohten.

Mühsam drückte sie sich mit einer Hand hoch, die beiden Karabiner hatten sich in der Lifeline verdreht und schränkten ihren Bewegungsspielraum ein.

Sie vernahm Wortfetzen, orientierte sich, sah durch das regenverschmierte Visier ihres Helmes die Geschützläufe immer noch schweigend gen Himmel gerichtet, dichter Nebel quoll aus den Rohrummantelungen.

Sophie versuchte in den kantigen Böen vorsichtig auf die Beine zu kommen, verspürte einen stärker werdenden Schmerz im Oberarm, der ihr die Belastung des rechten Arms unmöglich machte, und fiel keuchend zurück auf das nasse Deck.

Helfende Hände waren bei ihr. Sie erkannte den Matrosen, der sie aus dem Niedergang geleitet hatte, an der schweren Wetterkleidung. Sie konnte sein Gesicht durch das geschlossene Visier nicht sehen, dennoch seine Worte durch das Heulen von *Hermine* hören.

»Stehen Sie auf!«

Sie würde ja gern, nur die Kraft fehlte im Moment. Er pikte ihre Karabiner aus, hängte einen in seinen eigenen Lifebelt ein und begann sie gegen die Böen hinter sich herzuziehen, zurück in Richtung des Hangars.

Sie schafften die Hälfte der Strecke, bevor das gesamte Schiff hochgehoben wurde, brutal nach Backbord rollte und ihren Retter von den Beinen riss.

Dann wurde alles noch nasser und sehr dunkel.

9
US-Earths – Aufenthaltsraum der Aurora Oceani

Am selben Tag

Er bemühte sich, nicht an all die fahlen Gesichter um sich herum zu denken. *Immer zum Horizont sehen*, war der Rat des Piloten der Osprey gewesen, als Vaughn schon auf dem Hinflug der Sinn für Humor verlassen hatte. Jetzt hätte er am liebsten laut losgelacht – wäre ihm nicht so hundeelend gewesen. Der Horizont war hier gut zehn Meter entfernt – eine dichte Wand aus waagerecht an den umlaufenden Panoramafenstern des Aufenthaltsraums der Wissenschaftlichen Abteilung vorbeifliegendem Regen, stimmungsvoll vom Flutlicht der Schiffsbeleuchtung in Szene gesetzt.

An der Innenwand des großen Raumes, die zugleich Außenwand des Bohrturms über dem achterlichen Moon-Pool war, hatte das Küchenpersonal ein großes Büffet mit Kanapees, Salaten und Suppen aufgebaut, das nahezu unberührt war. Allein der Gedanke an Essen brachte Vaughns Magen wieder in Bedrängnis.

Im Moment waren mit ihm an die vierzig Personen anwesend, die in kleinen Gruppen um die von gedämpften Messinglampen beleuchteten Holztische saßen. Auf einem großen Bildschirm lief eine Fußballübertragung aus Europa, ohne Ton und nach einem 0:2-Rückstand der südamerikanischen Gastmannschaft mittlerweile ohne Beachtung. Lounge-Musik rieselte aus verborgenen Lautsprechern und unternahm zumindest den Versuch, einen halbwegs normalen Abend an Bord zu suggerieren.

Wenn der Amerikaner nach achtern aus den raumhohen Fenstern sah, konnte er in günstigen Momenten, fünfzig Meter weiter unten, hinter dem bulligen Schwerlastkran, die zusammengefalteten Rotorblätter der Osprey heftig im Sturm wippen sehen.

Konzentriert trat Vaughn dicht an die Scheibe, presste seine Wange an das kühle Polycarbonat. Er blinzelte wiederholt, etwas hatte sich dort unten bewegt, was - war nicht klar zu erkennen, zu viel Wasser lief über die Scheibe - bis unerwartet ein Feuerball die Osprey ersetzte und ihn erschrocken einen Ausfallschritt in den Raum zurückweichen ließ.

Hatte er sich das leise Knackgeräusch der großen Scheiben nur eingebildet?

Leuchtspuren zogen vor der Fensterfront vorbei in den Himmel.

Was war da los?

Vaughn sah sich um. Niemand der anderen Anwesenden hatte es bemerkt, alle waren in Gespräche vertieft, keiner blickte in seine Richtung oder aus einem der großen Fenster.

Er drehte sich zurück, atmete tief durch und sah erneut hinunter. Die Leuchtspuren waren verschwunden. Die Trümmer des Fluggeräts flackerten wild im Sturm und im Licht orangeroter Flammen des entzündeten Resttreibstoffs. Vaughn schüttelte ungläubig den Kopf, presste seine Wange erneut an die Scheibe und glaubte im wechselhaften Licht des Feuers zwei winzige Personen auf dem Deck zu sehen, die sich zügig aus der Gefahrenzone entfernten.

Seine Gedanken überschlugen sich auf der Suche nach einer möglichen Ursache, als eine ungeheure Erschütterung ihn brutal gegen das Panoramafenster drückte, die Scheibe durchschwingen und ihn in den Raum zurückwerfen ließ, bevor sie mit lautem Knall platzte und Splitter hinter ihm herschickte. Vaughn schlug mit dem Rücken auf einen Tisch auf, Schmerz durchzuckte ihn, Schreie hallten auf, dann schleuderte eine noch stärkere Erschütterung alles durcheinander und sein Bewusstsein schaltete auf Stand-by.

Ein einzelner Laut, umgeben von lautem Brüllen, kämpfte sich durch die unterschwellige Geräuschkulisse, holte Vaughn aus einer kurzen Bewusstlosigkeit zurück. Mühsam öffnete er die Augen, versuchte sich zu orientieren und die verwirrt in den brutalen Hurrikan-Böen durcheinanderrufenden Stimmen zu ignorieren. Es gelang ihm nur zum Teil. Er war er bis auf die Haut durchnässt, wilde Böen zerrten an ihm, wirbelten sämtliche Gegenstände durcheinander. Ein durchdringender, technischer Geruch stach in seine Nase. Viele unterschiedliche Sprachen, Klagelaute, Schmerzensschreie gemischt mit nüchtern gegen das Tosen des Hurrikans gebrüllten Kommandos drangen zu ihm vor – übertönten mühelos die Erinnerung an den einzelnen Laut.

Das Licht im einstigen Aufenthaltsraum war erloschen, durch leere Fensterrahmen drang Flutlicht von den Seiten und von oben herein.

Moment! Von oben?

Vaughn stützte sich auf. Er lag auf dem Boden, um ihn herum zertrümmerte Einrichtung, Sicherheitsglaskügelchen, die wie Sand über den Boden und die reglos daliegenden Personen geweht wurden, dazwischen Verletzte, die sich langsam bewegten und denen die, die noch einmal unversehrt davon gekommen waren, Erste Hilfe leisteten.

Vorsichtig drehte er den Kopf nach links und dann ganz langsam nach rechts, vernahm lediglich ein leises Pochen im Hinterkopf, nichts Ernstes. Dann legte er ihn in den Nacken und sah nach oben – in die Nacht hinein.

Regenschwaden trafen sein Gesicht, Sturmböen rissen an seinen Haaren, wehten den stechenden Geruch weg und brachten die Erinnerung an die letzten Sekunden vor dem Einschlag von – was auch immer das gewesen war – zurück. Endlich spürte er seine militärische Routine greifen, setzte sich auf und bemerkte erst jetzt den reglosen Körper neben sich, auf dem er halb zu liegen gekommen war. Vaughn schüttelte die Rest seiner Benommenheit von sich ab, drehte sich zu der Person und hockte sich neben sie, hielt zwei Finger an den Hals des jungen Mannes, schirmte dessen Gesicht mit seinem Oberkörper gegen den Regen ab, registrierte den Pulsschlag und versuchte in dem schummrigen Licht die Art der Verletzungen des Mannes zu erkennen, der plötzlich mit überraschender Kraft seinen linken Arm umklammerte.

»Bitte helfen Sie mir«, wimmerte eine schwache Stimme, der Vaughn anhörte, dass die meiste Kraft gegenwärtig in die Umklammerung seines Handgelenks floss. Er bückte sich tiefer, brachte sein Ohr in die Nähe des jugendlichen, vom Schock fast weißen Gesichts.

»Klar helfe ich dir. Wie heißt du, Freund?«, sagte er behutsam er konnte, mit seinem ganzen Willen sich auf die geweiteten Augen unter der schweißbedeckten Stirn des jungen Mannes konzentrierend, während er langsam sein durchnässtes Hemd auszog, es in zwei Hälften zerriss, eine davon zu einem Knebel verdrehte und sich bereit machte, mit der anderen das unterhalb des Knies abgerissene Bein abzubinden.

»W - Wade!«

Flynn - seit 18 Stunden an Bord des Black Marlins

Am selben Tag

Flynn zweifelte langsam an seinem Verstand. Die Nuggets, die sie bisher entdeckt und vermessen hatten, stellten mit ihren Eigenschaften und dem sonderbarem Verhalten schon eine arge Zumutung für jeden Physiker dar - *dieser Bursche hier* jedoch brach dem Bike vollends den Spiegel ab.

Flynn befand sich mit dem *Black Marlin* gut fünfhundert Meter unterhalb der oberen Bruchkante des Grabens, in gut dreitausendfünfhundert Metern Tiefe, und starrte sprachlos auf das farbenprächtige Funkeln des Nuggets im UV-Licht des U-Boots, das von den Außenkameras auf den Bildschirm unter ihm übertragen wurde.

Nicht nur durch das rechnerische Gewicht des Felsens, abgeleitet von den Ausmaßen seiner grob zylindrischen Form (mehr als einhundert Meter Breite bei einhundertundzwanzig Metern Höhe) und dem Durchschnittsgewicht seiner bekannten Bestandteile war es einfach unverschämt, dass er schwerelos wie eine Qualle im Wasser trieb, sondern vor allem durch seinen vertikalen Spin, der ihn eine komplette Umdrehung in neun Minuten und achtundvierzig Sekunden erlaubte, stellte er sich geradezu provokativ außerhalb der Reichweite von Flynns momentanen Erklärungsversuchen. Das ließ er Flynn sogar räumlich spüren: Selbst die maximale Leuchtkraft der LED-Tageslichtstrahler des *Black Marlins* ließen die Ränder des Nuggets in jeder Richtung an den Grenzen der Sichtbarkeit in die vollkomme Schwärze des Bathypelagials verschwinden.

Hinzu kam, dass – wollte man im Moment der These von den in den Sechzigern über Bord gegangenen Fertigteilen für Bunker einmal Glauben schenken – ihm in Form dieses Nuggets wohl diesmal das Hauptquartier aus der Tiefe des Marianengrabens entgegenkam.

Flynn hatte den *Black Marlin* zu Beginn der Untersuchung, bevor ihm die Eigenrotation des Supernuggets aufgefallen war, auf spiralförmigem Kurs um den Felsen kreisen lassen und bereits zehn Meter unterhalb der Erosionskante der dicken Sedimentschicht zwei gleichmäßige, ovale Öffnungen mit mehr als acht Metern Durchmesser entdeckt, die wie parallele Röhren einer Untergrundbahn das Nugget vollständig durchdrangen, um auf der anderen Seite, zwanzig Meter tiefer, wieder auszutreten. Doch damit nicht genug, begannen an der unteren Austrittskante der Tunnel, präzise rechteckige Muster eine Raumflucht anzudeuten, die sich weit über die gegenwärtigen Dimensionen des treibenden Felsens ausgedehnt haben mussten.

Er widerstand dem Impuls, die Tunnel mit dem *Black Marlin* einmal zu durchqueren, was durchaus möglich gewesen wäre, wie Kurt ihm bereits demonstriert hatte, der sie als Abkürzung genommen und dabei allerlei Getier aufgescheucht hatte, das Flynn auf der anderen Seite in heller Panik aus der Öffnung entgegengekommen war.

Kurt hatte sich seit ihrer letzten Begegnung verändert. Flynn war das schnell aufgefallen – die rotäugige Magnapinna floh nicht länger vor den Tageslichtscheinwerfern und zeigte auch sonst keinerlei Spur von Angst oder Respekt vor dem U-Boot mehr. Im Gegenteil, wann immer Flynn den *Black Marlin* ruhig im Wasser hielt, kam Kurt an seine Seite und begann die Außenhaut und alle Komponenten, die er erreichen konnte, mit den Spitzen seiner Tastarme zu erkunden. Besonderes Interesse riefen die Linien der Flimmerflossen hervor, mit denen das U-Boot seine Position hielt. Es schien, als habe Kurt beschlossen, den *Black Marlin* nicht mehr als potentielle Beute anzusehen, sondern als Studienobjekt. Flynn war sich nicht sicher, ob das eine Verbesserung darstellte oder er sich nicht lieber die ängstliche Phase zurückwünschen sollte, vor allem, nachdem Kurt probeweise einmal mit seinem Schnabel an der Fluke des U-Boots geknabbert hatte und Flynn ihm einen kräftigen Schlag verabreichen musste, bevor die Magnapinna davon abließ.

Das aus den Lautsprechern rieselnde *Janie's Got a Gun* entlockte ihm ein amüsiertes Grinsen.

»Ich lass dich lieber nicht zu lange aus den Augen, mein neuneinhalbarmiger, rotäugiger Freund«, sagte er leise und manövrierte den *Black Marlin* nach einem Blick auf das Radarbild etwas weiter von der steil über ihm aufragenden und in einem leichten Überhang endenden Grabenwand weg. Flynn steuerte den unteren Bereich des Nuggets an, den er bisher noch nicht genauer untersucht hatte.

Das Radarecho des Felsens mit den rechtwinkeligen Linien auf dem Hauptmonitor des U-Boots vermittelte ihm eine Perspektive, wie sie wohl nur ein Insekt angesichts einer auf es niedersinkenden Profilsohle kennen mochte.

Mit nur einem Unterschied: Flynn runzelte die Stirn, verscheuchte Kurt mit einem energischen Schlag der Fluke und bewegte den *Black Marlin* mit den Flimmerflossen in unterschiedliche Blickwinkel zum Nugget und veränderte die Darstellung des Radarbildes, bis er eine zufriedenstellende Ansicht erreicht hatte.

»Das hier«, er schüttelte angesichts der offensichtlichen Schlussfolgerung verblüfft den Kopf, »das hier ist ein Teil von etwas sehr, *sehr* Großem.«

Ein quälender, bohrender Ton lenkte ihn unvermittelt ab. Er benötigte ein paar Sekunden, um herauszufinden, was es damit auf sich hatte, fluchte auf den Studenten, der sich in der

Kreation besonders ausgefallener Signalzeichen des Autopiloten verewigt hatte, und aktivierte die Infraschall-Anlage.

»*Aurora*, hier ist Flynn. Ivy, bist du da?«

Fieberhaft huschten seine Finger über die Bedienelemente des U-Boots, überprüften die Werte der Tiefenanzeige, die auf stark schwankende Wasserdruckwerte zu reagieren schien. Innerhalb weniger Augenblicke stieg sie von 350bar auf über 500, fiel dann leicht ab und bewegte sich jetzt Richtung 550bar, ohne dass Flynn die geringsten Anzeichen von einer Bewegung des U-Bootes verspürte.

»Ivy?« – er bekam keine Antwort außer einem intensiven Knirschen und körperlich fühlbaren Dröhnen, das jedes Atom seines Körpers durchdrang, als würden gigantische Schmiedehämmer auf die Außenhaut des *Black Marlins* einschlagen, gefolgt von einer unwiderstehlichen Abwärtsbewegung, als die Grabenwand über ihm ins Rutschen geriet, das Supernugget mit einer Wolke losen Gesteins im Format mittelgroßer Appartmentblocks bombardierte, die an den Außenseiten des Felsens entlang rutschten und wie in Zeitlupe am *Black Marlin* vorbei in die Tiefe rauschten.

Das Radar wurde zusehends blind. Der plötzliche Anstieg der Sedimentdichte im wie verrückt wirbelnden Wasser verwandelte die Umgebung des U-Bootes in einen unterseeischen Sumpf.

Flynn versuchte reflexhaft die schützende Position unterhalb des Nuggets beizubehalten, bis er bemerkte, dass dieses ebenfalls abzusinken begann.

»Scheiße!«, fluchte er, drehte das U-Boot mit dem Bug in die Richtung, in der er freies Wasser vermutete, hob den Zeigefinger, um den Kavitationsantrieb zu aktivieren, der ihn aus der Gefahrenzone befördern sollte, wohl wissend, dass das bei dieser Hindernisdichte einem Selbstmordversuch nahekam, als eine Hitzewelle und ein durch Mark und Bein gehendes Knirschen ihn körperlich so erschöpfte, dass Flynn augenblicklich die Energie verlor, den Finger zu bewegen und kraftlos auf der Liege zusammensackte.

Ein wirbelnder Tentakel in einer Wolke aus grauen Sedimenten war das Letzte, was er im grellen Licht der Scheinwerfer sah, bevor der *Black Marlin* von Millionen Tonnen Gesteins umhüllt und in die Tiefe gerissen wurde.

Meissner – Aufenthaltsraum der Aurora Oceani

Am selben Tag

»Das hätten wir nicht überlebt, Wolf.«

Meissner wischte sich Regentropfen von den Wangen und zog die Kapuze seiner Wetterjacke dichter. Sie standen jetzt im ehemaligen Aufenthaltsraum der wissenschaftlichen Mitarbeiter, aus dem vor vier Stunden der Letzte der vierzehn Verletzten und zwei Toten geborgen worden war. Seitdem hatten sich die beiden Offiziere ein Bild vom Ausmaß der Schäden an Bord der *Aurora Oceani* gemacht.

»Von Strauss hat uns definitiv gerettet!«, schrie der Käpt'n gegen die tobenden Böen von *Hermine* an.

Der Erste Offizier verzog sein Gesicht zu einem schmerzhaften Grinsen und bedeutete Meissner, dass er lieber wieder reingehen würde.

Reingehen bedeutete gegenwärtig, den zerstörten Raum *zu verlassen* um die Decks der Labore über das Treppenhaus des Bohrturms zu erreichen. Als sich die schwere Tür hinter ihnen geschlossen hatte, klappte Meissner die Kapuze zurück und stützte sich mit beiden Händen am Treppengeländer ab. Finster blickte er durch ein Bullauge in das Innere des Bohrturms, dessen Verkleidung an der Backbordseite wie von einer großen, schartigen Axt über die gesamte Höhe aufgeschlitzt war. Die zerrissenen Bleche flatterten im Sturm, der die Öffnung in den letzten Stunden bereits beträchtlich erweitert hatte.

»Solange der Hurrikan nicht nachlässt, hat es keinen Zweck, zu versuchen, da irgendetwas zu flicken, Wolf. Das wäre ruck, zuck wieder weg und viel zu gefährlich für die Leute. Ich seh mir noch mal das Heck an und dann den beschädigten Moon-Pool. Geh du zurück auf die Brücke, übergib an den 2NO[21] und lös mich dann um vier Uhr wieder ab.«

Wolf Schmidt nickte, öffnete die zweite Tür zum Abgang und war kurz darauf verschwunden.

Der Kapitän schüttelte angesichts der Zerstörung niedergeschlagen den Kopf und machte sich langsamen Schritts auf den Weg hinab zum Heck.

Er ging bis hinunter aufs Hauptdeck, betrat es auf der Backbordseite, pikte sich an der Lifeline ein, setzte die Kapuze wieder auf und kämpfte sich die ersten zehn Meter Richtung Heck durch den Wind, den Maat, der ihm zur Sicherheit in nur einer Armlänge Abstand folgte, nicht beachtend.

Er trat mit einem Fuß auf verbogene Streben des amerikanischen Senkrechtstarters, die vom Flugdeck hier herabgeschleudert worden waren. Durch die Hitzeentwicklung des Feuers war eine der tragenden Stützen angeschmolzen und zur Hälfte eingeknickt. Die ausgebrannten Reste der Osprey hingen bedrohlich über ihm, provisorisch durch Sicherungsgurte fixiert. Am liebsten hätte er das ganze Ding über Bord gehen lassen.

Die Spur des eingeschlagenen Geschosses in der Verkleidung des Bohrturms endete fünf Meter über dem Oberdeck. Meissner wusste, was es darunter noch angerichtet hatte, aber verdrängte den Gedanken auf später.

Das Rollen des Schiffes war verschwunden, obwohl der Seegang in den letzten Stunden noch leicht zugenommen hatte. Das lag an der Fahrt von zehn Knoten, die die *Aurora* im Moment machte, optimiert zum Kurs der anrollenden Wellenberge - im Moment diese fast senkrecht schneidend. Die Unterwassertragflächen leisteten bei dieser Geschwindigkeit ihren eigenen Beitrag zur Stabilisierung des Rumpfs.

---

[21] 2NO: 2. Nautischer Offizier

Meissner kämpfte sich weiter nach achtern, erklomm die windgeschützten Stufen zum Poopdeck, welches das Variodeck beherbergte, und pikte seinen Lifebelt in eine neonrosafarbene Lifeline ein, die ihn direkt zu einem den abgesprengten Befestigungsbolzen des Heckkrans führte.

Diesen Preis hatte er zahlen müssen - bevor die Ausmaße des Treffers deutlich wurden, hatte er im Sinne der Sicherheit der Mehrheit der Besatzung für das Schiff entschieden - das bedeutete, die *Aurora Oceani* hatte Fahrt aufnehmen müssen, um sich zu stabilisieren - und das war nur ohne Versorgungsleitung möglich. Normalerweise hätte es dafür eine kleine Lösung gegeben: das Sprengen der Leitung. Doch durch die vorherigen Probleme mit der Boje und dem Absenkmechanismus war diese ausgeschieden und es blieb nur die Notlösung, die bedeutete, den gesamten Kran über Bord gehen zu lassen und die Kollateralschäden am Variodeck in Kauf zu nehmen.

Diese stellten sich jetzt als schwerwiegend heraus.

Sie wären bis auf weiteres nicht in der Lage, Beiboote zu Wasser zu lassen (mit Ausnahme der Rettungsboote) ohne einen großen Umweg durch die Befrachtungsluken und mit Hilfe der anderen Krane. Außerdem hatte der untergehende Kran, als letzten Gruß sozusagen, das Ruder erwischt und in den zentralen, sechseinhalb Meter durchmessenden Propeller gedrückt, der den Impuls über die Schraubenwelle an den Getriebeblock im Maschinenraum weitergegeben hatte. Die moderne Antriebsanlage der *Aurora* besaß dort ihren wunden Punkt. Die drei dieselelektrischen Turbinen mit ihren zusammen 90 Megawatt Leistung waren über das Getriebe miteinander verbunden, um auch bei einem hypothetischen Ausfall von zweien mit der verbleibenden Turbine alle drei Schrauben antreiben zu können.

Es hatte eine aufregende halbe Stunde gegeben, bevor die Techniker mit schwerstem hydraulischem Werkzeug den Getriebeblock wieder so ausgerichtet hatten, dass die beiden freien Propeller angesteuert werden konnten. Jetzt war der

Maschinenraum wieder wachfrei, die Turbinen wurden direkt von der Brücke aus gesteuert.

Der Ausfall des Ruders war nicht so schlimm, die *Aurora Oceani* konnte mit den beiden Schrauben sowie den transversalen Antrieben unter dem Rumpf ausreichend manövrieren.

Jetzt sah Meissner auf hohe, am Heck vorbeigleitende Wellenberge, die immer noch ihre zwölf bis vierzehn Meter hatten, dem Schiff und den nur halb geschlossenen Toren des Variodecks jedoch keinen Schaden mehr zufügen konnten.

Der Maat klopfte ihm auf die Schulter und signalisierte ihm deutlich, dass er jetzt umkehren sollte. Meissner folgte dem Rat dankbar, bemerkte erst jetzt, wie außer Atem er war, der Hurrikan riss ihm die Luft praktisch aus den Lungen.

Zurück unter Deck, lehnte er sich einen Moment erleichtert an die metallene Wand des breiten Niedergangs, der ihn auf die Hauptebene des Bohrturms führen würde. Die Aufräumarbeiten waren trotz der fortgeschrittenen Stunde in vollem Gange. Meissner öffnete die schwere Wetterjacke und eilte, wieder zu Atem gekommen, den Niedergang hinunter, flüchtig den einen oder anderen Gruß der Mannschaft erwidernd.

Jan Eilers, einer der technischen Offiziere, kam auf ihn zu, als er die doppelte hydraulische Tür zum unteren Arbeitsraum durchquerte, der genau unter dem Bohrturm lag und in seiner Mitte den zweiten Moon-Pool beherbergte, der bei Bedarf ein Absenken des Bohrgestänges durch den Rumpf des Forschungskreuzers ermöglichte.

»Eine Riesenschweinerei, Käpt'n«, der junge Mann stand im Oberhemd mit aufgeknöpften Ärmeln vor ihm, die Mütze weit in den verschwitzten Nacken geschoben, die Hände blutig von vielen kleinen Schnitten, die er beim Aufräumen der zersplitterten Metallfragmente davongetragen hatte.

Ein stechender Geruch hing in der Luft.

»Wir hatten Glück, dass die obere Abdeckung des Moon-Pools verschlossen war und genau getroffen wurde. Der Stahldeckel hat dem Geschoss den letzten Schwung genommen und es zerlegt.« Er zeigte auf den rutschfesten Boden der Halle, um das verbeulte und verzogene zweiteilige Schott des

Moon-Pools, um das herum unzählige scharfkantige Metallfragmente und zerstörte Ausrüstungsgegenstände lagen. »Das Deck hier herum ist viel dünner. Wäre der Treffer da erfolgt, hätte er uns eine weitere Rumpföffnung beschert.«

Meissner sah sich um. »Es hat auch so genug Schaden angerichtet, Eilers, mehr als genug!« Er rümpfte die Nase.

»Das sind Reste des Raketentreibstoffes, Käpt'n. Ätzendes Zeug, zum Glück nur wenig. Aber es stinkt bestialisch.«

Meissners Blick fiel auf das walähnliche, mattblaue U-Boot, das in einem Transportgestell an einer Seite der Halle stand. »Hat das Boot etwas abbekommen?«

Eilers schüttelte den Kopf. »Die Wissenschaftler sagen, es hätte unverschämtes Glück gehabt, ganz im Gegensatz zu dem Motorrad des Amerikaners.«

»Selbst schuld«, mischte sich eine fremde Stimme in die Unterhaltung. Die breitschultrige Statur des norwegischen Piloten stand zusammen mit der holländischen Meereskundlerin ein paar Schritt abseits dessen, was einst die *Black Betty* gewesen war und nunmehr nur noch einem Knäuel aus schwarzverchromten Rohren glich. Der Blick des Hünen drückte tiefe Befriedigung aus.

»Ach, halt die Klappe, Torge!«, maßregelte ihn die hübsche Frau energisch und den Tränen nah. Ihre Züge waren angespannt und ihr Mund verkniffen. Ihr linker Arm war von der Schulter bis zum Ellenbogen dick verbunden.

»Hilf lieber den *Blue Marlin* zum anderen Moon-Pool rüberzubringen und einsatzbereit zu machen«, fauchte sie. »Jemand muss das leiten, jetzt, wo Wade ausgefallen ist. Wir müssen Flynn suchen.«

Sophie – Unterwasser-Operationszentrale

Am selben Tag

Der Schmerz in ihrem linken Oberarm kam langsam bohrend zurück. Die örtliche Betäubung des Bordchirurgen begann an Wirkung zu verlieren. Die Wucht der Explosion auf dem Flugdeck hatte ihr einen Splitter durch den Arm getrieben, um Haaresbreite an der Schlagader vorbei, aber durch den Bizeps hindurch. Der Bordchirurg hatte in aller Ruhe die Muskelfasern genäht, den Schiffsalarm ignoriert, danach die ausgefransten Hautränder provisorisch geklammert. Mit den Worten *ab ins Bett, morgen sehen wir uns wieder!* hatte er sie mit einer Packung starker Schmerztabletten entlassen und war noch vor ihr aus dem Operationssaal gerannt, um den anderen Ärzten in den zerstörten Aufenthaltsraum zu folgen.

Den Weg ins Bett hatte Sophie nur kurz erwogen, sie hatte sich um die Mitglieder ihres Teams gekümmert und um die von Flynn, vom dem seit dem Einschlag kein Signal mehr zu empfangen gewesen war.

Am schlimmsten hatte es Wade erwischt, allein die Erinnerung an die schwere Verletzung des jungen Mannes trieb Sophie vollends die Tränen in die Augen.

Sie ließ Torge stehen, nicht ohne ihn noch einmal intensiv auf den *Blue Marlin* aufmerksam gemacht zu haben, und eilte mit zusammengebissenen Zähnen vom Arbeitsraum des achterlichen Moon-Pools in Richtung Kontrollzentrum für die unterseeischen Aktivitäten.

Dort hielt sich nur die Notbesetzung auf, die mit der Suche nach Flynn beschäftigt war. Neben Wade war auch Marcello im Aufenthaltsraum gewesen und hatte leichte Verletzungen davongetragen. Die Übrigen schliefen oder halfen an anderen Positionen aus.

Sophie kannte von den Anwesenden nur Ivy, die reglos mit in beide Hände gestütztem Kopf über ihrer Tastatur verharrte und der ihre schwarze Lockenflut wie ein Vorhang über die Augen fiel, sowie Doktor Isabella Visconti, die mit einem

Kollegen vor den wandfüllenden Monitoren stand, auf denen ein Wellenmodell des Westpazifischen Raums wieder und wieder seine Bahnen zog.

Sophie ging auf Ivy zu, zog sich mit einem Fuß einen Stuhl heran und ließ sich vorsichtig hineinsinken, Ivy sah sie mit geröteten Augen an, strich ihre Haare zurück, ihr Make-up war breit verlaufen.

Mit leichtem Kopfschütteln beantwortete die amerikanische Studentin Sophies lautlos gestellte Frage nach einem Lebenszeichen von Flynn.

»Nichts«, ergänzte sie tonlos, »gar nichts.«

Sophie griff nach einer Wasserflasche, versuchte den Drehverschluss umständlich mit einer Hand zu öffnen.

»Ich mach das, Doc, geben Sie mir die Tabletten«, sagte Ivy, nahm ihr die Flasche und die Packung ab, füllte einen leeren Kaffeebecher bis zur Hälfte, drückte zwei Kapseln aus dem Träger und reichte ihr erst das Schmerzmittel und dann den Becher. Traurig sah sie sie an.

»Wie geht's?«

Sophie sah angespannt auf die beiden großen Displays, an denen Ivy gearbeitet hatte. »Tut fies weh – aber nichts im Vergleich zu Wade«, sagte sie, *oder vielleicht Flynn*, dachte sie.

Ivy wischte sich ein paar Tränen weg, verschmierte das Make-up weiter, raffte sich innerlich zusammen und holte Luft.

»Ich habe leider nichts Neues.« Sie fuhr mit dem Cursor über das linke Display. »Hier war Flynn, als ich das letzte Mal gestern Nachmittag um 17:00 Uhr mit ihm gesprochen habe. Er war auf dem Weg zu dem Supernugget, das wir kurz zuvor entdeckt hatten.«

Die Holländerin verfolgte den eingezeichneten Kurs, der auf der aktuellen Darstellung auch jeweils die Tiefe des U-Boots auswies.

Ivy tippte auf das rechte Display. »Seitdem die *Aurora* ihre Motoren angeworfen hat, haben wir uns fast vierzig Seemeilen in südöstlicher Richtung entfernt. Das Unterwasserradar reicht nicht so weit, der Infraschall schon – aber ich bekomme keine Antwort und kein klares Bild.«

»Das darf dich nicht überraschen, *cara*.«

Im rauchigen, italienischen Akzent von Isabella Visconti klang Bedauern mit.

»Es hat eine großvolumige Umverteilung der Kaltwassermassen stattgefunden. Wir haben wenigstens zwei Reflexionsschichten identifiziert, die vor dem Seebeben nicht existiert haben. Die Infraschallsignale werden davon abgelenkt wie Lichtstrahlen von einem Spiegel. Wir können die *Vesper Rubens* nicht erreichen und du kannst nicht sicher sein, dass deine Signale bei Professor Nyne überhaupt ankommen.«

Ihre dunkelbraunen Augen unter den schwarzen Brauen und den grauen, zu einem strengen Zopf gebundenen Haaren sahen sie ernst an. »Die Druckwelle aus der Tiefe hat alles durcheinandergewirbelt. Die Daten der Tsunamibojen zeigen einen Temperaturanstieg des Tiefenwassers um drei Grad an. Die Salzkonzentration hat sich stark erhöht. Das ist völlig unlogisch für einen Tsunami, der durch ein Seebeben ausgelöst wird. Es findet normalerweise nicht so eine punktuelle Durchdringung der Wassermassen statt – alles ist eher im größeren Stil – gleichmäßiger.«

Sie drehte sich zu den Wanddisplays, auf denen nach wie vor das Wellenmodell unzählige Iterationen durchlief.

»Wie ihr seht, ist der Durchmesser des eigentlichen Wasserbergs an der Oberfläche recht gering – nicht mehr als ein halber Kilometer – die *Aurora* befand sich fast am Rand. Wir wurden ungefähr zwanzig Meter angehoben über einen Zeitraum von knapp …«, die Italienerin unterbrach sich und starrte auf das Wellenmodell, das inmitten einer Bewegung wie eingefroren stehengeblieben war.

Das Simulationsprogramm zoomte einen Ausschnitt des Modells heran, führte einen virtuellen Schnitt durch das Modell, der genau durch den Marianengraben führte, und klappte es wie eine Zwiebel auf. Das Zentrum der Wellenbewegung pulsierte in einem leuchtenden Blau.

Sophie blickte erwartungsvoll auf die italienische Wissenschaftlerin, die sich die Haare raufte, bei der Gelegenheit ihren Zopf neu band und dann ratlos mit in die Hüften gepressten Händen auf die Wanddisplays zuging.

»Ich denke, wir sehen alle, dass unsere bisherigen Vermutungen vollkommen falsch waren«, sagte sie mit einer Stimme, der deutlich ihre Frustration anzumerken war, in den Raum.

»Was meinst du, Isabella, was kann das sein?« fragte einer der anderen Anwesenden.

Sophie sah, wie Isabella Visconti langsam den Kopf schüttelte, auf die Grafik starrte, die ein Zentrum der Wellenbewegung nur drei Kilometer unter der Wasseroberfläche anzeigte, und zu einer Antwort ansetzte, als sie durch lautes Gepolter im hinteren Bereich des Raumes abgelenkt wurde.

»*Nein!*« entfuhr es Sophie.

Unsicher lächelnd richtete sich Rotgar von Strauss wieder auf, schob den Stuhl vorsichtig von sich, den er beim Betreten des Raumes umgeworfen hatte, und kam leicht humpelnd nach vorn.

Seine linke Hand und sein rechtes Schienbein waren frisch verbunden, die roten Haare und sein Kinnbart leuchteten in der rötlichen Beleuchtung des Kontrollraumes.

Vor Sophie und Isabella blieb er stehen, strahlte beide an und sagte im Plauderton:

»Guten Abend. Ich habe das Schiff gerettet!«

Rot – Unterwasser-Operationszentrale

08. August

Das hatte er wirklich – nur waren im Moment noch alle damit beschäftigt, mit den Folgen der von ihm initiierten *Rettung* umzugehen.

Unmittelbar nach dem Einschlag und sobald Klarheit darüber geherrscht hatte, dass weder der Rumpf durchschlagen war noch eine andere schwere Beschädigung das Schiff in seiner unmittelbaren Sicherheit gefährdete, war er binnen Minuten mit drei verbleibenden Offizieren allein auf der Brücke gewesen - alle anderen waren unterwegs, um sich ein Bild des Schadens zu machen und die Rettungsarbeiten zu steuern. Die Zurückgebliebenen hatten sich intensiv damit beschäftigt, den Schiffsantrieb zu aktivieren, um die *Aurora Oceani* aus der gefährlichen Driftlage herauszubekommen.

Rot ließ die Mundwinkel fallen. Die Reste des euphorischen Gefühls über die erfolgreiche Bekämpfung der Gefahr lösten sich auf. Es hatte sich bisher noch niemand bei ihm bedankt - sah er einmal von dem wuchtigen Klaps auf die Schulter ab, dem ihm der Erste Offizier verpasst hatte, nachdem keine Explosion nach dem Einschlag erfolgt war.

Für einen Moment hatte er die gesteigerte Betriebsamkeit um sich herum ignoriert, abwesend das vom Blut rot gefärbte Handtuch an seiner Hand betrachtet und sich Gedanken über die zurückliegenden Minuten gemacht.

Was war das gewesen und woher war es gekommen?

Das *Mantis*-System hatte sich in den Verfügbarkeitsmodus geschaltet, nachdem keine weiteren Ziele auszumachen gewesen waren. Auf dem Monitor waren Statistiken über abgefeuerte Geschosse, Ziele und Flugbahnen zu sehen.

Die Schnellfeuerkanonen der *Mantis* hatten in weniger als vier Minuten mehr als 15000 Projektile auf die anfliegenden Raketen verschossen, jedes davon aus über 150 Subprojektilen bestehend, die durch eine Zerlegerladung unmittelbar vor den Zielen verteilt worden waren.

Eine Anzeige blinkte in langsamer Frequenz. *Drei Ziele, zwei davon getroffen.* Er schüttelte den Kopf, richtete sich im Sitz auf und rief ein paar Detailinformationen ab. Es waren seiner Erinnerung nach nur *zwei* Ziele gewesen. Eins davon die alte Cruise Missile, deren Massekopf die *Aurora* am Ende doch getroffen hatte, das Zweite war von allein ins Meer gestürzt - *aber ein Drittes? Diese Daten ergaben keinen Sinn!*

Mit einem in die Bedienoberfläche des Pults eingelassenen Trackball ließ er die aufgezeichneten Bahndaten rückwärts laufen, bis zu dem Zeitpunkt, an dem das zweite Ziel verschwunden war.

Und tatsächlich! Es hatte für vier Sekunden so ausgesehen, als wären es drei Flugkörper gewesen, zwei davon so dicht beieinander, dass sie dem Radar vorher als eins erschienen sein könnten. Dann war Ziel Nummer zwei getroffen worden, in Wellenkammhöhe, während Ziel Nummer drei darunter verschwunden war - intakt oder nicht, darüber gab es keine Informationen.

Er klickte weiter in die Aufzeichnung hinein, rief Bahn- und Geschwindigkeitsparameter ab und öffnete am Ende ein Fenster, in dem Vergleichswerte existierender Referenzwaffen den aufgezeichneten Daten gegenübergestellt waren.

Bei der Cruise Missile hatte es sich mit 95% Wahrscheinlichkeit um eine KSR-2 Raduga gehandelt, einen uralten Marschflugkörper russischer Bauart aus den 70er Jahren. Rot nickte, das war keine Überraschung. Überraschend war eher, dass die *AHEAD*-Munition es nicht geschafft hatte, den Tank der Rakete zur Explosion zu bringen. Wahrscheinlich hatte der Massekopf wie ein Schutzschild gewirkt.

Trockene Lippen bekam er bei Betrachtung der Auswertungen des zweiten und dritten Ziels. Zum zweiten Ziel gab es keinerlei Vorschläge, während für Ziel drei immerhin mit einer fünfzehnprozentigen Wahrscheinlichkeit ein Mark-54-Torpedo vorgeschlagen wurde.

»Da hol mich doch...«, raunte er, »wie soll denn so etwas gehen?«

Sekundenlang verharrte er regungslos vor den Bildschirmen, dann fiel ihm die blutverschmierte Tastatur auf und er sah das dunkelrote Handtuch, das mittlerweile völlig durchnässt noch immer seine linke Hand umhüllte. Der pochende Schmerz kam zurück.

»Ah, ich gehe dann mal!«, sagte er, erhob sich und wurde von einem plötzlichen Schwindelgefühl übermannt, das ihn in den Sitz zurücktaumeln ließ.

»Kann ich Ihnen helfen, Herr von Strauss?«

Der 2NO half ihm hoch, begleitete Rot bis hinunter zur Krankenstation, die sich in der Zwischenzeit in ein Feldlager verwandelt hatte.

Verwundert sah Rot sich um. *Wo* war der Raketenkopf eingeschlagen? So viele Verletzte?

Eine Wand des Korridors vor der Station war mit Notbetten zugestellt, diese selbst wimmelte nur so von Verletzten und helfenden Besatzungsmitgliedern. Ärzte oder Schwestern waren deutlich in der Minderzahl.

Der Offizier orientierte sich kurz und führte Rot sodann zielstrebig durch die Menge in einen Bereich, in dem bereits mehrere Personen vor einer Glaswand darauf warteten, behandelt zu werden, und schob ihn an den Wartenden vorbei direkt an den Tisch eines älteren Arztes, der damit beschäftigt war, einem Mann mit ein paar Stichen einen Schnitt im Handteller zu schließen.

Rot erkannte schnell, dass das hier die Leichtverletzten waren, während der Offizier auf ein Nicken des Mediziners hin das Tuch von Rots Hand wickelte.

»Kann gleich Platz nehmen, Chris«, sagte der Arzt und zu dem Mann gewandt, dessen Versorgung er soeben mit dem Anlegen eines leichten Verbandes beendet hatte: »Sie sind fertig, Sir. Setzen Sie sich da drüben noch eine Viertelstunde hin, ich möchte sicher gehen, dass Sie nicht doch einen Schock haben. Und noch einmal vielen Dank für Ihren Einsatz. Der Junge wäre sonst sehr wahrscheinlich verblutet.«

Rot wurde in den Stuhl gedrückt und blickte in die klaren blauen Augen des Arztes, der ihn in seinem Krankenkleidchen musterte.

»Scheint so, als wären wir uns schon mal begegnet.«

»Ich musste nur mal kurz weg, das Schiff retten«, antwortete Rot, unsicher, ob der Arzt das angesichts der vielen Verletzten ebenso sehen würde.

»Hat er«, bestätigte der 2NO, »sonst wären wir alle nicht mehr hier«, klopfte ihm auf die Schulter und eilte zurück auf die Brücke.

»Na dann«, sagte der Arzt und stach die Betäubungsspritze in Rots Handrücken.

Nur wenige Minuten später saß auch Rot auf einer Bank, mit einer neuen Naht auf dem Handrücken, der im Moment noch weiß verpackt war, und lehnte sich zurück an die Wand.

»Da haben Sie sich für Ihre Revanche nicht lange Zeit gelassen, Herr von Strauss«, sagte jemand neben ihm.

Angestrengt öffnete er die Augen, sah in die Richtung der Stimme und erkannte den Mann, der vor ihm vom Arzt behandelt worden war. – *Natürlich!*

Rot richtete sich auf, seine Erschöpfung war wie weggeblasen. Das war der Amerikaner, der ihm auf der Insel das Leben gerettet hatte.

»Fredrik Vaughn. Ich bin am Nachmittag von Guam gekommen, als das Wetter richtig schlecht wurde.«

Rot verspürte ein kurzes Schamgefühl, es war der Hubschrauber dieses Amerikaners gewesen, der dem ersten Feuerstoß der *Mantis* zum Opfer gefallen war.

Vaughn sah mitgenommen aus, lehnte ein Sandwich ab, dass ein Maat ihnen anbot, nahm lediglich einen Becher mit Kaffee und trank einen kleinen Schluck. Rot nahm nichts.

Der Amerikaner trug eine Stoffhose, die mit dunklen Wasser- und Blutflecken übersät war, ein Mannschafts-T-Shirt mit dem Logo des Schiffes und robuste, halbhohe Lederstiefel.

»Was wollen Sie hier?« fragte Rot und gab sich in Gedanken selbst die Antwort: *Mit mir sprechen!*

»Mit Ihnen reden.« Vaughn lächelte schief. »Geht mir im Moment nur nicht besonders. Bin lieber an Land. Können wir auf Morgen verschieben?«

Rot sah kurz auf seine Uhr und grinste. »Morgen ist seit zehn Minuten und wir sind immer noch auf diesem Kahn. Aber von mir aus – nach dem Frühstück!«

Er drückte sich hoch und beschloss, dass es Zeit sei, Doc Soap zu suchen, um ihr von seiner Tat zu erzählen. Fürs Bett war es zu früh, sagte er sich, schließlich hatte er die letzten 24 Stunden dort verbracht.

Rot verließ das Krankenrevier, zögerte vor der breiten Treppe, die hinunter in den Kontrollraum führte und sah an sich hinab - vorher war vielleicht ein Bekleidungswechsel angebracht.

Eine halbe Stunde später betrat er das CC3. Sophie entdeckte er auch im gedämpften Rotlicht des Raumes sofort im vorderen Teil, mit einer anderen Frau im Gespräch, wandte sie ihm den Rücken zu.

Hocherfreut, sie zu sehen, übersah er einen Tisch, stieß mit dem verbundenen Bein an die Kante, stolperte und stützte sich mit der falschen Hand auf einem Drehstuhl ab, der durch den Schwung umkippte.

»*Nein!*« hörte er Sophies Stimme.

Verlegen lächelnd rappelte Rot sich auf und humpelte nach vorn, sein Schienbein schmerzte höllisch.

Vor ihr blieb er stehen, strahlte sie und die bei ihr stehende Frau an und sagte im Plauderton:

»Guten Abend. Ich habe das Schiff gerettet!«

Die grauhaarige Wissenschaftlerin verschränkte ihre Arme, sagte erst einmal nichts, sondern blickte zu Sophie hinüber, in Erwartung von deren Antwort.

Er bemerkte betroffen, dass Sophie einen Verband am Oberarm trug.

»Das heißt, *Rot*, Sie haben diese in Container verpackten Kanonen mit an Bord gebracht?«

»Yep!«, antwortete er knapp, sich auf das bevorstehende Lob freuend.

Sophie kniff ihre Augen zusammen, als sie leise weitersprach. »Sie haben sie bedient und diesen Hubschrauber auf dem Flugdeck vernichtet?«

Rot nickte stolz, war etwas irritiert über die senkrechten Sorgenfalten, die sich auf ihrer Stirn bildeten. »Yep!«

Er sah ihre Hand kommen, war aber nicht in der Lage, die Absicht dahinter einzuordnen. Erst als die Ohrfeige saß, registrierte er, dass Sophie ihn eine geknallt hatte.

»*Danke, Herr Geheimagent.*« Sie war außer sich. »Weil mich der auseinanderfallende Container nicht erschlagen hat, haben Sie den Hubschrauber explodieren lassen, damit mich die Trümmer erwischen? Und als das nicht gereicht hat, haben Sie das halbe Schiff gleich noch mit in Schutt und Asche gelegt?«

Tränen liefen ihr über die Wangen, eine Sekunde starrte sie ihn hasserfüllt an, dann schlug sie sich die Hände vors Gesicht, drängte ihn zur Seite und verließ zügig das Kontrollzentrum.

Rot schaute ihr betroffen nach, bis sich die Tür hinter ihr geschlossen hatte.

»Nehmen Sie es nicht persönlich, Herr von Strauss.«

Die Wissenschaftlerin legte ihm beruhigend die Hand auf die Schulter. »Das war für die meisten von uns ein wenig viel in den letzten Stunden.«

Er sah sie unsicher an.

»Ich weiß zwar nicht genau, was da alles passiert ist, aber der Kapitän hat gesagt, dass diese Rakete das Schiff zweifellos vernichtet hätte, wären Sie nicht zur Stelle gewesen«, fuhr sie fort, »und das wird Ihnen hier sicher niemand vergessen.«

»Wir haben den Kontakt zum U-Boot verloren und es gab einen Notruf vom Sophies Vater vor zwei Stunden«, ergänzte die junge Frau an den Rechnern neben ihm niedergeschlagen, »können Sie uns vielleicht eine Erklärung für all das hier geben?«

Rot sah sich vorsichtig um. Der Ausdruck in den Gesichtern der Umstehenden hatte sich verändert. Er sah, wie einige ihm dankend zunickten, wenn er ihren Blick streifte, andere ihn nur interessiert musterten. Die anfängliche Feindseligkeit war verschwunden.

Die Grafik des Impacts hing eingefroren auf den großen Wandschirmen. Er erkannte den Inhalt auf den ersten Blick. Das war nichts anderes als die Lösung zu seinem Problem mit dem verschwundenen, dritten Ziel.

»Das war jedenfalls kein Seebeben«, erklärte er ruhig. Was halten Sie davon, Chefin«, er lächelte Isabella Visconti zurückhaltend an, »wenn dieser Wellenberg die Folge einer heftigen Unterwasserexplosion gewesen ist?«

Die Wissenschaftlerin runzelte die Stirn.

»Und was soll da explodiert sein?«, fragte die Studentin. »Haben Sie eine Vorstellung davon, wie viel Energie erforderlich ist, so eine Wassersäule aufzubauen?«

Rot trat zu ihr, nahm einen Druckbleistift, der auf dem Tisch lag, und kritzelte eine kurze Formel auf einen Notizblock. Er unterstrich das Ergebnis zweimal und tippte mit der Bleistiftspitze darauf.

»Ja, hab ich. So viel.«

Die Italienerin nahm den Block hoch, überflog die Zahlen und musterte Rot lang und prüfend. »Das ist eine atomare Dimension, was soll da womit reagiert haben?«

»Zählen Sie die Nuggets. Ich denke, wenigstens einer fehlt - einer von den Großen. Und der wurde von einem Torpedo getroffen, der wohl Kurs auf die unterseeische Station genommen hatte und sie wegen einiger Unwägbarkeiten nicht erreicht hat.«

»Das heißt, die Leute auf Vesper Rubens können noch am Leben sein?«, fragte ein Mann aus dem rückwärtigen Bereich des Kontrollzentrums.

Rot drehte sich zu ihm und erwiderte den Blick starr. »Der Torpedo hat die Station sicher nicht erreicht. Wer immer für den Angriff verantwortlich ist, hat nicht gewusst, dass der Wasserdruck den Einsatzbereich von Torpedos auf eineinhalb Kilometer Tiefe begrenzt. Wäre er nur zerdrückt worden, hätte es keine Explosion gegeben.«

Rot wies auf die Darstellung. »Es hat aber eine heftige Reaktion stattgefunden. Ich denke, der Torpedo hat einen Felsen voller Kohor- *äh…*«, Rot korrigierte sich, »einen dieser schwebenden Felsen getroffen und möglicherweise eine Kettenreaktion im Felsmaterial in Gang gesetzt. Die Druckwelle hat die Station mit hoher Wahrscheinlichkeit zerstört, schließlich war sie laut der Simulation«, er deutete auf das Wellenmodell, »weniger als einen Kilometer entfernt.«

»Also ist Flynn auch tot«, flüsterte die junge Frau neben ihm in die drückende Stille.

Rot ignorierte den sengenden Blick der Wissenschaftlerin.

»Nicht unbedingt«, sagte er und erschrak über den lauten Klang seiner Stimme. »Wenn er weiter als drei Kilometer entfernt war, wäre er möglicherweise in Sicherheit. Wie Sie festgestellt haben, war der Druck bei Erreichen der Wasseroberfläche schon schwach.«

»Aber warum kommt er nicht nach oben und meldet sich?« Die junge Frau war den Tränen nahe.

Rot deutete auf die eingefrorene Grafik auf den großen Wanddisplays. »Eine Explosion so dicht am Grabenrand kann das Abrutschen einer Flanke auslösen …«, während er das in sachlichem Ton aussprach, kam ihm die mögliche Konsequenz des Gesagten in den Sinn und er verstummte.

Die junge Frau schluchzte auf.

»Kommen Sie mal mit, … *giovane uomo*«, sagte die italienische Wissenschaftlerin und führte Rot am Arm ein paar Schritt zur Seite.

»Erklären Sie mir den Hergang der Explosion. Warum ist eine Reaktion mit dem Gestein erfolgt und hat so eine verstärkende Wirkung gehabt?« Ihre dunklen Augen fixierten ihn und ihre gesamte Miene machte Rot deutlich, dass er jetzt besser eine überzeugende Erklärung parat haben sollte.

»Nun«, er blickte unsicher um sich und bemerkte eine Reihe von Augen auf sich gerichtet, wenn auch aus der Distanz, »ich weiß nicht, wie weit ich Ihnen das sagen darf…«.

»Soweit Sie sich das nur vorstellen können«, entgegnete sie harsch und mit einem Zeigefinger auf seiner Brust. Ihre scharf geschnittenen Züge waren nur Zentimeter von ihm entfernt. »Sie wissen, was es mit diesem sonderbaren Gestein auf sich hat - sagen Sie es mir!«

Isabellas Stimme war zu einem Flüstern herabgesunken. Ihre Augen nur noch ein funkensprühender Schlitz. »Es ist *Kohortit*, nicht wahr, …«?

Rot fühlte sich wie vom Blitz getroffen. »Woher …?«

»Ich war dabei, 1998 im Norden Schottlands.«

Er trat einen Schritt zurück. »Dann wären Sie nicht mehr am Leben.«

»Ich musste zwei Tage vor der Katastrophe abreisen - aber ich kenne die Eigenschaften des Stoffes sehr gut, *giovane uomo,* und wenn Sie jetzt von einer Kettenreaktion sprechen und Ihnen der Name des geheimen Materials fast herausrutscht, kann ich zwei und zwei zusammenzählen.«

Sie sah über ihre Schulter, bemerkte, dass mittlerweile alle Blicke im Raum auf sie gerichtet waren. »*Non ci resta che procedere, - macht weiter!*« rief sie den Anwesenden zu, begleitet von einer winkenden Handbewegung, und wandte sich ihm erneut zu.

Rot holte Luft und sammelte sich. »Ich weiß nicht einmal, wer Sie sind«, versucht er Zeit zu gewinnen.

»Isabella Visconti, ich leite den Excellencecluster für Werkstoffkunde der UNIME«, antwortete sie knapp, nickte ihm zu und gab sich selbst die Bestätigung ihres Verdachts. »Es *ist* Kohortit!«

Er gab sich geschlagen.

»Die Vermutung liegt nahe«, stimmte er mit hängenden Schultern zu.

Die Italienerin lächelte bitter. »Dann haben wir Glück gehabt. Es können nur wenige Nuggets reagiert haben - sonst hätte der Wellenberg viel größer ausfallen müssen. Aber alle im Umkreis der Explosionen sind möglicherweise jetzt in einem instabilen Zustand. Darüber muss ich Klarheit bekommen.«

Sie wandte sich um, war bereits wieder ein paar Schritte in Richtung ihrer Mitarbeiter geeilt, als sie noch einmal stehenblieb und zu ihm zurücksah.

»Vielleicht haben Sie die Möglichkeiten herauszufinden, wer uns diesen Schatz nicht gönnt.«

Akshay – in der Nähe des White Eagles

Am selben Tag

Das Signal von Reydars Rettungsboje blinkte um Aufmerksamkeit heischend auf einem Brückenmonitor der *Faster than Light.*

Es war inzwischen sieben Uhr in der Früh und Akshay hockte seit vier Stunden, mit Seidenpuschen und seinem neuen Überlebensanzug bekleidet, angespannt schwitzend im Sessel und kämpfte abwechselnd gegen die Müdigkeit und das bedrohliche Rollen des Schiffes in den Wellen an. Wenn es ihm für ein paar Minuten gelang, betrachtete er gebannt das Signal der Boje sowie den Positionsmarker des *White Eagles,* der sich seit seinem Eintreffen an der Unglücksstelle mehr als vierzehn Seemeilen entfernt hatte und noch immer im Kampf mit den Urgewalten von *Hermine* aushielt.

Mittlerweile hatte der Inder alle Verschlüsse des hellorangenen Anzugs wieder geöffnet, weil er in dem mehrfach isolierten Material sonst den Hitzetod gestorben wäre.

»*Akshay*!« Die Stimme riss ihn aus dem Dämmerschlaf. Der ungekämmte, schwarze Schopf von Hali erschien auf der Anzeige des Satellitenfunkgerätes.

»*Akshay!*«

»Ich bin ja da, Hali. Was gibt es?«

»*Schau mal auf dein Radar! Wir glauben, das sind noch mehr Container, die da treiben und das Gebiet durchqueren, in dem ihr euch aufhaltet. Mehr als achtzig davon sind gestern von einem Frachter gekippt. Wir müssen den Plan also ändern. Der Hurrikan wird noch für die nächsten zehn Stunden unvermindert antoben, so viel Zeit haben wir nicht mehr. Reydars Team bittet uns, ihn da jetzt rauszuholen und dann schleunigst abzuhauen!*«

Akshay glaubte sich verhört zu haben. Unablässig dröhnten grün-graue Fluten über die Fensterfront der Brücke, die *Faster than Light* schlingerte seit Erreichen von Reydars Havarieposition mit vier Knoten Fahrt auf einem Übelkeit erregenden

Dreieckskurs im Abstand von zwei Seemeilen um die unter den Wellen treibende Rettungsboje herum.

Das Wetterradar zeigte ihm seine Position nahe des Zentrums der gigantischen Spirale von Hermine. Die digitalen Steckbriefe auf den kleinen Fähnchen, welche auf dem Monitor die Position markierten, zeigten einen Luftdruck von 985 Millibar, Windgeschwindigkeiten noch immer über 120 Stundenkilometer.

»Und wie soll ich das machen?« fragte Akshay entsetzt, »ich sehe ihn ja nicht einmal!«

»Er wird jeden Moment auftauchen. Jetzt, wo du gewonnen hast, werden wir die Faster than Light von hier aus fernsteuern, das ist ein Notfall und die Rennleitung hat nichts dagegen. Du kannst also die Brücke verlassen und Reydar helfen.«

Akshay starrte Hali an.

»Keine Sorge, wir unterstützen dich. Geh zuerst runter ins Heck, dahin, wo die Beiboote stehen. Nimm ein Headset mit.«

Er war unfähig, sich zu rühren.

»Akshay!«

»Hali, was erwartet ihr von mir? Ich kann doch da nicht rausgehen!«, klagte er leise.

»Wer hat denn gesagt, dass du rausgehen sollst? Aber du musst Reydar einen Lifebelt zuwerfen, um ihn an Bord zu holen. Und das schnell, wir wollen nämlich nicht, dass die Faster than Light Gefahr läuft, auch von einem herrenlosen Container versenkt zu werden.«

Das wirkte. Er nahm ein Headset von der Steuerkonsole, die wie von Geisterhand das Schiff auf einen neuen Kurs führte und ihn zwang, sich überstürzt an einem Sessel festzuklammern, als die *Faster than Light* über den Kamm einer Riesenwelle kippte und die Position der auftauchenden Rettungsboje ansteuerte.

Wie in Trance machte er sich auf den Weg hinunter in die Hecksektion. Wild wurde er in den Niedergängen von einer Wand zur anderen geschleudert, stürzte mehrmals, als die Treppen, die eigentlich nach unten führten, durch die extremen Rollbewegungen des Schiffes für kurze Zeit nach oben wiesen.

Endlich erreichte er den Raum, in dem sich die Beiboote befanden und die sonstige Ausrüstung für schöneres Wetter gelagert wurde. Zu dem Zeitpunkt fühlte er seine Schultern und Schienbeine schon gar nicht mehr vor lauter Remplern und Stürzen, die er benötigt hatte, um bis hierher zu kommen.

Summend schloss sich das Schiebeschott hinter ihm. Akshay blickte auf eine schneeweiße Frauscher 686, die direkt vor ihm stand, eingerahmt von einer Teak-Aquariva und einem Zodiac-Festrumpf-Schlauchboot mit drei bulligen Außenbordern. Alle Boote waren unter Schutzplanen mit ihren Rollwagen fest auf dem Boden verzurrt. Auf der gegenüberliegenden Seite sah Akshay ein gut vier Meter breites Tor mit einem zusätzlichen Schott in der Mitte. Die Luft in der Bootshalle vibrierte. Die Schwingungen des Tores übertrugen das hohle Dröhnen des Hurrikans auf den Innenraum. Er spürte, wie er eine Gänsehaut bekam. Die grauenvolle Geräuschkulisse wurde nur von dem Donnern der Brecher gegen das Heck der *Faster than Light* unterbrochen.

Eine erneute abrupte Bewegung der Yacht schleuderte ihn gegen die Frauscher. Reflexhaft klammerte er sich an den Aluminiumstreben des Rollwagens fest und fand einigermaßen Halt.

»*Bist du da, Akshay?*«, hörte er Halis Stimme schwach aus dem Headset.

Mit einer Hand rückte er sich den kleinen Bügel zurecht. »Ich bin angekommen, bei den Booten – was soll ich hier?«

»*Gut! Siehst du das kleine Schott in der Mitte des Hecktores?*«

»Aber Hali, dahinter…«, setzte er an, wurde aber rüde unterbrochen.

»*Geh da NICHT raus, Akshay!*«

»O. k.«, seufzte er erleichtert, »hatte ich nicht vor.«

»*Du musst dich erst mit einer Lifeline sichern und einen Helm aufsetzen!*«

Akshay glaubte, ohnmächtig zu werden.

Dann überraschte er sich selbst, als er sich aufraffte und zielstrebig zwischen den Booten in Richtung rückwärtiger Wand entlangzuhangeln begann.

Mit einem Satz erreichte er einen zweieinhalb Meter hohen und genauso breiten Spind mit orangen lackierten Metalltüren, auf dem sich Aufkleber mit den Piktogrammen von Ausrüstungsgegenständen befanden.

Er öffnete eine Tür und griff sich einen Helm mit dunklem Visier, das er hochklappte, bevor er ihn aufsetzte.

»Hali, ich habe jetzt den Helm und bin am hinteren Tor«, meldete er sich mit halbwegs fester Stimme.

»*Sehr gut, Akshay*«, lobte Hali. »*Rechts neben dem Tor befindet sich eine elektrische Winde. Wickle etwas Seil ab und befestige einen von den Karabinern an deinem Anzug. Achte darauf, dass du ihn in BEIDE Ösen vor deiner Brust einhängst.*«

Akshay schloss die Augen, wischte mit einem Finger den Schweiß aus den Brauen und bekam gerade noch instinktiv seine andere Hand, mit der er sich festgehalten hatte, aus dem Spind, bevor eine Rollbewegung des Schiffes die Tür laut zuknallte.

Wackelig machte er sich auf den Weg am Tor vorbei, durch das er ohrenbetäubend das tiefe Dröhnen von *Hermine* hörte, und sah die feinen Wasseradern, die von den Hurrikan-Böen unter der Edelstahl-Verriegelungsnut des Tores hindurchgepresst wurden.

Schockiert blieb er stehen.

Niemand würde ihn jetzt dazu bewegen, das Schiff zu verlassen.

Er befand sich genau vor dem zentralen Schott des Tores, einer ovalen Öffnung von einem Meter Höhe, die einen halben Meter über dem Boden begann. In ihrem Zentrum befand sich ein in das Material bündig integriertes Bullauge aus Panzerglas, durch das ab und zu für einen kurzen Moment trübes Licht hereinsickerte.

Gerade in dem Moment, als er seinen ganzen Mut für einen kurzen Blick zusammennahm, fand ein morgendlicher Sonnenstrahl den Weg durch eine Lücke in den graugelben Hurrikanwolken, durchdrang den Wassernebel und beleuchtete die Szenerie vor Akshays Auge.

Er taumelte zurück, ergriffen von der Wucht des Anblicks, der sich wie das Nachbild eines Stroboskops auf seine Netzhaut gebrannt hatte. Akshay kauerte sich auf den Boden unterhalb des Schotts, seine linke Hand verkrampft um einen Sicherungshebel geklammert.

Turmhohe Wasserberge in dunklem Grau, durchzogen von hellgrauen, wirren Linien, in unendlicher Staffelung bis zum trüben Horizont – hellgrün und weiß erleuchtet in dem Bereich, wo der Sonnenstrahl sie traf. Wellenkämme, die in feinste Gischtfahnen zerrissen wurden, haushohe Fluten wischten nahezu ohne Pause über die Heckplattform der *Faster than Light* hinweg. Er war sich sicher, das konnte er einfach nicht überleben, wenn er diese Tür öffnete.

Und doch…

Ein Farbfleck hatte sich besonders in seiner Erinnerung eingenistet. Leuchtend rot auf dem Kamm einer Welle hüpfend – winzig im Vergleich zu dieser selbst und mindestens zweihundert Meter entfernt – die Rettungsboje mit Reydar!

»Geh bitte weiter, Akshay!«

Er hörte Hali dessen Ungeduld an. Erneut straffte er alle Muskeln, erhob sich und ging zügig zur Winde, die unter einer Kunststoffabdeckung verborgen war, die er einfach abriss und hinter sich warf.

Die Winde verfügte über einen soliden Umlenkmechanismus, den er ausklappte. Dann drückte er die grüne Taste und ließ ein paar Meter des mehrfach ummantelten Nylonseils ablaufen.

»Ich habe das Seil, Hali, wie soll ich das zu Reydar bekommen? Habt ihr eine Ahnung, was hier los ist?«, schrie er unwirsch und unzufrieden mit der Gesamtsituation gegen den Hurrikan in das Headset.

»Haben wir, Akshay, wir empfangen die Bilddaten der Bordkameras – du machst das gut soweit – schließe noch deinen Helmgurt!«

Für einen Moment suchte er die Bootshalle nach einer Kamera ab und fand das kleine Objektiv schließlich oberhalb des Schotts, durch das er hereingekommen war.

Der Rumpf erzitterte unter der Wucht einer Welle, welche die Backbordseite der *Faster than Light* traf, über das Deck rollte und Akshay zwang, sich mit einem Arm am Umlenkmechanismus der Winde einzuhaken, während das Schiff nicht aufhören wollte, nach Steuerbord zu kippen, bis er fast parallel zum Fußboden in der Luft hing - unbewusst darauf wartend, dass eines der teuren Beiboote aus seiner Halterung kippte, was glücklicherweise nicht passierte.

Quälend langsam richtete sich die Yacht wieder auf, er bekam Halt unter den Füßen nur kurz bevor er dachte, dass sein Arm abreißen würde.

»Ihr müsst das Schiff drehen, Hali, mit dem Bug in die Wellen, sonst kentert es!«, schrie er wütend ins Mikrofon, schloss den Helmgurt, zog den Karabiner am Ende des Seils zu sich heran und hängte ihn an den Brustösen seines Anzugs ein.

»*Versuchen wir, Akshay – ist nicht so leicht mit einer Signalverzögerung von fast 30 Sekunden und schweren Kreuzseen. Aber mach dir keine Sorgen, die Faster than Light ist unsinkbar und sie kann durchkentern und sich anschließend wieder aufrichten.*«

Akshay war sich nicht sicher, ob er das hatte wissen wollen. Halis Stimme wurde geschäftsmäßig.

»*Reydar ist ungefähr einhundertfünfzig Meter entfernt aufgetaucht. Er wird erst aussteigen, wenn du auf fünfzig Meter rangekommen bist. Dazu müssen wir das Schiff leeseitig von der Boje aus positionieren, damit der Wind und die Strömung ihn auf dich zutreiben.*«

Akshay dachte an den hüpfenden, roten Ball auf den Wellen.

»*Das wird dann für einen Moment ziemlich ungemütlich, die Wellen werden von hinten über das Schiff rollen. Wir haben das Manöver mit Reydars Team mehrmals durchgesprochen. Er ist mit einer Lifeline an der Boje gesichert. Sobald du ihm die Lifeline der Faster than Light zugeworfen hast und er sie sicher eingehängt hat, kappt er die Leine zur Boje. Erst dann kannst du ihn mit der Winde rausziehen.*«

Soviel zur Theorie, dachte Akshay, blickte zur Seite und sah ein Piktogramm für eine Buddyline auf einem Spind. In einem Moment der relativen Ruhe tat er einen Ausfallschritt zum

Spind, riss die Tür auf, ergriff ein Leinenpaket und ging schleunigst wieder zurück zu seinem sicheren Halt an der Winde.

Dann hängte er ein Ende der Reserveleine bei sich ein und sah sich die Bedieneinheit der Winde näher an.

Mit einem *Klick* löste sich der Schalter. Erschrocken blickte er ihn an und überzeugte sich durch kurzes Drücken auf den Leine-holen-Knopf, dass es sich um eine drahtlose Komponente handelte und er nicht gerade etwas kaputt gemacht hatte.

Nach mehreren Tagen voller Übelkeit und Verzagen gestattete er sich ein erstes Lächeln. *So könnte es gehen.*

Dann sah er erneut Wasseradern unter dem Torfalz hervorschießen.

»Wenn ich das Schott öffne, werde ich ertrinken, Hali«, sagte er tonlos. »Ich werde niemanden aus der Familie jemals wiedersehen.«

»*Du wirst sicher nicht ertrinken, der Alkoholgehalt des Wassers ist viel zu niedrig*«, antwortete Hali und Akshay benötigte in seiner angespannten Verfassung fast eine Minute, um zu realisieren, dass die Stimme einen Witz gemacht hatte.

»*Los jetzt! Schiebe die Winde mit der Umlenkeinheit an der Schiene direkt vor das Schott.*«

Er sah nach oben.

Unter der Decke verlief ein solider Stahlträger, der zur Gewichtsoptimierung mit einem Muster unterschiedlich großer Löcher versehen war. An ihm hingen diverse Zugmechanismen, von denen einer auch den Ausleger trug, an dessen anderen Ende die Windeneinheit befestigt war, deren Fernsteuerung Akshay sich um den Hals gehängt hatte.

Er probierte einen Moment, bevor er verstanden hatte, wie er vorgehen musste. Dann entriegelte er den Ausleger, klappte ihn krachend um 180 Grad auf die andere Seite, wo er metallisch knirschend einrastete und die Winde direkt über dem Schott positionierte.

»*Warte! Die Boje ist noch zu weit entfernt. Wir steuern dich dichter ran.*«

An den abnehmenden Rollbewegungen bemerkte Akshay, dass die *Faster than Light* jetzt genau gegen die Wellen fuhr. Das gab ihm ein paar Minuten relativer Ruhe zum Durchatmen, bis er ohne Vorwarnung drei Meter tief fiel, die Lifeline sich spannte und er hängend gegen das Tor und die Decke der Bootshalle krachte, nachdem das Schiff hart nach Backbord gedreht hatte und dabei von einer Welle fast auf die Seite gelegt worden war.

Dankbar für den Helm und den dicken Überlebensanzug bemerkte er trotzdem einen stechenden Schmerz in der linken Schulter und in seinem linken Fußgelenk. Dann richtete sich die *Faster than Light* wieder auf, die Wellen liefen für einen Moment unter dem Schiff vom Heck zum Bug hindurch.

»*Jetzt!*«

Akshay hörte Halis Stimme, rappelte sich vom Boden hoch, lief zurück zum Schott und entriegelte das Verschlussrad, ohne groß darüber nachzudenken. Er hätte es niemals getan, wenn er bei klarem Verstand gewesen wäre - soviel wußte er.

Kaum drückte er gegen das Schott, wurde es ihm aus der Hand gerissen und knallte mit der Außenseite in einen federgesicherten Schnappmechanismus. Akshay blickte durch die ovale Öffnung auf eine dunkelgrüne Wand, die mit wahnwitziger Geschwindigkeit auf ihn zukam, und trat zur Seite.

Nur Millisekunden später drang grünes, kochendes Wasser wie eine solider Strahl durch das offene Schott in die Bootshalle ein, riss die Plane und die Cockpitfenster von der Frauscher, bevor sie zertrümmert wurde, brach sich an der Rückwand des Raumes und schwappte lauwarm um seine Knöchel.

Plötzlich erstarb der Wasserstrahl. Impulsiv trat er durch die Öffnung, führte die Lifeline durch einen kleinen Schlitz über der oberen Schottrundung und stand nun auf dem achterlichen Badedeck, das fünf Meter vor ihm in der Luft endete.

Dann klatschte der hintere Rumpf mit einem lauten Schmatzen wieder auf der Wasseroberfläche auf. Akshay ging benommen in die Knie, so stark war der Stoß. Mit einer Hand klammerte er sich an einer Edelstahlreling fest, mit der anderen wischte er sich Salzwasser aus den Augen.

Der Teakbelag war verschwunden. Nur an den seitlichen Befestigungen hingen noch Reste der ehemaligen Holzbeplankung. Überall ragten Überbleibsel spitzer Schraubverbindungen aus dem Boden. Am Ende des Badedecks befand sich eine in den Rumpf integrierte breite Treppe hinunter zur Wasserlinie. Auf der Backbordseite hingen scharfkantige Splitter der ehemaligen Karbonverkleidung der Festmacher.

Er hob seinen Blick.

Eine dunkle Wand schoss auf ihn zu, an ihrem oberen Rand glitzerte es weiß, als ein weiterer Sonnenstrahl für einen kurzen Augenblick die Wolken durchdrang. Akshay festigte seinen Griff, hielt die Luft an und bereitete sich auf den Aufprall vor.

Aufgeschäumtes, wirbelndes Wasser umgab ihn, presste ihn mit brutaler Gewalt gegen die Außenseite des Tores, drang sekundenschnell in seinen Anzug und Helm ein.

Ein dumpfes, wiederholtes Ploppen, gefolgt von einem scharfen, intensiven Zischen, lenkte ihn kurz von dem stärker werdenden Drang, einzuatmen, ab. Sein Hals wurde zusammengedrückt, Panik griff nach ihm.

Endlich bekam er Luft, die *Faster than Light* hob sich, befreit von einhundert Tonnen Pazifikwasser, und bereitete sich auf die nächste Welle vor.

Akshay kam zu sich. *Die Schwimmweste!,* schoss es ihm durch den Kopf, als er den massiven Schwimmkragen realisierte, der sich beim Kontakt mit Wasser automatisch aufgeblasen hatte.

Er tastete nach der Fernbedienung der Winde, drückte den Leine-geben-Knopf tief und sah nach achtern.

Da kam Reydar!

Auf dem breiten Kamm der nächsten Welle surfte die rote Boje auf ihn zu, ein grelles Stroboskoplicht an ihrer Spitze zuckte über die schaumige Oberfläche. Ein Segment der Außenhaut flog weg, wurde von einer Böe ergriffen und hinter die Welle gerissen. Ein grellorangener Punkt fiel fast senkrecht zehn Meter hinunter, bevor er von der Wasseroberfläche am Wellenfuß verschluckt wurde.

Ohne zu überlegen, rannte Akshay los, stolperte über die Lifeline die Treppe hinunter und schlug ins Wasser.

Reydar - in Lebensgefahr

Nur Sekunden später

Das Visier seines Helms presste sich schmerzhaft gegen seine Nase, als er ins Wasser fiel.

Reflexartig breitete Reydar die Arme aus, verlangsamte das Absinken, wartete auf das Entfalten des Schwimmkragens und begann mit langsamen, unterstützenden Schwimmbewegungen in die Richtung, in der er die Oberfläche vermutete.

Er merkte, wie er mit den Wassermassen hochgehoben wurde, als die Welle über ihn hinüberzog. Der kurze Moment der Angst, die Boje würde auf ihn stürzen, den er unmittelbar nach dem Absprung verspürt hatte, war vorüber. Bewusst hatte er darauf verzichtet, sich über eine Lifeline mit der Rettungskapsel zu verbinden. Das Risiko, von der Boje bei diesem Wellengang mitgerissen zu werden, war ihm zu hoch erschienen. Das Bad hatte ihn hellwach gemacht, die Aufputschmittel, die er unmittelbar vor Verlassen der Rettungsboje genommen hatte, taten ein Übriges. Die unerträgliche Hüpferei der letzten Minuten in der Boje war Geschichte. Er musste jetzt die Yacht von Akshay erreichen.

Dann durchbrach er die Wasseroberfläche und holte tief Luft.

Das Dröhnen von Hermine umgab ihn. Die Böen wirbelten die Wasseroberfläche zu dichtem Regen auf, erschwerten das Atmen. Ungefähr vierzig Meter vor ihm hob sich schwerfällig das Heck der *Faster than Light* aus dem Wasser, nachdem die Welle auch über das Schiff hinweggerollt war. Die gesamte

Decksbeleuchtung war eingeschaltet und bettete die Stealth-Yacht in einen Teich, gefüllt mit schaumigen Kreuzseen. Links vor ihm tanzte die Rettungskapsel mit gehöriger Schlagseite.

Reydar sah sich um. Die nächste Welle kam auf ihn zu, schon wurde er angehoben, zehn Meter in Richtung Schiff versetzt. Er holte tief Luft, das Letzte, was er sah, war ein gelber Rettungskragen mit blitzenden Positionslichtern – *Akshay!*, in der Mitte zwischen ihm selbst und der *Faster than Light*. Dann drückte ihn die Welle unter Wasser.

Dieser verrückte Inder!, dachte er, schüttelte trotz seiner eigenen ernsten Situation unter Wasser den Kopf über so viel Leichtsinn.

Die Welle zog vorüber. Er kam nach oben, holte Luft, orientierte sich und stellte sich auf den Rhythmus der Wellen ein. Zwanzig Meter vor ihm kam das Heck der Yacht langsam wieder nach oben.

Reydar stockte der Atem. Nur wenig daneben ragten vielleicht vier Meter einer schwimmenden, rechteckigen Kiste mit den weißen Buchstaben *Ever* über die Wasseroberfläche. *Ein Container!* Er verdrängte die Gefahr, suchte weiter.

Da! Mit kräftigen Stößen schwamm Reydar zu Akshay, der, nur wenig neben ihm, reglos an die Oberfläche getragen wurde. Mit beiden Händen umfasste er den Inder von hinten, drehte ihn auf den Rücken und zog sich und ihn in eine Linie zur nächsten Welle und der *Faster than Light*, einen letzten besorgten Blick in Richtung Container werfend.

Dann war auch dieser Wasserberg über ihn hinweggerollt, Akshay kam hustend und spuckend zu sich, schlug Reydar und strampelte hektisch.

Er ließ Akshay los, stieß ihn mit den Füßen weg und schwamm außer Reichweite von dessen wild rudernden Armen.

Der Container war verschwunden. Sie waren noch ungefähr zehn Meter vom Heck der Yacht entfernt. Die nächste Welle würde sie darauf schmettern, wenn er Pech hatte – oder schlimmer – auf die Aufbauten des Radardoms. Dann sah er die leuchtende Lifeline, die vom Inder Richtung Schiff führte.

Mit schnellen Schwimmstößen näherte er sich dem Mann von hinten, ertastete die Lifeline an der Brust von Akshay, fand die Fernbedienung und drückte einen der beiden Knöpfe, als die nächste Welle sie anhob und unter Wasser drückte.

Der Inder begriff anscheinend, was Reydar vorhatte und stellte seine Gegenwehr ein. Reydar hoffte inbrünstig, dass er das lange genug tun würde, bis sie wieder nach oben kamen.

Die Welle war vorüber, die Schwimmkragen zogen Reydar und den vor seiner Brust gehaltenen Akshay nach oben, Wasser lief vom Visier des Norwegers und er sah für eine Sekunde den wuchtigen Heckspiegel, mit den beiden riesigen Ausströmgittern des Düsenantriebs des Schiffes darunter, auf sie zukommen.

Dann knallten sie von unten hart gegen den Rumpf. Reydar begriff, dass die Winde sie zu schnell zu dicht herangezogen hatte, drückte die andere Taste und stieß sich mit den Füßen ab, wartete, bis sie eine halbe Ewigkeit später wieder an die Oberfläche getragen wurden. Weniger als zwei Meter vor ihm ragte eine Treppe ins Wasser. Wieder wechselte er den Knopf, wurde vom nächsten Wellenfuß hochgehoben und heftig gegen die Unterseite des überhängenden Hauptdecks gepresst, sich darauf konzentrierend, den Griff auf den Inder nicht zu lockern.

Endlich war auch diese Welle vorbei. Knallend setzte das Heck der Yacht auf dem Wasser auf, er und Akshay purzelten vor dem geöffneten Schott auf den Boden. Reydar ließ die Fernbedienung los, warf den Inder mit übermenschlichen Kräften durch die Öffnung, hieb auf den Blockiermechanismus des Schotts und schwang sich hinterher, bevor es von der nächsten Nickbewegung der *Faster than Light* ins Tor gepresst wurde. Mit letzter Kraft erhob er sich, versuchte das Schott zu verriegeln, was nicht gelang, da sich die Lifeline auf dem Badedeck verheddert haben musste und nicht hereinzuziehen war.

Erschöpft seufzend sank er vor dem Schott auf die Knie, griff unter seine Schultertasche und zog den Segelschneider heraus, eine gekrümmte, sechs Zentimeter lange, rasiermesserscharfe Klinge mit einem ergonomisch geformten Griff. Das Nylonseil lieferte keine Gegenwehr. Ein letztes Mal mobilisierte der Norweger seine Kräfte, stemmte sich in einem Moment ohne Gegendruck gegen das Schott, öffnete es einen Spalt weit, um die Reste der Schnur aus der Nut zu entfernen, zog es wieder heran und verschloss es mit dem Rad.

Dann sackte er mit dem Rücken am Tor zur Seite, bemerkte, wie die Yacht Geschwindigkeit aufnahm und einen Kurswechsel vollzog, der ihre Lage stabilisierte. Sein verwunderter Blick traf den seines indischen Retters, der völlig entkräftet aber breit lächelnd in den Trümmern eines Beibootes ausgestreckt auf dem Boden lag, auf dem immer noch knöcheltief das Wasser stand. Dem Hindu fehlte ein Schneidezahn und seine Lippe hatte einen bösen Riss.

»Hey, Reydar – ich hab dir doch gesagt, dass Segelboote sehr gefährlich sind – und wahrlich nicht gut für deine Doshas.«

Akshay drehte sich mühsam in seinem durchnässten Anzug auf die Seite und drückte sich hoch. »Lass mich eben noch einen Moment ausruhen, dann mach ich dir etwas Gesundes zu essen. Anschließend können wir vielleicht einen Film gucken.«

US-Earths – Hongkong, China

Am selben Tag

Der Vice President von US-Earths betätigte den Wahlknopf und lehnte sich im Sessel zurück, während die Verbindung aufgebaut wurde. Über dem Victoria Harbour verschwand die abendliche Sonne im Smog Hongkongs. Die endlosen Kolonnen der Berufspendler säumten die sechsspurigen Uferstraßen der Hauptinsel mit weißen und roten Leuchtbändern.

Mehr als 13000 Kilometer entfernt und zwölf Stunden in der Zeit zurück, nahm Miles Shoemaker in Washington, D. C. den Videoanruf entgegen.

»Hallo John, guten Morgen. Schön, dich zu sehen«, begrüßte der CIA-Direktor Turrel.

Dieser nickte zur Erwiderung. »Miles, vielen Dank, dass du dir die Zeit nimmst - zu dieser Uhrzeit, ich weiß das zu schätzen.«

Er fühlte Shoemakers intelligente, grüne Augen aufmerksam auf sich ruhen. Wie immer war das Erscheinungsbild des Direktors perfekt - wahrscheinlich war er bereits seit mindestens einer Stunde im Büro.

»Wirklich sehr gern, John, da kann ich dir gleich zu der erfolgreichen Expansion nach Indien gratulieren«, entgegnete Shoemaker mit einem ermunternden Lächeln, wobei sich kleine Falten in seinen Augenwinkeln zeigten. »Deine Strategie schreitet offenbar gut voran.«

»Das tut sie, ja - ich bin auch zufrieden. Der Schwerpunkt muss noch etwas weiter nach Osten verlagert werden, aber die grobe Richtung stimmt schon einigermaßen.«

»Wie kann ich helfen?«

Turrel überlegte kurz, wie weit er ausholen sollte, entschied sich jedoch für den direkten Weg. »Es gab gestern einen Angriff mit Lenkwaffen auf ein europäisches Forschungsschiff, ungefähr 1500 Seemeilen südwestlich von Guam.« Er machte eine Pause, in die Shoemaker hineinsprach.

»Ich habe nichts von einem Untergang gehört.«

Turrel schüttelte lächelnd den Kopf. »Der Angriff, zumindest auf das Schiff, wurde abgewehrt. Der Kreuzer war mit neuester C-RAM-Waffentechnologie aus Deutschland ausgerüstet. Es gab nur leichte Schäden.«

Shoemaker richtete sich im Sessel hinter seinem Schreibtisch auf, wartete jedoch auf weitere Erklärungen.

»Grund für den Angriff waren wahrscheinlich unterseeische Explorationsaktivitäten, welche die Förderung eines in der Region neuentdeckten Erzes zum Ziel hatten, das eine hohe Konzentration von SE-Metallen aufweist«, fuhr Turrel fort. »Wir gehen davon aus, dass jemand seine Marktposition gefährdet sah und die neue Quelle ausschalten wollte.«

»Eine Idee, wer dieser Jemand sein könnte?« Shoemaker hatte sich aus dem Aufnahmebereich der Kamera gedreht und raschelte mit Papieren.

»Einen Verdacht, Miles.« Turrel schob sich einen Kaugummi in den Mund und wartete, bis Shoemaker ihn wieder anblickte, dann ergänzte er: »Ich halte es für möglich, das Wang der Initiator ist. Er hätte die Verbindungen, so etwas zu veranlassen.«

Der Direktor blickte ernst. »Das würde bedeuten, du hättest ihn nicht unter Kontrolle, John.«

Turrel nickte seufzend. »Und das sind noch nicht einmal alle schlechten Nachrichten. Der Angriff wurde mit einer alten russischen Cruise Missile durchgeführt sowie einem Torpedo. Der Torpedo stammt höchstwahrscheinlich von uns.«

»Hat man ihn gefunden?« Shoemaker runzelte die Stirn.

»Nein, er hat die Unterwasserstation des Forschungsschiffes zerstört. Das Abwehrsystem des Schiffes hat ihn anhand seiner Sonargeräusche als *Mark 54* identifiziert.«

Shoemaker runzelte weiter die Stirn. Beide schwiegen einen Moment, dann stellte er die nächste Frage. »Und wie ist er dahin gekommen? Mitten in den Pazifik? Soweit ich mich mit solchen Sachen auskenne, können Torpedos nicht fliegen – sie schwimmen.«

»Lockheed LongShot Wing-Adapter«, antwortete Turrel zerknirscht, »damit fliegt sogar meine Corvette – keine Ahnung, wie die da rangekommen sind.«

Shoemaker blickte ihn einen Moment an. Dann griff er aus dem Aufnahmebereich der Kamera und hielt kurz darauf einen schmalen Ordner in der Hand, so dass Turrel die CIA-Beschriftung für *China* und *Militärischer Vorfall* erkennen konnte.

»Kam in der Nacht«, erklärte der Direktor. »Eine chinesische Xian wird seit einem Tag vermisst. Sie ist gestern Mittag in Guangzhou gestartet. Das Missionsziel war nicht herauszubekommen.« Er lächelte. »Mit deiner Information können wir jetzt sicher die Art der Ausrüstung und vielleicht mehr erfahren. Diese Waffen verschwinden nicht im Bombenschacht - die hängen unter den Flügeln. Vielleicht bekomme ich sogar Satellitenfotos.«

Sein Gesichtsausdruck wurde wieder ernst. »Was hast du jetzt vor, John?«

Turrel musste nicht lange überlegen.

»Zwei Dinge. Erstens müssen wir herausfinden, was an dieser Geschichte mit dem Erz dran ist. Ich habe schon einen Mann auf dem europäischen Schiff. Und zweitens werde ich Wang besuchen. Wenn er mit so kurzer Lunte brennt, weiß er sicher mehr als wir. Ich denke, es kann nicht schaden, das zu überprüfen und ihn bei der Gelegenheit ein wenig zurechtzustutzen.«

»Das ist gut. Ich werde dir nicht raten, vorsichtig zu sein«, sagte Shoemaker, »du bist fast länger im Geschäft als ich. Aber Wang ist auf dem Weg ins Politbüro. Diese Typen fühlen sich allmächtig - sie kümmern sich um Konsequenzen erst, nachdem sie eine Entscheidung getroffen haben.« Die grünen Augen flackerten nicht. »Ich setze ein Team darauf an, die Historie der Waffen aufzuklären. Es wird sich bei dir melden.

Pass auf!«

Turrel nickte dem Direktor zum Abschied zu. »Ich lass dich wissen, wie er reagiert hat«, dann unterbrach er die Verbindung und schaltete eine Leitung zu seiner Sekretärin.

»Wan? Finde heraus, wo Wang Lao sich aufhält. Dann ruf Davis Zitter an. Ich möchte Wang morgen treffen, Davis wird mich begleiten. Triff alle Vorbereitungen.«

10

Sophie – Unterwasser-Operationszentrale

Am selben Tag

»Noch mehr.«

»Mein Gott – *wie furchtbar!*«

Aus dem Dunkel des Mesopelagials tauchte ein treibender grau-blauer Koloss auf. Isabella Visconti presste die Hände vor den Mund, um nicht laut aufzuschluchzen. Allen Anwesenden im CC3 fiel es schwer, sich nach den schrecklichen Entdeckungen der letzten halben Stunde zusammenzureißen.

Sophie liefen die Tränen über die Wangen und diesmal lag es nicht an den Schmerzen, die ihre Armverletzung verursachte.

Die *Aurora Oceani* war seit dem frühen Morgen auf dem Weg zurück zu ihrer ursprünglichen Liegeposition, die sie am Abend des Vortages nach dem Angriff verlassen hatte.

Hermine hatte ihre Intensität halbiert und war von Stufe 4 auf 2 heruntergesetzt worden, was immer noch Windgeschwindigkeiten im Mittel von 160 Stundenkilometern bedeutete und weiterhin ein Arbeiten auf Deck unmöglich machte.

Seit Erreichen einer 25-Seemeilen-Zone um die Position der *Vesper Rubens* war das ESMS der *Aurora Oceani* aktiv und scannte den Raum bis zum Meeresboden nach dem Verbleib von Flynn. Zusätzlich waren zwei ROVs unterwegs, um im Radius ihrer Glasfaserleitungen genauere Untersuchungen von Echos des ESMS vorzunehmen.

Die aktuellen Bilder kamen von ROV 2. Im Tiefenbereich von 500 bis 1500 Meter hatte das Sonar mehrere große Echos empfangen. Die anfängliche Zuversicht der Wissenschaftler, dass es sich dabei um Nuggets handeln müsse, war blankem Entsetzen gewichen, nachdem die ferngesteuerten Unterwasserfahrzeuge die ersten Blips visuell in Augenschein genommen hatten.

Das Weitwinkelobjektiv der Kamera von ROV 2 schwenkte im weißen Licht der LED-Strahler über ein totes Buckelwaljunges, das, mit dem hell gefärbten Bauch nach oben, aus dem Dunkel in den Lichtkegel trieb. Das mit Seepocken und Parasiten überzogene Kinn zog langsam unter dem Rover hindurch, der in drei Metern Abstand den Kehlfurchen des Wals folgte.

»Alle sind äußerlich unversehrt, was hat sie nur getötet?«, flüsterte Ivy.

Sophie schüttelte fassungslos den Kopf. Wie die Tragfläche eines kleinen Propellerflugzeuges kam die mächtige Brustflosse eines ausgewachsenen Buckelwals ins Bild, die scharfe Vorderkante mit den Strömungsknollen strich über den Bauch des Waljungen, als seien Mutter und Kind noch lebendig und voller Lebensfreude.

Isabella räusperte sich mehrmals, als sie versuchte, eine Erklärung zu geben, bevor ihr ein Satz mit brüchiger Stimme gelang.

»Der Druck der Unterwasserreaktionen muss ihre Lungen zerquetscht haben – sie sind alle ertrunken.«

ROV 2 änderte ein wenig den Kurs, folgte der Vorderkante der Brustflosse bis zum riesigen blau-schwarzen Rumpf der Walmutter, schwenkte nach oben und bewegte sich über den Rücken des Säugetiers vor zum Kopf, bis das dreieckige, nach vorn gepfeilte Blasloch etwas oberhalb der zur Maulöffnung spitz zulaufenden Knochenbahnen des Oberkiefers im Scheinwerferlicht sichtbar wurde.

Sophie schluckte. Das Unglück dieser schönen Wesen ging ihr nahe. Selbst im Tod wirkte die Erhabenheit ihrer kraftvollen Erscheinung nach. Sie sah, dass Isabellas Vermutung zutreffend war.

Das Blasloch des Buckelwals war geöffnet, die Muskeln, die es normalerweise im Reflex verschlossen, sobald der Wal tauchte, waren erschlafft. Braune Schwaden einer Flüssigkeit nebelten heraus und färbten sich rot, als das Licht des ROV bei seiner Annäherung intensiver wurde.

»Ich denke, wir können uns den Besuch bei den anderen Echos ersparen, Sam«, sagte Torge mit belegter Stimme in

Richtung eines der wissenschaftlichen Assistenten, der das andere Unterwasserfahrzeug bediente. »Sehen wir lieber bei der Station nach – sie kommt jetzt in Reichweite.«

Isabella nickte schwach, froh über den Vorschlag des Norwegers, der die Fernsteuerung von ROV 2 bediente und diesen jetzt über die toten Meeressäuger hinwegsteuerte, sie wieder und für immer der dunklen Lautlosigkeit des Pazifiks überlassend. Mehr dieser Bilder hätte sie nicht ertragen können.

»Was passiert mit den Walen?«

Sophie legte ihre Hand beruhigend auf Ivys Schulter. »Es gibt hier keine Räuber. Sie werden so, wie sie sind, versinken.«

Zwei Monitore an der Wand wurden dunkel, als ROV 2 Kurs auf die Unterseestation nahm und Torge die Lampen abschaltete, um die Batterien zu schonen. Der andere Rover folgte dem Manöver, war jedoch mehr als fünfhundert Meter seitlich entfernt.

Schweigen lag über den Anwesenden im Kontrollraum, die weitere traurige Bilder erwarteten.

Unbemerkt war Kapitän Meissner eingetreten und hatte sich auf einen freien Platz hinter Sophie und den anderen gesetzt. Als ihre Blicke sich trafen, nickte er ihr mit angespanntem Gesicht zu.

So warteten sie eine Viertelstunde, in der nur leise Gespräche geführt wurden und in der die Unterwasserfahrzeuge, von ihren Bedienern über ein Glasfaserkabel gesteuert, vier Seemeilen zurücklegten, bis sie sich der Position der *Vesper Rubens* näherten.

»Hier müsste gleich die Versorgungsleitung kommen«, sagte Torge, schaltete über einen Mausklick die Scheinwerfer des ROVs wieder ein und sah wie die anderen auch auf die Bilder der großen Wandmonitore, die neben den bekannten statistischen Daten die Live-Übertragungen der Kameras zeigten.

Torges Rover übertrug Aufnahmen des Meeresbodens in knapp drei Kilometern Tiefe, eine unwirtliche, vegetationslose Ebene mit weichen, geschwungenen Formen ohne jedes Zeichen von Leben. Die Monotonie der Landschaft ließ eine Größeneinordnung der von den LED-Scheinwerfern des Rovers ins Licht gerückten Formationen nicht zu.

Die Kamera von ROV 1, der sich einen halben Kilometer dichter am Grabenrand befand, zeigte ähnliche Bilder, ab und zu durchbrochen von senkrecht, wie schwerelos auf dem Boden stehenden Nuggets. Als hinter einem wenigstens zehn Meter hohen ein einzelnes, rot-gestreiftes Hemd, wie von einem unsichtbaren Geist gehalten, in Zeitlupe von der Strömung in die Lichtblase getrieben wurde, verspürte nicht nur Sophie, wie eine Gänsehaut sie überkam und sich tiefe Trauer in ihr ausbreitete.

Sie fing einen gefassten Blick von Torge auf, der zwei Freunde auf *Vesper Rubens* verloren hatte, sich mit seiner großen Statur vor dem Computer zusammenkauerte und erneut die Koordinaten des ROV mit der Station verglich.

»Ich fahre direkt zur Station«, sagte er und drehte den Steuerhebel in die entsprechende Richtung. Mit etwas Verzögerung reagierte der Rover, schwebte gut zehn Meter über dem Meeresgrund hinter seinem eigenen Lichtkegel her.

Dann hatten sie *Vesper Rubens* gefunden.

Sophie hörte, wie der Kapitän hinter ihr scharf die Luft einzog. Auch sie presste die Kiefer aufeinander.

Im kalten Licht der Scheinwerfer waren vier der insgesamt vierzehn Zylinder zu erkennen, die einmal die Pyramidenform der Station gebildet hatten. Während die großen Manövrierpods an den Ecken nahezu unversehrt aussahen, musste der Betrachter der Station schon gewusst haben, dass die Einzelkomponenten einmal die Form von Zylindern gehabt hatten, denn aus ihrem gegenwärtigen Zustand war darauf nicht mehr zu schließen.

Unter dem plötzlich angestiegenen Wasserdruck waren die Zylinder geplatzt. Das durch die Bruchstellen eindringende Wasser hatte schlagartig jeden Hohlraum in ihnen ausgefüllt und dann die ganze Struktur auseinandergerissen.

Niemand sagte ein Wort, Marcello Rampi legte Torge zum Trost eine Hand auf die Schulter, andere Anwesende im Kontrollzentrum, die Besatzungsmitglieder der Station persönlich gekannt hatten, weinten, wurden in den Arm genommen.

Die spontan nach dem Verlust der Versorgungsleitung gemachten Pläne zu einer Rettungsmission für die Besatzung der *Vesper Rubens* würden nicht realisiert werden. Niemand konnte diese explosive Dekompression überlebt haben.

ROV 1 folgte währenddessen, langsam gegen die leichte Tiefenströmung anschwimmend, der Spur der treibenden Gegenstände und näherte sich der Position von ROV 2.

Torge umklammerte den Steuerhebel und hielt seinen Rover wortlos über der Trümmerlandschaft aus verbogenen und zusammengedrückten Zylindern. Eine lose Wolke aus Papier, Plastikgeschirr und anderen Gegenständen umgab sie und wurde von der Strömung langsam in eine Richtung gezogen.

»*Die Leitung!*«

Sams Stimme drückte Verwirrung aus.

Die Kamera von ROV 1 übertrug auf dem Wandschirm ganz klar ein Bild der einstigen Versorgungsleitung, welche die Station mit dem Forschungsschiff verbunden hatte. Langsam bewegte sich das Unterwasserfahrzeug an der Leitung entlang. Nach zwanzig Metern tauchte eine klobige, halb im weichen Sediment des Meeresbodens versunkene Konstruktion auf, die Sophie kurz darauf als Strömungsstabilisator erkannte.

»Die Leitung liegt auf der falschen Seite«, raunte Torge und steuerte seinen Rover mit Höchstgeschwindigkeit von der Station fort, ROV 1 entgegen, in Richtung des Grabenbruchs.

Der mittlere Wandschirm aktualisierte sein Bild und zeigte eine Karte des Meeresbodens um die Station und die Abbruchkante. Eine Region direkt an der Kante war dunkelblau markiert. Die beiden Seamounts waren tiefrot eingezeichnet.

»Das ist der Grund für die Flutwelle.« Isabella Visconti ging ein paar Schritte nach vorn unter die Displays und zeigte nach oben.

»Da ist ein großer Teil vom Rand abgerutscht, auf einer Länge von…«, sie blickte auf die eingeblendete Maßstabsanzeige am unteren Bildrand, »gut eineinhalb Kilometern.«

Sie erschauerte. »Das muss eine ungeheure Reaktion gewesen sein.«

Sophie stützte sich mit einem Arm vorsichtig nach hinten ab. Ihr schwindelte. *Gab es überhaupt noch Hoffnung für Flynn?*

»Hier geht's runter«, sagte Torge und stoppte ROV 2, über einem Abgrund schwebend.

Wo vorher noch ein seichter Übergang von mehr als fünfzig Metern aus der Ebene zur Lotrechten gewesen war, wechselte die Orientierung jetzt innerhalb von wenigen Metern. Die Versorgungsleitung ragte über die frische, jeglicher Sedimente beraubte Abbruchkante hinaus und verschwand, sich nach unten in Richtung Abgrund biegend, aus dem Sichtbereich der Kamera.

Der Rover setzte sich wieder langsam in Bewegung, folgte der Leitung in spiralförmigen Bahnen senkrecht in die Tiefe, zwei weitere Strömungsstabilisatoren passierend, die jetzt wie gewaltige Geschwüre an der Leitung wirkten.

»Nicht zu weit, Torge. Die Rover können nur bis 3500 Meter.« Sam hatte sein Unterwasserfahrzeug bei 3400 Meter abgefangen, während ROV 2 weiter der Leitung folgte.

»Da ist immer ein Sicherheitsfaktor drauf«, entgegnete der Norweger ruhig, verließ dennoch die weiter in die Tiefe ragende Leitung und steuerte den Rover auf konstanter Tiefe von 3650 Metern in Richtung Grabenwand.

»Das kann noch zwei Kilometer so weitergehen,« knurrte er, »und am Ende hängt die Umlenkeinheit mit dem Heckkran der *Aurora* und zieht alles langsam runter. Mein Problem sind eher die Batterien.«Sein Blick hing an der Statusanzeige der Energiezellen des Rovers, deren Wert schon unter 10 Prozent lag.

»Lass uns den Rand absuchen. Wenn das U-Boot unter dem Geröll liegt, können wir es ohnehin vergessen. Die einzige Chance, die wir haben, ist, dass es irgendwo eingeklemmt ist oder auf einem Absatz liegt.«

Sophie kämpfte mit den Tränen. Die italienische Wissenschaftlerin kam zu ihr und legte den Arm um sie. »Schon gut, Kleines, das wird schon schiefgehen.«

»Aber es ist schon über zwölf Stunden her, wir müssten längst etwas gehört haben«, presste sie leise hervor.

»Ich habe weiter unten jede Menge Echos.« Sam zeigte auf einen Monitor. Wenigstens dreißig Blips markierten im Wasser treibende Körper, die das Sonar des Rovers reflektierten.

»Das können die absinkenden Nuggets sein, die sich zum Zeitpunkt der Reaktion oberhalb des Grabens befunden haben – aber jedes davon kann genauso gut von dem Boot stammen. Da kommen wir nicht mehr hin«, fügte er frustriert hinzu.

»Doch!« Alle sahen zu Ivy. »Mit dem *Black Marlin* geht das schon.«

Sophie beugte sich zu ihr. »Dazu brauchen wir Wade.«

Die Monitore zeigten nackten Fels, als Torge die senkrechte Grabenwand erreichte. Endlos schien sich das Gestein in alle Richtungen außerhalb des Aufnahmebereichs fortzusetzen.

Fische erschienen vor der Kamera, schossen blitzschnell in die Lichtblase, stießen gegen den Schutzbehälter der Scheinwerfer und verschwanden genauso schnell.

»Beilbauchfische, Anglerfische und diverse Arten Tintenfische«, Isabella lächelte verhalten. »Ein gutes Zeichen, hier scheint noch einiges überlebt zu haben.« Sie sah den Norweger an. »Können wir noch ein Stückchen tiefer?«

Torge zuckte mit den Schultern, tickte auf den Monitor an die Stelle der Energieanzeige. »Schlimmstenfalls ziehen wir den Rover an der Steuerleitung wieder hoch.«

Langsam folgte ROV 2 einem Zickzackkurs abwärts, immer fünf Meter Abstand von der Felswand haltend, während das Schaulaufen der Tiefseebewohner mit sich veränderndem Charakter munter weiterging. Die Fische griffen weniger die Kamera oder die LED-Lampen an, sondern die Schnelleren gingen dazu über, mehr und mehr die Langsameren zu fressen, die sich zu lange im weißen Licht der Scheinwerfer präsentiert hatten.

Plötzlich erlosch das Licht von ROV 2.

»So, dass war's«, sagte Torge mit säuerlichem Gesichtsausdruck, »den Kasten müssen wir jetzt mit der Angel hochziehen.«

Sophie ließ den Monitor nicht aus den Augen. Das Bild darauf flackerte ganz leicht. Die Lampen waren nicht ausgefallen – *etwas hatte sie abgedeckt!*

»Nein, da ist etwas an dem Rover.«

Torge blickte hoch zur Wand. Das Bild flackerte einen Moment lang stärker dann war es in alter Helligkeit wieder da, die Felswand flitzte vorbei.

»Was ist…?« Alle konnten diese von Torge nicht ganz zu Ende formulierte Frage beantworten, als ein silbern schimmernder Tentakel in den Aufnahmebereich geriet.

Ein Warnton mischte sich unter die aufgeregt geführten Gespräche, Sam rief Torge etwas zu, der sah auf seinen Monitor, riss an der Fernsteuerung und die Übertragung von ROV 2 erlosch.

»Das war's nun wirklich.« Der Norweger schüttelte den Kopf. »4240 Meter. Ich habe doch gesagt, da ist Spiel.«

»*Das war Kurt, Torge, ganz sicher!*« Sophie war aufgesprungen und sah Sam auffordernd an. »ROV 1 soll da hin. Vielleicht wollte er uns etwas zeigen!«

Torge blickte zu Isabella und wartete auf ein Zeichen. Die wissenschaftliche Leiterin drehte sich zu Sophie.

»Zeigen? Hältst du ihn für so schlau?«

Die Holländerin nickte entschlossen.

»Er war immer in der Nähe von Flynn.«

»Der ist mindestens so schlau wie ein Hund.« Marcello Rampi nickt eindringlich. »Wir werden diese Stelle niemals wiederfinden, wenn wir jetzt abbrechen, Isabella, wir sollten es sofort versuchen.«

»O. k., los geht's, Sam«, sagte sie, »vielleicht schafft dein Rover das.«

Torge sprang auf, ging zum Pult des Assistenten und schob den Assistenten mit seinem Stuhl zur Seite. Dann übernahm er die Steuerung, ohne sich um die Blicke der Umstehenden zu kümmern, und leitete den Rover fast senkrecht an die Stelle, wo ROV 2 implodiert war.

»Hier müsste es ungefähr gewesen sein«, murmelte er, ließ den Rover kleine Kreise fahren und ignorierte den Warnton.

Sie mussten fünf Minuten warten, in dem sich das Spiel von Fressen und Gefressenwerden vor der Kamera unendlich fortsetzte, bis plötzlich ein Ruck durch die Übertragung ging und ROV 1 steil hinabgezogen wurde.

Torge versuchte den Rover zu wenden, um ein besseres Bild von ihrem Angreifer zu bekommen, als auch die Systeme von ROV 1 in 4350 Metern versagten.

»Ist es das, was ich glaube, gesehen zu haben?«, fragte er leise mit perplexem Gesichtsausdruck.

Sophies ratloser Blick traf die der beiden italienischen Wissenschaftler. Auf dem Bildschirm war das verzerrte letzte Standbild zu sehen, das die Kamera des Rovers übertragen hatte.

»Ein *Rinderschädel?*«

»Das Wacken-Logo«, ergänzte Ivy ermutigt und zeigte zum ersten Mal seit Beginn der Suche wieder die Spur eines Lächelns. »Das kann Kurt nur von der Außenhaut des *Blue Marlins* kopiert haben und das bedeutet, er weiß, wo Flynn ist.«

»Was für ein unheimliches Vieh«, sagte der Norweger tonlos, wobei er offen ließ, ob er das aus Bewunderung oder aus Abscheu sagte und ob es auf den Rinderschädel oder die Magnapinna zielte.

Flynn – seit 34 Stunden an Bord des Black Marlin

Am selben Tag

Irgendetwas drückte ihm massiv in die Seite.

Flynn schlug die Augen auf und blickte durch die Dämmerung auf eine Reihe von schwach leuchtenden Kreisen. Er musste heftig husten, was unmittelbar weitere Schmerzen in der Seite verursachte.

Was für ein Kater!

Mit der linken Hand drückte er sich etwas hoch. Der Schmerz ließ sofort nach, sein Blick irrte umher, die leuchtenden Kreise verschwammen, sein Schädel dröhnte.

Er holte tief Luft – *etwas stimmte nicht* – er versuchte es noch einmal – *seine Lungen fühlten sich immer noch leer an.*

Mit trockenem Mund schluckte er mühsam, zwang sich wacher zu werden, rieb seine Augen. Ganz langsam verwandelten sich die leuchtenden Kreise in analoge Zeigerinstrumente, die eigentlich an die rechte Seite der Liege gehörten.

Wieso waren sie jetzt an der Decke?

Flynn richtete sich ein wenig auf, versuchte weiter die Orientierung zurückzubekommen. Seine linke Hand betastete ein feuchtes Handrad. Ein längerer Blick sagte ihm, dass es sich um die manuelle Steuerung der Regelzellen für die Backbordseite des *Black Marlins* handeln musste. Seine Hüfte fühlte sich an, als hätte er jetzt einen dauerhaften Abdruck des Rades im Knochen.

Wo er schon mal wach war, konnte ein Kontrollblick auf die Uhren nicht schaden.

Warum war er nur so müde?

Flynn sah so lange auf die erste Anzeige, bis er sich selbst gedanklich fragte, was er da eigentlich betrachtete und warum sein Geist so unendlich langsam war. Endlich fiel ihm auf, das die Kunststoffoberfläche mit vielen kleinen Wassertropfen überzogen war und er wischte mit der Hand darüber.

Die Zeigerspitze im roten Bereich gab ihm die Antwort.

»Sauerstoff, fünfzehn Prozent«, las er sich mit einer Stimme vor, deren Klang ihn erschreckte.

Ein paar Sekunden später kam tatsächlich die Bedeutung der Nachricht bei ihm an. Er kratzte sich am Hinterkopf, bemerkte den zunehmenden Kopfschmerz hinter seinen Augäpfeln und versuchte sich im Halbdunkel der Druckzelle an die Position des Schalters für die manuelle Sauerstoffzufuhr zu erinnern. *Er war langsam dabei, zu ersticken. Wieso hatte die Automatik nicht die Reserveluft in die Zelle gedrückt?*

Mühsam drängte sich die Position des Notluftventils in seine Erinnerung.

Als er es in die *Voll-geöffnet-Stellung* gedreht hatte, gab es nur ein entkräftetes Hauchen von sich, Flynn verspürte keinerlei Luftbewegung – der Reservetank war bereits leer.

Die Müdigkeit drohte ihn zu überwältigen. Sein trüber Blick streifte eine blaue Maske, die in einer Nische zwischen zwei Akkus am vorderen Ende der Druckzelle hing.

Na klar! Warum hatte er da nicht früher dran gedacht!

Erneut streckte er sich, kniete sich in dem auf der Seite liegenden U-Boot hin und erreichte mit letzter Kraft die Maske. Er sackte zusammen und zog sie mit dem Gummischlauch hinter sich her, drückte sie im Reflex vor sein Gesicht und atmete gierig den einströmenden Sauerstoff.

Unmittelbar entfaltete sich ein von seiner Lunge ausgehendes, stark belebendes Gefühl im Körper, er zog den Kopfriemen über seine zerzauste Mähne und atmete weiter ein paar Minuten lang mit geschlossenen Augen, bis die Benommenheit nur noch eine ferne Erinnerung war und Flynn seine Konzentration zurückkehren fühlte.

Noch mal von vorn!

Wieso waren die Anzeigen an der Decke?

Er öffnete die Augen, drehte sich auf den Bauch und langte mit dem linken Arm auf die Tastatur. Das Display erwachte zum Leben, zeigte einen Berg verschwommener, übereinandergestapelter Fehlermeldungen in hübschem Rot.

Flynn streckte sich, wischte mit dem Ärmel über das konkave, auf die Innenhaut der Druckzelle geklebte 90-Zentimeter-Display, traf nicht die Stelle, die er beabsichtigt hatte und rief stattdessen den Langtext zur obersten Fehlermeldung auf:

>> H-Membran Fehlfunktion:
9 Prozent Leistung <<

Er wischte die Meldung zur Seite.

>> O-Membran Fehlfunktion:
5 Prozent Leistung <<

»O. k., o. k.« raunte er unter der Maske. »Kein Wasserstoff, kein Sauerstoff, das habe ich jetzt verstanden.«

Er streckte sich noch etwas weiter und bekam den neben der Tastatur eingelassenen Trackball mit den Fingerspitzen zu fassen. Mit einem Klick verschwanden alle Meldungen, ein weiterer öffnete den Gesamtsystemstatus.

Sein erster Blick suchte die aktuelle Missionszeit. Es war Vormittag des 7. Augusts.

Mist! Damit wäre er seit fast 34 Stunden im Boot!

Darunter blinkte die Sauerstoffanzeige rot: 14 Prozent. Er hob den Blick und sah auf die analogen Zeigerinstrumente.

»Stimmt.« Die Nadel der Sauerstoffanzeige hatte sich ebenfalls ein wenig nach links bewegt.

Er versuchte sich zu erinnern.

Was war passiert? Und wann?

Es hatte Druckschwankungen gegeben und danach war es nur noch abwärts gegangen – ja. Und davor hatte er Kurt gesehen und ein sehr merkwürdiges Nugget mit U-Bahn-Schächten und etwas hatte ihn ausgeknockt.

Besorgt sah er nach den Druckwerten.

574 bar – und er lebte noch!

»Braves Boot!« Flynn tätschelte die Innenverkleidung der Druckzelle, wischte sich die am Kondenswasser feucht gewordene Hand an der Hose ab, ignorierte für den Moment die Bedeutung von fast sechs Kilometern Wasser über ihm und konzentrierte sich auf die ebenfalls blinkenden Statusanzeigen der Lagesteuerung.

75 Grad Schlagseite nach Backbord: Das U-Boot war sicher nicht austariert – es schwamm nicht einmal mehr. Er seufzte.

Weiter!

Die Membranen hatten ihre Funktion eingestellt. Er startete das Analyseprogramm und fürchtete sich vor dem Ergebnis.

Der komplette Kreislauf war zusammengebrochen. Stoisch sah er die rot markierten Prozessschritte der Wasserspaltung, der gestoppten Teilprozesse der daraus abgeleiteten Luft-, Trinkwasser- und Energiegewinnung aller Bordsysteme.

Er scrollte durch die Fehlerprotokolle und langsam ergab das alles für ihn ein einziges, erschütterndes Bild.

Der *Black Marlin* war in einen unterseeischen Bergrutsch geraten und von den Sedimenten begraben worden. Die Membranen hatten sich innerhalb von dreißig Sekunden mit den feinen Partikeln zugesetzt und bei einer Restleistungsfähigkeit von zehn Prozent automatisch abgeschaltet. Ohne Wasser an der Außenhaut konnten sie nicht arbeiten. Die Erschütterungen hatten ihn außer Gefecht gesetzt. Die Automatik hatte bislang verhindert, dass er erstickte, indem sie den Sauerstoffgehalt in der Druckzelle aus dem Notvorrat konstant gehalten hatte, bis auch dieser nach Stunden erschöpft gewesen war.

Er schnupperte in die Luft der Maske. Wenigstens strömte die noch konstant. Somit blieben ihm jetzt noch drei Stunden Strom aus den Pufferbatterien. Konnte er innerhalb dieser Zeitspanne kein freies Wasser erreichen, wäre das hier wohl auch sein Grab.

Wenn ihn nicht vorher dieser wahnsinnige Durst umbringen würde!

Stöhnend drehte er sich in dem engen Druckkörper und blickte suchend in Richtung eines Bergs leerer Bierdosen in der Nähe der Schleuse. Nur ran kam er so nicht: Der Gummischlauch der Sauerstoffmaske war gut einen Meter zu kurz.

Entschlossen nahm er sie ab, krabbelte nach hinten und erstarrte, als ein lautes, klares Schnalzen durch die Druckzelle hallte.

Die kleinen Falten um seine geröteten Augen fügten sich in ein breites Grinsen ein. Er schöpfte neuen Mut, wühlte mit Elan in der Müllhalde, fand zwei ungeöffnete Dosen, die er nach vorn warf und sich hastig die Maske wieder aufsetzte.

»Kurt, alter Kumpel!«

Flynn griff unter der Liege hindurch auf die Tastatur und aktivierte das Fächersonar. Ein lautes *Ping* hallte durch das U-Boot, stieg in der Frequenz etwas an und ging in einen konstanten Ton an der Grenze des Hörbaren über. Nur Sekunden später hatte Flynn eine erste Abbildung der gegenwärtigen Umgebung auf dem Schirm.

Das Ergebnis war besser als erwartet. Er schürzte die Lippen.

Die Leistung des Sonars reichte aus, das im Vergleich zu Wasser dichte Material zehn Meter weit zu durchdringen. Anhand seiner unterschiedlichen Dichte, die vom Gerät in Farben umgewandelt wurde, gewann Flynn einen guten Überblick über die Zusammensetzung des Haufens.

Der *Black Marlin* lag eingebettet in einem Berg feiner Sedimente und kleinerer Felsstücke auf einem massiven Untergrund, der rund zehn Meter aus der nahezu senkrechten Grabenwand herausragte und auf dem der *Black Marlin* mittig lag, gebettet auf einem Sedimentkissen von gut vier Metern Stärke.

Über dem U-Boot war die Schicht ähnlich dick. Wie lang der Absatz vor und hinter dem *Black Marlin* reichte, konnte Flynn nicht erkennen, lediglich die Grenze zum offenen Wasser über ihm und rechts von ihm war anhand der klaren Farbgebung auszumachen.

»Du glaubst nicht, wie froh ich bin, etwas von dir zu…«, sprach er in die Maske, unterbrochen von tiefen Klicklauten, welche die Lautsprecher übertrugen.

Wie zur Bestätigung tippte er dreimal auf die Sonartaste und sandte drei Pings, wiederholte die Sequenz für das Infraschallsystem und kniff die Augen zusammen. Die neue Fehlermeldung auf dem Display war nicht gut – das Kommunikationssystem war vollständig ausgefallen.

»Ah, Mann!« Sein Zeigefinger hämmerte wiederholt auf die Senden-Taste, jedesmal eine neue Meldung erzeugend.

Trotzdem blieb die Antwort nicht aus.

Ein ganzer Kanon von ansteigenden Klick- und Brummlauten ertönte in der Druckzelle, sowie ein gepixeltes Bild auf dem Sonar, das nur von der riesigen Magnapinna stammen konnte, die direkt an der Grenzschicht des Sedimentberges zum offenen Wasser auszumachen war.

»Los komm, Kumpel, hol mich hier raus und ich verspreche dir, ich werde nie wieder Kalamari essen«, sagte er beschwörend.

Flynn holte das Figurationsmenu der SMC-Soft-Shell in den Vordergrund, eine dreidimensionale Hüllendarstellung der zwanzig Zentimeter dicken, flexiblen Carbonaußenhaut, erinnerte sich daran, dass er dringend etwas trinken musste und blickte suchend nach vorn.

Der *Black Marlin* machte eine unerwartete Seitwärtsbewegung und rollte ein Stück weiter in Kopflage.

Flynn verlor für einen Moment den Halt, die leeren Bierdosen klapperten, als sie der Schwerkraft folgend an seine Füße rollten. Das Display, das ihm nun fast gegenüber von der Decke her den Status der Außenhaut anzeigte, machte seine aufkeimende Hoffnung unverzüglich zunichte.

Weite Strecken der Außenhaut waren in der dreidimensionalen Darstellung ausgegraut, das bedeutete, für das Fahrtsystem nicht mehr ansteuerbar. Am schlimmsten war dies für einen fast zwei Quadratmeter großen Längsstreifen der mächtigen Fluke, was die Gesamtflexibilität der Soft-Shell erheblich reduzierte und damit auch die Antriebsmöglichkeit des *Black Marlins*.

Mühsam richtete sich Flynn auf, griff nach einer Dose, die fast an seinen Kopf gerollt war, riss den Ring auf und leerte sie in einem gierigen Zug, die Atemmaske mit der anderen Hand vom Gesicht abhaltend.

Dankbar verspürte er eine schwache Wirkung des Alkohols, setzte die Maske wieder auf, beförderte die Dose zu den anderen und tippte auf das Display, die Sonaranzeige in den Vordergrund holend.

Kurt hatte tatsächlich angefangen, den Sedimenthügel abzutragen. Dummerweise hatte er unterhalb des U-Bootes gegraben und damit ein Nachrutschen des oberen Teils ausgelöst, in dem auch ein großer Felsbrocken lag.

Flynn wechselte zum Konfigurationsmenu der SMC-Soft-Shell und zögerte dann unentschlossen. Sein Bick hing an den beschädigten Zonen der Außenhaut.

Wie würde die Gesamtstruktur reagieren, wenn große Bereiche ausgefallen waren?

Er versuchte sich an die Laborversuche während der Materialentwicklung zu erinnern.

Es sollte funktionieren – die Signale werden in jedem Fall weitergeleitet, auch wenn einzelne Bereiche nicht darauf reagieren.

Sein Zeigefinger sauste auf den Schirm und startete eine einfache Konfiguration.

Ein Ruck ging durch den Bootskörper, als die gesamte Soft-Shell bildlich ins Hohlkreuz ging, Nase und Fluke sich gleichzeitig nach oben und den Rücken nach unten drückten.

Die Klicklaute kamen erneut über den Lautsprecher, eine andere Serie von Einzeltönen, die genauso plötzlich verstummte, wie sie begonnen hatte.

»Hast du gemerkt, Kumpel, was?« Flynn nickte entschlossen, wischte sich Schweißperlen von der Stirn, veränderte seine unbequeme Haltung, invertierte die Profildaten und ließ die Soft-Shell einen Buckel machen.

Der *Black Marlin* rollte ein paar Grad zurück.

Bevor Flynn sich darüber freuen konnte, blitzten zwei neue Bereiche der Außenhaut auf, die ihre Funktion eingestellt hatten.

»Stop, stop, stop!«, rief er laut, hieb wütend auf das Display.

So würde das nicht gehen. Die Eigenbewegung des *Black Marlin* verdichtete nur das umgebende Gemisch aus Wasser, Felsen und Sedimenten und fügte der Soft-Shell weiteren Schaden zu.

Erneut drang ein Schwall an Klicklauten über die Lautsprecher ins Innere.

»Du bist dran, Kumpel, ich krieg das allein nicht hin.« Flynn ließ den *Black Marlin* drei Pings senden, schaltete das Fächersonar auf kleinen Radius, zupfte sich mit Daumen und Zeigefinger am Bartansatz eines Zopfes und wartete.

In den folgenden fünf Minuten, die ihm schon wie eine Ewigkeit vorkamen, in denen er vor allem die monotonen Pings und seine eigenen schniefenden Atemgeräusche unter der Sauerstoffmaske wahrnahm, wurde ihm zum ersten Mal in seinem Leben bewusst, dass er vollkommen hilflos war. Er hätte sich in diesem Moment genauso gut auf dem Mond oder einem anderen Planeten des Universums befinden können – niemand wäre in der Lage, zu ihm zu kommen und zu helfen.

»Doch – *Wade!*«, rief er laut aus.

Aber nein!

Seine Hoffnung löste sich auf.

Wie sollte er ihn orten, einen sieben Kubikmeter großen Hohlraum in tausenden von Kubikkilometern Wasser? Die Nadel im Heuhaufen wäre dagegen ein blinkendes Flutlicht in der Nacht.

Flynn holte das Sonarbild in den Vordergrund und fühlte den nächsten Tiefschlag.

Kurt war weg! Sein letzter Rest Zuversicht wich.

Aber warum? Hatte er zuvor im Ernst angenommen, ein Tiefseekalmar würde ihn befreien? Warum denn? Wie sollte er so intelligent geworden sein, eine Aktion von solch einer Komplexität zu planen? Wahrscheinlich war einfach sein Futterreflex ausgelöst worden, und die Sonarsignale hatten elektrische Rezeptoren stimuliert, die ihm den Eindruck vermittelten, dort liege Essbares vergraben, das sich eine Höhle baue.

Flynn lachte.

Sein Lachen erfüllte die Druckzelle und dröhnte sonderbar flach in seinen Ohren. Er wusste, dass er damit sein Ende nur beschleunigte, denn der Sauerstoffverbrauch stieg beträchtlich – aber es war ihm egal, sein Blick tastete suchend nach der zweiten Dose Bier im vorderen Bereich des *Black Marlins,* streifte den LED-Schirm und das Lachen blieb ihm im Hals stecken.

Kurt war zurück – und hatte Verstärkung mitgebracht.

Er traute seinen Augen nicht.

Drei Sonarechos befanden sich an der Grenzschicht von Sedimenthügel und Wasser, wirbelten zunehmend Sediment auf, was Flynn an der Farbangleichung der beiden zuerst getrennten Schichten ablesen konnte, näherten sich langsam aber zielstrebig dem *Black Marlin.*

Kurt hatte zwei deutlich kleinere Freunde mitgebracht, die auf dem Sonar kompakter erschienen als die Magnapinna.

Flynn zwirbelte unbewusst beide Zöpfe seines Bartes zu einem, während eine nie gekannte Anspannung in ihm anwuchs. Die Sedimentschicht wurde dünner, gleichzeitig floss das über ihm liegende Material nach unten, der Gesteinsbrocken geriet ins Rutschen und kippte über den Felsabsatz und verschwand vom Sonar. Die Kalmare waren nicht mehr zu erkennen. Das Sonar war erfüllt von einem homogenen Farbwirbel auf einem dunkelblauen Tablett, das den Felsabsatz markierte.

Erneut geriet der *Black Marlin* ins Rutschen, rollte weitere 50 Grad auf den Kopf und drehte sich plötzlich entgegengesetzt, sodass Flynn gegen die Zeigerinstrumente der gegenüberliegenden Seite geschleudert wurde und zum Ende auf der Pilotenliege zum Ruhen kam, sanft hin und her schaukelnd, in den Sekunden, welche die Lagesteuerung des U-Bootes benötigte, um den *Black Marlin* neutral auszutarieren.

»Ja!«, rief er freudig aus, »super, mein Kumpel, du hast es geschafft!«

Flynn orientierte sich kurz, startete einen neuen Systemcheck, aktivierte die Flimmerflossen für langsamen Vortrieb und versuchte im rechten Winkel von der Grabenwand wegzukommen. Die Ergebnisse des Checks waren nicht dazu geeignet, ihm übermäßig viel Mut zu machen.

Der *Black Marlin* sank.

Der verbleibende Auftrieb in den Regelzellen war zu gering, um ihn konstant auf einer Tiefe zu halten, zu viel Luft war während seiner langen Bewusstlosigkeit in die Druckzelle geleitet worden. Er glitt mit zwei Knoten Fahrt auf einem fünfzehn-Grad-Winkel nach unten.

Mit einem dreifachen Klick des Trackballs übersteuerte er sämtliche Warnungen, die keramischen Membranen betreffend, und aktivierte das System.

»*Mensch!*«, schrie er genervt, als sie sich Sekunden später wieder abschalteten.

Hektisch öffnete er den Programmcode für die Membranen, sprang in die Bibliothek für die Fehlerbehandlung, setzte die Werte aller Schwellwert-Konstanten auf Unendlich, kompilierte das Programm und startete die Membranen erneut.

Es wäre jetzt vollkommen egal, ob er den Großteil der sensiblen Spaltungstechnik zerstörte, er brauchte nur zehn Prozent der Komponenten, um ausreichend Sauerstoff zu erzeugen.

Als würde ein betäubter Fisch unter Wasser wieder zu sich kommen und in den Kiemen den lebenswichtigen Sauerstoff gewinnen, begannen die keramischen Membranen des *Black Marlins* zu arbeiten.

Flynn sah mit banger Erwartung auf die Quote der aktiven Membranen, die langsam im einstelligen Bereich anwuchs.

Nicht viel – aber ein Anfang.

Nach zehn Minuten konnte er den Regelzellenclustern ausreichend Druck zur Verfügung stellen, um eine neutrale Lage zu bekommen - zu dem Zeitpunkt war er bereits fünfzig Meter weiter abgesunken und befand sich in einer Tiefe von 5810 Metern.

Das Sonar zeigte ihm jetzt einen wesentlich erweiterten Horizont, der *Black Marlin* hatte sich bereits zweihundert Meter von der lotrechten Grabenwand entfernt, in welcher der Absatz, auf dem er gelegen hatte, nur einer von vielen gewesen war, die sich als leicht verrauschte horizontale Linien vom dunklen Hintergrund abhoben. In allen anderen Richtungen bekam Flynn eine Vielzahl von Echos, die er im Moment nur akzeptierte, ohne sich weiter damit zu beschäftigen. Als nächstes würde er einen Reinigungslauf der Membranen durchführen.

Nach weiteren zehn Minuten hatte er ausreichend Reserveluft, startete zwei Läufe des Umkehrbetriebs, um so viel Sedimentablagerungen wie möglich aus dem Membrangeflecht der Soft-Shell zu entfernen.

Danach war er aufs Neue ernüchtert. Elf Prozent der Wasserstoff- und zehn Prozent der Sauerstoffmembranen standen ihm zur Verfügung. Das war eine hauchdünne Überlebenschance. Die nächsten Minuten verbrachte er mit Nachdenken, beobachtete den anwachsenden Sauerstoffgehalt in der Druckzelle und als das leise Zischen abebbte, war die Nadel der Anzeige rechts von ihm wieder bei 21 Prozent angekommen.

Flynn riss die Atemmaske herunter und fröstelte. Die Temperatur war stark gefallen, die Luft von fast 600 bar Wasserdruck auf ein bar Luftdruck im Innern der Hard-Shell abgesenkt.

Die kalte Luft reizte seinen Husten. Obwohl Flynn den Eindruck hatte, dass sein Gesicht glühen würde, spürte er jetzt eine klamme Feuchte am gesamten Körper.

Er tippte eine digitale Nachricht auf dem Display, speicherte seine aktuellen Koordinaten dazu und übertrug sie in den Chip seiner einzigen Rettungskapsel. Dann startete er den kleinen Keramik-Behälter, der pressluftgetrieben senkrecht aus einem in die Oberseite der Außenhaut integrierten kurzen Rohr schoss und hoffte, dass er auf seiner sechs Kilometer langen Reise zur Wasseroberfläche nicht auf irgendein Nugget stoßen würde.

»So, Kumpel Kurt, wo bist du?« Er aktivierte das Rundum-Kamerasystem und die Tageslichtscheinwerfer, nur um festzustellen, dass an der Backbordseite noch zwei Kameras und vier Scheinwerfer funktionierten. Dort musste das Boot einen riesigen Kratzer abbekommen haben.

In dem feinen Nebel aus Sedimenten war nichts zu erkennen. Auch der Blick auf das Sonar brachte keine Klarheit. Das Hintergrundrauschen war enorm (verursacht durch den hohen Sedimentgehalt des Wassers). Dazwischen wimmelte es von großen Echos, das nächste in weniger als einhundert Meter Entfernung östlich, die Grabenwand einen halben Kilometer im Westen, eine Gruppe von Echos unter ihm, mehr als 600 Meter entfernt, eine weitere weit auseinandergezogene Gruppe mehrere hundert Meter über ihm, der Rest verteilt.

Sollten das alles Nuggets sein?

Er versuchte den *Black Marlin* in einen weiten, kreisförmigen Kurs, mit einem Aufstiegswinkel von zehn Grad, zu bekommen und musste fünf Minuten später feststellen, dass er zu wenig Auftrieb von den Regelzellen bekam und die zwei Knoten Fahrt der Flimmerflossen nicht ausreichten, um nach oben zu fahren.

»Oh Scheiße, Mann!«, entfuhr es ihm, wütend schlug er gegen die Druckzellenverkleidung und die schweren Silberringe seiner rechten Hand hinterließen eine beeindruckende Beule.

Flynns Optionen schwanden. Konzentriert rief er erneut die Hüllendarstellung der Außenhaut auf den Schirm und überprüfte fieberhaft die ausgefallenen Bereiche, individuell beurteilend, wie beanspruchbar die verbleibenden Fasern noch waren. Genervt schloss er die Anzeige nach ein paar Minuten, wechselte ins Konfigurationsmenu der Soft-Shell und startete den regulären Antrieb.

Er hatte keine andere Wahl.

Flynn schloss die Augen, lauschte auf jedes Geräusch, spürte nach ungewohnten Vibrationen. Nach einer halben Minute, als jede Störung ausblieb, öffnete er erst ein Auge, blinzelte auf die Anzeigen, dann das andere.

»Na also!« Der *Black Marlin* machte fünf Knoten Fahrt.

In der dreidimensionalen Darstellung war das gleichmäßige Auf und Ab der gewaltigen Fluke gut zu erkennen, auch, dass die Backbordseite nicht aktiv am Schlag beteiligt war, sondern nur mitgezogen wurde. Den Linksdrall, den der *Black Marlin* dadurch bekam, nutzte Flynn, um das U-Boot mit Unterstützung der Flimmerflossen in einen großen Bogen gegen den Uhrzeigersinn zu steuern und sich bei jeder Umkreisung fast einhundert Meter nach oben zu bewegen.

Seine Zuversicht stieg mit jeder vollendeten Umkreisung, nach der dritten begann er zu pfeifen und sich zu überlegen, welchen Song er jetzt am liebsten hören würde, verschob den Gedanken jedoch kurzfristig, da er sich von unten einem großen Echo zu nähern begann, das eine Kurskorrektur des *Black Marlins* erforderlich machte.

»Wow!« flüsterte Flynn, betrachtete den schwimmenden Fels, dessen wirre Oberfläche schwerelos im Randbereich der

Schweinwerfer vorbeiglitt, und dehnte den Kreisbogen des U-Bootes so, dass er das Nugget mit einbezog.

Plötzlich befand er sich in einer Sackgasse.

Hinter dem Nugget, versteckt vor den Ortungsstrahlen des Fächersonars, tauchte ein noch viel größerer schwimmender Berg auf, der langsam absank und den Zwischenraum für den *Black Marlin* vor Flynns Augen schloss. Sekunden später spürte er die Strömungswirbel, die vom verdrängten Wasser zwischen den beiden riesigen Felsen verursacht wurden und das U-Boot dicht an den unteren heranzogen.

Impulsiv steuerte Flynn dagegen, erhöhte die Leistung der Fluke kurzfristig, um aus der Gefahrenzone der aufeinanderprallenden Massen zu gelangen, huschte durch eine sich auftuende Spalte, kurz bevor ein markerschütterndes Knirschen die beiden Hüllen des *Black Marlins* durchdrang und ihm eine solide Gänsehaut bescherte.

Nur Sekunden darauf warnte ihn das Fahrtsystem erneut vor einer Kollision und riss das U-Boot automatisch nach Steuerbord herum.

Flynn starrte wie gelähmt auf das Bild eines im Licht der Scheinwerfer leuchtend-orangen erstrahlenden Kranauslegers, der dort in 5400 Metern Tiefe wie ein gigantischer Angelhaken verharrte, bis dieser hinter einer dichten Wolke von Sedimenten verschwand, die den *Black Marlin* einhüllte.

Dann folgte eine nicht enden wollende Flut von Fehlermeldungen, der Vortrieb des U-Boots erstarb fast völlig.

Flynn wünschte sich, aus diesem Alptraum endlich aufzuwachen – vergeblich.

Das intensive Blinken der Anzeigen für den Antrieb lenkte ihn wenigstens ab, die Fluke erzeugte nicht mehr ausreichend Schub – ein zweiter Blick auf die Grafik der Hüllkurve beantwortete seine unausgesprochen Frage nach dem *Warum?*

Die ausgegrauten Bereiche hatten sich von der Backbordseite wie eine schleichende Krankheit zur Rumpfmitte hin ausgebreitet. Die Fluke wurde nur noch von wenigen Fasern auf der Kiel-und Steuerbordseite des *Black Marlins* angesprochen und hatte ihren Betrieb eingestellt. Wie eine halbe Stunde zuvor, reichte der Auftrieb des U-Bootes nicht, um es allein aufsteigen zu lassen.

Flynn schrie seine Frustration hinaus, konnte nurmehr zusehen, wie sich der *Black Marlin* in einer seichten Abwärtsspirale wieder nach unten bewegte, einem *Unten* entgegen, aus dem es diesmal keine Wiederkehr zu geben schien.

Akshay - Auf dem Weg zur Aurora Oceani

Am selben Tag

Reydar betrat die Brücke der *Faster than Light* und schien einigermaßen zufrieden mit sich und den gegenwärtigen Umständen.

»Du siehst erholt aus, mein Freund«, nuschelte Akshay und zeigte seine neue Zahnlücke hinter einer dick geschwollenen Oberlippe.

»Würde ich gern erwidern - wär aber gelogen!« antwortete der Norweger lachend und stellte seinen Becher dampfenden Tees vorsichtig in eine kardanisch gelagerte Halterung am Navigationstisch.

Er fühlte sich tatsächlich besser. Seitdem er am Morgen von Akshay gerettet worden war - wobei immer noch unklar war, wer am Ende hier wen gerettet hatte - hatte er erstmals seit Tagen mehrere Stunden am Stück schlafen können. Akshays Team hatte die *Faster than Light* per Satellitensteuerung auf einen nordwestlichen Kurs gebracht und so waren sie langsam vom Hurrikanzentrum abgefallen. Den ganzen Tag über hatten die Böen ihnen noch heftig zugesetzt, jedoch war *Hermine* seit dem Mittag langsam dabei abzuklingen.

Erneut sah Reydar sich sprachlos auf der supermodernen Brücke aus Holz und dunklen Ledertönen um, die von einer schrägen, die gesamte Breite der Stealth-Yacht umfassenden, vier Meter hohen Frontscheibe begrenzt wurde, hinter der in der aufziehenden Dämmerung die Silhouette der *Aurora Oceani* zu erkennen war, der sie seit drei Stunden folgten.

»Ich halte es für unverdient, mit diesem Schiff überhaupt gewinnen zu dürfen. Das ist kein Sport, lieber Akshay, das hier hat definitiv Kreuzfahrtcharakter.«

Der Inder versuchte ein vorsichtiges Lächeln, zuckte beim aufkommenden Schmerz im Gesicht jedoch zusammen. »Du hast es vier Wochen vor dem Start ausgiebig untersuchen dürfen und du hast es akzeptiert - es ist nichts verändert worden.«

»Ich dachte, du schmeißt diesen ganzen unnötigen Kram raus, um Gewicht zu sparen - ich hatte nicht erwartet, dass du noch sechs Tonnen zusätzliches Gewicht in Form von dieser Hochseeabdeckung für das Sonnendeck einbauen lässt!«

»Und trotzdem habe ich vorn gelegen, mein Freund - ich habe dir immer gesagt: Segeln ist reine Glückssache. Zu wenig Wind ist nicht gut und zu viel Wind ist auch nicht besser. Ich bin froh, dass ich dich wenigstens retten konnte.«

Reydar zwinkerte ihm zu. »Ich bin froh, dass du in meine Nähe gekommen bist. Ich glaube aber, ich habe dich aus dem Wasser gezogen.«

Der Inder schüttelte energisch den Kopf und zeigte auf die Lücke, in der ein Schneidezahn fehlte. »Nein, nein, mein Freund, du hast mich aus dem Wasser *gerissen* und brutal aufs Deck *geschleudert*.«

Der Norweger nickte. »Die Formulierung kann ich akzeptieren. In jedem Fall müssen wir später an Bord der *Aurora* darauf anstoßen, wenn wir die Geschichte erzählen.«

Akshay erwiderte darauf nichts, in Gedanken versunken saß er im Pilotensessel und beobachtete den Forschungskreuzer, der jetzt eine viertel Seemeile backbord querab ruhig durch die Wellen schnitt. Die markante Silhouette hatte einige Schönheitsfehler. Die Verkleidung des mächtigen Turms im hinteren Drittel des Schiffes war zerfetzt und Brandspuren hatten dem einst makellosen Weiß arg zugesetzt. Auch das ausgebrannte Wrack eines Hubschraubers sowie die Beulen und Schrammen am Heck ließen vermuten, dass nicht nur die beiden Wettfahrer später ein paar Geschichten zu erzählen hätten.

Die Decksbeleuchtung der *Aurora Oceani* flammte auf, als die Dämmerung in die Nacht überging, die Wellenberge erreichten im Mittel nur noch sieben Meter Höhe und die Windgeschwindigkeit war auf unter einhundert Stundenkilometer abgeflaut.

»*Aurora Oceani* ruft *Faster than Light*, Paps, hörst du mich?«

Ein Lächeln huschte über Reydars unrasiertes Gesicht, er kam zu Akshay, der bereits mit einem Tastendruck das Gespräch angenommen hatte.

»Hallo, Sophie, wir hören dich. Alles klar soweit bei euch?«

»Leider nicht.«

Sie hörten, wie sie mit den Tränen kämpfte.

»Wir haben immer noch keine echte Spur von Flynn, obwohl wir mit allen verbliebenen Rovern nach ihm suchen. Dazu kommt, dass der einzige Ersatzpilot, den wir für das zweite U-Boot haben, beim Angriff schwer verletzt wurde.«

Akshay sah Reydar an. Der nickte.

»Sophie, was hatte das mit dem Angriff auf sich?«, fragte er gefühlvoll. »Das ist uns vollkommen unerklärlich.«

»Ich weiß es nicht genau, Paps. Deswegen rufe ich auch an. Es gibt morgen früh eine Besprechung dazu. Der Kapitän meint, du solltest als Vertreter von Eureco dabei sein. Der Hurrikan wird weiter abflauen, gegen Mitternacht können wir ein Boot schicken, um euch rüberzuholen.«

Reydar blickte zu Akshay, der gedankenverloren mit seinen Seidenpuschen spielte, ihm mit der rechten Hand aber O. k. signalisierte.

»Nehmen wir gerne an, die *Faster than Light* wird ferngesteuert und bleibt in der Nähe.« Er sah aus der getönten Polycarbonatscheibe hinüber zu dem blinkenden Lichtermeer.

»Ich freue mich, Kleines!«

Kirpal - Baotou, China

09. August

Kirpal verließ die Herrentoilette im Ankunftsbereich des Flughafens von Baotou und folgte dem engen Gang voller Unrat weiter in Richtung eines dunklen Personalausgangs. Auf der Gebäuderückseite entsorgte er seine Reisekleidung in einem Berg von Müllsäcken, zog sich den Kragen des dunkelgrauen Arbeitsanzugs hoch, setzte eine zerknitterte Filzkappe auf und war sich sicher, sein indisches Äußeres so nah wie möglich an den lokalen Durchschnitt angepasst zu haben. Er schulterte seinen Rucksack und eilte Richtung Bustransfer-Bahnhof, auf der Suche nach einem passenden Fahrzeug.

Er kam an einzelnen, abgestellten Motorrollern vorbei, denen er im Vorbeigehen an den Tank klopfte, um aus dem Geräusch auf den Füllstand zu schließen, bis er sich nach mehreren Versuchen für eine alte Honda Vision entschied, mit einer entschlossenen Drehung des Lenkers das Sicherungsschloss zerbrach, einen Dietrich in die Zündung schob und beim ersten Versuch den Motor startete.

Lächelnd stieg er auf, schob seine Sonnenbrille vor die Augen, klappte den Seitenständer ein und machte sich auf den Weg in die selbst zu dieser Tageszeit bereits unter einer Smogwolke liegende Innenstadt. Der Roller war klein genug, um sich durch die endlosen, morgendlichen Staus auf den Hauptstraßen zu schlängeln, und schnell genug, um Kirpal nach vierzig Minuten vor ein bestimmtes Bürohaus in einem der nobleren Viertel zu bringen.

Er fuhr einen Block weiter, ohne sich umzusehen, und parkte den Roller in einer Seitenstraße vor dem Geschäft eines Motorrad-Händlers, neben vier weißen, neuen BMW-Enduros, die dieser gerade aus einer Einfahrt auf die Straße geschoben hatte.

Kirpal grinste ihn an, erntete einen ärgerlichen Gesichtsausdruck und schlenderte auf dem aus rissigen Betonplatten zusammengelegten Bürgersteig einen Block zurück, diesmal den Eingangsbereich des Hauses aufmerksam beobachtend.

Jetzt begann der knifflige Teil seines improvisierten Plans.

Er wusste nicht, ob Liu Hongju bereits in seinem Büro war oder ob er überhaupt heute kommen würde. Sein Plan würde nur aufgehen, wenn er den Boss der lokalen Triaden beim ersten Versuch antraf.

Kirpal erreichte den Eingang, rannte beinahe in einen großen Chinesen hinein, der aus dem Haus herauskam und einen Autofahrer lauthals beschimpfte, der auf dem zwanzig Meter langen Streifen vor dem Bürohaus angehalten hatte.

Kirpal schöpfte Hoffnung. Wenn die Vorfahrt für den Chef freigehalten wurde, sah es gar nicht mal schlecht für ihn aus.

Mittlerweile war der Verkehr etwas abgeflaut, die meisten Angestellten hatten jetzt ihren Arbeitsplatz erreicht und die Straßenränder waren nahtlos zugeparkt, bis auf den Eingangsbereichs seines Zieles.

Am Ende des Blocks bog er nach links ab, machte nach ein paar Schritten eine Kehrtwendung und überquerte die Hauptstraße, um so von der gegenüberliegenden Seite aus das zehnstöckige Gebäude beobachten zu können. Er beschloss, maximal eine Stunde zu warten, bevor er auf gut Glück hineingehen würde, und lehnte sich zwischen zwei brusthohen Umfassungsmauern an einen funkelnden Metallzaun, der ein kleines, verdorrtes Blumenbeet schützte.

Kirpals Geduld wurde voll beansprucht. Nach einer Stunde und zehn Minuten Zugabe machte er sich schweren Herzens auf und überquerte die Hauptstraße.

So langsam es ging, ohne aufzufallen, näherte er sich auf dem spärlich von anderen Passanten bevölkerten Fußweg dem Gebäude für einen letzten Kontrollgang. Als er noch fünfzig Meter vom Eingang entfernt war, preschten von hinten zwei schwarze Land Rover Discovery heran und hielten vor ihm auf dem freien Parkstreifen. Vier bullige Chinesen stiegen aus den beiden Fahrzeugen, zwei sprangen zur Eingangstür des Bürohauses, rissen sie auf, während die anderen beiden den

Fond des vorderen Discovery öffneten und einen älteren Mann über den Bürgersteig geleiteten.

Kirpal lächelte in sich hinein, sah, wie zwei der vier Chinesen wieder in die Fahrzeuge stiegen, um dort zu warten, und die beiden anderen Liu Hongju ins Haus begleiteten.

Beruhigt schlenderte er zurück zum Ende des Blocks, verschwand hinter der Hausecke und tauschte seine Filzmütze mit der Kappe eines lokalen Kurierdienstes aus seinem Rucksack, holte weiterhin einen Dokumentenzylinder mit den erforderlichen Aufklebern und Abzeichen heraus sowie einen Barcodescanner, der eigentlich ein tragbares Navigationsgerät war - aber er hatte improvisieren müssen - und den er an seinen Gürtel hängte.

So ausgerüstet, drehte er um, schulterte den Rucksack wie eine Posttasche, erhöhte das Tempo und lief die Strecke zum Eingang des Bürohauses zurück, betrat hastig die Vorhalle, blieb kurz an einem ausladenden, messingfarbenen Wegweiser der Mietparteien stehen und suchte die Baotou International Trading Company, die in dem Gebäude die oberen drei Etagen belegte.

Das Wachpersonal der Eingangshalle bedachte den Boten nur mit einem kurzen Blick, als der den zwei Männern, die vor den öffentlichen Fahrstühlen standen, mit der Dokumentenrolle zuwinkte und zügig zum Executive-Lift ging, der ihn direkt in die Lobby der Baotou Trading Company im neunten Stock fuhr.

Im Fahrstuhl schraubte Kirpal ein Ende der Dokumentenrolle ab und fühlte mit dem Daumen am anderen Ende nach der Taste, die bei ihrer Betätigung einen Stummel-Handgriff mit integriertem Abzug ausfahren würde.

Als sich die Fahrstuhltüren öffneten, rechnete er mit mindestens vier anwesenden Personen, wurde aber zuerst von einem Panzerglaskäfig aufgehalten, der den Vorraum des Fahrstuhls zur eigentlichen Lobby hin abriegelte.

Hinter dem getönten Glas erkannte er einen der beiden Bodyguards, der angeregt mit einer stark geschminkten Empfangsdame flirtete.

Kirpal schätzte, dass der Boss im obersten Stockwerk residierte. Es wäre für die Angestellten des Büros und für Liu Hongju selbst zu umständlich, immer den Fahrstuhl zu nehmen, um zwischen den Etagen zu wechseln – es würde mit Sicherheit eine private Verbindungstreppe geben. Somit wäre es ausreichend, wenn er sich Zutritt zu dieser Etage verschaffen könnte. Von hier aus würde er überall hinkommen.

Kirpal betätigte die Klingeltaste.

Die beiden Angestellten drehten sich zu ihm um und der Bodyguard setzte sein finsteres Gesicht auf, während die Empfangsdame ihre tiefrot gemalten Lippen schürzte und genervt über die Unterbrechung, mit eisiger Mine den armseligen Boten betrachtete, der da vor dem Fahrstuhl stand und dümmlich mit einer Dokumentenrolle winkte. Sie tat einen Schritt hinter einen Tresen und die schwere Glastür schwang mit einem Summen auf, wurde von einem starken Servomotor langsam zur Seite geschoben und ließ den Boten ein.

»Gib her!« sagte der Chinese auf Mandarin in herablassendem Befehlston und hielt seine fleischige Hand nach der Dokumentenrolle ausgestreckt, dem Boten entgegen, und verstellte ihm den Weg in den Raum.

Der Bote zuckte zurück. »Entschuldigung, das darf ich nur Herrn Liu persönlich übergeben«, brachte er möglichst unterwürfig hervor, den direkten Blickkontakt zu dem Mafioso vermeidend.

Stattdessen studierte Kirpal intensiv die Tattoos auf dem Handrücken des jungen Mannes, der sicher fünfzig Kilo mehr auf die Waage brachte als er selbst, dabei höchstens zwanzig Jahre alt war und sich auf den untersten Rängen von Lius Organisation befinden musste. Der Inder hatte keine Zweifel, dass diese Graphen eng verwandt mit denjenigen waren, die er vor zwei Tagen auf Palau gesehen hatte.

Die Recherche nach der Herkunft der Tattoos hatte ihn in die Mongolei und zu dieser Firma geführt. Chinas Triaden waren, wie ihre japanischen Vorbilder, stolz auf die Tätowierungen und pflegten in ihnen eine gut dokumentierte Tradition. Kirpal hatte die charakteristischen Graphen auf den

Händen der beiden Killer auf Palau nur kurz gesehen, aber es hatte ihm gereicht, um hinterher eine erste, ziemlich genaue Ortsbestimmung ihres Zuständigkeitsgebietes machen zu können. Das lag zwar innerhalb der Mandarin-Supergruppe, die immer noch über fünfzig Prozent von China abdeckte, aber es gab zwei Spezialgraphen des Drachens, die aus einer wesentlich Kleineren, der Yin-Gruppe stammten, die zu einhundert Prozent in der Inneren Mongolei aktiv war.

Damit hatte er Durai die Eckdaten für Nachforschungen liefern können, welche die Namen einiger chinesischer Unternehmen zu Tage brachten, die sich in der Vergangenheit mit Arbeitskräften lokaler Untergruppierungen der Triade für Sonderaufgaben bedient hatten.

Seine Aufgabe war darauf reduziert, die Liste der Firmen, die er von Durais Stab zurückbekommen hatte, einzugrenzen. Das hatte er durch den Vergleich von Geschäftsgegenstand und regionalen Aktivitäten getan und am Ende war ein kleiner Teil der Yin-Gruppe als Favorit übriggeblieben, deren legaler Deckmantel die China Trading Company war. Die Geschäftskontakte dieser Untergruppe bewegten sich ausschließlich im Bereich des Bergbaus.

Der zweite Teil seiner Aufgabe bestand nun darin, einen bestimmten Geschäftskontakt von CTC in Erfahrung zu bringen.

»Was bildest du dir ein?« rief der Bodyguard laut, schubste den Boten zurück und versuchte nach der Rolle zu greifen.

Dieser wich geschickt aus, machte dann wieder einen zögerlichen Schritt nach vorn, bemerkte dabei, wie die Frau im Hintergrund begonnen hatte, zu telefonieren, und dem jungen Mann böse Blicke zuwarf, weil er so eine Unruhe verbreitete.

»Herr Liu ist für dich nicht zu sprechen. Gib her und verschwinde! Was fällt dir ein?«, fuhr der Mafioso inzwischen fort und schob den Boten weiterhin vor sich durch den Raum.

»Hang! *Ruhe!*« rief sie, legte den Hörer auf und deutete auf eine Tür im hinteren Bereich der Lobby.

Der Bodyguard verstummte und stellte seine Versuche ein, dem Boten die Dokumentenrolle wegzunehmen, funkelte ihn aber weiterhin streng an.

»*Lass ihn in Frieden!* Nie kommt herunter und bringt ihn zu Herrn Liu, da kann er seinen Brief übergeben.«

Kirpal schätzte die Entfernung zu der Tür ab, durch die jeden Moment ein weiterer Bodyguard hereinkommen würde und legte sich die nächsten Schritte seines Plans zurecht.

Sein Daumen fand die Taste am Dokumentenzylinder, drückte sie und richtete das offene Ende auf die Empfangsdame. Sie schien ihn bereits wieder vergessen zu haben und der luftdruckgetriebene Injektionspfeil, der sich durch ihr Kleid oberhalb der Taille bohrte, überraschte sie vollkommen. Trotzdem war ihre Reaktionsschnelligkeit verblüffend. Die Frau schaffte noch einen halben Schritt in Richtung einer hinter dem Tresen versteckten Tastatur, bevor das Betäubungsmittel ihre Muskeln lähmte.

Der Mafioso neben Kirpal ließ sich nur für einen Augenblick von dem Gepolter ablenken, als die Frau wortlos zusammenbrach, gab dem Inder damit mehr als genug Zeit, den Lauf zu schwenken und mit einem gedämpften *Plopp* einen Pfeil in den Oberschenkel des Mannes zu jagen, der nur einen Meter vor ihm stand.

Nur Sekunden später öffnete sich die Verbindungstür, Kirpal hatte die Hälfte der Entfernung bereits im Spurt hinter sich gebracht, sein Betäubungspfeil traf den perplexen Bodyguard in den Bauch, und die zurückschwingende Tür warf den großen Mann zurück in einen dunklen Flur.

Mit den Fingerspitzen verhinderte Kirpal das Ins-Schloss-Fallen des Türblatts, nur Zentimeter von der Zarge entfernt.

Er gestattete sich einen extra Atemzug, stellte einen Fuß in die Tür und blickte zurück zu den beiden Angestellten. Der Mafioso stöhnte leise, die Frau lag bewusstlos hinter dem Tresen. Ohne sich von der Tür zu entfernen, zielte Kirpal sorgfältig und jagte einen weiteren Pfeil in den Oberschenkel des jungen Mannes, nur um sicherzugehen, dass der nicht zu früh aufwachte, wiederholte die Prozedur bei dem zweiten

Bodyguard, riss ihm einen Magnetkartenhalter vom Gürtel und stürmte in den Gang.

Er kam zu einer Metalltür vor einem Treppenhaus, die von außen ungesichert war. Er öffnete sie leise, sah das Kartenlesegerät an der Treppenhausinnenseite sowie eine zweite Tür, welche die hinabführenden Stufen abtrennte. Er lauschte nach Geräuschen und sprang dann die Stufen mit wuchtigen Schritten hinauf ins nächste Stockwerk. Er hielt das Ohr an die obere Tür gepresst, nahm den Ausweis in die Hand und zögerte kurz.

Gedämpfte Stimmen, wenigstens zwei Personen: Kirpal blickte auf den Ausweis, fasste die Dokumentenrolle fester und hielt die Magnetkarte vor das Lesegerät.

Mit einem leisen Klicken entriegelte die Tür und er ging in normalem Tempo hindurch, ließ sie ungebremst ins Schloss fallen, so – als käme er mit Begleitung zurück – tat drei schnelle, leise Schritte zur geöffneten Bürotür und sah vorsichtig in den Raum.

Das Glück war weiter mit ihm.

Liu Hongju saß an einem großen Besprechungstisch, die Füße auf der mit Dokumentenstapeln vollgestellten Holzplatte abgelegt, angeregt telefonierend und dabei aus dem Fenster sehend. Der Boss wandte Kirpal den Rücken zu, nur seine grauen Haare waren zu sehen, sonst befand sich niemand in dem großen, schmucklosen Büro.

Kirpal ging langsam in den Raum hinein, trat seitlich hinter Liu und erstarrte für einen winzigen Augenblick. An der anderen Tischseite, dem Boss gegenübersitzend, etwas vom Tisch abgerückt, so dass er von der Tür aus nicht zu sehen gewesen war, hockte ein kleiner Chinese in einem dunkelblauen Anzug, weit nach vorn gebeugt auf einem Bürostuhl und war emsig damit beschäftigt, jedes Wort seines Chefs mitzuschreiben.

Er hob den Kopf und erblickte Kirpal im gleichen Moment, in dem dieser ihn sah, und machte eine laute, abgehackte Bemerkung, bevor der Pfeil in seinem Hals steckte und er erst auf seinem Stuhl zusammensackte, dann mit der Stirn auf dem

Tisch aufschlug, um schließlich auf den Boden zu rutschen, wo die Zettel seines Klemmbretts auf ihn rieselten.

Liu sprang aus dem Sessel, warf den Hörer weg, wich hinter den Tisch zurück und schrie Kirpal an.

»*Bist du verrückt?* Benimm dich und gib auf, dann kannst du vielleicht weiterleben!«

Gehetzt warf er einen Blick auf die Tür, durch die Kirpal das Büro betreten hatte, in der Hoffnung, dass seine Bodyguards jeden Moment hereinstürmen und den Eindring überwältigen würden.

Der *Große Bruder* oder *Drachenkopf* war älter, als Kirpal das nach dem kurzen Moment, den er ihn unten auf der Straße gesehen hatte, vermutet hätte. Liu Hongju war wenigstens Mitte sechzig, machte einen sehnigen Eindruck und der Inder beschloss, auf der Hut zu sein.

Liu hatte Kirpal in Jin, einem Dialekt des Hochchinesischen angesprochen, das Kirpal nur schlecht beherrschte. Er antwortete daher in Mandarin, wo er den größten Wortschatz besaß, und zielte mit dem Luftdruckgewehr grob in die Richtung des Bosses.

»Herr Liu, bitte entschuldigen Sie mein Eindringen, ich bin in großer Eile und brauche eine Information über einen Ihrer Kunden.«

Das Gesicht des Chinesen spiegelte in kurzer Zeit eine Mischung aus größtem Unglauben, Wut und Überraschung angesichts der Situation und der aberwitzigen Forderung, einen Kunden zu verraten.

Mit offenem Mund stand er wie angewurzelt neben seinem ohnmächtigen Sekretär und starrte entgeistert auf den Boten und die Dokumentenrolle, während sein Geist versuchte, wieder etwas Boden unter die Füße zu bekommen und den Eindringling einzuschätzen.

Kirpal ging zum Tisch, beendete das Gespräch mit einem Tastendruck auf das Telefon und winkte den Boss mit der Dokumentenrolle zu sich heran.

»Herr Liu, ich bitte Sie, nichts Unüberlegtes zu tun, dann können Sie in wenigen Minuten wieder allein sein und Sie erfahren vielleicht, was mit Ihren beiden Männern auf Palau passiert ist.«

Die Nennung der mikronesischen Inselgruppe veränderte den Habitus des Bosses und beseitigte Kirpals letzte Zweifel daran, dass er den Richtigen vor sich hatte.

Liu Hongju kniff die Augen zusammen, bückte sich betont langsam, sammelte ein paar der Papiere auf, die sein Sekretär verstreut hatte, und tat ein paar vorsichtige Schritte in den Raum hinein, entgegen der von Kirpal geforderten Richtung.

»Für wen haben Sie sie dorthin geschickt?«

»Du bist kein Chinese«, stellte der Triadenboss mit langsam zurückkehrendem Selbstbewusstsein fest, als reiche das für eine Erklärung.

Kirpal nickte. »Stimmt. Die Leute, die für den Tod ihrer Männer verantwortlich sind, waren auch keine«, gab er im gleichen Tonfall zurück, machte ein paar schnellere Schritte hinter Liu her und signalisierte ihm deutlich, stehen zu bleiben.

»Du bist ein Inder, richtig? Du wirst mich nicht töten, sonst hättest du eine richtige Waffe mitgebracht«, sagte der Boss mit höhnischem Unterton, ohne stehen zu bleiben. »Du wirst mich betäuben und wenn ich aufwache, wird mein *Hung Kwan* dich jagen. Was willst du noch?« Damit rannte er überraschend schnell auf eine Tür im hinteren Teil des Büros zu.

Die Dokumentenrolle gab drei leise *Plopps* von sich, Liu Hongju stolperte über seine, die Koordination verweigernden, Füße und schlug lang hin.

Kirpal beugte sich über ihn und fluchte in sich hinein.

Drei Pfeile töten schon.

Wer sollte ihm jetzt seine Fragen beantworten?

Sein Blick fiel auf die von Lius knochigen Fingern umschlungenen Seiten. Er nahm sie, richtete sich auf, strich das Papier glatt und begann es durchzublättern.

Es waren die Gesprächsnotizen des Vormittags, in Langschrift formulierte Anweisungen und Gesprächsinhalte, insgesamt fünf Seiten, von denen eine nur wenig beschrieben war – sicherlich die Notiz des Gesprächs, das er unterbrochen hatte.

Er versuchte sie in eine Reihenfolge zu bringen, was ihm über die fein säuberlich am oberen Rand notierte Uhrzeit auch gelang, stellte fest, dass drei Seiten fehlten, die er auf dem Boden neben dem Sekretär fand, und begann, die Früheste von vier Nachrichten des Tages zu lesen.

Lakshmi war ihm doch hold.

Ein Anrufer, der mit dem Zeichen des *Choi Hai*, des Nachrichtensprechers der Untergruppe, vermerkt war, hatte gemeldet, dass es keine neuen Informationen über den Verbleib der beiden *Entsandten* nach Palau gab. *Ob man jemanden zum Nachforschen schicken solle?* Lius Antwort war offen, wahrscheinlich war der Anruf vor seiner Ankunft eingegangen.

Diese Antwort würde jetzt auch auf sich warten lassen.

Die nächste Nachricht war komplexer. Es war kein Absender eingetragen und es war auch nicht wirklich eine Frage, die dort stand, sondern eine Liste mit Anweisungen, welche die Beobachtung von zwei Amerikanern betrafen, die am späten Vormittag in Baotou mit zwei getrennten Maschinen landen sollten. Flugnummern, Namen und Aufgabenbeschreibung waren vorhanden, wie auch der Zielort, zu dem sie von Mitgliedern der Triade gebracht werden sollten.

Kirpal hielt einen Moment lang die Luft an, lauschte nach Geräuschen auf der Etage und atmete dann langsam weiter, als er nichts außer dem leisen Summen der Klimaanlage vernahm.

Auf der dritten Notiz fand er die Bestätigung dafür, dass die Anweisungen weitergeleitet und vor einer halben Stunde von Liu Hongju abgesegnet worden waren.

Kirpal las den Absatz zweimal. Die Besucher waren auf dem Weg, um den Chef des chinesischen Bergbauunternehmens China Energized zu treffen. Der Name war mit einem Symbol geschrieben, das für ein Synonym ganz anderen Inhalts stand - den *Fu Shan Chu* - den Unterführer der Triade.

China Energized, das reichte ihm. Kirpal sah auf die Uhr. Die Amerikaner waren bereits unterwegs.

War es nicht auch ein Amerikaner, der den Mann auf Palau bei seiner Verfolgung im letzten Moment gerettet hatte? Wenn es da einen Zusammenhang gab, wäre es sehr interessant, bei diesem Treffen dabei zu sein.

Er faltete die Papiere zusammen und steckte sie mit der Dokumentenrolle in seinen Rucksack. Dann ging er zurück ins Treppenhaus und eilte die Stufen bis zum Erdgeschoss so schnell hinunter wie er konnte, verlangsamte seinen Schritt nur in der Empfangshalle, schlüpfte durch die Eingangstür, vermied den Blick zu den beiden Land Rover und den Mafiosi und ging zügig in Richtung des Motorradhändlers.

Seinen Honda-Roller fand er einige Meter abseits der neuen BMW-Enduros an eine alte Steinmauer gelehnt. Er blieb vor der ersten Maschine stehen, steckte das Botenkäppi und den Barcodescanner zurück in den Rucksack, holte zwei Päckchen mit gebündelten Hundertdollarnoten heraus und warf sie dem aus dem Laden kommenden Besitzer in die Arme.

»Schlüssel!«, befahl er ohne zu lächeln, stieg auf, stellte das Motorrad mit den Beinen gerade und ließ den Seitenständer hochklappen.

Der Verkäufer kam im Laufschritt bereits wieder zurück, Kirpal riss ihm den Schlüssel aus der Hand, startete den Vierzylinder und beschleunigte die schwere Maschine in Richtung S210 aus der Stadt heraus.

US-Earths – Bayan Obo, Innere Mongolei

Am selben Tag

Davis Zitter blickte aus dem Fenster und sah auf die Oberfläche eines fremden Planeten.

Die weiten, leuchtend grünen Graslandschaften mit den mäandernden Flussläufen waren vergessen, seitdem sie vor Guyang die Grenze zur Inneren Mongolei überquert hatten und im Konvoi nun auf der alten Landstraße Richtung Bayan Obo fuhren. Die vormals weichen Hügel waren schroffen

Felsstrukturen gewichen. Hinter künstlichen Erdwällen stauten sich stinkende, hochgiftige Seen, zu denen das saubere Flusswasser mutiert war, nachdem es mit aggressiven Chemikalien versetzt in den Boden gepresst worden war, um die mit Seltenen-Erden-Metallen versetzten Erdschichten an die Oberfläche zu spülen. Dort waren dann weitere Chemikalien zum Einsatz gekommen, um die wertvollen Komponenten zu binden und in hoher Reinheit zu gewinnen. Die Substanz, die am Ende des Prozesses übriggeblieben war, hatte mit Wasser nicht mehr viel zu tun, sie war sowohl von ihrer Konsistenz als auch von der Farbe her weitaus näher beim Rohöl.

Den Hintergrund dieses Panoramas bildeten bis zum Horizont nackte, wie mit einem gigantischen Stahlkamm jeglicher Vegetation beraubter Steinoberflächen und Abraumhalden von der Größe kleiner Berge. Grün war nicht mehr zu entdecken, vielmehr beherrschten Braun- und Grautöne die Szenerie, sowie ein sandfarbender Nebel, bestehend aus feinstem Felsstaub, der alles bedeckte und die Luft außerhalb der drei mattsilbernen Infiniti FX 50 des Konvois erfüllte, der in wechselndem Tempo dem schmutzig grauen Band der Straße in zahllosen Schnörkeln durch die trübe Umgebung folgte.

John Turrel blickte auf der anderen Wagenseite hinaus, die Hand, in der er die Satellitenbilder dieser Region des Vortages hielt, war ihm auf die Beine gesunken.

»Es ist unvorstellbar, dass diese Menge an Erde und Fels größtenteils mit der Hand bewegt wurde.« Sein Blick verfolgte die Hügelkette einer Abraumhalde, die hoch genug war, die nachmittägliche Sonne abzuschirmen und der sie schon die letzten zehn Meilen entlang der Straße folgten.

»Immer noch 300 Dollar die Tonne wert, Sir. Können Sie alles mitnehmen auf dem Rückweg«, sagte Zitter nüchtern. »Allerdings brauchen Sie pro Tonne noch drei Tonnen neuer Chemikalien, um die verbliebenen 100 Gramm SE-Metalle herauszuwaschen.«

Turrel schüttelte kommentarlos den Kopf, hob die Satellitenbilder und blickte erneut darauf. Die auf den Fotos wie moderne Kunstdrucke daherkommenden Tagebauminen von

Bayan Obo glichen aus 250 Kilometern Höhe abstrakten, zweidimensionalen Blumen, denen man jegliche Farbe entzogen hatte und die anschließend mit Bronze bedampft worden waren. Quadratkilometergroße Löcher im Felsen lagen eingebettet in genauso große, terrassierte Abraumhalden und künstliche Stauseen, die aus dem Wasser der Gebirgsflüsse gespeist wurden und dieses am Ende in Form hochbelasteter, in allen Farben schillernder Abwässer an die wenigen, verbliebenen Bauern wieder abgaben, die man bisher noch nicht vertreiben konnte.

Eine besonders enge Straßenkehre drückte die beiden Männer in die Sitze, als dem Konvoi an der unübersichtlichsten Stelle ein Erzlaster mit drei Anhängern entgegenkam und die Fahrzeugscheibe mit von den riesigen Ladebehältern herabfallendem Geröll bombardierte.

»Ist hoffentlich Wangs Wagen«, bemerkte Zitter, auf drei neue Steinschläge in der Windschutzscheibe deutend.

Anschließend begann eine Serie zeitraubender Überholmanöver von Ochsenkarren, Scharen zu Fuß gehender, oftmals nur in Lumpen gekleideter Wanderarbeiter, die größtenteils allein, teilweise aber auch mit der ganzen Familie und ihrer gesamten Habe am staubigen Rand der Straße unterwegs waren und eine der zahlreichen Arbeitersiedlungen zum Ziel hatten, die in der gesamten Minenregion verstreut lagen.

Wenn ihr Wagen halten oder im Schritttempo fahren musste, blieb Turrels ernster Blick an einzelnen, ausgezehrten Kindergesichtern hängen, die zum Schutz vor dem allgegenwärtigen Staub Nase und Mund hinter vor Dreck starrenden Tüchern verbargen. Ihre eigentlich schwarzen, unter einer dünnen Kapuze hervorschauenden Haare waren von einer braunen Kruste überzogen. Den Blick ihrer schmalen Augen traurig nach vorn gerichtet, stapften sie mit großen Gepäckstücken auf dem Rücken entlang des Straßenrandes, jederzeit der Gefahr ausgesetzt, unter die Räder eines der großen Erz-LKW zu geraten, die nur mit Zentimeterabstand an ihnen vorbeirauschten, ohne das Tempo im Geringsten zu vermindern.

Eine halbe Stunde später bog der Konvoi von der Landstraße ab und sahen zum ersten Mal wieder Bäume. »Wir sind in circa 20 Minuten am Ziel, Sir«, sagte Farrel Combie, ein junger Agent aus Turrels Büro, der ihn seit dem Morgenflug aus Hongkong nach Baotou begleitete und auf dem Trip als Fahrer diente.

Für den Moment traten die Abraumhalden in den Hintergrund. Die Straße verwandelte sich in einen trockenen, ausgefahrenen Feldweg, der sie durch einen zerfransten Kiefernwald führte, dem man ansah, dass er für viele der vorbeiziehenden Wanderarbeiter als Reservoir für ihre holzbefeuerten Nachtlager diente. Seitenwege kreuzten ihre Hauptroute alle zwanzig Meter, führten in den Wald hinein zu stillgelegten, alten Minen, deren Löcher teilweise über fünfzig Meter tief in engen Spiralen aus dem Fels gehauen worden waren, dass sie wie riesige, sich verjüngende Schraubgewinde im Boden wirkten.

Jedes dieser unzähligen Löcher war unter unsagbarer Anstrengung von Hand gegraben worden, bevor die großen chinesischen Bergbaugesellschaften die kleinen Schürfer enteignet und vertrieben hatten.

Combie hatte keine Mühe, den richtigen Weg durch dieses Labyrinth zu finden, er brauchte nur der Staubwolke des vor ihnen fahrenden Infinitis zu folgen und zu hoffen, dass der nicht plötzlich in dem nicht abgesperrten Loch einer solchen Mine verschwinden würde, deren Ränder manchmal nur wenige Meter abseits des Hauptwegs lagen. Dann riss der Waldweg ab und sie kamen nach einigen steilen Serpentinen in einer Felswand auf ein Hochplateau, das an einer Seite von wenigstens zwanzig hohen Windgeneratoren dominiert wurde.

»Und hier schlägt das grüne Herz der Region«, bemerkte Zitter sarkastisch grinsend, als er die hochmodernen Windkraftwerke sah.

»Ich denke, es ist eher ein Anwendungsbeispiel für SE-Metalle.« Turrel steckte die Fotos zurück in seine Aktentasche, die im Fond zwischen ihnen stand, und prüfte aus Routine seine Dienstwaffe, die er im Holster unter dem Sakko trug.

»Erwarten Sie Ärger, Sir?«, fragte Zitter mit hochgezogenen Augenbrauen.

»Kennen Sie die tragische Geschichte von Agent Hollister?«, entgegnete Turrel lächelnd, auf die CIA-Schulbeispiel vom sorglosen Agenten verweisend, der aufgrund einer Ladehemmung seiner Waffe zu früh und endgültig aus dem Dienst ausgeschieden war.

Zitter erwiderte das Lachen. »Lese ich jeden Abend vor dem Zubettgehen.«

Der Konvoi verminderte das Tempo, erreichte ein durch meterhohe Stahlzäune abgesichertes, rechteckiges Areal, dessen bewachte Zufahrt sie ohne anzuhalten passieren konnten. Der nackte Fels verwandelte sich in grüne Wiesen und verkrüppelte Obstbäume säumten die jetzt wieder asphaltierte Straße, die sie in einem seichten Bogen vor einen traditionellen, chinesischen Bauernhof führte, vor dem die Fahrzeuge zum Halten kamen.

Die beiden Männer stiegen aus und vier in dunkle Anzüge gekleidete Chinesen, die in den beiden anderen SUVs mitgefahren waren, versuchten sie unter Führung von Cai Ing-Wen eilig zum Eingang zu eskortieren.

Turrel wählte sein eigenes Schritttempo, was dazu führte, dass die Chinesen auf ihn warten mussten und laut zu schimpfen begannen. Zitter schenkte den Mafiosi keinerlei Beachtung und steckte sich mit großer Ruhe eine Zigarette an, während er neben Turrel entlangschlenderte.

»Ist, glaube ich, das erste Mal, dass Sie ohne Geschenke kommen, Sir«, sagte er und sah seinen Chef fragend an.

Turrel blieb stehen und erwiderte amüsiert: »Das Geschenk ist *die Geste*, Davis, dass wir überhaupt kommen und ihm nicht gleich den Geldhahn zudrehen.«

Er sah sich die Front des Hofhauses an, das in traditioneller, chinesischer Bauart langgestreckt und zweigeschossig war, mit Holz verkleidet und mit Reet gedeckt, das sicher nicht aus dieser Region stammte.

»Ich denke, unser Freund ist nicht so sehr auf Anpassung aus.«

Als sein Mitarbeiter darauf nichts erwiderte, ergänzte er: »Sonst hätte er keinen chinesischen Bauernhof in der Mongolei gebaut.«

Davis Zitter trat gleichgültig den Rest seiner Zigarette auf dem gepflasterten Weg aus, knöpfte sein Sakko zu und sah Turrel unschuldig an. »Wieso Anpassung? Wir haben doch gesehen, wie die mit dem Land und den Leuten umgehen – das ist ausschließlich geschäftlich, Sir. Wang will hier nicht wohnen - er will nur verdienen.«

Turrel zwinkerte ihm bestätigend zu.

Sie betraten das Bauernhaus und wurden durch einen mit chinesischen Antiquitäten vollgestellten, über beide Geschosse reichenden Empfangsraum auf die Rückseite des Gebäudes, in einen an drei Seiten geschlossenen Hof, geführt.

Wang saß auf einem kunstvoll restaurierten, historischen Plüschsessel, dem Turrel den sechsstelligen Dollarwert auf den ersten Blick ansah und der in dieser Situation wie ein Thron wirkte - was ihr Gastgeber sicherlich bei der Vorbereitung des Ortes nicht unberücksichtigt gelassen hatte.

Zitter nahm teilnahmslos den im Hintergrund stehenden, modernen Helikopter der chinesischen Volksarmee zur Kenntnis, der das Machogehabe Wangs zusätzlich unterstrich, und setzte sich auf einen gepolsterten Stuhl in der zweiten Reihe von vier freien Plätzen.

Die Sitzgelegenheiten waren Wang leicht schräg gegenüber angeordnet und Turrel nahm sich einen Stuhl, rückte ihn dichter an Wang heran, bevor er sich so setzte, dass er auch zu Zitter Augenkontakt hatte.

Der Chinese ließ sich von Cai eine Zigarette anzünden und inhalierte tief, bevor er den Rauch mit gegen die trübe Nachmittagssonne zusammengekniffenen Augen ausstieß und sich im Sessel aufrichtete.

Er sah Turrel an und sagte: »Ich verstehe, warum Sie aufgebracht sind.«

Wang warf Cai Ing-Wen beiläufig einen missachtenden Blick zu.

»Du hast uns beide enttäuscht, Ing-Wen. Du bist mein Mitarbeiter, deshalb bin ich für Dein Handeln verantwortlich. Zum Glück hast Du die Aktionen schlecht vorbereitet und sie hatten keinen Erfolg.«

Wang bnahm Cai's wiederholte tiefe Verbeugungen als Entschuldigung zur Kenntnis und blickte zurück zu Turrel.

»Ich entschuldige mich dafür, Mr. Turrel.«

Dieser schwieg. Seine Überraschung über dieses Schauspiel hielt sich in Grenzen. Im Stillen zollte er dem Halunken wieder einmal Respekt für seine vorherberechnende Art. Er wusste, dass er Wangs Entschuldigung annehmen musste, und sei es nur der Form halber, wollte er die Geschäftsbeziehungen nicht zerstören.

Turrel beobachtete ein paar Soldaten in der Nähe des Hubschraubers, die wahrscheinlich zur Besatzung gehörten, und strapazierte die Geduld seines Gegenübers, bis selbst Zitter unruhig ein Bein über das andere schlug.

Mit besorgtem Ausdruck sagte er: »Es sind viele Menschen gestorben, Mr. Wang, und es wurden noch mehr verletzt. Die westliche Welt ist entsetzt und erwartet eine Erklärung.«

Wieder ließ er den Chinesen warten, bevor er langsam fortfuhr.

»Es wird schwer werden, einen Angriff mit Lenkwaffen auf ein europäisches Forschungsschiff durch *Piraten* zu erklären, zumal im Umkreis von 1000 Seemeilen keine gefunden wurden und in der Gegend zu der Zeit ein Hurrikan der höchsten Stufe getobt hat.«

Wang entgegnete nichts, starrte mit mürrischem Gesichtsausdruck an dem Amerikaner vorbei und rauchte seine filterlose Zigarette mit einem letzten tiefen Zug auf, der ihm die Fingerspitzen verbrannte. Er scheuderte den glimmenden Ascherest in Cai's Richtung, der mit zutiefst verbeugtem Kopf auf dem Boden hockte und diese Bewegung gar nicht wahrnahm.

»Sie müssen dafür sorgen, dass derartige Zwischenfälle zukünftig nicht wieder vorkommen, sie würden eine Fortsetzung unserer Kooperation unmöglich machen und jegliches bis dahin getroffene Engagement müsste rückgängig gemacht werden.«

Zitter beobachtete die Mimik des Politikers durch halb gesenkte Augenlider und spürte deutlich, dass Turrels direkte Worte bei Wang starken Stress verursachten.

»Wenn ich diese Garantien bekomme, werden wir versuchen, die Wellen flach zu halten, unsere Zusammenarbeit noch verstärken und Ihre Karriere weiterhin in dem Maße zu fördern, dass Ihre Wahl in die relevanten politischen Gremien nicht gefährdet ist«, er zögerte einen Moment, versuchte ein zuversichtliches Lächeln und gab seiner Stimme eine wohlmeinende Note.

»Und natürlich nehme ich Ihre Entschuldigung an, sehr geehrter Mr. Wang, mir ist bewusst, dass Cai in unverantwortlicher Weise allein gehandelt hat und bedaure die kompromittierende Situation, in die wir alle durch seine Aktionen geraten sind.«

Wang atmete scharf aus, gab Cai einen Tritt in die Seite und schickte ihn mit einem Wink ind Haus.

Nach wenigen Minuten kam er eifrig mit einem Tablett mit Tee aus einem Seitenflügel des Hofes und stellte es auf einem kleinen Seitentischchen ab, ohne sie anzusehen.

Wang ließ es sich nicht nehmen, Turrel persönlich eine zu reichen und sich dabei über das normale Maß hinaus zu verbeugen. Zitter bekam seinen Tee von einem Leibwächter, der ihm die Hälfte auf die Hose schüttete.

Wang setzte sich wieder und nippte an seiner Tasse, bevor er sie Cai zurückreichte, der sie auf das Tablett zurückstellte.

»Was möchten Sie gegen das Schiff unternehmen, Mr. Turrel? Ein unkontrolliertes Angebot der Metalle würde die Stabilität der Preise gefährden.«

John Turrel trank in Ruhe seine Tasse leer, bevor er Zitter zunickte und ihn damit aufforderte, die Antwort zu geben.

»Wir sehen die Bedrohung, Mr. Wang, sind jedoch der Meinung, dass wir für eine Entscheidung noch nicht über ausreichend Informationen verfügen. Bitte haben Sie Vertrauen in unser Vorgehen, ich versichere, dass unser Interesse an einer stabilen Marktsituation gegenseitig ist.«

Wang erwiderte etwas auf Chinesisch, das die Bodyguards und Cai Ing-Wen in Bewegung versetzte.

Er und Turrel erhoben sich zeitgleich, Wang schien von plötzlicher Unruhe ergriffen und verabschiedete sich hastig, marschierte in Richtung Hubschrauber, was die Besatzung zu hektischer Aktivität veranlasste, und die beiden Amerikaner mit den vier Chinesen und einem finster dreinblickenden Cai zurückließ, mit denen sie hergefahren waren.

»Ich wusste gar nicht, wie gemein Sie werden können, Sir«, sagte Zitter auf dem Weg zurück zu ihrem Fahrzeug und konnte sich ein Lachen nur schwer verkneifen, während er die Tür öffnete und der Hubschrauber über sie hinwegknatterte.

Turrel schwieg, strich sich unbewusst eine ergraute Strähne aus dem Gesicht, gedanklich das Gespräch rekapitulierend und dem Hubschrauber hinterherblickend, ging um den Wagen herum und stieg hinten auf der Beifahrerseite ein. Combie startete und folgte dem vorausfahrenden Infiniti des Konvois, hinunter vom Plateau, die Serpentinen entlang.

»Ich bin nicht wirklich sicher, ob er es verstanden hat, Davis«, sagte Turrel Minuten später, »und solche Leute sind immer am gefährlichsten.«

Der Konvoi fuhr wieder durch das kleine Wäldchen und jeder hing seinen eigenen Gedanken nach, als Combie den Wagen ohne Warnung hart zum Stehen brachte.

Zitter und Turrel mussten sich an den Vordersitzen abstützen, da sie sich, wie üblich, nicht angeschnallt hatten.

»Was zum – «

Ihr Fahrer kam nicht dazu, den Satz zu vollenden. Das vorausfahrende Fahrzeug hatte unvorhersehbar gestoppt und sie damit zu der Vollbremsung gezwungen. Jetzt war es dabei, mit durchdrehenden Rädern zu beschleunigen und entfernte sich schnell. Verwirrt blickte Combie in den Rückspiegel und sah den dritten Infiniti, bereits fünfzig Meter zurück, halten.

Turrel richtete sich wieder auf und erhaschte noch einen kurzen Blick auf einen heranrauschenden, riesigen, verbeulten Stahlkühler, bevor der Wagen brutal von der Seite gerammt und vom Feldweg geschoben wurde.

Die rechte Seite der Fahrzeugkabine wurde eingedrückt, Glaskügelchen schossen durch den Innenraum, Turrel schlug mit dem Kopf hart gegen die Dachverkleidung und verlor das Bewusstsein. Er sackte auf dem Sitz zusammen, Blut spritzte auf Zitters Anzug.

»*Geben Sie Gas!*«, schrie dieser dem Fahrer zu, griff nach dem Türöffner und versuchte gleichzeitig mit der anderen Hand seine Waffe zu ziehen.

Die Zentralverriegelung verhinderte ein Öffnen der Tür, der Achtzylinder heulte auf, drei Räder sprachen an und bewegten den Wagen etwas nach vorn, bis das Heck mit der eingedrückten Tür erneut am Kühler des Trucks hängen blieb, der sie immer noch mit voller Kraft über den unebenen Waldboden schob, dem harten Lehmboden scharrend neue Furchen hinzufügend.

Langsam begann sich das Heck des Infiniti in Fahrtrichtung zu drehen. Zitter riskierte einen kurzen Blick durch die gesprungene Heckscheibe und sah den Metallabsperrzaun einer noch unsichtbaren Mine förmlich auf sie zurasen.

»*Raus hier!*«, rief er Combie zu, legte den Sicherungshebel seiner Waffe auf Automatik, zielte grob durch das Dach in die Richtung, in der er das Fahrerhaus und den Fahrer des Trucks vermutete, jagte alle achtzehn Schuss aus seiner Heckler und Koch in einem dröhnenden Feuerstoß hinaus und versuchte seinem eigenen Kommando zu folgen, als der Wagen schleudernd die Absperrung mit dem Heck voran durchbrach.

Zitter bereitete sich auf den Aufprall vor, der viel früher kam als erwartet. Offenbar hatte er den Fahrer des Trucks getroffen, denn die schwere Zugmaschine stoppte nicht vor dem Abgrund des Abgrunds, sondern schob den Infiniti seitlich auf den ersten Absatz des sich am Rand der Mine in die

Tiefe schraubenden Weges und raste selbst ungebremst in die Leere.

Trotzdem war der Aufschlag erheblich. Combie war nicht mehr zu sehen, die geöffnete Fahrertür bog sich unter dem Fahrzeuggewicht nach vorn, Zitter kam unsanft auf der linken Wagenseite zu liegen, Felssplitter spritzen in das Wageninnere, Turrel wurde nach vorn geschleudert.

Donnernd kam von viel weiter unten das Geräusch des Aufpralls der Zugmaschine herauf. Knirschend und quietschend kam der Infiniti langsam auf der Seite liegend, schaukelnd zur Ruhe.

Zitter überlegte nicht lang. Er stellte sich auf die Innenverkleidung der Fondtür, stieg mit einem Fuß auf die Mittelarmlehne und griff suchend unter Turrels Jackett, löste dessen Waffe aus dem Holster, sah dann vorsichtig aus der Fensteröffnung der Beifahrertür und zuckte zurück, als ein Körper gellend schreiend nur knapp an ihm vorbei auf der verbeulten Haube des Infiniti aufschlug und weiter in die Tiefe des Abgrundes flog, wo der Schrei abrupt endete.

Er presste die Kiefer zusammen, entsicherte die Waffe und jagte dem Mafioso, der unvorsichtigerweise über dem Rand der Mine seinem Opfer nachblickte, eine Kugel ins Hirn.

Der Mann fiel wie ein Stein herunter, prallte gegen den Wagen, der sich auf dem Fels knirschend ein Stück neigte und Richtung Abgrund drehte. Zitter reagierte blitzartig, warf die Waffe weg, drückte sich mit beiden Händen vom Fensterrahmen ab, schaffte es mit Mühe, sich an einer bröckelnden Felskante festzuhalten, während das Fahrzeug ächzend wegkippte und unter ihm, auf weiteren Absätzen hart aufschlagend, in der Tiefe verschwand.

Sein rechter Fuß fand Halt an einem kleinen Vorsprung. So leise wie möglich drückte er sich auf den Absatz zurück und lehnte sich dann erschöpft Atem holend an den kühlen Fels. Sachlich betrachtete er seine blutigen, abgebrochenen Fingernägel, betastete seinen Knöchel, den er beim Ausstieg aus dem Fahrzeug verdreht hatte und suchte mit den Augen den Pfad nach der weggeworfenen Waffe ab. Trauer über den Verlust seines Mentors und des jungen Agenten empfand er nicht – nicht im Moment – noch war er in Gefahr.

Entfernt hörte er hektische Kommandos, dann einen dumpfen Knall, gefolgt von einem leichten Vibrieren des Gesteins.

Zitter schloss die Augen, er wusste, was das zu bedeuten hatte. Er versuchte sich angestrengt zu erinnern, wo er war, was er von der Landschaft behalten hatte, als sie diese Stelle auf dem Hinweg passiert hatten.

Ein leises, gemächliches Gurgeln und Schmatzen, langsam an Intensität zunehmend, mischte sich in seine Überlegungen. Es half nichts, er hatte nicht genug aufgepasst, er konnte die Richtung, aus der die neue Gefahr drohte, nicht ausreichend einschätzen.

Er richtete sich langsam auf, den einsehbaren Rand der Mine auf der gegenüberliegenden Seite immer fest im Blick, und eilte den schmalen Pfad gegen den Uhrzeigesinn nach oben, wobei er den Minenschacht zu drei Vierteln umrundete. Vor den letzten Metern zögerte er. Zu seiner Rechten flachte die Schachtwand ab. Geduckt schlich er zwei Meter weiter, richtete sich dann blitzartig auf, sah über den flachen Wall aus verfestigten Aushub und duckte sich rechtzeitig vor den im Schutt einschlagenden Projektilen der Mafiosi.

Das Gurgeln war wesentlich lauter geworden und ein kehliges Klatschen und Blubbern war hinzugekommen. Zitter war klar, dass diese Geräusche von anderen Minen stammten, die von der Giftbrühe auf ihrem Weg zu dem Abgrund, in dem er und der Wagen mit Turrel sich befanden, gefüllt wurden.

Fieberhaft verarbeitete er die in dem kurzen Moment aufgenommenen Informationen, schätzte seine Überlebensalternativen ab. Dann rannte er den gebogenen Pfad zurück auf die gegenüberliegende Seite des Schachtes und suchte sich einen Platz unterhalb des einzigen leichten Felsvorsprungs, den er entdecken konnte. Zitter zog sich sein Sakko über den Kopf, drückte sich mit dem Gesicht so dicht an den Fels, wie es nur ging, und begann ein banges Warten.

Kirpal – Guyang, China

Am selben Tag

Er würde sehr wahrscheinlich zu spät kommen!

Das war ihm klar geworden, nachdem Kirpal für die Strecke aus Baotou heraus bis Guyang bereits zwei Stunden benötigt hatte und, auf der schlechter werdenden Landstraße nach Norden hin, mehr und mehr im dichten Verkehr der Erz-LKW stecken geblieben war. Dazu kam, dass seine Konzentration auf eine fortwährende, harte Probe gestellt wurde. War die Bedeutung von Verkehrsregeln in Indien schon eher vergleichbar mit vagen Empfehlungen, so herrschte hier auf der Straße die reine Anarchie und das Recht des Stärkeren.

Am oberen Ende der Skala für Rücksichtslosigkeit befanden sich ganz klar die schweren Road Trains mit ihren zwei bis drei Anhängern und einem Gesamtgewicht von an die einhundertfünfzig Tonnen – solange sie in Bewegung blieben.

Gegen Mittag war an einigen Stellen der kurvenreichen Strecke die Kapazität der Straße erschöpft, die sich entgegenkommenden Gespanne verkeilten sich in den engen Kehren und waren zum Anhalten und zähen Rangieren gezwungen. Das war die Stunde der Zweiräder, die dann in wildester Art und Weise an den Trucks vorbeizukommen suchten, dabei ihrerseits wenig Rücksicht auf die am Straßenrand marschierenden Wanderarbeiterfamilien oder anderen Zweiradfahrer nehmend.

Kirpal nützte es da wenig, dass sein Motorrad über mehr als zweihundert PS verfügte, er hatte einfach keinen Platz zum Fahren und die Straßenränder waren lebensgefährlich, da sie nicht befestigt waren und somit voller Schlaglöcher und nicht geräumter Felsen.

Er suchte sich immer öfter Querfeldeinstrecken, die es ihm erlaubten, einzelne, verstopfte Kehren der Landstraße ganz abzuschneiden - oft genug geriet er dabei nahe an ungesicherte Minenschächte oder Pfützen voller giftigen Schlamms, der farblich dem umgebenden Fels entsprach und dem nicht anzusehen war, ob er lediglich zwei Zentimeter oder aber zwei Meter tief stand.

Eine halbe Stunde später hatte er sich endlich aus dem irrsinnigen Verkehr befreien können, war so schnell es nur ging Richtung Bayan Obo weitergefahren und hatte in seiner Eile die Abzweigung verpasst, die er hätte nehmen müssen, um zum Aufenthaltsort des GRG-Chefs zu gelangen.

Er wendete genervt, stoppte und sah auf das tragbare Navigationsgerät, das er im Rucksack mitgeführt hatte.

Der kleine Computer hatte Probleme, in dieser entlegenen Gegend Empfang zu bekommen, nach einer Minute riss Kirpal der Geduldsfaden und er fuhr auf eine kleine Anhöhe, um sich zu orientieren.

Im Hintergrund sah er ein Hochplateau, das an einem Rand von Windkraftwerken beherrscht wurde. Davon trennte ihn ein Kiefernwald, der in einem halben Kilometer Entfernung von ihm begann, viele kahle Stellen und einige die Bäume überragende Bohr- und Fördertürme aufwies.

Kirpal war sich sicher, dass davon so gut wie nichts mehr im Betrieb war, nachdem die Multis hier in der Gegend Fuß gefasst hatten.

Das Navigationsgerät vibrierte und er bekam endlich seine aktuelle Position zum Ziel angezeigt, die er seufzend zur Kenntnis nahm. Ihm blieb die Wahl, fünfzehn Minuten seines alten Wegs zurückzufahren, um dann links in das Wäldchen abzubiegen, oder sich einen Weg Richtung Hochplateau zu suchen, der ihn nach ungefähr der gleichen Zeit auf eine kleine Straße genau dorthin bringen würde.

Kirpal zwang sich zu einem Moment der Besinnung, nahm die Sonnenbrille ab, reinigte sie mit einem sauberen Stück Innenfutter seiner Jacke, setzte sie wieder auf, klappte den Deckel des Navis zu und steckte es in den Rucksack zurück.

Aus der Ferne drang ein Knattern zu ihm. Er hob den Blick und sah über dem Plateau einen Hubschrauber aufsteigen und sich nach Süden entfernen. Entmutigt schüttelte er den Kopf und rollte vorsichtig die Anhöhe hinab. Auch wenn wohl niemand mehr da sein würde, könnte er sich den Ort einmal ansehen.

Nach weiteren zwanzig Minuten, mitten im Wald, umgeben von tückischen Minenschächten und meterhohen Abraumhügeln, musste er sich eingestehen, dass er erneut einen Fehler gemacht hatte. Auf der Straße wäre er, trotz des Umwegs, bereits weiter gewesen.

Konzentriert folgte er der gedachten Linie, die ihn jeden Moment auf die kleine Straße führen musste. Fünf Minuten später hatte er sie endlich gefunden, bog nach links ab und erhöhte wieder das Tempo, bis hinter einer Kurve ein quer auf dem Weg stehender SUV mit weit geöffneten Türen ihn erneut zum Bremsen zwang.

Er stoppte direkt neben der Beifahrertür, blickte in den leeren Wagen und lauschte auf ein glucksendes Geräusch, das sogar den laufenden Motor der BMW-Geländemaschine übertönte.

Misstrauisch rollte er langsam vorwärts, bis er an eine Stelle kam, an der eine glitzernde Ölspur in einem Trümmerfeld aus Kunststoff- und Metallteilen begann und zusammen mit tiefen Schleifspuren im trockenen Lehmboden nach rechts führte. Er stoppte den Motor, klappte den Seitenständer aus und stellte das Motorrad ab.

Während er geduckt der Ölspur folgend, Deckung suchend zu einem Baum lief, nahm er das Luftdruckgewehr aus dem Rucksack und ließ ihn leise am Stamm der krüppeligen Kiefer aus der Hand gleiten.

Das unheimliche Geräusch hatte abgenommen und schien sich von ihm zu entfernen, gleichzeitig begann Kirpal einen stechenden Geruch wahrzunehmen.

Er sah um den Stamm herum, sah die Spur weiter in den Wald hineinführen und folgte ihr rennend, so weit wie möglich in Deckung der einzelnen Kiefern bleibend.

Nach dreißig Metern hielt er an. Vor ihm lag eine skurrile Schlammsee-Landschaft, aus der vereinzelt kleine Abraumhügel oder Baumstämme hervorschauten. Die Schleifspuren führten direkt in diesen Bereich hinein und endeten abrupt vor einer kleinen Felskante, auf der ein älterer Mann mit ergrauten Haaren im schwarzen Anzug hockte, Kirpal den Rücken zukehrend, und mit einem Stock in dem zähen Schlamm herumstocherte.

Langsam ging der Inder ein paar Schritte auf den Mann zu, benötigte ein paar Sekunden, indem er dem Treiben des Mannes mit wachsendem Entsetzen zusah, bis er begriff, was dort passierte.

Dann handelte Kirpal umso schneller. Er spurtete los, rief den hockenden Mann an und erreichte ihn in dem Moment, in dem dieser sich schwerfällig aufrichtete und umdrehte.

Als Kirpal den Abzug durchzog, schossen die verbliebenen Pfeile aus seinem Gewehr in Brust und Gesicht des überraschten Chinesen und schleuderten ihn rückwärts in den See aus Schlamm.

Ohne ihn weiter zu beachten, hechtete Kirpal auf den Bauch und griff mit einem Arm tief in den Schlamm, an die Stelle, wo er Sekunden zuvor noch ein helles Gesicht gesehen hatte. Mit der anderen Hand stützte er sich aus Leibeskräften von dem schlüpfrigen Fels ab, um nicht selbst in die giftige Brühe zu rutschen.

Mit den Fingern ertastete er einen Kopf. Seine Hand sprang weiter, tiefer, bis er die Schulter und den Kragen von irgendeinem Kleidungsstück fand, krallte sich fest und zog.

Kirpal hielt die Luft an. Sein Gesicht befand sich nur eine Handbreit über der stinkenden Oberfläche, seine Augen brannten.

Unendlich langsam zog er die Person gegen den Widerstand der zähen Flüssigkeit nach oben, drückte sich mit dem verbleibenden Arm ab und zog mit beiden Füßen, robbte mit dem ganzen Körper rückwärts über den rutschigen Fels und brachte endlich den Kopf eines Mannes über die Oberfläche, der sich sofort prustend übergab, zur Besinnung kam und Kirpals Arm mit beiden Händen fest umschloss.

Eine halbe Ewigkeit später hatte er ihn aus dem Minenschacht gezogen, war einen Moment lang erschöpft neben ihm zusammengesunken. Dann hatte Kirpal sich ein letztes Mal aufgerafft, den fast Ohnmächtigen so weit vom Loch weggezogen, bis die Luft ihm wieder halbwegs atembar erschien, ihn sitzend an einen Baum gelehnt und aufmerksam die Umgebung nach Bewegungen abgesucht. Als er keine verdächtigen Geräusche vernehmen konnte, war er zurück zum Fahrzeug gerannt, hatte den Wagen nach allem Brauchbaren durchsucht und war mit einem Sixpack Ingwerbrause, zwei Decken und einer Pistole zurückgekehrt.

Er richtete den Geretteten, der zwischenzeitlich umgekippt war, wieder sitzend auf, wischte mit einer der Decken den Schlamm von dessen Kopf und Hals, schlug ihm mehrfach ins Gesicht, bis der Mann wieder zu sich kam, öffnete eine Flasche Ingwerbrause und goss sie ihm über das Gesicht und in den Mund.

Es kam weiteres Leben in den Geretteten, der hustete und Schlamm spuckte. Der Mann rollte sich zur Seite, um sich erneut zu übergeben. Nach fünf Minuten spürte Kirpal, dass er ihn rechtzeitig gefunden hatte. Dies musste einer der Amerikaner sein, deren Namen er am Vormittag auf der Nachricht im Büro von Liu Hongju gelesen hatte. Der Mann reinigte seine Nase, griff nach einer weiteren Flasche Gingerbrause und spülte sich mehrfach den Mund aus, nahm eine Decke, machte sie nass und wischte sich intensiv Haare, Gesicht, Nacken und Hände ab.

»Sind Sie Turrel oder Zitter?« fragte ihn Kirpal, den Notizzettel in der Hand.

Der Mann richtete sich langsam auf, Kirpal half ihm, sich wieder an den Stamm anzulehnen und reichte ihm die nächste Flasche. In das schmutzige Gesicht kam Leben.

Zitters grüne Augen waren rot unterlaufen und tränten heftig. Seine Stimme war rau und er musste mehrmals Anlauf nehmen, um seinen Satz herauszubekommen.

»Völlig egal.« Er holte langsam Luft, von Reizhusten immer wieder unterbrochen. »Den Typen hole ich mir«, er versuchte sich hochzudrücken, wozu ihm im Moment die Energie fehlte.

»Vielleicht später«, ergänzte Kirpal und half ihm unter Aufbringung seiner gesamten Kraft auf die Beine.

Der Amerikaner sah ihn an. »Danke. Dann sollten wir jetzt verschwinden.«

Rotgar – Unterwasser-Operationszentrale

Am selben Tag

Er spürte die niedergeschlagene Stimmung im Kontrollzentrum für unterseeische Aktivitäten im Moment seines Eintretens.

Er selbst hatte die letzten 36 Stunden mit einer detaillierten Analyse aller aufgezeichneten Daten des Angriffs sowie mit der Wartung der Gottesanbeterin verbracht, die jetzt wieder in ihren schäbigen Tarncontainern verschwunden war. Mehrere längere Telefonate mit Mühlenschläger über mögliche Hintergründe hatten zu vielen Vermutungen, aber keinen greifbaren Ergebnissen geführt. Der Kapitän, wie auch der schiffbrüchige Norweger, der sich als ein hohes Tier in der Organisation der Eureco entpuppt hatte, waren bei einem der Gespräche zugegen gewesen und Meissner hatte mit seinem Lob für ihn nicht hinter dem Berg gehalten.

Rot war entsprechend guter Laune, zumal dies der erste Tag war, an dem sein Bein aufgehört hatte, ihm Schmerzen zu bereiten.

Die Atmosphäre hier erinnerte ihn daran, dass aber bei Weitem nicht alle Grund zur Freude hatten. Der weite Raum schien zum ersten Mal voll besetzt.

Die drei großen Schirme der gegenüberliegenden Wand zeigten wie immer elektronische Karten des aktuellen Seegebietes der *Aurora Oceani*, sowie allerlei Missionsdaten.

Rotgar hielt nach Doc Soap Ausschau, die er jedoch nirgends entdeckte, dafür wurde die große, italienische Wissenschaftlerin auf ihn aufmerksam und winkte ihn heran.

Besser als nichts, dachte er auf dem Weg durch den abgedunkelten Raum, erwiderte ihr mattes Lächeln zur Begrüßung. Isabella Visconti hatte zu lange nicht geschlafen.

»Hallo, *giovane uomo*. Ihnen scheint es ja wieder besser zu gehen.«

Rot nickte, verkniff sich eine saloppe Bemerkung, als er die übermüdeten Gesichter um sich herum bemerkte.

»Wie kommen Sie mit den Bergungsarbeiten voran?«, fragte er stattdessen.

Das Gesicht der Wissenschaftlerin drückte Überraschung aus. »Wir haben noch nicht mal damit begonnen. Das kann warten, bis wir Professor Nyne gefunden haben. Die Trümmer schwimmen uns nicht weg.«

Rot erinnerte sich. Das Mini-U-Boot mit dem amerikanischen Rocker wurde seit dem Angriff ja ebenfalls vermisst, das hatte er vollständig verdrängt.

»Sie haben es noch nicht gefunden?«

Doktor Viscontis Blick sprach Bände. Sie deutete auf einen Monitor, der an einem langen Arm über ihrem Schreibtisch schwebte und hunderte von Sonarechos zeigte.

»Wir wissen nicht, wo er ist. In diesem Nebel von Signalen kann es noch sehr lange dauern, bis wir ihn finden – falls wir überhaupt an der richtigen Stelle suchen.«

Rot sah konzentriert auf die Anzeige. »Und was ist mit Geräuschen? Werten Sie die Hydrophone aus?«

Als er keine direkte Antwort erhielt, sah er hoch und bemerkte an ihrem Gesichtsausdruck, dass er da eine Lücke entdeckt hatte.

»Das halten wir nicht für notwendig. Das U-Boot kommuniziert über Infraschall und dafür haben wir eine spezielle Sende- und Empfangseinheit an Bord – da kam nichts rein.«

»Und das U-Boot macht sonst keinerlei Geräusche?«

Die Italienerin zuckte mit den Schultern, sah sich nach Jemanden im Raum um, den sie aber nicht entdeckte.

Rot fuhr fort. »In welcher Tiefe suchen sie?

»3000 bis 5000 Meter.«

Er sah sie an, wartete auf die Begründung. »*Weil* – …«, begann er zu bohren.

Isabella Visconti kniff die Augen zusammen und realisierte, dass dieser Mann gerade ihr Vorgehen hinterfragte.

»Sie wissen, dass das U-Boot oft von einem Tiefsee-Kalmar begleitet wurde, Herr von Strauss?«

Rot nickte und konnte sich ein spöttisches Lächeln nicht verkneifen. »Wird's jetzt gruselig?«

Die Italienerin sah ihn wütend an. »Ob Sie es glauben oder nicht, aber wir haben den Kalmar gesehen und es hat den Anschein, als wüsste er, wo sich das U-Boot befindet. Und genau aus diesem Grund suchen wir dort.«

Er deutete zurück auf den Schirm mit den Echos. »Und das ist das Ergebnis? Nicht sehr hilfreich, wenn ich das sagen darf.«

»Dann haben Sie bestimmt eine Idee, wie es besser geht?«, fragte sie ihn mit mühsam kontrollierter Stimme.

Rot nickte langsam, war sich der Vielzahl der Blicke bewusst, die im Moment wieder mal auf ihm ruhten.

»Es gibt zwei Möglichkeiten«, begann er vorsichtig und hielt ihr den ausgestreckten Zeigefinger entgegen. »Entweder das U-Boot ist noch schwimmfähig, dann wäre es längst aufgetaucht und die jetzige Suche erfolgt an der falschen Stelle. Oder – «, er streckte den Mittelfinger dazu, »das U-Boot ist nicht schwimmfähig, dann liegt es auf dem Grund und die jetzige Suche erfolgt auch an der falschen Stelle.«

Rot wartete auf eine Antwort, erntete aber nur eisiges Schweigen.

»Das heißt aus meiner Perspektive, Sie suchen in jedem Fall an der falschen Stelle und – «, wieder machte er eine kleine Pause, »Sie suchen mit den falschen Instrumenten.«

»Wir können nicht tiefer suchen, die Reichweite der Rover ist durch den Wasserdruck begrenzt. Das limitiert auch das Fächersonar. Der hohe Schwebstoffanteil im Tiefenwasser als Folge des Bergrutsches – reduziert die Auflösung drastisch.«

Rot schüttelte den Kopf und unterbrach Doktor Visconti.

»Hören sie die Hydrophon-Aufzeichnungen ab und filtern sie die Signale!«

»Wonach?«

Jetzt musste Rot wieder lächeln. »Wie wär's nach Geräuschprofilen des U-Boots? Oder sind das vielleicht alles solche U-Boote?«

Die Leiterin senkte ihren Blick, sah sich zu zwei Mitarbeitern um, die den letzten Teil des Gesprächs von ihren Tischen offen mitverfolgt hatten.

»Wir haben keine Profile, Isabella. Professor Nynes Team hat uns nichts übergeben«, antwortete einer der beiden verlegen.

»Doch, ich habe etwas.«

Rot drehte sich um. Eine junge Frau mit Rasta-Locken stand hinter ihm und ging jetzt an den Nachbarschreibtisch, entsperrte den Computer und öffnete ein Verzeichnis.

»Es ist nicht viel, wir haben nie gezielt Profile angelegt. Die hier stammen aus der Erprobungsphase und sind eigentlich nur Abfallprodukte von Filmaufzeichnungen mit Ton.« Sie scrollte durch ein paar Dateien.

»Start des Kavitationstriebwerks, Flimmerflossen im Betrieb und Abschuss der Notfallboje«, lass sie vor.

Rot grinste breit.

»Abschuss einer Notfallboje ist das, was uns interessieren sollte«, sagte er. »Ich würde die Hydrophon-Aufzeichnungen mit diesem Abschusssignal filtern.«

»Bekommst du das hin, Ivy?«, doch die junge Frau bekam die Frage von Doktor Visconti gar nicht mit, ihre Finger flogen bereits über die Tastatur.

Rot verfolgte aufmerksam, wie sie Befehle in das Vergleichsprogramm eingab, trat dann zu ihr und ergänzte ein paar Parameter.

Auf ihren fragenden Blick nickte er. »Start!«

Die Ergebnisliste erhielt drei Einträge aus der Schiffshydrophondatenbank. Er beugte sich über ihre Schulter, um sie zu lesen.

»Der hier ist zu früh, der hier ist mit einer Wahrscheinlichkeit von 45 Prozent zu ungenau.« Er richtete sich wieder auf, den prüfenden Blick der leitenden Wissenschaftlerin genießend. »Der Dritte ist unser Kandidat. 11:39 Uhr, aus einer Tiefe von 5900 Metern.«

»Und was bringt uns das?«

»Nun«, sagte er zur Leiterin und machte eine kleine Pause, »wir wissen, dass er zu der Zeit noch am Leben war und wir kennen die Position.«

»Ja – aber seine Position vor sechs Stunden. Das U-Boot kann jetzt ganz woanders sein!«

Rot rechnete in Gedanken nach, dann nickte er. »Die Boje wird aber immer noch an der gleichen Position sein, nur in geringerer Tiefe.« Er hob eine Hand, um Protest abzuwehren. »Die Boje wurde gestartet«, er wies auf den Eintrag auf dem Schirm, »sie hat die Oberfläche nicht erreicht – sonst hätten Sie ihr Signal empfangen«. Er ließ die Hand sinken, es kam kein Einspruch. »Die Boje ist von unten gegen ein Hindernis gestoßen – und da hängt sie immer noch.«

»Wir können die Sonardaten heranziehen, um herauszufinden, welches Echo sich senkrecht über dem *Black Marlin* befunden hat, und den Weg des Echos bis jetzt verfolgen.«

Rot klopfte der Studentin vorsichtig auf die Schulter. »Genauso würde ich das auch machen.«

»*Ivy!*« Einer der anderen Assistenten winkte sie heran und zusammen arbeiteten sie fieberhaft an der Auswertung.

Rot beobachtete, dass die Bewegungen der ferngesteuerten Unterwasserfahrzeuge mittlerweile zum Erliegen gekommen waren, während sie Energie sparten. Isabella Visconti entließ ihn ein wenig aus ihrer prüfenden Musterung, kam einen Schritt heran.

»Sie erstaunen mich aufs Neue, Herr von Strauss.« Ihre Blicke trafen sich, Rot zog die Augenbrauen hoch.

»Hier könnte etwas sein«, unterbrach ein Assistent und schaltete seinen Monitor auf einen der großen Wandschirme.

Aus dem unübersichtlichen Bild der gesamten Echos zum Zeitpunkt des Abschussignals der Boje färbten sich zwei Blips rot. »Das ist nicht genau zu trennen, sie schwimmen dicht übereinander.«

Dann begann der Zeitraffervorlauf über sechs Stunden und die beiden Blips veränderten ihre Positionen, bewegten sich voneinander fort.

Als die Bewegungen erneut zum Stillstand kamen, waren die beiden Echos nur vierhundert Meter in der Horizontalen voneinander entfernt.

»Eintausend Meter Tiefe und 4300 Meter Tiefe«, Rot las die Daten vom Schirm ab. »Kommen Ihre Gefährte dahin?«

»Sind bereits unterwegs«, sagte einer der Operatoren.

»Schick das AUV[22] nach unten, ich möchte nicht, dass wir noch einen Rover verlieren, weil sich die Führungsleine irgendwo verheddert.«

Der Operator nickte und schickte die Programmbefehle an den kühlschrankgroßen Roboter, der ab jetzt vollkommen autonom die Zielposition ansteuern und die Suche durchführen würde.

»Hier oben ist nichts«, melde einer der Operatoren ein paar Minuten später, als ein ROV den in knapp einem Kilometer Tiefe schwimmenden Blip erreichte, zweimal umkreiste und als Walkadaver identifizierte.

Dann wurde die Stille wieder greifbar. Das AUV näherte sich von oben einem Nugget, streifte die Sedimentschicht auf seinem senkrechten Kurs nach unten, vermaß die Höhe des Felsens dabei auf über fünfzehn Meter.

Rot schloss die Augen, überschlug den Wert an Kohortit in diesem Brocken und schüttelte fasziniert den Kopf.

Die Scheinwerfer flammten auf, hüllten alles in kaltes, weißes LED-Licht und die typisch wirre Struktur aus ineinandersteckenden Zylindern jeder Größe begann vor der Kamera durchs Bild zu laufen.

»Zu nah und zu dicht«, rief Doktor Visconti.

---

[22] Autonomous Underwater Vehicle

Der Operator nickte. »Ich weiß, Isabella. Das AUV wird die gesamte Unterseite absuchen. Wir müssen auf die Erkennungssoftware vertrauen. Ich kann nicht eingreifen, es ist außer Reichweite.«

Alle Augen hingen an den Manövern des Roboters, verfolgten jeden Kurswechsel und nach einem Augenblick hatte Rot den Such-Algorithmus erkannt.

Eine halbe Stunde später war er – wie alle anderen auch – entmutigt.

Das AUV hatte die gesamte Unterseite des Nuggets systematisch abgesucht, vier der Mitarbeiter waren dabei, die übertragenen Bilder im Detail auszuwerten – bis jetzt ergebnislos.

Jetzt schraubte sich der Roboter in einer flachen Spirale um das Nugget nach oben, um in den Vorsprüngen zu suchen, die er bislang außer Acht gelassen hatte.

»Da!«

Die aufgeregten Stimmen mehrerer Personen lenkten Rots Aufmerksamkeit zurück von Ivys Schultern auf den Schirm.

Unter einem senkrecht aus dem Nugget ragenden Absatz hing ein leuchtend orangefarbener Zylinder mit abgerundeter Kappe. Die Erkennungssoftware des Roboters hatte ihn auch erkannt. Der AUV änderte seinen Kurs, schwamm von schräg unten heran und brachte seinen Manipulator in Position. Dann ergriff der Aluminiumarm den Zylinder unter dem Jubel aller Anwesenden im Kontrollzentrum.

Rot holte tief Luft, machte den Rücken gerade und setzte ein breites Grinsen auf. Sein Blick traf den der Italienerin.

»Ich wäre jetzt empfänglich für Huldigungen«, sagte er gut gelaunt.

11
Reydar – Offiziersmesse der Aurora Oceani

10. August

Er legte den Bericht der Meteorologischen Abteilung zur Seite, ergriff seinen Kaffeebecher und trank den letzten, kalt gewordenen Rest.

Herrlich! – zumindest im Vergleich zu den Getränken, die er während der letzten Tage an Bord des *White Eagles* so zu sich genommen hatte.

Reydar saß seit einer Stunde an einem Ecktisch in der Offiziersmesse der *Aurora Oceani*, direkt hinter den nach vorn geneigten Panoramafenstern hoch oben über dem Vordeck. Er hatte die erste Nacht an Bord des Forschungskreuzers zwölf Stunden geschlafen und in der zurückliegenden Nacht immerhin bis drei Uhr. Danach war er hellwach aufgestanden und hatte bis zum Sonnenaufgang einen ausgedehnten Spaziergang durch das fantastische Schiff gemacht.

Jetzt strich sein Blick über den Bug der *Aurora* in die Ferne zum wolkenlosen, scharf gezeichneten Horizont des Morgenhimmels, der seine Erinnerungen an die letzten Tage des Rennens merkwürdig unrealistisch erscheinen ließ. Die Wellen zogen gleichmäßig aus Nordosten kommend heran, leichte Schaumbänder an den Kronen waren die einzigen Überbleibsel des ersten Hurrikans der Saison, der kurzfristig die Stufe 5 erreicht hatte.

Am gestrigen Nachmittag hatte *Hermine* viel an Kraft verloren. Im Gegensatz zu den Prognosen, die ihr noch eine längere stationäre Phase vorhergesagt hatten, war sie durch eine unerwartet frühe Zunahme der vertikalen Windscherung in Verbindung mit marginaler Thermodynamik aus ihrem gut organisiertem Zustand in mehrere Wirbel aufgebrochen. In der Nacht war sie dann zu einem tropischen Sturm herabgestuft worden, hatte sich zusehends aufgelöst und mit nur noch geringer Wolkenbildung nach Westen entfernt. Seit sechs Uhr wurde sie nur noch als Tiefdruckgebiet beobachtet und war damit zu einem weiteren Geschichtseintrag in der diesjährigen Hurrikanliste geworden.

»Guten Morgen, mein Freund!«

Akshay stand gut gelaunt vor ihm, in der einen Hand einen Becher Tee, in der anderen einen mit einem Berg Obst beladenen Teller.

Im Gegensatz zu Reydar hatte Akshay zwei Koffer voller Bekleidung von der *Faster than Light* mit an Bord der *Aurora* bringen können. Entsprechend perfekt erschien er jetzt in seinem kragenlosen schwarzen Seidenhemd und der dazu passenden Stoffhose, sah man einmal von der geklammerten Oberlippe ab und dem im Moment trotz des Zahnprovisoriums nicht ganz makellosen Lächeln.

Reydar machte eine einladende Geste an seinen Tisch und deutete auf das Meer.

»Guten Morgen, Akshay. Wenn der Container nicht gewesen wäre, hätte ich sicher gewonnen. Das ist das ideale Wetter für den *White Eagle*.«

Akshay stellte Becher und Teller vor sich ab, und klopfte Reydar freundschaftlich über den Tisch auf die Schulter, bevor er Platz nahm.

»Wenn meine Treibstoffleitungen nicht vereist gewesen wären, hätte ich jetzt schon Sanya erreicht und du würdest immer noch in deiner Rettungsboje unter den Wellen wie eine Qualle im Ozean treiben.«

Reydar kratzte sich am Ohr, wo ihn der Schorf vom Sonnenbrand juckte, strich die gelbblond Haare in den Nacken zurück und nickte stumm vor sich hin. Dann gab er der Ordonnanz ein unauffälliges Zeichen und sah den Inder aus zusammengekniffenen Augen fest an.

»Ist es mit deinem Hinduismus vereinbar, mit mir ein kleines Glas Champagner auf deinen Sieg zu trinken?«

Der Inder lachte. »Dann darf es auch ein Großes sein.«

Ein Maat in weißer Uniform brachte einen Eis-Kühler, entkorkte die Flasche und schenkte zwei Gläser ein, womit Reydar und Akshay die Blicke aller anderen Anwesenden in der Messe auf sich zogen.

Reydar erhob sein Glas, sah Akshay ernst an und nickte ihm zu. »Auf meinen Retter, der seine eigene Gesundheit und sein Leben grob missachtet hat, um meins zu retten.«

Sie leerten ihre Gläser, ließen nachschenken und jeder der Männer hing für einen Moment seinen ganz persönlichen Erinnerungen an die dramatischen Augenblicke nach.

Akshay aß eine Orange, schälte schweigsam einen Apfel und Reydar spürte nach ein paar Minuten, dass sein Gegenüber einen Gesprächseinstieg in ein anderes Thema suchte.

»Ich soll dich von Freida grüßen – du erinnerst dich an meine Schwester?«

Reydar lächelte intuitiv, als ein Bild der schönen Frau vor seinem inneren Auge entstand. »Wie sollte ich so eine bezaubernde Frau jemals vergessen?«

Akshay erwiderte das Lächeln. »Du kennst sie nicht wirklich, mein Freund, sonst wäre deine Meinung differenzierter.«

Reydars Lächeln vertiefte sich.

»Wir haben vorhin telefoniert, sie kam zurück aus Sanya und war sehr besorgt.«

»Dann ist jetzt ja alles gut.«

Akshay wurde ernst. »Nicht unbedingt. Sie war weniger um meine Gesundheit besorgt. Ich habe ihr von dem Angriff auf dieses Schiff erzählt.«

Ihre Blicke trafen sich.

»Du warst gestern bei ein paar Gesprächen dabei, die mit möglichen Hintergründen zu tun gehabt haben könnten.«

Reydar legte seine Serviette ab, lehnte sich zurück und prüfte mit einem kurzen Blick in die Runde, ob jemand in Hörreichweite war. Dann stützte er beide Ellenbogen auf den Tisch und deutete mit den Zeigerfingern auf Akshay.

»Was möchtest du wissen?«

Der Inder schmunzelte schweigend, dann gab er sich einen Ruck.

»Dieses Schiff hat Proben eines unbekannten Gesteins im Meer entdeckt, das auch auf einigen mikronesischen Inseln angetrieben wurde.«

Reydar schwieg und zeigte eine ausdrucklose Miene.

»Auf einer von den Großen, Palau, wurde ein besonderes Stück geborgen und im örtlichen Polizeihauptquartier gelagert«, fuhr Akshay fort. »Vor fünf Tagen wurde es gestohlen, dabei sind mehrere Polizisten gestorben. Die Diebe wurden verfolgt und kamen ebenfalls ums Leben. Ein Besatzungsmitglied dieses Schiffes war daran beteiligt.«

Reydar nickte. »Davon habe ich gehört. Ein amerikanischer Beamter ist an Bord und hat diesbezüglich ein Gespräch geführt, das den Mann entlastet und ihm eine Helferrolle bescheinigt hat. Die Diebe sollen einen kriminellen Hintergrund gehabt haben.«

»Das kann man sicher so sagen.«

Der Norweger musste sich sehr zusammenreißen, um bei dieser Bemerkung nicht sofort mit einer Nachfrage herauszuplatzen.

Akshay fuhr fort. »Wir hatten einen Spezialisten auf der Insel, der die Spuren der Diebe zurückverfolgt hat. Es hat sich um Mitglieder der chinesischen Mafia gehandelt.«

»Ihr hattet einen *Spezialisten?*«

»Mein Freund, können wir bitte offen sprechen?«

Reydar beugte sich ein wenig vor.

»Sicher! Bei dem Fund handelt es sich um *Kohortit*, Akshay, es ist das im Moment wertvollste Erzkonglomerat, das es auf diesem Planeten gibt.«

Er machte eine Pause, bevor er den Hindu fragte: »Wieso hattet ihr einen *Spezialisten* auf Palau?«

Akshay kaute das letzte Stück Apfel, schob die Schale mit dem Messer zur Seite und gewann dadurch Zeit, sich seine Antwort zurechtzulegen.

»Ich – GRG – habe schon 1998 Proben dieses Materials angeboten bekommen. Es sollte aus dem Pazifischen Raum stammen. Unsere Untersuchungen haben ergeben, dass es *hergestellt* wurde. Es handelt sich also um eine *Komposition* und kein natürlich im Erdreich vorkommendes Material. Wir haben versucht, mit sehr viel Geld noch mehr Stücke zu beschaffen – das hat sich als unmöglich herausgestellt.«

Er sah zu Reydar, wartete auf eine Reaktion, doch der Norweger wollte noch zuhören.

»Bis vor einer Woche. Ein Informant auf Palau sagte uns, dass schwimmende Steine gefunden wurden. Wir haben einen Mann geschickt, der bestätigt hat, dass es sich um das gleiche Material handelte – *Kohortit,* wie du es nennst. Einen Tag nach dem Fund wurde es gestohlen.«

Reydar nickte.

»China, sagst du.«

Einer der Bordhubschrauber der *Aurora Oceani* flog knatternd auf Steuerbord vorbei und entfernte sich rasch in gerader Linie mit dem Vorschiff.

»Was haben eure Analysen des *Kohortits* ergeben? Woraus besteht es?«

Akshay hob beide Hände mit den Handflächen nach oben, als trüge er eine Schale.

»Edelmetalle, SE-Metalle. In einer unglaublichen Konzentration und Reinheit, mein Freund. Wenn man die Quelle findet, revolutioniert das den Markt.«

»Hmm, und sonst? Nur Edelmetalle und SE-Metalle? Seid ihr nicht auf irgendwelche besonderen Eigenschaften gestoßen?«

Akshay erwiderte den lauernden Blick Reydars für einen Moment.

»Du meinst die Schwerkraftanomalie, mein Freund? Ich habe es nie selbst in der Hand gehabt, ich habe nur davon gehört. Die dafür verantwortlichen Elemente konnten wir nicht ermitteln.«

Die Anspannung des Norwegers löste sich.

»Ich danke dir für deine Offenheit, Akshay. In den Gesprächen gestern ging es tatsächlich um die Hintergründe des Angriffs. Bisher gibt es keine offizielle Erklärung. Die Herkunft der Waffen ist unklar, auch wenn die Typen wohl identifiziert werden konnten.«

Reydar lehnte sich zurück, suchte den Hubschrauber am Horizont, konnte ihn jedoch nicht mehr entdecken.

»Deine Beschreibung der Zusammensetzung deckt sich mit dem, was ich weiß. Westlichen Geheimdiensten haben auch Proben von *Kohortit* vorgelegen. Sie haben um wissenschaftliche Unterstützung gebeten, ich habe einen meiner besten Werkstoffkundler geschickt. Nahezu das gesamte Material – und das waren gerade einmal 50 Kilo, wurde bei einem Laborzwischenfall vernichtet, mein Mitarbeiter kam ums Leben.«

Akshay hörte aufmerksam zu.

»Die Mengen, die jetzt entdeckt wurden«, fuhr Reydar fort, »sowie die regionale Konzentration der Funde ergeben einen deutlichen Hinweis auf den Ort ihrer Herkunft.«

Reydars Zeigefinger pochte leise auf die Tischplatte.

»Und damit ist dieses Schiff mit seinen Möglichkeiten sicher ein lohnendes Ziel für den, der vermeiden möchte, dass die gewohnten Marktverhältnisse einer schwerwiegenden Veränderung ausgesetzt werden.«

Die feinen, pechschwarzen Augenbrauen des Inders berührten sich fast, so konzentriert war Akshay in seine Überlegungen versunken.

»Also ist eine Kraft in China sehr wahrscheinlich beteiligt«, sagte er leise. »Sie verteilen über 90 Prozent der SE-Vorkommen.«

»Oder jemand, der es zumindest so aussehen lassen möchte«, ergänzte Reydar.

»Das werden wir hoffentlich bald wissen, mein Freund.« Akshay sah an Reydar vorbei in die Offiziersmesse hinein.

»Freida hat einen Mitarbeiter geschickt, der die Spur der chinesischen Mafiosi verfolgt. Der ist sehr geschickt darin, Hintergründe aufzuklären.«

Reydar widerstand der Versuchung, sich umzudrehen. Nur Sekunden später spürte er eine zärtliche Berührung auf der Schulter und dann einen Hauch von Parfum, als seine Tochter ihm einen Kuss auf die bärtige, sonnenverbrannte Wange gab.

Fest legte er einen Arm um Sophie und erwiderte die Liebkosung, erschrocken seinen Griff lockernd, als sie zusammenzuckte.

»Tut noch etwas weh, Paps. Sie haben gestern noch einmal nachoperiert«, sagte Sophie und begrüßte Akshay mit einem Lächeln.

»Setz dich und erzähl ein bisschen, wie kommt ihr mit der Bergung voran?«, fragte er und sah besorgt auf den frischen Verband ihres linken Oberarms.

»Das geht jetzt nicht, Paps, vielleicht am Nachmittag. Ich muss runter.« Sie winkte mit einem Clipboard, auf dem mehrere Seiten Papier befestigt waren.

Die Männer spürten die Aufregung in ihrer Stimme.

»Wir haben gestern Abend die Boje geborgen. Sie war arg ramponiert. Vor einer Stunde konnten Teile der Daten entschlüsselt werden, Flynn hat den Bergrutsch überlebt, aber das U-Boot wurde beschädigt. Jedenfalls haben wir jetzt Gewissheit, dass er lebt.«

Sie winkte mit der gesunden Hand.

»Erholt euch. Vielleicht bin ich später in der Stimmung und kann mit euch mitfeiern.«

Sophie – Atrium der Aurora Oceani

Am selben Tag

Sie war natürlich ins CC3 gelaufen, nur um von Isabella weiter zum vorderen Moon-Pool geschickt zu werden.

Da hättest du auch selbst drauf kommen können, schalt sie sich, eilte die Flure und Niedergänge entlang, bis sie das breite hydraulische Schott passierte, das den Zugang zum Vorbereitungsraum sicherte.

Der gitterförmige Kasten des AUVs stand neben dem geöffneten Verschluss des Moon-Pools, mehrere Wartungstechniker waren mit der Überprüfung der Komponenten des drei Meter langen und zwei Meter hohen, rapsgelben Roboters beschäftigt.

Sophies Ziel war jedoch die Gruppe von Leuten dahinter, die um mehrere zusammengeschobene Aluminiumtische herumstand, auf denen diverse Laptops und weiteres technisches Equipment verstreut lagen.

Auf der gegenüberliegenden Seite des Moon-Pools hing der *Blue Marlin* in seinem Transportgestell, Teile der Außenhaut waren entfernt und sie erkannte Torge neben dem im Rollstuhl sitzenden Wade, wie sie sich mit drei von Flynns Studenten berieten.

Marcello Rampi blickte auf, hob die Hand, um die Aufmerksamkeit der Holländerin zu bekommen, und winkte sie heran.

»Sophia, schön, Sie zu sehen. Kommen Sie, wir brauchen Ihre Meinung.« Er legte vorsichtig einen Arm um sie und schob sie vor einen der Tische, auf dem die Einzelteile der Rettungsboje des *Black Marlins* verstreut waren.

»Die Kollegen hatten große Probleme, die Daten des Chips auszulesen. Offenbar hat die Elektronik Schaden genommen, als die Boje im Nugget eingeklemmt war. Die Zusammensetzung des Materials wird immer bizarrer. Es muss auch elektromagnetische Kräfte besitzen, die wir bis jetzt noch nicht ausreichend analysiert haben.«

Sie standen vor einem großen Notebook, über dessen Display unablässig kryptische Zeichenfolgen liefen.

»Was wissen wir?« fragte sie.

»Noch nicht sehr viel mehr, als ich am Telefon sagte. Wir konnten in der Nacht aus den teilweise gelöschten Daten wenigstens die Statusinformationen des *Black Marlins* ermitteln. Das Bild, das wir dadurch bekommen haben, macht mir Sorgen.« Er deutete zum *Blue Marlin* hinüber, wo Torge gerade auf dem Transportgestell herumturnte.

»Die Außenhaut wurde großflächig beschädigt – das konnte Wade aus der Hüllkurve der Energieverteilung entnehmen. Momentan versucht er Lösungen zu finden, mit der sich vielleicht einzelne Schadensbereiche überbrücken lassen.«

»Ist das Boot noch steuerbar?«, fragte sie.

Der leitende Wissenschaftler der UNIME holte tief Luft und schien zu überlegen, wie er seine Erkenntnisse zusammenfassen sollte, verzichtete aber auf eine Antwort, als er Wade heranfahren sah.

Sophie hatte ihn noch nicht nach Verlassen seines Krankenbettes gesehen. Sie ging ihm entgegen, drückte ihm einen Kuss auf die Stirn und wischte sich eine Träne aus dem Augenwinkel.

Wade war blass. Seine Augen wirkten irgendwie glanzlos - sicher stand er unter dem Einfluss starker Schmerzmittel. Sein linkes Bein war im Rollstuhl waagerecht gelagert und wirkte sonderbar kurz. Obwohl sie wie alle anderen auch wusste, dass es unterhalb des Knies amputiert worden war - spürte sie, wie der Schock über das traurige Los des sympathischen jungen Doktoranden nach ihr griff.

»Wade, du bist am besten im Bilde, was den Zustand von Flynns Boot angeht, kannst du uns ein Update geben?«

Sophie hatte den Eindruck, dass Rampi recht froh war, diese Antwort nun nicht selbst geben zu müssen, und sah Wade an.

»Nicht gut.« Er räusperte sich. »Die Soft-Shell hat ein paar üble vertikale Schnitte abbekommen. Dadurch ist die Beweglichkeit stark eingeschränkt. Wir haben es eben am *Blue Marlin* simuliert.« Er blickte hinüber zu Torge, der vom Transportgestell sprang und auf die Gruppe zukam.

»Die Fluke hat nur noch auf der Steuerbordseite volle Beweglichkeit, die Backbordseite ist praktisch tot. Dadurch hat Flynn eine sehr begrenzte Antriebskraft zur Verfügung und riskiert, dass der Schaden sich ausweitet, wenn die Außenhaut sich zu sehr verbiegt.«

Wade rollte an den Tisch. »Kann einer die Hüllengrafik aufrufen, bitte?«

Einer der Techniker wechselte den Modus und vor Sophie erschien ein dreidimensionales Modell des *Black Marlins*. Alle rückten vor dem Notebook zusammen.

»Die roten Bereiche sind defekt«, erklärte Wade. »Das muss nicht bedeuten, dass sie wirklich zerstört sind, aber sie können im Moment nicht angesteuert werden. Wie du siehst,« – sein Blick traf Sophie –, »sind davon auch drei von vier Regelzellenclustern betroffen. Das bedeutet, Flynn kann nicht passiv auftauchen. Durch die Schäden an der Soft-Shell fehlt ihm Schub, um an die Oberfläche zu fahren –«, er brach ab, sammelte seine Kraft und sprach in Richtung Boden.

»Wir müssen ihn also holen, bevor er zu tief sinkt!«

»*Falls* wir ihn rechtzeitig finden.«

Sophie sah wütend zu Torge, der unbekümmert zur Gruppe getreten war und zugehört hatte.

»Die Membranen in der Soft-Shell sind doch auch defekt – oder nicht, Wade? Er kann keine Luft mehr erzeugen.«

Der Angesprochene schüttelte den Kopf. »Er hat noch gut zehn Prozent.«

»Und wie lange würde das reichen? Mal ehrlich, Leute! Warum sollen wir noch ein Leben riskieren, um nach ihm zu suchen? Habt ihr überhaupt eine Vorstellung von dem Druck da unten? Das Boot wurde in dem Umfeld nie getestet!«

»Das stimmt so nicht, Torge. Alle trockenen Komponenten wurden im Labor einem Druck ausgestzt, der einer Zwölf-Kilometer-Wassersäule entspricht.« Ivy lehnte sich an eine Tischkante und funkelte den Norweger böse an.

Torge ließ sich davon nicht beeindrucken.

»Und was heißt überhaupt, *bevor er zu tief sinkt?*« Er deutete auf die Hülle der Boje. »Die Daten sind von vor zwei Tagen. Wie tief soll er denn gesunken sein, in der Zwischenzeit? Wenn er sich nicht auf einen Absatz gerettet hat und da auf uns wartet, liegt er unten«, Torge zeigte mit der gestreckten, rechten Hand zum Boden des Moon-Pools, »und ich meine: *ganz unten!*«

»Hör auf!« Sophie schlug ihm mit dem Clipboard vor die Brust.

»Wir müssen ihm helfen, auch wenn nur eine winzige Chance besteht.«

Torges Gesichtsausdruck veränderte sich.

»Ich verstehe dich, Sophie. Aber du must realistisch bleiben. Große Tiefen sind nun mal mein Job – und da unten gehören wir nicht hin.«

Er sah traurig auf sie hinab.

»Es tut mir leid, aber die Chancen sind nahe Null. Wenn der *Black Marlin* so schwer beschädigt ist, dass er schon in 5000 Metern Tiefe nicht mehr über genügend Auftrieb verfügt, sorgt der zunehmende Druck dafür, dass selbst das bisschen mit zunehmender Tiefe noch weniger wird. Das bedeutet, das Boot sinkt in der Folge immer schneller, bis es sich wie ein Stein in den Grund bohrt.«

»Und der Grund besteht dort aus einer hundert Meter dicken Schicht aus Sedimenten der letzten hunderttausend Jahre.« Marcello Rampi wirkte genauso niedergeschlagen wie alle anderen. »Was da reinfällt, versinkt in einer Art Tiefseeschnee.« Er strich sich über den Kopf, schob seine Brille auf die Stirn und wischte sich die müden Augen. »Sophia, ich befürchte, der Herr hat recht.«

Sie spürte, wie die Kraft sie verließ. Ivy trat zu ihr und legte ihr den Arm um die Seite.

»Wir können ihn doch da nicht allein lassen«, flüsterte sie.

Sophie nickte und sah sich hilfesuchend im Kreis der Umstehenden um. Ihr Blick blieb an einem grinsenden Gesicht hinter einer eckigen, roten Sonnenbrille hängen.

»Ich denke, er ist da gar nicht so allein«, sagte Rotgar von Strauss.

Rotgar – Atrium der Aurora Oceani

Im selben Augenblick

Er hatte seit zwei Uhr nachts in seiner Kabine gesessen und sich das Hirn nach den verblassten, relevanten Tricks der Kryptologie-Kurse aus seinem Studium zermartert.

Und die Aufgabe war eigentlich nicht einmal schwer gewesen – hätte er nur alle Unterlagen griffbereit gehabt – schließlich ging es hier nicht um das Entschlüsseln von Daten, sondern lediglich um das Vervollständigen von partiell gelöschten Inhalten.

Die Assistenten des verschollenen Rockers hatten ihm in der Nacht ein vollständiges Abbild des Speicherchips der Boje erstellt und ihm zudem alle Datenformate mitgegeben, die üblicherweise Bestandteil der Systeme des U-Boot-Status' waren.

Mit der Vervollständigung dieses Status hatte er dann auch begonnen und war recht zielstrebig nach vier Stunden mit einer 98-Prozent-Lösung fertig gewesen. Die restlichen zwei Prozent waren nicht mehr herzustellen, an einigen Stellen hatten vollständige Werte gefehlt, da hätte er nur raten können und das war nicht sein Ding.

Die amerikanische Studentin war dennoch hocherfreut über das Ergebnis gewesen und hatte ihm zum Dank eine ganze Kanne Kaffee aus der Messe inklusive frischer Brötchen und einem Liter Orangensaft organisiert.

Zwischendurch war Fredric Vaughn erschienen, um sich zu verabschieden. Rot hatte bei ihm von Anfang an ein zwiespältiges Gefühl gehabt. Die Fragen des Amerikaners verfolgten offiziell die Aufklärung des Zwischenfalls auf Palau, waren aber auffallend oft in Richtung der seltsamen Felsen abgedriftet. Nach dem Angriff auf das Schiff war er zudem sehr interessiert an der Technik der Gottesanbeterin gewesen. Rot hatte sich gestern etwas mehr beeilt, die Geschütze wieder in ihren Containern zu verpacken.

Jetzt schien sich das Wetter wenigstens so weit beruhigt zu haben, dass ein Rückflug nach Guam möglich geworden war.

Um acht Uhr war die Kaffeekanne geleert, alles andere unangetastet, als Rot endlich eine Spur bezüglich der Struktur der verbleibenden Daten gefunden hatte. Die Speicherinformationen auf dem Chip hatten zu 99 Prozent aus Bilddaten der Bordkameras und einem winzigen Fetzen Freitext, der sicherlich in amerikanischem Englisch abgefasst worden war, bestanden.

Die im großen Stil von Löschsequenzen durchlöcherten Bildinformationen zu flicken, konnte ewig dauern, hatte er lächelnd gedacht, *eine klassische Aufgabe für die vielen Assistenten.*

Der Freitext hingegen hatte ihn weit mehr interessiert.

Vielleicht ein Abschiedsgruß an Doc Soap?

Er hatte den bösen Gedanken beiseitegeschoben und versucht, sich noch einmal zu konzentrieren.

»Zuerst den Dateiinhalt abgrenzen«, hatte er sich laut gesagt, einen Teil der Daten in ein separates Verzeichnis kopiert und einen Texteditor auf einer weiteren Kopie der Daten gestartet.

Der Bildschirm hatte jede Menge Sonderzeichen, unterbrochen von einigen lesbaren Wörtern und vereinzelten Satzstücken, gezeigt.

Das Wort *Kurt* war ihm ins Auge gesprungen. Und *Freunde.*

»Oh nein, bitte nicht!«

Vielleicht war ja auch der Sauerstoff knapp geworden und das Hirn von diesem Rocker hat etwas abbekommen, hatte er belustigt gedacht, dabei lesbare Textfragmente und jede Menge Müll in der Datei auseinander sortiert.

Er hatte sie geschlossen und ein Programm gestartet, welches die Textfragmente mit vollständigen Begriffen aus einem Online-Wörterbuch verglichen hatte.

Nach dem ersten Durchlauf hatte er die Treffer kontrolliert und das Filterprogramm in der Weise verändert, dass er es vor dem nächsten Mal die zur Vervollständigung zur Verfügung stehende Anzahl an Zeichen zählen ließ. Dann hatte er es erneut ausprobiert.

Es waren immer noch viel zu viele Treffer gewesen, da grammatikalische Regeln unbeachtet geblieben waren.

Wie er das hasste!

In der nächsten halben Stunde hatte er ein Programm geschrieben, das die Treffer mit Wahrscheinlichkeiten belegt und die jeweils zehn besten durch ein Zweites geschleust hatte, das für die Grammatik zuständig gewesen war.

Dann hatte er – mittlerweile Version 19 – in einer separaten Datei gespeichert und sie mit dem Editor geöffnet.

Nach dem ersten skeptischen Blick hatte sich ein zufriedenes Lächeln auf seinem Gesicht ausgebreitet.

Danach hatte er sich über das Frühstück hergemacht, geduscht, angezogen und war dann frohen Mutes mit seiner Reserve-Sonnenbrille und einem Pfeifen auf den Lippen zum Arbeitsdeck gehumpelt.

Wieder hatte er die niedergeschlagene Stimmung gespürt, als er sich der Gruppe der Wissenschaftler genähert hatte, die mitten im Vorbereitungsraum vor provisorischen Schreibtischen campierte.

Der unhöfliche Pilot, der ihn auf Palau zurückgelassen hatte, hatte zu Doc Soap gesprochen:

»Es tut mir leid, aber die Chancen sind nahe Null. Wenn der *Black Marlin* so schwer beschädigt ist, dass er schon in 5000 Metern Tiefe nicht mehr über genügend Auftrieb verfügt, sorgt der zunehmende Druck dafür, dass selbst das bisschen mit zunehmender Tiefe noch weniger wird. Das bedeutet, das Boot sinkt in der Folge immer schneller, bis es sich wie ein Stein in den Grund bohrt.«

Rot hatte nicht anders gekonnt, als ihm in Gedanken zuzustimmen. Dennoch hätte er es an dessen Stelle anders formuliert.

»Und der Grund besteht da aus einer hundert Meter dicken Schicht aus Sedimenten der letzten hunderttausend Jahre«, hatte ein älterer Mann ergänzt und dann noch nachgelegt:

»Was da reinfällt, versinkt in einer Art Tiefseeschnee.«

Rot hatte sehen können, wie Doc Soap ihre physische Grenze erreichte und die amerikanische Studentin zu ihr getreten war, um sie zu stützen.

»Wir können ihn doch da nicht allein lassen«, hatte sie geflüstert, leise nur – doch Rot hatte es verstanden.

Doc Soap hatte matt genickt und in seine Richtung gesehen.

»Ich denke, er ist da gar nicht so allein«, sagte er deutlich.

Alle Augen richteten sich auf ihn. Rot zog den Speicherstick aus der Hemdtasche und wedelte mit ihm in der Luft.

Ivy kam auf ihn zu, riss ihm den Datenträger aus der Hand.

»Was haben Sie entdeckt, von Strauss?«, fragte sie über die Schulter hinweg, bereits auf dem Weg zu einem Computer.

Sophie blickte Rot skeptisch an.

»Welche Datei ist es?«, drängelte Ivy.

Er bahnte sich einen Weg zu den Tischen, sah den Norweger mit hochgezogenen Augenbrauen an, als er sich am ihm vorbeischob, und beugte sich neben die Studentin.

»Nummer 19.«

Ihre Finger huschten über die Tastatur und wenige Sekunden später erschien der rekonstruierte Nachrichtentext auf dem Laptop-Schirm.

Hey Leute,
das ░░░ ziemlicher Rumms, habt ihr Wade irgendwo dran rumspielen lassen?
Ich bin ok, ░░░ Boot nicht.
Kommunikation, Membranen und Antrieb sind ░░░ ░░░ Arsch, Auftrieb reicht nicht ░░░ ░░░.
Kurt ░░░ ░░░ ░░░ dem Schlamm gebuddelt, hatte Freunde ░░░.
Wade soll mich mit dem Blue Marlin hochziehen. Dafür benötigt er ░░░ ░░░. ░░░ ░░░ ░░░ versuchen, auf einem Absatz aufzusetzen und mit dem Sonar zu pingen. 3 Lang, 3 Kurz.
Beeilt euch, Bier wird knapp.
Flynn

Alle drängten sich um das Notebook um den Text zu lesen. Die, die nicht dicht genug herankamen, ließen sich den Inhalt von den Vorderen erzählen.

Rots Blick fiel auf einen jungen Mann im Rollstuhl, der ebenfalls den Text gelesen, danach etwas ins Abseits gefahren war und sein Gesicht in den Händen verborgen hatte. Er ging zu ihm, hockte sich hin, bemerkte betroffen das auffällig kurze Bein.

»Sie sind Wade?«

Dieser hob den Blick und nickte stumm.

Rot schob seine Sonnenbrille in die ungekämmten Haare, sah in die wachen Augen des Mannes, sah den entschlossenen Blick, alles für eine Rettung zu versuchen, seine eigene schwere Verletzung zu ignorieren.

»Dann fallen Sie wohl aus, Mister.«

Er beobachtete das Zucken im Gesicht des jungen Mannes, vernahm das scharfe Luftholen der neben ihm Stehenden. »Wie kann das U-Boot hochgezogen werden?«

Wade erwiderte den Augenkontakt, erkannte die Logik in der Aussage. Er presste die Kiefer für einen Moment zusammen, dann gab er dem Rollstuhl einen Drehimpuls. »Kommen Sie!«

Rot sah zu Sophie hinüber, die immer noch nachdenklich den Nachrichtentext betrachtete. Die Studentin kam zu ihm und nickte anerkennend.

»Gute Arbeit, Herr von Strauss. Scheint Ihr Spezialgebiet zu sein. Schauen wir, was Wade vorschlägt.«

Sie zog Sophie aus der Menge und gemeinsam mit Rot folgten sie Wade zum *Blue Marlin*.

Der junge Mann war an einen Stapel Transportkisten gefahren und kam jetzt mit einem Tablet-Computer auf Rot zu.

»Wir haben es in der Konstruktionsphase nur einmal grob erörtert, weil wir uns blöd vorkamen, den Investoren ein perfektes Tauchsystem vorzustellen und dabei zu viel Aufmerksamkeit auf Rettungsfunktionalität zu legen.«

Er tippte auf dem Bildschirm herum, das U-Boot vor ihnen gab einige technische Geräusche von sich und schaukelte leicht in der Transportaufhängung.

»Durch die flexible Soft-Shell ist es schwierig, einen Fixpunkt zu finden, an dem eine Abschleppvorrichtung befestigt werden kann. Wir haben neben den Ösen für die Transporteinrichtung noch eine direkt am Kiel eingefügt, die als Ankerpunkt für ein Stahlseil dienen kann.«

Er rollte dicht an die Transportvorrichtung und wies mit der Hand auf einen soliden, metallisch glänzenden O-Ring, der mittig unter dem U-Boot aus der stumpfen Außenhaut herausragte.

»Das andere Ende des Seils wird vom Manipulator des abzuschleppenden Bootes ergriffen.«

»Und wenn der nicht mehr funktioniert?«, fragte Rot.

Wade zuckte mit den Schultern. »Wie gesagt, das ist eine Notlösung. Alles andere muss improvisiert werden.«

»Das ändert doch nichts daran, dass es keinerlei Garantie dafür gibt, dass Flynn jetzt noch lebt und er überhaupt zu finden ist.«

Rot trat einen Schritt zur Seite, um etwas Abstand zum Norweger zu bekommen, der ihnen gefolgt war.

»Die Nachricht ist genauso alt wie die anderen Daten aus der Boje - mehr als zwei Tage - ich bin nicht bereit, einen von meinen Männern in das Boot zu setzen, und andere sollten es auch nicht tun.«

Sophie sah ihn wütend an. »Na und! Musst du auch nicht, Torge - *ich* werde fahren!«

»Äh - Moment!« Rot stutzte. *Hatte er das gesagt?*

Wieder stand er im Mittelpunkt der Aufmerksamkeit.

Langsam stieß er die Luft aus, kratzte sich den Bart am Kinn und spitzte die Lippen.

»Da« - er deutete auf Wade - »*Wade* wohl nicht in Frage kommt, denke ich, dass ich am besten für so eine Mission geeignet bin.«

Ein paar Sekunden herrschte Schweigen.

»Sind Sie *irre*, von Strauss?« Die Holländering sah ihn entgeistert an.

»Rot!«, entgegnete er fast im Reflex.

Ivy lächelte. »Das könnte sogar klappen, Sophie.«

»Sie sind natürlich herzlich eingeladen, mitzukommen, Doc«, ergänzte er lahm, sich langsam der Konsequenzen seines Vorschlags bewusst werdend, allein in so einer kleinen Luftkammer auf den Grund des pazifischen Grabens zu sinken.

»Das ist zu verrückt, um es auch nur für eine Sekunde zu erwägen«, brummte der Norweger verdrießlich. »Und du wirst jedenfalls auch nicht fahren, Sophie, wenn es dir so ernst ist, werde ich es machen. Wade hat mir vorhin schon die wichtigsten Sachen erklärt.«

Im Nachhinein hätte Rot diesen Vorschlag gern angenommen, so aber sagte er:

»Ich glaube nicht, dass das eine erfolgversprechende Idee wäre. Hier sind schließlich keine Muskeln gefragt, sondern Köpfchen.« Er sah den Norweger von unten an. »Oder können Sie die Steuerprogramme für das U-Boot neuen Situationen anpassen, wenn es ihnen gerade keiner vorsagt?«

Bevor der Schlag des Norwegers Rot erreichte, hörte er noch ein lautes *Nein!* der Studentin, dann wurde es dunkel.

Flynn – seit 81 Stunden im Black Marlin

Am selben Tag

Der *Black Marlin* fuhr im Fahrstuhl nach oben.

Mit viel Glück hatte er das Boot seicht auf der Oberseite eines mittelgroßen Nuggets aufsetzen können, das ihm vor zehn Stunden aus der Tiefe des Hadopelagials[23] wie eine geheimnisvolle Arche entgegengekommen war. Bis dahin hatte er alle Möglichkeiten an Gewichtsverlagerung, Trimmeigenschaften und Konfigurationen der Soft-Shell durchprobiert, die ihm eingefallen waren. Er hatte sogar versucht, die verbleibende Beweglichkeit der Fluke dadurch zu nutzen, dass er den *Black Marlin* auf die Steuerbordseite legte und die Ausrichtung der Heckflosse somit von der Vertikalen in die Horizontale verlagerte.

[23] Hadopelagial: Tiefenbereich von 6000 bis 11000 Meter

Das Manöver hatte begrenzten Erfolg gezeigt, zudem war es brutal unbequem gewesen, selbst für kurze Zeit auf den Zeigerinstrumenten zu liegen zu kommen.

Am Ende hatte er eine Trimmlage gefunden, welche die Sinkgeschwindigkeit anfänglich auf einen Meter pro Minute verringert hatte. Trotzdem hatte er in den folgenden 30 Stunden die Tiefenmarke von achteinhalb Kilometern erreicht, bevor ihm das Fächersonar das Nugget, wie den Gipfel eines Zuckerhutes aus der völligen Leere der Tiefsee aufsteigend, angezeigt hatte.

Flynn war klar gewesen, er hätte nur diesen einen Versuch. Mit unglaublicher Schnelligkeit hatte er seinen Kurs errechnet, die Steuerinformationen auf das Display getippt, sie auf die Soft-Shell übertragen und die Linien und Ausrichtung der Flimmerflossen mit manueller Steuerung über den Trackball nachjustiert.

Unendlich schwerfällig hatte sich der *Black Marlin* anschließend aus seiner Abwärtsspirale gelöst und eine Stelle auf der Oberseite des Nuggets angesteuert, die ihrem Sonarecho Flynn vermuten lies, dass sie nicht von Sedimenten bedeckt war.

Einen Irrtum seinerseits hatte er nicht eingeplant. Wäre der *Black Marlin* in eine meterdicke Schicht aus Sedimenten eingetaucht, hätte das das sofortige Versagen der verbleibenden Membranen und damit auch der Energie- und Sauerstoffversorgung zur Folge gehabt.

Erst nachdem das U-Boot sanft auf der nackten Oberfläche aufgesetzt hatte, war Flynn bewusst geworden, dass er diese komplizierte Vektorberechnung zur Kursänderung im Kopf ausgeführt hatte.

»Wahrscheinlich eröffnet meine asketische Lebensweise ungenutzte Gehirnpotentiale«, hatte er missmutig vor sich hin gebrummt, sich unglücklich daran erinnert, dass er vor – sein Zeitgefühl schien völlig abhanden gekommen zu sein und er musste auf die Systemuhr am oberen Rand des Displays sehen – mehr als 72 Stunden seinen letzten Müsliriegel gegessen hatte.

Jetzt, nach sechs Stunden ereignislosem Schlaf, lag er ausgestreckt auf der Pilotenliege, tat lange und tiefe Atemzüge und bemerkte das neue, raue Gefühl in der Lunge, das jeden davon begleitete. Aber es beunruhigte ihn nicht mehr so sehr wie die Hustenanfälle, die er zuvor gehabt hatte.

Flynn starrte sein Spiegelbild auf dem Schirm an. Waren seine Haare schon immer so hell gewesen? Der in den letzten Tagen gewachsene Bart zeichnete sich wie ein weißer Streifen in den Winkingerzöpfen an seinen Mundwinkeln ab. Seine Wangen glühten – und jetzt, wo er das sah, bemerkte er auch ein ganzheitliches, unterschwelliges Brennen in seinen Adern.

»Da hat dich die Midlife-Crisis aber so richtig erwischt, mein Alter!«, brummte er zu sich selbst, drehte sich und nahm die Bierdose aus der Halterung. Er leerte den Inhalt, ohne abzusetzen, und verzog anschließend das Gesicht. Bier war da schon lange nicht mehr drin. Immerhin lieferten die Membranen ausreichend Trinkwasser und er hatte mehr als genug leere Bierdosen, um es aufzufangen.

Das Aufstiegstempo des Nuggets war in den letzten Stunden geringer geworden.

Flynn hatte immer noch nicht genau verstanden, wovon es abhing, ob die Felsen stiegen oder sanken. Bis vor der Explosion hatte er die Wassertemperatur im Verdacht. Die ersten Nuggets waren langsamer geworden, als sie die wärmeren Wasserschichten erreicht hatten, waren dann den Linien des Erdmagnetfeldes gefolgt.

Seit der Unterwasserexplosion betrachtete er diese Hypothese als widerlegt. Die Nuggets *sanken* – zumindest einige – und das, obwohl die Wassertemperatur um zwei bis drei Grad angestiegen war.

Er überschlug im Kopf die erforderliche Energie, um tausende von Kubikkilometer Wasser um diesen Betrag zu erwärmen.

»Eine Nuklearexplosion ist 'n Furz dagegen«, sagte er kopfschüttelnd, wiederholte die Berechnung auf dem Display und war erstaunt, als das Ergebnis seinem im Kopf ermittelten bis auf die letzte Ziffer glich.

Es konnte also nichts mit dem Schiff zu tun gehabt haben.

Da blieben nicht mehr viele Möglichkeiten.

Die Energie konnte nur aus den Nuggets selbst stammen.

Flynn aktivierte die Außenkameras und Scheinwerfer und sah mit neuem Argwohn auf die zerklüftete Oberfläche des Felsens, der den *Black Marlin* langsam nach oben trug.

Gab es in diesen Dingern vielleicht Energiereservoire?

Er schüttelte entschieden den Kopf.

Quatsch!

Die Felsen steigen auf – Explosion – die Felsen versinken.

Dann hatte er mit einem Mal die Antwort in klar gemeißelten Buchstaben vor seinem inneren Auge stehen.

Das Volumen der Nuggets veränderte sich nicht. Die Auswirkungen der Detonation – Druckwellen oder Strahlung – mussten die Eigenschaften von Teilen des Materials verändert haben. Ein Teil der Energie, die vorher den Felsen hatte aufsteigen lassen, war in Wärme umgewandelt worden. Die verbleibende Energie reichte nicht mehr aus, den Felsen zu tragen – oder so ähnlich.

Trotzdem waren die Nuggets immer noch zu leicht für ihr Volumen. Die betroffenen Felsen müssten viel, viel schneller sinken.

Und: was hatte die Reaktion ausgelöst und was war explodiert?

Er verspürte eine sonderbare Zuversicht, dass er es herausfinden würde, wenn er nur nachdrücklich genug forschte.

Flynn blickte auf das Bildschirmfenster mit den Umgebungsdaten.

Er befand sich jetzt wieder im Abyssopelagial[24], in 5850 Meter Tiefe, so weit entfernt von der nordwestlichen Grabenwand, dass sie auf dem Sonar nicht mehr zu erkennen war. Die Südöstliche hatte er noch gar nicht registriert. Über ihm befanden sich viele Echos – langsam absinkende Sedimentwolken, Nuggets auf dem Weg nach oben oder unten, *Schiffstrümmer?*

---

[24] Abyssopelagial: Tiefenbereich von 4000 bis 6000 Meter

Er hoffte es wirklich nicht.

Das Bild des in der Tiefe hängenden Kranauslegers der *Aurora Oceani* drängte sich in den Vordergrund seiner Erinnerungen.

Nein – dann hätte er mehr versinkende Trümmer entdecken müssen – aber ausgeschlossen war es nicht. Jedenfalls war er noch nicht bereit, das zu akzeptieren.

Entschlossen wischte er über den Schirm, scrollte durch die 360-Grad-Ansicht der verbliebenen Kameras, sah hier und da kleine Fische in grotesken Formen, die sich beeilten, aus dem Lichtsee der LED-Scheinwerfer herauszukommen, bevor größere Jäger auf sie aufmerksam wurden.

Eine Zeit lang starrte er nachdenklich eine Art blauen Wurm an, der sich in aller Ruhe über die scharfkantigen Zylinderoberflächen des Nuggets bewegte, verfolgte das wellenartige Bewegungsmuster in den punktförmigen, orangen Leuchtorganen an seinen Flanken, wenn der Wurm mit seinen gallertartigen Stummelfüßchen über eine Klippe lief.

So bemerkte Flynn erst, dass etwas nicht stimmte, als ihn der Alarm des Sonarsystems aus der Betrachtung des kleinen Kerls riss, der soeben dabei war, in eine Aushöhlung zu kriechen.

Eine Gruppe von Blips war auf dem Sonarschirm markiert, schnell von oben näherkommend, jedes ungefähr fünfzehn bis zwanzig Meter in der Länge abmessend, noch eine halbe Minute entfernt.

Flynn überlegte fieberhaft.

Fliehen oder hoffen, dass sie ihn nicht trafen?

Würde er fliehen, würde er sofort versinken und später wahrscheinlich sterben. Würde er bleiben, könnte er sofort sterben oder überleben – sofern sie ihn verfehlten.

Seine Hand zuckte zum Trackball, verharrte dann jedoch tatenlos - es war zu spät.

Die Antriebskraft des verletzten *Black Marlins* würde nicht ausreichen, einen Sicherheitsabstand zu erreichen. Das erste Sonarecho verschmolz auf dem Display bereits mit der Position des U-Bootes.

Flynn starrte auf das übertragene Bild der vorderen Außenkameras und fühlte, wie seine Körperhaare sich aufrichteten.

Wie in Zeitlupe schlug ein erwachsener Buckelwal nur wenige Meter vor dem Bug des *Black Marlins* mit weit geöffnetem Maul auf der Nuggetoberfläche auf, rollte auf eine Seite und kippte von der Kante des Felsens, entschwand in der finsteren Tiefe, nicht ohne Flynn einen letzten Gruß mit der Brustflosse zuzuwinken.

Ein harter Stoß, gefolgt von einer abrupten Seitwärtsbewegung, verriet, dass der nächste Wal ihn nicht verfehlt hatte. Der *Black Marlin* machte einen Satz nach links, Flynn startete die Flimmerflossen auf Maximum und setzte die Fluke wie ein Tiefenruder nur zur Stabilisierung ein.

Das U-Boot setzte kurz auf der Kante des Nuggets auf und entkam dann in freies Wasser, nur Sekunden, bevor ein weiterer Kadaver den *Black Marlin* direkt auf dem Rücken traf und Flynn gegen die Decke schleuderte.

Während der nächsten Minuten kämpfte er mit den reduzierten Möglichkeiten, die das U-Boot ihm zur Steuerung überlassen hatte, und gelangte langsam aus der Gefahrenzone der bis in den Tod vereinten Walfamilie, die wie große Omnibusse hinter ihm vom Himmel regneten.

In zweihundert Metern Abstand lenkte er den *Black Marlin* erneut in eine weite Abwärtsspirale, die ihn in der nächsten Stunde wieder dichter an die nordöstliche Grabenwand tragen würde.

Frustriert rollte er sich auf den Rücken, betrachtete den feinen Film Kondenswassers an der runden Decke des Druckkörpers, den er wegwischen konnte, wenn er nur seinen Arm ausstreckte.

Flynn schreckte aus dem Sekundenschlaf hoch, ein altbekanntes Geräusch hatte ihn geweckt. Das tiefe, langgezogene Schnalzen wiederholte sich. Umständlich dreht er sich auf der Konturenliege um, wischte das verschwitzte, klebrige Haar aus dem Gesicht, aktivierte die Kameras und sah ein faszinierendes Bild.

Kurt schwebte vor ihm, ein wenig zur Seite versetzt, begleitet von drei weiteren Exemplaren, wesentlich kleiner und unscheinbarer als die Magnapinna.

Der drei Meter hohe Mantel des Riesenkalmars schimmerte in prachtvollem Silber, als sei es eine metallene Rüstung. Die beiden großen Mantelflossen glitzerten lachsfarben und schlugen kraftvoll in mäßigem Tempo, hielten mühelos mit dem *Black Marlin* mit.

Der Kopf von Kurt war ebenfalls durch die Biolumineszenzzellen silbern illuminiert, die radgroßen Augen leuchteten tiefrot, die x-förmige Iris wirkte darin wie ein schwarzer Stempel.

Die zehn Tentakel waren leicht ausgebreitet und erzeugten die Illusion von leuchtenden, grünen Speichen eines Riesenrades, von dem eine abgebrochen war.

Die drei kleineren Begleiter schimmerten in einem hellen Bronzeton, nur ihre Augen sahen genau so aus wie die Kurts.

Das Schnalzen dröhnte unablässig in der Druckzelle. Flynn drehte die Lautstärke herab, meinte dennoch die Infraschall-Vibrationen durch die Hülle des *Black Marlins* wahrzunehmen.

Der Tiefenmesser erreichte 8500 Meter und langsam begann sich auf dem Sonar so etwas wie eine Grundlinie zu bilden.

Er hob den federgesicherten Deckel des Notfallsenders, legte den Aktivierungshebel um und eine Folge von sechs klaren Pings donnerte durch den Rumpf.

Die Magnapinna zuckte zusammen, nahezu das gesamte von ihr ausgestrahlte Licht erlosch, wie auch das ihrer Begleiter. Flynn erkannte noch die verblassenden Farbschemen dreier Tentakel, die auf den *Black Marlin* zuschossen und bereitete sich auf einen Stoß vor – der jedoch nicht kam.

Er schaltete die Scheinwerfer an und sah, dass Kurt die Soft-Shell betastete, merkwürdigerweise genau an den Stellen, die beschädigt waren.

»Solltest du das etwa als Verletzung erkennen, mein Freund?«, raunte er überrascht.

Dann beantwortete er sich die Frage selbst.

Wahrscheinlich glichen die Schäden langen Kratzern oder Schnitten, die der *Black Marlin* von den herabstürzenden Felsen und den Nuggets erhalten hatte. Das könnte ähnlich aussehen wie Abdrücke auf Walen, die eine Auseinandersetzung mit Kollegen von Kurt hinter sich hatten.

In jedem Fall würde es bedeuten, dass die Magnapinna intelligent genug war, diese Veränderung am U-Boot zu erkennen.

Sprachlos verfolgte Flynn die weichen Bewegungen der fünfzehn Meter langen Tentakel, die sich tastend über die gesamte Oberfläche des *Black Marlins* bewegten, während Kurt dichter heranschwamm, als wolle er das alles mit eigenen Augen sehen, regelmäßig zusammenzuckend, wenn die Notfallpings ertönten.

»Na gut, ich denke, das reicht, um die da oben aufzuwecken«, brummte Flynn und deaktivierte das System. »Scheint dir nicht zu gefallen, Kumpel.«

Mit einer blitzschnellen Bewegung ergriffen zwei Fangarme Kurts einen der kleineren Begleiter, wickelten den überraschten Kalmar vollständig ein.

Dann schwamm er eine elegante Kurve und kam mit ein paar Schlägen der Mantelflossen dicht an den Bug des U-Bootes heran, präsentierte Flynn den bewegungsunfähigen Tintenfisch und schaltete seine Biolumíniszenzzellen wieder auf voller Kraft ein.

Flynn sah verdutzt auf den Schirm.

»Danke! Das soll ich essen?«

Noch während er überlegte, was er jetzt tun sollte, begann Kurt mit einem Arm intensiv die Spitze des U-Bootes zu untersuchen, hinterließ runde, gezackte Abdrücke seiner Saugnäpfe auf der Oberfläche.

Flynn schüttelte ungläubig den Kopf, öffnete das Konfigurationsmenu der Soft-Shell und aktivierte den Arbeitsmodus. Die SMC-Soft-Shell zog sich zu Strängen zusammen, entblößte den Bug bis auf das statische Skelett des U-Bootes, um Raum für den Einsatz der Manipulatoren zu schaffen.

Darauf schien Kurt gewartet zu haben. Zwei Fangarme ergriffen den *Black Marlin* an der Kavitationsnase, der gefangene Kalmar verschwand unter den Kopf der Magnapinna, Blutwolken wirbelten im Scheinwerferlicht durch das Wasser und kurz darauf klemmte Kurt den enthaupteten Tintenfisch zwischen zwei Stränge der Soft-Shell, als füttere er den *Black Marlin*. Dann ließ er den Kalmar dort hängen und entfernte sich.

»Alter Kumpel, du bist wirklich besorgt um mich, was?«, sagte Flynn vollkommen verblüfft. »Das nenn ich mal eine gelungene Neuinterpretation des Begriffs *Hackordnung*!«

Er lachte laut auf bei diesem Vergleich.

»Aber du hast noch nicht kapiert, dass das hier eine Maschine ist - oder? Das wiederum beruhigt mich ein bisschen, kann ich dir sagen.«

Ein unsicheres Gefühl blieb dennoch zurück. Das Verhalten des Riesenkalmars zeigte ihm, das Kurt irgendwie *verstand*, dass der *Black Marlin* jetzt verletzt und zusätzlich hilfebedürftig war. Außerdem hatte er klar gezeigt, dass seine Freunde in keiner Weise gleichberechtigt mit ihm waren.

Wann würde er versuchen, ihn zu verspeisen?

Doch das war im Moment ein untergeordnetes Problem.

Was Flynn bei der aktuellen Konfiguration nicht bedacht hatte, war die verschlechterte Aquadynamik des U-Bootes durch die geöffnete Bugsektion, die den *Black Marlin* wie einen Wal, der mit geöffnetem Schlund schwimmt, stark abbremste und die Sinkgeschwindigkeit weiter erhöhte.

Mit einem der Manipulatoren ergriff er den Kadaver des Tintenfisches, schob ihn zur Seite und ließ ihn los. Dann schloss er die Bugsektion, wobei er ein paar der Fangarme einklemmte und somit an der Seite des *Black Marlins* den Kalmar ein Stück weit mitschleppte, bevor er abriss.

Kurt schien ihm das nicht übelzunehmen, er fischte sich den Kadaver aus dem Wasser, die beiden kleineren Begleiter ergriffen auch Teile davon und verspeisten ihn in wenigen Sekunden.

Mit einem dumpfen Schlag erlosch das Bild.

Das Fenster einer Warnmeldung blitzte auf dem Schirm, holte Flynn in die Feindseligkeit seiner Umgebung zurück.

Ein leiser Gong kündigte das Passieren der 9000-Meter-Grenze an, begleitet von entsprechendem Text in einem Fenster, das sofort wieder von der Warnmeldung überdeckt wurde.

Vor ein paar Sekunden waren eine Kamera und die sie umgebenden LED-Scheinwerfer implodiert. Jetzt war er auf der Backbordseite völlig blind.

Flynn überschlug die verbleibende Zeit bis zum Grund, der sich auf dem Sonar jetzt als solide Linie bei 11200 Metern abzuzeichnen begann.

Nur schwer konnte er sich dem übermächtig werdenden Gefühl der Einsamkeit entziehen. Er hätte noch ungefähr eintausend Sekunden – wenn alles gut lief und die Hard-Shell dem Druck widerstand.

Er studierte die Sonarkarte, erkannte die bis zum Grund nahezu senkrecht verlaufende westliche Grabenwand der Philippinischen Kontinentalplatte. Weit im Osten, an der Grenze der Sonarauflösung in zweieinhalb Kilometern Entfernung, war der sanfte Anstieg der Pazifischen Kontinentalplatte zu sehen, die sich hier seit Jahrmillionen unter die Philippinische schob.

Merkwürdig war nur eine Konstellation unter Flynn.

Quer zur Rinne des Marianengrabens, die von Nord nach Süd verlief, ragte nahezu rechtwinklig eine Linie von West nach Ost über die Sonarkarte.

Er korrigierte den Kurs des *Black Marlins* geringfügig.

Die Linie rückte langsam ins Zentrum der seichten Abwärtsspirale. Flynn justierte die Sonarauflösung und bekam zusätzlich eine Flut von neuen Blips am westlichen Ende der Linie, die wie in einer Doppelhelix an der senkrechten Grabenwand emporwanderten.

Das konnten nur aufsteigende Nuggets sein! Da musste er hin!

Erneut korrigierte Flynn fieberhaft den Kurs, überprüfte die Leistung der Flimmerflossen, entschloss sich, die Fluke mit dem möglichen Wirkungsgrad hinzuzunehmen.

Alles oder nichts, dachte er grimmig, zählte in Gedanken die Flukenschläge und versuchte, sich nicht vorzustellen, wie bei jeder Bewegung weitere SMC-Fasern rissen.

Langsam begann die Linie in der Auflösung des Fächersonars eine Struktur anzunehmen.

Eine gigantische Strebe wuchs aus der westlichen Grabenwand ungefähr eineinhalb Kilometer oberhalb des Grabenbodens heraus, ragte drei Kilometer über den Abgrund und mündete in zweihundert Metern Höhe in die pazifische Platte.

Sprachlos maß Flynn die Breite und Dicke der Struktur auf dem Schirm ab.

Was sollte das bloß sein? Der Tunnel einer Untergrundbahn zwischen China und Kanada? In dieser Dimension?

»Neunhundert Meter breit, über sechsehundert Meter dick.« Er raufte sich die Haare.

Das war wenigstens solide!

Hektisch überprüfte er Geschwindigkeit und Kurs. Es könnte reichen, um einen der Nuggets innerhalb der nächsten zwei Minuten zu erwischen. Wenn er dort wäre, dürfte er nicht wählerisch sein, der Erste auf seinem Kurs, der groß genug war, den *Black Marlin* zu tragen, würde es werden.

Er befand sich bereits über der Struktur, die einen halben Kilometer unter ihm verlief.

Dann stellte die Fluke ohne Vorwarnung ihren Betrieb ein, die Fahrt des *Black Marlin* reduzierte sich auf zwei Knoten und Flynn schlug erneut mit der Faust voller Wut gegen die Innenverkleidung.

»Nein!«, schrie er.

Noch eine Minute hätte alles halten müssen. Jetzt würde er die Felsen nicht mehr erreichen.

Das U-Boot sackte langsam immer weiter ab. Flynn legte resigniert die Stirn auf den Handrücken, verfolgte die feiner werden Strukturen der aufsteigenden Nuggets, der Brücke und der Grabenwand auf dem Sonar. Die Farben auf der Karte identifizierten eine mindestens einhundert Meter dicke Schicht von Sedimenten auf der Oberseite der Strebe. Nur am westlichen Ende, dem Bereich, auf den er sich zubewegte, war diese Schicht nahezu verschwunden.

Plötzlich ging ein Ruck durch den *Black Marlin*, die Geschwindigkeit erhöhte sich innerhalb weniger Sekunden auf über sieben Knoten.

Flynn holte das Kamerafenster nach vorn, wischte hektisch durch die unterschiedlichen Blickwinkel.

Vor dem *Black Marlin* fand er Kurt, die Mantelflossen mit voller Kraft arbeitend, hatte er sich mit allen Tentakeln am Bug festgesaugt und zog ihn voran in Richtung der Nuggets.

Flynn wollte frohlocken, doch die Worte des Jubels blieben ihm im Halse stecken.

Die Magnapinna hatte keinesfalls die Absicht, ihn auf einem der Nuggets abzusetzen. Vielmehr änderte sie den Kurs und tauchte fast senkrecht auf die Brücke hinab.

»Was machst du, Kumpel? Wo bringst du mich hin?«

Langsam erkannte Flynn auf dem Sonar ein mögliches Ziel dieser Reise. Die Struktur schien am westlichen Ende zerbrochen zu sein. Dort, wo die ebenmäßige Sedimentschicht fast verschwunden war, zeigte sich eine zerklüftete Oberfläche mit großen Löchern.

Die Magnapinna umrundete elegant mehrere riesige Nuggets, die aus dem Nichts vor ihr aufzutauchen schienen, wobei sie auch ihren Wasserdüsenantrieb verwendete, und sich zielgerichtet einem großen Krater mit unregelmäßigen Rändern näherte.

Dann sah er es.

Viele Fragen beantworteten sich für Flynn mit einem Mal. Seine Lethargie war wie weggewischt. Das hier war es wert, entdeckt zu werden, auch wenn es ihn die letzten Stunden seines Lebens kosten könnte. Er war zu tief, um jemals von hier an die Oberfläche zurückkehren zu können. Ein weiterer leiser Gong der Tiefenanzeige informierte ihn über das Erreichen der Zehn-Kilometer-Grenze.

1000bar, er grinste teuflisch, immerhin ein letzter Rekord für die Ewigkeit.

Rotgar – Auf dem Boden des Atriums

Am selben Tag

Jemand rüttelte ihn an der Schulter.

»Rot, kommen Sie zu sich!«

Er öffnete die Augen, sah vier Gesichter über sich, von denen eines schadenfroh grinste.

»Hau ab, Torge. Das reicht jetzt!«

Sophie gab Rot drei Finger ihrer linken Hand mit einem subtilen Lächeln und zog ihn hoch, wobei ihr das Clipboard aus den anderen Fingern rutschte.

Er bückte sich, um die Kladde und seine Sonnenbrille aufzuheben, und schüttelte den Rest Benommenheit ab. Sein Wangenknochen brannte schmerzhaft, wo ihn der Schwinger des Norwegers getroffen hatte.

»Falls noch jemand eine Bestätigung dafür gebraucht hat, dass dieser Mann unkontrolliert und gefährlich ist«, sagte er laut und sah Torge nach, »war das wohl der Beweis!«

»Es reicht, *Rot!*« Sophie zog ihn herum, so dass er vor der amerikanischen Studentin und ihr stand.

»Glauben Sie wirklich, dass Sie da unten – vorausgesetzt, Wade erklärt Ihnen das Boot – nach Flynn suchen und ihm helfen können – besser als andere?« In ihrem Gesicht hielten sich Hoffnung und Skepsis die Waage.

Rot sah – mit einem Mal nachdenklich – an Sophie vorbei in die Richtung des walähnlichen U-Boots und zögerte.

»Es ist am Ende doch nur ein großer Computer, wenn man es nüchtern sieht.« Wade lächelte. »Wir haben ihm nur beigebracht, schnell zu schwimmen.«

»Und mit Computern kennen Sie sich doch aus!«, ergänzte Ivy zuversichtlich.

Rot fühlte, wie sie seinen Fluchtweg abschnitten.

Aber es hätte auch etwas Gutes.

Er wäre für immer der Held von Doc Soap – und zusätzlich bekäme er die Möglichkeit, der Quelle des Kohortits so nahe zu kommen wie niemand sonst.

»O. – k.«, antwortete er langgezogen, »unter ein paar Bedingungen.«

Sophie verdrehte die Augen.

»Was denn?«

Er überlegte, sah in die Runde und sein Blick verharrte auf dem AUV auf der gegenüberliegenden Seite des Moon-Pools.

»Wie tief kann der tauchen?«

»Rot! Das Ding ist unbemannt, da fährt niemand mit«, erklärte Sophie genervt.

Er schüttelte den Kopf. »Das weiß ich. Kann es so tief tauchen wie das U-Boot?«

»Ich bin mir nicht sicher«, sagte Wade. »Seine Einsatzspecs gehen bis sechs-fünf. Da ist sicher noch Spielraum – warum?«

»Wenn ich da runtergehe, kann es nicht schaden, eine Begleitung zu haben.« Rot deutete auf die Fernbedienung des *Blue Marlins*, die Wade auf dem Schoß hatte.

»Richten Sie mir eine Schnittstelle zu dem Ding ein. So wie es von hier oben aus auch ferngesteuert wird. Dann habe ich da unten einen Späher und kann wesentlich effektiver suchen.«

Der Doktorand nickte zustimmend.

»Das finde ich gut – Ivy, kannst du die Jungs nach den Details befragen, nachdem Sophie uns als Missionschefin das AUV zugeordnet hat?« Er sah sie aus dem Rollstuhl an und lächelte.

Rot suchte weiter das Vorbereitungsdeck ab, bemerkte, wie Sophie ihn dabei unentschlossen beobachtete. Schließlich fragte sie: »Sonst noch was?«

»Ja – wenn ich ihn gefunden habe – wie soll ich kommunizieren? Morsen?«

Ihr ratloser Blick suchte Wade.

»Zur Aurora über das eingebaute Infraschallsystem. Zwischen den U-Booten…«, er überlegte einen Augenblick.

»Morsen funktioniert nicht – Flynn hat keine Ahnung vom Alphabet.« Er schüttelte den Kopf. »Sinnvoller wäre ein Schall-Adapter, der von außen wie ein Saugnapf auf die Soft-Shell des *Black Marlins* geklebt wird. Damit könnten Sie dann normal sprechen.«

»Kriegen wir das hin?« Ivy klang skeptisch.

Wade blickte suchend zu den Ausrüstungskisten hinüber.

»Ich muss probieren, einen zusammenzuschrauben, schick mir mal bitte Dave rüber.«

Er drehte seinen Rollstuhl in Richtung des *Blue Marlins.*

»Na dann los, Rot, schalten Sie mal auf Input. Wir haben nicht viel Zeit zu verlieren!«

Der Deutsche hob eine Hand und fixierte Sophies Blick. »Eine Sache habe ich noch.«

Sie drehte sich zu ihm und ließ das Clipboard geräuschvoll in ihre Hand klatschen. »So?«

»Ich will meine eigene Musik hören!«

US-Earths – Changping, Vorort von Bejing

Am selben Tag

Der dunkle Lexus wartete wie vereinbart an der Tankstelle gegenüber dem Bahnhof von *Changping.*

Sie waren die gesamte Nacht über gefahren. Zitters Fahrer hatte irgendwo für zwei Stunden Halt gemacht. Sie hatten sich in der völligen Schwärze der Nacht neben dem heißen Motor der Geländemaschine auf dem Boden niedergelegt und vom Inder waren innerhalb von Sekunden nur noch Schlafgeräusche zu hören gewesen.

Zitter hatte völlig erschöpft, aber unfähig, auch nur ein Auge zuzubekommen, auf der anderen Seite gelegen und literweise abwechselnd Milch und Wasser aus Plastikflaschen getrunken, die sie unterwegs erstanden hatten. Sein gesamter

Magen, der Hals, die Luft- und Speiseröhre brannten als Folge der Verätzung mit dem giftigen Schlamm und bereiteten ihm bei jedem Schluck große Schmerzen.

Dann hatte die Uhr des Inders gepiept, er war hellwach aufgesprungen und sie waren weiter auf der Hauptstraße G6 Richtung *Bejing* gefahren. Den vereinzelten Mautstellen auf ihrem Weg waren sie großräumig ausgewichen und eine Stunde nach Sonnenaufgang hatten sie nach über siebenhundert Kilometern Wegstrecke seit *Baotou* endlich den Vorort am nordöstlichen Rand von *Bejing* erreicht.

Sein Retter hielt direkt neben dem US-Botschaftsfahrzeug und stellte den Motor ab, rutschte vom Sitz und stützte Zitter dabei mit einer Hand ab, der sonst vor Erschöpfung vom Motorrad gefallen wäre.

Aus der Beifahrertür des Lexus sprang ein Mann im dunklen Anzug, riss die Fondtür auf und half dem Inder, Zitter vom Motorrad auf die Rückbank des Fahrzeugs zu bugsieren.

»Sie sind...?«, fragte er den Inder.

»Ein Freund«, krächzte Zitter stellvertretend, gefolgt von einem starken Hustenanfall. Er winkte seinen Retter heran, der sich mit einer Hand an der Türsäule abstützte und seinen Kopf dicht an Zitters Mund heranbrachte.

»Such nach Wang Lao, China Energized.«

Das unrasierte Gesicht des Inders lächelte ihn an. Dann nickte der, stieg auf die schwere BMW, startete und verschwand im morgendlichen Berufsverkehr.

Der Agent sah Zitter an.

»Wo sind Vaughn und Combie?«

Er deutete ein Kopfschütteln an.

Sie fuhren durch den dichten Verkehr zur Botschaft, immer am Ufer des *Liangma*-Flusses entlang, passierten die Verbotene Stadt, während der Beifahrer leise per Telefon Bericht erstattete und den medizinischen Dienst informierte.

Fünf Stunden später war Zitter eingehend untersucht und behandelt worden, gebadet und mit Medikamenten versorgt, hatte drei Stunden geschlafen und wartete jetzt darauf, dass in

Washington, wo es drei Uhr in der Früh war, jemand ans Telefon ging.

»Er ist dran, Sir«, meldete der Marine, reichte Zitter den Hörer und verließ den Raum.

»Guten Morgen, Sir,« der Agent räusperte sich, »und entschuldigen Sie den frühen Anruf.«

»Nichts zu entschuldigen, Mr. Zitter, berichten Sie bitte«, kam die Stimme des Direktors klar und wach bei ihm an.

»Wir waren bei Wang, im Minengebiet. Wir haben ihn getroffen, uns eine halbe Stunde unterhalten, dabei deutlich unsere Nachricht übermittelt und uns verabschiedet. Auf dem Rückweg wurde ein Anschlag auf uns verübt, dem die Agenten Turrel und Combie zum Opfer gefallen sind.«

Ein Hustenreiz schüttelte ihn und Zitter nahm einen Sprühstoß aus einem kleinen Flakon.

»Mir wurde von dritter Seite geholfen, sonst wäre ich auch nicht zurückgekehrt.«

»Konnten Sie feststellen, wer Sie angegriffen hat?«

»Wir sind mit drei Fahrzeugen im Konvoi gefahren, wir saßen im Mittleren. Kurz vor dem Überfall hat uns das vordere Fahrzeug zum Anhalten gezwungen, das hintere Fahrzeug war schon auf Abstand gegangen.« Er schöpfte langsam und tief Atem.

»Der Assiszent Wangs, Cai Ing-Wen, war beteiligt, er kam ums Leben. Es geschah mit Sicherheit auf Anordnung Wangs, Sir.«

Direktor Shoemaker schwieg einen Moment.

»Wer hat Ihnen geholfen?«

Zitter nahm einen weiteren Sprühstoß, um einen aufkommenden Hustenreiz zu unterdrücken, was ihm nicht gelang.

»Entschuldigung, Sir. Es war ein Inder, mit dem Motorrad unterwegs. Er hat mir nicht gesagt, für wen er arbeitet oder warum er in der Gegend war - aber es handelt sich definitiv um einen Profi. Er hat für mich unsere Botschaft informiert und mich abgeliefert.«

»Schade, dass der Schutzengel so spät kam«, erwiderte der Direktor nachdenklich.

»Ich teile für den Moment Ihre Einschätzung, Mr. Zitter, was Wang angeht«, fuhr Shoemaker ruhig fort. »Obwohl es nicht ausgeschlossen werden kann, dass es einen anderen Auftraggeber gibt und Cai auf dessen Rechnung gearbeitet hat um genau diesen Eindruck zu erwecken. Ihr Helfer könnte dieser Gruppierung angehört haben und war in der Nähe, um sich zu überzeugen, dass alles klappt.«

Zitter grübelte über diese Möglichkeit nach.

»Dadurch, dass er Sie gerettet hat, wird der Verdacht auf Wang noch verstärkt«, fuhr der Direktor fort.

»Er hat Cai getötet«, erwiderte Zitter, »er wollte mich im Schlamm ertränken - und hätte es auch geschafft.«

»Dann lassen Sie uns hoffen, dass es am Ende bei dieser Version bleibt.«

Der Direktor schwieg und der Agent wartete darauf, das er erneut das Wort ergreifen würde.

»Sie wurden verletzt, Mr. Zitter. Fühlen Sie sich dennoch in der Lage, den Einsatz fortzusetzen?«, kam schließlich die alles entscheidende Frage.

Für die Antwort musste er nicht lange überlegen.

»Ja, Sir!«

»Gut. Dann schreiben Sie Ihren Bericht und schicken ihn so, dass ich ihn in vier Stunden, wenn ich im Büro bin, vor mir habe. Ich werde Sie dann offiziell einweisen.«

Er beendete das Gespräch.

Nun - da hatte Zitter jetzt etwas zu tun.

Er erhob sich schwerfällig aus dem Krankenbett und setzte sich an einen Tisch, der mittig vor dem Fenster stand. Sein Blick fiel auf den blumenübersäten Garten der Botschaft und das angrenzende Wohngebäude der hier stationierten Marines.

Eine Krankenschwester kam herein, sah ihn überrascht am Tisch sitzen und stellte eine Karaffe mit einem Glas vor ihm ab. Dann schenkte sie ihm von der milchartigen Flüssigkeit ein und sah ihn eindringlich an.

»Wenn Sie schon nicht schlafen, Mister, trinken Sie das hier langsam aus. Schmeckt nur etwas besser als das Zeug, das wir vorhin aus Ihrem Magen geholt haben, ist aber deutlich gesünder.«

Zitter lächelte schwach.

Als er wieder allein war, öffnete er das Notebook, das auf dem Tisch stand, drehte es so, dass die Mittagssonne sich nicht auf dem Display spiegelte, und begann zu tippen.

Nach einer Dreiviertelstunde kam er an die Stelle, wo sie überfallen worden waren. Er biss die Zähne zusammen, während er den Ablauf in militärisch kurzen und gefühllosen Sätzen dokumentierte. Er verwendete einen extra Absatz darauf, zu schildern, welche Aktivitäten unternommen werden müssten, um die beiden ertrunkenen Agenten zu bergen.

Als es zu seiner Rettung kam, geriet Zitter ins Stocken. Er lehnte sich zurück und realisierte, dass er rein gar nichts über seinen Helfer wusste. Keinen Namen, ja nicht einmal, ob es wirklich ein Inder gewesen war.

Es klopfte.

Ein Marine trat ein, reichte ihm mit den Worten *das kam vor zehn Minuten* eine Nachricht und verließ den Raum.

Zitter öffnete das Kuvert und las die zwei Textzeilen darin.

Freue mich, zu hören, dass es Ihnen besser geht, Mr. Zitter.

Bitte rufen Sie mich an, wenn es Neuigkeiten gibt.

Kirpal

Darunter stand eine Mobiltelefonnummer.

Erleichtert stieß Zitter langsam die Luft aus. Sein Hals war schon merklich besser geworden. Jetzt würde er in seinem Bericht nicht mehr ganz so blöd aussehen.

Akshay - Aurora Oceani

Am selben Tag

Er fand Reydar am Bug des Schiffes, an einem brusthohen, strahlend weißen Wellenbrecher lehnend, im Gespräch mit einem besorgt dreinschauenden Kapitän.

Es war am frühen Abend. In einer knappen Stunde würde die Sonne zum ersten Mal seit langer Zeit wieder in einem wolkenlosen Himmel über einem makellosen blauen Pazifik untergehen.

Akshay verlangsamte sein Tempo, betrachtete den schäbigen 40-Fuß-Container, der am Rand des Landedecks stand, und wartete darauf, dass Reydar auf ihn aufmerksam wurde.

Unwillkürlich dachte er an seine Telefonate mit Freida und Durai, mit denen er die meiste Zeit des Nachmittags verbracht hatte, und welche Form Zufälle mitunter annehmen konnten.

Nach fünf Minuten beendete der Norweger endlich das Gespräch, nachdem Akshay ihn deutlich seine Ungeduld hatte spüren lassen, indem er eifrig am Container auf und ab geschlendert war.

Kapitän Meissner grüßte ihn flüchtig, als er an ihm vorbeiging, und verschwand durch ein Schott im Innern des Vorschiffs.

Reydar lächelte breit, als Akshay auf ihn zukam.

»Der Kapitän ist besorgt um seine Reputation«, sagte der Norweger erklärend und verzog schmerzlich das Gesicht.

»Es passiert zugegebenermaßen nicht oft, dass einem auf der Jungfernfahrt eine einhundertfünfzig Millionen Euro teure Tiefseeforschungsstation mitsamt dem vollständigen Versorgungsmaterial und Schwerlastkran verloren geht. Von den vermissten Wissenschaftlern wollen wir gar nicht reden. Er bekommt ein riesiges Verfahren an den Hals, wenn er nach Deutschland zurückkehrt - er wollte es schon mal einem aus dem Aufsichtsrat erklären. Und nach meinem Verständnis konnte er die Katastrophe wirklich nicht vermeiden.«

Akshay lachte verschmitzt.

»Da hat er sich ja an den Richtigen gewandt. Was hat noch mal der *White Eagle* gekostet?«

Reydar zog die Stirn in Falten. »Erinnere mich nicht daran - nicht mal ein Zehntel - außerdem war es privates Geld.«

»Freida hat sich gemeldet«, wechselte Akshay das Thema. »Ich hatte dir heute Morgen gesagt, dass sie jemanden geschickt hat, um die Spur dieser Diebe zu verfolgen.«

Er stellte einen Fuß auf eine Stützstrebe des Wellenbrechers und sah hinüber zum Horizont.

»Sie hatte Erfolg. Der Auftraggeber konnte ermittelt werden.«

Reydar sah ihn auffordernd an.

»Wang Lao. Er ist stellvertretender Parteichef einer der größten Provinzen, Mitglied des Zentralkomitees und wird als Kandidat für die anstehende Wahl ins Politbüro gehandelt.«

»Und der schickt persönlich Triadenkiller nach Palau?«

Akshay schüttelte lächelnd den Kopf.

»Natürlich nicht, mein Freund. Aus dieser Parteifunktion heraus hätte er wahrscheinlich keinen Anlass dazu gehabt.«

Er tat ein paar Schritte neben den Wellenbrecher aus dessen Windschatten heraus und musste sich an einer Schutzgitterkonstruktion abstützen, als der immer noch starke Seewind ihn erfasste.

»Wang ist zusätzlich Chef von China Energized - damit hätte er einen überragenden Grund, aktiv zu werden. Die Triade, deren Männer auf Palau waren, operiert aus der Inneren Mongolei heraus - und genau da hat China Energized die meisten Minen.«

Er sah Reydar herausfordernd an, kam wieder in den Windschatten des Wellenbrechers zurück und wartete auf eine Reaktion.

Der Norweger beobachtete abwesend die *Faster than Light*, die, eine Seemeile nach Steuerbord versetzt, die *Aurora Oceani* per Autopilot begleitete.

»Dann wird das 'ne schwierige Kiste«, murmelte Reydar nachdenklich.

»Was sagst du, mein Freund?«

»Ich meine, das macht es kompliziert«, erklärte Reydar. »Die Chinesen kontrollieren den Markt. China Energized ist keiner der Top Ten Player, soll aber über eine enorme Finanzkraft verfügen und hatte in den letzten zwei Jahren die größten Wachstumsraten.«

»Dann brauchen wir nur Wang nachzuweisen, dass diese Leute für ihn arbeiten. »Akshay zuckte mit den Schultern. »Dann wäre seine politische Laufbahn beendet.«

Reydar schüttelte den Kopf.

»Nicht im Geringsten. Das reicht bei weitem nicht.« Er sah Akshay an. »Das wär doch bei euch genauso! Die Wertesysteme in Asien unterscheiden sich noch sehr von denen Europas - wenn auch nicht zu allen europäischen Ländern«, fügte er spöttisch an. »Es müsste schwerwiegender sein. Etwas, das dem Ansehen Chinas in der Welt schadet, wenn es publik wird«, dachte Reydar laut, »und das nachweislich auf Wang zurückfällt.«

Sein Blick strich über die Umrisse der Aufbauten der Aurora. Hoch oberhalb des Brückendecks sah er dahinter auf zerfetzte, schwarz verkohlte Verkleidungsbleche des Bohrturms, auf jetzt freiliegende Schornsteine und den zerstörten Aufenthaltsraum.

Akshay folgte Reydars Blick.

»Glaubst du, er könnte auch hinter diesem Angriff stecken?«

Reydar nickte. »Wie wir bereits besprochen haben. Das Kohortit hat das Potential, den Markt vollständig umzukrempeln. Wenn jemand bereits für einen Fünfzig-Kilo-Brocken bereit ist, Tote in Kauf zu nehmen, wie weit wird er gehen, um den Status quo zu sichern?«

Er sah zum Norweger.

»Wir müssen etwas tun, mein Freund.«

Reydar erwiderte den Blick - nur eindringlicher.

»Erklär mir mal, warum du so engagiert bist, Akshay. Global Ressources Group ist nicht involviert - oder? Ihr könntet erst mal zusehen und mit dem Wissen über das Kohortit eure Marktstrategie überdenken. Das ist bereits von großem Vorteil.«

Er schüttelte den Kopf, überlegte, wie weit er seinen Freund einweihen sollte - Freida hatte es ihm freigestellt.

»Es geht viel weiter. China Energized ist für mich kein Unbekannter. Sie versuchen seit Jahren, bei uns einzusteigen, und hat alle sechs Monate ein Übernahmeangebot vorgelegt. Seit ein paar Wochen jedoch glauben wir, dass sie unsere Verbindlichkeiten kaufen – nicht direkt natürlich, aber über Beteiligungen an unseren Banken.«

Reydar grinste.

»Aha, daher weht der Wind, verstehe.«

Er knuffte ihm freundlich auf die Schulter. »Und die Bankchefs sind auch *Vettern*?«

Als Akshay nickte, ergänzte Reydar trocken: »Dann würde ich denen mal einen Besuch abstatten.«

»Das wird nicht reichen. Die Banken sind das kleinere Problem, die Familie wird zusammenhalten – aber es zeigt, wie aggressiv die Chinesen vorgehen, um ihre Position zu sichern. Wir müssen sie stoppen!«

»An was denkst du?«

Akshay stellte sich Reydar gegenüber.

»Du musst mich zu Jean-Luc La Ruisse bringen.«

Für den Moment war Reydar sprachlos. Dann kam langsam das typische Lächeln auf sein Gesicht zurück. Er strich sich die gelbblonden Haare zurück und stützte beide Hände in die Hüften.

»Das könnte funktionieren. Woher weißt du, dass ich ihn kenne?«

Akshay breitete die Arme aus. »Freida sagte es mir. Du hast ihn im letzten Jahr auf der Rohstoffbörse in Kopenhagen kennen gelernt und ihn anschließend für drei Tage durch deine Recyclingwerke geführt.«

Der Norweger lachte laut. »Jetzt verstehe ich deine Bemerkung von heute Morgen. Freida ist wirklich gut informiert.«

Er wurde wieder ernst.

»Wir müssten nach Paris.« Reydar sah sich auf dem riesigen Deck um. »Hast du eine Idee, wie wir das bewerkstelligen können?«

12
US-Earths – Hagatna, Guam

11. August

Fredric Vaughn vertrat John Turrel auf Anordnung des Sekretariats zum ersten Mal und er wusste nicht so recht, auf wen er hier eigentlich wartete.

Also konnte er genauso gut damit aufhören –, sagte er zu sich selbst – jeden neuen Gast kritisch zu beobachten, der das Restaurant von *Governors House* in Hagatna, einem der Hauptorte auf Guam, betrat.

Zu dieser Zeit waren nahezu alle Tische von gutgelaunten Navy- und Air-Force-Offizieren besetzt, entsprechend hoch war die Lautstärke in dem historischen Saal.

Er winkte der Bedienung, die Kaffee nachschenkte, und widmete sich mit voller Konzentration seinem Frühstück aus Eiern, Speck und Toast, dem ersten seit fünf Tagen, das er wieder auf solidem Boden einnehmen durfte.

Der Verlust von John Turrel ging ihm immer noch nahe. Sie hatten vier Jahre zusammengearbeitet und der ehemalige Special Agent hatte Vaughns Ausbildung in vielen Bereichen erst vervollkommnet. Die Informationen über die Todesumstände des Chefs hatten ihn wütend gemacht. Das Meeting hier könnte vielleicht ein paar Hintergrundinformationen dazu liefern.

Dennoch hatte der Anschlag auch ihn vor eine erneute Entscheidung gestellt, eine geheimdienstliche Karriere weiterzuverfolgen oder seine wirtschaftliche Laufbahn beizubehalten – wobei ihm klar war, dass es eine echte Entscheidungsfreiheit in dem Umfeld, in dem er sich bewegte, nicht geben würde – es wäre maximal eine Wahl des Schwerpunktes.

Vaughn war sich nicht sicher, ob er sofort auf den Posten seines Chefs bei US-Earths aufrücken würde – das hing wesentlich von den Beurteilungen ab, die Turrel in der Vergangenheit über ihn verfasst hatte. Sicher war jedoch, dass es dort weiterhin eine relevante Karriere zu verfolgen gab.

Auf der anderen Seite fehlte ihm für eine erfolgreiche geheimdienstliche Laufbahn das etablierte Netzwerk bei der Firma. Er würde auf absehbare Zeit *Aufträge* erledigen, sicher sehr interessant, aber vom Arbeitsstil her eher isoliert und immer abhängig von seinen Führungsoffizieren.

Eine neue Entscheidung war also nicht wirklich erforderlich, die hatte er bereits getroffen – wäre da nicht dieser mysteriöse Angriff auf das europäische Forschungsschiff, dessen Aufklärung eher im Stile der Firma erfolgen würde, wie der Hinweis des Sekretariats auf Miles Shoemaker unmissverständlich klarmachte.

Ungeduldig blickte er erneut zur Tür, die sich gerade geöffnet hatte und zwei Navy-Offizieren in hier üblichen Service-Khaki-Uniformen Eintritt bot. Vaughn bildete sich ein, dass sich die Geräuschkulisse an den Tischen für einen Moment deutlich reduzierte, als die äußerst attraktive Frau am Empfangstresen stehen blieb, ihre Kopfbedeckung abnahm und suchend im Restaurant umherblickte. Ihre rotblonden Haare waren zu einem akkuraten Bob geschnitten, feine, scharf geschnittene Gesichtszüge unterstrichen ihre drahtige Figur.

Sie entdeckte Vaughn auf den ersten Blick und kam an seinen Tisch, gefolgt von ihrem unscheinbaren Begleiter, der eine kleine Mappe unter dem Arm trug.

»Mr. Vaughn?«, fragte sie, reichte ihm die Hand, nachdem er aufgestanden war.

»Ich bin Commander Swan, das ist Ensign Phillips«, stellte sie sich und ihren Adjutanten vor.

Vaughn erkannte die NCIS[25]-Embleme an ihren Hemdkragen, bot den Neuankömmlingen Plätze an und setzte sich.

Commander Swan legte ihre Kopfbedeckung auf dem Tisch ab, nahm gegenüber vom jungen Agenten Platz, legte ihre

---

25 NCIS: Naval Criminal Investigative Service

Hände übereinander und sah ihn an, während der Ensign stehen blieb.

»Das mit John tut mir sehr leid. Ich habe vor längerer Zeit mit ihm in Yokosuka zusammengearbeitet. Kannten Sie ihn näher, können Sie mir Hintergründe nennen?«

Vaughn erwiderte den Blick. »Ich habe einige Jahre mit ihm zu tun gehabt, Commander. Es gibt eine sehr klare Vermutung, wer hinter der Aktion stecken könnte«, er schüttelte den Kopf, »genauer darf ich leider nicht werden.«

Ihre grünen Augen verharrten weiter auf ihm. Er spürte die unterschwellige Härte, die langsam in den Vordergrund trat. »Geben Sie mir Bescheid, wenn die Sache erledigt ist?«

Vaughn erwiderte den Blick, erkannte mehr als Trauer in ihrem dezent geschminkten Gesicht.

»Sie werden es erfahren, Commander«, antwortete er ausweichend und richtete sich etwas auf, den Ensign auffordernd, sich ebenfalls zu ihnen zu setzen.

Nach einem Nicken von Swan setzte sich Phillips an die Tischseite zwischen sie und entnahm der Mappe ein paar Blätter Papier, die er Vaughn reichte.

»Wir konnten den Torpedotyp anhand der von Ihnen übermittelten Geräuschsignatur identifizieren«, sagte sie und deutete auf den unteren Teil der obersten Seite. »Definitiv ein Mark 54, erste Baureihe aus den Jahren 2004 bis 2006.«

Vaughn überflog die Unterlagen.

»Den dürfte es im Grunde außerhalb der USA und Australiens nicht geben«, fuhr sie fort. »Ein erster Anhaltspunkt für seine Herkunft waren die australischen Torpedos, die über die Andersen Air Force Base verladen wurden. Es gab unter ihnen angeblich drei, die mit Defekten geliefert worden waren. Diese sind hier vor dem Weitertransport repariert worden.«

Sie reichte über den Tisch und blätterte auf die dritte Seite.

»Die ersetzten Komponenten der Waffensysteme ergeben mit einer Reihe von nicht registrierungspflichtigen Bauteilen einen neuen – nicht dokumentierten – Torpedo. Der könnte es gewesen sein.«

Er las die betreffenden Zeilen. »Wo ist der hin?«

»Das untersuchen wir im Moment. Alle an den Reparaturen beteiligten Personen werden überprüft«, sagte sie und fixierte ihn scharf.

»In welche Richtung vermuten Sie denn, ist er hin?«, fragte sie nach einer kurzen Pause und imitierte Vaughns Ton.

Der Agent lächelte schwach, beschloss, ein wenig nachzugeben. »China?«

Sie nickte zustimmend. Ihr Zeigefinger blätterte weiter, Vaughn griff zwischen die Seiten und sah auf ein Satellitenfoto, das einen Teil einer Startbahn sowie die umgebenden Parkpositionen zeigte. Ein auf dem Rollfeld stehendes Flugzeug war eingekreist.

»Guangzhou, vor vier Tagen. Die Vergrößerungen zeigen eine chinesische Xian, den Nachbau einer russischen Tu-16. Unter der rechten Tragfläche ragen Nase und Leitwerk einer Rakete hervor - ziemlich groß, ziemlich schwer. Das Gegengewicht auf der anderen Seite ist kompakter - daher nicht zu sehen, wahrscheinlich der Mark 54 in einer flugtauglichen Hülle.«

Commander Swan nickte der Bedienung zu und wartete einen Moment, bis diese eine Tasse Kaffee vor ihr abgestellt hatte.

»Bei der Rakete konnten wir die Radaraufzeichnungen von Bord des Schiffes bestätigen. Es war eine KSR-2M, ein alter russischer Marschflugkörper, extrem groß, fast neun Meter lang und vier Tonnen schwer. Die Dinger sind offiziell seit den 80ern ausgemustert, auf dem Schwarzmarkt aber noch zu bekommen.«

Sie lehnte sich zurück, probierte den Kaffee und beobachtete Vaughn über den Tassenrand hinweg.

»Also bei China gehe ich mit«, schloss sie.

Er blätterte noch einmal langsam durch den Bericht. Sie hatte gute Arbeit geleistet, er stimmte mit ihren Schlussfolgerungen überein.

»Zumal dieses Flugzeug nicht zurückgekehrt ist«, ergänzte Vaughn. »Damit ist klar, dass Spuren beseitigt wurden.«

Der Commander nickte und stellte die Tasse wieder ab. »Wenn Sie mit den Informationen, die ich Ihnen gegeben habe, herausfinden, wer so etwas organisieren kann, bringe ich Ihnen als Zugabe die Torpedo-Einkäufer.«

Wang Lao – Halle des Volkes, Chongqing

Am selben Tag

Hinter den angegrauten Gardinen des mit alten chinesischen Fliesen ausgestatteten Besprechungsraums, der sich in einem der nicht für die Öffentlichkeit zugänglichen Seitenflügel der Großen Halle des Volkes in Chongqing befand, bahnte sich das Sonnenlicht des angehenden Tages mühsam seinen Weg durch den Smog und illuminierte das moderne Dach des Drei-Schluchten-Staudamm-Museums am anderen Ende des großen Platzes in intensiven Violett-Tönen.

Das schmale Gesicht von Liu Han-Son wurde vor Verzückung noch länger, als er sich ausmalte, wie er mit seiner Familie auf seiner neuen Yacht vor dem Panorama Hongkongs in den Sonnenuntergang fuhr.

Wang Lao nahm die Reaktion des Vizedirektors der Entwicklungs- und Reformkommission (NDRC) mit Befriedigung auf, die er sich im Gegensatz zu seinem Gesprächspartner jedoch nicht im Geringsten anmerken ließ. Bedächtig leerte er den letzten Rest Kaffee aus einer kostbaren Teetasse, stellte diese auf dem kleinen passenden Untersetzer ab und wartete auf eine offizielle Antwort Lius.

Er wurde nicht enttäuscht. Die Gier siegte – wie immer.

»Ich werde sehen, was ich tun kann, mein lieber Lao«, sagte der Vizedirektor zurückhaltend lächelnd, dreißig Sekunden später.

Wang erwiderte das Lächeln und erhob sich – das Zeichen für Liu, dass das Treffen zu Ende war.

»Aber ich kann nichts garantieren«, ergänzte dieser süffisant, erhob sich ebenfalls und deutete eine maßvolle Verbeugung vor dem Älteren an.

»Das verstehe ich, Han«, Wang neigte leicht den Kopf, »sicher wäre es nicht angemessen, das zu verlangen.«

Liu Han-Son wurde für einen kurzen Moment unsicher, was Wang an dem Flackern von dessen Blick ablas.

»Soll ich für den kommenden Monat eine Führung durch die Edelmetallminen organisieren lassen?«

Der Vizedirektor der NDRC zögerte nur noch kurz, bevor er zustimmend nickte. »Ich würde mich sehr freuen.«

Wang legte ihm väterlich die Hand auf die Schulter und begleitete Liu zur raumhohen Tür, deren alte Zeichnungen in feinsten Ölstrichen gezeichnet dabei waren, abzublättern.

Einer seiner beiden Leibwächter öffnete die Tür und geleitete den Besucher hinaus.

Wang blieb zurück, schritt hinter die Gardine ans Fenster und sah hinaus. Langsam drängte sich der rauchgeschwängerte Geruch des seit Jahren ungewaschenen Stoffes in sein Bewusstsein.

Angewidert trat er ein paar Schritte zurück, nahm die angebotene Zigarette, steckte sie zwischen die Lippen und beugte sich vorsichtig vor, um die Feuerzeugflamme zu erreichen, die sein Leibwächter ihm anbot.

Er nahm einen tiefen Zug und erlaubte sich ein erstes, zufriedenes Lächeln. Nach dem schlechten Verlauf der Zusammenarbeit mit den Amerikanern hatten sich die Vorzeichen für einen positiven Ausgang der anstehenden Wahlen auf dem Parteikongress in zwei Wochen nun deutlich verbessert. Mit Liu Han-Son und seinem Einfluss in der Entwicklungs- und Reformkommission hatte er einen wichtigen Unterstützer gewonnen. Die Yacht als Preisgeld war zu verschmerzen – sie war nur bei Erfolg fällig und in dem Fall wäre er als Parteichef der Provinz Chongqing mehr als in der Lage, eine solche Ausgabe in den wilden Strudeln der Geldströme verschwinden zu lassen.

Natürlich hätte er sie auch über die Kasse von China Energized finanzieren können – aber das hätte bedeutet, sein eigenes Kapital zu verwenden, und damit hatte er bereits weitergehende Pläne.

»Gibt es Neuigkeiten über den Unfall im Minengebiet?«, fragte er den Leibwächter, ohne ihn anzusehen, trat an den kleinen Tisch und schnippte die Asche der Zigarette in eine leere Teetasse.

»Der vermisste Amerikaner wird seit vorgestern gesucht, Herr. Die ermittelnden Behörden haben noch keine konkrete Spur, möglicherweise hatte er einen Helfer, Wanderarbeiter haben ein Motorrad mit zwei Personen gesehen.«

»Haben wir eine offizielle Reaktion?«

Der Leibwächter schüttelte den Kopf. »Nein.«

»Hat sich die ausführende Firma gemeldet? Ich bin mit der geleisteten Arbeit nicht zufrieden!«

»Keine Reaktion bis jetzt, Herr. Soll ich nachsehen?«

Das passte ihm nicht. Es kam vor, dass Aufträge nicht korrekt ausgeführt wurden – aber dann meldete sich die Firma stets, bevor er aus eigenen Kanälen über Unzulänglichkeiten erfahren hatte, und versprach Nachbesserung.

Wang nickte langsam. »Schicke jemanden – ich bin ungehalten.«

Flynn – seit 104 Stunden an Bord des Black Marlins

Am selben Tag

Er hatte festgestellt, dass er sein Hungergefühl unterdrücken konnte, wenn er nur lange genug intensiv *Ich habe keinen Hunger mehr* dachte.

Er hatte festgestellt, dass das Wasser nach Bier schmeckte, wenn er es nur lange genug in den alten Dosen aufbewahrte.

Flynn hatte kurz überlegt, ob das auch für seine Pisse gelten würde, hatte den Selbstversuch aber auf die Zeit nach einem Versagen des Entwässerungsventils des *Black Marlins* verschoben.

Er hatte ferner beunruhigt festgestellt, dass er von den letzten 48 Stunden mehr als zwei Drittel geschlafen hatte und sich nicht daran erinnern konnte, das bewusst getan zu haben. Vielmehr war sein Eindruck, dass sein Gehirn vom einen auf den anderen Moment abgeschaltet worden war.

Flynn war sich ziemlich sicher, dass er schwer krank war und das alles nur zusammenfantasierte, dass seine Körpertemperatur nahe den 40 Grad sein musste und er in den nächsten Stunden sterben würde. Er glaubte außerdem zum ersten Mal den ungeheuren Druck der Zehn-Kilometer-Wassersäule zu spüren, die auf jedem Quadratzentimeter Oberfläche des *Black Marlins* lastete und ihn innerhalb von Millisekunden zu rotem Matsch zerdrücken würde, sollte die Hülle nachgeben.

Er war sich aber auch sicher, dass hier etwas nicht mit rechten Dingen zugehen konnte.

Flynn wischte die Schweißschlieren vom Display, fluchte erneut darüber, dass sich dabei auch wieder der Ausschnitt des großen Touchscreens verschob, und versuchte sich auf das zu konzentrieren, was die verbliebenen Kameras des *Black Marlins* ihm anzeigten. Seine Augen brannten von den Schweißtropfen, die unablässig von seiner Stirn durch die Brauen sickerten.

Er lag mit dem U-Boot auf dem Grund - nicht dem Grund des Pazifiks oder dem des Grabenbruchs - sondern auf dem dieser gigantischen Strebe, die in zehn Kilometern Tiefe die Pazifische von der Philippinischen Kontinentalplatte abzustützen schien, irgendwo im Innern dieser Struktur, in die Kurt ihn hineingeschleppt hatte.

Die Höhle, die ihm das Sonar zeigte, hatte eine zylindrische Form, einen Durchmesser von über vierzig Metern und war wenigstens 500 Meter lang. Einhundertfünfzig Meter hinter ihm markierten Chaos-Echos des Sonars das Ende des Tunnels, irgendwo da müsste sich auch die westliche Grabenwand befinden. Das war auch die einzige Stelle, an der die Decke vollständig aufgerissen war, und somit logischerweise die Richtung, aus der Kurt ihn hierher gebracht hatte.

Aus der entgegengesetzten, mehr als dreihundertfünfzig Meter entfernt, erhielt er eine Art Reflektion der Signale, mit der er nichts anfangen konnte. Sollte er der Darstellung glauben, säße da eine perfekte Halbkugel im Tunnel fest, die den gesamten Querschnitt ausfüllte.

Merkwürdigerweise gab es um ihn herum nur sehr geringe Sedimentablagerungen, auch Felstrümmer waren nur vereinzelt zu erkennen. Das war auf dem Weg in diese Struktur hinein zum Teil anders gewesen. Er konnte sich deutlich an Bereiche erinnern, die er im Schlepp der Magnapinna durchquert hatte und in denen sonderbare Fische und unbekannte Tiefseepflanzen vorherrschend gewesen waren.

Am merkwürdigsten empfand er allerdings Kurt, der zehn Meter vor ihm auf dem Grund hockte, seine neuneinhalb Tentakel um sich gelegt (Flynn hatte den Eindruck, als wäre der verletzte Arm schon wieder ein Stück nachgewachsen), als säße er im Schneidersitz, und seit einer Stunde unablässig versuchte, den *Black Marlin* mit einem der kleineren Tintenfische zu füttern, dem er vorher den Kopf abgebissen hatte.

Das hier war das Zuhause von Kurt, soviel hatte Flynn mittlerweile verstanden. Die Magnapinna verhielt sich hier vollkommen entspannt - soweit er das an einem Tiefseekalmar überhaupt feststellen konnte. Es gab jedenfalls keine hektischen Bewegungen und auch das Sonar hatte Kurt nicht verjagt - obwohl es in dessen Ohren infernalisch laut klingen musste.

Außerdem gab es hier weitere Tiefseekalmare. Bisher hatte Flynn wenigstens zwanzig oder dreißig von der Größe Kurts gezählt, die wie aus dem Nichts plötzlich im Licht der Scheinwerfer aufgetaucht waren, kurz die Haut des U-Bootes betastet hatten und dann genauso blitzartig wieder im Dunkel verschwunden waren. Es hätte natürlich auch immer der gleiche Kalmar sein können - aber mit der Zeit hatte Flynn kleine Unterschiede in ihrer Färbung, Größe und ihren Biolumineszenzmustern entdeckt.

Insgesamt trug man hier im Moment Töne von Weiß und Grau, bis hin zum Silber. Andere Fische oder Lebewesen schienen Mangelware zu sein. Als am merkwürdigsten empfand er allerdings die Wassertemperatur: Sie betrug vier Grad – doppelt so hoch wie die zwei, die in dieser Tiefe in den Weltozeanen üblichen waren.

Dafür hätte er allerdings eine Erklärung. Dieses Material setzte eine Strahlung frei, die dafür verantwortlich sein musste. Und es war das gleiche Material, aus dem die Nuggets bestanden.

Er rieb sich die brennenden Augen, griff eine der mit Wasser gefüllten Bierdosen, leerte sie in einem Zug und warf sie nach hinten. Dann nahm er vorsichtig eine weitere und klemmte sie in die Halterung vor ihm.

Mit dem Trackball drehte er den Sonarkopf so weit nach hinten, wie es ging, und regelte die Auflösung aufs Maximum.

Die gezackte Öffnung in den diversen Schichten der Tunneldecke war deutlich zu erkennen, ebenso das wirre Echo des verschütteten Tunnels darunter.

Flynn nickte. Die Seebeben waren dafür verantwortlich. Nichts konnte der Kontinentaldrift entgegenwirken. Die Strebe würde – egal, wie widerstandsfähig sich diese Nuggets auch gezeigt hatten – zerrieben werden. Gut möglich, dass noch größere Stücke der Struktur dabei nach oben treiben würden, vielleicht war ja etwas dabei, das Rückschlüsse auf ihren Ursprung erlaubte.

Das U-Boot ruckte.

»Hey, Mann!«

Flynn wechselte das Monitorbild zurück zu den Frontkameras und sah, dass etwas den Bug des *Black Marlins* gepackt hatte und ihn langsam über den Boden schleifte, tiefer in den Tunnel hinein.

Angsterfüllt starrte er auf die Kreatur, bis er nur Sekunden später seinen Irrtum bemerkte und geräuschvoll ausatmete. Neon-orangene Mantelflossen über einem mattschwarzen

Schemen mit blendend weißen Leuchtflecken auf den Tentakeln: Das war Kurt. Dieses Biolumineszenzmuster hatte Flynn noch nie zuvor bei ihm gesehen. Er überlegte einen Moment lang, den Wasserwiderstand des *Black Marlins* durch Einsatz der Flimmerflossen zu vergrößern, um den Transport zu verlangsamen – verwarf den Gedanken aber genauso schnell, als er erkannte, dass Kurt von einer zweiten, wenigstens genauso großen und in den gleichen Alarmfarben gekennzeichneten Magnapinna Unterstützung erhielt.

Fasziniert sah er zu, wie die beiden mit vereinten Kräften den *Black Marlin* vom Grund abhoben und in eine langsame spiralförmige Bahn zogen.

Flynn entschied sich, den Kurs vorsichtig mit der Fluke zu unterstützen, indem er sie wie ein Tiefenruder einsetzte und dadurch die Lage des U-Bootes stabilisierte.

Nach zwei vollständigen Umdrehungen hatten sie die größtmögliche Höhe in dem Tunnel erreicht und steuerten aus dem Kreis heraus auf eine kleine Öffnung unterhalb der leicht gewölbten Decke zu. Sie hatten sie fast erreicht, als eine Erschütterung, begleitet von einem tiefen, urgewaltlichen Knirschen, den *Black Marlin* um ein paar Meter versetzte und Flynn erneut von der Liege schleuderte. Es hielt sekundenlang an, durchdrang seinen Körper und machte ihm die direkte Nachbarschaft des Seebebens deutlich.

Auf dem Display von der Tunneldecke herniedersinkende Felsen erschienen ihm merkwürdig surreal, sollte dieses Material doch eher nach oben treiben – bis ihm kurz vor Erreichen der Öffnung ein paar letzte Sonarechos anzeigten, dass riesige Teile der Grabenwand von oben auf die Konstruktion herabsanken und die Tunneldecke wie in Zeitlupe zusammendrückten.

Dann befand er sich jenseits der Öffnung und das nach wenigen Metern von den Tunnelwänden reflektierte Sonar heulte in Flynns Ohren. Er klammerte sich an der Liege fest, auf die er hektisch zurückgeklettert war, suchte fluchend nach dem Menu, um den Lärm abzuschalten, und erwischte das Fenster mit der Kamerasicht.

Eine beispiellose Bewegungsstudie von zwei Magnapinnae erschien auf dem Bildschirm, die ihn mit vereinten Kräften durch den engen Gang zogen, als hinge ihr eigenes Leben davon ab. Ihre Mantelflossen hatten nicht genug Platz, sich in dem kleinen Tunnelquerschnitt zu entfalten, und kollidierten miteinander. Die beiden Kalmare schienen das auch zu bemerken, es gab einen winzigen Ruck und zurück blieb Kurt, der den *Black Marlin* nun - obwohl allein - deutlich schneller durch den Gang ziehen konnte.

Flynn schätzte die zurückgelegte Strecke auf vielleicht einhundert Meter, als die Magnapinna einen weiteren, größeren Abschnitt erreichte, sich in eine enge Kurve legte und Flynn sich erneut auf einen Zusammenstoß mit einer unsichtbaren Wand einrichtete, der glücklicherweise ausblieb.

Flynn aktivierte das Sonar und bekam das farblich gestreute Bild eines röhrenförmigen Tunnels von vielleicht zwölf Metern Durchmesser, der parallel zu dem Größeren verlaufen musste, aus dem Kurt ihn herausgebracht hatte. Flynn bekam den Mund nicht mehr zu, als das Sonar nach vorn auf den vor ihm liegenden zwei schnurgeraden Kilometern kein Echo fand.

Ein neues Geräusch vom Boden der Druckzelle unter der Liege drängte sich in Flynn Unterbewusstsein und lenkte ihn von seinem angestrengten Nachdenken über den Grund des plötzlichen Umzugs ab.

Mit gerunzelter Stirn beugte er sich zur Seite, sah, dass infolge der stürmischen Manöver alle Bierdosen umgekippt waren, in denen er seinen Wasservorrat aufbewahrt hatte, und jetzt in einer Pfütze auf dem Boden schwappten, an deren Oberflächenkräuselung Flynn die einzelnen Schwimmstöße Kurts exakt nachvollziehen konnte.

Er kletterte zurück auf die Liege und blickte angespannt auf den Monitor. Es gab keinen Zweifel, Kurt brachte ihn an einen anderen Ort - fort von der gefährlichen Bruchkante - aber woher zum Teufel sollte der Kalmar gewusst haben, dass ein Beben bevorstand?

Flynn biss die Zähne zusammen, als er durch sehr gefühlvolles Anstellen der Fluke versuchte, den *Black Marlin* von der Wand fernzuhalten, während Kurt erneut Unterstützung von einer zweiten Magnapinna bekam und ihn die nächsten zehn Minuten tiefer in den Tunnel hineinzog.

Als Flynn an einer Gewichtsverlagerung nach vorn spürte, dass die Kalmare nachließen, fühlte er auch schon die Einleitung einer engen Kurve, hatte gerade noch Zeit, sich festzuklammern, und wurde kurz darauf durchgeschüttelt, als der *Black Marlin* eine Wand hart touchierte, bevor Flynn auf dem Sonar Sekunden später eine riesige Halle erkannte.

»Irgendwas ist komisch hier«, sprach er zu sich selbst, bewegte den Fokus des Sonars mal in die eine, mal in die andere Richtung und vergrößerte ständig seinen Überblick. Für einen Moment schloss er seine Augen, rief sich den bisherigen Weg durch die Struktur in Erinnerung und wie die größeren Räume durch die Tunnel verbunden waren.

Dann hatte er es!

Wie zur Bestätigung untersuchte Flynn die Öffnung, durch die Kurt ihn vor einer Minute hereingeschleppt hatte.

Er strich sich über die stoppeligen Wangen. »Na klar, das Ding liegt auf dem Kopf!«

Ein weiterer Ruck, der *Black Marlin* glitt langsamer werdend in die Tiefe. Die Magnapinnae hatten losgelassen – sie hatten offensichtlich ihr Ziel erreicht.

Im flachen Winkel setzte er sanft auf einer nachgebenden Oberfläche auf, die hinter ihm etwas verwirbelte, das U-Boot umhüllte und die Sicht des Sonars auf wenige Meter beschränkte.

Wo befand er sich nur?

Seine aufkommende Panik beim ersten Anblick der im Wasser schwebenden Flocken legte sich schnell, als Flynn deren dunkelrot schimmernde Farbe sah und beruhigt feststellte, dass sie fingernagelgroß und damit viel zu grob für die keramischen Membranen waren. Außerdem schienen sie wesentlich schwerer als die von ihm gefürchteten feinen, weißen Schwebstoffe zu sein, denn nach wenigen Minuten hatte er wieder klare Sicht.

Er schaltete die LED-Scheinwerfer auf maximale Leistung und schuf sich eine sechzig Meter durchmessende Lichtblase, in deren Zentrum sich der *Black Marlin* befand.

Wie gelähmt starrte Flynn auf das Bild.

»Scheiße!«

Das mit dem Licht hätte er besser sein lassen. Die verbliebenen Rundumkameras zeigten ihm ein Tartaros-Szenario.

Das U-Boot lag auf einem Friedhof.

Soweit der Blick der intakten Kameras ihm die beleuchtete Umgebung zeigte, erschien es ihm wie ein Ort größter Verzweiflung.

Berge von Fischknochen aller Größen, Walkadaver, Kalkskelettreste unbekannter Lebewesen und einfach eine unüberschaubare Menge an Chitinbeinen ehemaliger Tintenfische hatten eine eigene, riffartige Welt gebildet, nahezu lückenlos bedeckt von der roten Anemonenart, die sich zu rosenblütenblattähnlichen Häuten zusammengefügt hatte und dem Ganzen den zynischen Anschein des Feierlichen bereitete. Den einzigen Makel stellte die lange weiße Narbe dar, die Flynn mit dem *Black Marlin* in diese Landschaft geschnitten hatte.

Je länger er auf die Übertragung starrte, umso mehr Bewegung begann sich zu entwickeln. Borstenwürmer von der Größe seines Daumens bis hin zu kleinen Bäumen fuhren ihre filigranen, vielfarbigen Fühler aus, bleiche Krebstierchen kamen aus ihren Verstecken, Spinnen mit sehr langen roten Beinen setzten ihren zeitlupenartigen Gang über das Gräberfeld fort und Myriaden kleinerer Bewohner dieses geheimnisvollen Riffs nahmen ihre Geschäfte wieder auf.

Flynn benötigte einen Moment, um sich die möglichen Interpretationen seines Hierseins auszumalen.

»Hey, Kurt! Was heißt das jetzt?«, schrie er gereizt. »Du willst mich abschreiben und hier zur Ruhe betten, oder was?«

Doch die Magnapinna war nicht zu sehen. Ohne die Infraschalleinheit wäre Flynn auch nicht in der Lage, sie zu hören.

»Los – sag was – wo hast du mich hingebracht?«

Er suchte mit dem Sonar den Nahbereich um den *Black Marlin* ab, ohne die geringste Spur von den Riesenkalmaren zu entdecken. Dann veränderte er den Fokus auf einen kleinen Querschnitt bei hoher Detailtiefe und setzte die systematische Erkundung der gigantischen Höhle fort.

Langsam begann seine Wut über die eigene Hilflosigkeit zu wanken und neuer Faszination zu weichen.

Diese Kaverne musste wirklich riesig sein.

Flynn bekam solide Echos von etwas – das seiner Vorstellung nach eine Begrenzung des Raumes darstellen musste – erst in einer Entfernung von über einem Kilometer in östlicher Richtung. Auf eine Decke traf er direkt über dem U-Boot bereits nach fünfzig Metern, ein Stückchen weiter erst nach einhundert Metern. Die Raumwände waren zu seiner Linken ungefähr dreihundert und zu seiner Rechten mehr als fünfhundert Meter entfernt.

Was für eine Riesenhalle! Fieberhaft erkundete er die fehlerhaften Tiefensprünge der Decke, spielte unterschiedliche Einstellungen des Fächersonars durch und bekam am Ende Gewissheit.

Das Ding hier war mit Sicherheit keine geologische Zufallsformation. Sein Zeigefinger mit dem schweren Silberring ruhte nur Millimeter über dem großen Display, auf dessen Oberfläche sich seine Schweißtropfen mit der Wasserlache verbanden und leichte Bildstörungen verursachten.

Sechzehn Kreise zeichneten sich scharf an der Höhlendecke ab, angeordnet in einem perfekten Vier-mal-vier-Raster, jeder mit einem Durchmesser von fast genau einhundertundzehn Metern, im Abstand von gut fünfzig Metern zu seinen Nachbarn. Die Farbnuancen des Sonars zeigten massive sowie poröse Materialen an. Einige dieser Kreise erschienen wie dicke Zylinder, ragten bis zu dreißig Meter aus der Decke heraus, einige warfen einen gezackten Signalschatten, sieben glichen von oben herunter hängenden, nahezu perfekten Halbkugeln. Diese befanden sich in den beiden östlichsten

Reihen, am weitesten von der beschädigten Seite der Struktur entfernt.

Flynn fühlte seinen anfänglichen Eindruck, alles hier hänge auf dem Kopf, bestätigt. In Gedanken stellte er sich vor, wie diese Anordnung wirken musste, wenn er sie um 180 Grad drehen würde.

»Eine Plantage – na klar«, brummte er leise. »Bei manchen Feldern ist die schützende Abdeckung noch intakt, bei den meisten ist sie zerstört worden.«

Seine Gedanken überschlugen sich. Der fokussierte Sonarstrahl huschte unter seiner Steuerung wie eine Taschenlampe über die Decke, erforschte einen der Kreise genauer und zeichnete die Echos mit maximaler Auflösung auf dem Bildschirm.

Diesem Feld fehlte die Abdeckung. Nur gezackte, bis zu fünfzehn Meter lange Reste ragten am Rand, wie riesige Haifischzähne, aus der Decke hervor, wölbten sich über dem Inneren. Das Innere selbst warf entweder keinerlei Echos oder ein Chaos davon zurück, was auf eine sehr unregelmäßige Oberfläche schließen ließ. Genau im Zentrum zeichnete sich eine zylinderförmige Erhebung von sechs Metern Durchmesser ab, von der lange Bänder oder Planen herabhingen – jedenfalls interpretierte Flynn die rhythmischen Störungen der Signale in dieser Richtung – und sich langsam in der Strömung wiegten.

Ein einzelnes, eisiges Knacken durchdrang die Hard-Shell des *Black Marlins* und ging Flynn durch Mark und Bein, jagte eine Gänsehaut über seinen Körper, dass er den Eindruck hatte, seine Haare glichen einer Stahlbürste.

Sein erschrecktes Aufrufen der Sicherheitsroutine des Bordsystems beruhigte ihn nur kurz, die Hülle des U-Bootes hatte dieses Geräusch nicht erzeugt, nur weitergeleitet.

Das war nicht viel besser!

Das Knacken wiederholte sich wie sein eigenes Echo, dröhnte durch den engen Luftraum um Flynn, schien durch die riesige Halle zu rollen und endete in einem knisternden

Crescendo, rüttelte den *Black Marlin* leicht durch und schaukelte ihn für ein paar Minuten seicht hin und her.

Erregt scannte Flynn die Decke der Höhle, suchte nach Veränderungen, die er am Ende auch fand.

Eine der sieben bisher intakten Kuppeln schien implodiert zu sein. An ihrer Position befand sich jetzt eine Wolke kleinster Teilchen, welche das Sonar als wabernde Wand darstellte, die sich sehr schnell herabsenkte.

Er realisierte die Gefahr herabstürzender Trümmer und aktivierte die Flimmerflossen. Der *Black Marlin* bewegte sich unendlich schwerfällig über den roten Teppich, schrammte auf dem unebenen Untergrund entlang und kam nach zwanzig Metern frei – aber nur, weil der Boden in eine Senke abfiel, deren anderes Ende weniger als zehn Bootslängen entfernt vor ihm aufragte und den Weg versperrte.

Flynn versuchte verzweifelt eine unendlich langsame Kurve nach Backbord, stellte die Fluke etwas an und hatte den Eindruck, seine Tiefe wenigstens für einen Moment halten zu können, doch das reichte bei weitem nicht aus, um aufzusteigen und der Trümmerwolke zu entgehen.

Dann hatte sie ihn auch schon erreicht.

Lautlos, wie ein Haufen im Wasser treibender Watte, legte sich die Schicht auf den *Black Marlin*, erstickte jegliches Vorankommen auf der Stelle und drückte ihn nach unten in Richtung des Grundes der Senke.

Panisch erkannte Flynn im trüber werdenden Licht der Scheinwerfer die schmutzig weiße Farbe der Partikel, stoppte im letzten Moment die Membranen und wagte nicht mehr zu atmen.

Und jetzt?, drängte sich ein einzelner Gedanke in den Vordergrund. *Wie lange willst du die Luft anhalten?*

Kratzend setzte das U-Boot auf einer Flanke der Senke auf, neigte sich leicht nach Steuerbord und hinten, rutschte ein paar Meter und fand Halt, als es mit der Fluke in den nachgebenden Boden gedrückt wurde.

Verzweifelt traf Flynn eine einsame Entscheidung.

Sein Zeigefinger aktivierte die Membranen, pfeifend holte er vorsichtig Luft.

Der erwartete Hustenreiz kam nicht - dafür breitete sich ein brennendes Wärmegefühl von der Lunge ausgehend in seinem Körper aus. Angstvoll starrte er auf die Sauerstoffanzeige.

Dann verschwamm sein Blick.

Rotgar - in 5000 Metern Tiefe, 500bar

Am selben Tag

Rot sah auf die im Schirm eingeblendeten Ziffern der Uhr und der vergangenen Missionszeit und stöhnte. Seit drei Stunden war er erst unterwegs, um den Rocker zu finden, und die Liege wurde schon unbequem.

Seine Verärgerung darüber, dass Wade ihm im *Blue Marlin* den Kavitationsantrieb deaktiviert hatte, war schlagartig verflogen, nachdem er im Normalbetrieb bei neunzig Knoten Fahrt eine halbe Stunde nach seinem Start beinahe mit einem kleineren Nugget kollidiert wäre. Glücklicherweise hatten Doc Soap und das Team an Bord der *Aurora Oceani* das nicht mitbekommen und Rot sah keine Veranlassung, es zu erwähnen.

Er knabberte einen Müsliriegel, von denen er vier große Kartons unter der Liege stehen hatte, und sah den beiden ROVs zu, die ferngesteuert versuchten, ein Bergungsseil am versunkenen Heckkran des Forschungsschiffes anzubringen, der am Ende der Versorgungsleitung in über 5000 Metern Tiefe hing. Dazu hatte Rot visuell geholfen, eine ebene Fläche zu finden, die sich an einem tragenden Bauteil befinden musste. Diese Stelle wurde jetzt von dem ersten ROV mit einem technischen Gel bestrichen, das er einfach mit der Zange des Manipulators aus einer überdimensionierten Tube presste.

»Los, Leute, ich will weiter!«, drängelte der Deutsche und startete parallel ein vorprogrammiertes Bewegungsprofil, das den *Blue Marlin* mit den Flimmerflossen eine langsame Pirouette um seine Längsachse ausführen ließ, wobei Rot rechts von seiner Pritsche gekippt wurde, die Innenseite der Hard-Shell entlangrollte, von links ächzend wieder auf die Konturenliege zurückkletterte und sofort in die Schulter- und Hüftgurte schlüpfte und die festzog.

»*Alles klar da unten?*«, kam die Stimme der amerikanischen Studentin aus dem Lautsprecher. »*Rot? Ich höre hier merkwürdige Geräusche.*«

»Alles bestens«, antwortete er verlegen lächelnd. »Ich habe nur gesagt, dass die Zeit knapp wird!«

»*Ich weiß*«, sagte sie mit niedergeschlagener Stimme, »*aber die Schiffsführung erwartet, dass wir die Leitung sichern, bevor sie ganz versinkt – die muss ungeheuer teuer sein.*« Sie machte eine lange Pause, in die er nicht hineinsprach.

»*Wir wissen auch, dass sie der Rettungsmission damit keine großen Chancen mehr einräumen …*«, er merkte, wie ihre Stimme versagte.

Rot sah angespannt auf die digitale Uhr des Monitors und überschlug die seit dem Absetzen der Notfall-Boje vergangene Zeit.

»Wenn der Druckkörper nicht beschädigt wurde und die Sauerstoffgewinnung funktioniert, lebt er noch, Ivy – er hat vielleicht etwas abgenommen – aber er hat definitiv eine Chance. Das hatte ich oben schon gesagt und das ist ehrlich gesagt der einzige Grund, da runterzugehen.«

Fast, fügte er in Gedanken hinzu.

Auf dem Bildschirm verfolgte er, wie sich das zweite ROV umständlich in Position brachte, um eine Stahlplatte von der Größe eines Kanaldeckels auf das Gel zu drücken, die an dem neon-orangenen Seil einer Hebeboje hing, die durch ihren Auftrieb das Gewicht der Ankerplatte kompensierte und verhinderte, dass der Rover davon wie ein Stein in die Tiefe gezogen wurde.

Rot bewegte den *Blue Marlin*, benutzte den starken Manipulator im Zusammenspiel mit den Flimmerflossen, um das ROV von hinten anzuschieben und den Druck auf die Kontaktstelle zu erhöhen.

Das Aufblitzen des technischen Gels durch die Reaktion mit dem auf der Unterseite der Ankerplatte befindlichen Polymer signalisierte den Beginn des Klebeprozesses, der nach wenigen Sekunden mit dem Erlöschen der Flammen beendet war.

Der Rover öffnete seinen Greifer, entfernte sich von der Konstruktion und machte Platz für den *Blue Marlin* zur Inspektion der Befestigungsqualität.

»Ich denke, es sieht gut aus«, meldete Rot erleichtert, nachdem er unter der Ankerplatte Reste des herausgequollenen und in Stahl umgewandelten Gels auf drei der vier Seiten entdeckte, welches die Stähle des Kranauslegers und der Ankerplatte untrennbar miteinander verschweißt hatte.

»*Ja – denke ich auch*«, antwortete eine fremde Stimme von Bord der *Aurora Oceani*, zu der die Bilddaten des U-Bootes in Echtzeit übertragen wurden. »*Gehen Sie auf Sicherheitsabstand, Herr von Strauss, wir versuchen zu ziehen.*«

Auf der Oberseite der Ankerplatte waren zwei synthetische Taue befestigt, die jetzt über eine große Winde auf dem Variodeck des Forschungsschiffes angezogen wurden. Bei einer Länge von fünfeinhalb Kilometern stellte Rot sich auf ein paar Minuten des Wartens ein, bevor das Spiel aus den Seilen entfernt war und er eine Reaktion in dieser Tiefe erkennen würde.

Ungeduldig wischte er das Kamerafenster zur Seite und überprüfte erneut den geplanten Kurs zur berechneten Position in knapp sechs Kilometern Tiefe, an der Floyd wahrscheinlich die Boje ausgelöst hatte.

»*Rot, ich habe hier Marcello bei mir*«, meldete sich Ivy, »*er möchte eben mit dir sprechen.*«

»*Herr von Strauss*«, erklang die leise Stimme des Leiters der UNIME. »*Ich möchte Sie bitten, sich von der westlichen Grabenwand fernzuhalten. Wir haben –* «, *er stockte einen Moment, als suche er nach den richtigen englischen Worten, »deutliche Anzeichen für einen möglichen Ausbruch der beiden Seamounts erhalten. Unsere Tsunamibojen senden seit einer halben Stunde schwache Seebebenmuster in großer Tiefe, die einen starken Druckanstieg in den Magmakanälen vermuten lassen. Es ist nicht möglich, vorherzusagen, an welcher Stelle die Eruption erfolgen wird oder wann – das hängt von der Reststabilität des Umgebungsgesteins der Grabenwand ab.«*

Rot hörte schweigend zu.

»Haben Sie mich verstanden, Herr von Strauss?«

Er nickte, erinnerte sich, dass das in diesem Fall nicht reichte und schickte »Ja, habe ich, vielen Dank für die Warnung« hinterher.

»Ivy!«

»Ich bin hier, Rot.«

»Ihr habt zugehört, denke ich. Wenn ich die Position noch vor dem Ausbruch sehen möchte, von der Floyd die Boje abgeschossen hat, muss ich jetzt los«, sagte er bestimmt, der SMC-Soft-Shell das Kommando zur Fahrtkonfiguration gebend, und rief den Kurs ab.

Der *Blue Marlin* drehte auf der Stelle, zog dabei seine Manipulatoren ein, die SMC-Faserpakete entspannten sich und schlossen den Rumpf an der Bugsektion. Langsam beschleunigte er mit gleichmäßigem Flukenschlag auf sechzig Knoten, sich in einer leichten Kurve direkt auf die westliche Grabenwand in 5800 Metern Tiefe zubewegend.

Nach zwei Minuten ließ Rot das U-Boot bereits stark auslaufen, als sich die Dichte der im Wasser schwebenden Nuggets erhöhte und er manuell den Kurs überprüfen musste.

Ein breites Lächeln erschien um seinen Mund, das Zickenbärtchen wippte, als er sich ausmalte, was für einen Wert diese Kohortitberge darstellten und dass er sich jetzt kurz vor der Entdeckung der Quelle befand.

Mit nur noch fünf Knoten Geschwindigkeit tastete sich der *Blue Marlin* um die langsam aufsteigenden Berge herum, mehrmals unvorhersehbar *absinkenden* Nuggets ausweichend.

Dann umkreiste er das letzte von ihnen und befand sich weniger als einhundert Meter von der lotrechten Grabenwand entfernt, nur schwer das mulmige Gefühl unterdrückend, er sei eine Fliege vor der Fassade des John Hancock Centers.

Der Positionsblip in der Mitte des vor ihm liegenden Wandausschnitts lag in einer Wolke trüben Tiefenwassers. Die Reichweite der LED-Scheinwerfer bei diesen Sichtbedingungen kam über fünfzehn Meter nicht hinaus. Wollte er hier etwas erkennen, würde er noch dichter an den Fels müssen.

Vorsichtig drückte er den *Blue Marlin* Meter um Meter an die Wand heran, das Fächersonar löste dabei die monolithische Fläche in eine unüberschaubare Anzahl von Nischen und mit Geröll und Sedimentbergen bedeckten Vorsprüngen auf.

Rot starrte mit zerzausten Haaren auf den Bildschirm.

»Sinnlos – vollkommen sinnlos!« entfuhr es ihm, während sich der *Blue Marlin* langsam seitwärts vor der Wand entlang bewegte und seine Scheinwerfer einen knapp dreißig Meter durchmessenden Kegel beleuchteten.

»*Was ist sinnlos, Rot?*«

»Das Wasser ist trüb. Ich sehe nur begrenzt und diese Wand ist gigantisch«, antwortete er frustriert. »Ich – «, hektisch schob er das U-Boot mit den Flimmerflossen zehn Meter nach hinten und oben, um einem größeren Vorsprung auszuweichen.

»Moment!«

Rot hielt den *Blue Marlin* auf Position leicht oberhalb des Vorsprungs.

»Seht ihr diesen Sedimentberg oberhalb des Absatzes? Er ist nicht so gleichmäßig wie all die anderen, sondern hat diese Mulde in der Mitte, die nach vorn abreißt.«

»*Die Form passt zum Marlin*«, antwortete Ivy fast unhörbar.

»Die Position würde auch stimmen – zumindest innerhalb der Toleranzen«, überschlug Rot die Daten. »Das heißt, ich gehe davon aus, dass die errechneten Koordinaten des SOS-Pings in acht Kilometer Tiefe auch einigermaßen genau sind.«

Behutsam steuerte er den *Blue Marlin* von der Wand weg, zuckte zusammen, als Echos lauter Knackgeräusche, wie zerbrechende, meterdicke Eisplatten, und intensive Schwingungen auf die Hülle des U-Boots und auf ihn selbst übertragen wurden.

»*Rot?*« Er hörte die Angst aus der Stimme der Studentin heraus und musste trotz seiner eigenen Anspannung lachen.

»Ich glaube, es geht los!«, keuchte er, mit den Touchkonsolen kämpfend, da er durch die heftigen Wirbel und Vibrationen des Wassers um den *Blue Marlin* herum keine präzisen Steuerkommandos eintippen konnte.

Endlich gelang es Rot, den Normalzustand wiederherzustellen und steuerte das U-Boot mit dem Trackball zügig nach Osten durch die Nuggets hindurch, nur weg von möglichen Felsabbrüchen der Grabenwand.

Rot entfernte sich über zwei Kilometer, bis das Dröhnen und Knirschen auf eine immer noch unheimliche, aber entfernte Geräuschkulisse zurückgegangen war und er lediglich ein unterschwelliges Vibrieren bemerkte, wenn er mit der Hand über die Innenseite der Hard-Shell strich.

»Hier drüben ist alles ruhig so weit, ich gehe tiefer«, meldete er mit gemischten Gefühlen.

»*Bleib weg von der Wand, solange es geht, Rot*«, hörte er Wades Stimme, »*unten dürfte die nächsten Stunden noch einiges runterkommen und die Sicht ist gleich Null. Wir schicken das AUV auf vier Kilometer und halten es da bereit. Denk dran, es kann nur auf sechseinhalb Tiefe gehen.*«

Er nickte, steuerte den *Blue Marlin* in eine weite spiralförmige Bahn, die ihn in konstantem Abstand zur westlichen Wand auf die Tiefe leiten würde, aus der die *Aurora Oceani* die Hydrophondaten gemessen hatte.

Unablässig beobachtete er die riesigen, aufquellenden Wolken, das Fächersonar reflektierender, loser Sedimente, aus denen unförmige, tausende Tonnen schwere Gesteinsbrocken herausfielen und alles am Meeresboden für immer mit einer undurchdringlichen Schicht bedecken würden.

Sollte der Amerikaner am Fuß der Wand aufgesetzt haben, könnte ich meine Suche eigentlich an dieser Stelle beenden und aufhören, mein eigenes Leben weiter in Gefahr zu bringen, überlegte Rot, auf die vibrierenden Wassertröpfchen blickend, die mittlerweile alle Oberflächen überzogen – *Überlebenschancen wären nicht vorhanden.*

Andererseits – und das war schon eine sehr starke Motivation, wie er sich unumwunden eingestand – *würde ich nie wieder die Gelegenheit bekommen, die Quelle des Kohortits so exklusiv zu erkunden wie jetzt.*

Der leise Gong des Tiefenmessers, der jede 1000 Meter signalisierte – diesmal das Erreichen der 9000er Marke – veranlasste Rot eineinhalb Stunden später, den *Blue Marlin* nicht weiter absinken zu lassen.

Auf dem Sonar hatte sich ein leicht abfallender Grat von knapp zweieinhalb Kilometern Länge gebildet, der aus der westlichen Sedimentwolke in 9800 Metern hervortrat und zur östlichen Seite hin auf elf Kilometer Tiefe absank.

»Hier ist langsam Schluss«, meldete er. »Die berechnete Position der Signalquelle liegt ungefähr in dieser Tiefe, aber eineinhalb Kilometer näher an der westlichen Wand – also jetzt in diesem Gesteinsregens da«, Rot zeigte mit dem Finger auf den Bildschirm unter sich in die Sedimentwolke.

»Kannst du runtergehen und den Grund außerhalb der Gefahrenzone absuchen?« Sophies Stimme klang gefasst, aber Rot spürte ihre innere Trauer mehr als deutlich – was ihn selbst traurig machte.

»Nun – ich habe noch dreieinhalb Kisten Müsliriegel – damit wird es noch eine Weile gehen«, versuchte er einen Scherz, der nur durch eisiges Schweigen quittiert wurde.

»Ich sehe hier ein Riesennugget aufsteigen«, wechselte er das Thema. »Wird wahrscheinlich bei den anderen in vier Kilometern Tiefe hängen bleiben. Das letzte Seebeben hat diesem Grat offenbar schwere strukturelle Schäden zugefügt.«

»Gut möglich«, hörte Rot Marcello Rampis Stimme. *»Die Kontinentalplatten erzeugen einen unvorstellbaren Druck. Wenn durch Beben ausgelöste Schockwellen dazukommen, kann dem nichts widerstehen.«*

Dieser Brocken war bisher der Größte, der ihm begegnet war. Rot verzichtete diesmal bewusst auf eine Wertabschätzung des darin enthaltenen Kohortits. Sicher hatte er keine Angst vor großen Zahlen, aber die Implikationen auf den Rohstoffmarkt, sollte diese Menge Seltene-Erden-Metalle auf einen Schlag dort auftauchen – waren ihm dann doch zu gruselig.

»Ich schaue mir das an«, meldete er nach oben, bewegte den *Blue Marlin* mit fünf Knoten Fahrt in großem Bogen um den aufsteigenden Berg herum, bemerkte nahezu rechtwinklige Absätze in der einhundert Meter hohen Formation und setzte seine Erkundung in weiten Kreisbahnen nach unten fort, bis er ein neues Sonarecho entdeckte, das von einer zur nächsten Sekunde einen großen Bereich unterhalb des U-Bootes ausfüllte und mit rasender Geschwindigkeit aus der Tiefe aufstieg, wobei es sich stetig vergrößerte.

Wie gelähmt verfolgte Rot die Bewegung des Echos, das sich fortwährend teilte und ausdehnte.

»Oh, oh, oh – Gasblasen!«

Hastig veränderte Rot den Kurs des U-Bootes, beschleunigte, um aus der Gefahrenzone der im nachlassenden Wasserdruck immer weiter anwachsenden Gasblasen herauszukommen.

Ich hätte Doc Soap nie wiedergesehen, dachte Rot melodramatisch. Einen Sturz von mehreren Metern innerhalb einer solchen Blase hätte der *Blue Marlin* niemals überstanden.

»Ah, Ivy!«, sagte er und wartete darauf, dass die Studentin ihm antwortete.

»Ich bin da, Rot.«

»Hier steigen Gasblasen auf, haben schon zehn Meter und mehr Durchmesser. Sag besser der Brücke Bescheid!«

»Wie groß, sagtest du, sind die?«

»Mehrere Meter, bei – «, er sah auf die Anzeige des Tiefenmessers, »950bar. Also ziemlich groß, wenn sie oben ankommen, selbst, wenn sie sich bis dahin mehrfach teilen.«

»O. k., Information ist unterwegs.«

Er sah auf die vom Sonar gezeichnete Karte. Jetzt, wo die Gasblasen an ihm vorbeigezogen waren, hatte er ein verhältnismäßig klares Bild des Berggrates unter ihm. Es schien beinahe so, als könne er ein Loch erkennen, das grob den Umrissen des Riesennuggets entsprach, das ihm zuvor begegnet war. Vereinzelte Sonarechos von kleineren, schnell aufsteigenden Gasblasen ließen ihn verblüfft innehalten.

Ein mit Luft gefüllter Berg?

»Ich fahre jetzt weiter runter, Leute. Da ist eine Bruchstelle unter mir. Da fange ich an zu suchen.«

Flynn – seit 112 Stunden an Bord des Black Marlin

Am selben Tag

Sein Mund war trocken. So trocken, dass er nicht schlucken konnte und sich krampfartig aufrichtete, weil er glaubte, zu ersticken, dabei seinen Kopf hart an der Decke des Druckkörpers stieß und sich ein stöhnender Schmerzlaut seinen Weg bahnte, langsam in einem klaren Fluch endend.

Er schüttelte den Kopf vorsichtig, aus verquollenen Augen sah er um Orientierung bemüht um sich, bis er die Bierdose in der Halterung am Bug entdeckte. Hastig riss er sie heraus und trank den winzigen Rest schalen Wassers, der sich noch darin befand.

Dünn sickerte die fade Flüssigkeit durch seine Kehle, weckte einen Teil von Flynn auf. Plötzlich erinnerte er sich an die schillernde Lache auf dem Boden, starrte unter die Liege und sah, dass sich alles Wasser im Heck der Hard-Shell gesammelt hatte. Ohne nachzudenken krümmte er sich hinunter, ergriff eine der dort schwimmenden Bierdosen, tauchte sie unter und wartete ungeduldig, bis blubbernd etwas Luft entwichen war, leerte sie in einem Zug und wiederholte das Ganze, bis er das U-Boot auf diese Weise fast trockengelegt hatte.

Das vertraute Brennen in Flynns Lunge war einer vagen Erinnerung gewichen. Er verspürte ein nicht klar lokalisierbares Glühen, so, als hätte sich sein gesamtes Fieber an eine Stelle tief unter dem Brustkorb zurückgezogen.

Kraftlos, aber gedanklich hellwach legte er sich wieder hin, registrierte befriedigt, dass sein Durstgefühl einigermaßen gebannt war, dafür setzte nur Sekunden später eine neue, sengende Hungerattacke ein und trieb ihn hoch.

Hektisch suchte er den Druckkörper ab, fand nichts, was ihm in irgendeiner Form essbar erschien, beschloss stattdessen noch mehr zu trinken, um den Magen zu füllen und das Gefühl zu überlisten. Er öffnete den Frischwasserhahn, hielt eine leere Dose darunter, während sein Blick hungrig über die analogen Anzeigegeräte strich, den Sauerstoffgehalt registrierte und in dem Moment auf einen Schlag alles andere um sich herum verdrängte.

Flynn bemerkte nicht, dass nur wenige Tropfen Wasser aus dem Hahn kamen und er die Bierdose achtlos sinken ließ, er bemerkte nicht, was auf dem Sonar zu erkennen war und er bemerkte ebenso wenig, wie sich sein Äußeres seit dem Beginn seines kataklystischen Schlafs verändert hatte.

Sein Blick folgte durch einen langen schwarzen Tunnel hindurch dem unwiderstehlichen Sog zur analogen Anzeige des Sauerstoffdrucks.

»Zwölf Prozent! Nicht möglich«, sagte er fast tonlos.

Defekt!, war sein erster Gedanke nach langer Zeit. Reflexhaft tickte Flynn mit dem Silberring des Zeigefingers gegen die Anzeige - das half, die Nadel bewegte sich in die Richtung von elf Prozent. Er starrte kurz auf seine Hand. Hatte er abgenommen? Es schien, als würden die Ringe lockerer sitzen.

Egal! - er wischte die Anzeige des Sonars vom Bildschirm und rief die digitalen Werte der Luftversorgung und der keramischen Membranen auf.

»Elf Komma fünf Prozent Sauerstoff«, begann er sich die Werte vorzulesen, »Achtzig Prozent Stickstoff, ein Prozent Helium, fast sechs Prozent Kohlendoxid und der Rest…!?«

Was in aller Welt atme ich hier? Und warum war ich noch am Leben? Waren etwa alle Sensoren ausgefallen und lieferten falsche Werte? Hatte diese weiße Substanz sie endlich hinüber gebracht?

Die Membranen arbeiteten jedenfalls - so viel war sicher, er sah ihren Aktiv-Status auf dem Schirm. Wasserstoff wurde in hoher Reinheit gewonnen, das Feld für Sauerstoff enthielt einen Fehlerwert.

Was ist da los?

Das ist doch egal!, schoss ein neuer, resoluter Gedanke in sein Bewusstsein, *du lebst, du musst an die Oberfläche und weiterleben!*

Eine breite Zuversicht erfüllte ihn, ein Lächeln erschien auf seinem ausgezehrten Gesicht um die geränderten Augen.

»Ja, genau«, sagte er mit einer ihm fremden Stimme.

Der aufkommende Hunger war vergessen. Er musste an die Oberfläche, dort würde er später genug Nahrung finden. Doch zuerst brauchte er eine Orientierung.

Er holte das Sonarbild zurück auf den Schirm, prägte es sich ein. Die Watteschicht, die ihn niedergedrückt hatte, war dünner geworden. Sie war oberhalb des *Black Marlins* sogar so gut wie verschwunden. Auf dem Display konnte er ihre ursprüngliche Mächtigkeit über ihm an der Höhe der das Loch umgebenden Schicht ablesen: Es waren fast zwölf Meter.

Wenigstens neun riesige Magnapinnae schwebten über ihr und waren dabei, die Substanz mit ihren Tentakeln vom U-Boot wegzureißen, wobei sie die Öffnung über dem *Black Marlin* stetig erweiterten.

Flynn schaltete auf die Außenkameras und versuchte zu erkennen, ob einer von den Kalmaren ein halber Greifarm fehlte, was in dem Gewirr von Tentakeln und Wattestückchen nicht möglich war. Die Magnapinnae hatten ihren Alarmzustand offenbar beendet, denn ihre Haut erschien schmutzig silbern bis schwarz getigert und wirkte in der aktuellen Umgebung eher wie eine Tarnung.

Diese Substanz hatte eher etwas von einem lockeren Flechtwerk aus unendlich vielen Lagen langer Gräser, die einen blassen Grauton besaßen und aus denen feine und feinste Stiele wuchsen, deren Spitzen dicht mit schneeweißen, pilzähnlichen Kapseln besetzt waren, die bei der kleinsten Berührung durch die Saugnäpfe der Riesenkalmare aufplatzten und Wolken weißen Nebels in das Wasser freisetzten. Dieser schien die Tintenfische sehr zu interessieren.

»Freunde, ihr seid doch wohl clean, oder?«, bemerkte er nachdenklich, als ihm eine Reihe schneckenhausähnlicher Kalkhüllen auffiel, mit denen einzelne der Magnapinnae den Nebel förmlich aufzusaugen schienen. Er zoomte mit der Frontkamera einen Tentakel vor dem *Black Marlin* heran, der eine ganze Reihe dieser armlangen Schneckenhäuser trug und beobachtete, wie der Riesenkalmar sie mitten in die Schwebstoffe führte.

Blitzartig verschwand der Nebel vor den Kalkschalen und Flynn erkannte die Genialität hinter der Vorrichtung. Die Schneckenhäuser besaßen einen Unterdruck, den die Magnapinnae ausnutzten, um die Schwebstoffe mit dem Wasser hineinsaugen zu lassen, nachdem die Magnapinnae mit den scharfen Rändern ihrer Saugnäpfe ein Loch in die Verschlussplatte des Schneckenhauses gedrückt hatten.

Zwei Dinge wurden Flynn in diesem Moment vollkommen klar: Diese Kalmare waren weit überdurchschnittlich begabt und sie konsumierten diese Substanz. Einen ersten Eindruck ihrer Intelligenz hatte er vorher ausreichend durch die von Kurt gezeigte Neugierde erfahren. Hier demonstrierten sie ihm die Benutzung eines äußerst komplizierten Werkzeugs zum Anlegen von Vorräten - und das bedeutete - diese Magnapinnae *planten!*

Das Lächeln in seinem Gesicht kam zurück und wurde breiter. *Diese beiden Sachen hängen direkt zusammen!*

Mit einem neuen Gefühl der Zufriedenheit holte er tief und bewusst Luft. Nun - er konnte dieses Zeug zwar nicht essen - aber er hatte es eingeatmet, es hatte ihn nicht umgebracht und jetzt zeigte es bereits Wirkung.

Sein Blick zuckte zurück zum analogen Anzeigeinstrument. Anscheinend hatte sich irgendwie die Effektivität von Flynns Stoffwechsels erhöht. Die Lungen konnten mehr Sauerstoff aus der Atemluft entnehmen als gewöhnlich - und das bei halbiertem Partialdruck - sonst wäre er nicht mehr am Leben.

Der *Black Marlin* schaukelte. Flynn holte das Bild der Außenkameras auf den Monitor. Zwei silberne Tentakel betasteten die Kavitationsnase des U-Bootes, wickelten sich um sie und versuchten es zu bewegen.

Flynn konfigurierte die Bugsektion für den Arbeitsmodus. Die SMC-Muskelfasern der Soft-Shell zogen sich zu dicken Wülsten zusammen und legten die Öffnungen der Manipulatoren frei. Die Magnapinna über ihm erkannte sofort die verbesserte Zugriffsmöglichkeit, legte zwei Greifarme um das zentrale Rohr des *Black Marlins* und zog.

»Moment, mein Freund!«

Blut quoll in blaugrünen Wolken aus dem Tentakel, als Flynn mit den teflonbeschichteten Wangen des kräftigen Steuerbord-Manipulators zugriff.

»Ich möchte zuerst wissen, wohin die Reise diesmal geht!«, sagte er ruhig, als die Tentakel sich vom *Black Marlin* lösten und die Magnapinna sich ein paar Meter nach oben außer Reichweite der Manipulatoren entfernte, ihre Arme und den Körper in beleidigtes glühendes Grün gehüllt, während die großen, drei Meter hohen Mantelflossen voll entrollt im schwarzen Wasser schwebten und die Biolumineszenz sie wie grellorangene Flammen leuchten ließ.

Flynn verdrängte dieses schreckliche Bild, schloss die Augen und überlegte.

Ich muss die Initiative übernehmen, will ich hier jemals wieder herauskommen. Bisher hat Kurt mich immer tiefer in dieses Labyrinth gezogen und mir ist nicht klar, weshalb.

Ohne selbst manövrieren zu können, bleibt der Black Marlin auf fremde Hilfe angewiesen. Das muss ich zuerst ändern – nur wie?

Flynn blinzelte durch die Wimpern.

Die Magnapinna schwebte immer noch an der gleichen Position, eines ihrer reifengroßen Augen mit der x-förmigen, schwarzen Pupille in der dunkelrot glitzernden Iris war auf ihn gerichtet, als warte sie auf eine neue Reaktion. Zwei kleinere Kalmare waren hinzugekommen und trieben mit ruhigen Flossenschlägen neben ihr.

Der *Black Marlin* lag mit gut zwanzig Prozent Heckneigung schräg am Rand der Senke, die Anemonen hatten bereits gute Fortschritte damit gemacht, die von seinem erneuten Crash kahlgeräumten Bereiche des Grundes wieder mit ihrer roten Blütenpracht zu bedecken. Reste des Flechtwerkes rieselten langsam vor den Objektiven der Kameras herunter, trieben träge in der schwachen Strömung und wurden von allerlei kleinen Fischen und Krebsen verspeist.

Ein fast durchsichtiger, kugelförmiger Fisch trieb in Zeitlupe direkt vor der Bugkamera, steuerte in rechtwinkeligen Bewegungen präzise durch alle drei Dimensionen und knabberte an ungeöffneten Kapseln der Gräser, welche von den Magnapinnae übersehen worden waren.

Flynn verfolgte ihn aufmerksam. Er hatte vielleicht zehn Zentimeter Durchmesser, im Licht der LED-Scheinwerfer waren die weißlichen Knochen und durch das kupferhaltige Blut blau gefärbten Kiemen und inneren Organe gut zu erkennen.

Oberhalb der Wirbelsäule schimmerte die abgeflachte Schwimmblase innerhalb der durchsichtigen Haut. Der Fisch hatte paarige Brustflossen, die in Tastfinger ausliefen, eine runde, vertikale Schwanzflosse und eine stabilisierende, ebenfalls abgerundete Rückenflosse.

Untypisch erschien Flynn die große Schwimmblase, die dem Fisch jedoch eine hervorragende Stabilität ermöglichte, da sie wie ein Ballon über seinem Schwerpunkt positioniert war. Dafür müsste er auf Rollbewegungen verzichten, die ihm aufgrund dieser anatomischen Anordnung unmöglich waren.

Er sah genauer hin, suchte nach Sehorganen, da ihm aufgefallen war, dass die Stellen, an denen normalerweise Augen sitzen, ebenfalls von Haut bedeckt waren.

Aber da war nichts. Der Fisch schien blind zu sein – was im herkömmlichen Verständnis von menschlichem Sehen vielleicht möglich war, dennoch musste er über andere Orientierungssinne verfügen, denn er handelte ausgesprochen klar und planmäßig.

Eine kurze Kette winziger Luftperlen strömte aus der Haut vor dem Rückenflossenansatz wie aus einem Ventil und der Fisch sank einen halben Meter tiefer, widmete sich einer weiteren, prall gefüllten Kapsel, die er erst aufknabberte und dann die feinen Schwebstoffe zusammen mit dem Wasser einatmete.

Flynn steuerte den filigranen Backbord-Manipulator zum Kugelfisch, der davon zuerst keine Notiz nahm, ergriff ihn dann schnell mit der Zange, wobei er auf die Schwimmblase drückte. Eine längere Kette von Luftblasen entwich an der Rückenflosse. Nach ein paar Sekunden lockerte Flynn den Griff und der Fisch sank schnell nach unten, landete einen Meter tiefer auf den roten Anemonenblüten und rollte auf die Seite.

Nach nur wenigen Augenblicken richtete er sich wieder auf und stützte sich dabei mit den Brustflossen auf dem Boden ab. Eine halbe Minute später begann er langsam aufzusteigen, wobei er darauf achtete, sich vom *Black Marlin* zu entfernen. Flynn beobachtete die hektische Aktivität der Kiemen des Fisches mit einem zufriedenen Grinsen.

Es gibt einen Weg hier heraus!

Seine Gedanken folgten mit äußerster Konzentration dieser neuen Richtung.

Eine Zeit lang grübelte er regungslos über unterschiedlichen Alternativen, die alle dasselbe Ziel verfolgten, unterbrochen von rastlosen Phasen, in denen er Steuerungsprogramme der keramischen Membranen, der SMC-Haut und der Manipulatoren analysierte, anpasste und testete.

Der kleine Kugelfisch war längst verschwunden, als Flynn zur Ruhe kam, die neuen Programme abspeicherte und sich auf das Sonar konzentrierte. Er musste jetzt den nächsten Schritt seines Weges beschreiten und der führte ihn an die Decke dieser Höhle.

Suchend fokussierte er das Fächersonar aus der schmalen Öffnung des Gräserteppichs über ihm, wo die Magnapinna mit den beiden kleineren Tiefseekalmaren geduldig wartete.

Wie soll ich an Dich rankommen? Du scheinst misstrauisch – nach meinem Angriff.

Durch eine List!

Flynn drehte die LED-Scheinwerfer wieder heller, sah sich aufmerksam im Radius der Greifarme des *Black Marlins* um und entdeckte ein paar Gräser, an deren Spitzen noch einzelne Kapseln saßen. Mit einer in die Wurzel des Backbord-Manipulators integrierten elektrischen Kappsäge trennte er problemlos die Stiele ab und sammelte in wenigen Minuten alle nicht geernteten Grasspitzen ein.

Wie mit einem Strauß weißer Perlenblumen wedelte er der Magnapinna entgegen, streckte den Greifarm, soweit es ging, in die Höhe, bewegte den kräftigen Steuerbord-Manipulator langsam in geöffneter Position – wie er hoffte, unauffällig – einen Meter darüber und wartete.

Wie schlau bist Du? Erkennst Du die Falle? Oder bist Du sogar so schlau, zu entscheiden, dass der kräftige Manipulator zwar drohen kann aber viel zu träge ist, um auf einen blitzschnellen Zugriff Deiner Tentakels zu reagieren?

Flynn sah die langsam wirbelnden Fangarme der Magnapinna, unverändert über einige Grasspitzen tastend, ihre Farbe hatte wieder das übliche Silbergrau angenommen, nur zwei Arme leuchteten in neonroten Punkten auf schwarzem Untergrund, wiesen in etwa auf den *Black Marlin*.

Und dann geschah es.

Der kleinere Kalmar, auf der Seite der signalgebenden Tentakel der Magnapinna, *antwortete* – und nichts anderes konnte es bedeuten – blitzte kurz in einem vergleichbaren Farbton, näherte sich rasend schnell dem lockenden Manipulator, riss die Kapseln ab und zog sich mit Hilfe seines Wasserdüsenantriebs innerhalb einer Sekunde wieder zurück, dass Flynn nicht einmal reagieren konnte. Der Kalmar schwamm langsamer zurück in die Nähe der Magnapinna, die mit einem Tentakel die Kapseln ergriff, sie unter ihren Kopf führte, wo sie in einer Wolke weißer Schwebstoffe verschwanden.

»Scheiße, du bist noch schlauer, als ich dir zugetraut habe, meine Liebe«, fluchte er rau lachend, hakte kopfschüttelnd diese Möglichkeit ab und beschloss die nächste Alternative auszuprobieren.

Mit dem Greifer des Backbord-Manipulators zog er vorsichtig eine Hebeboje aus der Stauvorrichtung direkt neben dem auf der Steuerbordseite. Diese Hebeboje bestand aus einem extrem reißfesten Kunststoffgewebe und war für die Verwendung durch Taucher vorgesehen, um Gesteinsproben oder andere schwere Gegenstände an die Wasseroberfläche zu befördern. Dazu wurde die Boje an dem Bergungsgut befestigt, über einen Extraanschluss mit Pressluft aus der zweiten Stufe des Atemgerätes eines Tauchers gefüllt und brachte so seine Last nach oben. Das zu hebende Maximalgewicht dieser Boje lag bei zwei Tonnen.

Das Problem für Flynn bestand darin, dass der *Black Marlin* über keinerlei Werkzeuge verfügte, die auf die Größe eines Bistrotisches zusammengefaltete Boje mit Luft zu füllen.

Schritt für Schritt, dachte er ruhig und setzte den zweiten Manipulator an, um das Kunststoffpaket zu entfalten, wobei er nur sehr vorsichtig zog.

Nach einer Weile hatte er die Boje so weit auseinandergefaltet, dass ihre Würfelform ansatzweise zu erkennen war, auch wenn die zweimal zwei Meter großen Seiten noch zusammenklebten.

Jetzt kam die alles entscheidende Operation. Er wischte eine Schicht heißen Schweißes vom brennenden Gesicht, schüttelte sein linkes Bein aus, das durch die schräge Lage des *Black Marlins* in einer andauernden Abstützposition verharrte, und veränderte seine Position auf der Konturenliege, so gut es ging.

So fest wie möglich drückte er das orangefarbene Material der Boje mit dem kleineren Manipulator auf den leicht nachgebenden blutroten Untergrund und setzte mit der Kappsäge des Steuerbordarms einen Längsschnitt am unteren Rand des

Materials an, wobei er an der Seite begann, welche der kleinere Arm hielt.

Sedimente wirbelten auf und nahmen den Frontkameras die Sicht. Selbst die hochauflösende in die Wurzel des Steuerbordarms integrierte Minikamera zeigte lediglich das wirbelnde Sägeblatt und rote Anemonenfasern.

Mit zusammengebissenen Zähnen führte er den Schnitt dennoch zu Ende und wartete dann, bis die leichte Strömung die Staubwolken weggetrieben und er wieder klare Sicht hatte.

Nicht optimal, aber er hatte seine Chancen verbessert!

Der Schnitt war schräg nach oben gelaufen und hatte dem Quadrat eine unregelmäßige Seite verpasst, an der sich die Boje langsam zu entfalten begann, als jetzt Wasser zwischen die zusammengepressten Seiten zu laufen begann.

Vorsichtig griff er mit dem kleinen Arm in die Schnittkante und versuchte das zähe Material umzuklappen, um einen dickeren Rand zum Festhalten zu bekommen. Dann ergriff auch die Zange des Steuerbord-Manipulators die Boje an der gegenüberliegenden Seite und mit beiden Armen zog er sie langsam gegen den Widerstand des Wasser so hoch über den Bug des *Black Marlins,* wie die Reichweite der Manipulatoren es erlaubte, wobei das eindringende Wasser die Boje voll entfaltete.

Damit verlor er zwar die Sicht nach oben auf die Magnapinna, aus deren Perspektive diese ganze Aktion sehr merkwürdig aussehen musste, als versuche der kleine, todkranke Wal, sich eine Mütze aufzusetzen.

Das aufkommende Lächeln bei der Vorstellung verschwand bei Flynns Gedanken an den nächsten Schritt. Es würde sich jetzt zeigen, ob die Programmierung der keramischen Membranen funktionierte und das hier alles einen Sinn bekommen sollte.

Mit präzisen Bewegungen rief er entsprechende Steuerbefehle über den Hauptschirm unter sich ab, wartete auf eine Veränderung der leisen Strömungsgeräusche der Membranen, die jetzt die Luftreserven des *Black Marlins* gegen den Tiefendruck von über 1000bar ins Wasser zu pressen begannen.

Mehrere Minuten passierte nichts, in denen Flynn jederzeit den vollkommenen Kollaps der Membranen erwartete, der für ihn gleichbedeutend mit dem Todesurteil sein würde.

Doch je länger sie hielten, je länger sie arbeiteten und er alle Einstellungen und Befehle wiederholt überprüfte, desto größer wurde seine Zuversicht.

Dann sah er endlich vor den Kameraobjektiven feinste Gasbläschen am Rumpf des U-Boots austreten, als beginne der *Black Marlin* Luft auszuschwitzen.

Die Mikrobläschen verbanden sich zu größeren, die entlang der Strecken, an denen die Flimmerflossen noch funktionierten, durch diese zum Bug geleitet, in feinen Perlenströmen nach vorn liefen, an der höchsten Stelle abrissen und senkrecht nach oben sprudelten - nur einen halben Meter an der von den Manipulatoren aufgehaltenen Öffnung der Hebeboje vorbei.

Flynns Anspannung löste sich ein wenig. Er fühlte instinktiv, dass er einen großen Schritt getan hatte und diese Alternative funktionieren würde.

Gefühlvoll brachte er mit einer kleinen Bewegung der Manipulatoren die Öffnung der Boje dichter an die aufsteigenden Blasenketten heran und zog mit dem Backbordarm das Material ein wenig tiefer.

Diesmal drang sein innerliches Grinsen nach außen.

Das aufsteigende Luftgemisch wurde von dem aufgeschnittenen Bojenkörper aufgefangen und begann das Wasser nach unten herauszudrücken.

Flynn würde ihn glücklicherweise nicht ganz füllen müssen, der *Black Marlin* verfügte in den intakten Regelzellen noch über achtzig Prozent Auftrieb, trotzdem verging fast eine halbe Stunde, bis er eine Lageveränderung des U-Boots bemerkte. Der *Black Marlin* rollte zuerst weiter in Kopflage und begann sich dann stetig aufzurichten, was in diesem Fall bedeutete, dass das U-Boot nach weiteren fünfzehn Minuten fast senkrecht und Flynn mit weit gespreizten Beinen auf den heckwärtigen Armaturen stand.

»Ja!«

Ein lauter Freudenschrei drang aus seiner Kehle, als weitere fünf Minuten später die Fluke vom Grund abhob, der *Black Marlin* unter der zur Hälfte gefüllten Boje langsam nach oben gezogen wurde und sich Flynns geballte Anspannung entlud.

Er kehrte die Arbeitsrichtung der Membranen wieder in den Normalbetrieb um, versuchte zugleich eine Steuerwirkung der Flimmerflossen zu erreichen und das U-Boot unter eine der zerstörten Kuppeln zu manövrieren, die ihm bereits bei der Ankunft aufgefallen war.

Als der *Black Marlin* die Magnapinna passierte, konnte sich Flynn nicht des Eindrucks entziehen, kritisch von ihr beobachtet zu werden. Ihr Mantel pulsierte in einem langsamen Wechsel zwischen Silber und Metallicblau und einzelne Tentakel zuckten, so als sei sie sich unsicher, ob sie den kleinen Wal einfach so ziehen lassen sollte, während andere Schemen im Hintergrund ausharrten.

Fünfzig Meter über dem Grund sah sich Flynn mit der Notwendigkeit konfrontiert, den Auftrieb zu reduzieren, um nicht mit der Kuppel zu kollidieren. Das hatte er vorausgesehen und reduzierte jetzt den Auftriebsvorrat in den verbliebenen Regelzellenclustern, um die Steiggeschwindigkeit zu verlangsamen, ohne die künstliche Schwimmblase entleeren zu müssen.

Das U-Boot pendelte nur ein paar Meter unterhalb der gezackten Kuppelreste aus, Flynn registrierte zufrieden, dass er dieses Manöver nur nach Gefühl gesteuert und ohne Verwendung des Lagesystems ausgeführt hatte.

Kleine Wasserwirbel von drei bis vier Knoten Geschwindigkeit, verursacht durch die Risse und Brüche im Wandmaterial der Kuppel, konnte er mit den Flimmerflossen kompensieren, auch wenn der *Black Marlin* dadurch in eine leichte Treiblage geriet. Ganz langsam stieg er höher, zwischen den spitzen Zähnen des zerstörten Dachs hindurch, hielt das U-Boot unterhalb des Zentrums des Feldes, dort, wo er glaubte, einen stumpfen Zylinder auf dem Sonar entdeckt zu haben.

Er wechselte das Bildschirmfenster zurück auf die Sicht des Fächersonars, erkannte aber sofort ein ernstes Problem.

Direkt vor dem *Black Marlin* existierte durch die Luftblase in der Hebeboje ein blinder Fleck, der jegliche Informationen über Oberflächen oder Körper vollständig vor ihm verbarg. Darum herum schloss sich ein breiter Streifen von Chaos-Signalen an, hervorgerufen durch Reflexionen von unregelmäßigen, sich bewegenden Objekten *(Pflanzen?, Magnapinnae?)*, gefolgt von einem Kreisring fester, sich mehrfach überlagernder Reflexionen der Sonarstrahlen an den gewölbten Innenseiten der Kuppelreste sowie Echos eines darunterliegenden, riesigen Raumes, der einen nahezu ebenen Boden besaß.

Flynn stutzte.

Er raunte irritiert »Ebener Boden? Wieso ein Boden?«

Die Logik sagte ihm erneut, dass dieser Boden eigentlich die Decke sein müsse – und wenn diese kuppelartigen Konstruktionen Felder oder Plantagen sein sollten, wieso brauchte dieser Raum überhaupt eine? Sollte da nicht vielmehr Platz für viel freien Himmel gewesen sein?

Er spürte, dass er immer noch keine Ahnung davon hatte, wo er sich eigentlich befand, und es hier so viele Geheimnisse gab, deren Lösung er eigentlich nachgehen müsse – *und wozu du verdammt noch mal keine Zeit hast!* – herrschte ihn ein eindringlicher Gedanke an.

Hastig konzentrierte er sich wieder auf den nächsten Schritt und stellte befriedigt fest, dass der *Black Marlin* manövrierbar war – im Zeitlupentempo zwar – aber in allen Ebenen.

Konstant begann der Durchmesser des blinden Flecks auf dem Sonar zu schrumpfen, wie der Lichtkegel einer Taschenlampe kleiner wird, wenn man sich einer Wand nähert, ein sicheres Zeichen dafür, dass er die Kuppelbasis fast erreicht hatte. Erneut pendelte das U-Boot aus, er musste nur minimal Luft aus den Regelzellen ablassen.

Mit der Hand wischte er über das zentrale Display, blickte auf das Bild, das ihm die hochauflösende Kamera des Steuerbord-Manipulators zeigte.

Ein hoher Sedimentanteil im Wasser reflektierte das Licht der LED-Scheinwerfer und dämpfte dessen Leuchtkraft bereits nach den wenigen Metern, die es aus dem Bug des *Black Marlins* bis zur Kamera zurückgelegt hatte, so weit, dass die orangene Schnittkante der Hebeboje direkt vor ihr nur noch trüb zu erkennen war. Das Innere der Hebeboje leuchtete schwächer werdend im gleichen Orange, die Luftblase, nur einen Meter vom Schnittrand entfernt, reflektierte das Restlicht wie ein Spiegel. Dagegen herrschte in kurzer Entfernung schon dimensionslose Schwärze ausserhalb der Boje.

Behutsam bewegte er das senkrecht unter der Hebeboje hängende U-Boot mit den Flimmerflossen ungefähr zehn Meter zur Seite, über die Reste des ehemaligen Feldes, bis das Sonar ihm am Rand des blinden Flecks einen Blick auf das Zentrum der Kuppelbasis erlaubte.

Auch dort befand sich ein zylindrisches Objekt. Er sah auf dem Schirm nur etwas mehr als die Hälfte, doch es reichte, um zu erkennen, dass es einen Durchmesser von knapp sechs Metern hatte und wenigstens genauso weit aus der Basis herausragte. Die Echos der Seiten erinnerten Flynn an ein Schraubgewinde, auf dem regelmässige, apfelgroße Ausstülpungen hingen. Aus dem stumpfen Ende des Zylinders führten, die Sonarstrahlen reflektierende, unregelmäßige Streifen eines breiten, aber dünnen Materials, das sich träge im Wasser bewegte und - da war sich Flynn sicher - momentan eine Art Kielwasser des *Black Marlins* nachzeichnete.

So etwas brauche ich!, dachte Flynn, mit den Fingern bereits eine Richtungskorrektur einleitend, die das U-Boot wieder zum Zentrum zurückführen würde, diesmal bewusst einige Meter höher steigend.

Ein erneutes Knirschen und Knacken drang durch die Hard-Shell, feinste Schockwellen ließen das ganze U-Boot und Flynn sekundenlang förmlich zittern. Als schlüge ein Hammer von der Größe eines Wohnblocks auf eine Bronze-Glocke vom Ausmaß einer Stadt und als würde diese Glocke dadurch einen Riss bekommen und zerbrechen - diesen Eindruck hatte Flynn nach dem folgenden Knacken, dass eine sehr mächtige Struktur soeben einen entscheidenden Bruch erhalten hatte. Doch entgegen seinem angespannten Warten auf weitere

Erschütterungen legte sich erneut die Ruhe von zehn Kilometern Wasser über ihn.

Umso fieberhafter stürzte er sich auf die Umsetzung seines Plans, ignorierte den inzwischen übelkeitserregenden Drang seines Körpers, etwas zu trinken, hämmerte auf den Touchscreen, veränderte die Programmierung der Regelzellen so weit, dass er jede separat ansprechen und die Automatik des Lagesteuerungssystems damit umgehen konnte, während er gleichzeitig die Annäherung des *Black Marlins* an einen großen dieser herabhängenden Streifen kontrollierte.

Flynn verlor beinahe das Gleichgewicht, rutschte mit dem nackten Fuß von seinem Haltepunkt ab und schrammte sich die Wade auf, als eine abrupte Erschütterung den *Black Marlin* einen halben Meter zur Seite riss. Panisch sah er auf den Tiefenmesser, befürchtete den Verlust der Hebeboje und ein erneutes Absinken auf den Boden, beruhigte sich aber sehr schnell, als er erkannte, dass sie weiterhin von den Manipulatoren festgehalten wurde.

Mit der linken Hand rotierte er durch die 360-Grad-Ansicht der Kameras (die nach Ausfall der Backbord-Kamera in Wirklichkeit nur noch 220 Grad lieferten) und stockte, als er neben dem U-Boot eine Silhouette erkannte.

Nein - das ist ein Spiegel! Er stöhnte auf, seine Kehle schmerzte - er musste qualvoll schlucken - noch mehr Schmerz, *was soll das sein?*

Die Kamerasicht rotierte weiter - *weitere Spiegel,* Flynn spürte seine Panik zurückkommen. *Begann er den Verstand zu verlieren?*

Reiß dich zusammen – überlege!

Flynn sammelte sich, schloss die vom Schweiß brennenden Augen, nutzte seine neue, überragende Möglichkeit der Konzentration.

Es gibt eine Lösung!

Erschöpft suchte Flynn sich erneut einen festen Stand, sein Fuß war rutschig vom herablaufenden Blut, rotierte die Kamerasicht langsam um das gesamte Boot herum - ein animalisches Lachen drang aus seiner Brust.

Die vom Zylinder herabhängenden Streifen besaßen eine spiegelnde Oberfläche. Jetzt, wo die Strömung die Sedimente weggespült hatte, war die Sicht deutlich besser geworden. Er sah die von innen beleuchtete Hebeboje als orangene Pyramide über mehreren vertikalen weißen Lichterketten vor unendlichem Schwarz, das waren die LED-Umgebungsleuchten des *Black Marlins*, und – *ja, das fiel ihm jetzt auch auf, das gesamte Spiegelbild glich verdammt einem Riesenkalmar, der ein biolumineszierendes Alarmmuster zur Schau trug.* Die Verzerrungen durch die Strömung des Wassers und die unregelmäßige Form der Streifen taten ein Übriges, um alles lebendig erscheinen zu lassen.

»Und deswegen lassen mich auch alle anderen in Ruhe«, sagte er verstehend, sich an Kurts Färbung erinnernd, als der ihn aus der ersten Höhle weggezogen hatte.

»Ihr denkt, ich signalisiere Gefahr!«

Eines der Spiegelbilder begann sich zu bewegen.

Arme mit weiß leuchtenden Tupfern schnellten blitzartig auf den *Black Marlin* zu. Erneut wurde das U-Boot erschüttert und Flynn musste sich mit letzter Kraft an der Konturenliege festklammern, um nicht hin und her geschleudert zu werden.

»Was ist?«, schrie er wütend, versuchte, irgendetwas auf dem Bildschirm zu erkennen und sich gleichzeitig aufrecht zu halten.

Eine weitere Erschütterung warf ihn auf den Boden des U-Boots, was in der gegenwärtigen senkrechten Lage das Luk im Heck bedeutete.

Fast ohnmächtig vor drohender Verzweiflung bemerkte er, wie der *Black Marlin* sich zu bewegen begann, sich zuerst noch bockend gegen eine Lageveränderung wehrte, nach einem festen Ruck jedoch wieder abrupt in die Waagerechte überging, mehr beschleunigte und Flynn schmerzhaft gegen die Innenseite der Hard-Shell geworfen wurde.

Mit Tränen in den Augen realisierte er, dass das vor ihm eine Magnapinna war, die den *Black Marlin* mit Höchstgeschwindigkeit tiefer in diese riesige Struktur hineinzog, fort von den Materialien, die er benötigte, um jemals wieder aus eigener Kraft hier herauszukommen, fort von der Hebeboje, die bei der Beschleunigung durch den Wasserwiderstand dem Griff der Manipulatoren entrissen worden war. Frustriert und nahezu starr vor Wut, erinnerte er sich des Notfall-Signals, legte den kleinen Kipphebel unter dem federgesicherten Schutzdach mit aller Kraft um und brach ihn ab.

Sophie – Laborbereich der Aurora Oceani

Am selben Tag

»Komm mal her, Sophie!«

Sie stellte ihre Mineralwasserflasche auf dem Metalltisch ab und erhob sich vorsichtig aus dem unbequemen Bürostuhl, den linken Arm so wenig wie möglich belastend.

Isabella Visconti stand vor einem Multidisplay von vier großen Flachbildschirmen, welche die Daten des JEOL-Rasterelektronenmikroskops darstellten, das sich in dem weißen, raumhohen Stahlschrank neben ihr befand, und winkte sie mit einer Hand heran.

Zwischen diesem Schrank, welcher die Elektronenkanone und die Elektronenlinsen des Mikroskops beherbergte, und der Bedieneinheit befand sich ein weiterer, kühlschrankgroßer, Kubus, der vakuumisiert war und in dessen kardanischer Probenaufhängung sich das kleinste Nugget befand, das Doktor Magnussen an Bord der *Aurora Oceani* hatte auftreiben können.

»Das ist die maximale Auflösung, die ich bekomme, wenn ich den Sicherheitsabstand der Beschleunigungsspannung einhalte. Gehen wir höher, riskieren wir die Wiederholung der Katastrophe von Schottland – und das wollen wir ja alle nicht!«

Isabella nahm ihren Kaffeebecher mit dem Emblem der Aurora von der Bedieneinheit, trank einen Schluck von dem mittlerweile nur noch lauwarmen Gebräu, verzog ihr vornehmes Gesicht und deutete mit dem Becher auf einen der Schirme. »Aber es reicht auch so, siehst du?«

Sophie sah ratlos auf einen fein gepixelten dunkelblauen Strich, der an den Rändern über Rot zu Gelb verlief.

Sie runzelte die Stirn.

»Du fragst dich, was das ist?«, interpretierte die Italienerin lachend Sophies Miene.

»Lass dich nicht beeindrucken, Sophie, das ist Isabellas Lieblingsgerät! Sie kann davor jeden aussehen lassen wie den letzten Idioten«, Boerre Magnussen trat von seinem eigenen Arbeitsplatz zu ihnen und blickte selbstzufrieden über die Bildschirme. »Was haben wir denn da, Isabella?«

Sophie nickte unsicher.

Isabella zog den Norweger zur Seite.

»Mit dem EBSD-Verfahren[26] komme ich bei vergleichsweise niedrigen Aufladungseffekten der Nuggetoberfläche auf einen Nanometer Auflösung. Zusätzlich habe ich enthaltene Kristallstrukturen über die Kikuchi-Linien berechnen lassen«, sie deutete auf die wirren Skalen eines Nachbarbildschirms. »Dieses Ergebnis vielleicht zuerst: Es handelt sich definitiv nicht um irgendwelche Kristalle«, ihr Blick wurde ernst, »und damit auch nicht um ein natürlich gewachsenes Material.«

»Aber was soll es sonst sein?«, der Norweger schüttelte entrüstet den Kopf und sah sie herausfordernd an. »*Wie* soll es sonst entstanden sein?«

»Durch Druck vielleicht?«

Isabella nickte langsam. »Druck hat in jedem Fall mitgewirkt – unvorstellbar hoher Druck, Kleines, und hohe Temperaturen. Aber dadurch entstehen nicht diese Strukturen und sie erhalten auch keine Signatur.«

»*Was?*«

»Jawohl, Boerre«, antwortete sie und sprach den Vornamen des wissenschaftlichen Leiters des UiB mit deutlichem

---

[26] EBSD: Electron Back Scatter Diffraction

italienischem Akzent aus, dass alle im Raum in ein gemeinsames Lachen einstimmten, dem sich auch Isabella nicht entziehen konnte.

»Das hier«, Isabella deutete auf den blauen Strich, trat an eine Tastatur und öffnete eine weitere Bilddatei auf einem Nebenmonitor, »ist eine nachträglich auf das Material aufgetragene Signatur. Ich habe sie allein auf diesem Nugget bisher sechs Mal gefunden – und immer an derselben Stelle einer sich ins Unendliche wiederholenden Anordnung von Zylinderkonstellationen.«

Sie wandte sich Sophie zu. »Die Vermutung deines Vaters ist zutreffend, *cara*, das hier ist wie ein Prägestempel – die obersten Moleküllagen wurden nachträglich wieder entfernt.«

Der Blick der Holländerin hing an dem Logo aus blauen Strichen, welche auf dem Nebenmonitor zu sehen waren, mit einem langsam weiß pulsierenden Rechteck über dem Teil, der noch einmal vergrößert als einzelner Strich dargestellt war.

»Und was soll das bedeuten, Isabella? Hilft uns das irgendwie weiter? Gibt das vielleicht einen Hinweis auf den Hersteller?«

Traurig schüttelte die Italienerin den Kopf, blickte auf den Monitor mit dem an zwei Seiten geöffneten Parallelogramm, in dem sich fünf senkrechte Striche befanden.

»Ich bin mir ziemlich sicher, dass es kein Labor auf der Welt gibt, das so etwas herstellen kann. Wenn – dann hätte ich davon gehört, erst recht bei diesen Mengen – wenn wir die Gesamtvolumina der Nuggets als Anhaltspunkt nehmen, die wir bis jetzt geortet haben.« Sie zuckte mit den Schultern. »Und wie sollen wir das hochrechnen? Es wird ja nicht alles gewesen sein.«

Doktor Magnussen verschränkte die Arme demonstrativ vor seinem Oberkörper. »Und warum sollte es dann versenkt werden, anstatt es zu nutzen, um den Weltmarkt zu erobern?«

»Vielleicht fragen wir andersherum«, sagte Sophie und zog die neugierigen Blicke der anderen auf sich. »Was ist da unten am Grund des Grabenbruchs, dass ich ein solches Material erfinde und es runterbringe, um unter den da herrschenden Bedingungen arbeiten zu können?«

Sie lächelte, als niemand antwortete.

»Ich meine, Explorationsgerät ist in der Regel vom Wert und vom Design her der Sache angemessen, die ich suche.«

Der Norweger pfiff leise durch die Zähne und sah Sophie an.

»Und? Hast du eine Idee?«

Sophie schüttelte ausweichend den Kopf.

»Es hat vielleicht mit der Tektonik oder der Struktur des Erdmantels zu tun. Wenn ich darüber etwas erfahren möchte, dann gehe ich an eine Stelle, wo ich schon mal zehn Kilometer Vorsprung bekomme, ohne bohren zu müssen, und setzte dort an.«

Isabella hob die Hand und ging an die Tastatur auf der Arbeitsplatte vor dem Multidisplay.

»Dann befindet sich dieses Vorhaben seit Jahren in der beschleunigten Auflösung.« Sie wechselte die Anwendung und schaltete die Aufzeichnungen der Tsunamisensoren auf einen der Bildschirme.

»Und speziell in den letzten Tagen gibt es eine besondere Verstärkung von Mikrobeben. Der Gasausbruch vom Vormittag ist noch ein Indiz dafür, dass unter dem Druck alte Hohlräume in der Pazifischen Platte einstürzen und sich der Meeresboden umschichtet.« Mit dem Cursor huschte Isabella über rot markierte Bereiche der Grafiken.

»Insgesamt keine guten Anzeichen, der Druck wirkt sich natürlich auch auf die Magmareservoire innerhalb der Subduktionszone zur Philippinischen Platte aus und damit auf die Vulkane unter uns am oberen Rand des Grabenbruchs.«

Sophie wurde hart an das unsichere Schicksal Flynns erinnert und schloss die Augen, was Isabella sofort bemerkte, die tröstend den Arm um die Holländerin legte.

»Drücken wir unserem Herrn von Strauss die Daumen.«

Rotgar – in 10000 Metern Tiefe, 1000bar

Am selben Tag

Die Suche war fieberhaft und anstrengend geworden.

Die Naht an seinem rechten Ohr pochte heftig. Rot musste an einen Comic von Lucky Luke und den Daltons denken, in dem Opas Ohr aussah wie ein Schweizer Käse, nachdem er dort ein paar Treffer kassiert hatte. Ärgerlich befühlte Rot das Pflaster und vergewisserte sich, dass da überhaupt noch etwas war. Nur ein wenig beruhigt, wandte er sich wieder den Missionsdaten zu, um sich abzulenken.

Am späten Nachmittag hatte es ein erneutes Beben gegeben. Rot war mit dem *Blue Marlin* dicht über dem Grund gefahren, als ein unmenschliches Knacken ertönte, gefolgt von einer sich immer aufs Neue brechenden Geräuschkulisse, die ihm für eine halbe Stunde sämtliche Haare zu Berge stehen ließ und in der sich ein zerstörendes Dröhnen aufbaute, das ihm körperlich eine solche Angst einjagte, wie er sie noch niemals in seinem Leben zuvor erfahren hatte.

Die Sedimentschicht auf dem Grund hatte sich durch die fortlaufenden Erschütterungen fast fünfzig Meter gehoben, weitere Bruchstücke hatten sich aus dem Berggrat gelöst und begannen als neue Nuggets ihren langen Aufstieg aus dem Grabenbruch, dichte Sedimentschleier hinter sich mit in die Höhe ziehend.

Die Infraschall-Kommunikation des *Blue Marlins* mit der *Aurora Oceani* war während der Beben zusammengebrochen – funktionierte einfach nicht mehr, da zu viele tiefe Schallwellen, hervorgerufen durch die tektonischen Veränderungen der Erdkruste unter ihm, umherirrten und sich gegenseitig überlagerten.

Dafür hatte Rot aus dem Inneren des Bergrückens eindeutige Sonarpings empfangen.

Die waren nicht durch den Grat gedrungen, sondern Rot hatte sie empfangen, als er oberhalb der Bruchstelle in gut

10500 Metern Tiefe gefahren war, aus der sich die Nuggets gelöst hatten, bevor sie sich an den Aufstieg machten.

Diese Pings hatte er klar identifizieren können, denn sie glichen den Aufzeichnungen der *Aurora* vom ersten Notsignal des Amerikaners aufs Genaueste! Die Signale hatten am letzten Abend begonnen und sie hielten auch jetzt, in der ersten Stunde des neuen Tages, an.

Floyd lebt – zumindest läuft sein Notsender noch, korrigierte sich Rot.

Er hatte sogleich eine Nachricht an das Forschungsschiff abgesetzt, in der Hoffnung, dass sie dort empfangen würde, und war dann langsam dem Signal gefolgt.

Er hatte den *Blue Marlin* mit einhundert Metern Abstand über dem Loch im Bergrücken positioniert und sich mit dem Fächersonar einen Überblick verschafft.

Die Farbdarstellung der Karte zeigte einen Krater im Grat mit einem Durchmesser von mehr als zweihundert Metern, wobei die flachen Ränder von der Erosion dieser Schichten in den eigentlichen Krater hinein herrührten, der vielleicht einen Durchmesser von siebzig bis achtzig Metern besaß.

Die Stärke der Sedimentschicht über dem Fels konnte Rot am Krater über die Farbveränderung des Sonars, hervorgerufen durch die Dichteänderung, gut ablesen: Sie betrug mehr als einhundert Meter.

Er hatte sich viel Zeit gelassen und alles mehrfach erkundet, bevor er sich entschloss, in den Krater hinabzufahren. Es war mittlerweile fast zwei Uhr in der Nacht und Rot fühlte die trügerische Sorglosigkeit in sich aufkommen, die oft die Übermüdung begleitet. Ärgerlich schüttelte er den Kopf, trank einen Becher Wasser und ermahnte sich, die tödliche Umgebung nicht zu unterschätzen.

»Ha, ha!«, sagte er trocken, »was bin ich doch blöd!«

Breit grinsend rief der Deutsche sich den Wasserdruck in Erinnerung sowie die Tatsache, dass er gerade im Begriff war, in eine instabile Höhle einzufahren, deren einziger Eingang hochgradig verschüttungsgefährdet durch hunderte Tonnen loser Sedimente war.

In langsamem Tempo, im Zentrum einer grellen Lichtblase, schraubte sich der *Blue Marlin* in kleinen Kreisen - nur durch die Flimmerflossen angetrieben - die Bruchöffnung hinab. Rot blies die Luft kraftvoll aus den Wangen, als er unter dem Sediment eine genauso dicke Schicht eines die Sonarstrahlen zu einhundert Prozent reflektierenden Felsens erkannte, den Rot als Nuggetmaterial identifizierte, als ein Kameraobjektiv eine spitze Bruchkante streifte, implodierte und als letztes Bild die zylindrischen Komponenten und das Hüllmaterial in einer Klarheit übertrug, als könne er es mit der Hand ergreifen.

Nur Sekunden später verstummte das Notsignal, dem er gefolgt war, und hinterließ einen verwirrten Rot.

Flynn - seit 120 Stunden an Bord des Black Marlins

12. August

»Musik?«

Flynns Gedanken kreisten im Strudel eines Schwarzen Lochs.

In den letzten zwei Stunden hatte der Ire apathisch versucht, den Steuerbord-Manipulator zu reparieren - mit dem filigranen Backbord-Greifarm und entgegen den enervierenden Ping-Geräuschen des SOS-Signals, bis er endlich den Softwareschalter zum Beenden des Signals entdeckt hatte.

Dabei hatte Flynn zufällig eine Seite mit endlosen Spalten von Musiktiteln gefunden, die ihm seltsam vertraut und doch vollkommen fremd vorgekommen waren.

Er drückte auf ein kleines Icon und das düstere Solo einer elektrischen Gitarre erfüllte die Hard-Shell.

»*Dire Straits, You And Your Friend*«, las er leise mit versagender Stimme gegen die einsetzende Orgel.

Tränen füllten seine Augen - *wieso?*

Das Bild einer wunderhübschen jungen Frau erschien in Flynns Gedanken, eng umschlungen mit ihm auf einem Konzert in England, in einem kleinen Ort, Knebworth, auf einer großen Wiese sitzend, zusammen mit Tausenden anderer Besucher, einer Frau, die er gut kennen musste, wenn die Erinnerung an sie eine solche Reaktion bei ihm auslöste.

Weiter!, schnitt ein eisiger Gedanke in sein Bewusstsein, ließ Flynns Blutdruck nach oben schnellen und löschte den Gefühlsausbruch wie die Flut ein auflodderndes Feuer.

Während das Lied weiterlief, drängte er alle Erinnerungen in den Hintergrund und führte einen weiteren Test des Manipulators durch.

Die erneute Entführung des *Black Marlins* durch Kurt hatte den schweren Greifarm stark beschädigt, nachdem sich dessen Zange im Material der Hebeboje verheddert und in der Folge durch den Wasserwiderstand das gesamte Aluminiumgestänge stark verbogen hatte.

Glück im Unglück war gewesen, dass er die Hebeboje die ganze Zeit festgehalten hatte und sie somit noch immer bei ihm war.

Die Zange des schweren Manipulators schloss sich ruckend, die Spitzen der drei teflonbeschichteten Finger stießen zwar nicht mehr in einem Punkt gegeneinander, aber ein Griff würde immerhin noch zustande kommen, wenn der zu greifende Gegenstand nicht zu klein war.

Befriedigt akzeptierte Flynn das Ergebnis, wandte sich der nächsten Aufgabe zu: *Aufsteigen!*

Sein Kopf schmerzte. Flynn wusste, dass er viel zu wenig trank und es im U-Boot viel zu warm war. Er nahm die Bierdose aus der Halterung, füllte sie aus dem Frischwasservorrat bis zur Hälfte, bevor der dürre Strahl ganz versiegte.

Das benetzt zumindest die Kehle und verlängert dein Leben um dreißig Minuten, wenn es hart auf hart kommt, dachte er nüchtern, das Wasser in der Dose herumschwenkend, leerte sie in einem Zug und drückte das Blech knisternd in die Halterung zurück.

Das war der Preis gewesen – für die Neuprogrammierung der Membranen, um sie in die Möglichkeit zu versetzen, Luft ins umgebende Wasser zu drücken, hatte er viel Funktionalität an anderen Stellen diesem obersten Ziel – zu überleben – unterordnen müssen.

Mit der Kamera des Steuerbord-Greifarms suchte er das orangene Material der Hebeboje, die er vor Beginn der Reparatur sorgfältig unter einem quaderförmigen Gegenstand verstaut hatte.

Wie jedes Mal auf diesem grandiosen Ausflug liegt der Black Marlin auf dem Boden einer großen Höhle inmitten von Irgendetwas – überlegte Flynn sarkastisch, blickte im Radius der Scheinwerfer auf unregelmäßige Oberflächen, die einheitlich von einer etwa zwanzig Zentimeter dicken Sedimentschicht überzogen waren, die bei jedem Vorbeistreichen des Manipulators allein durch die leichte Wasserbewegung aufgewühlt wurde.

Es war dunkler um den *Black Marlin* geworden.

Flynn hatte das nur am Rande bemerkt, der irrsinnige Tiefendruck hatte weitere Opfer gefordert und zwei der verbliebenen Kameras sowie etliche LEDs zerdrückt.

Kurt hatte das U-Boot weiter in die Struktur hineingezogen – offensichtlich, um ihn aus den gefährdeten Bereichen herauszuholen – das bedrohliche Knirschen und Dröhnen hatte sich auch tatsächlich entfernt – war dennoch jederzeit zu spüren.

Mittlerweile war Flynn auf 1080 bar abgestiegen, das entsprach einer Tiefe von 10800 Metern bei einem Druck von fast 1100 Kilo pro Quadratzentimeter – also in etwa 150 Tonnen allein auf den zehn Zentimeter durchmessenden, halbkugelförmigen Spezialabdeckungen der Kameras.

Somit sah er nur noch eingeschränkt auf seine Umgebung. Unschätzbar waren die beiden kleinen, hochauflösenden Kameras innerhalb der Manipulatoren geworden, die ihm auch jetzt beim Ergreifen der Hebeboje unter dem Quader halfen.

Im Licht der LEDs wirbelten die Sedimente umher und hüllten den orangenen Kunststoff in einen Sturm aus kleinsten

Partikeln, als die Zange des Backbord-Manipulators das zähe Material heranzog. Vorsichtig führte er den Steuerbordarm heran und versuchte den Rand festzuhalten, was aufgrund der unzureichenden Präzision des Greifers nach der Reparatur nicht gelang.

Flynn arbeitete konzentriert vor sich hin, brachte den Saum der Hebeboje auf Spannung, indem er den Greifer des Steuerbordarms in die Boje hineinschob und dann die beiden Manipulatoren auseinanderführte. So hob er erneut beide Arme nach oben, über den Rumpf des U-Bootes, und ließ die keramischen Membranen die kostbare Luft ins Wasser drücken.

Wieder dauerte es scheinbar endlos, bis Ketten feinster Perlen sich von der Soft-Shell lösten und nach oben strebten. Diesmal dauerte es wesentlich länger, die Boje zu füllen. Der Wirkungsgrad der Membranen litt unter dem Wasserdruck, zusätzlich lag der *Black Marlin* in fast waagerechter Position und nur wenige der aufsteigenden Blasen wurden von der Boje aufgefangen.

Flynn benötigte diesmal mehrere Stunden, in denen er den Prozess mehrmals unterbrechen musste, um für sich selbst Sauerstoff und Trinkwasser zu erzeugen, bevor die erhoffte Lageveränderung des U-Boots zu spüren war.

Doch dann geschah alles sehr schnell.

Der *Black Marlin* richtete sich senkrecht auf, der untere Rand der Hebeboje rutschte von der Steuerbordzange, Flynn reagierte schnell und verstärkte den Griff des Backbord-Manipulators, der dadurch ein Loch in das Material riss, den verstärkten Saum aber festhalten konnte.

Der *Black Marlin* stieg. Wie einen Mann, der sich nur mit einem Arm an einem Ballon festhalten kann, zog die Hebeboje ihn langsam nach oben.

Hektisch überprüfte Flynn die Sonarechos der Decke und erkannte eine solide horizontale Begrenzung von der Form einer großen Ellipse, von der an beiden Seiten die Enden im rechten Winkel abgeschnitten waren. Diese Schicht schien selbst für das Fächersonar undurchdringlich zu sein, er erhielt keinerlei Informationen über die Zusammensetzung.

Dann erreichte er auch schon diese Grenze. Nichts passierte, der *Black Marlin* hielt einfach an, die Hebeboje durchbrach die Wasseroberfläche, schaukelte einen Moment zart, dann kam sie zur Ruhe und hinterließ einen verwirrten Flynn.

Flynns Gedanken arbeiteten erneut fieberhaft.

»Eine Luftblase?« Er sah auf den verschmierten Monitor, sah die Lichtreflexionen der verbliebenen Scheinwerfer von unten an der Wasseroberfläche, die feinen kreisförmigen Wellenmuster, welche die Boje beim Auftauchen erzeugt hatte und die jetzt von den Wänden der Höhle zurückgeworfen wurden und Interferenzen hinzufügten.

Eine aufkommende euphorische Idee wurde von seinem Verstand zerstört, bevor Flynn überhaupt über sie nachdenken konnte. Nachsichtig lächelnd nickte er vor sich hin.

Diese Luft half nicht im Geringsten.

In ihr herrschte derselbe Druck wie im Wasser um ihn herum und sie würde für ihn genauso den unmittelbaren Tod bedeuten, sollte es ihm gelingen, das Boot zu verlassen.

Dennoch fragte er sich, woher sie kommen mochte.

Er steuerte den *Black Marlin* mit den Flimmerflossen in Richtung der senkrechten Begrenzung der Höhle, dorthin, wo ihm das Sonar dreißig Meter tiefer eine große runde Öffnung in der Wandmitte markierte, durch die Kurt ihn höchstwahrscheinlich hier hereingebracht hatte.

Ein paar Meter vor der Mauer stoppte er, drehte das U-Boot mit den Flimmerflossen vorsichtig um die senkrechte Achse, brachte damit den Fokus der noch intakten Backbord-Kamera in Richtung Wand und sah gespannt auf den Schirm.

»Scheiße!«

Auf dem Monitor war eine unregelmäßig beleuchtete Fläche zu erkennen, metallisch glatt, schwarz, ohne jegliche Strukturmerkmale oder Bewuchs. Er ließ etwas Luft aus den Regelzellen ab, der geringere Auftrieb brachte den *Black Marlin* zum Sinken und zog die Hebeboje am Manipulator hinterher.

Langsam bewegte sich das U-Boot nach unten.

Die Wand allein hätte Flynn noch keinen Kraftausdruck entlockt, wäre nicht am Rand des Bildschirms der Anfang einer Vertiefung sichtbar gewesen, die schräg nach unten führte.

Nach fünfzehn Metern hatte er das erreicht, was wie ein Schlitz in der Wand erschien und sah, dass er gut drei Meter hoch und wenigstens zwanzig breit war.

Teile der Vertiefung bestanden aus mattem, schwach glänzendem Material, andere Teile waren herausgebrochen. Insgesamt wirkte das Ganze wie eine Fensterfront.

Eines dieser herausgebrochenen Fenster hatte ihn stutzig gemacht. Während die intakten Bereiche das weiße Licht des verbliebenen LED-Scheinwerfers reflektierten, drang die Helligkeit undgehindert durch die fehlenden Fenster weit ins Innere des dahinterliegenden Raumes ein.

Flynn wettete nicht oft.

Aber hier würde er einen hohen Betrag darauf setzen, dass das, was er im Innern dieses Raumes erkannte, Konturensitze waren.

Flynn zählte mindestens acht graue, ergonomisch geformte Sitzschalen mit bis zum Kopf reichender Rückenlehne, jeweils in Paaren nebeneinander angeordnet. Obwohl sie leer waren, erschienen sie ihm ungewöhnlich groß.

Er steuerte den *Black Marlin* behutsam dichter an die fast quadratische, drei Meter hohe Fensteröffnung. Im kalten Licht der LEDs wichen die Schatten im Raum zurück.

Hinter der ersten Reihe erkannte er weitere Sitze.

Was sollte das gewesen sein, ein Klassenzimmer?

Langsam drehte sich der *Black Marlin* weiter. Verblüfft starrte Flynn auf seine Anzeigen. Er hatte keinerlei Steuerbefehle eingegeben. Das Bild der Kameras strich über die gerundete Tunnelwand und richtete sich dann auf eine das Licht silbern reflektierende Magnapinna, der deutlich ein Stück eines Tentakels fehlte.

Flynn blickte jetzt in die Richtung, in die er auch gesehen hätte, würde er sein U-Boot verlassen und in einem der Sessel hinter der Fensterfront Platz nehmen können.

Das Verständnis traf ihn wie ein schwerer Hieb.

Auf dem Sonar wurde hinter Kurt die langgestreckte, zylindrische Form dieser Höhle sichtbar – und ihr fast kreisförmiger Verschluss am entgegengesetzten Ende, dem einzelne Segmente unterhalb des Lufteinschlusses zu fehlen schienen.

Ein Transportsystem!

Seine Gedanken überschlugen sich. Dann fiel sein Blick auf die Kameraübertragung von Kurt und ein Diagramm, das dieser auf seinem Mantel fluoreszierend pulsieren ließ. Mit rutschigen Fingern wischte sich Flynn den Schweiß vom brennenden Gesicht. Mit zusammengekniffenen, schmerzenden Augen erkannte er ein offenes Parallelogramm, in dem sich wiederum fünf zueinander parallele Striche befanden.

»Was zur Hölle willst du mir sagen, Kumpel?«

Reydar – La Defense, Paris

Am selben Tag

Der Inder grinste Reydar an.

Der konnte nicht anders, als zurückzugrinsen – zu krass waren die Unterschiede in ihrem Erscheinungsbild verglichen mit dem von vor 48 Stunden.

Die Überlebensanzüge hatten sie gegen Geschäftskleidung getauscht, Akshay gegen eine dunkle Baumwollhose mit schwarzem Hemd und dunklem Blazer, Reydar gegen ein sportliches Polohemd unter einem seidenglänzenden dunkelgrauen Anzug, den spätsommerlichen Temperaturen der französischen Metropole angemessen.

Nicht so leicht kaschieren konnten sie die von ihrem Abenteuer davongetragenen Blessuren. Akshays Lächeln war noch immer durch den genähten Schnitt in seinen Lippen sowie dem fehlenden Schneidezahn getrübt, das Provisorium des Schiffsarztes an Bord der *Aurora Oceani* hatte sich beim Frühstücksbrötchen auf dem Flughafen wieder verabschiedet, Reydars Gesichtshaut glich einem Puzzle aus sonnenverbrannten, abgescheuerten und geschwollenen Zonen. Die teilweise Rasur hatte das nicht verbessert.

Die Mitglieder des Stabes von GRG's Europazentrale in der Defense hatte sich alle Beine ausgerissen, um ihrem Chef und seinen Gast für das anstehende Mittagessen mit dem französischen Wirtschafts- und Energieminister nach dem 24-stündigen Flug herzurichten.

Jean-Luc LaRuisse hatte als persönliche Geste der Freundschaft zu Reydar zugesagt, aus seinem Dienstsitz an der Seine zu ihnen herauszukommen und beide warteten im Foyer im 28. Stock des *Nouvelle Tours de Pullmann* nun auf das Eintreffen des Franzosen.

Die Fahrstuhltüren öffneten sich und LaRuisse trat, gefolgt von zwei Polizisten, aus der verspiegelten Aufzugskabine heraus, erkannte Reydar und ging breit lächelnd auf ihn zu.

»Bonjour, mon ami.«

Jean-Luc LaRuisse war ungefähr Mitte Vierzig, für einen Franzosen ungewöhnlich groß und athletisch gebaut und verfügte über einen ausgezeichneten englischen und deutschen Wortschatz, den er sich während seines Studiums aufgebaut hatte. Für einen Politiker war er auffällig uneitel und unpolitisch in seinen Aussagen und Handlungen, was sich in langfristigen Planungen und Entscheidungen für wirtschaftliche Sachverhalte manifestierte, die erst in den folgenden Legislaturperioden ihren Erfolg beweisen würden.

Der Kritik seiner Parteikollegen war er stets gelassen begegnet, deren von kurzfristigen und halbherzigen Entscheidungen getriebener Aktionismus war ihm schon immer ein Gräuel gewesen und so sah er sein politisches Amt als erforderliche Durchgangsstation zu einem am Ende wirtschaftlich geprägten Posten.

Er blieb vor Reydar stehen und sah ihn mit zusammengekniffenen Augen an.

»Ich habe das Rennen im Internet verfolgt und bin begeistert. Wenn diese vier Jahre um sind, musst du mich mitnehmen«, sein Lächeln verstärkte sich und er deutete auf Akshay der abwartend in zwei Schritt Entfernung stand, »ich glaube du kannst das nächste Mal etwas Hilfe gebrauchen.«

»Darauf komme ich zurück, Jean-Luc«, antwortete Reydar lachend, »und ich kann dir versichern, du wirst dein Angebot langanhaltend bedauern.«

Er machte eine einladende Armbewegung zu Akshay.

»Darf ich dir meinen Bezwinger, Lebensretter und guten Freund Akshay Prakash vorstellen. Er verfolgte eine andere Herangehensweise als ich und war *in diesem Fall* erfolgreich.

Sie schüttelten sich die Hände.

LaRuisse deutete auf die Gesichter der Rennfahrer. »Das gefällt mir Reydar, erfolgreich scheint mir nicht gleichbedeutend mit schmerzlos zu sein. Ich halte mein Angebot aufrecht.«

Reydar drehte sich in Richtung einer großen Tür, vor der zwei Mitarbeiter aus Akshay's Stab warteten und sah Akshay fragend an, der bestätigend nickte.

»Wo wir das geklärt haben, lass uns etwas zu Mittag essen, Akshay war so freundlich, uns seine Kantine zur Verfügung zu stellen.«

Sie betraten einen kurzen, breiten Flur, mit weiteren Türen, sowie einer halbrunden Holzwand, deren Tür jetzt für sie geöffnet wurde und in einen spärlich möblierten, quadratischen Saal führte, in dessen Mitte eine mit weißem Tischtuch eingedeckte Tafel stand.

Reydar betrat den Raum zum ersten Mal und bemerkte die Tafel nicht im Geringsten. Sein Blick hing wie gebannt an der unbeschreiblichen Aussicht aus den raumhoch verglasten Außenwänden. Zu seiner Rechten blickte er auf den Grand Arche de la Defense, links kamen die oberen Etagen der Wolkenkratzer der französischen Energiemultis ins Sichtfeld.

Vor ihm lagen zehn Kilometer der wohl berühmtesten Achse von Paris. Unter tiefblauem Himmel reichte sein Blick über die Seine, den Pont de Neuilly zum Arc de Triomphe, danach über die Champs Elysées bis zum Place de la Concorde und weiter durch die Tuilleries bis zur Glaspyramide des Louvre.

»Sehr beeindruckend, Monsieur Prakash.«

LaRuisse schmunzelte. »Mir war nicht bekannt, dass die Global Resources Group so eine schöne Niederlassung in Paris besitzt.«

Akshay verneigte sich leicht. »Wir haben es nur gemietet und es sind auch nur drei Etagen, Herr Minister.«

»Ich bezahl mein Essen selbst, Akshay«, warf Reydar sarkastisch ein und ging vor der Fensterfront staunend auf und ab.

»Wollen wir?« LaRuisse war direkt zu einem der drei eingedeckten Plätze gegangen und sah Reydar auffordernd an. »Ihr hattet auf eurer Tour vielleicht nicht viel Zeit euch mit Weltpolitik zu beschäftigen, aber ich muss in drei Stunden einen Flug nach Davos zum Weltwirtschaftsforum bekommen und der Verkehr in Paris ist grauenhaft.«

Reydar nickte und sie nahmen Platz, während Kellner die Vorspeise servierten und Wein in winzige Gläser schenkten.

»Vielen Dank für deine Zeit, Jean-Luc.« Reydar sah den Franzosen ernst an. »Das ist sehr gut, dass du dorthin fliegst. Wenn du deinen chinesischen Kollegen triffst, kannst du etwas für uns erledigen.«

Die nächsten dreißig Minuten hörte LaRuisse konzentriert dem Bericht von Reydar und Akshay zu, bat um ein Blatt Papier und mache sich detaillierte Notizen.

Die Vorspeise wurde abgetragen, ohne dass einer der Drei sie angerührt hätte, Fisch wurde serviert und LaRuisse aß ohne Kommentar das Filet in wenigen Bissen, weiterhin in Gedanken vertieft, die weder Reydar noch Akshay unterbrechen wollten.

Dann legte er die Gabel langsam auf dem Teller ab und lehnte sich zurück.

»Wenn ich so etwas andeute, benötige ich Beweise.« Er sah Akshay und Reydar an. »Habt ihr die?«

Der Inder nickte langsam. »Es sind Beweise, die dokumentieren, dass Wang Lao den Anschlag auf die Amerikaner angeordnet hat. Weiterhin können wir belegen, dass er auch hinter dem Angriff auf die Polizeistation auf Palau steckt.« Er machte eine Pause. »Die Art wie ich an diese Informationen gekommen bin, kann ich nicht preisgeben.«

»Ich verstehe«, antwortete LaRuisse rhetorisch und sah zu Reydar.

Der nahm den Ball auf. »Wenn wir den Amerikanern diese Hinweise überlassen, könnten sie uns im Gegenzug verraten, wer die *Aurora Oceani* angegriffen hat. Das wäre dann offiziell genug, nicht wahr Jean-Luc?«

»Sofern diese Hinweise auf Wang deuten und ich sie bis morgen Abend bekomme - sicher.«

Ein Polizist betrat den Raum.

Jean-Luc LaRuisse seufzte. »Das Vergnügen ist schon wieder zu Ende, meine Herren. Reydar, willst du mich nicht nach Davos begleiten? Ein wenig Nachhilfe in den möglichen Marktverschiebungen durch dieses neue Material kann mir nicht schaden und vielleicht machst du den einen oder anderen neuen Kontakt?«

Reydar und Akshay erhoben sich mit dem französischen Minister.

»Darauf gehe ich gern ein, Jean-Luc, was hast du vor, Akshay?«

»Ich werde zurückfliegen und mich um weiteres Beweismaterial kümmern.« Er lächelte zurückhaltend. »Und vielen Dank, ich habe eine eigene Fahrgelegenheit zum Flughafen.«

»Ich biete einen Wagen mit Blaulicht und sechs Motorräder«, erwiderte LaRuisse lachend, »schneller geht es wirklich nicht!«

Akshay machte mit der Hand eine wackelige Bewegung und begleitete sie zurück ins Foyer, wo ein weiterer Polizist sowie eine asiatisch wirkende Frau mit kurzen Haarschnitt in rot-schwarzer Ledermontur warteten.

»Ich biete ein professionelles Taxi-Moto dagegen«, sagte Akshay lachend und deutete auf die junge Frau, die ihm eine zweite rot-schwarze Motorradjacke reichte, die er sich über sein Sacko anzog.

Gemeinsam betraten sie den Fahrstuhl, der sie ohne Zwischenhalt auf ein privates Parkdeck brachte, wo die Kolonne des Ministers wartete.

Etwas abseits parkte eine im Tarantel-Design lackierte BMW, über deren Rückspiegel zwei schwarze Motorradhelme hingen.

Reydar und LaRuisse verabschiedeten sich von Akshay und stiegen in den Renault, der sich unverzüglich inmitten den Motorrad-Kordons in Bewegung setzte und durch ein geöffnetes Tor in den unterirdischen Straßenverkehr der Defense einfädelte.

Akshay setzte den Helm auf, stieg hinter seiner Fahrerin auf den Sozius und hielt sich fest, als der zweihundertsechzig PS starke Boxer ansprang. Zügig bewegte die zierliche Frau die schwere Maschine aus dem Tor und fädelte sich in den Verkehr ein, schaltete die LED-Scheinwerfer und ein zusätzliches nach vorn gerichtetes Stroboskop-Licht ein und machte sich unter Missachtung sämtlicher Verkehrsregeln mit beängstigender Beschleunigung daran, den Kordon von LaRuisse und Reydar einzuholen.

13

Rotgar - Marianengraben; in 11000 Metern Tiefe

Am selben Tag

Das Labyrinth erschien ihm endlos - und ohne Ausweg. Rot kratzte sich am juckenden Hals. Gut zwei Tage ohne Waschmöglichkeit in einer feucht-klammen und viel zu warmen Dose entsprachen sicher nicht seiner Vorstellung von einem angenehmen Aufenthaltsort.

Immerhin - erst zwei Tage, dachte er, *im Vergleich zu den sieben des Amerikaners, dessen Spur ich seit Stunden verloren habe - ein unwesentlicher Anfang.*

Gegen vier Uhr in der Nacht, als er vor Müdigkeit unaufmerksam geworden war, hatte es mehrmals harten Kontakt mit Vorsprüngen in den Tunneln gegeben. Er hatte den *Blue Marlin* auf einer ebenen Felsfläche abgesenkt und drei Stunden geschlafen, bis ihn die Echos des unheimlichen Knackens und Knirschens der tektonischen Schichten tief im Erdmantel unter ihm wieder geweckt hatten. Nach einem Frühstück, bestehend aus drei Müsliriegeln und einem Liter Wasser, fühlte er sich jetzt einigermaßen erfrischt.

Kontakt mit der *Aurora Oceani* war nicht möglich, solange er sich in diesen Tunneln befand - der Infraschall drang nicht durch das Nuggetmaterial oder wurde immer noch durch Interferenzen mit den Schallwellen der Beben für den Empfänger an Bord des Forschungsschiffes unkenntlich gemacht - er hatte es wirklich oft versucht.

Seit zwei Stunden befand er sich jetzt auf dem Rückweg durch die riesigen Hallen und Tunnelkomplexe, folgte den gespeicherten Kursdaten des Hinweges in umgekehrter Reihenfolge, versuchte permanent einzuschätzen, ob die Intensität des Knirschens zu - oder abnahm. Gegen zehn Uhr hatte er entschieden, dass er sich in einer Sackgasse befinden musste und im wörtlichen Sinne des Wortes immer *tiefer* hineinfuhr.

Der Druck hatte sich auf fast 1100 bar erhöht und der Ausfall von sechs LED-Scheinwerfern sowie zwei weiteren Kameras hatte ihm endgültig klargemacht, wie weit er sein Glück bereits seit langer Zeit überstrapazierte.

Mittlerweile empfand Rot pure Begeisterung für das U-Boot und große Bewunderung für den Rocker, der es entworfen und gebaut hatte. Mit dem Fächersonar hatte er eine exzellente Übersicht und die intuitive Steuerung mit Hilfe der Flimmerflossen ließ sich, wenn überhaupt, nur mit einem Auto vergleichen, das über vier einzeln angetriebene und lenkbare Räder verfügte, die neben dem üblichen Rechts und Links auch über Rauf und Runter verfügten.

Er erreichte das Ende eines Tunnels, dem er die letzte Stunde vorsichtig zurückgefolgt war, da dieser fast über seine gesamte Länge mit großen quadergleichen Behältnissen gefüllt war, die kreuz und quer durcheinanderlagen und Rot bereits auf der Hinfahrt stark an das Bild von Zerstörungsspuren eines Hurrikans durch ein riesiges Containerlager erinnert hatten.

Erleichtert atmete er auf, als der *Blue Marlin* aus der halbgeöffneten Mündung des Tunnels hinaus war und sich in eine – den Informationen des Sonars nach – über fünfhundert Meter lange Halle hineinbewegte.

Langsam erhöhte er das Tempo, registrierte erneut den absolut ebenen Boden zweihundert Meter unter sich, der sich in einem sanften Radius zur Decke emporwölbte und diese in einem rechten Winkel traf. Vorsichtig steuerte er dichter unter die Decke, hielt einen Abstand, in dem das Licht der verbliebenen LED-Strahler die Oberfläche erreichte, und begann zu grübeln.

Seit Stunden war ihm klar, dass er sich hier innerhalb einer künstlichen Struktur bewegte. Es erklärte, woher die Nuggets kamen und warum niemand bisher ein Material wie Kohortit kannte. Für ein Bauprojekt in dieser Tiefe, unter den hier herrschenden Bedingungen, war ein besonderer Baustoff erforderlich gewesen. So etwas war typisch unter Verantwortung von Geheimdiensten in geheimen Laboren entstanden – wahrscheinlich zur Zeit des Kalten Krieges.

Nur irgendwann musste hier etwas schiefgelaufen sein – außerordentlich schief, dachte er, *und diese ganze Konstruktion war unter dem Wasserdruck implodiert – und hatte all ihre Geheimnisse mit sich genommen.* Er lachte laut. *James Bond hatte recht – Blofeld lebt!*

Dazu passten die in unregelmäßigen Abständen auf der Decke angebrachten Linien, Vertiefungen oder kurzen Wandstücke. Fasziniert wartete er auf das Auftauchen der nächsten Linie, folgte ihr in einer perfekten Kreisform mit einem Durchmesser von über achtzig Metern. *Das alles machte den Eindruck eines gigantischen Flugdecks – das auf dem Kopf lag!*

Nur mühsam riss Rot sich von seiner Entdeckerstimmung los und steuerte das U-Boot erneut in Richtung des gegenüberliegenden Hallenendes.

Dahinter erstreckte sich ein weiterer Tunnel, der nach einigen Umwegen an die große Kreuzung zurückführte, an der sechs große Tunnel aus allen Ebenen in einer ausladenden Verbindung aufeinandertrafen. Dieser enorme Hohlraum hatte während des letzten großen Bebens den Ermüdungsbruch ermöglicht, durch den Rot in diese Struktur eingedrungen war.

Jetzt war es nur beängstigend.

Wie Stunden zuvor war der zentrale Kegel des Schuttberges, der durch den Bruch der Außenhaut entstanden war, von einem dichten Nebel im Wasser schwebender Sedimente verhüllt und nur auf dem Sonar erkennbar. Riesige, kohortithaltige Bruchstücke der Außenhaut hingen seltsam schwerelos im Wasser, nur durch das tonnenschwere Gewicht der auf ihnen lastenden Sedimente am Aufsteigen gehindert, die jedoch permanent von den seismischen Vibrationen im Wasser aberodiert wurden.

Rot erkannte sofort die latente Gefahr, die von ihnen ausging. Sollte zu viel Sediment abrutschen, könnten diese Brocken zu leicht werden und aufsteigen, sich am unebenen Kraterrand verfangen und die Öffnung verkleinern oder ganz verschließen – dann wäre er gefangen.

Mit stark gedrosselter Geschwindigkeit fuhr er – für Rots Verhältnisse sehr umsichtig – um den zentralen Trümmerbereich herum, vermied das geringste Risiko, Strudel zu erzeugen und dadurch weitere Sedimente abzutragen, wählte stets den maximalen Abstand um die reglos der Schwerkraft trotzenden Kohortitnuggets herum.

Da!

Er sah gebannt auf ein kleineres Nugget, länglich von seiner Form, mit einem zwei bis drei Meter hohen Sedimentberg, in der Nähe einer Tunnelmündung, in die er eigentlich hineingewollt hatte.

Hatte der eben gefunkelt?

Rots Griff um den Joystick der Steuerung verkrampfte sich unwillkürlich, während er gebannt auf den dunklen Schemen starrte, der dort im Licht der LED-Scheinwerfer verharrte.

Dann zuckte er zusammen, als an dem Schemen grellweiße Flecken aufleuchteten, verriss den Joystick, der *Blue Marlin* schob sich ein paar Meter nach Steuerbord, schrammte an einem Kohortitfelsen entlang.

Der Schemen hatte sich nicht bewegt, aber er leuchtete jetzt konstant. Rot schluckte trocken, als er erkannte, was er vor sich hatte, korrigierte die Lage des U-Bootes, rückte vorsichtig in freies Wasser ab.

Der Kalmar erwiderte aus zwei wagenradgroßen, rotschwarzen Augen den Blick. Die beiden dreieckigen Mantelflossen bewegten sich wie in Zeitlupe und zeigten unregelmäßige, hellgelbe Flecken, die an den Rändern von schwarzen Streifen wie geädert erschienen.

Diese Flecken setzten sich über den Kopf des Tiefsee-Kalmars und kleiner werdend auf den vielleicht fünfzehn Meter langen, hinunterhängenden Armen fort, von denen zwei ungleich lange ausgebreitet im Wasser schwebten.

»Kurt«, hauchte Rot, auf diese irren, metallisch glänzenden Augen starrend und innerlich einen intensiven Fluchtimpuls niederkämpfend.

So verharrte er eine ziemlich lange Zeit, wie es Rot empfand, abwartend, bis das Muster des Kalmars sich in ein stumpfes Silber veränderte und kurz darauf ein rotes Muster annahm, das Rot die Sprache verschlug.

W:O:A entzifferte er ohne Mühe. *Spiegelte dieser Kalmar bloß die Buchstaben von der Außenhaut des Blue Marlins oder konnte er tatsächlich so schlau sein, dass er ihm jetzt mitteilen wollte, wo sich das andere U-Boot befand?*

Er hielt die Luft an und bereitete ein Notmanöver vor, als einer der Tentakel vorschnellte und die Kavitationsnase des *Blue Marlins* betastete, sich aber nach ein paar Sekunden zurückzog, in denen Rot unfreiwillig intensiv die gezackten Ränder der Saugnäpfe an der Unterseite des Greifarms bewundern konnte.

Das Buchstabenmuster verblasste, die Mantelflossen begannen in einem sanften Orange zu leuchten und der Kalmar zog sich langsam in den Tunnel zurück. Rot erschien es magisch, wie diese Augen ihn dabei unablässig fixierten, und fast hatte er den Eindruck, der Tintenfisch winke ihm, zu folgen.

Aber genau deshalb war er ja hier – oder? Auf langsamer Fahrt aktivierte er die Flimmerflossen. *Konnte es sein, dass er vor zwölf Stunden einfach genau falsch abgebogen war und damit wertvolle Zeit verschwendet hatte, um das tote Ende der Struktur zu erkunden?*

Angespannt kaute Rot auf seiner Unterlippe, spürte die stoppeligen Barthaare und atmete seit zehn Minuten zum ersten Mal wieder langsam und tief durch.

Der Kalmar schien Leuchtmarken zu setzen. Den ersten versuchte Rot noch auszuweichen, bis er erkannte, dass es sich um eine biolumineszente Flüssigkeit handeln musste, die Kurt ausstieß.

»Wow – leuchtende Furze, jetzt beeindruckst du mich wirklich«, raunte Rot grinsend.

Diese Marken schwebten im Wasser, schimmerten für ungefähr eine halbe Minute, bevor sie sich verdünnten. Das genügte, um Rot einen Weg durch die gewinkelte Tunnelkombination zu weisen, bis er den *Blue Marlin* durch ein zerbrochenes Zugangsschott schließlich in eine gut dreißig Meter durchmessende und sehr viel längere Röhre steuerte.

Rot kam sich für einen Moment wie gefangen in einer Wasserwaage vor, als er die Luftblase am oberen Rand der Röhre bemerkte, bevor er entsetzt und gleichzeitig erleichtert das Sonarecho des *Black Marlins* erkannte, der knapp unterhalb dieser Blase, wie das längliche Ei eines Rochens, senkrecht im Wasser hing.

Er brauchte nur Sekunden, um sich seinen Plan zurechtzulegen. Davon hatte er schließlich mehrere an Bord des Forschungsschiffes und während seiner Suche intensiv vorbereitet.

Mit der linken Hand wischte er durch das Bildschirmmenu, rief die Liste der von ihm geschriebenen Steuerprogramme auf und startete das Kommunikationsprogramm, während er den *Blue Marlin* mit den Flimmerflossen bis auf einen Meter an das Schwester-U-Boot heranführte.

Die Konfiguration der SMC-Haut wechselte in den Arbeitsmodus, zog die SMC-Muskelstränge am Bug zusammen, entfaltete die Manipulatoren und Rot sah, wie der kleine Backbord-Greifarm eine Art Kochtopf mit Saugnapf auf die Außenhaut des *Black Marlins* drückte, an die Stelle, unter der er den vorderen Teil der Hard-Shell vermutete.

Rot verstärkte den Anpressdruck über die Flimmerflossen vorsichtig, betätigte einen Softwareschalter und wartete auf eine Ergebnisanzeige, die ein paar Sekunden später signalisierte, dass der Saugnapf den Akustikkoppler an der SMC-Haut des *Black Marlins* befestigt hatte. Der Manipulator zog sich zurück, Rot schaltete den Lautsprecher ein.

»Professor Nyne! Wie geht es Ihnen?«

Der Akustikkoppler war über ein Kabel mit dem *Blue Marlin* verbunden und funktionierte wie ein Kopfhörer, der die Schallwellen auf den Bootskörper des *Black Marlins* übertrug. Wade und Rot hatten überlegt, wie viel Lautstärke erforderlich sein würde, um die variable Schicht von Hard- zu Soft-Shell zu überbrücken, deshalb regelte Rot die Lautstärke jetzt etwas höher und wiederholte seine Frage.

Zurück bekam er Knistern und Rauschen, unterlegt von Glucksen, das von der seichten Dünung der vom einzigen

Scheinwerfer des *Black Marlins* beleuchteten Hebeboje in der Luftblase über ihnen herrührte.

Rot nahm sich einen Moment Zeit, diese Konstruktion zu bewundern, die der Amerikaner sich ausgedacht hatte, um sein schwer beschädigtes U-Boot zu manövrieren. Betroffen blickte er auf die tiefen Risse der SMC-Haut und die großen Flächen, die insgesamt am *Black Marlin* fehlten und ihn mit den darunter sichtbaren Kabelsträngen über der Hard-Shell an einen toten Babywal im fortgeschrittenen Verwesungsstadium erinnerten.

Der hatte vielleicht was mitgemacht!

»Professor, sagen Sie irgendetwas!«, rief er lauter, lauschte auf das unentwegte Rauschen und Glucksen, schloss die Augen, um sich besser konzentrieren zu können.

War das ein Räuspern gewesen?

»Professor – Flynn! Sag was, los!«

Das Räuspern wiederholte sich – lauter. Verzerrte Worte drangen durch die Störungen zu ihm: »*Arrgh, wer ist da?*«

»Flynn, hier ist Rotgar. Von der Aurora. Ich will dich hier rausschleppen. Funktionieren die Transportösen noch? Wenn ja, fahr sie aus!«

Statt einer verbalen Antwort schoben sich zwei Edelstahlringe aus der SMC-Haut, einer direkt hinter der Kavitationsnase, der andere in der Mitte des *Black Marlins*, neunzig Grad um die Längsachse nach hinten versetzt.

»O. k., ich sehe sie. Wade hat eine Abschleppkonstruktion gebastelt, die ich jetzt ausprobiere – mach nichts!«, sagte Rot, bewegte den *Blue Marlin* horizontal um Flynns U-Boot herum, bis der bugseitige Bergungsring direkt vor ihm war, aktivierte den Steuerbordmanipulator, der langsam aus seiner Parkposition fuhr und dabei ein reißfestes Seil abrollte. Mit dem Backbordmanipulator ergriff er einen leuchtend gelben Karabiner und schob ihn durch die Öse hindurch.

»Mist!«

Die Ösen waren parallel zur Längsachse ausgerichtet. Wären sie quer zu ihr ausgerichtet gewesen, hätte er den Karabiner einfach hindurchfallen lassen können, so musste er den

Karabiner seitlich hindurchführen, ihn loslassen und auf der anderen Seite der Öse wieder ergreifen, bevor er zurückrutschte, um das Seil hindurchzuziehen.

Dies war ein kitzliger Punkt.

Rot hielt unbewusst die Luft an, zählte bis drei und öffnete den Greifer, bewegte ihn zügig auf die andere Seite der Öse und bekam den Karabiner gerade noch zu fassen, ließ den *Blue Marlin* leicht absinken und befestigte den Karabiner am zweiten Ring.

Schweißperlen tropften von der Stirnauflage auf den darunterliegenden Bildschirm. Rot spürte seine Anspannung, spürte, dass es positive Anspannung war, die ihn normalerweise zu Höchstleistungen antrieb.

»Nichts weniger wird jetzt von uns verlangt, Floyd«, sagte er mit zusammengebissenen Zähnen.

»*Wer bist du – wo ist Wade?*«, hörte er die Stimme des Iren verrauscht.

Hatte der immer schon so eine raue Stimme gehabt?

»Wade hat jemanden kennen gelernt und sendet Grüße«, entschied sich Rot für eine kurze Variante. Was sollte er jetzt viel erklären.

»Du musst auf mein Kommando die Hebeboje loslassen, Floyd. Das wird etwas schaukeln, du hängst dann unter mir und ich pendele uns aus. Dann fahren wir hier raus und nach oben.«

Wades Idee war die Folgende gewesen: Der *Blue Marlin* musste vorwärts fahren, um den Schub seiner Fluke einsetzen zu können. Das bedeutete, er würde beim Schleppen eine parallele Lage zum abzuschleppenden U-Boot halten müssen. Da eine starre Verbindung zwischen den Booten aufgrund der starken Verformungen der Soft-Shell beim Vortrieb nicht möglich war, brauchten sie eine flexible – ein Seil.

Um das Auseinanderscheren der beiden Bootskörper und eine Kollision während der Fahrt zu verhindern, benötigte Rot eine Möglichkeit, den Bug des *Black Marlins* auszurichten, um ihn immer parallel zum eigenen Kurs zu halten. Dafür war der starke Manipulator vorgesehen, über den die Leine durch die

Öse am Bug geführt wurde. Für die Kraftübertragung hatten sie entschieden, das Seil danach im Schwerpunkt - oder zumindest so nah dran wie möglich - an der mittleren Bergungsöse des *Black Marlins* zu befestigen.

Das war zumindest der Plan.

Die Manipulatoren des *Black Marlins* zuckten zusammen, der Saum der Hebeboje rutschte ab, die Boje hüpfte einen Meter nach oben, legte sich an der Wasseroberfläche auf die Seite, die Luft entwich, während das U-Boot langsam nach unten wegsackte und Rot im *Blue Marlin* überraschte.

»Auf Kommando habe ich gesagt!«, rief er ärgerlich, hektisch Boot und Greifarm ausrichtend, um den Impuls bestmöglich abzufangen, wenn das Gewicht des *Black Marlins* sich auszuwirken begann.

Der *Black Marlin* versank weiter.

Donnernd jagten Schockwellen durch die Struktur, das umgebende Wasser, den *Blue Marlin* und Rot. Die tiefsitzende Angst stieg erneut in ihm empor, Rot überkam ein intensiver Drang nach Flucht, freier Sicht und festem Boden. Er schloss die Augen.

Du hast es gleich, versuchte er sich selbst zu beruhigen. *Nur noch ein paar Minuten.*

Es gelang, langsam gewann sein Verstand wieder die Oberhand.

Rot konzentrierte sich auf die Arbeit, bewegte den Manipulator wie eine Angelrute und beschleunigte gleichzeitig das eigene Boot, um durch erhöhte Geschwindigkeit auch die Steuerbarkeit zu verbessern, die er benötigte, um zu wenden.

In der dafür verhältnismäßig engen Röhre verfehlte er die Wand nur knapp, bemerkte mit Schrecken, dass der *Black Marlin* sich langsam um seine Längsachse zu drehen begonnen hatte und dabei Schleppseil und Kabel des Akustikkopplers miteinander zu verzwirnen begann. Langsam wickelte das Boot sich ein, verringerte dabei stetig den Abstand zum *Blue Marlin* und hing immer noch mit einer Neigung von 45 Grad zur Fahrtrichtung unter ihm.

Rot arbeitete konzentriert und ohne Panik, führte den Manipulator im rechten Winkel vom eigenen Boot weg, erhöhte den Auftrieb der Regelzellencluster auf das Maximum und stellte fest, dass es nicht reichte: Der *Black Marlin* zog ihn langsam hinab.

Er beschleunigte auf vier Knoten Fahrt, um aktiven Auftrieb durch Geschwindigkeit für das Anstellen der Fluke zu erhalten.

»Floyd, hilf mir!«, sagte er eindringlich. »Stabilisiere deine Lage, ich kann uns allein nicht steuern.«

»*Arrgh*«, hörte er, begleitet von Poltern und Rauschen, »*...möglich, ... kaputt!*«

Doch es schien dennoch etwas besser zu werden.

Der leblose *Black Marlin* versteifte seine Struktur, die Fluke richtete sich minimal aus, die verblieben Linien der Flimmerflossen halfen.

Rot zog intuitiv den Bauch ein, als er die Mündung des Tunnels erreichte, und versuchte, nicht an der Decke zu kratzen, damit unter ihm ausreichend Platz für den *Black Marlin* blieb. Dennoch spürte er die Erschütterung, als die Fluke von Floyds Boot hart gegen das Schott prallte, bevor beide Boote im Tunnel verschwanden.

Er sah auf dem Sonar die erste Abbiegung auf sie zukommen, er durfte nicht langsamer werden, wollte er die Steuerbarkeit des U-Bootes nicht verlieren.

Plötzlich flammten vor ihm rote, wehende Dreiecke auf, vereinzelt mit gelben Streifen und schwarzen Punkten überzogene Tentakel kamen auf ihn zu, zuckten zurück und bewegten sich schnell vor ihm in die gleiche Richtung.

»*Kurt, mein Kumpel, aarrgh*«, verstand Rot noch knisternd aus dem Lautsprecher, bevor die Übertragung endete, als an der ersten Tunnelecke das mit dem elastischen Schleppseil verwickelte Kabel des Akustikkopplers durch die Belastung zerriss.

Er presste die Zähne aufeinander, spielte virtuos gleichzeitig mit der Steuerung des *Blue Marlins* und dem Ausrichten des Manipulators, um dem anderen Boot einen möglichst großen Radius beim Manövrieren zur Verfügung zu stellen, ignorierte das Gewimmel der in allen Alarmfarben leuchtenden Kalmare um ihn herum und strebte dem großen, zentralen Knoten entgegen.

Nach weniger als fünf Minuten, die Rot wie eine Stunde erschienen, hatte er ihn erreicht, beschleunigte konstant mit der Fluke, um aufzusteigen, und zog den *Black Marlin* dabei brutal durch mehrere Sedimenthaufen über den schwebenden Kohortit-Bruchstücken.

Dann hatte er endlich freies Wasser erreicht, die Anzeige signalisierte zwölf Knoten und Rot schaltete durch die verbliebenen Rundumkameras.

Neben ihm schwamm ein einzelner, silberfarbener Kalmar mit kraftvollen Stößen seiner Mantelflossen.

Das musste Kurt sein. Rot schüttelte ungläubig den Kopf. *Was wollte der noch?*

Der *Black Marlin* befand sich an seiner Steuerbordseite, vielleicht vier Meter nach hinten und unten versetzt, in halbwegs stabiler Lage, sein letzter Scheinwerfer blinzelte wie ein trübes Auge nach vorn, beleuchtete die verbogenen Manipulatoren, die wie Skelette halb verschlungener Fische aus der geöffneten Bugsektion ragten.

»Na toll, Floyd«, raunzte Rot beleidigt. »Wie soll ich dich schleppen, wenn du noch extra auf Treibanker machst?«

Dann erinnerte er sich daran, dass der Akustikkoppler tot war, schmollte einen kurzen Moment vor sich hin, bis er sich breit grinsend ausmalte, dass Doc Soap jetzt sicherlich von ihm begeistert war.

Doc Soap – na klar!

Rot aktivierte das Infraschall-System.

»Aurora – könnt ihr mich hören, hier ist das Rettungskommando!«, rief er laut und wartete aufgeregt auf eine Antwort, den leisen Gong der 9000-Meter-Marke, die der Blue Marlin überquerte, nicht zur Kenntnis nehmend.

»Aurora – hier ist…«, er wurde unterbrochen.

»Rot? Das ist ja wunderbar – wir haben alle geglaubt.... Hast du Flynn gefunden? Ist er o. k.?«, überschlug sich die Stimme der amerikanischen Studentin.

»Ja, wir sind auf dem Weg nach oben – wenn alles hält.«

Er überschlug den Kurs aus Aufstiegswinkel, Distanz und Geschwindigkeit. »Ich schätze zwei bis drei Stunden bis zur Oberfläche. Ich hätte dann gerne was zu essen, eine Dusche und eine Siegerehrung. In dieser Reihenfolge!«

»Rot, die Verbindung ist sehr schlecht, wir rechnen mit sehr schweren Beben und einem Ausbruch der Seamounts. Du musst dich beeilen – verstehst du? Steuere weg von der westlichen Grabenwand, fahre in gerader Linie nach Osten, sobald du hoch genug bist.«

Er wischte sich die Schweißschicht von der Stirn, strich die krausen Haare nach hinten, erinnerte sich an die fluchtähnlichen Szenen der Kalmare aus der Struktur. *Konnten die so etwas spüren?*

»Werde ich machen, Aurora. – Aurora?«

Er hörte noch für ein paar Sekunden digitales Rauschen, bevor die Infraschall-Kommunikation sich abschaltete.

Dafür war das zerstörerische Knacken und Dröhnen aus der Tiefe zurück – stärker als je zuvor.

US-Earths – Guam

Am selben Tag

Commander Swans Büro im Trakt der NCIS auf der Basis war klein, aber perfekt aufgeräumt. Statt der üblichen Auszeichnungen über absolvierte Kurse oder Fotos von Politikern, die einmal diese Basis besucht hatten, hingen großformatige Abzüge der Unterwasser-Flora und -Fauna von Guam auf dünnen Aluminiumbonds an den Wänden.

Fredric Vaughn fühlte sich ertappt. Er war hereingekommen, hatte seine Jacke aus der Bewegung gewohnheitsmäßig auf einen der Besucherstühle geworfen, sich auf dem anderen niedergelassen und suchend nach Kaffee umgesehen.

Commander Swans Lächeln signalisierte ihm jetzt deutlich, dass sie das belustigt zur Kenntnis genommen hatte.

»Die Kaffeemaschine ist defekt, schmeckt im Moment alles ein wenig nach Hühnersuppe«, erklärte sie und deutete auf eine Karaffe vor sich auf dem Tisch. »Ich kann Ihnen Mineralwasser anbieten, Special Agent.«

Er grinste noch ein wenig unsicher. »Das ziehe ich dann definitiv vor, Commander.«

Sie brachte ihm ein frisches Glas und stellte es vor ihn hin, kehrte an ihre Seite des Tisches zurück und zog einen dicken Ordner, dessen Umschlag eine beeindruckende Sammlung von Stempeln und Kordeln aufwies, zu sich heran.

»Sie hätten es mir sagen können«, begann sie vorwurfsvoll und tippte auf den Ordner. »China war von vornherein mein erster Kandidat.«

Vaughn nickte. »Jetzt haben wir es von zwei Seiten bestätigt, Commander, das ist viel besser. Was haben Sie gefunden?«

Sie strich sich eine Strähne ihrer rotblonden Haare aus der Stirn, schlug den Einband auf und blätterte auf eine Seite aus dickem Karton, auf dem diverse flache Kunststoffhüllen befestigt waren. Aus einer davon zog sie einen USB-Stick und schob ihm diesen über die Tischplatte hin.

»Wie wir vermutet hatten. Es ist ein nicht dokumentierter, vollständiger Torpedo, der aus einer Reihe Einzelkomponenten und den drei offiziell bestellten registrierungspflichtigen Ersatzteilen besteht. Bei der ganzen Sache waren nur zwei zivile Fachkräfte involviert, seit mehr als zwölf Jahren hier beschäftigt.«

Commander Swan zeigte aus dem Fenster, hinter dem eine amerikanische Flagge träge in der Nachmittagsbrise wehte.

»Die beiden haben es für je dreißigtausend Dollar gemacht – als Belohnung in Form eines neuen Strandhauses, drüben an der Westküste.« Sie schüttelte den Kopf, immer noch überrascht über den Aufwand zur Tarnung.

»Ziemlich unauffällig, die Transaktionen waren gut gemacht, ihre Namen tauchen nie auf – nur die einer kleinen lokalen Immobiliengesellschaft. Offiziell wohnen sie zur Miete. Allerdings stehen ihre Namen als Eigentümer des jeweils anderen Hauses auf den Bankauszügen. Das heißt, sie überweisen sich monatlich jeweils die gleichen Beträge hin und her und sie sind beteiligt an der Gesellschaft und damit an deren Erträgen. Ziemlich ungewöhnlich. Trotzdem hätten wir es normalerweise wohl darauf beruhen lassen und sie wegen Betrugs und Steuerhinterziehung drangekriegt, wenn wir es je herausbekommen hätten.«

Commander Swan lehnte sich zurück. »Der Anhaltspunkt mit dem Torpedo ließ uns noch ein wenig tiefer graben – und das hat dann auch gereicht. Hinter der Immobilienfirma steht ein chinesischer Privatmann, der darüber große Mengen von Yen wäscht.«

Vaughn nickte anerkennend. »Und wie haben die das Ding dann nach China bekommen? Eine feste Linie nach Hongkong gibt es von hier aus wohl nicht?«

»Sicher nicht«, sie lachte. »Aber nach Matsusaka auf Japan und von dort nach Shanghai. Als der Mark 54 dann erst mal im Land war, verliert sich seine Spur. Wahrscheinlich per Truck aus dem Containerlager und dann«, sie machte eine hilflose Geste, »überallhin.«

Commander Swan schlug den Deckel zu und deutete auf den USB-Stick in Vaughns Händen. »Für mich reicht das. Die Einzeldokumente sind alle da drauf.«

Sie lehnte sich nach vorn und wurde plötzlich ernst. »Wir können froh sein, dass die Angreifer sich entschieden haben, den Torpedo nicht gegen das Schiff einzusetzen, auf dem Sie waren. Er wäre im Vergleich zu der alten Rakete sicher *wesentlich* wirksamer gewesen.«

Vaughn benötigte einen kurzen Moment, um diesen Satz einzuordnen.

»Genau, Special Agent, das Schiff wäre gesunken und Sie säßen nicht hier«, erklärte sie, eine Spur Emotionalität in ihrer Stimme.

Commander Swan erhob sich, er sprang auf.

»Ich werde das um 18:00 Uhr nach Washington berichten«, erklärte sie.

»Und danach?«, fragte er, seinen ganzen Mut zusammennehmend.

Sie sah ihn für einen Moment lang mit zusammengekniffenen Augen an, dann schmunzelte sie. »Habe ich frei.«

»Ich kenne da eine versteckte Bar, drüben bei Merizo, wenig Militär. Die haben ein sehr gutes Sushi.«

Ihr Lächeln hielt an.

»Ich kann versuchen, einen Tisch für uns zu bekommen«, sagte er.

»Sehr gut, Special Agent. Ich frage den Ensign, ob er Zeit hat, uns zu begleiten.«

Vaughn nickte, konnte seine Enttäuschung aber nicht ganz verbergen.

Ihr Lächeln wurde breiter.

»War ein Scherz, Mister Vaughn. Ich bin alt genug, um ohne Anstandsbegleitung wegzugehen! Holen Sie mich ab? Sagen wir neunzehnhundert?«

Flynn – seit 133 Stunden an Bord des Black Marlins

Am selben Tag

Ein leiser, zarter Gong.

Das hatte er schon ein paar Mal gehört. Flynn kam langsam zu sich, öffnete die Augen einen Spalt weit. Obwohl er nur trübes, blaues Dämmerlicht sah, begann sich sofort ein sengender Kopfschmerz in sein Hirn zu bohren und er presste die Lider fest zusammen – was nur wenig half.

Sein gesamter Körper schmerzte, er fühlte sich unendlich ausgetrocknet und schwach. Wenn er seine Lungen tief füllte, verspürte er keinen Sauerstoff, es war einfach so, als atme er irgendein substanzloses, warmes Gas.

Aus der Tiefe des Nebels in seinem Hirn verspürte er den stärker werdenden Drang, zu überprüfen, wie viel Sauerstoff er tatsächlich noch zur Verfügung hatte. Wieder öffnete er die Augen, das Stechen in seinem Kopf kam intensiver zurück, er rollte auf der Pilotenliege herum, sein Blick benötigte lange, um sich auf die Skalen der manuellen Anzeige über ihm zu fokussieren.

Die Nadel stand bei sechs Prozent, tief im roten Bereich. Er tickte mit dem Flügel eines Silberringes dagegen, die Nadel zitterte ein wenig, verharrte aber auf ihrer Position.

»Du müsstest tot sein, schon lange erstickt«, sagte er zu sich selbst, erschrak dabei über die raue Grabesstimme, die er in der engen Hard-Shell hörte.

Erneut erklang der Gong, Flynn sah nach unten auf den großen Schirm, der mittlerweile nur noch zu einem Drittel funktionierte, nachdem Druckspannungen in der Hard-Shell die mit ihr verklebten Glasschichten des Displays hatten platzen lassen.

4000 Meter. Zum zweiten Mal in vier Minuten?

Seine Gedanken flossen zäh. Der *Black Marlin* hatte aufgehört zu steigen. Bei 3920 Meter war er stehen geblieben und jetzt in langsamer Sinkbewegung bereits wieder auf 4050 Meter angekommen, weiter absackend.

Was war mit dem anderen U-Boot? Hatte die Schleppverbindung nicht gehalten?

Erst jetzt fiel ihm auf, wie ruhig der *Black Marlin* lag. Kein Vibrieren und Torkeln vom Tanzen an der Schleppleine, kein Schlagen, wenn harte Kurskorrekturen ausgeführt wurden, um ein Abweichen des *Black Marlins* vom gemeinsamen Kurs auszugleichen, keine Kollisionen mit dem Rumpf des *Blue Marlins* oder anderen Körpern.

War das Seil gerissen?

Mühsam wischte er über das defekte Display, versuchte sich an die Inhalte der Seiten zu erinnern, deren Teile nicht mehr angezeigt wurden, bekam die Anzeige der keramischen

Membranen endlich hin. Unbeholfen scrollte er die benötigten Anzeigen in den intakten Bereich des Displays.

Der *Black Marlin* verfügte noch über fünf Prozent Leistung. Das Auspressen des Sauerstoffs zum Füllen der Hebeboje in zehn Kilometer Tiefe hatte nahezu die gesamten Membranen zerstört. Das, was er noch zur Verfügung hatte, reichte weder für eine vernünftige Sauerstoffproduktion noch zur Stromerzeugung für die minimal verbliebenen Flimmerflossen.

Wieso war er überhaupt noch mal hier?

Flynn sackte auf die Liege, kauerte sich zusammen, Mund und Augen halb geöffnet, atmete er gleichmäßig und tief in der dünnen Luft. Regungslos versuchte er sich ängstlich an irgendetwas zu erinnern, was in der Vergangenheit passiert war und in einer logischen Kette zu den Ereignissen stand, die ihn in diese Situation gebracht hatten.

Ein starkes Rütteln weckte ihn, rief ihn aus dem Dämmerzustand zurück, der nur in eine Richtung führte, aus der es kein Zurück geben würde.

Das Rütteln hielt an, metallische Geräusche drangen an seine Ohren, dann wurden sie durch ein leises Vibrieren ersetzt, nach einigen Minuten ertönte ein leiser Gong, wobei Flynn sich nicht mehr daran erinnern konnte, was das zu bedeuten hatte.

Er war so müde, so unendlich matt, er schloss die Augen.

Du musst hoch! Nach oben, überleben!

Flynn riss die Augen auf, stützte sich auf den Ellenbogen hoch. *Wer hatte das gesagt?*

Du darfst nicht schlafen, du musst überleben!, schoss der Gedanke in sein Hirn, trieb die lähmende Müdigkeit ein weiteres Stück zurück, aktivierte die Notenergiereserven seines Körpers, spülte Adrenalin in seinen Blutkreislauf.

Flynn drehte sich auf den Bauch, klammerte sich an der Liege fest, als sich der *Black Marlin* langsam um seine Längsachse zu drehen begann, kniff die Augen zusammen, spürte, wie der Kopfschmerz fast verschwand, ergriff die Steuerinstrumente und verschaffte sich einen Überblick über den Zustand des U-Bootes.

Nach wenigen Minuten erklang der Gong ein weiteres Mal und jetzt wusste Flynn, dass er noch drei Kilometer zu überleben hatte, dass er von irgendetwas geschleppt wurde, dass er, mit fünf Knoten Geschwindigkeit sich um seine Achse drehend, langsam, aber stetig aufstieg und dass es für ihn nichts gab, was er tun konnte, außer, sich mit letzter Kraft auf der Liege festzuschnallen, damit er nicht weiter durch die Hard-Shell kugelte. Die Systeme des *Black Marlins* waren so gut wie ohne Energie, die SMC-Muskelstränge der Soft-Shell zur Fluke hin durchtrennt, am übrigen Rumpf in großen Teilen abgetragen oder zerstört, die keramischen Membranen im gleichen Maße defekt, alle Reserven gegen Null.

Er spürte, wie der kurze Energieschub seines Körpers zur Neige ging und dass es diesmal keine weitere Reserve geben würde.

Aber da war noch etwas, woran er sich unbedingt erinnern musste – es war fast greifbar – aber doch so weit weg.

Wie aus einem dichten Nebel entstand das Bild einer wunderhübschen, jungen Frau mit langen blonden Locken, in buntem T-Shirt und abgeschnittener Jeans vor seinem inneren Auge – *wer war das?*

Er musste sie gut kennen – sein Körper verlangte nach Sauerstoff, er atmete qualvoll tief ein – weitere Bilder einer großen Menschenmenge erschienen, der Spirit einer glückseligen Partystimmung, Wärme, Sonne.

Sonne!

Eine Mischung aus dichten Gefühlen kam über ihn wie eine Welle. Fieberhaft begann seine linke Hand auf dem defekten Display durch Menus zu huschen, während seine aufgeplatzten Lippen tonlos das Wort ‚Sonne' buchstabierten, als er es in eine Suchmaske eingab und den ersten der angezeigten Einträge auswählte.

Unendlich erschöpft und schwach sackte er auf der Liege zusammen. Selbst die Kraft, den linken Arm wieder zu heben, fehlte. So schnell die Energie vor einigen Minuten gekommen war, so plötzlich versiegte sie jetzt.

Die brachialen Gitarren von Rammstein setzten donnernd ein, wogten durch die Hard-Shell und ließen Flynn zusammenzucken, seine Augen schlossen sich langsam, nur an den ruckhaften Bewegungen der Lider war noch etwas Leben abzulesen.

Sophie sah ihn an. Sie lächelte verliebt und hatte ihre Arme um seinen Hals gelegt. Ihre Augen funkelten hell, im Hintergrund grelle Flammenstöße aus dem Bühnenboden, der tiefe Bass des Sängers sang die passende Textzeile:

»Hier kommt die Sonne!«

Ihre Lippen öffneten sich ein wenig, das Lächeln wurde verlangender, er spürte das Wiegen ihres Körpers im Takt der Rockmusik.

Flynns ausgezehrtes Gesicht zeigte ein zufriedenes Lächeln, als der anhaltende Sauerstoffmangel ihn betäubte, der Refrain dröhnte fortwährend in seinen Ohren, stützte seine letzten Erinnerungen an den Augenblick, in dem sich ihre Lippen zum ersten Mal trafen.

CIA - Washington

Am selben Tag

Shoemaker sah aus dem Fenster, trank die zweite Tasse Kaffee, als das Telefon klingelte. Auf einem Wandschirm lief CNN mit abgestelltem Ton.

»Herr Tsu, ein leitender Mitarbeiter des chinesischen Ministeriums für Staatssicherheit, Sir«, meldete seine Sekretärin den Anrufer, »ein *offizielles* Telefonat in der Angelegenheit US-Earths. Soll ich durchstellen?«

Shoemaker hob die Augenbrauen. Das Telefonat würde mitgeschnitten, abgeschrieben und beiden Seiten zugeschickt werden – und das gleich am Morgen, er seufzte.

»Ja.«

»Guten Abend, Herr Tsu«, nahm er das Gespräch an und berücksichtigte in seiner Begrüßung die 13 Stunden Zeitverschiebung zwischen ihren Positionen.

»Guten Morgen, Mister Shoemaker«, hörte er eine jugendliche Stimme in einwandfreiem, akzentfreiem Englisch. »Ich versuche einen Vorfall aufzuklären, der sich vor drei Tagen in der Inneren Mongolei, in der Nähe von Bayan Obo ereignet hat.«

Der Anrufer machte eine Pause, in die Shoemaker nicht hineinsprach.

»Sie haben dort durch einen Überfall zwei Männer verloren, Mister Shoemaker, und ich möchte zum Ausdruck bringen, dass weder das chinesische Volk noch seine Regierung etwas mit diesem verabscheuungswürdigen Anschlag auf Ihre Mitarbeiter zu tun haben und wir die Täter in jeder erdenklichen Form verfolgen, verhaften und bestrafen werden.«

Shoemaker bewunderte die perfekte englische Aussprache des Chinesen und die frontale Art, wie er diesen Sachverhalt ganz undiplomatisch auf den Tisch brachte.

»Ich bedanke mich für ihr Mitgefühl, Herr Tsu - aber wir gehen im Moment noch von einem tragischen Unfall aus«, versuchte er das Gespräch von den brisanten, unausgesprochenen Inhalten wegzusteuern.

»Das Ministerium für Staatssicherheit geht von einem Anschlag aus, Mister Shoemaker, nachdem ihre Männer sich mit Wang Yi, dem stellvertretenden Parteichef von Chongqing und zugleich dem Vorstandsvorsitzenden von China Energized auf einem diesem Unternehmen gehörenden Landsitz getroffen haben.«

Shoemaker holte leise Luft.

Das würde jetzt ganz böse werden, dachte er bei sich und begann sich Alternativen zurechtzulegen.

»Stimmen Sie mir zu?«

»Woher haben Sie diese Informationen, Herr Tsu? Ich kann das im Moment leider nicht bestätigen«, sagte er in der Hoffnung, weitere Hintergrundinformationen zu erhalten.

»Das darf ich Ihnen sagen, Mister Shoemaker, das chinesische Volk ist an offenen und konstruktiven Beziehungen zu den Amerikanern sehr interessiert.« Sein Anrufer raschelte mit Unterlagen.

»Der sehr verehrte Herr Ming Do, der Außenminister der Volksrepublik, erfuhr dies auf der gerade stattfindenden Tagung in Davos von seinem französischen Kollegen.«

Shoemaker brauchte seine gesamte Selbstbeherrschung, um nicht aufzuspringen. Sein schlechtes Gefühl verstärkte sich weiter.

»Ich verstehe, Herr Tsu«, er sammelte seine Konzentration. »Offensichtlich haben diese Herren momentan mir gegenüber einen gewissen Informationsvorsprung, ich muss sicher nicht betonen, wie unangenehm mir das ist.«

Sein Gegenüber raschelte erneut in seinen Papieren.

»Ein dritter Ihrer Mitarbeiter konnte dem Anschlag entkommen. Ist er mittlerweile wohlbehalten bei Ihnen eingetroffen, Mister Shoemaker? Oder sollen wir die Suche nach ihm fortsetzen?«

Shoemaker fühlte sich wie an einem Sommernachmittag in Kansas City bei 45 Grad, obwohl die Klimaanlage in seinem Büro auf 21 Grad eingestellt war. Er spürte sein Hemd am Rücken kleben.

Er stand jetzt vor der Wahl: Sollte er weiterhin alles kategorisch abstreiten und sich zum Idioten machen lassen, falls diese Aussagen des Chinesen beweisbar waren – oder sollte er retten was zu retten war und kooperieren?

Sein Gespür riet ihm deutlich zu Letzterem, sein Telefonpartner wusste bereits sehr viel.

»Herr Tsu, ich muss mich entschuldigen, wie ich soeben erfahre, stimmen Ihre Aussagen mit unseren Berichten überein.«

Er machte eine Pause, lehnte sich in seinem Sessel zurück und konstruierte seine Antwort.

»US-Earths befindet sich in Kooperationsverhandlungen mit China Energized und es hat tatsächlich ein Gespräch an dem von Ihnen genannten Ort stattgefunden. Der gerettete Mitarbeiter ist nach Peking gelangt und befindet sich gegenwärtig auf einem Flug nach Guam, wo er von seinen Verletzungen genesen soll.«

»Warum kam es zu Streitigkeiten, Mister Shoemaker?«

Shoemaker schüttelte den Kopf. *Hier würde er nicht so leicht rauskommen. Mit Glück bekam er nur ein blaues Auge – aber es war auch noch mehr drin bis hin zum vollständigen K.O.*.

»In dem Gespräch wurden die Forderungen wurden einseitig. Die Geschäftsleitung von US-Earths wollte dem nicht nachkommen. Das Gespräch sollte der Lösungsfindung dienen – was aber offensichtlich ohne Erfolg geblieben ist.«

Er verstummte und wartete auf den nächsten Schlag.

»War Wang Lao persönlich bei dem Gespräch anwesend?«

»Dies wurde mir berichtet«, entgegnete der Direktor, wissend, dass er mit dieser Formulierung eine Karriere in China beendete. *Immerhin besser als meine!*, dachte er mit nur geringer Befriedigung.

»Vielen Dank, Mister Shoemaker für Ihre Bestätigung. Ich habe noch eine Bitte.«

Shoemaker richtete sich an seinem Schreibtisch auf. »Gern«, brachte er möglichst neutral hervor.

»Die Volksrepublik ist sich ihrer Position auf dem Markt der Seltenen Erden Metalle durchaus bewusst. Sie ist bestrebt, diese Position verantwortungsvoll für alle Marktteilnehmer handzuhaben. Aus diesem Grund ist ein verdecktes Engagement von einzelnen Nationen bei chinesischen Firmen am offiziellen Markt vorbei nicht zu tolerieren, Mister Shoemaker. Um großen Schaden von den Beziehungen unserer Länder abzuhalten, möchte ich Sie bitten, sämtliche Beteiligungen von US-Earths an Unternehmen in der Volksrepublik unverzüglich zu veräußern.«

Shoemaker presste die Lippen fest zusammen. Warum hatte er den Eindruck, der Anrufer lese das alles von einem Blatt Papier ab?

»Bekomme ich Ihre Zustimmung, Mister Shoemaker?« fragte die akzentfreie Stimme und ließ eine Spur Mitgefühl einfließen.

»Sie haben meine Zustimmung«, antwortete Shoemaker fürs Protokoll.

»Vielen Dank, dann habe ich nur noch eine letzte Frage.«

»Bitte stellen Sie sie, Herr Tsu.«

»Wir erfuhren in diesem Zusammenhang von einem Angriff auf ein europäisches Forschungsschiff im Pazifik vor fünf Tagen. Wie wir feststellen mussten, erfolgte dieser Angriff von Bord eines chinesischen Flugzeugs, das seither vermisst wird und das ebenfalls nicht im Auftrag der chinesischen Regierung handelte. Bei dem Angriff kamen Waffen zum Einsatz, die nicht zur Ausrüstung der Chinesischen Streitkräfte gehören. Wie zum Beispiel ein amerikanischer Torpedo vom Typ Mark 54. Haben Sie Kenntnis darüber, wie ein solcher Torpedo in die Hände dieser Angreifer gelangen konnte?«

Shoemaker rieb sich die Augen, sah auf den fein säuberlich aufgebauten Aktenstapel auf dem Low-Board neben seinem Schreibtisch, der den Vorgang detailliert beschrieb.

»Diese Informationen haben wir recherchiert, Herr Tsu. Ich kann Ihnen den gesamten Vorfall dokumentiert zur Verfügung stellen, wenn Sie es wünschen.«

»Ein enger Vertrauter Wang Lao's befand sich an Bord dieses Flugzeugs. Es ist wichtig für unser Volk, dass solche Personen und deren Drahtzieher nicht ungestraft davon kommen«, fuhr Herr Tsu fort. »Sobald ich diese Unterlagen in Händen halte, sehe ich diesen Vorgang als erledigt an, Mister Shoemaker. Ich bedanke mich für Ihre Offenheit und Kooperation.«

Es knisterte und Shoemaker saß einen Moment lang regungslos vor seinem Schreibtisch, legte dann den Hörer vorsichtig mit zwei Fingern auf den Apparat zurück, erhob sich, nahm einen schweren Locher von der Tischplatte und schleuderte ihn mit aller Kraft gegen die Wand.

Sophie – Unterwasser-Operationszentrale

Am selben Tag

»Das AUV hat den *Black Marlin* jetzt im Schlepp!«

Sophie sah auf einem der Wandschirme die Übertragung der nach hinten gerichteten Kamera des AUV's.

Ihre Gefühle fuhren Achterbahn. Euphorisch hatte sie kurz nach Mittag Ivy's Nachricht aufgenommen, dass Rot Flynns U-Boot geborgen hatte und auf dem Weg nach oben war. Als nur wenig später die Nachricht kam, der Schleppmechanismus funktioniere nicht, da die beiden Boote zu oft zusammenstießen und zunehmende Beschädigungen am *Blue Marlin* verursachten, die beide Boote gefährdeten, kippte die Stimmung erneut in Verzweiflung.

Jetzt – nach einer Stunde filigraner Bastelei in viertausend Metern Tiefe – sah es wieder so aus, als würde es vorwärtsgehen. Das Schleppseil war diesmal nur an der vorderen Transportöse befestigt worden.

Trotzdem war die Bestürzung bei allen groß. Die Bilder vom Zustand von Flynns U-Boot hatten bei allen in der Unterwasser-Operationszentrale Schauder verursacht. Die schützende Schicht fehlte hinter dem Bug fast vollständig. Große Fetzen der SMC-Haut schlabberten im Licht der Scheinwerfer des AUV in der Strömung und gaben dem Ganzen den Eindruck eines stark verwesten Riesenfisches, der von der Angel eines Tiefseefischers nach oben gezogen wurde.

Wade saß in seinem Rollstuhl und beobachtete kritisch den Kurs des containergroßen AUV's, welches den *Black Marlin* mit knapp vier Knoten Fahrt in einem flachen Winkel nach oben zog. Langsamer durfte es nicht werden, dann reichte der Auftrieb nicht, schneller durfte es aber auch nicht gehen, sonst würden sich die Schlingerbewegungen so verstärken, dass das AUV beschädigt würde.

»*Sieht soweit gut aus, Wade, aber der Black Marlin fängt wieder an, sich um die Längsachse zu drehen. Er wird das Seil früher oder später abreißen. Versuche, das AUV auch einen Spin um die eigene*

Achse ausführen zu lassen – gegen den Uhrzeigersinn – so können wir den Zeitpunkt vielleicht etwas hinausschieben«, hörte sie Rots Stimme aus dem Lautsprecher.

Der *Blue Marlin* folgte dem Unterwasserschleppverband dicht auf, das Bild seiner Kameras wurde auf einem der anderen Schirme dargestellt und tatsächlich war eine langsame aber stetige Rollbewegung des *Black Marlins* auszumachen.

Wade tippte ein paar Kommandos in die Tastatur vor ihm.

»So besser?«

Auf dem vom AUV übertragenen Bild verlangsamte sich die relative Rollbewegung des U-Bootes, als das AUV selbst begann, sich um seine Längsachse zu drehen.

»*Ein wenig. Lass es uns so weiter beobachten.*«

Sophie sah sich im CC3 um. Fast jedes Mitglied der wissenschaftlichen Abteilungen war anwesend, gleichgültig ob sie hier Aufgaben zu erledigen hatten oder nicht. Seit dem Angriff auf die *Aurora Oceani* herrschte ein neuer Corpsgeist, der alle ergriffen und zu einer engen Familie zusammengeschweißt hatte, die intensiv Anteil an der laufenden Rettungsmission nahm und half, wo sie nur konnte.

Die Einzigen die fehlten, bildeten die Teams, die auf dem beschädigten Vario-Heck mit Hochdruck an der Bergung der Versorgungsleitung arbeiteten. Diese musste abgeschlossen sein, bevor das Schiff selbst sich in Richtung der erwarteten Auftauchposition der U-Boote bewegen konnte.

»*Cara*, lass den Kopf nicht hängen.« Isabella Visconti stellte sich neben Sophie und legte ihr den Arm um die Schulter. »Das sieht doch wieder recht gut aus. Ich habe Vertrauen in den Deutschen.« Sie lächelte müde. »Rotgar wächst gerade über sich selbst hinaus – er wird Flynn hoch bringen.«

Da musste sie der Italienerin unumwunden zustimmen. Es hatte ihre Gefühlslage in den letzten Tagen nicht gerade einfacher gemacht, dass neben Flynn auch Rot in permanenter Lebensgefahr schwebte – obwohl sie sich ständig einzureden versuchte, es ginge ihr ausschließlich um Flynn.

»Was macht die Seismologie?«

Isabella schüttelte unentschlossen den Kopf. »Es rumort kräftig. Wir sind in ständiger Abstimmung mit den Tsunami-Zentren aber wir können den Alarmzustand nicht ewig aufrechterhalten - es kommt schnell zu Ermüdungserscheinungen.«

»Sind Flynn und Rot sicher, sollte jetzt etwas abrutschen?«, frage Sophie unsicher.

Isabella nickte. »Absolut, *cara*«, sie sah auf die Positionsmarker der Boote auf einem der Wandschirme. »Sie sind oberhalb des Grabenbruchs und weichen jetzt wie besprochen nach Osten aus.«

Sie beugte sich zu Sophie und senkte die Stimme. »Aber die Fundstätte der Nuggets ist massiv in Gefahr. Alles was von der westlichen Grabenwand abrutscht, wird die zudecken - und von den *Seamounts* erwarte ich ehrlich gesagt, dass sie das innerhalb der nächsten 24 Stunden tun werden.«

Wade drehte sich zu ihnen um. »Wann sollen wir den Hubschrauber und die Boote losschicken, um unsere Entdecker in Empfang zu nehmen?« Er deutete auf ein Diagramm von Kurslinien auf seinem Monitor.

»Wenn alles beim Plan bleibt, werden sie voraussichtlich gegen 18:00 Uhr auftauchen, in gut fünfzig Seemeilen Entfernung. Die Aurora schafft das nicht pünktlich, so viel ist schon mal klar.«

»*Hey!*« Rots aufgeregte Stimme ließ sie sofort zu den Wandschirmen blicken.

»Mein Gott«, entfuhr es Isabella, dann verschlug es ihr vollkommen die Sprache.

Ein Riesenkalmar, von einem leuchtenden, gelb-schwarzen Fleckenmuster überzogen, attackierte das AUV, wickelte seine Tentakel um die Gitterstreben und riss den ferngesteuerten Rover vor den entsetzten und machtlosen Zuschauern im CC3 auseinander.

»*Das ist Kurt – ich verstehe nicht, warum er das macht!*« tönte Rot fassungslos aus dem Lautsprecher. »*Er zerlegt den Rover, ich muss das Seil kappen, sonst ziehen die Trümmer den Black Marlin nach unten.*«

Sophie wagte kaum zu atmen, als sie aus der Kameraperspektive des schneller werdenden *Blue Marlins* zusah, wie die Mini-Kreissäge am Ende des ausgestreckten Manipulators das gespannte Zugseil durchtrennte, die Zange den Seilrest mit Not ergriff und der *Blue Marlin* seinen alten Kurs wieder aufnahm, während die Kamera des AUV nur sprudelnde Luftblasen und wirbelnde Tentakel übertrug, bis ihr Bild kurz darauf erlosch.

»*Das geht nicht lange gut, die beiden Rümpfe reiben aneinander und der Arm biegt sich nach hinten*«, erklärte Rot die Bilder der aneinander schabenden U-Boote, die alle sahen.

»Da kommt er!« alarmierte Stimmen riefen eine Warnung, doch die Magnapinna griff Rot nicht an, vielmehr schwamm sie auf die andere Seite des *Black Marlins*, betastete seine Außenhaut intensiv und an unzähligen Stellen, als suche sie etwas. Ihr Bioluminiszenz-Muster hatte hin zu orangen Streifen gewechselt und schien förmlich zu pulsieren.

»*Wenn ich es nicht anders wüsste, würde ich sagen, Kurt ist extrem aufgeregt*«, hörte sie Rot sagen.

»Gut möglich«, antwortete Marcello Rampi von seinem Pult, ein paar Meter von Sophie und Isabellas Standort entfernt. »Kann es sein, dass es Professor Nyne schlechter geht?«

Die Mikrofone übertrugen Rots angestrengtes Ächzen, seinen Kampf mit der Steuerung des U-Boots und gleichzeitig mit dem Manipulator, um die permanenten Kollisionen der Rümpfe möglichst zu reduzieren.

»Wie sollte er das wissen?« fragte Sophie laut in den Raum.

Marcello sah sich um, nickte ihr zu und kam heran.

»Ich gehe davon aus, dass Magnapinnae wie andere Tintenfische oder Haie auch, über Organe verfügen, mit denen sie schwache elektrische Felder wahrnehmen können. Tintenfische haben diese Fähigkeit in ihren Fangarmen um Beutetiere in der Dunkelheit, in Spalten oder unter dem Sand aufzuspüren.« Er deutete auf den Wandmonitor, wo immer noch Kurts aufgeregtes Herumtasten am *Black Marlin* zu sehen war – und tatsächlich – je länger Sophie ihm dabei zusah, umso ähnlicher erschien ihr diese Handlung vergleichbar mit dem Fühlen nach einem imaginären Puls.

»Ich halte es für möglich, dass er Änderungen im elektrischen Feld von Professor Nyne wahrnimmt«, Rampi sah sie traurig an, »und das würde leider nichts Gutes bedeuten.« Er verstummte.

Sophie spürte, wie ihr die Tränen in die Augen schossen.

Gleichzeitig sah sie, wie der Kalmar mit zwei Fangarmen die Kavitationsnase von Flynns Boot umschlang, seine mächtigen Mantelflossen entrollte und kraftvoll anfing, ihn nach oben zu ziehen.

Sie legte Wade die Hände auf die Schultern, drückte unbewusst zu.

»Sag der Brücke Bescheid, Wade. Der Hubschrauber kann in das Zielgebiet losfliegen, wir versorgen ihn mit den echten Daten von unterwegs. Sag Torge, er soll die Zodiacs für die Abfahrt in einer Viertelstunde bereit machen. Ich gehe hoch und ziehe mich um.«

»Ich komme mit«, sagten Isabella und Marcello wie aus einem Mund, bahnten sich einen Weg aus der Menge der umher stehenden Wissenschaftler und rannten aus dem Raum.

14

Rotgar - im Blue Marlin; 500 Meter bis zur Oberfläche

Am selben Tag

Kurt war langsamer geworden - sehr viel langsamer.

Nur eine Minute, nachdem er das Schleppen des *Black Marlins* übernommen hatte, war Rot im *Blue Marlin* arbeitslos geworden. Kurt hatte wie nebenbei das Schleppseil aus dem Manipulator gerissen und sich dann mächtig ins Zeug gelegt.

Doch jetzt schien er zu ermüden. Für die letzten 500 Tiefenmeter hatte er mehr als eine halbe Stunde benötigt. Die Mantelflossen schlugen für den Betrachter immer noch kraftvoll und erzeugten einen sagenhaften Schub, aber Kurts Haut schimmerte nur noch fahlgrau - als sei er sehr erschöpft, seine Biolumineszenz-Muster bildeten dünne, auf den langen Tentakeln verloren wirkende Lichtpunkte in der Schwärze der Tiefsee. Rot sah ihm nun schon so lange zu, dass ihm nicht entgangen war, wie der Schlagradius der riesigen Mantelflossen kleiner geworden war.

»Aurora, hört ihr mich?« Rot wartete auf eine Antwort und kurvte um einen vor ihm auftauchenden Kalmar ohne Hut herum.

Immer öfter hatte Kurt seit Passieren der Zweitausend-Meter-Marke Futterrivalen abwehren müssen, die glaubten, eine lohnende Beute vor sich zu haben, in der Regel andere, sehr viel kleinere Kalmare, die aus der Finsternis angeschossen kamen, sich auf Kurt stürzten, bis sie ihren Irrtum bemerkten.

Dann war es meistens zu spät für sie gewesen.

Rot hatte mehrere Male live mit angesehen, wie die Magnapinna einen Angreifer blitzschnell mit einem Tentakel ergriff, einwickelte, unter ihren Körper führte und mit einem Biss ihres Schnabels enthauptete, ohne ihren mühevollen Aufstieg auch nur eine Spur zu verlangsamen.

»Ja, Rot, alles klar so weit? Der Hubschrauber ist über dem Zielgebiet und wir sind auch schon unterwegs. Wo seid ihr?« Sophies Stimme war nur schwer zu verstehen. Röhrender Lärm PS-starker Außenborder füllte den Hintergrund.

Er sah auf den Tiefenmesser.

»Auf 450 Meter. Es dauert vielleicht etwas länger. Kurt macht langsam schlapp. Wenn er weiter durchhält – noch eine gute halbe Stunde.« Rot schüttelte den Kopf. »Ich verstehe den Knaben nicht. Warum will er das unbedingt allein machen? Warum macht er das überhaupt?«

»Da versuchen wir auch hinter zu kommen. Ich drücke die Daumen, bis gleich!« Ihre Stimme riss ab.

Rot beobachtete die Magnapinna mit zunehmender Bewunderung, wie sie in epischer Schönheit und unbeirrbar das stark beschädigte U-Boot fast senkrecht nach oben zog.

Er stellte sich vor, er würde unter Wasser einen großen Teppich ausschlagen – und das stundenlang, während er dabei schwimmend einen Vier-Kilometer-Aufstieg zurückzulegen hatte mit einem strömungsungünstigen drei Tonnen schweren Container an einem Bein – dieser Riesenkalmar musste über unglaubliche Kräfte verfügen.

»Halt durch, mein Freund«, raunte er zweifelnd, »du lässt mich ja nicht helfen.«

Und Rot hatte es mehrfach versucht. Nur war jeder seiner Versuche grandios gescheitert.

Jedes Mal war er sehr vorsichtig mit dem *Blue Marlin* in waagerechter Lage an die Reste des im Wasser strudelnden Schleppseils herangefahren und hatte versucht, es mit dem Manipulator wieder zu ergreifen.

Kurts Reaktion war bei jedem Versuch ungehaltener ausgefallen. Ohne den *Black Marlin* loszulassen, hatte er sich mit Einsatz seines Wasserdüsenantriebs unerwartet auf Rot zubewegt, den *Blue Marlin* mit seinen Tentakeln umwickelt und entschlossen zur Seite gedrückt.

Rot war unentschlossen, ob er es erneut versuchen sollte – ein weiterer Abwehrversuch Kurts würde ihn auch weitere Kraft kosten.

»Ich bleibe bei dir und warte, Kurt.«

So stiegen sie dreihundert Meter auf, eine Strecke, welche die Magnapinna die letzte Kraft zu kosten schien – sie begann zu kämpfen.

Immer öfter setzte sie ihren Siphon ein, um zusätzlichen Anschub zu bekommen, kontraktierte ihren Mantel, presste das Wasser durch den Trichter nach unten und sprang förmlich eine Körperlänge nach oben.

Nach dem dritten Sprung stoppte Kurt erschöpft. Seine Tentakel wirbelten ziellos um ihn herum, ein Tastarm glitt über die Soft-Shell des *Black Marlins*, als horche er dessen Puls ab.

Rot beschloss einen weiteren Versuch.

Sehr vorsichtig steuerte er mit Hilfe der Flimmerflossen waagerecht an den bugseitigen Schleppring heran, setzte den Greifer des stärkeren Steuerbordarms ein und bekam das Ende des Schleppseils zu fassen – eine Sekunde, bevor Kurt ihm den Schrecken seines Lebens verpasste und Rot überrascht aufschrie.

Ein Auge Kurts starrte direkt in das Objektiv der Kamera, die zwischen den Manipulatoren angebracht war und deren Arbeitsbereich in Panoramasicht zeigte. Unbemerkt von Rot, der sich ganz auf das kleine Bild der im Greifer integrierten Minikamera konzentriert hatte, um das Seil zu ergreifen, war die Magnapinna auf weniger als einen Meter an Rot herangekommen. Die schwarze, x-förmige Iris schwebte in Hochauflösung in einem blutroten See vor ihm. Auf dem Bildschirm erkannte er feinste, golden fluoreszierende Sprenkel im Schwarz.

In diesem unwirklichen Moment schien die Zeit stillzustehen. Rot war unfähig, sich zu bewegen, spürte ein starkes Kribbeln auf seiner Haut, als streife ihn ein starkes elektrisches Feld, schien die tastenden Tentakel auf der Außenhaut des *Blue Marlins* förmlich zu sehen.

Dann wurde er durchgeschüttelt, als Kurt ihn kräftig wegdrückte, mit einem Tentakel mühelos beide Manipulatoren umschlang und abriss und dann seinen Aufstieg fortsetzte.

Rot blinzelte frustriert auf den LED-Schirm, sah die Aluminiumkonstruktion der Manipulatoren taumelnd in der Tiefe versinken, bevor wieder die Kavitationsnase des schwer beschädigten *Black Marlins* sowie regelmäßig aus dem Dunkel heranzuckende Tentakel ins Bild kamen.

»Aurora, Kurt hat mir die Arme abgerissen – jetzt ist er wirklich allein zuständig. Ich kann nichts mehr machen«, meldete er traurig nach oben.

»Bedeutet der Kalmar eine Gefahr für das Bergungsteam?«

Rot benötigte einen Augenblick, um die Stimme mit dem unfreundlichen Norweger in Verbindung zu bringen, mit dem er auf dem Vorbereitungsdeck aneinander geraten war – Torge!

»Das kann ich nicht sagen – möglicherweise«, antwortete er schwach, unsicher, ob er damit Kurt in Gefahr brachte.

Die Leitung verstummte.

Täuschte er sich oder war das Wasser nicht mehr ganz so schwarz wie die letzten Tage?

Mit einem Tastendruck schaltete er die Innenbeleuchtung der Hard-Shell ab und dimmte die Displayhelligkeit herab, verstärkte den Kontrast ein wenig.

Nein – das war keine Einbildung. Er war zurück im Epipelagial – wie die Meeresforscher die Grenzschicht des Oberflächenwassers zur ewigen Dunkelheit nannten, er war zurück in der Nähe des Lichts.

Ganz langsam setzte die Dämmerung ein, verwandelte sich Tiefschwarz in sehr dunkles Grau-Braun, bemerkte er den einen oder anderen kleinen Fisch, der sich schleunigst aus dem Staub machte.

Rot fühlte eine ungeheure Euphorie in sich aufsteigen, als mit abnehmender Tiefe mehr und mehr Farben in die eintönige Umgebung zurückkamen.

Sie hatten sechzig Meter erreicht, als selbst Rot die Schraubengeräusche der an der Oberfläche kreisenden Rettungsboote vernahm.

Kurt musste das ebenfalls schon längst gehört haben. Er verlangsamte sein Tempo, kam zum Stillstand. Erschreckt sah

Rot blaue Blutfahnen unter dem Kopf der Magnapinna austreten, die sich langsam mit der Strömung verteilten.

Kurt schien stark verunsichert, seine Haut zeigte das typische gelb-schwarze Muster, das in der Vergangenheit immer einem Angriff vorausgegangen war. Mit horizontal ausgebreiteten Tentakeln wischte er durch die wärmeren Schichten des pazifischen Oberflächenwassers, als überlege er unschlüssig seinen nächsten Schritt.

»Sophie!« Er sprach eindringlich. »Wir sind direkt unter euch. Kurt reagiert auf die Motorgeräusche. Können die Boote nicht weg oder zumindest die Motoren stoppen?«

»*Wir haben euch auf dem Sonar, Rot*«, hörte er die amerikanische Studentin. »*Die RIBs stoppen. Kommt ihr jetzt hoch?*«

»Ich versuch's«, antwortete er unschlüssig, steuerte den *Blue Marlin* in einen weiten spiralförmigen Kurs mit der Magnapinna und Flynn im Zentrum und begann langsam in der Waagerechten aufzusteigen

Nach der zweiten Umdrehung begann Kurt vorsichtig zu folgen. Langsam erst, dann zügig an Geschwindigkeit zulegend - wie ein aufsteigender Apnoe-Taucher mit seiner letzten Luft, holte er Rot ein.

»Wir kommen jetzt hoch«, meldete er unendlich froh, »ich hätte gern eine Sonnenbrille und ein Bier. Ach - ja, hoffentlich habt ihr etwas dabei, um den *Black Marlin* zu stabilisieren.«

Meissner - Brücke der Aurora Oceani

Am selben Tag

Wolf Schmidt legte den Hörer des Brückentelefons zurück. »Die Bergungsarbeiten der Versorgungsleitung sind abgeschlossen, Käpt'n. Sieht so aus, als hätten wir tatsächlich das ganze Stück retten können, bis hin zum Ausleger.«

Kapitän Meissner nickte zufrieden. »Wenigstens ein kleiner Trost, Wolf.« Er sah zu seinem Ersten Offizier, bemerkte den konsternierten Gesichtsausdruck, der nicht zu der prinzipiell positiven Nachricht passen wollte. »Gibt es noch etwas?«

Schmidt nickte kurz.

»Die Unterwasser-Operationszentrale hat einen großen Abrutsch der Grabenflanke gemeldet. Offenbar ist einer der *Seamounts* ausgebrochen, allerdings nicht nach oben, sondern zur Seite.« Er blickte nachdenklich hinaus auf den ruhigen Ozean. »Sie rechnen mit einem Wasserberg von über fünfzig Metern Höhe in der nächsten Stunde.«

Meissner schwieg einen Moment. Dann sagte er: »Ich halte das für nicht bedrohlich. Weder für uns noch für die Bergung der U-Boote, Wolf, und um die Weitergabe der Warnung kümmert sich die Tsunami-Zentrale.«

Der Kapitän nahm ein Fernglas und ging zur Außentür, hinter der die Backbord-Nock lag.

»Lösen wir erst mal unsere nächste Aufgabe, Wolf, fahren wir hinter den Booten her.«

»Jawohl, Käpt'n.«

Schmidt ging zum Navigationscomputer und überprüfte ein paar Positionen, bevor er sich an den Steuermann wandte.

»Steuermann, beide Turbinen AK, die Voith-Turbos zur Ruderunterstützung. Neuer Kurs wird eins-zwo-null.« Lächelnd fügte er hinzu: »Sieh mal, was geht, Dirk!«

Der Steuermann erwiderte das Lächeln breit, betätigte ein paar Schalter und digitale Taster in seinem Ruder-Cockpit und legte dann den Joystick ganz nach vorn.

Kapitän Meissner hatte den Brückenbereich verlassen und stand auf der Nock, folgte mit dem Blick der Rumpflinie entlang zum Variodeck des Schiffes. Soweit er sehen konnte, ruhten alle Aktivitäten außerhalb der Reling, Mannschaften waren dabei, die wertvollen Strömungsstabilisatoren zu verzurren. Hinter der rauchgeschwärzten Verkleidung des Bohrturmes erkannte er das in weite Buchten aufgerollte Material der Versorgungsleitung, quer über dem Heck, wie ein überdimensionierter Tampen.

Schmidt hatte auf der Brücke ebenfalls ein Fernglas zur Hand genommen und beobachtete den Horizont in entgegengesetzter Richtung.

Ganz langsam legte sich der 25.000-Tonnen-Kreuzer nach Steuerbord, als die beiden Turbinen auf maximalen Schub gingen und die sechs unter dem Schiffskiel ausgefahrenen Voith-Turbo-Propeller das Schiff in eine enge Linkskurve zwangen.

Drei Minuten später zierte eine schaumige Kiellinie den engen Wenderadius der *Aurora Oceani*, die jetzt, weiter beschleunigend, einem geraden Kurs in südöstlicher Richtung folgte.

»Eins-zwo-null liegen an, Herr Schmidt«, meldete der Steuermann.

Schmidt setzte das Fernglas ab, sah kurz zum Steuermann hinüber, als Zeichen, dass er die Meldung verstanden hatte, und ergriff den Hörer des Brückentelefons.

»Hier ist der Erste Offizier. Kurs ist stabil, der Hubschrauber kann starten. Ich bestätige die Unterrichtung der Schiffsführung, er hat Waffen an Bord!«

Sophie – an Bord eines RIBs

Am selben Tag

In Sophies Rücken neigte sich eine strahlende Sonne unter einem tiefblauen, wolkenlosen Himmel dem Horizont zu.

Rechts von Sophie gischteten zwei weitere Madeira-RIBs mit fast einhundert Stundenkilometern über das kobaltfarbene Wasser des Pazifiks, zogen an langen Leinen sperrige, rot leuchtende Schwimmkörper hinter sich her, die in großen Sprüngen lustig über die flachen Wellenkämme hüpften.

Es schien, als gebe sich das Wetter alle erdenkliche Mühe, die letzte Woche mit dem Hurrikan wieder gutzumachen, indem es mit völliger Windstille und einer Wellenhöhe von unter einem Meter für den Bergungseinsatz der U-Boote allerbeste Voraussetzungen schuf.

Sie sah auf ihren Suunto Tauchcomputer, der über ihrem Neoprenanzug befestigt war. Es war kurz vor halb acht, lange würde es nicht mehr dauern.

Ein lauter Schrei, ein ausgestreckter Arm Ivys nach Backbord lenkte ihre Aufmerksamkeit auf eine Herde von Buckelwalen, die sich an der Oberfläche ausruhten. Die Assistentin Flynns saß auf dem Gummi-Konturensitz neben ihr und nickte mit ihrem Schutzhelm im Rhythmus der Aufsetzer des von ihrem RIB gezogenen Schwimmkörpers, der über die Leine bei jeder Wasserberührung einen kleinen Bremsimpuls an das fahrende Schlauchboot sandte.

Sophies Headset knisterte kurz. »*Doktor de Bruck, ein Anruf vom Unterseeboot Blue Marlin*«, meldete sich ein Kommunikations-Maat von der *Aurora Oceani*, dann hörte sie schon Rots Stimme.

»*Aurora, hört ihr mich?*«

Sie beugte sich vor, drückte das kleine Mikrofon dicht an ihre Lippen.

»Ja, Rot, alles klar so weit? Der Hubschrauber ist über dem Zielgebiet und wir sind auch schon unterwegs. Wo seid ihr?«

»*Auf 450 Meter. Es dauert vielleicht etwas länger. Kurt macht langsam schlapp. Wenn er weiter durchhält – noch eine gute halbe Stunde.*«

Sophie überschlug die verbleibende Zeit der RIBs bis zum Zielort, als Rot weitersprach.

»*Ich verstehe den Knaben nicht. Warum will er das unbedingt allein machen? Warum macht er das überhaupt?*«

»Da versuchen wir auch hinter zu kommen. Ich drücke die Daumen, bis gleich!« Eine großer Schwall Gischt schlug über die Mitfahrer des Schlauchbootes und fuhr Sophie in den offenen Helm.

Sie wischte sich über das Gesicht. Ähnliche Fragen hatten sie und die anderen auch beschäftigt und Sophie konnte sich nach wie vor nur schwer mit dem Gedanken an intelligente

Tintenfische anfreunden. Marcello Rampi, in der ersten Reihe des RIBs vor ihr sitzend, tief geduckt versuchend, dem anhaltend Strom von Gischt zu entkommen, hatte sich in einer erhitzten Diskussion über eben diese Motive des Kalmars während des Ablege-Manövers von der Aurora zu der Aussage hinreißen lassen, *dass Kalmare genauso intelligent seien wie wir, die Kalmare ihre Intelligenz jedoch glücklicherweise für den Menschen nur zur Eroberung ihres angestammten Lebensraumes einsetzten.*

Eine Viertelstunde später legte der Steuermann im Ruderstand hinter Sophie den Gashebel zwei Stufen zurück, der Bug des RIBs senkte sich etwas, die Geschwindigkeit verlangsamte sich und er trat aus der Aluminiumkonstruktion mit dem gelben Sonnendach heraus, zu ihr.

»Der Hubschrauber kreist da vorn, Doktor, soll ich noch weiter ran?«

Sie richtete sich in ihrem Sitz auf und sah in die Runde. Die RIBs an ihrer Steuerbordseite waren etwas voraus, legten sich jetzt in eine weite Kurve, als sie bemerkten, dass der Abstand größer wurde, schleuderten die Schwimmkörper dabei weit herum und reduzierten ebenfalls die Geschwindigkeit.

Vielleicht einen Kilometer vor ihnen zog der NH90 weite Kreise, kam ihnen jetzt langsam entgegen.

Isabella und Marcello saßen in der Reihe vor ihr, Aufregung in den Gesichtern, sechs Einsatztaucher mit ihrer Ausrüstung teilten sich die vier Bänke im Heck.

»Wir sollten uns bereit machen, Sophie, wenn die Boote auftauchen, muss es schnell gehen«, meldete sich Torge über Funk.

Sie erhob sich und suchte seine große Gestalt auf einem der anderen Schlauchboote, erkannte ihn in seinem kurzärmeligen Neoprenanzug in dem RIB, das jetzt dicht an ihres herankam und in zehn Metern Abstand längsseits fuhr.

»Ja, finde ich auch. Die Schwimmkörper können zusammengebaut werden. Aber lass sie jeweils an den RIBs, wir können sie dann schneller bewegen, wenn wir genau wissen, wohin.«

Ihr Steuermann hatte mitgehört, nickte ihr zu und kuppelte die Außenborder aus. Torge hob eine Hand, als Zeichen, dass er das auch so sah, wandte sich an seinen Bootsführer und zeigte in eine Richtung. Das RIB wurde ebenfalls langsamer, fiel etwas nach Steuerbord ab und die Mannschaften begannen mit den Vorbereitungen.

Der Hubschrauber war auf unter einhundert Meter herangekommen, ließ klatschend zwei weitere Pontons fallen, die er unter dem Rumpf getragen hatte, und entfernte sich knatternd in einer weiten Kurve, als Beobachtungsposten die Wasseroberfläche observierend.

»Los geht's«, sagte sie zu Steuermann und Tauchteam gleichermaßen, nahm ihr Headset ab und reichte es Ivy.

»Du willst doch nicht mit, *cara?*« Isabella sah sie mit hochgezogenen Augenbrauen an. »Denk an deine Verletzung!«

Sophie deutete mit einer Grimasse auf ihren schwarzgelben Neoprenanzug. »Das Schlimmste habe ich bereits hinter mir, ich habe ihn schon an.«

Laura, ein Mitglied ihres Tauchteams, drückte Sophie eine klobige Taucherbrille in die Hand, die sie sich über den Kopf streifte und um den Hals baumeln ließ.

»Du glaubst nicht wirklich, dass ich jetzt nur zusehe, oder?«, fragte sie traurig zurück.

Isabella schüttelte verständnisvoll den Kopf, nahm ihren Schutzhelm ab und setzte eine modische Sonnenbrille auf. »Sicher nicht, sei nur vorsichtig!«

Ivy half Sophie, sich auf den dicken Gummiwulst des Rumpfes zu setzen und reichte ihr ächzend das fertig aufgebaute und ausgebleite Tauchjacket mit Nitrox-Flasche und Atemregler an.

Als Sophie die Verschlüsse vor Brust und Schultern schloss und anzog, trieb es ihr vor Schmerzen die Tränen in die Augen.

Ivy half ihr währenddessen in die Neoprenschuhe und in die Seeflossen, straffte die Fersenbänder und überprüfte Sophies primären und sekundären Atemregler sowie das an ihrem Jacket befestigte Carbonmesser auf festen Sitz.

»Puuh! - ich muss dringend ins Wasser, sonst schlägt meine Haut Blasen«, stöhnte Sophie, verband einen Extra-Inflatorschlauch mit dem Prüfzugang ihres Tauchcomputers, band ihre Haare zu einem festen Pferdeschwanz und warf einen Kontrollblick auf die anderen Taucher ihres Teams, die bereits fertig ausgerüstet auf beiden Rumpfseiten des Bootes sitzend auf sie warteten.

Bevor sie die Tauchmaske aufsetzte und den Atemregler zwischen die Zähne presste, gab Ivy ihr noch einen Kuss auf die Wange, tippte sich auf den Empfänger des Headsets und gab Sophie das Zeichen, zu warten.

Ivy drehte sich zum Ruderstand, sah auf die Anzeige des Sonars.

»Stell die Motoren ab. Sie sind unter uns«, sagte sie zum Steuermann, drehte sich wieder zu Sophie, die gebannt zuhörte.

»Wir haben euch auf dem Sonar, Rot. Die RIBs stoppen. Kommt ihr jetzt hoch?«

Rot antwortete etwas, Ivy nickte und sah Sophie an.

»Sie sind einhundert Meter von uns entfernt, ungefähr sechzig Meter tief. Kurt ist durch die Motorengeräusche unruhig geworden. Seid bloß vorsichtig«, sagte sie ernst, sah Sophie eindringlich an und machte den anderen das O.-k.-Zeichen.

Sophie sah zu Marcel, ihrem Tauchpartner auf ihrer rechten Seite, der nickte und sie ließ sich nach hinten ins Wasser kippen.

Endlich Abkühlung!

Der vierundzwanzig Grad warme Pazifik hüllte sie ein, der Temperaturunterschied zur Luft schärfte ihr Denken.

Über ihr trieb der silberne Aluminiumkiel des RIBs mit den drei stillstehenden Schrauben der Außenborder im klaren Wasser, die anderen sechs Taucher kamen nacheinander in Blasenstrudel gehüllt hinterher, überprüften gegenseitig ihre Ausrüstung und nahmen noch drei militärische Scooter von Bord des RIBs in Empfang.

Paarweise teilten sie sich auf, hielten sich an den Handgriffen der einen Meter langen Zylinder fest und ließen sich in die Richtung ziehen, die ihnen der Kompass am oberen Rand ihrer Tauchmasken einspiegelte.

Sophie hatte mit Marcel und Laura zwei Begleiter, die sie auf Torges vorherige Anordnung hin in die Mitte nahmen. Sie fasste an den Schultergurt von Marcel, der den einen Griff des Scooters festhielt, und an den von Laura, die den Fahrtregler bediente, und zügig fuhren sie zielsicher in ostwestlicher Richtung auf eine Tiefe von zwanzig Metern.

Die Rottöne in den aufgedruckten Tiefenskalen der Neoprenanzüge schwanden beim Zusehen, das Wasser kühlte sich ab. Sophie machte mehrmals einen Druckausgleich, als der Druck auf den Ohren zu stark wurde, und sah sich aufmerksam nach Zeichen der aufsteigenden U-Boote oder des Kalmars um.

Sie erreichten die beiden vorausfahrenden Scooter, die an der Zielmarke gestoppt hatten. Im schwachen Restlicht der Sonne glitzerten die Maskengläser der Einsatztaucher trübe, als diese Sophie entgegenblickten und mit den Händen in eine Richtung zeigten.

Da waren sie!

Unter ihnen stieg langsam eine diffuse Lichtwolke aus der dunklen Tiefe empor.

Seltsam ergriffen registrierte Sophie, dass sie hier dem Erscheinen von *drei* Individuen entgegenfieberte, die eine unglaubliche Reise hinter sich hatten. Sie vergaß vor Anspannung sogar, zu atmen, und erschreckte sich über den schrillen Warnton ihres Automaten, der die Atemfrequenz überwachte und Alarm gab.

Beschwichtigend bestätigte sie Laura das O.-k.-Zeichen, zwang sich zu regelmäßigen Atemzügen und ließ die dunkle Silhouette nicht aus den Augen, die dort langsam Konturen annahm, mit feinen, funkelnden Lichtlinien auf Tentakeln und Körper, in weniger als zehn Metern Abstand phantomgleich in langsamen Tempo vor ihr emporstieg, mit zwei Tentakeln

Flynns U-Boot in Richtung Oberfläche, wie ein unendlich schweres Gewicht, hinter sich herziehend.

Sophie biss sich auf dem Mundstück des Atemreglers fest. *Trotz der Dramatik war das ein fantastisches Bild! Diese riesigen Augen! Es schien, als beobachtete der Kalmar alle sehr aufmerksam.*

Eine zweite walähnliche Silhouette mit hellen Scheinwerfern umfuhr in einem größeren Radius die Taucher völlig lautlos und stieg in ihrem Rücken auf – *das musste Rot sein!*

Sophie machte Marcel das Zeichen, dem Kalmar zu folgen und aufzutauchen.

Der schüttelte energisch den Kopf und deutete auf die Einsatzteams der anderen RIBs, die ebenfalls den *Black Marlin* erwartet hatten und jetzt langsam hinter ihm aufzusteigen begannen.

Mit leisem Surren setzte sich ihr Scooter wieder in Bewegung, fuhr einen weiten Halbkreis, entfernte sich von den anderen Tauchern und stieg auf zehn Meter Tiefe auf, immer einen Sicherheitsabstand nahe der Sichtgrenze zum Kalmar einhaltend. Sophie sah die Wellenmuster des bereits aufgetauchten *Blue Marlins* über sich, den Rot genau zwischen zwei Schwimmpontons gesteuert hatte und der von einer Gruppe Taucher jetzt mit breiten Gurten gesichert wurde.

Der Kalmar befand sich ebenfalls dicht unter der Wasseroberfläche und hatte seinen Aufstieg gestoppt.

Komm, weiter!, redete sie ihm in Gedanken zu, erkannte das unentschlossen wirkende Fächern seiner Tentakel, die jetzt seltsam stumpf wirkten, der *Black Marlin* hing senkrecht wie ein Laichpaket unter ihm.

Laura steuerte ihren Scooter sehr vorsichtig nach oben, kam neben dem sanft auf den flachen Wellen schaukelnden Ponton an die Oberfläche.

»Was haben sie vor?«, hörte Sophie eine bekannte, besorgt klingende Stimme.

Sie drehte sich um und sah nach oben, erkannte Rot auf dem roten Ponton über sich, der mit zusammengekniffenen Augen in Richtung des Kalmars starrte.

»Sie müssen ein Seil am U-Boot befestigen, sonst kriegen wir ihn nicht hoch«, antwortete einer der Helfer.

Lautes Geknatter ertönte, als der Bordhubschrauber über sie hinwegflog und senkrecht über der Position des *Black Marlins* in den Schwebeflug überging, ein Seil abwarf, das klatschend die Wasseroberfläche durchbrach.

Sophie sah zu Rot, der aufgeregt gestikulierend in Richtung Hubschrauber schrie. Die Lautstärke des Rotors verhinderte, dass sie auch nur ein Wort verstand – das war jedoch auch nicht nötig, es war völlig klar, was Rot meinte.

Seine Aufregung steckte sie an.

Was würde jetzt passieren?

Sophie ließ Luft aus ihrem Jacket entweichen und sackte einen Meter ab, nicht ohne sofort von Marcel am Handgelenk ergriffen und ermahnt zu werden. Sophie ignorierte ihn und sah weiter angestrengt in die Tiefe.

Nein!

Wenigstens drei Teams hatten Kurt umkreist und bewegten sich langsam auf den *Black Marlin* zu. Ein Taucher hatte ein grellgelb leuchtendes Seilende des Hubschraubers ergriffen und näherte sich langsam dem Kalmar, der durch diese Aktivitäten deutlich beunruhigt schien.

Nervös zuckten seine Tentakel hin und her, liefen Rollbewegungen über die gesamte Länge der unglaublich dünn wirkenden Arme, verwandelte sich das eintönige graue Muster auf seiner Haut plötzlich in einen dunklen Untergrund, auf denen glühende, gelbe Flecken leuchteten.

Mit einem Mal griff Kurt an. Seine Tentakel schnellten mit unglaublicher Geschwindigkeit vor, ergriffen die überraschten Taucher, wickelten sie ein und drückten sie blitzschnell meterweit weg, um sie dann wieder desorientiert loszulassen.

Nur Augenblicke später spürte Sophie, wie Hände sie hochrissen, der Scooter beschleunigte, sie hinter dem Ponton in Sicherheit brachte und erneute Rotorgeräusche eines weiteren Hubschraubers herannahten.

»Raus!«

Reflexhaft folgte sie Marcels Anweisung, hob einen Arm nach oben, spürte, wie helfende Hände ihn ergriffen und sie mitsamt ihrer schweren Ausrüstung aus dem Wasser zogen und auf dem Ponton ablegten.

Sekundenlang war sie dankbar dafür, dass sie instinktiv den gesunden Arm gehoben hatte, bis schweres Gehämmer eines feuernden Maschinengewehrs sie auffahren ließ.

Sie ergriff den Notverschluss ihres Jackets, riss daran, ließ die Bleigewichte herunterfallen, zog die Flossen ab, drückte sich hoch, hangelte sich mit dem gesunden Arm aus der Weste und ließ diese dann mit Flasche und allem anderen auf den Ponton fallen.

Hohe Gischt-Fontänen markierten die Einschlagstellen auf der Wasseroberfläche, keine dreißig Meter entfernt.

Entsetzt richtete Sophie sich auf.

Der zweite Bordhubschrauber schwebte leicht versetzt zu seinem Zwilling, die Laderampe war heruntergelassen und ein Besatzungsmitglied stand hinter einem fest montierten MG, feuerte unablässig um die Stelle herum, die durch das Seil auf der Wasseroberfläche markiert war.

Nach endlosen zwanzig Sekunden wurde der Beschuss eingestellt, Rot schrie heiser und überschlagend alle Schimpfwörter raus, die ihm einfielen, und war kraftlos auf die Knie gesunken.

Die RIBs näherten sich wieder vorsichtig der letzten Position Kurts und bargen verletzte Taucher aus dem Wasser, der zweite Hubschrauber machte Platz und zog einen weiten Kreis um die versammelten Boote und Pontons.

Sophie hastete zu Rot, der sich die Haare raufte und mit tränennassem Gesicht auf die Szenerie starrte.

»Was ist mit Flynn?«, fragte sie schließlich und sah den Rothaarigen unsicher an.

Rot erschrak, als sie ihn ansprach. Er war so in seinem Zorn versunken, dass er sie bisher nicht wahrgenommen hatte, kniff jetzt die Lippen zusammen, erwiderte den Blick fest und zuckte unsicher mit den Schultern.

»Ich weiß es nicht, Sophie, der Kontakt war seit Beginn des Aufstiegs unterbrochen. Wir müssen ihn, so schnell es geht, rausholen.«

Sophie fühle die dünne Schicht ihrer Zuversicht bröckeln, blickte hinüber aufs Wasser, wo außer aufgepeitschtem Wasser unter dem Rotor des bis auf fünf Meter über der Oberfläche abgesunkenen Hubschraubers noch immer nichts von Flynns U-Boot zu sehen war.

Der zweite NH90 schwebte weiter entfernt ebenfalls im Niedrigstflug über der Wasseroberfläche, übernahm die Verletzten über seine Laderampe von einem RIB.

»Wir müssen zu ihm!«, hörte sie Rot entschlossen sagen, verfolgte, wie er auf einen der Helfer zuging, ihm sein Headset wegnahm und heftig hineinsprach.

Offenbar hatte er Erfolg. Eines der RIBs näherte sich ihrem Ponton. Rot winkte Sophie, sprang hinab und half ihr dann selbst hinunter.

Zügig fuhr das Schlauchboot zu einem anderen Paar von in der Abendsonne rot leuchtenden Pontons, das für den *Black Marlin* vorgesehen war, umkreiste diese einmal und legte dann an einer abgestuften Plattform an.

Marcello und Isabella erwarteten sie und halfen Sophie hinauf.

»Was für ein Verbrechen«, empfing sie Marcello aufgeregt schimpfend.

»Was für Idioten!«

Er schüttelte erbost den Kopf und lief aufgeregt auf dem Schwimmkörper hin und her, gestikulierte mit den Händen in Richtung des Hubschraubers, der jetzt mit sich langsam schließender Laderampe abdrehte, wahrscheinlich zurück zur *Aurora Oceani* flog, um die Verletzten abzuliefern.

Eine Veränderung im Rotorgeräusch des zweiten Eurocopters ließ sie herumfahren.

Gebannt verfolgten sie, wie der Hubschrauber langsam aufstieg, Meter um Meter das straff wie eine Violinsaite gespannte Seil aus dem Wasser ziehend.

Ein weiteres RIB kam an den Ponton gefahren, vier Männer sprangen hinauf und begannen die Befestigungen für das U-Boot vorzubereiten.

Isabella deutete auf ihr Headset.

»Das wäre fast schiefgegangen«, sagte sie gegen den Lärm des Rotors. »Das U-Boot war schon wieder auf sechzig Meter abgesunken, bevor die Taucher es sichern konnten.«

Sophie hörte das nur nebenbei.

Gebannt verfolgte sie den senkrechten Aufstieg des Hubschraubers, der immer mehr Seil aus dem Wasser zog.

Dann durchbrach der von jeglicher Soft-Shell entblößte Bug des *Black Marlins* die Wasseroberfläche und alle verstummten betroffen.

Der NH90 stieg noch ein paar Meter höher, bis die sonderbar schief sitzende Fluke des U-Bootes aus den Wellen stieg, und steuerte dann behutsam in Richtung ihres Pontons.

Sophie war wie erstarrt. Sie hatte die Beschädigungen am U-Boot bereits auf den übertragenen Bildern des AUV gesehen, bevor der Kalmar dieses auseinandergenommen hatte.

Doch es war etwas anderes, die zerfetzte und in großen Bahnen vom inneren Skelett herabhängende Außenhaut des *Black Marlins* vor sich zu sehen und darin den Freund zu wissen, ohne Klarheit über seinen Zustand zu haben.

Weitere Einsatztaucher enterten den Ponton, warfen Flossen und Jackets von sich und halfen Rot und den anderen, das U-Boot in die Vertiefung zwischen den verbundenen Pontons zu dirigieren und zu sichern, während der Hubschrauber es langsam herabließ.

Sophie sprang stolpernd in die Vertiefung zwischen den Pontons, legte eine Hand auf eine Stelle der Außenhaut, die sich noch nicht gelöst hatte.

»Wie bekommen wir es auf?«, fragte sie der Panik nahe.

Die Aktivitäten der anderen erlahmten schlagartig, als sie realisierten, dass dieser Mechanismus nur von innen zu betätigen war.

Hilfesuchend wandte Sophie sich an Rot, der am oberen Rand des Pontons stand und genauso hilflos zurückstarrte.

»Wie bekommen wir es auf?«, wiederholte sie flüsternd und flehend.

Isabella kam zu ihr hinunter, umfasste sie stützend.

Rot sah konsterniert in die Runde der anderen Mannschaften.

»Wir brauchen Wade! Hat jemand Kontakt zu ihm?« rief er plötzlich aufgebracht. »Ich brauche Wade auf der Aurora«, wiederholte er lauter.

»Hier!«, antwortete einer der Taucher, reichte Rot sein eigenes Headset.

»Wade? – Nein, ich brauche Wade, er kennt die Technik der Boote am besten – ja, ganz schnell!«

Sophie strich mit beiden Händen über die zerkratzte SMC-Oberfläche des *Black Marlins*, als streichele sie die dicke Gummihaut eines kranken Tieres. Mit größter Überwindung betrachtete sie die verbogenen Manipulatoren, Schnitte und Risse in der Soft-Shell, sah angebrochene, armdicke Kabelstränge darunter.

»Flynn – bitte öffne das Boot, bitte!«, flehte sie, vernahm nicht, wie Rot ebenfalls hinuntersprang, neben ihr aufkam, aufgeregt etwas sagte, sich zur Fluke des U-Boots vorarbeitete, die noch halb im Wasser hing, und ein kleines, rot umrandetes Stück der Soft-Shell anhob und wegklappte.

»Hab es!«, schrie er und zog einen klobigen Kunststoffgriff an einem Sicherungsseil heraus, an dem er mit aller Kraft riss.

Ein klares Klicken war zu hören, gefolgt von einem technischen Surren, dann zog sich ein türgroßes Segment der Soft-Shell auf dem Rücken des Black Marlins kratzend und ruckend zurück, entblößte einen Teil des Luk-Zugangs der Hard-Shell.

»Es klemmt, aber es sollte reichen«, ächzte Torge, der Rot half, den Zugang zu erweitern.

Rot rutschte mit den Füßen zuerst hinunter, ergriff das Handrad des Luks und mühte sich nach Leibeskräften ab, es zu drehen.

»Andere Richtung!« schrie Torge, griff ebenfalls hinunter, als Marcel und ein weiterer Taucher zum U-Boot hinabsprangen, sich an Sophie vorbeidrängten und auf den *Black Marlin* kletterten.

Mit vereinten Kräften schafften sie Umdrehung für Umdrehung, lösten das Handrad, warteten ungeduldig, bis sich das Luk heruntergeklappt hatte.

Rot wurde von dem schweren Luk fast eingeklemmt, kniete sich davor und robbte eine halbe Körperlänge in die Hard-Shell hinein. Seine dumpfen Laute von innen konnte Sophie nicht verstehen - aber Torge begann ihn langsam an seinen Beinen wieder herauszuziehen.

Zusammen mit Rot wurden zwei weitere nackte Füße im Luk sichtbar, gefolgt von Flynns Beinen und Oberkörper.

Sophie presste ihre Fäuste zusammen, der Schmerz in ihrer verletzten Schulter flammte auf.

Vorsichtig hoben die Männer einen leblosen Körper aus der Vertiefung und reichten ihn an andere Helfer weiter, die ihn auf dem Ponton ablegten.

Rot kam wieder heraufgeklettert.

Sophie sah Flynn durch tränenverhangene Augen an, ihre Beine versagten. Langsam sackte sie auf die Knie, bemerkte wie Isabella neben ihr in die Hocke ging, einen Arm eng um ihre Schulter schlang.

»Nein!«

Rotgar - an der Meeresoberfläche

Am selben Tag

Was ist nur mit dem irren Iren geschehen?

Sophie kniete neben Floyd, auf Höhe seines Oberkörpers, das Gesicht in ihren Händen vergraben.

Der Rocker hatte sich irgendwie verändert - er schien gealtert, ergraut und er war deutlich ausgezehrt.

Seine Gesichtshaut war unnatürlich hell, fast genauso weiß wie sein Haaransatz, der erst nach einem kurzen Stück in graues Haar überging. Auch der übrige Körper sah fahl aus, ganz so, als hätte er noch niemals in seinem Leben Sonne gesehen.

Aber er ist doch nicht tot – kann es nicht sein!

Rot hatte deutlich Floyds hohe Körpertemperatur festgestellt, als er in der Hard-Shell dicht bei ihm gewesen war um ihn herauszuziehen.

Warnende Rufe lenkten den Deutschen ab, er drehte sich um und sah hinaus aufs Wasser.

Im Zwielicht der nun schnell heraufziehenden Dämmerung sah er den Riesenkalmar.

Erleichtert und erschüttert zugleich atmete Rot auf. Kurt hatte den Beschuss des Hubschraubers überlebt – aber die Magnapinna schien schwer verletzt zu sein.

Der Riesenkalmar trieb an der Oberfläche. Dunkle Rinnsale seines blauen Blutes schimmerten an vielen Stellen seiner Haut, fast schien es Rot, als bemühe sich Kurt, nicht zu ertrinken, aber gerade das Gegenteil war der Fall: Die Magnapinna versuchte sich mit einer absurden Anstrengung, aus dem Wasser zu erheben, bemühte sich einen Blick auf das Wesen zu werfen, das sie im *Black Marlin* erspürt hatte.

Es gelang Kurt nur schlecht, das Gewicht seines Körpers drückte ihn immer wieder unter die Oberfläche zurück, die unfassbare Anstrengung des Aufstiegs hatte ihn geschwächt, zu viele der Geschosse hatten ihn getroffen.

Nach einigen Versuchen rollte er auf die Seite, hielt ein großes rotes Auge über der Wasserlinie, das auf sie gerichtet war, während die Tentakel sich abmühten, seine Lage zu stabilisieren.

»Was will er?« fragten mehrere Stimmen ängstlich und aufgebracht durcheinander, sahen Hilfe suchend nach dem Hubschrauber.

»Er will Professor Nyne sehen!« verkündete Marcello überzeugt, »er tut uns nichts. Macht Platz!«

»Helft mir!«, sagte Rot und während die Umstehenden ihre Reihen öffneten und ein paar Schritte zur Seite gingen, hob er mit Torge und einem weiteren Taucher Flynn vorsichtig soweit an, das es eine freie Blicklinie zur Magnapinna gab.

Die Reaktion des Kalmars konnte Rot nicht vorhersehen.

Kurt kam dicht an den Ponton heran, ein Tentakel schoss aus dem Wasser, kam zielsicher auf Rot und die anderen zu, die sich beeilten, Flynn abzulegen, Sophie und Isabella beim Aufstehen zu helfen und ein paar Schritte zurückwichen.

Aber sie waren nicht das Ziel.

Die zwei Meter lange Spitze des Greifarms erinnerte Rot an die Beweglichkeit eines Elefantenrüssels, krümmte sich beim Näherkommen zu einer Sichel und strich wie ein Scanner über Floyds Körper.

Alle beobachteten fasziniert den Tentakel, der mit überraschendem Feingefühl den Iren an mehreren Stellen betastete.

Dann presste Kurt mit einem Mal die Spitze des Arms so fest auf Floyds Brustkorb, das Rot Angst hatte, der Kalmar würde diesem die Rippen brechen und es schien, als leuchte die der Tentakel für Millisekunden in einem fluoreszierenden Blau, während sich der Körper des Iren verkrampfte und von seiner Haut wie auch von der Spitze des Tentakels Schwaden verdampfenden Wassers aufstiegen.

»Was macht er?« schrie Torge.

Die erschreckten Rufe der anderen Besatzungsmitglieder waren noch nicht verhallt, da hatte Kurt den Körper bereits wieder losgelassen und strich mit seinem Arm erneut in geringem Abstand über Floyds Brustkorb als kontrolliere die Magnapinna die Wirkung des verabreichten Stromstoßes.

Der Ire riss die Augen auf.

»Freund!«

Floyds rechte Faust schnellte nach oben, packte den Rand des Tentakels und ergriff ihn fest, und öffnete gleichzeitig den Mund zu einem nicht enden wollenen, tiefen Atemzug.

Wort- und fassungslos starrten Rot und die anderen auf die weißen Wimpern, in die schwarzen, goldgesprenkelten Augen des Iren, der nichts zu sehen schien, als den silbern glänzenden Tentakel des Kalmars.

Flynn - an der Meeresoberfläche

Am selben Tag

Er holte Luft, so viel Luft.

Wie Wasser ein seit Jahrzehnten ausgetrocknetes Kanalsystem wieder in Besitz nimmt, strömte der Sauerstoff in seine Atemwege, verwandelte sich in seinen Lungenbläschen in wertvolle Substanzen und belebte seinen Körper.

Flynn öffnete die Augen, blickte in blendendes Licht, spürte die Gegenwart vieler Individuen.

»Freund!«

Flynn fühlte Kurts Nähe und seine Schwäche - impulsiv ergriff er einen Teil des Greifarms.

Mühsam richtete der Ire sich auf, der Tentakel seines Freundes stützte ihn, Flynn spürte die einsetzende Regeneration seines Körpers. Helfende Hände strichen über ihn, Worte strömten auf ihn ein.

Er erhob sich wackelig, der Arm seines Freundes war wie ein Baum, an dem sich Flynn festhalten konnte und der ihn leitete. Er brauchte die Anderen nicht!

»Geht weg!« schnauzte er, »lasst mich allein!«

Die Hände ließen unsicher von ihm ab, eine Frau hing an seinem Arm, er hatte eine vage Erinnerung an ihr Gesicht, an ihre blonden Locken aber er konnte sie im Moment nicht einordnen. Flynn stieß sie von sich.

Unsicher wankend, tat er ein paar Schritte an den Rand der schwimmenden Plattform, geführt vom Arm seines Freundes, hielt den gezahnten Rand des Tentakels immer noch fest umklammert, ignorierte die Schnittwunden an seiner Hand und dem Unterarm, die von den messerscharfen Kanten der Saugnäpfe herrührten.

Sein Freund stirbt!

Flynn sah das schwächer werdende elektrische Muster des Kalmars, die nachlassende Intensität. *Es pulsiert schwach – aber es ist immer noch wunderschön.*

Kurt versank.

Sein Körper glitt unter die Wasseroberfläche, seine Mantelflossen schlugen kraftvoll aber unkoordiniert um sich, spritzten die Umstehenden nass. Die hellen Augen des Freundes erloschen, seine faszinierenden elektrischen Muster verblassten. Nur mit letzter Kraft konnte Kurt den einen Greifarm noch für ein paar Sekunden über Wasser halten, dann spürte Flynn einen letzten Impuls, wurde von einer unsichtbaren Hand zur Seite gedrückt, hörte das Aufklatschen des Tentakels auf der Wasseroberfläche und aufgeregte Stimmen um sich herum.

Flynn sah sie an – sah die einfachen elektrischen Muster dieser Wesen, die um ihn standen, die er nicht kannte und nicht brauchte.

Was soll ich hier tun? Ich gehöre hier nicht her!

Flynn blickte zurück aufs Wasser, trat an den Rand des Pontons, suchte nach Anzeichen seines Freundes, spürte nur schwache Echos aus schnell größer werdender Tiefe.

Doch er verspürte auch Zuversicht. Er hatte seinen Aufstieg geplant, aus einer nahezu hoffnungslosen Situation und er hatte Erfolg gehabt. Er würde jetzt einen neuen Plan machen – er lächelte nach innen – natürlich, es gab so viel für ihn zu tun.

Wang Lao - in seinem Landhaus

13. August

Wang Lao kniete auf den dunklen Holzbohlen und verbeugte sich vor der kompakten Buddha-Statue, in der die Gebeine irgendeines Mönchs aufbewahrt wurden, wie er von dem Vorbesitzer dieses Anwesens in Erfahrung gebracht hatte. Seine Tochter Anisha tat es ihm wie sein Spiegelbild gleich.

Das muntere Plätschern eines kleinen Brunnens erfüllte die Stille in der Dichtdach-Pagode und half Wang, sich ein wenig zu entspannen.

Die Vorbereitungen für den Parteikongress liefen gut. Das Organisationskomitee hatte seine Kandidatur zum Parteichef der Provinz bestätigt und - wie Wang es interpretierte - in Rekordzeit. Er war verhalten optimistisch, dass seine Dienstleistungen diesmal an den richtigen Stellen erfolgt waren.

Ein Schaben an der dicken hölzernen Eingangstür lenkte ihn ab. Mit einem Seitenblick tadelte er seinen Leibwächter, der dort mit unglücklichem Gesichtsausdruck wartete, ihm jedoch eindringlich zuwinkte.

Wang beendete seine Meditation, erhob sich und strich Anisha im Vorbeigehen über die langen, schwarzen Haare.

»Was ist?« herrschte er den Leibwächter im barschen Flüsterton an, der geduckt die Tür aufhielt und dann hastig vor ihm den Steingarten durchquerte.

»Es ist Besuch aus der Zentrale angekommen, Herr. Sie haben befohlen, dass ich störe und sie anmelde.«

Wang Lao zögerte nur einen winzigen Augenblick, setzte den nackten Fuß in der Sandale einen kleinen Moment später auf den Kies und kam ins Straucheln.

Hart schlug er die helfende Hand des Leibwächters zur Seite, nahm seinen Schritt wieder auf und betrat das Erdgeschoß des Haupthauses, folgte der gewiesenen Richtung einer Bediensteten, die ihm übereifrig eine weitere Tür öffnete.

Er betrat den kleinen Besprechungsraum seines Landhauses, in dem ihn zwei Polizisten und zwei Männer in dunklen teuren Anzügen erwarteten.

Alle standen, niemand hatte sich gesetzt.

Wang fand seine intuitiven Befürchtungen bestätigt und begann intensiv zu überlegen, wer ihn verraten haben könnte.

»Wang Lao«, begann der jüngere der beiden Männer im Anzug, »mein Name ist Son Liweng, ich bin Mitglied des Organisationskomitees der Partei, dies ist der ehrenwerte Herr Tualin, Vorsitzender des Zentralkomitees für den Bereich Korruption.«

Der ältere Herr in den Sechzigern verneigte sich eine Handbreit nach vorn, verlor Wang dabei keine Sekunde aus den wimpernlosen Augen.

»Wir sind im Auftrag des Politbüros hier und müssen eine ernste Angelegenheit zur Sprache bringen«, fuhr Son Liweng geschäftsmäßig fort, nahm einen schwarzen Ordner von einem der Polizisten in Empfang, klappte ihn im Stehen auf und drehte ihn so, dass Wang das zuoberst liegende Blatt lesen konnte, das in der unteren Hälfte mit zwei großen Siegeln und Unterschriften versehen war.

»Sie werden der Korruption und des Machtmissbrauchs in ihrem Amt des stellvertretenden Provinzchefs von Chongqing angeklagt. Weiterhin werden Sie beschuldigt, in Ihrer wirtschaftlichen Position des Vorsitzenden von China Energized, unlautere Absprachen mit ausländischen Firmen zu Ungunsten des chinesischen Volkes und der Partei getroffen zu haben.«

Son Liweng legte den Ordner auf einem Tisch ab, öffnete den Verschluss, entnahm ihm die obere Seite und reichte sie Wang.

»Das ist die formale Anklageschrift aufgrund Ihrer schweren Disziplinarverstöße. Ihre Kandidatur für das Amt des Parteichefs dieser Provinz wurde annulliert.«

Wang nahm das Blatt aus Son Liwengs Hand.

»So schnell…«, begann er, beendete den Satz jedoch nicht. Vom einem, zum anderen Moment spürte er sein Alter.

Niemand fühlte sich in der Stimmung, noch irgendetwas zu sagen. Jeder im Raum kannte die beiden unausgesprochenen Optionen, zwischen denen Wang jetzt wählen durfte.

Kirpal - Im Umland von Chongqing

Am selben Tag

Die Sonne stand fast senkrecht am Himmel. Kirpal steckte das Taschentuch ein mit der er die dunkle Brille geputzt hatte und setzte sie wieder auf. Missmutig rümpfte er die Nase, ein leichter Wind war aufgekommen und blies schlechte Gerüche vom Jangtse her über das Ufer.

Kirpals silberfarbener Mietwagen, ein Nissan, stand am Rand der Umgehungsstraße geparkt, ein wenig von den tiefhängenden, weitausladenden Ästen der Pappeln verborgen, die hier im Umland von Chongqing, den Baumbestand der Hügellandschaft dominierten.

Der Agent hatte genügend Geduld mitgebracht und war seit dem Morgen im langsamen Tempo dem Trampelpfad, der hinter der ersten Baumreihe parallel zur Straße verlief und nach einer Kurve das Ufer des Jangtse berührte, in einer langen Schleife in die eine, dann wieder in die andere Richtung gefolgt.

Natürlich war Kirpal nicht der schönen Landschaft wegen hier.

Vor zwanzig Minuten hatte er den kleinen Konvoi der Parteidelegation aus Chongqing wieder abfahren sehen. Die drei dunklen Fahrzeuge waren aus der Ausfahrt des Anwesens von Wang Lao herausgekommen, keine zweihundert Meter vom Wagen der Inders entfernt und hatten sich zügig Richtung Provinzhauptstadt entfernt.

Kirpal lehnte an der Motorhaube und beobachtete möglichst beiläufig den spärlichen Verkehr. Innerlich stieg seine

Anspannung langsam auf ein unerträgliches Maß. Das Eintreffen des Konvois am späten Vormittag hatte ihn in seiner Vermutung bestärkt, dass die Partei nun bereit war, Konsequenzen aus dem Verhalten des stellvertretenden Provinzchefs zu ziehen.

Wie stand es nun mit Wang selbst, nach dem wahrscheinlich sehr unerfreulichen Gespräch? Welche Konsequenzen war er bereit zu ziehen?

Kirpal würde nachsehen gehen und vielleicht etwas nachhelfen. Er straffte sich innerlich, lies einen alten LKW passieren, auf dessen Ladefläche ein paar Schweine balancierten, drückte sich ab und überquerte zügig die Straße, schlug sich auf der gegenüberliegenden Seite ins Dickicht und eilte den sanft ansteigenden Hügel zu Wangs Landhaus hinauf.

Er hatte ungefähr zwanzig Meter schräg ansteigenden Geländes zurückgelegt und näherte sich einem hohen Metallzaun, als auf dessen anderer Seite Verzierungen einer alten, mehrstöckigen Dichtdach-Pagode in sein Blickfeld kamen.

Kirpal stoppte und betrachtete das Satellitenfoto auf dem Display seines Mobiltelefons. Dann entschied er sich Rechts entlang zu gehen, in der Hoffnung einen freien Blick auf den Vorplatz und vielleicht die Pagode selbst zu bekommen und möglicherweise eine Option, das Hindernis zu übersteigen.

Nach wenigen Schritten hörte der Inder einen Schuss und fror in der Bewegung ein.

Nur wenige Sekunden verharrte Kirpal so, bis er sicher war, dass nicht er gemeint gewesen war. Zügiger folgte er dann dem Zaun in Richtung des Haupthauses, bis laute Rufe und rennende Schritte ihn abermals bewogen anzuhalten und Deckung zu suchen.

Kirpal hörte eine leidvoll aufschreiende Frauenstimme.

Aufmerksam beobachtete Kirpal sein Umfeld, konnte absolut nichts Verdächtiges entdecken und sprintete schließlich soweit an der Umzäunung entlang, bis er ein halbwegs freies Blickfeld auf den Innenhof des Anwesens, mit der Pagode im Hintergrund erreichte.

Ein lebloser Körper wurde von vier kräftigen Männern in dunklen Anzügen soeben aus der Pagode ins Freie getragen und vorsichtig auf einer Holzbank inmitten eines kleinen traditionellen Steingartens abgelegt. Eine Frau stand weinend im Hof, kniete neben dem Leichnam nieder, ein kleines Mädchen, das zu ihr gerannt kam, klammerte sich an ihr fest und verbarg das Köpfchen an ihrer Schulter, behutsam von der Mutter in den Arm genommen.

Kirpal zog sein Mobiltelefon aus der Hosentasche und nahm mit der integrierten Kamera ein paar Bilder auf. Nach zwei Minuten steckte er es wieder weg und beobachtete noch eine Weile nachdenklich die Szenerie.

Warum liegen nur Genugtuung und Leid immer so dicht beieinander?

US-Earths – Washington

Am selben Tag

Der Sergeant des Sicherheitsdienstes führt Davis Zitter bis ins Vorzimmer von Miles Shoemakers Büro.

Der Soldat grüßte und verließ den Raum, als der Direktor aus dem großen Büro trat und dem Agenten freundlich die Hand schüttelte.

»Kommen Sie bitte mit, Mister Zitter«, sagte er und ging voraus.

Sie durchschritten schweigend lange Flure, betraten einen Fahrstuhl, der sie in den neunzehnten Stock des ausgedehnten Gebäudekomplexes brachte und passierten eine Sicherheitsschleuse, bevor sie in einen großen, kuppelartigen Saal vorgelassen wurden, in dem es so ruhig wie im Lesesaal der Kongressbibliothek von Washington war.

Durch an der Kuppel eingebaute, ringförmige Fenster fiel gedämpftes Sonnenlicht auf hohe, rechteckige Sandstein- und Granitmauern, welche den Saal füllten.

Zitter hatte hiervon gehört, war aber nie im Gedächtnis-Mausoleum der Firma gewesen. Dies war das Ehrenmal der im Dienst gefallenen Mitarbeiter, die auf keinem Friedhof der Welt namentlich beerdigt waren.

Shoemaker ging zu einem Wachhabenden hinter einem flachen Schreibtisch, lies sich den Weg erklären und winkte Zitter ihm zu folgen.

Sie schritten entlang einer vier Meter hohen, grauschwarzen Granitmauer, bis sie einen Durchgang erreichten und betraten dahinter ein rechteckiges Feld von rotschimmernden Sandsteinwänden.

Shoemaker folgte den an den Wänden angebrachten Schildern und führte den jungen Agenten zu einem erst spärlich mit kleinen Gedenktafeln gefüllten Segment.

»Nehmen Sie Mister Zitter. Sie handeln hier auch stellvertretend für Fredrik Vaughn.«

Shoemaker reichte ihm ein kleines, in blaues Papier eingeschlagenes Päckchen.

Zitter schluckte, nahm den schweren Gegenstand und packte ihn vorsichtig aus. Es war eine flache Kiste aus Ebenholz, die er öffnete und in der zwei in dünnes Seidenpapier eingewickelte, gravierte und polierte Edelstahlmünzen lagen, deren vertiefter Text zusätzlich bläulich eingeätzt war.

»Die eine kommt hierhin.« Shoemaker deutete auf eine in die Wand eingefrässte Vertiefung mit einer kleinen Nummer.

Zitter stellte die Münze mit dem Namen *Farrel Combie* vorsichtig hinein.

»Die andere kommt hierhin«, sagte der Direktor und Zitter merkte, wie schwer Shoemaker dieser Satz fiel.

Er las erneut den Text.

– John Turrel –

In God We Trust – In Our Strength We Believe

Langsam stellte er auch diese Gedenkmünze an ihren Platz. Schweigend harrten sie aus.

»Wang ist tot, Sir«, sagte Zitter leise aber mit Befriedigung in der Stimme. Er spürte, wie der Direktor ihn kurz von der Seite her ansah. »Ich habe den Anruf in der Nacht bekommen. Er hat sich für den ehrenvollen Abgang entschieden und sich erschossen, kurz nachdem er Besuch von einer Parteidelegation erhalten hatte.«

Shoemaker nickte stumm, drehte sich um und ging langsam den Weg zurück, den sie gekommen waren.

Zitter blieb noch einen Moment vor der Mauer stehen. Er erinnerte sich an die wenigen Momente mit Turrel, in denen dieser private Themen gegenüber dem unerfahrenen Agenten zugelassen hatte. Er würde ihn nicht enttäuschen.

Dann folgte er Shoemaker, der hinter der Glastür am Ausgang auf ihn wartete.

»Davis - ich darf doch Davis sagen?« fragte ihn der Direktor, als Zitter zu ihm trat.

Dieser nickte überrascht.

»Davis, ich möchte, dass Sie Johns Aufgaben bei US-Earths übernehmen. Ich weiß, dass er es Ihnen zugetraut hat.«

Die grünen Augen Shoemakers fixierten ihn.

»Haben Sie Interesse?«

Die Frage schien Zitter eher formaler Natur zu sein. Shoemaker begann bereits den nächsten Satz.

»Ich hatte gestern einen Anruf aus China mit der eindringlichen Bitte, dass wir uns aus dem Markt da zurückziehen.« Ein bitteres Lächeln erschien auf dem Gesicht des Direktors.

»Ich weiß, dass Sie besonders kreativ darin sind, solche Transaktionen zu organisieren. Was halten Sie davon, wenn Sie den chinesischen Bestand der Firma an unsere Freunde aus dem Empire verkaufen? Sie könnten sich danach mehr auf Indien konzentrieren.«

Shoemaker beobachtete Zitter und wartete auf eine Reaktion.

Dieser überlegte einen Moment, dann sagte er:

»Ich denke, das wird funktionieren, Sir«, erste Pläne begannen bereits in seinem Kopf Gestalt anzunehmen. »Der Markt berichtet seit vier Wochen hartnäckig über Liquiditätsprobleme bei einem Indischen Rohstoffversorger – ich habe da möglicherweise schon interessante Anknüpfpunkte.«

Akshay – Goa, Indien

14. August

Akshay sah auf die Kalenderziffer seiner silberfarbenen *Lange & Söhne.*

»Das Boot wird in vier Tagen im Hafen Vasco da Gama eintreffen. Drei Besatzungsmitglieder des Europäischen Forschungsschiffes haben sich freundlicherweise auf Bitte des Kapitäns freiwillig gemeldet, die *Faster Than Light* zurückzufahren.«

Freida zeigte ihre strahlend weißen Zähne gepaart mit ihrem Filmlächeln.

»Sobald es angelegt hat, gehört es Dir, Cousin. Und wenn du möchtest, bringen sie es natürlich auch hierher ins Resort.«

Ranjid erwiderte das Lächeln unsicher. Sein Blick hinter der großen Sonnenbrille glitt über das dunkelblaue Wasser der unter ihnen liegenden Bucht.

»Die *Faster Than Light* ist berühmt, sagt ihr?« er leckte sich hastig die Lippen unter dem dünnen, dunkel gefärbten Oberlippenbart.

Der frische Meereswind drückte Ranjids mit großen Blumenmotiven besticktes Seidenhemd an den runden Bauch.

»Sehr!«, bestätigte Freida ernsthaft nickend. »Akshay hat damit eines der schwierigsten Wettrennen gewonnen und zudem seinen einzigen Gegner aus Seenot gerettet.«

Sie fasste Ranjid am Arm und ging ein paar Schritte mit ihm, Arunima, die Frau des Cousins, folgte ihnen aufmerksam.

»Du kannst mit deiner Familie – zumindest dem engsten Kreis – darauf wohnen wie in deinem Haus, während die Besatzung dich von einem schönen Ziel zum nächsten bringt. Überleg nur die prächtigen Hafenstädte am Mittelmeer. Monaco, Monte Carlo, Nizza, oder die griechischen Inseln.« Freidas strahlende, blau geschminkte Augen ließen ihn nicht los.

Akshay war stehen geblieben. Sein Smartphone signalisierte ihm lautlos ein eingehendes Email.

»Kommst Du?« Freida sah sich zu ihrem Bruder um.

Er hörte sie nicht.

Sein Blick folgte den präzisen Linien der neusten Skizze von Emeraldo DiMoglia auf dem Display.

»Akshay?«

Es war der Riss einer kantigen Megayacht mit einem eckigem Bug, der sich heckwärts zu einem Doppelrumpf entwickelte, auf dem gnubbelige, stromlinienförmige Aufbauten zu erkennen waren.

Akshays Gesicht leuchtete.

»Wir warten, lieber Bruder.« Freida kam langsam auf ihn zu, hakte sich bei ihm ein und zog ihn zu ihren Gastgebern.

»Du wirkst etwas abgelenkt«, sagte sie mit leichtem Vorwurf in der Stimme, blickte kurz auf das Telefon in der Hand ihres Bruders. »Ist es wichtig?«

Er sah sie lächelnd an. Freidas dunkle Augen funkelten warnend.

Akshay schüttelte hastig den Kopf, schaltete das Telefon aus und steckte es zurück in seine Brusttasche.

»Nein, nein«, er zwang sich weiter zu lächeln. »Die Nachricht hat sich schnell verbreitet«, sagte Akshay leise. »Das waren Glückwünsche zusammen mit einem sinnlosen Versuch, mir ein neues Boot zu verkaufen.«

Reydar – Lorient, Frankreich

Am selben Tag

Der dreißig Meter lange Hauptrumpf des *Maxi Trimaran Banque Populaire* ruhte auf den gepolsterten Trailerkissen in einem Flugzeughangar.

Die beiden Seitenrümpfe waren über jeweils zwei dicke tragflächengleiche Streben mit dem Hauptrumpf verbunden und wurden von eigenen Transportwagen gestützt.

Reydar und Jean-Luc LaRuisse schlenderten langsam zwischen dem Hauptrumpf und Backbordrumpf hindurch.

»Diese Streben sind das Entscheidende, Jean-Luc«, bemerkte der Norweger, der stehengeblieben war und hoch über sich die Verankerung einer von ihnen am Hauptrumpf betrachtete.

»Wenn du sie starr ausführst, damit sie fest und zuverlässig sind, werden sie verdammt schwer. Du baust dann praktisch den Flügelkasten eines Passagierflugzeugs hier ein. Machst du sie flexibel, damit die Trimmeigenschaften des Bootes verbessert werden, sind sie leicht und gefährdet.

LaRuisse sah an der schwarz-weiß-blau lackierten Bordwand hoch. »Deine Dämpfertechnik hat sich doch bewährt – oder nicht? Ein Zusammenstoß mit einem Geistercontainer hätte auch den *Maxi Trimaran* zerstört.«

Reydar nickte. »Das sicher, aber der Stromverbrauch der Dämpfer ist zu hoch. Das Wellen-Dynamoprinzip funktioniert zwar, aber zum einen muss sich der Wirkungsgrad noch deutlich verbessern und zum anderen ist das Gewicht der Batterien immer noch viel zu hoch.«

LaRuisse sah konzentriert auf einen Punkt in der Unendlichkeit. Dann sagte er: »Du hattest sie doch im Kiel platziert?«

Reydar setzte zu einer Antwort an, stockte dann. Sein Blick glitt über die Kiellinie des Trimaran-Hauptrumpfes vom Bug bis zum Heck und zurück. Nachdenklich strich er sich die schulterlangen, gelben Haare zurück und stutzte.

»Das Ding hat keinen Pendelkiel - oder?«

LaRuisse trat zu ihm und sah suchend am Kiel entlang.

»Ich glaube nicht, ich sehe keine Kupplung.«

»Trotzdem hast du mich eben auf eine Idee gebracht«, sagte Reydar und zeigte auf die Kielmitte des *Maxi-Trimaran*.

»Der *White Eagle* hatte die Batterien natürlich im Kiel. Wenn ich sie beim nächsten Mal aber in die Kielbombe des Pendelkiels verlege, gewinne ich zusätzlichen Raum für mindestens vier Tonnen Batteriespeicher.« Der Norweger grinste breit.

»Damit schiebt sich der Schwerpunkt deutlich nach unten, die Am-Wind-Kurse könnten noch ein Stückchen höher ausfallen und ich fahre schneller.«

Er zeigte mit dem Daumen über seine Schulter zum Eingang des Hangars.

»Ich muss zurück ans Reißbrett, Jean-Luc, der *White-Eagle II* wartet.«

Rotgar - An Bord der Aurora Oceani

Am selben Tag

Es war das erste Mal seit einer Ewigkeit - wie er glaubte, dass Rot keine Schmerzen verspürte.

Es war auch das erste Mal seit seiner Ankunft an Bord der *Aurora Oceani*, dass er sich in Gegenwart von Sophie gelöst fühlte.

»Hallo Urlauber!«, begrüßte sie ihn, als sie mit Isabella und Marcello aus dem pneumatischen Schott trat, das auf das provisorisch instandgesetzte Flugdeck hinausführte.

Rot lehnte an dem künstlich gealterten Container, der das heckwärtige Mantis-Geschütz beherbergte, schob seine kleine rote Sonnenbrille auf die Nasenspitze und setzte zu einer frechen Antwort an, als ihm auffiel wie recht sie hatte.

»Ich glaube, das stimmt«, sagte er stattdessen, grinste, schob die Brille zurück und gab ihr einen Kuss auf die Wange, bekam zwei von Isabella, die ihm außerdem zuzwinkerte.

»Das Schiff wird nicht angegriffen«, begann Rot an den Fingern abzuzählen, »es gibt kein U-Boot mehr, dass ich fahren kann, niemand muss gerettet werden, alle schwimmenden Felsen sind abgesunken und die Kohortit-Fundstätte ist Kilometerdick von Felstrümmern, Lava und Sedimenten bedeckt.«

Der Deutsche lachte und hob sein Bier. »Ja, ich bin zum Urlaub verdammt.«

Isabella trat an die Reling des Flugdecks und blickte zum Heck des Forschungskreuzers. Hinter den dicken Schlaufen der geborgenen Versorgungsleitung sah sie eine einsame Silhouette auf dem Vario-Deck stehen.

»Eine Million Euro für seine Gedanken!« sagte Isabella plötzlich niedergeschlagen und sah Sophie von der Seite an, um ihre Gefühlslage abzuschätzen.

»Floyd steht da auf der Steuerbordseite seit heute Morgen«, sagte Rot. »Als ich um neun mit dem Frühstück fertig war und es mir hier mit einem Bierchen gemütlich gemacht habe, war er schon da.«

»Was ist nur mit ihm da unten passiert?«, fragte Marcello nachdenklich.

»Körperlich ist er gesund.« Sophie seufzte. »Der Schiffsarzt hat ihn komplett durchgecheckt – nur mit seinen Roten Blutkörperchen ist etwas nicht in Ordnung, wohl eine Folge des langen, niedrigen Sauerstoffgehalts im U-Boot. Sie denken, das behebt sich wieder, wenn das Knochenmark ausreichend Zeit hatte, neue zu produzieren.«

»Und seine Amnesie?«

Sophie schüttelte traurig den Kopf. »Sie wissen nicht, ob sich das legt. Es wird sehr viel länger dauern.«

»Ich sag ja, zu viel Rockmusik macht das Hirn weich«, raunzte Rot, bekam unvermittelt einen Schlag von Isabella in den Nacken, dass Rots Sonnenbrille beinahe herunter fiel und erntete von Marcello einen bösen Blick.

Etwas strich über den Kopf des Deutschen.

Irritiert drehte Rot sich um, stutzte, als er den Iren nun auf der Backbordseite des Vario-Decks entdeckte, der nicht länger aufs Meer hinausblickte.

Der Ire sah sie an.

Isabella, Sophie und Marcello hatten sich ebenfalls umgedreht, die Italienische Wissenschaftlerin drückte sich an Rot, umfasste seine Taille. Er spürte, wie sie erschauerte.

Die langen, weißgrauen Haare Floyds wehten im Wind. Obwohl er am gegenüberliegenden Ende des Vario-Decks stand, wenigstens vierzig Meter von ihnen entfernt, hatte Rot den Eindruck, er könne durch einen engen Tunnel dem Mann genau in die schwarzen, goldgesprenkelten Augen sehen.

Ich muss gehen!, vernahm Rot einen messerscharfen, klar artikulierten Gedanken.

»Nein!«, schrien Rot und Sophie wie aus einem Mund, klammerten sich an die Reling.

Sie blickten an die Stelle des Hecks, an der Floyd vor Sekunden noch gestanden hatte – er war verschwunden.

Marcello, der geistesgegenwärtig sofort den Niedergang runtergesprungen und losgerannt war, um den Mann-Über-Bord-Notfallknopf zu betätigen, als er die Rufe Rots und Sophies vernommen und ihre Blickrichtung gesehen hatte, erreichte die Position als erster.

Rastlos ging der Italiener herum, streckte die Arme zur Seite, sah die drei anderen fassungslos an, als Isabella, Rot und Sophie atemlos zu ihm aufschlossen, während die Schiffssirene im Hintergrund laut Alarm schlug.

Rot lief ein paar Meter weiter zur Reling, kletterte auf die dicken Wülste der Versorgungsleitung, die dort eine Wand aus überdimensionierten Tampen bildeten. Er beugte sich vorsichtig hinüber und blickte senkrecht zehn Meter Bordwand hinab auf das strudelnde Schraubenwasser der *Aurora*.

Sophie hangelte sich zu ihm vor, blickte stumm geradeaus, Tränen liefen ihr über die Wangen.

»Hast du es auch *gehört*?«, fragte sie leise, ohne Rot dabei anzublicken.

Er nickte - »ja«.

Sie schwieg einen Moment, lächelte dann zaghaft.

»Gut«, sagte sie traurig aber mit Erleichterung in der Stimme, »dann war es seine eigene Entscheidung. Was hat ihn da unten nur so verändert?«

Rot sah sie an, legte vorsichtig einen Arm um sie.

»Ich habe wirklich keine Ahnung«, antwortete er, in Gedanken dem Iren in die dunkle Tiefe folgend, »aber offensichtlich hat es einen ungeheuren Eindruck auf ihn gemacht und ruft ihn nun zurück.«

ENDE

Danksagungen

Mein besonderer Dank gilt wie immer meiner Lektorin Eva Döring, München, für ihre unermüdliche Unterstützung bei der Arbeit am Text und für das Zeitmanagement.

Alexander Ihle hat mich wie zuvor bei den CORUUM-Covern und der Website auch bei 1000bar unterstützt.

Vielen Dank dafür.

Das größte Opfer brachte (wieder einmal) die Familie. Seit CORUUM V3 sind vier Jahre vergangen und nicht wenige Urlaube und Wochenende sind dem Schreiben zum Opfer gefallen.

Auch Ihnen, meinen kritischen und motivierenden Lesern gebührt Dank! Ohne Ihr Feedback und den Druck, beim Schreiben nicht nachzulassen, wäre dieser Roman erst sehr viel später fertig geworden (Ja - noch sehr viel später!)

Großer Dank für die notwendigen Flächen in den Regalen geht an die Buchhändlerinnen und -händler, welche mich zusätzlich durch zahllose Empfehlungsgespräche mit Ihnen, meinen Lesern, unterstützt haben.

Michael R. Baier

Hamburg, Sommer 2013

Anmerkungen von MRB

Die meisten Orte im Roman *1000bar* sind fiktiv, existierende Lokationen wie Paris, Palau, Hongkong, Chongqing und andere, ebenso wie geografische Gegebenheiten sind von mir schonungslos den Bedürfnissen der Handlung angepaßt worden.

Im Roman zum Einsatz kommende Technologien habe ich den Anforderungen der Geschichte gefügig gemacht, ohne Rücksicht auf bestehende Datenblätter.

Alle handelnden Personen, ihre geschäftlichen oder politischen Meinungen und Hintergründe, alle Institutionen und Gruppierungen sind frei erfunden oder werden fiktiv verwendet.

Die *Aurora Oceani* hat als Vorbild ein Forschungsschiff des Alfred-Wegener-Instituts (Aurora Borealis). Leider habe ich erfahren, das sämtliche Arbeiten zur Planung und zum Bau des Originals vollständig eingestellt wurden. - Sehr schade!

Bitte besuchen Sie die Internetseite von 1000bar (www.1000-bar.de) wenn Sie an Hintergrundinformationen zu der im Roman zum Einsatz kommenden Technik und anderer Themen interessiert sind. Ich habe dort Auszüge meiner Recherchequellen eingefügt.

1000bar ist eigenständig.

Wenn Ihnen der Roman gefallen hat und Sie eine größere Geschichte von mir lesen möchten, kann ich die Trilogie CORUUM empfehlen, die auf den folgenden Seiten kurz vorgestellt wird.

Den einen oder anderen Hinweis zu dem, was Flynn im Marianengraben gefunden hat, werden Sie dort wahrscheinlich auch erhalten - aber wie gesagt: 1000bar funktioniert wunderbar allein.

CORUUM

Ausgezeichnete Science Fiction aus Deutschland

Michael R. Baier ist ein deutscher, selbst verlegender Autor.

Bekanntheit erlangte er durch seine Debüt-Trilogie CORUUM, welche 2006, 2007 und 2009 für den Deutschen Science Fiction Preis nominiert wurde und gute Plätze belegte. Mit einer Gesamtauflage von über 15.000 verkauften Büchern zählt sie zu den erfolgreichsten Deutschen Science-Fiction-Operas.

Michael R. Baier hat eine Tochter und lebt in der Nähe der schönsten Stadt der Welt!

Besuchen Sie WWW.CORUUM.COM

CORUUM – Volume 1: ISBN 978-3-00-016257-2

DIE JAGD BEGINNT!

In den feuchten Regenwäldern Mittelamerikas wird eine gut erhaltene Maya-Stele entdeckt, auf der die Archäologen vollkommen fremde Symbole entdecken.

Donavon MacAllon, Experte für altertümliche Schriften und Kalendersysteme an der Universität von Edinburgh, wird von einer an der Ausgrabung beteiligten Studienkollegin um Unterstützung gebeten. Der Fund erregt unwillkommene Aufmerksamkeit, nachdem Donavon und das Ausgrabungsteam im Umkreis der Stele Trümmer einer gigantischen Maya- Metropole finden sowie eine versiegelte Kammer öffnen. Die Kammer enthält ein hochtechnisiertes Archiv über die Geschichte des zerstörten CORUUM, das mehr Fragen aufwirft als beantwortet. Erste Auswertungen und die handstreichartige Übernahme des Ausgrabungsortes durch den amerikanischen CIA mit Unterstützung von Elitetruppen der US-Marines bekräftigen Donavon in seinem Verdacht, es hier mit weit mehr als einem spät-klassischen Maya-Fund zu tun zu haben. Die Ereignisse beginnen sich zu überschlagen, als sich bei der Erkundung eines befestigten, unterirdischen Komplexes die Rückkehr seiner ursprünglichen Erbauer ankündigt.

Donavon und sein Team sehen sich plötzlich zwischen allen Fronten in einem erbittert ausgetragenen Kampf zweier Mächte um verborgene Informationen und Einfluss, welche die Erde zum Austragungsort einer jahrtausendealten Feindschaft zu machen drohen.

CORUUM – Volume 2: ISBN 978-3-00-019724-6

DIE SCHLINGE ZIEHT SICH ZU...

In der Fortsetzung des spannungsgeladenen Thrillers treibt der Konflikt zwischen den Kulturen des Roten Nebels einem Höhepunkt entgegen.

Während sich Donavon und sein Team auf der Erde den Angriffen des Zentrums-Geheimdienstes erwehren müssen, der unbeirrbar und rücksichtslos Spuren einer geheimen Verschwörung beseitigt und dabei auch vor der Zerstörung US-amerikanischer Basen nicht zurückschreckt, positionieren sich neue Kräfte im Roten Nebel an unerwarteter Stelle, um dem einzigen möglichen Verbündeten der Erde in dieser Auseinandersetzung eine Falle zu stellen.

CORUUM – Volume 3: ISBN 978-3-00-028426-7

DER FEIND MEINES FEINDES IST MEIN...

Wer hätte das gedacht: Dieser Logik folgend, stehen Ten O'Shadiif, mächtiger Cektronn von Z-Zemothy und Torkrage Treerose, einst einflussreichster König im Roten Nebel, plötzlich Seite an Seite beim alles entscheidenden Sturm gegen die geheimnisvolle Elite-Armee Ramones, der Urmutter der Kirche, während ich mit Karen und den anderen eine Entdeckung mache, welche das Depot von Coruum wie eine kleine Garage wirken lässt: Mit Hilfe von Syncc Marwiin, dem alten Wissenschaftler der Organisation, finden wir die Wurzel der Nebel-Zivilisationen ausgerechnet auf der guten alten Erde, tief verborgen in einer wirklich sehr großen Arche in Afrika.

Und so wie es aussieht, enthält diese Arche den einzigen Schalter, der die Erde aus der Kettenreaktion der anstehenden Potentialkatastrophe ausklinken kann und natürlich darf nur ich ihn betätigen. Leicht gesagt – dummerweise wäre das der sichere Untergang des Dritten Imperiums der Sole-Sourcer. Und das sind bis heute unsere Vorfahren.